KB187685

사회주의 허상을 들여다보다!

민영화 도시 고블린스크

미카엘로 브론슈테인(Mikaelo Bronŝtejn) 지음

장정렬 옮김

민영화 도시 고블린스크

인　쇄 : 2022년 3월 18일 초판 1쇄
발　행 : 2022년 3월 21일 초판 1쇄
지은이 : 미카엘로 브론슈테인(Mikaelo Bronŝtejn)
옮긴이 : 장정렬(Ombro)
표지디자인 : 노혜지
펴낸이 : 오태영(Mateno)
출판사 : 진달래
신고 번호 : 제25100-2020-000085호
신고 일자 : 2020.10.29
주　소 : 서울시 구로구 부일로 985, 101호
전　화 : 02-2688-1561
팩　스 : 0504-200-1561
이메일 : 5morning@naver.com
인쇄소 : TECH D & P(마포구)

값 : 20,000원
ISBN : 979-11-91643-45-9(03890)

사회주의 허상을 들여다보다!

민영화 도시 고블린스크

미카엘로 브론슈테인(Mikaelo Bronŝtejn) 지음
장정렬 옮김

진달래 출판사

"고블린스크 도시(Urbo Goblinsk)"
에스페란토 원작 소설

에스페란토 원서 『Urbo Goblinsk』(Mikaelo Bronŝtejn, 2010년, Impeto 출판, 모스크바)(ISBN 978-5-7161-0218-7)를 번역함.

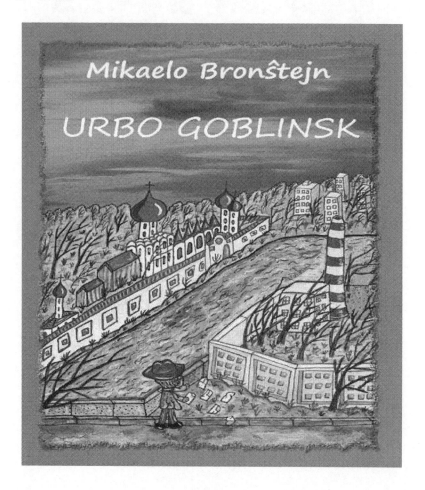

이 소설을 위한 사전지식

1. 공식 설명

"러시아는 1992년부터 2년간 '바우처' 방식으로 민영화를 실시했다. 이 제도는 국영기업을 민간에 매각해, 주식회사로의 변경이 핵심이었다. 1991년 여름 러시아 소비에트연방 사회주의 공화국(RSFSR)[1]는 고등평의회에서 이 법안을 입법해, 승인되었다. 민영화 실시 특별법인 이 법의 제목은 "RSFSR에서의 개인 민영화 계좌와 지원금에 관한 법률"이었다. 즉, 러시아 국민이면 누구나 개인이 민영화 계좌를 만들 수 있고, 이 계좌를 통해 국영재산의 민영화 자금을 일정액 예치할 수 있었다.

그러나 이 법에서는 그 민영화 자금을 타인에게 매각하지 못하도록 해 놓았다. 그러나, 이 법은 그런 효력을 발휘하지 못했다. 그래서 이를 대신해, '바우처' 방식의 민영화가 실시되었다.

1992년 여름, 러시아는 국민 개인에게 무상으로 1장씩 지급되는 **바우처(민영화 주식 취득 증명서)**를 발행했다. 당시 '바우처'의 정상 가격은 1만(10,000) 루블이었다. 러시아 국내 기업들의 재산총액이 14조 루블로 평가되어, '바우처' 총액도 그에 상당하는 금액만큼 발행되었다.

민영화를 주도한 국가재산관리위원회(Goskominuscestvo) 의장 추바이스(Chubajs)는, 맨 처음 이 '바우처' 제도를 설명하는 자리에서, '바우처' 1장 가치는 "볼가(Volga)" 자동차 2대 가격과 맞먹는다고 했다.

---

1) *역주: RSFSR: Royal Soviet Federated Socialist Republic

그러나, 실제 바우처 1장의 시장 교환가치는 회사에 따라, 지역에 따라 달랐다.

바우처 1장으로 교환되는 주식 수량은 회사마다 다르고, 교환 지역에 따라 다양한 가치를 지니고 있었다.

경제 장관을 역임한 안드레이 네차에프(Andrej Nechajev)는 이 '바우처' 의미를 이렇게 평가했다.

"적용된 민영화 모델의 시각에서 보면, '바우처'의 명목상 가치는 아무 의미가 없었다. 그 '바우처'는 그 민영화에 한정해 뭔가를 취득 구매할 권리로 한정되었다. 이 바우처의 실제 가치는 특정 기업의 특정 민영화 상황에 따라 달랐다. 어떤 곳에서는 '바우처' 1장은 회사 주식 3주를 살 수 있었지만, 다른 곳에서는 300주를 살 수도 있었다. 그런 의미에서 '바우처' 1장이 "1루블"이 될 수도 있고, "10만 루블"이 될 수 있다고 쓸 수도 있었지만, 그 언급에서 보다시피 그 바우처 소량으로는 그것의 획득능력을 바꾸지 못했을 것이다. 내 의견으로는, 명목상 이 같은 가치를 가진 종이를 제공하고자 하는 아이디어는 고등평의회가 만들어냈다. 그 명목상 가격에 적어도 어떤 이성적인 근거를 부여하기 위해서 사람들은 '바우처'를 개인당 기본 기금의 가치로 만드는 결정을 했다는 것이다."

그런 민영화 질서는 말하자면 "붉은 사장들"에게, 다시 말해 소비에트 시대에서 대표 직위를 받은 기업 지도자에게 진지한 특혜가 주어졌다.

많은 경우, 그 기업의 주식 대부분은 노동계층의 소유로 남아 있었다. 하지만 다른 경우, 기업 대표들은 행정력을 동원해, 주주총회에서 투표권을 위임받거나, 나중에 더 자주 노동자들 주식을 싹쓸이하듯 구입해, 그 기업을 완전히 사유화하기도 했다.

　국민 대다수는 그 '바우처'로 뭘 할 수 있는지 몰랐으니, 그들은 자신이 가진 '바우처'를 대량으로 모으는 사람에게 팔아 버렸다. 그래서 '바우처' 가격은 갑자기 1993년 5월에는 3천 또는 4천 루블로 떨어졌다. 그런 '바우처' 거래를 도우려는 목적으로, 말하자면, "바우처 투자 기금"이라는 단체가 생기고, 그 단체가 '바우처'를 다양한 기업의 주식과 교환했다.

　수많은 비평가가 강조하기를, '바우처'를 통한 민영화는 정직하지도 못했고, 공평하지도 못했으며, 국민 중 소수 집단에게만 정당하지 못하게도 배만 불리는 효과를 가져 왔다고 했다.

　그 점에 대해, 앞서 언급한 장관인 추바이스는 이렇게 말했다. "우리는 '정직한' 민영화와 '부정직한' 민영화 사이에서 선택할 수밖에 없었다. 왜냐하면, 정직한 민영화는 법의 지배를 보장하고, 강력한 정부를 통해 엄정한 법 집행을 예견했지만, 1990년대 초기에 우리는 그런 정부도 없었고, 그런 법 질서도 없었다... 우리는 도둑 같은 공산주의와 도둑 같은 자본주의 사이에서 선택해야 했다..."

(위키페디아에서)

"**고블린**-이란 말은 영국 신화에 나오는 작은 존재인데, 그 모습은 사람과 비슷하지만, 사람의 키보다는 좀 작고, 괴상하게 생기고 악의적이다. 아주 재빠르고 공격적이다. 고블린의 머리는 말 머리와 비슷하고, 눈은 수직 동공을 가지며, 노란색이고, 수염은 쐐기 모습이다. 이 동물은 이빨도 있고, 큰 손톱도 지니고 있다.'

(위키페디아에서)

2. 저자의 말

러시아는 지난 1990년대에 국영기업을 민영화했다. -이것이 제 소설의 유일한, 믿을 만한 사실입니다. 저는 러시아의 역사 속에서 그 시대를 체험했습니다. -악의와 속임이 승리하고, 정직과 양심과 자비심...은 전혀 잊고 살아야 했던 공포의 시대였습니다.

그 공포를 일으킨 자들은 요즈음 자신을 변호하며 이렇게 말했습니다. -"전 인민의" 재산을 나누어준 조직이 있었기에, 이 나라는 시민 전쟁을 피할 수 있었다고 말입니다.

그 말은 믿지 마시라.

그 전쟁은 있었습니다.

저는 1991년-1993년에 모스크바에서 일어난 싸움을 절대로 암시하지 않습니다. 또 2번에 걸친 체첸 전쟁도 암시하지 않습니다.

우리나라의 모든 묘지공원을 가서 보면, -가장 작은 도시에서조차도 -일단의 묘지들을 볼 수 있는데, 그 묘지 주인공이 묻힌 시기가 1992년 -1996년 사이입니다. 그들 나이를 살펴보면, 스무 살에서 서른 살의 나이이지만, 그들 중 질병이나 화재, 지진으로 사망한 이는 아무도 없습니다. -모두가 야금공장, 공장, 은행, 상점, 건물 등과 같은 곳의 분배와 재분배로 인해 죽은 이들입니다.

당시 청년들을 향해 양심의 가책 없이 저지른 행동은 비양심적이고 비문화적인 깡패 세대가 저질렀습니다.

이 세대가 지금 이 나라를 지도하는 위치에 있습니다. 나는 그 점을 안타깝게 생각합니다.

만일 제가 단순히 그 민영화를 독자에게 말할 목적이었다면, 저는 이렇게 긴 작품을 짓지도 않았을 것입니다.

그 주목할 만한 사실 앞에 제가 보여 주고 싶은 것은 앞의 위키페디아 설명이면 정말 족하기 때문입니다.

그러나 작가로서 저는 내 나라의 보통의 지방 주민의 삶에 대해 말하고 싶은 유혹을 느꼈습니다. -그 사람들의 성격, 풍습, 행동에 대해, 또 그 어려운 시절을 살아온 사람들에 대해. 저는 전국을 여행하면서 수백 명의 사람과 그 이야기를 나눴습니다.

수백 건의 사건과 그런 비슷한 의미의 수백 건의 사건들이 제 머릿속에 쌓여, 그런 수백 건의 사건 속에서 저는 조금씩 사건의 흐름을 명확하게 알게 되었습니다. 저는 그것을 과감하게 독자에게 보여 주고 싶습니다. 하지만, 이 작품에서 내 소설의 주인공들과 실제 인물과는 전혀 무관함을 강조해 두고 싶습니다. 수백 명의 사람과 수백 건의 사건은 제가 잠 못 이뤘던 수많은 밤에 썼다는 점을 알아주었으면 합니다.

하지만, 러시아의 어떤 독자들이 이 책을 읽으면 이 주인공 중 한 사람이 자신의 모습이나, 자신이 아는 어떤 인물의 모습을 떠오를 것이고, 자신이 경험한 사건이나, 주변에서 보고 들은 사건들이 뭔가 "데자뷰"처럼 필시 나타날 것입니다. 그런 독자들을 위해 저는 이 경고를 지금 쓰고 싶습니다.

"저자는 독자들에게 알립니다. 이 책을 우연히 또는 의식적으로 읽게 된 독자들에게 말하고자 하는 바는, 이 소설 속에 나오는 모든 인물과 사건은 저자가 머릿속에서 창작한 것들이며, 모든 인물도 <수많은> 실제 인물의 성격을 사용해 빚어 내, 창작하고 만들어 낸 것입니다. 그러니 저자는 독자 여러분에게 이 책을 아무 특별한 감정을 개입하지 말고 읽어가길 권합니다. 만일 독자들이 그렇게 읽을 수만 있다면."

저자 미카엘 브론슈테인

3. 피할 수 없는 감사 말씀

제가 러시아 여러 도시에서 살면서 우연히 만나게 된 친구들이든, 친구 아닌 사람들이든, 착하든 또는 그리 착하지 않은 친구들, 다양한 계층의 공무원들이나 우연히 만난 인물들에게 감사를 전하고 싶습니다. 그 만남 속의 인물들의 크고 작은 장면이나 모습들이 이 소설의 주인공들이 되어주었기 때문입니다.

저는 진심으로 제 친구이자 "러시아에스페란토잡지(Rusia Esperanto-Gazeto) 편집장 가릭 코콜리야(Garik Kokolija)에게도 감사를 표하고 싶습니다. 그는 자신의 잡지에 내 소설의 일부를 기꺼이 실어 주었고, 이로 인해 잡지 구독자들인 에스페란티스토들이 먼저 읽을 기회가 있었습니다.

제가 쓴 이 많은 내용의 소설을 프리뷰어로 읽고 유용한 조언이나, 질문, 주목할 만한 지적을 해 둔 사람들의 이름을 여기에 남기고 싶습니다. Yves Nicolas(프랑스), Grazina Opuskiene(리투아니아), Hans-Dieter Platz(독일). 또 위의 러시아에스페란토잡지의 수십 명의 독자에게, -그분들이 게재된 글을 읽은 소감을 보내주었으니- 감사하고 싶습니다.

끝으로, 저는 이 소설을 귀한 책으로 만들어 준 알렉산더(Aleksandr)와 엘레나 세브첸코(Elena Shevchenko)에게도 진심으로 감사를 표합니다.

저자 미카엘 브론슈테인

4. 주인공들의 이름

외국 독자들은 러시아식 이름이 낯설게 느껴질 것입니다. 러시아에서는 사람 이름을 셋으로 구분합니다. -첫째는 이름, 둘째는 아버지의 이름(부성), 셋째는 가족 이름. 이 소설에서는 이를 함께 쓸 수도 있고, 따로 쓸 수도 있고, 애칭으로 쓸 수도 있었습니다. 그래서 여기에, 이 소설에서 처음으로 등장하는 인물들의 이름을 읽기 편하도록 나열해 놓았습니다.

a) "루소플라스트" 회사 직원
 -막심 마트베예비치 슘스키이(36세): 엔지니어-공학사, 에스페란티스토. 프랑스어도 구사할 줄 안다.
 -빅토르 바실리에비치 시가에프(37세): 회사 대표
 -라자르 아로노비치 골드파르브(40세): 엔지니어-전기공
 -알렉세이 이바노비치 크바드라토프(약 55세): 조달부장
 -이리나 보리소프나 셀류티나(애칭 이리뇨)(약 25세): 대표 비서실 여직원
 -안나 안토노프나 콜리지나(약 45세): 주임 경제사,
 -세르게이 바디모비치 바리토노프(35세): 공장의 주임 엔지니어
 -안드레이 미카일로비치 그리고르예프(46세): 주임 회계사
 -에브게니이 페트로비치 세로프(32세): 영업부장
 -니나 드미트리에프나 비코바(54세): 여경리부장
 -발렌틴 일리치 크루토프(53세): 계획부장
 -나데쥐다 세르게에프나 로즈키나(약 23세): "노동보호" 감독관
 -안톤 다닐로비치 수다레프(약 50세): 사출 공장장
 -리디아 페트로프나 우테키나(48세): 셀룰로이드공장장

-알렉산드르 표도로비치 키르조프(38세): 통제부장

-알레프티나 그리고르에프나 쿠즈멘코(26세): 스포츠치료소(SKE) 책임자

-스테판 아나톨에비치 쿨리코프(41세): 창고장

-암미니갈레이 술탄베르디에비치 하미토프(애칭 콜랴)(47세): 영선부장

-콘스탄틴 아르카에비치 쿠즈미코프(38세): 열쇠공

-세니츠킨(36세): 운전기사

-마샤(약 28세): 여성회계사

-키라(약 28세): 여성경제사

-라리사 율에프나 아브라모바(약 30세): 식당 책임자

b) 공무원

-게나디이 이바노비치 체레미소프(약 50세): 중앙 난방 보일러 검사원

-아르투르 알베르토비치 페트로프스키흐(나이는 중요하지 않음): 시장

-게오르기이 아슬란노비치 드자소포프(약 34세): 카우카즈인, 신흥 부자

-디마(드미트리이) 두긴(약 26세): 변호사

-에벨리나 바블로프나: 시장 여비서

c) 가족

-에바: 막심의 아내(34세), 라자로의 여동생, 어린이집 원장

-파블릭: 막심의 아들(10세), 초등학생

-폴리나(프리바)(36세): 라자르의 아내

d) 에스페란티스토

-이고르: 약 30세, 지역 클럽 회장

-슬라바: 약 27세, 시인

e) 기타 : 노동자, 공무원, 에스페란티스토, 외국인 등등

목   차

제1부(봄)

199.년 2월 20일 토요일

짙은 안개가 겨울 아침 도로 위를 휘감고 있었다. 짙은 우윳 빛 같은 안개는 금요일인 어제 내린 폭설 -뱀 두 마리 모양의 차량 바퀴 자국이 선명한 두 줄을 옆으로 하고, 중앙에는 한 줄의 넓은 띠의 눈이 덮인 채- 이 아직 제설 작업도 하지 못한 도로에서 마치 위로 날아갈 듯했다.

짙은 안개는 사방으로도 흘러가고 있었다. 도롯가 양옆의 전나무와 소나무 가지들이 무거운 눈을 인 채 안갯속에 들어가, 안개 자체가 되어버렸다. 도로 위에 떠 있는 우윳빛의 공기가, 아마도, 그 도로 길이 방향으로는 페테르부르크까지 뻗어 있지만, 도로의 차량 전조등 불빛은 겨우 전방 2m 정도만 볼 수 있다.

더구나, 안개 속을 가로지르는 전조등 불빛을 내는 차량도 평일에는 적지 않았는데, 토요일 새벽인 지금은 거의 없다. 유일하게도 차량 1대가, 옆면에는 녹슨 노란색 "코페크" 자동차 1대가 갑자기 마을로 향하는 옆길에 나타났는데, 그 차량은 행선지를 페테르부르크 쪽이 아닌, 반대 방향을 선택해 달리고 있었다. 자동차는 약한 불빛으로 구불구불한 길을 빠르지 않은 속도로 그 소도시로 달리고 있었다. 그 차의 앞 좌석엔 두 청년 -운전자와 그의 친구- 이 앉아 있고, 뒷좌석엔 아가씨 3명이 술에 취해 있다. 앞 좌석의 청년들은 술을 그리 많이 마시진 않은 것 같다. 뒷좌석의 아가씨들은 뭔가 말을 지껄이다가도 환호성을 지르기도 하고, 큰 소리로 웃고 떠들었다. 자신들이 하는 대화를 서로 이해할 필요도 없으니, 단순히 극단으로 유쾌한 기분이다. 그 자동차가 그 도시 외곽에서 4km 떨어진 군용 비행기 설치 장소 -기념석 주변의 로터리 -를 돌아 나온 뒤, 그 아가씨들 요구가 더 커졌다. 그들 모두 가 똑같이 -차를 세워달라! -고함을 질렀다. 그들은 소변이 마려운 것이다.

-참아, 이 아가씨들아! -앞의 조수석에 앉은 청년이 고개도 돌리지 않은 채 온전히 무례하게 불평을 쏟아냈다. -아니면 팬티에 싸든지! 곧 우린 도착해...

-하-하-하! -이번에는 운전하는 청년이 크게 웃었다. -맞아, 페트루샤, 서둘러야 해. 눈이 저리도 많이 왔는데. 날씨는 변할 거라구. 한 시간 뒤면 해가 아마 나올 거야!

운전자 청년이, 페트루샤 라는 이름의 청년이 대답 대신 웃음을 세차게 내지르자, 아가씨들은 그 소리에 놀라 침묵했다. 차에 탄 사람들은 이제 말이 없었다, 그러나 "코페크"자동차가 들썩거릴 때마다 아가씨들의 악- 하는 비명만 더 크게 들렸다.

그런데 갑자기 그 자동차가 소도시의 어느 교통표지판 가까이서 멈추자, 그 갑작스런 멈춤에 그 자동차의 차체가 반쯤 돌아버렸다. 그때도 그 아가씨들의 악- 하는 비명은 더 크게 들려왔다. 차가 멈춰 서자, 아가씨들이 재빨리 차에서 내려, 도로 바깥의 눈 속으로 뛰쳐 가, 자동차에서 다섯 걸음 떨어진 안개 속으로 사라졌다.

남자들은 다른 계획이 있다. 운전자가 장갑 한 짝을 꺼내 그 교통표지판을 덮은 눈을 닦았다.

-자 봐! 우리 도시를 방문하는 손님에겐 큰 놀라움이 될 거야, 안 그래, 페트루샤?

그는 술에 취한 듯이 말했다.

-호-호, 스타스! 우린 이 도시에 더 아름다운 이름 하나를 선물로 만들어 주자! 더-자-극-적으로 모든 돼지 같은 녀석들

에게 어울리는 이름 하나를 선사하자!

페트루샤는 자신의 차량에서 플라스틱 통을 꺼내, 하얀색 페인트를 그 도로표지판 위로 부었다.

그 도로표지판은 페인트 세례를 받고 온통 새하얗게 변해버렸다. 청년들은 그 표지판이 마를 때까지 기다렸다. 사실, 아세톤 종류의 페인트는 마르는데 이삼 분이면 충분하다. 그 짧은 순간 두 청년은 그 자리서 자신들의 바지 지퍼를 내려, 자신에게 넘치는 액체를 배설했다. 그들은 차량 바퀴들 위로도 소변을 뿌리면서, 곧 돌아올 아가씨들은 상관하지 않았다.

잠시 뒤 돌아온 아가씨들은, 어울리지 않은 욕설을 하면서 크게 웃고, 방심한 듯 다시 차 안으로 들어갔다.

스타스는 차량에 둔 여행용 가방에서 이미 준비된 페인트칠용 솔을 꺼내, 이를 양손에 쥐고는 그 표지판을 꾹 눌렀다. 페트루샤가 자신이 들고 온 다른 플라스크를 이용해 그 안의 액체를 능숙하게 뿌리자, 검정 조각들로 문자를 만들어 갔다. 잠시 뒤, 청년들은 이제 자리에서 일어나, 먼저 서로를 바라보고, 나중에는 그 표지판을 바라보고는, 만족한 듯 크게 소리를 한번 지르고는, 자동차 쪽으로 달려갔다.

'코페크' 자동차는 부-르-릉- 소리를 내고는, 갑자기 운전자가 액셀을 밟아 속도를 높이자, 마치 앞발을 들듯이, 눈이 결빙된 도로의 움푹 파인 곳을 빠져나왔다. 그러고는 그 자동차는 마치 그 주인의 행동에 만족한 듯이, 안개 자욱한 우윳빛 속으로 사라졌다.

반 시간 뒤, 그 교통표지판에는 맨 먼저 궁금한 햇빛이 닿았다. 그 표지판은 놀랍게도 아주 새로운 이름이 보였다.
'고블린스크(Goblinsk)'.

199.년 2월 20일, 토요일

이번 추위는 2월 하순치고는 그리 심하지 않다. 겨우 영하 12도. 겨우내 눈이 많이 내렸다. 그러니 숲을 지나 잘루쉬칙 호수로 향하는 50m의 길을 내는 일은 정말 땀나는 일이다. - 한 걸음씩 움직일 때마다 몸은 허리까지 눈에 파묻히기 일쑤였다. 하지만 호수의 얼음은 거의 깨끗했다.

휘-익- 하며 불어오는 바람은 길쭉한 빙판 위의 눈을 저 숲으로 정확히 날려 보내고 있고, 지금 연푸른 얼음은, 차가운 겨울 햇살을 받아 여기저기로 작은 무지개를 만들어 반사하고 있었다.

그들은 한 시간을, 아마, 한 시간 반을 더 허비했으니, 곧장 일을 시작할 필요가 생겼다. 알렉세이 이바노비치는 겨울 낚시 전문가다. 얼음을 따라 앞으로 스물다섯 걸음을 걸어가더니, 아이스 드릴을 이용해 첫 구멍을 파기 시작했다. 라자르는 호숫가에 정방형의 장소를 하나 정하고는 서둘러 주변을 청소하였다. 그는 막심에게 큰 삽을 하나 주며, 마른 가지를 주워 와, 불을 피울 화덕을 만들게 했다. 그러고는, 그 자신은 마른 나무둥치 몇 개를 구하러 도끼를 들고 숲으로 갔다.

운전기사 세니츠킨은 목재를 켠 뒤 보통 버리는, 나뭇가지보다는 좀 더 큰 키의, 어느 전나무 그루터기에 등을 기댄 채 담배에 불을 붙였다.

-세니츠킨, 나쁜 인간 같으니!- 막심이 더 큰 기대는 포기한 채 말했다. -도랑 파는 일을 좀 같이 도와요. 정말 당신도 나중에는 자동차를 세워둔 자리까지 돌아가야지...

-시신 담을 관처럼 당신이 파는 도랑을 봤어요, -태평스럽게 세니츠킨은 불평했다. -운전대에서는 쓸모없어요, 나는 보드카를 내가 마실 수도 없지. 사우나 가는 것도 -마찬가지요. 술을 좋아하는 사람이나 파요......에이! 내가 호텔로 내 차를 가져가는 편이 나아요...

그는 담배 연기를 깊이 들이마셨다. 그는 충분한 만족감을 보여 주며 운전하는 일 이외엔 아무 일도 절대적 무관심을 보여 주었다. 그는 벙어리장갑을 낀 채 자신의 미니버스에 돌아가려고 자신의 몸 균형을 잡으려고 낑낑대며 자신의 발걸음을 옮기기 시작했다.

-더 활발하게 움직여 봐요! -막심이 그 운전기사에게 소리쳤다. -등을 이용하고, 또 어깨도 이용해 봐요.

-하나둘, 하나둘! 이렇게 해보니 훨씬 쉽게 이동할 수 있네요! 하-하-하! 고맙군요! 이런 빌어먹을! -세니츠킨이 대답했다. -부장님, 당신 부하들이나 그렇게 움직이게 해요!...

세니츠킨은 거의 엉금엉금 기다시피 걸어 자신의 차량이 주차해 있는 곳에 다시 와, 모터에 시동 걸고, 막심이 있는 쪽으로 매캐한 연기만 남긴 채, 도로 모퉁이를 돌아가 버렸다.

그래, 그 도로에서 호숫가까지 쌓인 눈을 파서 통로를 만들어야 하는 것은 앞으로 올 손님들이 어려움 없이 이 호숫가에 다다를 수 있게 하려는 의도였다.

막심은 이미 자신의 솜 점퍼를 벗어 던진 채 일하고 있다. 그는 삽에 자신의 고대하는 눈길을 보내면서 힘껏 팠다. 눈을 오른쪽으로 또 왼쪽으로 던져가면서. 1m, 1m씩 그 두꺼운 눈을 정복하고 있다.

하지만, 한편으로 그는 반항심도 생겼다. 정말 그랬다. -조금 더 자신의 주장을 굽히지 않았다면, 정말 그는 시가에프의 요청을 거부할 수도 있었다. 뭔가 진지한 이유를 들먹이면서, 예를 들어, 페테르부르크에 계시는 삼촌 댁에 환자가 있어, 그 도시로 차를 타고 병문안 인사를 가야 한다고 말했어야 했는데...악마가 빅토르 시가에프를 좀 죽여버리게 하자! -그러나 그렇게 심하게는 말고.

왜냐하면, 빅토르 시가에프와는 벌써 20년, 아니 그 이상의 기간에 친구로 있었으니. 바로 그 점 때문에 막심은 이곳을 방문할 프랑스인들을 돌봐주기로 했다. 빅토르 시가에프가 그의 상사, 즉 회사 대표라는 이유에서가 아니라...

땀이 이마에서 뺨을 따라 흘러내렸고, 눈물과 뒤섞였다. -라자르가 마른 가지로 그새 불피우는 일에 성공해 그 불이 너무 많은 연기를 만들어내, 매운 연기가 의도적으로 막심이 만들어 가고 있는 그 통로로 따라 들어오는 듯했다, 그러니 연기가 바로 막심의 눈에 들어간 것 같다!..

계획에도 없는 대표단을, 이 도시와 자매결연한 도시에서 온 대표단을, 그 도시 시장은 일상적 환대로 맞았다. 시장이 빅토르 시가에프에게 말했다. -금요일 영접을 맡으라고 했다. 그러나 그 프랑스인들이 갑자기 방문하기에, 토요일에 그들을 대접할 적절한 프로그램이 부족함을 파악한 페트로브스키흐 시장이 직접 "루소플라스트" 공장에 도움을 요청했다. 그러니 빅토르가 그것을 못한다고 거부할 수 있었을까? -자신이 그들을 위해 시간을 내보겠다고 막심이 동의했지만, 뭘 해야 할지 도무지 생각이 나지 않았다.

그러나 알렉세이 이바노비치와 라자르 둘이 함께라면 모든 걸 온전히 잘 해낼 것이다. -그리고 낚시와 양고기 꼬치 구이 요리 샤슬릭[2]과 저녁에 사우나 가는 것으로 접대하면 된다.

왜 보드카 마실 사람들이 더 많이 필요하겠는가?

-왜, 무엇을 위해서, -빅토르가 답했다.

-멍청한 척하지 마. 자네는 프랑스어도 할 줄 알잖아!

---

2) *주/역주: 러시아 요리 이름. 러시아에서는 사람들이 숲에 가서 양고기 살코기를 잘게 썰고, 자른 양파와 토마토 등을 손잡이가 있는 쇠꼬챙이에 끼워 이를 숯불에 구워 먹는 요리. 러시아사람들은 '샤슬릭"이라고 함.

-하지만 정말 그들은 통역인 없이 이곳을 방문할 수 없어요!
-막심이 더 고집스레 말했다.

-그들은 아가씨들과 함께 왔어요, -빅토르가 대답했다. -프랑스어를 좀 아는 아가씨들과 함께라고, 조금 밖에 할 줄 모르는……게다가, 이걸 하나 도와주면, 당신은 당신네 에스페란티스토들에게 갈 기회인, 이틀의 "여분의 휴일(otguloj)"을 챙겨 쓸 수 있지요.

-난 그것 없이도 열 개의 "여분의 휴일"을 쓸 수 있어요!

-그럼 당신은 12일분의 그런 날을 갖게 되네요. 동의하지요?

-그럼 좋아요……동의해요, - 막심이 말했다.

-대표님도 오시겠어요?

-아니, -빅토르가 말했다. -아내 생일 행사가 있어서요……더구나, 손님들은 우리 집단 공장을 비즈니스로 방문한 사람도 아니니. 뭐라더라 화가들이라고 하던데요...그럼 즐거운 시간을 한 번 만들어 봐요!

이제 통로가 다 확보되었다. 삽질하면서 막심은 알렉세이 이바노비치가 농어를 맨 먼저 낚아 올렸다는 소리를 들었다. 알렉세이가 라자르를 향해 이 첫 수확물에 대한 장엄한 축제로 초대하는 큰 소리의 행복해하는 환호 소리도 들려왔다. 막심은 그 환호 소리에 처음에는 개의치 않다가 몇 분 지나서야 자신의 임무를 마치고는 삽을 어깨에 메고 불이 지펴진 곳으로 다가왔다.

그곳에는 이미 능숙한 라자르가 모든 필요한 것을 준비해 두었다. 4개의 큰 나무둥치가 눈을 파낸 곳을 가운데로 해서 만들어진 불구덩이의 양편에 단단히 서 있었다. 한편의 그 나무둥치 두 개 위에 곧은 가지가 길게 놓여 있었다. 불구덩이 안에는 숯이 하얗게 타오르고 있고, 그 숯불 위, 두 개의 곧은 가지 위로 10점의 훈제용 살코기가 놓여, 익어가면서 진한 물고기 향이 흘러내리고 있었다.

검은 머리의, 집시풍의 단단한 체격의 라자르는 모자와 외투를 벗은 채로 있다. 매캐한 연기가 자신의 푸른 두 눈으로 오는 것을 보호하려고 왼손으로 그 연기를 막고 있다. 오른손으로는 살코기를 차례로 돌리는 대신, 자신에게 익숙한 냄새에 따라 쇠꼬챙이를 돌려가면서 요리에 마술을 걸고 있다.

키가 작고 깡마른 알렉세이 이바노비치가 라자르 옆에 서니, 그 모습이 난쟁이 같다. 그 난쟁이 콧구멍은 끊임없이 움직였다. -마력 같은 즐거움으로 알렉세이는 살코기 쇠꼬챙이 꼬치의 구이요리 냄새를 들이마시고 있었다. 100g짜리 잔, 뚜껑이 열려 있는 보드카, 잘라놓은 빵과 절인 오이가 담긴 접시가 접이식 탁자에 이미 놓여 있다.

-그래 이제 다 되었네! -알렉세이 이바노비치가 요란을 떨었다. -막심, 내 영혼은 100g을 원하지만, 당신은 서둘지도 않는군요! 어서 와요, 어서...

약간 떨리는 손으로 그는 잔을 쥐고서 그 잔의 가장자리까지 보드카를 가득 채워 바로 막심에게 건네주었다. 그리곤 라자르를 위해서 또 자신을 위해서 잔 2개를 채웠다.

-두 분, 남자들은 몸을 덥히는 작업을 하였지만, 나는 이 잔으로 몸을 데워야겠어요. 우리 함께 건배하지요!

-그런 말 하지 말아요, 알렉세이 이바노비치, -그렁대며 라자르가 보드카 한 잔을 다 비우고, 그릇에 담긴 오이를 2개의 큰 손가락으로 서툴게 집어 들었다. -당신이 쥔 잔은 코끼리에겐 거친 흥분제 가루 같아요. 우린 알아요, 당신이 나보다 더 잘 마시는 능력을 가지고 있음을.

-아마 그럴 수도, 아마 아닐 수도 있어요... -알렉세이 이바노비치는 교활한 두 눈을 반쯤 깜았다. -상황에 따라서는. 자,

그럼 우리가 다음 잔을 마셔요, 남자들이여!

-서두르지 말아요, -막심은 검댕이 묻은 코를 닦았다. -자, 세니츠킨이 도착한 신호를 보내고 있어요. 그러니, 우리는 저 손님들과 함께 둘째 잔을 마시세.

실제로, 저편 길에서 이미 자동차 모터의 요란한 소리와 신호가 이미 들려왔고, 나중에는 -여자들의 프랑스말과 웃음소리가 더 가까이서 들려왔다. 다섯 사람인 일행은 좁은 통로를 따라 호수로 차례차례 걸어왔다.

남자 2명인 프랑스인 -도미니크와 세르지. 도미니크는 희끗하게 자란 턱수염을 지닌, 중년을 넘긴 곱슬머리다. 세르지는 도미니크보다는 더 나이 어린 거의 금발의, 긴 코를 가졌다. 막심은 그 사람들 이름을 빅토르를 통해 이미 알고 있었다. 그래서 그는 곧장 이렇게 인사를 했다.

-봉주르, 도미니크, 봉주르, 세르지!

-Venez chez nous- tout est pret deja!

-Oh, bonjour, monsieur! -도미니크가 대답했다. -Quel froid de canard! Tu es Maxime? Oui? Enchante!(오, 안녕하세요, 신사! 날씨가 매우 추워요! 당신이 막심이지요? 맞아요? 알게 되어 반갑습니다!)

도미니크가 재빨리 말했다. 동시에 자신의 가벼운 정방향의 프랑스 군용 모자에 달린 귀마개를 풀었다. 러시아 추위에선 필시 필요하지도 않고 유용하지도 않아서다. 세르지는 그에 디해서는 말이 많지는 않았다. 왜냐하면, 그는 동행한 아가씨들을 배려해 주고 있었다. 막심 일행이 만들어 놓은 통로에서 그 다음 모습을 보인 세르지가 막심의 손에 악수하고, 여우 털옷을 입은, 살짝 살진 갈색 머리 여성을 신사로서 도와주려는 것 같았다. 그 여성을 뒤이어, 좀 더 키가 크고 늘씬한 황홍색의, 동정이 가는 한 여성이 자신의 회색 눈에 숨긴 웃음을 보였다. 나중에 운전기사 세니츠킨이 자신의 무관심함과 불만을 강조하면서 나타났다.

-저기, 신사분들은요! -살짝 살진 여성이 큰 소리로 말했다.

-또한 동정심도 많으시네요. 불편하게 했군요! 아하! -그녀는 자신의 두 눈으로 프랑스인들을 열변적으로 가리켰다.

-저기요, 그래도 우린 인사는 해야지요. 저는 류다라고 해요. 이쪽은 나타샤입니다.

-막심입니다.- 막심이 대답했다. 나타샤를 흥미로운 눈으로 쳐다보면서,

-저흰 이미 들었어요......

그녀는 아무 흥미도 없다는 듯이 대답으로 살짝 웃었다. 그녀는 라자르에게 시선을 두었다.

-저는 라자르 이사코비치입니다, -라자르가 입을 열었다. -아는 사람들은 저를 라자르라고 불러요.

-정말 흥미롭군요!- 류다가 재잘대듯 말했다. -그런데 저는 여러분이 집시인 줄로 생각했지 뭐예요.....

-그럼, 당신은 내가 집시가 아닌 걸 이제 알았다는 말이지요. 라자르가 반박했다.

프랑스인들은 인사를 나누면서 서로 쳐다보며 잠자코 웃기만 하였다. 세르지는 신사도에 대해 잊어버리고는 자신의 두 손으로 자신의 빨개진 귀를 비볐다.

-숙녀 여러분, 여기선 조심하지 않으면 안 돼요! -불을 피워둔 곳에서 짓궂은 목소리가 들려왔다. -나는 알렉세이 이바노비치이구요, 낚시 대장이지요! 한때는 아가씨 낚는 일에도 능숙했지요, 지금도 그 능력 있답니다. -저 두 남자에 뒤처지진 않지요! 정말 여러분이 알아야 할 것은, 늙은 말은 고랑을 망쳐 놓지 않는다는걸요...

-그래요, 하지만 그리 깊이 파지는 못하지요!- 나타샤가 대답

했다. -그럼, 알렉세이 이바노비치, 당신이 잡은 성과물을 한 번 보여 주세요. 그러면 우린 당신 능력을 인정하겠어요.

-낚시엔 좋은 시간이 아닙니다, 알렉세이 이바노비치는 다소 덜 유쾌하게 대답했다.

-고기들은 2월엔 잠을 잡니다... 하지만 이 그물망으로 와 보세요. 손님들에게 보여드릴 뭔가는 있지요.

얼음 안 구멍 속에 불쌍한 농어 2마리가 있었다. 그 사이 그들은 경련을 일으키듯 몸을 굽혀 완전히 얼려있었다. 도미니크는 오른손 장갑을 빼내어, 맨손으로 그 물고기를 조심조심 꺼내들었다.

-플라스틱 조형물(Matiere plastique)? -그는 놀라움을 보이면서 물었다.

알렉세이 이바노비치는 그 마지막 말만 이해했다. 그는 마음이 상해 코를 들이키더니 환호를 질렀다.

-왜 플라스틱이란 말이요? 어떤 플라스틱이란 말인가요?! 자연 상태 물고기이라구요, 막심이 저 사람에게 말해 줘요! 만일 이 사람들이 3월에 오면, 나는 그들에게 플라스틱을 보여 주겠다고요! 그들이 세기 힘들 정도로 재빨리 농어들을 잡아 올릴 수 있거든요!

-우린 믿어요, 믿어요, 알렉세이 이바노비치, -류다가 평화롭게 말했다. -그러나, 아마, 이제 우리 관심을 바꿔요. 자, 봐요, 우리가 온전히 이 손님들을 얼게 놔두고 있네요.

-하, 그건 고칠 수 있어요! -알렉세이 이바노비치가 강조했다. -곧장 고쳐질 수 있지요! 우리 불가로 갑시다.

그새 그 살코기 쇠꼬챙이의 꼬치는 충분히 구워졌다. 일행은 2잔씩 마시고, 오이와 훈제된 그 살코기 꼬치 요리를 먹었다. 그러자, 프랑스인들은 이제 좀 활달해지고, 점잖게 매력적인 문장들로 말을 했지만, 그것이 그 상황을 구하는 것은 아니었다. 손님들의 옷차림으로는 이 추운 바깥공기에 오래 머물 수 없기에, 또 그사이 자기 모자를 차 안에 둔 세니츠킨은 몰래 1잔 더 마셨음에도 추위를 더 느꼈다.

그는 손을 들어 프랑스인들을 다 불러, 온전히 5명이 다 모이자, 이전에 파 놓은 통로를 따라 버스 쪽으로 향했다.

막심은 남은 음식과 그릇들을 플라스틱 통에 담고, 접이식 탁자도 접었다. 알렉세이 이바노비치는 빙판 위에 펼쳐 둔 낚싯대를 철수하러 갔다. 라자르는 삽을 집어, 눈을 여러 삽 떠서 불 속으로 던졌다. 그 불은 그 눈에 쉿- 소리를 내며 강하게 반응했고, 탁-탁- 소리를 내고는, 작별하듯 검댕을 내뿜었다.

이렇게 장소를 정리한 뒤, 이 3명의 준비자들도 일행이 기다리고 있는 버스로 향했다.

-스포츠 치료소(SKE)로 곧장 가요, 막심이 세니츠킨에게 말했다.

-나는 알아요, 그동안 멍청해지진 않았지요, -세니츠킨이 이 사이로 말을 뱉었다. -이 도시가 자기 이름을 바꾸었다 치더라도. 하-하-하! 더 적당한 이름으로요!

-그게 무슨 말이요? 막심이 물었다.

-하! 우리가 아침에 여길 왔을 때, 우리는 그 점을 알아차리지 못했어요, 왜냐하면 그 교통표지판의 뒤쪽만 볼 수 있었지요. 그런데, 내가 저분들을 데리러 돌아가다 보니, -세니츠킨은 두 눈으로 프랑스인들을 가리키더니, -나는 크게 웃었어요! 그럼 지금 막심, 당신은 곧 그걸 직접 보게 될 거요.

그 길지 않은 겨울 낚시 탐방을 즐기러 간 동안에도 버스에는 시동이 걸려 있었기에, 버스는 젊은 종마처럼 질주했고, 겨울의 숲길에서 좀 비틀거렸다.

운전기사 세니츠킨 옆에 앉은 막심은, 멀리서도 그 도시를 소개하는 간판에 **"고블린스크"**라는 말이 있는 명패를 보았다. 그는 고개를 돌려 세니츠킨을 바라보고는, 낮은 소리로 말했다.

-저 여행 손님들에게는 알려 주지 말아요. 질문을 받지 않으려면. 무슨 말인가 알았나요?

-당-연하지요! 세니츠킨이 노래하듯 말했다.

20분 뒤 그 버스는 SKE의 출입문 앞에 멈추어 섰다.

스포츠치료소(Sport-Kuraca Ejo), 즉, 줄여 'SKE'라고 하는 건물은 2층이다. 이전엔 공장 사무실로 썼다. 그러나 "루소플라스트'가 관할 행정기관을 다른 곳으로 이전하기 7년 전, 그 기관에서 그곳에 새 사무동 건물을 짓도록 공사대금을 이 공장에 제공했다.

2년 뒤, 그 공사가 끝나자, 그 행정기관이 규모가 커지는 바람에, "페레이스토이카" 시기에는 43명까지 늘어났다. 그러자 유쾌하게 그 사무동을 독점해 사용했다.

반년 동안 그 옛 사무실은 쓰이지 않았다. 때로는 그 행정기관의 어느 위원회가 반년 성과를 검사하러 정기감사차 왔다가 새로 취임한 회사 대표인 빅토르 시가에프에게서 술을 한 번 얻어 마시고는, 그를 칭찬하며 "루소플라스트"가 외부 손님들을 잘 대접하려면 더 적당한 어떤 장소를 가지기를 암시했다. 아마 사우나 같은......아마도, 휴식처가 있는!

그래서 빅토르는 열성적으로 약간의 돈만 요청했다. -왜냐하면, 이제 쓰지 않는 건물이니 -조금 수리하기만 하면 된다..... 그렇게 한 때의 사무실이 SKE가 되고, 그 건물의 2개 층 중 위층은 몇 개의 치료실이 차지하고, 그 공장에 오는 외부 손님들의 방을 2개 준비해 두었다.

한편 아래층인 1층의 집회용 대형 식당은 스포츠실로 바뀌었다. 그곳에 "스웨덴의 벽"이란 장소가 있고, 몇 점의 스포츠 트레이닝 기구들과, 대형 초록 천이 깔린 당구대가 있는데, 이는 그 행정기관이 남긴 선물이었다.

한때의 대형 강당 옆에 방이 2칸 있는데, 그곳에는 일련의 붉은 깃발들, 슬로건, 정치국-임원들의 초상화들3)이 다가올 행사를 위해 기다리고 있었다. 이 모든 것은 최근 절대적으로 아무 효력을 발휘하지 못했다. 그래서 방 1칸은, -그 둘 중 작은 방은- 탈의실로 되고, 동시에 사우나를 즐긴 뒤 음료수를 마시는 곳이 되어, 동시에 12명이 테이블 하나에 앉기에 충분했다.

다른 둘째 방, 더 큰 공간은 사람들이 둘로 나누었다. 첫 번째 작은 방은, 전기주임인 라자르 골드파르브과, 또 기계주임인 막심 슙스키이 덕분에 4명이 완전히 사우나를 즐길 수 있을 공간이 되었고, 다른 한 개의 작은 방은 샤워실로 쓰도록 만들어 놓았다.

이제 그 SKE의 1층에는 공장 수위와 차마시러 자리를 비운 운전기사 세니츠킨을 제외하고 모두 참석했다.

창문 너머 서둘러 황혼이 짙어지자, 눈이 내리기 시작했고, 남동풍이 강하게 휘몰아쳤다. 눈송이들이 그 건물의 출입문 앞의 전봇대 주변으로 날리게 되었다.

그러나 사우나 앞의 방에서는 따뜻함과 우정이 지배했다.

모두는 -그리고 손님들이나 손님을 맞이하는 주인들이나- 이미 한 번은 앞서 데워 놓은 사우나 장을 다녀왔다. 그래서 그들은 거의 옷을 입지 않은 채로 (아침 일찍 이리뇨와 알레브티나가 함께 준비해 둔) 아주 많은 음식이 차려진 식탁 주변에 앉았다.

남자들은 욕실 상자에서 꺼내 온 큰 털수건으로 허리를 감았고, 경험 있는 페테르부르크 여성들은, 비슷한 여흥을 이미 경험해 보았으니, 아래위 2장의 목욕 복장 차림으로 왔다.

---

3)*역주: 소련의 유일 정당인 공산당(KPSU)의 주요 지도기관의 임원이나, 보통 정부가 주관하는 축제행사나 정치행사 기간에는 초상화를 걸어둔다.

이미 3번의 건배가 있고, -그들은 잔을 높이 들어 러시아의 놀라운 겨울에, 모든 참석자 건강을 위해, 또 거의 완벽한 삶을 만들어 주는 미인들을 위해 건배를 했다.

알렉세이 이바노비치는 건배하지 않고도 연거푸 3잔을 더 마시고는, 프랑스사람들에게 소비에트 체제의 의심 없는 장점을, 또 현 체제의 어쩔 수 없는 부족함을 설명해 주려고 애썼다.

-제가 여러분에게 러시아어, 순수한 러시아어로 말하지요!- 그는 또 한 번 큰소리치고는, 두 손으로 자신의 가슴에 난 회색 가슴 털을 한 번 잡아 보고는, 한 번은 도미니크를, 한 번은 세르지를 뚫어지게 쳐다보며 소리쳤다.

-나는 "루소플라스트"에서 주요 멤버입니다. 내 직책이 뭔지 물어 보겠어요!? 그래 질문을 해 봐요! 나는 조달국장입니다. 그리고 소비에트 시절에는 나만 이 모든 -모든 필요한 것을 찾을 수 있었지요! 그래서 이 공장이 돌아갔습니다! 그럼 나는 어디서 플라스틱을 구입했나요? 기계장치들은요? 아세톤은요?!! 아무도 능력이 없었지만, 나는 -그래요. 할 수 있었지요! 그런데 지금은요? 지금은 무슨 일이 벌어졌는가요? 모든 것은 있어요, 사람들이 모든 것을 자유로이 구매할 수 있습니다......돈만 없지요. 왜냐하면, 아무도 우리의 완벽하게 만든 빗이나 비누 담는 곽이 필요하지 않으니 말입니다. 그래서 2년 전만 하더라도 모두가 존경해 온 내 직업이 지금은 뭔가, 지금 이 알렉세이 이바노비치 크바드라토프의 직업이 뭔가? 뭔지 궁금하지요? 아무 것도 아닙니다! 난 아무것도 아니라구요!...

프랑스사람들은 주의를 기울이고 흥미를 갖는 체했지만, 때때로 그들은 막심에게 도와 달라는 듯이 쳐다보았다.

류다는 그를 팔꿈치로 밀치고는, 이젠 "저 아무것도 아닌" 사람의 입을 막을 필요가 있음을 웅변적으로 시선으로 보였다.

그러자 막심이 기타를 들었다.

　-아가씨들, 우리가 노래 좀 해볼까요? -그는 감정을 실어 말했다. "우리 손님들을 위해- pour vous, chers amis(여러분, 사랑하는 친구들이여)!" -그리고 그는 자신의 동정적인 바리톤 목소리로 시작했다.

　　chevaliers de la table ronde,
　　Goutons voir si le vin est bon
　　(원탁의 기사들이,
　　와인 한 잔을 마시네)

　두 프랑스인이 열정적으로 즐겁게 잔을 흔들면서 거들었다.-그래서 모두가 함께 잔을 흔들었다. 오른편으로 왼편으로, 그리고 이삼 분 뒤 진지한 공통의 즐거움이 그 자리를 지배하게 되었다.

　　S'il est bon, s'il est agreable
　　Je boirai jusqua mon plairsir.
　　(만일 와인이 좋다면,
　　나는 취할 때까지 기꺼이 마시리)

　아가씨들은 뭔가 중얼거렸다. 분명한 것은 그들이 그 노래를 모른다는 것이다. 알렉세이 이바노비치는, 이미 채워진 잔을 흔들면서, 한편으로 너무 크게 흔드는 바람에 그 잔의 절반이 흘러넘치게 되자, 나머지는 서둘러 마셨다.

-러시아 노래, 러시아노래를 들려 줘요, 막심! -그는 고함을 질렀다. 그런 프랑스 노래는 그들이 집에 가서 부르도록 해요!

　세르지와 도미니크는 흔드는 것을 멈추고는, 막심을 의문 속에 쳐다보았다. 막심은 당황하지 않고서, -기침을 한 번 하고는 그는 차례로 기타를 튕겨 보기 시작했다.

　-그래요, 아가씨들, 그 노래는 여러분도 알 거요! 당신의 남

자친구들을 위해 춤을 추어요!

-예-에! 류다가 환호를 보탰다.-"치카노쉬카"라는 노래! 우리는 그 노래를 원해요!

기타 두 개가 벽에 걸려 있네요.

불평하며 한숨을 쉬고 있네요....

막심은 서두르지 않고 노래를 시작하다가, 점점 그 리듬을 빠른 템포로 가져갔다. 류다와 나타샤는 똑같이 천천히, 자신의 엉덩이를 움직이더니, 탁자에서 일어나, 넓은 장소로 나왔다. 그리고는 열정적으로 춤을 추면서, 손짓으로 자신의 남자친구들을 초대했다. 세르지가 먼저 합류하고, 나중에 도미니크가 합류했다. -그들은 아가씨들 옆에서 급히 걸었고, 용감한 환호와 만족한듯한 웃음으로 자신의 서툰 춤솜씨를 보상했다. 정말 만족에는 이유가 있었다; 아가씨들은 거의 옷을 입지 않은 채 감동한 듯이 보였다. 그들은 눈짓으로 호소하듯 신호를 보냈고, 집시 여인을 흉내 내면서 젖가슴을 흔들고, 능숙하게 자신의 엉덩이를 돌렸고, 유쾌하게 웃고, 그들이 마치 이 모든 것을 자기 개인의 기쁨과 즐거움을 위해서만 만들어 놓은 듯했다.

나타샤는 라자르에게 다가가, 그의 손을 잡고, 춤추고 있는 무리로 끌고 왔다.

뚱뚱한 라자르는 그 자리에서 일어나, 허리에 매어둔 수건의 매듭을 단단히 하고는 나타샤 앞에서 마치 진짜 집시처럼, 놀랄 정도의 능숙함으로 춤을 추기 시작했고, 한번은 앉은 자세를 하고는 또 한번은 그 자리에서 뛰어, 다리를 양옆으로 뻗고는 때때로 지신의 검은 곱슬머리를 열정적으로 흔들어댔다. 그는 비정상적인 키의 세르지보다는 머리 절반 정도로 키가 더 컸다. 매 동작에서 감동적인 남자의 힘을 발산하며 근육을 부각했다. 이제 그들 둘이서만 춤을 추었다. -다른 춤춘 이들은 벽에 서서, 손뼉으로 그 춤추는 한 쌍을 따라갔다.

알렉세이 이바노비치는, 탁자에서 손뼉을 치며, 또 한 잔을 마시고는, 포크로 찜 요리의 고기 한 조각을 집어 입안에 넣으려 했으나 실패했다. 그러다가 그의 두 눈이 감겼고, 그 벽에서 거의 떨어질 듯이, 포크를 손에 든 채 잠자기 시작했다. 막심은 계속 노래하며 기타를 쳤으며, 아무 중요한 일은 없다는 듯이 즐겼다. 류다는 다시 그 춤에 끼어들었고, 도미니크의 두 손을 잡았다.

하지만 갑자기 그의 아래를 감고 있던 털수건의 매듭이 풀리는 바람에, 그 수건이 바닥으로 떨어졌다. 그러자 아가씨들은 환호했고, 나중에 웃음을 터뜨리자, 남자들도 웃음에 가세했다. 도미니크는, 살짝 웃으며 미안하다고 하고는, 일어나, 다시 제 몸을 수건으로 감았다.

-식탁으로 와요! -막심이 초대했다.- 이제 우리의 우정을 위해 건배해요!

이미 잠들어버린 알렉세이 이바노비치를 제외하고는, 잔을 높이 들어, 잔을 부딪치고는, 다 마셨다.

-dispmoi, Lazar(말해요, 라자르), -도미니크가 절인 버섯을 씹으면서 말했다.- Ondit, que les juifs ont leurs......leurs outils, comprenesz-vous, plus forts apres la circoncision...Cest-ca?(소문에는 유대인의 '남성'이 할례 때문에 더 힘이 세다는 말이 있던데, 그런가요?)- 그는 두 눈으로 자신의 허리 위의 털수건을 보였다.

-통역해 주게! -라자르는 아가씨들의 웃음에 주목하고는, 막심에게 몸을 돌렸다.

나타샤가 자리에서 일어나 천천히 사우나를 즐기러 사우나탕으로 몸을 향했다.

막심은 그 말을 통역해 주었다.

라자르는 도미니크를 야만스럽게 쳐다보고는, 짧은 웃음을 내보였다.

-하-하! 저 사람에게 난 할례를 하지 않았다고 전해 주게, 왜 냐하면 내 부모는 공산주의자였으니. 하지만 내 힘은 그것으 로 인해 전혀 더 작아지진 않았다고, 이와 관련해 저들이 아 무 의심을 두지 않기를 바래.

그는 천천히 일어나, 나타샤를 따라 사우나로 들어갔다. 막 심은 전기 주전자에 전원을 켜면서 통역해 주었다. 그리고 그 는 류다에게 테이블 위에 있는 음식들을 좀 치우고 차 한 잔 마실 수 있게 준비해 달라고 도움을 청했다.

알렉세이 이바노비치는 한 손에 포크를 집어든 채 여전히 곤 히 잠자고 있었다.

도미니크와 세르지는 라자르의 답을 듣고는 유쾌하게 웃었지 만, 막심은 세르지가 조금 신경이 쓰이는 듯한 눈길로 사우나 문을 여전히 보고 있음을, 또 당장 그쪽으로 뛰어가는 것이 예의상 맞지 않음을 알아차렸다.

사우나 안에는 열기가 충분했고, 사방의 벽을 덮은 사시나무 조각들의 독특한 향기를 맡을 수 있었다. 나타샤는 높은 칸에 서 땀을 빼고 있고, 살짝 웃으면서 들어서는 라자르를 유심히 쳐다보았다. 그는 대답으로 살짝 웃고는 물었다:

-증기를 좀 더 세게 할까요, 하하?

-아마, 그래요... -나타샤가 대답했다.

이전에 준비해 둔 풀즙으로 라자르는 긴 나무 손잡이가 있는 두레박을 반쯤 채워, 그 즙을 펄펄 끓은 돌들 위로 뿌렸다. 쉬 -익-하는 소리가 크게 났고, 그 장소를 하얀 증기가 풍부하게 만들어졌다. 라자르는 다시 한번 뿌렸다.

-우후!- 나타샤가 아래쪽 칸으로 서둘러 내려오면서 말했다.

-너무 뜨거워요. 하지만, 라자르...그거 사실인가요?.....

-무슨 말인가요? -라자르가 옆에 앉으며 말했다.

-그 힘에 대해...

-그 힘은, 그래요, 사실이지요.

-잠깐 보여 줄 수 있어요?

라자르는 그녀에게 직접 주목하는 눈길을 보내고는, 자신의 허리에 두른 수건을 풀었다. 나타샤는 입술을 깨물고 그것을 건드려 보려고 손을 뻗었지만, 곧 그만두었다.

-헤이, 종마가 날뛰는 모습이네요! -그녀는 매력적인 두려움으로 말했다.

-그 뜨거움에는 당신 옷이 더 필요 없겠지요? 벗어 버려요. -라자르가 말했다.

-안돼요, 장난꾸러기 같으니라고! -나타샤가 살짝 웃었다. -세르지가 곧 이곳에 들어올 것 같고, 또 그게 그이가 싫어할 걸요.

-그게 중요해요? -라자르가 천연스럽게 대꾸했다.

-그래요. 난 벗지 않을 겁니다. 나는 그이에게 여전히 많은 걸 얻어야 하니까요.

라자르는 수건을 두르고 매듭을 하고는, 다시 그 두레박을 집었다.

문이 열렸고, 문턱에는 상기된 표정으로 세르지가 나타났다. 나타샤는, 이미 윗칸에 앉아, 큰 목소리로 말했다:

-Serge, viens chez moi(세르게이, 이쪽으로 와요)...

-Il fait chaud(뜨거워요)! - 세르지가 평정심을 되찾고는 감탄했다. -Trop chaud(너무 뜨거워요)!

-Oh, oui(아, 예에)! -나타샤가 증기가 올라오는 위쪽에서 응대했다.

-너무 너무 뜨거워요! 미끄러지지 말아요, 남자 여러분!

러시아말로 된 그 마지막 문장은 라자르를 향한 메시지였다.

나타샤는 자신의 두 손으로 자신의 브래지어를 잡아 머리 위로 벗어 올리고는 살짝 웃으며, 머리카락을 정돈했다.

-Oh, oh(오, 오)!...- 세르지는 당황해하며 숨을 내쉬었다.
라자르는 몸을 돌려 사우나에서 나왔다.

차 마시는 시간이 되었어야, 알렉세이 이바노비치가 잠에서 깨었다. 막심은 그에게 뜨겁고 강한 차 한 잔을 내밀었다. 알렉세이 이바노비치는 손이 떨려 찻잔을 겨우 들 정도였다. 그래서 그는 몸을 숙이고는 차를 마실 때마다 조금씩 불어 차를 마셨다. 라자르는 쓸쓸히 막심 곁에서 차를 마셨다.

나타샤는 자신의 찻잔을 오른손에 잡고 세르지의 왼쪽 가슴을 쓰다듬고 있고, 그의 귀에 대고 무슨 말을 속삭였다. 도미니크는 류다와 팔짱을 끼고 앉아 있고, 류다는 그의 입안으로 월귤 잼을 밀어 넣었다. -한 숟가락 한 숟가락씩. 도미니크는 소리내어 쩝쩝하며 먹고, 두 눈을 반쯤 감고서 때때로 잼도 먹고 차도 마셨다. 나중에 그는 방안의 침묵을 깨는 소리를 했다.

-Maxim, explique-moi, s'il te plait(막심, 내게 말해 주오), -그가 말했다. -Monsieur Eltsin a declare avoir l'intention de privatiser toutes les entreprises. J'esper, que "Rusoplast" aussi. Qui en serait alors le proprietaire?(옐친 대통령이 모든 공장을 민영화한다고 밝혔다면서요. 희망컨대, "루소플라스트"도 해당되겠지요? 그럼, 이 공장은 누가 주인이 되나요?)

-그가 우리 회사 "루소플라스트"에 뭐라 묻는 거요?- 알렉세이 이보노비치가 위협적으로 더듬거리며 말했다. -우리 회사 기밀을 발설하면 안 돼. 막심, 그 입 막아!

-괜찮아요, 조용해요, -막심은 알렉세이에게 그렇게 말하고는,

도미니크에게 몸을 돌려 말했다.- Je ne sais as...Pour le moment personne ne sait. Je crois que ca ne sera pas moi,(나도 모릅니다.....아무도 지금은 모릅니다. 내가 아님은 확실합니다.) -그는 웃으며 말을 마쳤다.

-Mais, pourquoi pas(그런데, 그건 왜 불가능한가요)? -도미니크가 물었다.

막심은 어깨를 한 번 으쓱해 보고는, 세니츠킨에게 전화를 해, 버스 대기시키라고 했다.

약 11시다.

세니츠킨은 화가 나, 말이 없었지만, 도로에 움푹 파인 곳을 피해 운전하느라, 오른편 왼편으로 그 불쌍한 소형 버스를 운전하며, 시내로 서둘러 몰았다. 도로는 불이 켜져 있지 않고, 다른 차도 보이지 않으니, 그 소형 버스 불빛만 밝혀져 있으니, 겨우 전방 20m 정도만 볼 수 있었다.

알렉세이 이바노비치는 뒷좌석에서 곤히 자고 있고, 라자르는 그의 옆에 앉아, 자신도 잠이 깜박 들었다. 프랑스인 일행과 또 같이 온 아가씨들은 버스의 앞쪽 네 좌석을 차지하고, 자신이 탄 버스 전방을 좀 걱정스레 쳐다보고 있다. 아가씨들은 세니츠킨이 차의 방향을 급히 돌릴 때마다 환호성을 질렀다. 막심은 세니츠킨 옆에 무관심하게 앉았다. 왜냐하면, 몇 번의 주의와 충고에도 불구하고, 운전기사 세니츠킨은 자신의 집에 기다리는 가족이 있음도 거의 무시한 채 운전하는 것 같았다.

갑자기 프랑스사람들이 불평을 했다.

-Maxim, Mazim, regardez(막심, 막심, 저길 봐요)!- 도미니크가 볼멘소리를 했다.

-Maxim, un arbre(막심, 저기 나무 한 그루)!- 세르지도 공

포감에 질려 소리쳤다. 실제로 차량 불빛 속에, 전방 몇 미터
(m) 앞에 어느 목재 운반 차량에서 떨어져 나온 두툼하고
6m 길이 정도의 나무둥치 하나가 보였다. 그 목재가 그 도로
를 거의 가로막듯이 대각선 방향으로 놓여 있었다.

-세니츠킨, -막심이 말했다.-이 차 멈춰요. 저 목재 치워야겠
어요.

-저 정도는 괜찮아요, -세니츠킨은 속도를 줄이지도 않은 채
로 불평하며 말했다. -우린 통과할 수 있다구요.

   류다와 나타샤는 두 눈을 감고, 프랑스 신사들은 혼돈 속에
계속 전방을 주시했다. 소형 버스는 왼편으로 한 번 꺾더니,
왼쪽 앞바퀴로 도로 옆의 눈을 잡고, 잠시 비틀거리더니, 균
형을 다시 유지할 수 있었다.

   그 목재는 그 소형 버스 뒤에 남게 되었다.

-Mais, les autres voitures(그럼, 다른 차량은 어떡해
요)?..... 도미니크가 말했다.

   막심은 어깨를 으쓱했다.

199.년 2월 23일 화요일

반쯤 어두운 수공업 공장 안에 막심은 자신의 가장 능숙한 팀
원이자 열쇠공 코스차 옆에 웅크러 앉아 있었다. 그 두 사람
은 자동 사출기의 오일펌프가 고장 나서, 이를 수리해 다시
써보려 있었다. 그 오일펌프를 완전히 분해해, 고무 패킹 링
1개를 새것으로 갈았으나 그 펌프는 제대로 동작하지 않았다.
그 펌프는 간혹 윙윙-거리고, 쉿-소리만 내고, 때로는 휙-하
더니, 빨아들이는 펌프질 기능을 제대로 하지 못했다.

   그 두 사람은 이 펌프를 가동하려면 기적의 힘- 즉, 피스톤

8개 중 적어도 3개를 새것으로 교체해야만 -에 의해서만 제대로 동작할 것으로 판단했다. 그러나 그들은 정말 그런 기적을 고대하고 있다. 이 귀한 펌프에 맞는 황동 피스톤을 경험 많은 알렉세이 이바노비치조차 전국에 다 뒤져도 찾아내지 못했기 때문이다.

-그럼, -막심은 자신의 목을 한번 만지고는 말했다. -다시 한 번 더 분해해서 이번엔 8개 피스톤 모두를 제대로 닦아봅시다. 아니면 다른 제안이 있나요?

 그 마지막 문장은 어느 영화의 한 장면에서 본 것을 한번 써 본 것이다. -막심은 이 문장을 들은 자기 직원이 더 열정적 생각과 감동을 하도록 할 의도이었다. 그러나, 코스챠는 유사 기계를 20년간 관리해 온 사람이라서, 그런 의견은 거의 회의적이라 판단해, 그 말을 무시하듯 말했다.

-주임 기계기능공님의 제안은 언제나 방법적으론 완벽입니다. -그는 놀리는 듯 웃음으로 말했다. -그러나 언제나 너무 이론적이에요. 우리가 한 번 그리 해보겠지만, 좋은 품질의 것을 다시 장착하는 것 만이 가능성이 있어요. 그 제안으로는 좋은 결과를 가져오리라곤 보지 않아요.

 어투로 보아, 그는 정말 노동 계급의 지성인이다.

 그는 대학 졸업장을 가진, 지성을 갖춘 엔지니어들이 들으면 마음에 상처를 입을 것 같은 그런 우아한 어투를 좋아했다. 그리고 그가 열쇠기능공으로서 자신의 업무를 그런 어투보다 더 우아하게 말하지 못한다면, 그 엔지니어들이 그를 자책감 없이 집어삼킬 태세일 것이다.

-그럼, 제대로 닦는 능력이란 게 뭘까요?

막심은 비난하듯 물었다.

-세척은 제 일이 아니라, -코스챠가 반박했다. -샤쉬카 일입니다. 아마 오늘은 그가 술이 깨어 있을 겁니다, 그러니......

그는 갑자기 자신의 말을 끊고, 자신의 두 눈을 똑바로 막심의 등 쪽을 향해 두고 말했다.

막심이 고개를 돌려 보았다.

그 두 사람이 있는 쪽으로 수염이 조금 자란 공장책임자인 주임 엔지니어 세르게이가 걸어오고 있었다. 같은 나이의, 한때 친구이기도 하지만, 4개월 전에 먼저 승진한 그가 그사이 태도를 싹 바꾸었다. 어떡하지?

-이젠, 슈민스키이, -지난 4개월 동안 세르게이는 직원들을 호명할 때, 엔지니어이자 부하직원에게는 성(가족명)만 부르고, 그 밖의 노동자에게는 이름과 부성으로 부르는 습관에 익숙해 있다. -저기, 슈민스키이, 당신은 여기서 오래 머물 작정인가요?

-이젠, -막심은 대답했다.

-앉아 있어도 소용이 없게 되었네요.

-아흐, 소용이 없다니요! -세르게이가 열을 냈다. -그 말은 그 자동기계가 이제 작동이 됨을, 또 내가 이곳으로 여성 노동자들을 곧 보내도 됨을, 또 우리가 이번 달 목표량을 달성해 당신을 포함한 모두가 급료와 시상을 받을 것이라 이해하면 되겠어요?

-세르게이 발디모비치, 주임 엔지니어인 당신은 이 불쌍한 기계기능공은 좀 내버려 둬요, -코스탸가 두 눈을 들어서 보았다. -그에게는 마술 막대기가 없어요. 회사 대표라면 그렇게 말할 수 있겠지요. 이 기계기능공도 이전의 고르콤[4])을 움직여 본 기술자였지만, 이분도 우리 일엔 전혀 모르는 사람이지요. 그러나, 당신, 공장주임 엔지니어, 당신은 정말 모든 걸 이해할 수 있어요!

-하지만, 콘스탄틴 아르카드에비치, 당신은 끼어들지 말아요!

---

4) *주: 공산당 시당위원회

당신이 "운영위원회(planumo)"에 가진 않지요, 나 또는 이 사람이 가지요. -그렇게 말하고는, 세르게이가 고개를 저편으로 돌려 버렸다. 그의 얼굴은 좀 붉어졌으나, 양 입술은 뭔가 부조화스럽게 움직이고 있었다……-당신 일이나 잘 하세요. 아마, 시상을 받고 싶다면요.

-아마는 아니지요, -코스챠가 그 문장을 고쳐 말했다. -아마도가 아니라 난 꼭 받고 싶어요. 여느 시민처럼, 의식적으로 또 비난받지 않고도 6급 열쇠공인 내게 위임된 임무를 수행하는 사람이라면, 정말 나는 상도 받고 싶고, 그에 상응하는 급료도, 능력에 따라 정확한 날짜에 받기를 요구합니다. 그런데, 세르게이 발디모치, 주임님의 주요 공식 임무가 뭔가요?

그 공장주임 엔지니어는 이 모든 재난의 이유를 정확히 알아야만 했고, 그 상황을 바로잡기 위한 정확한 수단을 찾아야만 했다.

-어이, 코스챠, 코스챠… -곧장 세르게이는 조금 화가 난 듯이 둘째손가락을 떨면서, 친절한 것처럼 말했다. -주임 엔지니어를 가르치려고 드는군요! 당신 말이 당신을 적으로 만들게 되네요! 어느 대장이, 나보다 더 마음씨 착한 어느 대장이라면 당신을 해고할 거요. 그 정도의 말장난이라면 공장에서 쫓겨날지도 몰라요……

-그럼, 주임 엔지니어가 그리 하시오, 세르게이 발디모비치, -코스챠는 자신의 마음이 크게 상했음을 그 말투에 표시하고 있었다. -해고해요, 내쫓아 봐요, 쓸어내 보라고요. 나는 더 나은 일자리를 가질 것이니, 내 말로도, 또 내 기술도!

-이제 일하세요, 일하세요……-세르게이가 평화를 찾도록 대답했다. -그러나, 당신, 슈민스키는 나를 따라 함께 갑시다. 10분 뒤 "운영위원회"가 시작될 거요.

　매주 화요일은 공장의 각 부서장이 참석하는 정례 회의 날이다. 그래서, 화요일 11시에는 "루소플라스트" 내 부서장 16명이 지난주부터 모아 놓은, 대표 빅토르의 비난을 듣기 위해 대표실의 긴 대형 테이블에 앉아야만 했다. 자신을 변호하려고 -그럴 능력이 있는 사람이라면.

그러나 안타깝게도, -거의 한 번도 어느 특정 문제에 대한 진지한 해결책이 나오는 경우는 없다. 해결책은 더 작은 모임에서 나온다. 대개가 이 회의실 바깥에서 나온다.

막심은 왼손 집게손가락으로 자신의 좀 평평한 코를 긁었다. 4년 전 "루소플라스트"에 주임 기계기능공으로 입사한 그는 매주 그 공장의 부서장들이 말하는 숫자들을 들으면서 새삼 놀랐다.

이제, 여기에 중요 멤버만 모였구나 라고 그는 생각했다. 16명... 하지만, 예를 들어, 경제학사 안나 안토노프나는 자기 부하 여직원이 3명이다. 충분히 어린 그 여직원 3명은 회사 대표의 축제의 밤 행사에 동원된다, 업무일에 하는 일이라곤 거의 없다. 그들에겐 임무가 주어진 것이 없다. 4명의 회계 여직원도 -주임 회계사인 안드레에 미카일로비치의 보조원들 -마찬가지다. 여경리이자 "노동 보호"의 엔지니어들인 기술부원 5명, 또 경리부 직원 2명......총 200명의 노동자가 43명의 운영진의 지도를 받고 있다.

3년 전, 어느 날 막심은 회사 대표 빅토르에게 자신의 의견을 위험을 무릅쓰고 말했다. 빅토르는 친구이기도 하다. "루소플라스트"에서 1년 근무한 뒤 그가 보기엔, 14명에서 최대 17명 정도의 운영진이면 정상적으로 200명 노동자를 -기술적으로, 회계적으로, 보호하는 분야에서- 관리할 수 있다고 제안해 보았다.

그러자 빅토르는 -마음속으로 화를 냈다, 또 막심은 빅토르의 갈색 눈가가 조금씩 붉혀지는 것을 보고 그의 화를 알아차렸지만 -그를 한 번 비웃었다.

-슘스키이 동무, 자네가 가장 현명한 사람이라고는 말하지 마시오- 빅토르가 말했다. -슘스키이 동무는 이 운영진의 급료 총액을 레닌그라드(페테르부르크라고 -막심이 끼어들어 고쳐 주었다.)에 있는 중요인물들이 결정한다는 것을 필시 모르고 있거나, 그럼, 페테르부르크라고 합시다, 중요하지 않아요, 하지만 급료 받는 사람 절반을 해고한다 해도, 나머지 사람들이 더 많은 급료를 받지 않는다는 점도 알아 둬요. 페테르부르크는 간단히 그 급료 총액의 일부만 뺏기게 되어요.

막심은 바로 그 점이 전혀 이상하다고 실토했다.

막심은 노동자들이 똑같은 생산을 하는데, 아마 더 많은 상품을 생산하지만, 성과 이익을 따져, 그렇게 남은 직원들의 급료를 올려 주면 된다고 말했다. 하지만 빅토르는 화를 내기조차 했다. 그리고는 신성모독이라며 그는 더는 그런 진지한 문제를 토론하고 싶지 않다며 자리를 박차고 나가 버렸다...

-그럼, 동무들, 오늘 우리가 해야 할 일이 뭔가요?

빅토르의 갈색 눈은 긴 탁자에 둘러앉은 모든 참석자를 향하면서, 그 사람들의 눈과 일일이 잠시 눈을 맞추더니 잠시 머물렀다. 빅토르는 막심에게 한때 함께 한 술좌석에서 그런 회의 주재 방식을 고르콤의 어느 제1서기가 가르쳐 주었다고 했다. 지금, 소문엔, 그 서기는 아주 높은 직급으로 공산당 기금으로 운용하는 외국의 어느 곳에서 근무하고 있다고 했다.

-그렇게 일일이 눈길을 마주하면, -빅토르가 말하길, 짧은 순간이라 할지라도, -시선을 받는 이가 겁을 집어먹고서, 자신이 가진 죄목을 그 자신의 머리에서 찾나보다 하고 긴장하기도 한다고 했다. -그런데, 만일 그 시선을 받은 사람이 아무 죄가 없다면요?... 막심은 그런 빅토르의 긴장된 눈길을 피하

지 않으면서 물었다. -죄가 없다고 하는 부하직원은 없지요, 빅토르가 대답했다. 빅토르는 자신의 눈길을 거두면서. 적어도 책임감이 있는 부서장이라면 그 부서직원들이 무서움을 느끼도록 그 점을 강하게 머리에 인식시켜 놔야 한다고 했다...

그 대표가 탁자에 둘러앉은 그들 눈길을 여전히 둘러보고 있었다. 대표를 중심으로 오른쪽에는 주임 엔지니어 세르게이, 판매부장 -황홍색 머리카락의 교활한 눈길의 에우게쵸, 재무부서 직원들 -안나 안토노프나와 안드레이 미카일로비치, 퇴직을 거의 앞둔 니나 드미트리에프나. 니나는 경리부 일을 주로 다룬다. 알렉세이 이바노비치 -오, 의심 없이! 왼편에 주름진 얼굴의 현명한 발레틴 일리치-주임 계획사, "노동을 보호하는" 언제나 즐거운 나디뇨, 아주 활달하고도 속이기를 잘하는 사출공장장 안톤 다닐리비치. 냄새가 진동하는 아세톤 옆에서 30년간 일해 기침을 더 자주 하는 셀룰로이드 공장장 리디아 페트로프나, 그리고 SKE 책임자인 26살로 가슴이 큰 알레프티나.

그 대형 탁자를 중심으로 왼쪽 벽 전부가 대형 유리창 5장이 차지하고 있다. 매서운 겨울 날씨에 대비하느라고 충분히 생산된, 하얀 구멍이 많은 레이스 천이 그 유리 창문들을 완전히 덮고 있었다. 그런데 그중 2개 창문의 작은 환기창이 2곳 열려 있었다. -그곳을 통해서 하얀 하늘을 사각형으로 볼 수 있고, 보일러 배관에서 짙게 나와, 바람을 가르는 시커먼 연기 뭉치가 보였다. 막심은 이 모든 것을 볼 수 있었다. 왜냐하면, 그는 그 벽을 마주해 앉아 있다. 회사 대표의 눈길이 덜 자주 다가오는 막심이 앉은 자리 쪽에 의자가 4개 있는데, 주로 기술자들이 자리했다. 막심 옆에는 주임 전기기술자 라자르, 머리가 벗겨진 창고장 스테판 아나톨리예비치, 막심과 같은 나이에, 동정적인 제어부장 사쵸 키르조프, 임시 영선부장인 까치 머리의, 키 작은 우즈베크인 콜랴가 있었다. 마지막 인물 콜랴의 진짜 이름은 암니갈레이 슐탄베르디에비치이지만, 그를 잘 아는 이는 그리 많지 않았다. 왜냐하면, 그 이름을 가진 사람이 자신을 콜랴로 불러라고 신신당부했기 때문이다.

-그럼, 동무들, 오늘 우리가 해야 할 일이 뭔가요? 빅토르가 되풀이해서 말했다. 그의 눈길이 다시 탁자를 빙 둘러 보더니, 두 번째는 안나 안토노브나의 눈과 마주쳤다.

-빅토르 비실리에비치, 이달 중순이면 모든 것이 당초 프로그램대로 진행됩니다. -대형 서류책자 쪽으로 자신의 좀 긴 코를 들이대면서 그 여성 경제사는 날카롭게 속사포로 이렇게 말했다. -물통은 62퍼센트, 비누통은 80퍼센트, 각종 빗은 합쳐서 78퍼센트를 생산하고, 연필은 2월엔 생산 계획이 없어요. 각종 배관류들은....

-그만! -빅토르가 고개를 자신이 가진 서류에 숙이면서, 그녀 말을 중단시켰다. -미안해요, 안나 안토노프나, 하지만 우리는 좀 이것을 이리 해석해 볼 필요가 있습니다. 각종 빗이 78퍼센트라는 것은요. 여러 동무 중 당신이나 다른 누군가는 알고 있기를, 우리의 존경하는 키르조프 동무가 속한 부서로 그 중 약 4분의 1이 불량으로 공장에 돌아왔어요. 그 점을 알고 있어요?

-저는 몰랐어요... -안나 안토노프나는 눈을 들지도 않고 힐난조로 말했다.

-필시, 당신은 몰랐겠지만요. -세르게이가 그 말을 받아 말했다. -만일 당신이 제품 재고창고가 아닌, 그 수공업 부서에서 그 숫자를 받는데, 그걸 어떻게 알겠어요?

-저런 멍청한 말을 하다니!- 빅토르가 놀라움을 표시했다. -

그게 이전부터 그랬나요?

-실은,....실은 늘 그래 왔어요, -안나 안토노프나 얼굴이 붉게 덮었다. -26년간 그게 관례처럼 해 왔어요.

-멍청하고 또 멍청하군요! - 회사대표는 회의에 모인 운영위원회 참석 임원들에게 화난 시선을 던졌다. -그럼, 전체 보고를 하는 당신 노트는 모두 거짓이군요! 그리고 진실을 아는 이는 없군요.

-나는 알고 있어요, 빅토르 바실리이에비치, -에우게쵸가 봉사하듯 말했다.

-우리의 지-지-지식인이군요! -알렉세이 이바노비치가 쉬익-하는 소리를 냈다. "무엇이, 어디서, 언제"5) 프로그램의 성-성공을 기원해요....

-하, 계속 그리 말하세요. 독이 한 방울이 될 때까지...그 독설은 치료할 때나 필요한 거지요! -에우게쵸가 지체 없이 되갚아주었다.

-그럼, 정말요, 당신이 그걸 필요로 하네요! 알렉세이 이바노치가 한 방을 날렸다. -아마도, 아내라면 당신이 왼편으로 가지 않도록 당신을 도울 거요.

-당신은 조용히 해요. -빅토르가 알렉세이 이바노비치에게 그르렁대며 말하고 곧 에우게쵸에게 말했다. -당신이 말해 봐요!

-길게 말할 필요가 없어요.- 에우게쵸는 의도적으로 천천히 그렇게 말하고는 잠시 말을 중단했다가 이어갔다. -아마, 그 사람이 직접 말하는 편이 어떤가요?

그는 눈길로 알렉세이 이바노비치를 가리켰다.

-하지만,....빅토르 바실리에비치, 회사 대표인 당신 허락을 받고, 우리가 구입했어요....-그는 그 대표 의중을 조금도 상처

---

5)*주: TV의 유명 프로그램 이름.

입힐 의도가 없도록 애쓰면서 정확히 말했다,

-그럼 우리가 도대체 뭘 샀어요? -빅토르는 위협 조로 말을 꺼냈다.

-폴리스티렌(합성유기중합체)을요... 그리 좋은 품질이 아니었어요, 2등급요... 빗을 만들려면 정품을 써야 하지만, 사출되면서 기포가 생겨나요...

-제가 확언합니다. -사쵸 키르조프가 끼어들었다. -작은 기포지요. 그리고 그 때문에 빗 이빨들이 한 번 쓰기도 전에 부딪히기만 하면 부서져 날아가 버립니다. 만일 내가 그걸 반품으로 받아들인다면, 상점들은 정말 모두를 반품할 겁니다. 그리고 보상 요구도 할 겁니다요.

빅토르의 얼굴은 선홍빛이 되었고, 수염들이 위협하듯 일어섰다. 그는 두 손으로 자신의 탁자를 짚고 자신을 유지한 채, 반쯤 일어서서는 소리쳤다.

-당신! 당신! 그리고 당신들! 모두가 과실 책임이 있어요!...

이 말은 참석자들의 머리 위, 맞은 편에 걸려 있는 벽시계로 날아다녔다. 잠시 뒤 대표는 반쯤 일어나, 선홍빛의 화나고 부풀려진 얼굴을 하더니, 나중엔 그 선홍빛이 좀 가시더니, 다시 자신의 팔걸이의자에 다시 앉았다.

-우리는 빗 품질이 세계수준에 도달하기를 원한다구요. -그는 마치 스승이 된 것처럼 말했다. -그러나 그를 위해선 우리에게 1등급 폴리스티렌만 필요하군요.

-잊지 않으려면 기록해 두는 게 필요하지....-작은 수첩을 열면서 그 창고장이 속삭였다. -빗 품질에 대해.

스테판 아나톨리에비치는 그런 운영위원회 회의 때 생긴 멍청한 일이나 에피소드를 수집하는 취미를 갖고 있다. 몇 년간 모은 그의 충직한 수첩을 모두가 알고 있다. 왜냐하면, 술자리에서 그는 때때로 그 수첩에 기록된 '진수'를 들려주었기 때문이었다. 빅토르는, 그 기술자가 앉은 벽 쪽을 자주 쳐다보진 않았지만, 옆을 한 번 바라보더니, 그가 그렇게 써는 것을 주목했다.

-그렇게 당신은 써 놓네요,...-그는 말했다. -그래 써 두어요, 당신 차례가 올거요......하지만 빚에 대해선... 키르조프 동무, 그럼에도 나는 요청합니다! 당신 부하 여직원들이 이 모든 걸 다시 검토해 줘요. 아마 그들이 그 빚을 너무 세게 건드렸는지도요... 아마 그중 일정 양은 우리가 팔아 봅시다... 다른 안건이 있습니다. 그건 -무엇으로 우리 계획을 완수할 것인가입니다. 나는 여러분 모두에게 묻습니다! 어떡하면 우리가 입상할 수 있겠습니까?

-그러려면, 물동이 생산을 좀 더 늘이는 것을 계획에 넣을 필요가 있습니다, -안나 안토노프나가 제안하듯 말했다. -물동이는 농사철을 앞두고 잘 팔리니 말입니다. 내가 보기엔, 우리가 좀 여분의 폴리에틸렌을 갖고 있어요...

-그렇군요, -빅토르가 곧 그 제안을 듣고 말했다. -물동이! 노동자들에게 물동이 생산에 필요한 대형 자동 사출기 2대를 야간에도 사용할 수 있도록 위임해 줍시다! 그 일을 맡을 직원들에게 좀 더 수당을 줍시다!

 -직원들은 있지요, 빅토르 바실리에비치 대표님, -안톤 다닐로비치가 그 말을 듣고 시작했다. -그 직원들은 일을 더 많이 해서 수입이 는다면 거부하지 않을 겁니다만, 분명하지요. 하지만,......우리는 지금도, 오늘도 자동 사출기 1대만 가동하고 있다는 점을 말씀드립니다.

-그 말은 무슨 말이요?- 빅토르가 다시 화를 벌컥 냈다.- 왜 1대요?

-기계공학사가 설명할 겁니다,- 곧 세르게이가 말했다.

-슙스키이! - 빅토르가 기술자들이 있는 벽 쪽으로 고개를 돌

려, 막심 쪽으로 시선을 던졌다.

-2주 전 회의 때 펌프에 대해 보고를 드렸습니다. -막심은 말했다. -재고로 보관하고 있어야 할 피스톤이 부족합니다. 지난 화요일, 제가 다시 보고 드렸습니다만, 그 피스톤들이 아직 들어오지 못하고 있습니다. 분명 우리가 주술 같은 것을 부린다면, 우리가 며칠간 정상으로 돌려놓을 수도 있습니다. 그러고도 피스톤은 새것으로 바꿀 필요성은 똑같이 존재합니다.

-주술을 부린다니요? -빅토르가 물었다. -그럼, 왜 당신이 여기에 앉아 있나요? 가서 주술을 한 번 부려 봐요. 그리고 수리수리 마하수리, 마술도 한 번 부려 보세요, 당신이 원하다시피, 그 자동기기는 당연히 기능을 회복해야 하구요....한 시간을 내가 주겠어요! 그렇게 해도 되지 않으면, 내 알 바 아니오! 알렉세이 이바노비치, 피스톤에 대한 당신 의견은요?

-저어-어....황동이 지금 이 나라에서 귀합니다. -알렉세이 이비노비치가 말을 시작했다. -그...러니 황동 피스톤도 쉽게 구해질 리가 없어요...

-어렵게라도 찾아봐요,-대표는 그의 말을 중단시켰다. -당신은 그런 걸 찾아내는 능력으로 바로 급료를 받고 있어요. 내가 2주간 시간을 주겠어요. 그럼, 이제 이 운영위원회를 마칩시다. 각자 일하러 가세요.

-어떻-게 그-런-식-으로 우리가 끝냅니까? -지금까지 아무 말도 하지 않았던 콜랴가 갑자기 저항했다. - 어떻-게 우리가 끝내요? 만일 내가 문제를 갖고 있는데요?! 시멘트도 부족하고, 블록도 부족해요. 우리에겐 건축에 필요한 모든 것이 부족하다구요! 알렉세이 이바노비치 크바드라토프, 교활한 여우 같으니라고, 저 사람은 일을 안 해요!

-당신은 조용히 해요! -알렉세이 이바노비치가 지겨운 생쥐를 내쫓듯이 손을 내저었다. -지난주에 당신은 500kg을 받았지

않소...

-시멘트 10포대요? 그것은 반나절이면 소비하거든요. 알렉세이, 사탄 같으니라고, -콜랴가 자리에서 일어나, 알렉세이 이바노비치에게 두 걸음 다가갔다.

-콜랴, 곧장 앉아요! -빅토르가 소리를 쳤다. 그래도 알렉세이 이바노비치는 겁을 먹고 자신의 서류를 들고 콜랴를 막을 시늉을 했다. -잠깐만 기다려 봐요! 크바드라토프, 당신도 참으시오. 우리가 그 일을 셋이 의논해 봅시다.

바로 그 순간 출입문이 갑자기 열리더니, 여비서 이리뇨가 뛰어들었다. 두려운 표정으로, 약간 곱슬머리인 그녀가 숨을 헐떡이며 출입문 앞에서 섰다.

-무슨 일이요, 이리나 보리소프나?- 빅토르가 공무처럼 가장하며 말했다.

-벌어졌어요...빅토르 바실리에비치! 일났어요.....체레미소프가 들어섰어요...

회의실 앞 비서실에 잠시 앉아 기다리던 사람이 의자와 함께 우-당-탕 뒤집어 쓰러지는 그런 소란이 들려왔다.

-더 가까이 와서 말해 봐요,- 빅토르가 명령했다.

-바리토노프와 슙스키이 둘만 남고, 다른 사람들은 각자 일터로 돌아가요.

-그런데, 나는 어떻-게요? 시멘트는요? 블록은요? -콜랴가 반항했다.

-크바드라토프와 함께 10분 뒤에 와요. 하지만 지금은 나가고, 그 출입문 좀 닫아요. 양쪽 문을 다 닫아요. 하, 내가 전부 잊고 있었네. 오늘, 전통의 남자 축제일을 맞아, 우리 여성들은 조국을 지킨 분들을 축하해 주러 가는 결정을 했다는 걸요. 그 회합은 17시 30분 SKE에서 열립니다. 잊지 말아요. 모두 그때 만나요.

이리뇨는 막심 옆에 앉았다. 그녀 숨소리가 조금씩 평정을 되찾았다.

-말해 봐요! - 빅토르가 사람들에게 곁눈질하며 또 동시에 그 출입문을 쳐다보며 말했다.

-그럼, 맨 먼저 콘스탄틴, 그 열쇠공이 전화했어요, -이리뇨가 숨을 내쉬었다. -그이가 막심.....마트베에비치에게 말해 달라고 했어요...그 자동기기가 제대로 움직인다고요...

-그 사람이 잘 처리했네요! - 막심은 응대했다. -자, 그럼 당신의 물동이는요, 빅토르 바실리에비치?

-...그러더니 갑자기 체레미소프가 들어 왔어요... 술이 많이 취해서요!

-그건 당신도 늘 보는 것 아닌가요? -세르게이가 물었다. -그는 한 번도 술이 깬 채로 있는 적이 없었다는 걸요.

-나는...알아요, 하지만 이번에는...이번에는 그가 여길, 나를 곧장 잡더니... -이리뇨가 자신의 매력적인 가슴이 솟아 있는, 자신의 블라우스를 가리켰다. -그가 나에게 키스하려고 시도했어요...나는 몸을 돌렸어요. 그러면서 내게 50루블을 내밀더군요! 그가 "우리 옆방으로 갑시다, 난 여자가 그립다고요"라고 말하면서요! 마늘 냄새가 진동했어요! 집에서 만든 무슨 술인가, 사모곤6)을 마신 것 같아요! 내가 그를 밀치고서 뭔가로 때렸어요. 그러고 내가 이곳으로 달려왔어요.

막심은 얼굴이 붉어졌다.

-이리뇨, 당신이 때린 것은 잘못했네요 -그가 말했다. -내가 이 일을 수습하러 가보겠어요. 에이, 악한 같으니라고! 알콜로는 그가 충분하게 느끼지 않았나 보지. 여자를 그리워하다니!

-잠깐! -빅토르가 말했다. -여기 이대로 있어요. 체레미소프, 그자는 감사관이니, 우리가 한동안 유용하게 써먹어야 해요.

---

6) *역주: 러시아 밀주 보드카

그를 건드리지 마시오. 세르게이, 당신이 그에게 가 봐요. 왜냐하면, 그는 누군가 도움을 받지 않고 그 바닥에서 일어설 수도 없을 테니. 그를 데리고 당신 부서로 데려가요... 그곳엔 알콜이 더 있겠지요. 그래, 난 알지. 그가 충분히 마셔, 잠들도록 해 줘요. 그러면서 그가 감사 서류에 사인할 수 있도록 해요... 그러고는 그가 나중에서 깨어나면, 운전기사 세니츠킨이 그를 그의 집에 데려다주도록 해요.

-내가 가진 알콜로는 부족할 겁니다, -세르게이는 불확실하게 말했다. -400g 밖에 남지 않았아요.....

-에잇! 그 도수 93도(°)짜리 있잖아요! 그것이면 충분하지 않나요? -빅토르가 놀라면서도 말했다.

-저기, 아마도, 충분할 겁니다...-세르게이가 대답했다. -내가 한 번 알아보지요...

-그래, 그렇게 해 봐요! -막심이 끼어들었다. -그를 더 취하게 해요, 친구들, 마시게 해봐요. 그가 이곳에 오는 길을 잊지 않을 정도로만 마시게 해봐요! 그게 얼마나 오래 지속될까요? 내가 그의 주둥이에 한 방 때리면, 여기서 그는 더는 행패를 부리지 않을 거요! 저기 봐요, 당신 여비서만 울게 만들었네요...

-그만-해요...-빅토르는 그 말을 중단시켰다. -저기, 당신이 그 주둥이를 한 번 두들겨 패면, 그는 더는 오지 못할 거요. 하지만, 그땐 다른 감사관이, 술 취하지 않은 감사관이 온다구요! 우리가 보유한 여러 대의 보일러 검사 기록 서류에 아무 이유 없이 서명해줄 사람이 누가 있겠어요? 그럼, 우리 공장은 온수 사용도 사용하지 못하고 우린 뭘 하겠어요, 내가 당신에게 묻고 싶은 건 그것이라구요.

-그럼, 우리 여비서는요? -막심은 이리뇨의 머리카락을 만져주었다.

-그녀를 진정시키는 일은 당신 일이네요, -빅토르가 이미 살짝 웃었다. -당신은 성공할 거라고 나는 의심하지 않아요.

199.년 2월 24일 수요일

모기는 정말 미쳤구나. 겨울에 기적적으로 되살아 난 모기는 분명 배가 고프니, 공격적이구나. 모기가 막심의 머리 위에서 저 멀리 잡을 수 없을 만큼의 높이에서 메스꺼울 정도로 앵앵거리다가, 나중엔 갑자기 급강하하더니, 또 한 번 날카롭게 앵앵거리면서 막심의 왼편 귓전을 괴롭히기 시작했다.
오른편으로 돌아누운 막심은 자신의 온몸을, 머리만 제외하고는, 이불로 덮었다. 모기가 바로 이 막심의 머리 부분을 자신의 저녁 식사용 공격목표로 생각하고 있나 보다.
막심은 자신의 손바닥으로 자신의 귀를 세게 때렸으나 모기는 위로 날아가고는, 또 다른 공격을 준비하였다. 모기는 자신의 대여섯 번 공격에도 불구하고 연거푸 실패하자, 그 녀석은 저녁 식사를 그만 포기하는 듯했다. 그렇지만 막심은 결국 자신의 왼쪽 귀를 몇 번 더 때려야 했다.
에바는 다른 방에서 자고 있다. -각자 방에서 각자의 침대에서 따로 자기로 한 사전 결정이 있었다. 그녀는 더는 남편의 시도 때도 없는 난폭한 코골이 소리와 꿈꿀 때마다 질러대는 고함소리를 듣지 않겠다고 하면서 그런 결정이 있었다.
-좋아, 막심은 말했다. -당신이 내가 필요할 때, 나를 불러요".
-하지만 당신이 내가 필요할 때는요? 에바가 물었다.
-내가 참아 봐야지요...-막심은 대답했다.
그때부터 그들은 그녀 요구가 있을 때만 그녀 침대에서 잠자리를 함께했다. 더구나, 좋은 해결책이었다. 막심이 지금 생각해 보니, -적어도 에바는 모기에 대항하려는, 멍청한 공격의 태도도 없다. 또 아들 파블릭도 듣지 못했으리라. 그 아들은 아파트의 셋째 방인 자기 방에서 곤히 자고 있다.

막심은 벗은 몸으로 침대에서 일어나, 요란한 소리를 내지 않으려고 애쓰면서 화장실로 가, 그곳에서 밀대 걸레 하나 집어 들고는, 자기 방으로 돌아왔다.

에바를 깨울 수도 있을지 모른다는 것을 알고서도 그는 전등을 켰다. 그러자 바로 자기 베개가 놓인 위쪽 천정에 근엄하게 자리 잡은 모기를 곧장 발견했다.

정말, 그 빌어먹을 모기 녀석도 그를 알아차렸나 보다.

그가 밀대 걸레를 위를 향해 한 번 휘두르자, 모기는 순간 달아나 복도 어딘가로 숨어버렸다.

막심은 침대 옆에 밀대 걸레를 놔두고, 복도로 향하는 문을 닫고, 침대에 들어서서 다시 곧장 잠을 자기 시작했다.

그러나 모기가 이번엔 그의 꿈속에 나타났다. 처음에는 그 모기가 천장에서 공격을 준비하던 모기와 흡사했다. 막심은 그것을 분명히 또 자세히 보았다.

모기의 결정체 같은 두 눈은 집요하게 침대를 내려다보고 있고, 그 배는, 배부른 상태로 보아, 붉고 길쭉한 열매와도 비슷한 모습이고, 지금은 회색이 되어 오그라들면서 위로 한 번, 아래로 한 번 움직이더니, 그 배고픈 곤충의 침은 참을성 없게 맥박처럼 꿈틀거리고 있었다.

'저놈은 곧 사라질 거야' -막심은 꿈결에 생각했다. '야, 정말, 낮에는 온종일 버섯을 찾느라고 고생했는데, 이제 잠에 들게 되니, 내가 실제 보지 못한 가장 매력적인 먹음직한 그물버섯을 지금 보고 있는 것 같구나.'

그러나 그 모기는 사라지지 않았다. 반대로, 모기의 앵앵거리는 소리는 사람의 말처럼 들려왔고, 그 곤충의 침은 맥박처럼 꿈틀거리고 있어, 그 모습이 마치 사람이 말할 때 그 사람의 입술의 움직임처럼 놀랍게 되풀이되면서, 그 침 위로, 막심은 전혀 놀라지 않고, 검은 턱수염을 찾아볼 수 있었다.

그 모기 모습에서 뭔가 아주 익숙한 모습이 비쳤지만, 그동안에도 그것, 즉, 빌어먹을 모기 실체가 무엇인지는 이해될 수 없었다. "재산에 대한 당신의 이해는 파푸아 사람의 그것과 비슷하군! 너의 피를 어서 내어놔!" 모기가 앵앵대며 그렇게 말했다. 그렇게 모기는 앵앵거리더니 막심의 귀 위로 내려와, 지체없이 자신의 침을 그의 귓불에 꽂았다. 당연히 막심은 그 모기를 보지 못했으리라. -그러나 정말 그는 옆에서도 보고 위에서도 또 보았다! 모기가 그의 피를 빨기 시작했다. 모기는 몸을 움직여 게걸스럽게 경련을 일으키자, 갑자기 그 모기 배가 크게 부풀어졌다. -그런 배부른 모기 모습이 막심에겐 더 이해가 잘 되었다. 그리고 뭔가 꿈속의 순간이 지나간 뒤, 그는 결정적으로 그 모기가 누군지 알아차렸다. 그의 귀에 빅토르 시가에프가 예의를 차리지 않고, 착 달라붙은 모습이다. 그의 배부른 모기 같은 뒷모습은 막심의 머리를 짓누르고, 그 침은, 반투명의 침은 더욱 길어지고 더욱 넓어져, 계속 그의 귓불의 붉은 피를 빨고 있었다. 그 침은 아주 먼 어딘가에서 시작되어 가증스럽게 반짝이며 공모하듯 두 개의 갈색 눈이 껌벅거리고 있었다.

-므-므-므! - 막심은 자신의 고개를 돌려 온 힘을 다해 충분히 큰소리로 한숨을 쉬었다. - 므-나는 모든-것을 이해-하겠네! 내-가 좀 잠을-자-게 내버려둬-!

빅토르 라는 모기는, 그 말에도 불구하고, 불만인 듯이 웅웅거리더니, 더 확고한 위치를 잡으려고 자신의 6개 다리를 벌였다. 막심은 머리를 돌려 보려고 더 절망적으로 시도해 보았지만 성공하지 못했다. 그때 문제가 해결될 생각이 그의 머릿속에 갑자기 번개처럼 스쳤다. -그는 자신의 오른손을 위로 뻗어, 그 갈색의 깜박거리는 두 눈을 향해 다가가, 그 녀석의 수염을 잡고 빙빙 돌리며, 자신 쪽으로 당겨 버렸다. 빅토르라는 모기는 이상한 영혼을 찢는 듯한 소리를 내지르더니, 뒤집어진 채, 바닥에서 배를 위로 향한 채 떨어졌다.

막심은 덜컹 침대에서 떨어져, 그 방에 있던 밀대 걸레를 집어 들어 그의 머리 위로 세게 내리칠 찰나였다...

출입문에 달린 창유리의 노란 장식디자인을 통해 수면 등의 희미한 불빛이 보이자, 막심은 자신이 이제 깨어났음을 의식했다. 왜냐하면, 그의 눈앞 바닥에는 융단 외에는 아무것도 없었다. 몇 초 뒤, 그는 자신을 때리려고 들고 있던 밀대 걸레를 보고 황당해했다. 그런 포즈를 보고 있는 이는 자기 방에서 나온 아내 에바였다.

그녀는 다양한 색깔의 앵무새들이 수 놓인 옅은 녹색 잠옷을 입고 있다. 그녀의 갈색 머리는 헝클어져, 화장하지 않은 갈색 두 눈은 놀라며 막심을 쳐다보았다. 그녀 몸에서는 방금 잠자리에서 나온 따뜻함이 보여, 그만큼 평화롭게 하고, 가정적으로 만드는 것이었다. 막심은 자신의 모습에서 부끄러움에 느끼고는, 자신의 손에 든 밀대 걸레를 내려놓고, 자신의 두 눈도 아래로 내렸다.

-2시 10분이네요, -에바가 벽시계를 보며 말했다,- 이번에는 또 무슨 꿈을 꾸었어요? -그녀는 그에게 다가와 자신의 따뜻한 손바닥을 그의 이마에 대어 보았다. -체온은 정상이네...

-당신 어린이집도 민영화한다고 해요? -막심은 에바의 어깨에 자신의 손을 얹고는 그녀 두 눈을 쳐다보았다.

-아흐, 그게 뭘까요......-에바는 수염을 깎지 않은 그의 뺨

에 키스하고 난 뒤, 말했다. -아뇨, 그 사람들이 어린이집을 폐쇄할 거라고 하던대요. 우리 이젠 주방으로 가요, 당신에게 허브차 한 잔 준비할게요.

-무슨 폐쇄라니? 무슨 폐쇄라니요? 저런 멍청한 것! 서둘러 막심은 속삭이듯 외쳤다. 그는 자신의 발에 슬리퍼를 신고, 정확히 소란 없이 아내를 따라 걷기 시작했다.

그렇게 걸어가면서, 에바는 아들 파블릭의 방을 들여다보았다. 소년은 자고 있었지만, 그는 이미 거꾸로 자고 있었다. -그래서 그 소년의 발이 베개가 놓여야 하는 곳에 있고, 베개는 이미 방바닥에 떨어진 채로 있었다. 이불도 마찬가지로 떨어져 있었다. 에바는 베개를 집어 침대에 올려놓고는 파블릭의 머리를 천천히 들어, 그의 머리 아래에 베개를 제대로 놓아 주었다. 그녀는 이불도 집어 조심해서 아들을 덮어 주었다. 아들은, 필시, 뭔가 달콤한 꿈을 꾸고 있는 것 같았다. 그는 살짝 웃고는, 마치 뭔가를 씹는 듯이 양 입술을 움직였다.

-그렇네. 꼭 자기 아빠의 아들이네..... -에바가 막심에게, 그 전 과정을 문에서 지켜보고 있던 막심에게 작은 소리로 말했다. -자면서도 싸우는 듯한 모습도 닮았네요.

주방에서 막심은 다시 속삭였다.

-그럼 말해 봐요! 당신 어린이집을 폐쇄한다고 한 작자가 누구요?

-당신은 당신이 다니는 회사와 당신의 에스페란토만 알지요, 더는 아무것도 모른 채! -가스난로 곁에서 에바가 대답했다.

-파블릭이 이미 초등학교 3학년이니 내가 어린이집을 가본 지도 1년 반이나 되었구나, -막심이 결론을 내렸다. -왜 내가 원장인 당신 일을 방해했나요? 에스페란토가 당신에겐 절대 방해가 되지 않았어요, 도움이 되었으면 되었지. 우리가 다녀온 매력적인 프랑스 여행을 회상해 봐요! 그리고 공장은 우리

버팀목이요, 우리 영영분이요, 우리의......

-....놀이터이지요, -갑자기 에바가 끼어 들었다. -만일 당신
이 SKE에서 술 퍼마시는 밤만 생각해 보면.....

-일년에 겨우 3번인데요!- 막심은 자신을 변호했다. -새해가
되기 전인 연말에 한 번, 2월 남성들의 날[7]에 또 한 번, 또 3
월에 여성의 날에 또 한 번 그렇게 세 번. 집단 공장은 친구
가 되어 주어야 하고, 또 친구를 만들어야 해요.....

-손님들이 있을 때도.....예를 들어, 프랑스사람들이 왔을 때
도, -에바는 증기가 나는 허브차를 두 잔 만들었다. 막심은
아내의 손이 떨리는 것을 보았다. -더구나, 그 친구 되기에
대해서. 그 사람.....당신 회사 여비서라는 사람 잘 지내요?

-왜 당신이 그걸 내게 물어?- 막심의 목소리에는 당황스러움
이 소리 났다. -빅토르에게 물어봐요. 그의 여비서니.

-정말? -에바는 비웃듯이 살짝 웃었다. -하지만 내가 보기엔
공장 전체의 여비서더군요......우리 이웃 여자인 리디아 안드
레예프나가 어제 내게 말해주던데요. 당신이 그 여자와 함
께....며칠 전에... 재고 판매점에 함께 있더라고요, 그래요. 그
리고 당신이 즐거운 마음으로 그녀에게 팔짱도 끼고 있었다던
데요......

-저-어-런! -막심은 자신의 찻잔의 깊이를 검사해 보면서 되
받았다. -즐거움에 대해선- 우리의 존경하는 이웃 아줌마의
열성적인 판타지이네요.....내가 이리뇨와 함께 그 상점을 방
문한 것은 맞아요.....우린 양식과 보드카를 샀어요. 그 때문에
빅토르가 자신의 자가용 차량 "볼가"를 우리에게 내어 주었
지..... 아마, 그런 스캔들은 그만하고, 이젠 당신 어린이집 이
야기를 해 봅시다.

그는 차를 두세 번 천천히 삼키더니, 고개를 들어, 에바의

---

7) *역주: 2월 23일, '조국수호자의 날'로 러시아 국경일.

두 눈을 쳐다보았다. 그녀는 자기 왼손의 손가락 두 개로 -엄지와 집게손가락으로- 눈가를 한 번 만지고는 코로 움직이며, 눈물 두 방울을 훔치더니, 그의 눈길에 대답했다.

 -좋아요, -그녀는 말했다. - 만일 그 대표가 자신의 자가용 "볼가" 까지 내어주었다면야... 하지만 우리 어린이집은 소유주의 사소한 변경이 있었어요. 이젠 아이들이 부족해요. 멍청한 여성이나 애를 낳지... 그 주변의 건물들 주인이 우리 도시 시장이라서 그 일대에 정상 모집인원을 못 채운 어린이집 두세 곳을 청산한다고 결정했대요. 우리 원생들을 다른 어린이집으로 보내고, 그곳을 시청의 다른 주요기관이 이용한대요. 소문엔, 내가 운영하는 어린이집에 국세청 감찰관 집단의 거주처가 된다고 하나 봐요. 그러니, 필시, 곧 당신이 우리 가정에서 유일한 봉급생활자가 될 거에요...

-또 다른 멍청한 일이군... -막심은 생각 속에 그렇게 말했다.

-...그런 빌어먹을 상황이 늘 계속되는 것은 아니겠지요. 출산 아동이 늘어나는 시절이 다시 있겠지요. 그럼, 그때는 그 자리를 돌려받을 수 있나요?

-그럴지도...- 에바가 대답했다.

-그럼, 이 모든 것이 앞으로 어디로 굴러가지?! - 막심은 자신의 머리를 자신의 두 손으로 눌렀다. -그러고 보니 우리 회사 대표인 빅토르도 어딘가로 돌아다니며, 사무실을 비우는 시간이 많아졌어요. 또 그 대표가 회사 안의 여러 공장을 더 자주 방문하니. 소문엔, 그가 "루소플라스트" 회사의 민영화 정책을 수행한다고 해요...나는 그에게 직접 물어보기도 했지만, 그는...그는 음모 같은 웃음만 겨우 내보이고는 말하길, 지금은 설명할 적당한 때가 아니라고 했어요. 시간이 되면 내가 모든 것을 알게 될거라고요.

-여보, 기분 상하진 말아요, 하지만 정말 당신 생각은 뭔가

고안된 세계에서 방황하고, 아마 에스페란티스토 세계에서...
그리고 당신의 실제 삶은 몇 군데의 물체만 지나가고 있네요.
이 나라가 바우처[8]를 나눠주기 시작했다는 것을 당신은 아직
모르고 있는 것 같아 보이는걸요...

-그렇게 과장되겐 말아요, 에바, -막심이 말했다. -그 점을
나는 매일 백번도 더 듣고 있어요. 신문에서도 그걸 그냥 놓
치지 않고 있어요...

-그럼 당신은 당신 몫의 바우처를 언제 받을 것 같아요?

-서두를 필요가 있나요? 4월까지는 언제라도 받을 권리가 있
어요.

　그는 차를 다 마시고는, 찻잔에 허브차를 더 달라고 몸짓으
로 하자. 에바는 서두르지 않았다. 그녀는 뭔가 생각에 잠겨
있는 것 같았다.

　침묵.

　뭔가 억누르는, 멍청한, 둔탁한 침묵이 너무 오랫동안, 아마
5분이나 아니면 더 오래, 그 주방에 떠돌았다.

나중에 에바가 말했다.

-내가 차주전자를 좀 데워야겠어요... 나는 어제 내 몫의 바우
처를 받았어요. 바로 옆집인, 제6의 집에서 그걸 배분하더군
요. 그런데, 이걸요, 그 건물 출구에서 이미 청년 몇 명이 자
리를 지키면서 그곳을 출입하는 사람들에게 그 바우처를 자기
들에게 팔라고 요청했어요. 자기들이 4천에 사겠다고 했어
요......

-4천에?! -막심은 눈을 동그랗게 뜨고서 말했다. -보드카 한
병값이네! 바우처 1장의 정상가격은 1만인데, 저 위에서는 그
것 한 장값이 '볼가' 2대 값이라고 하던데요! 그래, 당신은 팔

---

8) *주: 러시아 국민 모두에게 지급된 임시 증명서. 이 증명서를 소유하면,
국영기업이 민영화할 때, 그 기업 주식을 취득할 권리를 보장한다.

았나요?

-나는, 아뇨, -에바가 대답했다. -하지만 많은 사람이 그 값에 팔더라고요. 사람들은 그런 종이 쪼가리들로 뭘 할 수 있는지 잘 모르더군요, 하지만, 이젠 즉시 현금으로...그게 시내에서 벌어지고 있어요. 그럼, 시골에서는 무슨 일이 벌어지는지 상상이 가요...

-아하, 나는 이해했어! -막심은 자신의 이마를 손바닥으로 치고 나서는, 살짝 소리쳤다. -왜 빅토르가 에우게쵸에게 매일 트럭으로 시골 상점들에 우리 제품을 실어 나르는 이유를 알겠네... 바우처를 사 모으려고 했구나!

-그런데, 당신의 그 대표 빅토르는 왜 그걸 필요하지요?

-뭘 위해서, 뭘 위해서 일까... 더 많은 주식을 확보하기 위해서지! 교활한 인간 같으니라고! 내일 내가 그에게 따져 봐야겠어! ... 아이, 그렇게는 안 되겠구나. 주말까지는 그가 공무로 페테르부르크로 피난 가 있겠네. 그러면 더 잘 되었네! 내가 화요일 열리는 운영위원회에 제기할 질문거리로 만들어 놓을 수 있네!

-말을 해 봐요, 말을 해 봐요? -에바가 온전히 절망적으로 말했다. -하지만 지금은 자러 가요. 왜냐하면, 내일이 이미 왔어요. 몇 시간 뒤 당신 버스 타고 출근해야 하니...

그녀가 다가와, 그의 이마에 키스했다.

-죽은 사람에게 키스하듯 하네... -막심은 쓸쓸한 웃음으로 코멘트했다.

에바가 무슨 말을 하려 했으나, 갑자기 그때 때리듯 전화벨이 울렸다. 막심은 연거푸 전화벨이 울리는 것을 막으려고 뛸 듯이 복도 쪽의 전화기로 갔다.

그리고 서둘러 수화기를 들었다.

-막심, 당신은 지금까지 전화기 앞에 보초 섰나? -수화기에서

는 언제나 침착하지만 좀 이상한 톤의 라자르 목소리가 들려
왔다.

 -잠을 못 잤어요, -막심은 대답했다. -당신 누이가... -그는
에바의 궁금해하는 눈을 향해 한 번 쳐다보며 말하고는, 자신
의 머리를 수화기로 다시 돌렸다. -무슨 일인가요, 라자르?

-난, 하지만, 예측하기엔 당신은 옷을 안 입고 있다는 생각이
드는데, -라자르가 같은 톤으로 말을 이어갔다. -왜냐하면,
여성의 숨소리가 들리니... 내 누이에게 안부나 전해 주게. 누
이는 자기 침대로 가라고 해. 우리 곁에 오지 못하게 해. 옷
을 먼저 입어요, 세니츠킨이 이미 회사 소형버스로 당신을 태
우러 떠났어요.

-난 무슨 말인지 모르겠네요, 라자르. -막심은 흥분이 되어
말했다. -당신은 지금 나를 놀리고 있지요? 버스를 내게 보내
다니요? 결국 무슨 일인지 알려주오.

-당장 그 비극을 알기를 원하는가? - 다시 라자르가 말했다.
-그럼, 내가 말해주지. 대단한 비극은 아니네. 다행히도. 다른
모든 일은, 도착하고 난 뒤 직접 확인하게나.

 수화기에서 딸깍하는 신호가 흘러나왔다. 막심은 수화기를
제자리에 두고, 옷을 입으러 자신의 방으로 갔다. 그는 아이
를 살피러 갔다가 돌아온 에바에게 아무 말도 하지 않았다.
그러나, 그녀가 옆에서 자신의 두 눈으로 궁금해한다는 것을
알아차리고선 신경이 쓰이는 듯 어깨를 움직였다.

-무슨 일이 일어났는지 나도 모르겠어요, -그는 말했다. -뭔
가 일이 잘못된 것 같아요. 아마, 수도관이 얼었거나... 하지
만, 그리 날씨가 차가운 것도 아니었는데. 가서 편안히 자요.
당신도 내일 일해야 하니, 하지만, 나는, 필시, 아침에는 잠시
몇 시간이라도 자러 돌아올 거요.

 엘리베이터를 세워 내려가지 않고, 막심은 계단을 따라 1층

으로 뛰다시피 내려갔다. 이게 운동이네, 그는 그렇게 생각했다. 출입구에는 이미 세니츠킨이 버스 운전석에서 자신의 머리를 운전대에 기댄 채, 대기하고 있었다. 차의 실내는 술로 인한 악취가 진동했다.

-세니츠킨!- 막심이 놀라움과 불만을 표시하고 말했다. -근무하면서 술도 마셨어?

-내 근무는 내일 밤 자정부터라고요, -그 말에 그는 불만을 참지 못하고 이제 자신의 고개를 제대로 들어, 차량 시동을 걸며 불평을 쏟아냈다. -하지만, 나는 저녁 6시에 내 사촌과 겨우 200g만 마셨을 뿐이라구요. 나는 마실 권한이 있었어요.

-내겐 말고, 만일 교통경찰(GAI)이 당신에게 그 음주 측정용 튜브 속으로 숨을 내쉬어 보라며 당신 차량을 세운다면, 그때 그들에게 그걸 말하게. -막심이 다시 말했다.

-저기, 주임님, 안-돼-요-요! -세니츠킨은 거의 유쾌하게 말했다. -경찰에게 뭔가를 설명해야 할 사람은 기계공학사 주임 당신이라구요....감찰관에게...검찰에, 또 모두에게. 두 손가락에 대해......당신 수공업공장 사출기에 대해...누가 알아요. 아마 당신의 피스톤들이 어딘가 잘못 작동했어요. 그러니 책임질 사람은 당신이네요. 어디선가 전기가 문제일 수도 있어요. 그때는 라자르에게 과실 책임이 있어요! 내가 아니구요...

-무슨 손가락 2개라니, 그게 무슨 말인가요?! 막심이 물었다.

-그 멍청한 여공......마케에바......의 손가락 2개가... 저기요, 사출기의 야간 당직을 교대할 때, 내가 누굴 말하는지 추측이 가요?.....그 젖가슴이 큰 여공 말이에요! -세니츠킨은 그 크기를 제 손으로 표시하며 설명을 더 이어갔다. -그녀 손가락 2개가 사출기에 끼었어요, 그 망할 쇳덩이 속으로, -그렇게 씹힌 것을 뭐라 이름 부르는지는 난 모르겠어요. 그러나 그 씹힌 것이 갑자기 압착 되었어요! 아하, 그녀가 얼마나 고함

을 지르든지! 멍청한 여공 같으니! 안전교육을 그 통나무 머리 같은 여자들에게 제대로 가르치긴 한 것 같아요... 그 여자들은 아무것도 이해하지 못해요! 기계가 돌아갈 때는 손가락을 집어넣지 말라고 가르쳤는데도! 밀어 넣지 말라고요, 넣지 말라고 하였는데, 그럼에도 안되었지요, -그녀가 집어넣어 버렸으니!.....

  그는 욕설하면서, 말하고 또 말했다. 막심이 이 모든 것을 이해할 것이라는 것을, 또 한 방울의 의심도 지니지 않은 그런 말투로, 세니츠킨은 자신의 말에 다른 사람이 끼어들 수 있을 정도로 그렇게 생기있게 말하면서, 자신이 알고 있는 욕이란 욕은 다 들먹였다.

-여보시오, 세니츠킨, 세니츠킨... 그럼 이제 알았어요. 당신은 술을 마셨고 당신은 아침이 될 때까지는 운전대 옆에서 잘 수도 있었는데, 안타깝게도 당신은 그 사출 여직공들을 접대해야 했다고, 그들은 근무해야 하니...

-내가 접대했다고요?! -세니츠킨은 분개하여, 갑자기 차의 브레이크를 밟았고, 그 바람에 그 버스가 갑자기 흔들리더니, 어느 조용한 도로 한가운데를 가로막는 모습으로 서버렸다. -접대하는 이는 내가 아니라고요! 그들이 나를 대접했어요. 만일 당신이 알고 싶다면요, 기계공학사님!.......-그가 말하지 않아야 하는 것을 말했음을 알고, 또 이미 다른 어조로 말하고 있음도 알았다.

-전혀 똑같이 기계공학사님도 아무것도 입증할 수 없을 겁니다. 나도 아무것도 당신에게 말하지 않았어요.

-그건 중요하지 않고요.- 막심이 대답했다. -그럼 그 손가락들은......그 손가락들은 남아 있나요?

-남아 있었어요...세니츠킨은 만족하여 숨을 내쉬었다. -천만다행이었어요, 그녀에게. 그녀가 바로 그 손가락들을 빼냈어

요. 그 손가락들은 남아 있어요. 다만 손톱이 날아가 버렸어요....그녀는 밤에 나를 더는 긁지는 못할 걸요... 하-하!

199.년 3월5일 금요일

강풍은 이른 새벽부터 도로의 눈송이들과 놀고 있었다. 만일 강풍이 눈송이들을 휘젓거나, 내쫓으려거나 또는 거의 수평으로 날려 보낼 목적이, 또는 행인들의 얼굴에 맞힐 목적이 아니었다면, 눈송이들은 비정상적일 정도로 크고 무겁고, 놀고 싶지 않은 채로 그냥 땅에 두껍게 내렸을 것이다. 세니츠킨이 자신이 운전하는 회사대표 차량 "볼가"를 시청사 출입문에서 최대한 가까이 정차시켜도, 빅토르 시가에프는 그 차량에서 내려 곧장 자신의 얼굴에 눈을 맞아야만 했다.

짧게 한 번 욕하고는, 팔에 찬 시계를 한 번 쳐다보고, 장갑 낀 손바닥으로 얼굴을 보호하고는, 미끄러운 계단을 따라 서툴게 뛰어갔다. 그는 늦었다. 페트로브시키흐 시장을 만나기로 한 시각은 9시 30분으로 약속되어 있었다.

"어느 도시나 그곳 시장을 돕는 여비서를 보면 그 도시 얼굴을 알 수 있지"라고 말한 아르투르 페트로브스키흐 시장의 말을 빅토르는 그 시장 집무실의 응접실로 들어가며 상기했다. 실제로, 시장 여비서 에벨리나 파브로브나는 그 도시의 얼굴 역할에 필요한 모든 것을 지녔다. 시장을 만나러 오는 남자라면 누구나, 정말 매력적인 화려한 금발 곱슬머리를 한 채 여러 대의 전화기와 남자들이 언제나 선사한 풍성한 꽃다발들 사이에서 자신의 비서 책상 위로 늘씬한 몸매를 지닌, 서른 살의 에벨리나를 보면, 자신의 입을 다물지 못한 채 욕심내듯 침을 삼킨다.

그녀의 작은 머리는 적절히 블라우스 바깥으로 나와 있고, 어깨와 목이 빼어나 있고, 탁자 위로 수평으로 돌출된 풍만한 가슴은 둘로 나누며, 그 자리에 어울리는 따뜻한 대리석 같은 목-줄기 위에 자리 잡고 있었다. 그 주목받는 신체 요소들뿐 아니라, 그녀의 다른 몸매가 탁자에 숨겨진 채 있어, 그녀 앞의 탁자는 자유롭게 또 달콤하게 사랑에 빠질 환상을 만들 핑곗거리를 제공할 뿐이었다.

그 여비서 성격에 대해 이런 상상을 하는 빅토르는 그 사랑에 빠진 사람들 속에 들어있지 않았지만, 바로 그녀 성격 때문에 그는 그녀와 안정적으로 좋은 관계를 유지하는 쪽을 택했다. 그는 자신의 가죽가방을 열어, "송로버섯"이라는 선물꾸러미를 그 매력적인 여성의 손에 안겨 주었다.

-즐거운 축일이 되길 바래요, 에벨리나 파블로프나! -그는 그렇게 하면서, 그녀 뺨에 다소 친근하게 키스를 하면서 작은 소리로 말했다.

-아이, 고마워요, 빅토르 비살리에비치! -그녀는 그만큼 천사같은 낭랑한 목소리로, 날카로운 낱말들의 발설에는 아무 능력이 없을 것으로 여겨지는 목소리로 대답하며 재잘거렸다. -그런 축일의 즐거움을 잃을까 걱정이 되어요. 이렇게 많은 사탕 때문에 엉덩이가 딱 들러붙을 것만 같아요!

-하-하-하! - 빅토르는 점잖게 웃어 주었다. -시장실에 그분은 계시지요?

-들어가 보세요, 가보세요, 이미 대표님을 기다리고 계십니다. -에벨리나 파블로프나는 편안한 마음으로 자신의 곱슬머리를 정리하면서 말했다.

빅토르는 첫 출입문을 열고는 곧 그 출입문을 조용히 닫고 이제 출입문들 사이의 공간인 현관을 미끄러져, 똑같이 두 번째 출입문을 소리 없이 열었다.

-어서 와요, 그래 당신은 왜 도둑이 들어오듯 기어 오나요?!
-거구의 2m나 되는 키의 뚱뚱한 인물이 넓은 집무실의 한 모퉁이에서 저음으로 포효하고 있었다.

-저-어기요, 아르투르 알비르토비치... 제가 방해가 되지나 않았나요- 아마, 뭔가 중요한 문제를 지금 해결하고 계시는 중이지요...... -빅토르는 불확정성과 존경심을 자신의 말 속에 집어넣으면서 대답했다.

-무슨 말씀? -거구의 인물은 기꺼이 놀라워했다. -아, 그럼요! 당신을 기다리면서 내가 이미 한 잔 방금 마셨지요! 영혼이 원하니...... 이리 가까이 와요. 빅토르, 내가 마실 둘째 잔은 이미 준비가 되었고요, 물론 당신이 마실 잔도 가득 채웠어요...

 그 거구의 남자는 자신의 자리에서 두툼한 집게손가락으로 자신의 옆에 놓인 벽장을 가리켰다. 그곳에는 술병이 하나 보였지만, 이미 내용물은 비어 있고, 그 옆에 포도를 담은 접시 한 개, 연갈색 액체가 담긴 컵 두 개가 놓여 있었다.

 아르투르 알베르토비치 페트로프스키흐는 바로 그 공산당[9]의 끝 무렵에 고르콤 제2 서기가 되었다. 그 뒤 반년 만에 이 나라 대통령은 갑자기 대통령령으로 그 당의 해산을 결정했

---

9) *역주: 1991년 소련 해체와 동시에 총면적 2240만㎢, 인구 2억 9300만 명의 광대한 지역은 순식간에 거대한 자본주의 실험장으로 변모했다. 소련은 해체되기 전에도 이미 자본주의 요소를 일부 도입했다. 개혁을 통해 소련 체제를 유지하려던 젊은 공산당 서기장 미하일 고르바초프는 1987년 사유화와 영리 기업 활동을 허용했다. 무엇보다 서구에 비해 뒤처진 소비재 및 서비스 산업을 일으키기 위해서였다. 계획경제의 생산에는 소비자들의 필요가 반영되지 않아 소련의 매장은 형편없는 상품들로 채워져 있었다. 고르바초프는 새로 시행된 경쟁이 정체된 소련 경제에 활력을 불어넣을 것으로 기대했지만 현실은 냉정했다. 이에 대한 소련 해체 30년을 다룬 경향신문 특집기사를 참고하세요.
(https://www.khan.co.kr/world/world-general/article/2021122617360
  01).

다.10)

가장 중요한 당 대표 -고르콤의 제1서기- 가 이전 행정에 대한 모든 죄과를 자신에게 뒤집어씌워 희생양이 되었다.

그리고 거구의, 하지만 이전에는 전혀 주목받지 못했던 아르투르 페트로브스키흐 라는 인물이, 그 도시 주민들의 상상 속에서는 결점 없는 인물로 받아들여, 재창설된 시장직을 차지할 적임자가 되었다. 분명히, 현명하게 조직된 시민 전체 투표에서……

더구나 아르투르 알베르토비치는 그 행정부서 시스템에서 초심자는 절대 아니다. -수년간 그는 경력의 정점을 향해 올라가는 대신에, 제3 서기 지위를 유지하고 있었다.

그래서 아르투르 알베르토비치는 빅토르 시가에프가 고르콤의 선전부장이 되었을 때, 그의 직속 상관이 되었다. 그리고 지금까지 그 지도자는 부하와 관련된 모든 습관을 -즉, 그 지도자가 빅토르를, 빅토르라는 이름을 부를 때, 둘째 모음에 강세를 두어 부르기를 즐겨 했고, 코냑을 늘 같이 마시기를 즐

---

10) *역주: 1990년 2월 7일, 소련공산당(CPSU) 중앙위원회는 고르바초프가 제안한 일당제 정치체제 포기 권고안을 받아들였다. 1990년엔 소련 내 15개 공화국 모두 처음으로 다당제 경쟁 선거를 열었으며, 많은 공화국에서 개혁주의자와 민족주의자가 다수 의석을 차지했다. 소련 공산당은 선거 결과 6개 공화국에서 완전 패배, 권력을 잃었다. 소련 붕괴는 1991년 12월 26일 소련 최고 소비에트의 선언으로 일어났다. 이 선언문은 모든 소련의 공화국 독립을 인정하며 독립국가연합(CIS) 수립을 허용하는 안이었다. 그 전날인 1991년 12월 25일엔 소련의 대통령이자 소련의 지도자였던 미하일 고르바초프가 대통령직을 사임하고 소련 지도부를 해체했으며 소련의 핵무기 발사 시스템을 포함한 전권을 러시아의 대통령 보리스 옐친에게 승계했다. 이날 저녁 7시 32분, 모스크바 크렘린에 마지막으로 소련 국기가 내려가고 혁명 이전에 사용된 러시아의 국기가 게양되었다.
(https://ko.wikipedia.org/wiki/%EC%86%8C%EB%A0%A8%EC%9D%98
_%EB%B6%95%EA%B4%B4).

거 하며, 그를 만날 때마다 그의 어깨를 토닥토닥해 주면서, 격려해주는 습관을- 갖고 있었다. 그런데 그 마지막 습관을 빅토르는 좋아하지 않았다. 왜냐하면, 매번 빅토르는 그 지도자가 빅토르 어깨를 강하게 때리면, 이를 온화하게 침착하게 참아내야만 하고, 그렇지 않으면 그는 땅바닥에 쓰러질 지경이다.

지금도 빅토르가 그 시장에게 다가가자, 그 시장이 우정어린 격려를 위해 자신의 오른손을 들어 올리자, 빅토르는 능숙하게 자신의 발끝 위에 아직은 온전히 힘이 모으지 않은 채로 그 때림을 받아들였다.

그렇게 습관적으로 훈련된 그는, 곧장 제대로 된 기립 자세를 취하고, 페트로프스키흐가 그의 그런 자세를 눈치채지 못하도록 하면서, 죄를 지은 듯이 말했다.

-아르투르 알베르토비치! 저를 용서해 주십시오! 시장님 뵙고 나면, 제가 우리 회사 운영위원회 회의에 참석해야 해서요!

-그런가? -페트로브시크흐는 놀라면서, 자신의 큰 눈썹들을 그 교활한 두 눈 위로 치올렸다. -좋은 코냑 한 잔이면, 자네 욕설도 자네 부하들은 정말 이해하기 힘들걸.

-당국이 절룩거리기 시작했습니다, 아르투르 알베르토비치..... 정말 언젠가 당신 스스로 가르쳐 주셨지요...

-한때는 그랬지. 그때는 다른 시절이었어! -시장은 반박했다. -그러나 지금 우리는 살짝 취한 상태로 인사하기에 적당한 시절이지. 나를, 빅토르, 화나게 하지 말게, 그게 내 요청일세.

빅토르는 그 시장의 마음을 상하게 할 의도가 전혀 없었다. 그래서 그는 자신의 오른손을 뻗어 그가 내민 술잔을 잡고, 왼손의 몇 개 손가락으로 몇 점의 포도를 집어 들었다.

그가 고개를 위로 들어 페트로브스키흐의 눈을(그 시장은 건배할 때는 반드시 상대방의 눈과 내 눈이 맞추어야 한다고 주장했기에) 마주 쳐다보자, 그가 반쯤 영예롭게 말을 했다.

-다가오는 여성의 날을 맞아, 시장님 부인의 건강을 위해!

-에이! 그런 말은 말게, 빅토르, 그녀는 이미 일주일간 나를 톱으로 쓸 듯이 대하고 있다고. 그것으로 충분해: 나더러 그 날을 기념하려면 이것저것 선물을 해야 한다고 하면서 말이야!!! 대신, 우리는 자네 머리의 능력을 위해 건배하지. 만일 그 머리가 현명하게 행동한다면, 자넨 모든 것을 얻을 것이고, 만일 그렇지 않으면, 자네 머리는 먹고 욕하는 일에만 적당할 걸세...

-간청합니다. 아르투르 알베르토비치... 수수께끼 같은 말씀으로 시작하진 마세요.. 지금의 이 바보 같은 시절에서 뭘 또 어떤 성취를 이루시기를 기대하십니까?

-마셔, 마셔요! 이 지랄 같은 시절에는 이익을 독점하기 아주 좋은 시절이야.

그들은 각자 자신의 잔을 비웠다.

그리고는 잠시 포도를 말없이 씹고, 나중에 시장이 "신은 셋을 원하서"라고 말한 뒤, 자신을 위해 셋째 잔을 채워 단숨에 들이키고는, 찾아온 손님에게 앉자고 청했다.

긴 회의용 대형 탁자 곁에 있는 첫 의자에 활달하게 앉은 빅토르는 고개를 갸우뚱했다. 하지만, 그 거구의 시장은 팔걸이가 있는 안락의자인 자기 자리에 앉고서 심하게 숨을 한 번 쉬고는, 긴 탐색의 눈길을 갖기 위해 자신의 뚫린 눈을 들어 쳐다보았다.

이 모든 것은 5분 혹은 그 이상의 시간 동안 계속되고, 아주 무슨 전조가 되는 끝이 없었다.

그리고 빅토르의 신경은 이미 끝까지 긴장해 있었지만, 얼굴 근육의 작은 움직임조차도 그는 그 긴장감을 보여 주지 않았다. 마치 그가 자신의 바지를 바로 정리하려고 하는 것처럼 의자에서 자신의 엉덩이만 움직일 뿐이었다. 마침내 페트로브스키흐가 말을 꺼냈다.

-저으-기, 빅토르, 먼저 내게 말해 주게. 자네 회사 직원 중 누가 바우처를 이미 받았는지, 또 자신의 바우처로 "루소플라스트"말고 바깥에서 다른 주식으로 바꿀 의향이 있는 이들이 누구인지?... .누가 이미 팔아치웠는지, 또는 누가 보드카와 맞바꾸었는지 말해 보게? 응?

아르투르 알레르토비치의 두 눈은 마치 영혼을 끌고 다니는 것 같았다. 그러나 빅토르는, 그런 질문을 받고, 그 놀이에 이미 준비되어도, 당혹스러움을 내비치는 표정을 지었다.

-용서하세요, 저는 아주 잘은 이해하지 못하겠어요, 왜 내가 그걸 컨트롤 해야 하는지 아주 잘은 모르겠어요. -그는 진지하게 주저하고 있다는 목소리를 강하게 보이면서, 대답했다. -민영화가 곧 시작될 거란 것은 잘 알지만, 그동안 공식적으로 아무것도 할 수 없어요...

-그럼, 이해하지 않아도 돼. 이해하지 않아도 된다고.

페트로브스키흐는 마치 무관심한 듯 말을 이어갔다. 그리고는 잠시 뒤, 갑작스런 포효의 감정을 내비치기 위해 양 입술을 깨물었다. -그가 이해하지 못한다고 하니! 이해하는 사람들은 이미 바우처 지급소에서 온종일 그 바우처를 받는 사람들을 몰래 일거수일투족 감시하고 있다구! 그렇게 감시해서, 그 모든 보유자에게 바우처를 팔라고 종용하거든! 만일 자네가 그 점도 모른다면, 나는 자네로 인해 부끄러울 뿐이네!

-나는 압니다! 나는 알아요! -겁을 먹은 듯이, 서둘러 반쯤 속삭이듯이 빅토르는 소리쳤다. -하지만, 파는 사람들은 적다구요. 모두가 사건 추이를 보고 있어요. 정말 사람들은 대중매체를 통해서도 서두를 필요가 없다고들 강조하기도 합니다... 사람들은 좀 참고 기다려라... 그러면, 아마도, 한두 달

뒤에는... 그 바우처 값이 "볼가" 차량 2대 값과 맞먹는다고도 요!...

페트로프스키흐는 탐색하듯 그의 눈을 주목하고는, 갑자기 교활하게 또 공모하듯 눈을 껌벅였다.

-그 "볼가" 2대 값과 같다는 말... -그는 무거운 중압감에서 벗어난 듯 숨을 내쉬었다. -아흐, 교활한 녀석 같으니! 자넨 나와 같은 부류야! 만일 자네가 그런 자동차 가격을 약속하는 것을 말하지 않았다면, 나는 자네를 거의 멍청한 사람으로 믿을 뻔했어... 호-호-호! 얼마나 진지한 눈을 가졌는가! 내 부류야! -페트로프스키흐는 만족하여 되풀이했다. -그럼 자네는 이 모든 정보를 알고 있다는 말이지, 그렇지?

-물론, 전부는 아니에요, 아르투르 알베르토비치, - 빅토르는 똑같이 공모하는 눈 깜박거림으로 대답했다. -하지만 그 신성 모독자 집단에게, 용서하세요, 그 시민들에게 -곧 제안될, 민영화의 몇 가지 유형 중에서- 저는 첫 번째를 선택하렵니다. 개방형 주식회사 형태를요. 전체 주식 총량의 51퍼센트를 "루소플라스" 집단공장이 소유하도록 하구요... 또...만일 시장님이 저를 도와주신다면,... 저는 그 남은 주식 중 일부를 좀 사고 싶습니다만. 정말 그만큼의 주식은 주식경매에 팔릴 것이고, 아무 곳에서나 구할 수는 없고, 시청이 주관하는 경매 형태로만 팔릴 거라면서요. 그렇지 않나요?

-내가 한 잔 더해도 되겠지? -페트로프스키흐는 스스로 물었다. -아냐. 난 마시면 안 돼. 자네 뒤에도 그...진실을 추적하는 이가, 그래 자네는 그를 알지.....별로 중요하진 않아. 하지만 나는 그와 조금 떨어져 앉아 있으면 되거든. -그의 두 눈은 다시 빅토르를 뚫어지게 바라보았다. -빅토르, 자네가 "루소플라스트" 소유주가 될 결심을 했다고!

-하나님이 구해 주소서, 아르투르 알베르코비치, 제가 아니라,

집단 공장이 그 소유주가 될 겁니다! - 빅토르가 너무 확고한 목소리는 아니지만 반대했다.

-에이, 그-만-, 멍청한 것 같으니!- 페트로프스키흐는 자신의 목소리를 펼쳤다. -나는 자네가 모든 것을 가장 중요하게 알고 있다고 보네...이 구역은 나에게 이런저런 보고서들이 도달하지 못할 만큼 그렇게 넓지가 못해. 그 말은 자네의 그 교활성의 성격이, 에-에, 언젠가 콤소몰 서기가 된 그 사람이... 나를 도와주고 있어!

-누구를 말씀하시는 건지요?... 빅토르가 이런저런 놀이를 계속하면서 말했다. -저 혹시 세로프를 말씀하시는 건지요? 그럼요, 그 친구는 자신의 공식 임무를 수행하고 있어요. 고객층들을 찾고 다닙니다. 물동이를 팔고, 빗도 팔구요...

-자네의 에우게쵸라는 자가 뭘 찾고 다니는지 난 알지... -시장은 불평하듯 말했다. -우리 모두는 한 통 속에 구이가 되고 있어요. 마을을 찾아다니면서, 자네 에우게쵸가 적극적으로 지역 주민인 농민들로부터 그 바우처들을 싹쓸이하듯 쓸어 담으며 구입하고 있어. 정말 그래. 물동이로 바꾸고, 빗과 바꾸고... 이제 그의 주요 공식 임무가 그리되었어. 자네를 위해 그가 구입하는 거 맞지... 그렇지?

빅토르는 죄를 지었다는 표정을 짓고 후회를 표시했다.

-그래요 맞습니다... 일정 계획이 있어요.....아르투르 알베르토비치, 나는 시장님의 도움도 고려해 두고 있었습니다... 크지 않지만 호의적인 도움이요... 시청이 경매로 팔게 될 그 49퍼센트 주식에 대해... 그리 희망해도 되지요?... 정말, 정말로 시장님은 저를 잘 이해하고 있군요. -그는 간청하는 목소리로 말을 계속했다. -우리는 그 이익의 일정 부분을 말할 수 있어요...

-하-아! 그 시장은 포효했다. -확실히 나는 자네를 잘 아네,

빅토르, 내가 너무 잘 알아. 자네가 그 공장을 받게 되면, 자네는 아르투르 알베르토비치라는 내 가족명(성명)도 잊어버리겠지....아마 내게 인사하러 손도 들지 않을 거고.

-에이, 중대 범죄를 아르투르 알베르토비치 시장님은 제게 뒤집어씌우는군요! 빅토르의 콧수염 끝이 마음 상한 듯이 내려왔다. -전혀 부당하게 시장님은 저를 취급하시는구요... 저는 시장님의 수제자입니다. 저는 그걸 언제나 기억하고 있을거구요.

-정말 기억할 것인가? -아르투르 알베르토비치는 믿지 않는 듯이 두 눈을 반쯤 깜았다. -좋아, 만일 그렇다면 내가 말해주지, 빅토르. 자네가 더 안전한 방식을, 즉 폐쇄형 주식회사를 설립해, 그 주식을 자네들끼리 나누는 더 안전한 변수를 선택하지 않는지를?.... 첫 변수는 몇 개의 위험한 순간들을 가지고 있어. 그리고 여타상황이 벌어지면, 나는 간여할 수도 없고, 자네를 구할 수도 없어......

-구해 준다고요? 무엇으로부터 구해 준다는 거예요? 무슨 위험이라도? -급히 빅토르는 긴장이 되어 물었다.

-저기.... 무슨 일이든 일어날 수 있어. 예를 들어, 이런 것이네. "루소프라스트"의 그 49퍼센트 주식을 기다리는 모든 사람 위에는 자네와 또 내가 몰래 미는 자네 경쟁자를 제외하고, 몇 명의 구매자들이 나설걸세. 그런 경우 자네는 어떻게 대응할 건가?

빅토르는 이 중요한 사항의 놀라움과 이를 이해하지 못함을 의미하는 가장 진지하고도 선의의 약한 웃음만 보였다.

-아르투르 알베르토비치 시장님! 만일 그 주식을 시청 관보에만 알린다면, 수많은 사람이 그 일을 알 수 있나요? 그리고, 전적으로, 누가 그 맹한 회사에 관심이나 두겠어요? 사출기들은 전근대적이고, 원자재 플라스틱은 값이 비싸고, 생산품은 겨우 힘들여 팔리는데... 그 회사를 소유하는 사람은 그 산적

한 문제로 언제나 골머리를 짜내야 하는데도요!

-하아-아! -다시 그 시장은 포효했다. -하지만 자네에겐 개인적으로 그런 골치 아픈 일이 정겹게 느껴지지, 안 그런가?

-저는... 습관이 되어버렸으니까요. -겸손하게 빅토르는 고개를 숙였다.

-그럼, 좋아, 우리가 나중에 보세. -그렇게 피트로브시크흐는 평화롭게 말했다. -그동안에 자네가 선택한 그 변수에 대해 고민해 보세. 그래도 지금 자네에겐 시간이 많지 않아. 그리고 이 점은 알아 둬. 자네가 그걸 손에 넣지 못하면, 자네는 나를 환상에서 깨게 할 터이고, 내 제자여,.... 나중에는 나를 원망하진 말게나.

-물론입니다. 아르투르 알베르토비치 시장님! -빅토르는 열정적으로 대답했다. - 이젠 가도 돼요?

페트로프스키흐는 허락하듯이 손을 흔들었다.

빅토르는 자리에서 일어나, 자신의 서류 가방을 들고는, 출입문으로 향해 갔지만, 출입문 앞에서 그는 마치 기억이 되살아난 듯이 멈춰섰다.

-아르투르 알베르토비치 시장님!...

그는 고개를 돌리면서 말했다.

-그래? -시장은 질문에 대답하면서, 여비서를 부르려고 누르려던 버튼에서 집게손가락을 들었다.

-시장님은 저 도시 교통표지판에 써진 스캔들 기사에 대해 이미 아시나요?

-하, 체트코프 경찰국장이 보고하길, 이미 질서를 다시 회복했다더군. 그런 소문은 이틀은 가지, 다행히도 페테르부르크의 요인들은 그 이틀 동안 여길 지나가진 않았지.... 하지만, 빅토르, 자넨 설명해 보게, 이 늙고, 능력 없는 사람에게, 그 **"고블린스크"**이라는 말도 안 되는 낱말이 가지는 의미가 뭔지

설명해 주게? 무슨 청년의 속어인가?

-제가 백과사전을 한 번 찾아, 즉시 전화로 알려 드리겠습니다. 그럼 되었지요?- 빅토르는 문을 열며 말했다.

199.년 3월 5일 금요일

창밖에 눈이 왔다. 비정상적으로 큰 눈송이들이 변덕스런 3월의 바람에 밀려, 저 높은 곳에서 끊임없이 내리는 눈은 이미 몇 시간째 계속되어, 그 이전의 눈을 더해 10cm나 되는 두께의 층을 만들어 놓았다.

다가오는 3일 동안, 3월 8일 세계여성의 날을 포함해, 주말 동안에는, 기상대 예보에는 해를 볼 수 있을 날씨라고 했다. 그래서 그 신선한 눈은 숲에 스키 타기에도 적당하니 온전히 환영받았다. 하지만 그래도 그런 날씨에는 간단한 산책을 즐길 수 있다.

"루소플라스트" 회사 지도부가 대표 회의실에 모였다.

이리뇨는 자신을 지나 대표 사무실로 향하는 사람들의 땀냄새, 마늘 냄새, 값싼 향수 냄새, 또 담배 냄새로 인해 참기 힘들어도, 그 남자 직원들 대다수가 여성의 날을 앞두고 던지는 축하 인사말을 들어주고 있었다.

여성들도 서로 축하 인사말을 주고받았다.

그중 몇 명은 이리뇨에게 키스로 인사를 나누었다.

튤립 한 다발이 비서실 탁자 위의 중국식 꽃병에 놓여 있었다. -막심이 그것을 이른 아침에 몰래 갖다 놓았다.

그 옆에 다른 꽃다발이 놓여 있다.

튤립 개수는 서로 비슷했으나, "절인 오이"라는 라벨이 붙은 단순한 3리터짜리 화병이다. 그 둘째 화병을 몰래 가져온 이는 이리뇨 자신이었다. -그녀는 필시 꽃다발 2개가 있는 것이 자신과 막심과의 관계를 의심하는, 궁극적 비난을 없앨 의도가 있었다. 더구나, 그녀는 나중에 생각하길, 제3의 꽃다발도 있으면 좋겠다고. -회사 대표가 국제 여성의 날을 위해 여비서에게 꽃을 선물하는 습관이 있음을 널리 알리는 의도로...

-저기! - 바리토노프의 유쾌한 목소리가 들려왔다. 그는 회사 대표의 회의실 맞은편의, 자신의 주임 엔지니어가 쓰는 회의실 출입문을 열었다. -당신들이 여기에 모여 있네, 마치 양떼처럼! 들어 와요, 이미 시간이 되었어요!

-그러나, 대표님이 안 계시는데요...-발렌틴 일리치가 어정쩡하게 입을 열었다.

-안 계셔도, 부족하지 않지요? 실행위원회는 똑같이 열려야지요. -주임 엔지니어가 말했다. -대표님은 지금 시청에 가셨어요. 곧 돌아오실 겁니다만, 우리가 먼저 회의 시작하지요.

대표의 회의실 한 모퉁이에는 페테르부르크의 대형 매장의 현란한 광고문구가 박혀 있는, 불룩한 플라스틱 가방이 몇 점 놓여 있었다. 그 가방 속에는 훈제고기, 절인 청어, 모로코 오렌지, 헝가리 사과 등이 들어있을 것으로 추측할 만했지만, 분명히 맛난 향기가 교향곡처럼 내보이고 있었다.

-오호-라 -콜랴가 매력적인 환호성을 질렀다. -플라스틱 공장이 향기 나는 시장으로 바뀌었네요! 아니야! 시장에도 지금 이런 향기가 나지 않아요! 우리가 여성 여러분 덕분에 대단한 축제를 하게 되겠네요...

-분명히, 이 모든 걸 시장에서 가져오지 않았다고 봐요. -진지한 표정으로 교활한 남자 에우게쵸가 말했다. -내가 어제 세니츠킨과 함께 피테르부르크에서 이 모든 것을 공무가 끝난 뒤에 사 뒀어요! 특별히 축제를 위해서지요!

-예브게니이 페트로비치! -나디뇨가 아양을 부리면서 말했다.

-그럼, 왜 당신은 그 공무에 대해 말하지 않나요? 빅토르 바실리에비치가 당신을 이 축제 준비하라고 특별 공무로 보냈다는 걸 정직하게 한번 말해 봐요... 우리 여성의 축제를요! 말해 줘요, 그럼 당신은 더 많은 이쁨을 받을 거요...

-공무가 아닌가요? -나데쥐다 세르게에프나 에우게쵸가 두 눈으로 나디뇨를 곁눈질하며, 교활하고도 음흉하게 반쯤 눈을 감은 채 물었다. -이쁨에 대해선 내가 반대하진 않아요...우리가 마지막으로 그런 축제를 가진다는 게 더욱.

-왜요? 왜 이게 마지막인가요? 듣던 사람 중 몇 명이 곧 놀라며 말했다.

-저기... 민영화가 진행되니까 하는 말이지요... 에우게쵸가 말했다. -정말로, 차기 사장은 동의하지 않을 수도 있으니까요.

-무슨 그런 사장이, 빌어먹게도, 그런 사장이 있을까요?! -안톤 다닐로비치가 처음으로 말했다.- 사람들 말로는, 집단 공장 전원이 사장이 된다던데요.

-그 입 좀 다물어 줘요, 안톤, -발레틴 일리치가 말했다. 그 자신만이 사출 공장에서 싸움질 잘하는 부장 이름을 친근하게 부르는 것을 허락했다. 그가 자기 나이가 많다는 것으로 보나, 주말마다 대중 증기탕을 방문하는 것으로 보나. -그래요, 나는 농담하지 않고 말해 볼게요. 그 입 다물어 달라는 말을요. 왜냐하면, 자본주의가 몰려오고 있어요. 모든 소유물엔 주인이 있다고 해요. 모든 공장은 더욱.

-소문을 퍼뜨리는 걸 중단해요! -바리토노프가 분개하여 탁자를 손으로 쳤다. -그동안 아무도 뭔가 자세히 알고 있지 않아요. 이젠 그럼, 슘스키이, 키르조프, 골드파르브, 당신들 죄에 대해선 우리가 곧장 말하지 않겠어요. 이것을 전부 듣고 SKE로 가져갑시다. 알레프티나, 당신은 가서 그곳에서 축제에 쓸 테이블을 좀 준비해 줘요, 하지만 당신은 이곳으로 안 돌아와

도 됩니다.

-알베르티나 혼자서요? -크바드라토프가 열심이었다. -세르게이 바디모비치, 나도 가게 해줘요, 나이 많은 나를. 여성 두 분과 함께라면 더 좋구요......그럼, 니나 드미트리에프나와 나디뇨를 데려갈게요. 나는 소시지를 자르고 청어도 자를 수 있어요... 저분들은 샐러드를 준비하면 되구요...

-잠깐만, 알렉세이 이바노비치! -바리토노프가 다시 탁자를 손으로 두들겼다. -당신에 대해선 나는 시가에프의 의견 없이 결정할 수 없습니다. 당신은 더 많은 죄를 지었으니. 이제, 예를 들면, 뜨거운 나사에도 견디는 니크롬선은 어디에 있나요? 하? 지금까지 당신은 그걸 구하지 못했군요, 지난 3주 동안! 귀여운 당신! 곧 그런 식으로 일하면, 당신의 죄과로 우리 생산 공장 모두가 멈춰 서게 될 겁니다!

알렉세이 이바노비치는 자신의 잘못을 변명하기 위해 입을 열었지만, 주임 엔지니어의 진지한 모습을 보고는 말을 거두었다. 라자르가 가방 4개를 들고 나갔고, 샤쵸와 막심을 위해 각 2개씩 가방을 남겨 두었다. 출입문에서 라자르가 몸을 돌려, 불평을 했다.

-니크롬선은 어제 제가 제 친척을 통해 구해 놓았어요. 더구나 그 나사들은 -그것들은 내 고향인 지토미르[11]에서 생산된다고 해요. 이젠 돈만 부치면 그 제조업체에서 곧장 보내 줄 겁니다. 술 1병 정도는 빚졌어요, 알렉세이 이바노비치!

-저런, 용감한 분이 바로 당신이군요, 라자르 아로노비치!-바리토노프가 환호했다. -우리 공장을 구했어요... 그리고 알렉세이 이바노비치의 필레 살코기도요.

-아하... 크바드라토프가 입을 삐죽했다. -자본주의 낙타 구멍

---

11) *역주: 지토미르는 우크라이나 볼히니아 지방에 위치하는 도시이자 우크라이나 지토미르 주의 주도.

영웅[12]이네! 저분에게 훈장을 줍시다... 하지만 평화 속에 나의 빈약한 필레 살코기도 좀 남겨 둬요.

그 세 명이 도로를 건너고 있을 때, 사무실 앞에 대표의 차량 "볼가"가 멈추었다. 빅토르는 뒷좌석에 앉은 채 차량 문을 열고 그들에게 외쳤다.

-에이, 여러분! 이 모든 것을 알레프티나에게 맡겨놓고 곧 돌아와요! 중요한 일이 생겼어요.

-"그럼, 동무들, 우리가 오늘 무슨 일을 할까요?"라고 샤쵸가 대표의 말투를 흉내내었다. -"중대한 일이 우리에게 생겼네요!"

-분명, 페트로브시키흐가 몇 명의 이의 신청 때문에 우리 대표 엉덩이를 찼구나...-라자르가 말했다.

-나는 동의하지 않아요, -막심은 반대의견이다. -축제 바로 앞인데 그곳에서 엉덩이 타작하는 일이 일어났을까요? 나는 의심합니다. 아마 민영화와 관련해 뭔가 새로운 정책이...

몇 분 뒤 그 회의실로 다시 돌아온 그들은 알렉세이 이바노비치와 에우게쵸가 일상적인 말싸움을 하고 있음을 발견했다. 안톤 다닐로비치는 음모적으로 묵직한 저음으로 응대하며 에우게쵸를 응원했다. 하지만, 그 싸움은 이제 거의 그쳤다. 충동적이지만 이성적으로 생각하는 우즈베키스탄 사람인 콜랴가 오늘은 응수하지 않았다, 저녁에 있을 축제 같은 식사라는 그만큼 매력적인 전망을 예상하고서, 붉은 얼굴의, 땀을 내는 크바드라토프의 비난을 자신이 불평하며 확대하고 싶지 않았다. 온전히 마찬가지로 오늘 알렉세이 이보노비치는 영선부에

---

[12]＊주: 소련에서는 "사회주의 노동 영웅"이라는 영예 칭호가 있었다. 여기서 말하는이는 이에 빗대어 "자본주의 낙타 구멍 영웅"으로 조롱하며 비유적으로 말하고 있다.

게도 아무 소득이 없었다.

대표인 빅토르 시가에프도 오늘은 논쟁적이지 않다.

영원한 반대자들의 논박 동안에도 그는 창밖을 무심한 채 바라보며 앉아 있다. 사쵸, 라자르와 막심은 이미 창고장인 스테판 아나톨리에비가 앉은 벽 쪽에 자신의 일상적인 자리를 차지했다. 빅토르는 고개를 들어 그들이 있는 곳을 한 번 이상한 시선으로 훑어보고는, 그 시선을 그 네 명의 눈과도 일일이 마주쳤다.

나중에 그는 에우게쵸에게 열변적인 손을 천천히 들어 에우게쵸가 알렉세이 이바노비치에 대항하며 연거푸 비난을 쏟아내는 것을 그만하게 했다. 그러고는 그 잠깐을 이용해 라자르가 말했다.

-빅토르 바실리에비치 대표님, 행사 준비하는 알레프티나를 도우려면 여성 2분은 자유롭게 해 줍시다. 그녀가 도움을 청했어요.

-그런데 왜 여성들이지요?- 곧장 리디아 페트로프나가 외치고는 기침을 했다. 그녀는 자주 기침을 시작하면, 셀룰로이드 공장 아세톤에 스며든 환경에서 이미 20년 이상 일해 온 그녀라서 그 기침이 한 번 생기면, 일정 시간은 멈추지 않는다. 그러면서 그녀는 보통 가장 원하지 않은 상황에서 반대의견을 내기 시작하는 습관이 있다. 모두가 그 점을 알고, 그래서 침착하게 그녀 기침이 멈추기를 기다렸다. -왜 여성들이지요?- 그녀가 되풀이했다. -여성을 위한 축제 행사인데, 이 모든 것을 남자들이 준비해야지요, 크바드라토프와 세로프, 평생 라이벌처럼 지내온 그 두 분이 나서서 그곳에서 알레프티나 곁에서 평화롭게 일하는 것이 낫겠어요.

-그만 해요,- 갑자기 빅토르가 말했다. -여기서 결정하는 사람은 나예요. 그 식탁 준비할 시간은 충분히 남았어요. 여러

분 모두 알레프티나를 도우러 갈 수도 있지만, -30분 뒤에 가요. 그녀 자신이 함께 일하는데 방해되는 사람들은 내쫓을 겁니다. 하지만 그동안 여러분 모두 이곳에 앉아 내 말을 좀 들어보세요.

이제야 모두가 조용해지고, 그동안 대표는 다시 한번 참석자들과 일일이 눈을 맞추었다. 나중에 그는 창밖으로 한 번 고민 섞인 시선을 던지더니, 발언을 시작했다.

-이제, 그럼, 라자르 아로노비치, 당신은 보지 못했나요? 우리 공장 보일러실 굴뚝에서 바깥으로 평소와 달리 시꺼먼 연기가 나오고 있음을요. 석탄이 잘못 되었나요?

-똑같은 탄에, 똑같은 연기입니다. -라자르가 평온하게 말했다. -다시 인근 주민들이 불평하러 왔나요?

-그들이야 뻔질나게 오지요...-생각에 잠긴 빅토르가 말했지만, 그는 그 점을 생각하고 있지 않은 것 같았다.

-지난 40년 동안...막심이 대답하고는, 그가 그렇게 시작한 말이 잘못되었구나 하고 곧 후회했다.

빅토르는 갑자기 화를 벌컥 냈다.

순간 화를 내고, 순간 평정심을 찾는 것은 그의 능력이다.

-그래요, 지난 40년간! 지난 40년간, 슈민스키이, 더욱! -그는 자신의 콧수염이 떨릴 정도로 벌떡 자리에서 일어나면서 소리쳤다. -이 공장 사람들은 어떻게 하면 인근 주민들의 환경조건이나 생활여건을 더 개선할 지에 대해서는 전혀 생각하지 않았어요! 우리 굴뚝 옆에서 평생을 고통 속에 살아온 할머니, 할아버지의 환경을요. 정말 당신네들은 자알-도- 알고 있지요. 그 점에 대해 생각해 보는 것이 누구의 의무라고 알고 있나요? 그건 여러분의 의무, 남자들의 의무라고요! 그런데 여러분은 그런 생각을 해보기나 했나요?

-지난 40년 동안...- 사쵸가 낮게 말했다.

빅토르 시가에프는 그에게 한 번 시선을 두며 화를 냈다가, 절망적으로 손사래를 치고는, 자기 자리에 앉고 평정을 곧장 유지했다. 그 몇 초 동안 그는 말없이 자리에 앉아서는 자신의 이전의 난폭한 표정을 살짝 웃어 바꾸고는, 나중에 이렇게 말했다.

-정말 그렇군요, 40년 동안...하지만, 곧 모든 게 바뀔 겁니다. 가스를 이용해 불을 때는 가스 보일러로 교체할 필요가 있어요.

-그럼요, 4년 전에도 우리는 그 계획서를 준비해 모든 관련 공식 승인도 받아 놨어요, -라자르가 말했다.

-나도 완벽하게 기억하고 있어요 -빅토르가 말했다.

-그건 걱정하지 말아요...돈이 생기면, 우리는 그 일을 해낼 겁니다.

-40년 뒤에나... -라자르가 말했지만, 빅토르는 평정심을 유지한 채 가만히 앉아 있었다.

-아뇨, 라자르, 당신은 추측할 수 없어요, -빅토르는 음모를 짓는 표정으로 말했다. -정말로, 더욱 더 빨리...아니면 절대로 오지 않거나. 하지만 우리는 그런 옛날 방식 농담은 그만둡시다. 나는 여러분, 형제 여러분께 좋은 소식 2가지를 갖고 왔어요.

그 참석자 중 여성들끼리 하던 서로 속삭이는 소리가 멈추었고, 모두가 대표를 바라보았다.

빅토르 대표는 잠시 휴식을 유지하더니, 약속된 중요 소식을 공표하기에 앞서 꼭 필요한 잠깐의 쉼을 유지했다. 2분 혹은 3분을 보낸 뒤, 빅토르는 참석자들의 놀란 얼굴들을 자세히 살펴보더니 자신의 말을 시작했다.

-첫째로, 내가 우리의 매력적인 삶을 살아온 여성 친구들에게....우리의 헌신적 안주인들께 또 에-에-에... 또 연인들에

게... 우리 아르투르 알베르토비치 시장님의 축하인사를 전합니다. 그는 좋은 급료를 받고 열성적 일과 건강을, 또 구름 한 점 없는 맑은 날의 가정생활을 해 주기를 우리 여성들께 원한다고 나더러 꼭 말해주라고 요청했어요.

-만세! -곧장 콜랴가 소리치자, 모두가 박수를 쳤다.

-그 축하 인사는, 물론, 여기 앉은 존경하는 여성뿐만 아니라, -대표는 말을 이어갔다. -나는 운영위원회가 끝난 뒤 우리 부서장들에게 청합니다. 그 축하 메시지를 여러분의 부하직원들이나 각 공장에 근무하는 모든 여직원께 가서 전해 주세요.

빅토르의 마지막 말에, 막심은 튀어나오려는 웃음을 막느라 입에 자신의 손을 가져갔고, 마찬가지로 라자르도 그렇게 했지만, 사쵸는 전혀 개의치 않고 아주 큰 웃음을 냈다.

그러자 점차로 회의 참석자들이 이를 지지했다.

갑자기 안톤 다닐로비치가 저음으로 아주 편하게 웃음을 터뜨렸고, 니나 드미트리에프나와 안나 안토노프나는 행복하게도 킥-킥- 웃고, 나디뇨는 약간 수줍어하면서 얼굴을 붉히며 웃었다. 발레틴 일리치는 탁자에 고개를 숙이며 이상한 웃음을 토해냈다. 그의 등 뒤에 알렉세이 이바노비치가 몰래 자신을 숨긴 채 박장대소했다. 콜랴는 자신의 양팔을 흔들면서 웃고는, 거의 자신의 의자에서 떨어질 뻔했다... 막심 곁에 앉은 창고장 스테판은 자신의 어깨를 흔들어댔다. 그리고는 그런 좌중의 웃음 폭발 속에서 딸꾹질까지 하게 되었다. "그렇게 말했다고요! 그렇게 우리 대표님이 말했네요!" 바라토노프와 세로프조차도 참을 수 없는 웃음을 참느라 애쓰면서도 그 대표의 반응을 유심히 살폈고, 대표실 앞을 지키던 이리뇨는 궁금함을 참지 못해 그 회의실 문을 반쯤 열어보다가, 그 폭발하는 웃음의 진원지인 회의실을 한 번 쳐다보고는 전혀 이해하지 못한 채, 출입문을 닫고는 놀란 모습을 숨겼다.

한순간 곧 난폭함으로 분명 변할 것이 뻔한 대표는 사쵸를 강렬하게 보고 있었다.

그러나 다음 순간, 그는 부하직원들이 크게 웃는 모습을 멍하니 보고서 자신의 커진 두 눈과 올라간 콧수염에서 보인 당황스러움 뒤에, 그도 아주 유쾌하게 되어버린 그 원인을 이해하고는, 이 모든 이와 함께 웃었다.

계속되던 웃음이 이제 멈추자, 빅토르는 자신의 손수건을 꺼내, 자신의 뺨에 난 눈물을 닦고 오른손을 들었다.

-이제 충분하지요!- 그는 태평스럽게 말했다. -나의 첫 소식이 여러분 모두를,....우리 모두를 그렇게 유쾌하게 만들어 주니 만족합니다. 둘째 소식도 여러분께 기쁜 소식이길 희망합니다.

이제 점차 웃음이 사라지고, 회의에 참석한 사람들은 다시 유심히-유심히 그 대표를 쳐다보았다. 그는 잠시 말을 하지 않고 기다렸다.

-이봐요, 대표님! -콜랴가 큰 소리로 말했다. -왜 대표님은 영혼을 비틀고 있나요? 속 시원하게 말씀해 보세요!

-좋습니다, -빅토르는 깊은숨을 들이쉬고는 말했다. -월요일부터 "루소플라스트"의 민영화가 시작됩니다. 우리는 민영화 시나리오 중 제1 유형을 선택했어요. 그래서...

-누가 선택했어요? 발렌틴 일리이치가 주저없이 물었다.

-내가요... -빅토르는 그런 질문에 개의치 않았다. -내가요... 전문가들의 의견을 추천받았어요. 그 시나리오가 우리같이 작은 규모의 집단공장에 가장 받아들일 만합니다.

-신문에는 우리나라에 그런 전문가들이 부족하다고 하던데요! -스테판이 목소리를 높였다. -정말 우리가 처음으로 그 일을, 민영화를 시행하는군요. 신문에는, 모든 집단이 스스로 결정해야 한다고 하던데요....

-아아!- 빅토르는 손짓하며, 그 신문을 온전히 또 영원히 흔들어 멀리 보낼 듯한 태도로 말했다. -수많은 나라에서 그런 일이 있었어요, 우리 전문가들이 그곳에 가서 경험을 쌓았대요... 집단공장 여러분!- 그는 질책하듯 말을 이어갔다. -예를 들어, 우리 같은 집단공장이 뭔가를 진지하게 결정할 수 있겠어요?

-왜 아닌가요? -막심이 말을 꺼냈다.

-왜 아닌가요라고, 슙스키이, 당신은 묻는가요? -이상하면서도 또 절반은 위협하는 표정으로 빅토르가 되물었다. -나는 당신에게 말하고자 합니다. 재산에 대한 당신 이해는 파푸아 사람의 그것과 같습니다.

막심은 두 눈을 동그랗게 하고, 아주 놀라 입을 벌였다. 그는 며칠 전의 꿈에서 들은 장면이 생각났다. -그 문장이 꿈에서 들은 말과 똑같은 말이다.

-당신은 입을 닫을 권리가 있어요. -빅토르는 그 순간을 놓치지 않고, 막심의 놀라움을 이해하지 못한 채 말했다. 바리토노프는 살짝 웃었지만, 곧장 그 웃음을 침묵 속으로 지웠다.

-그렇습니다, 대표님, 말씀이 맞아요! -콜랴가 말했다. -제가 파푸아 사람입니다. 하지만, 요청합니다. 대표님의 파푸아 사람들에게 설명해 주세요. 첫 메뉴와 둘째 매뉴와 셋째......

-아이 우리의 용-감-한 사-람, 암-미-니-갈-레-이 슐탄-베르디-에비치!- 빅토르는 비슷한 매력으로, 콜리아의 이름을 매 음절씩으로 또박 또박 발음했다. -만일 당신이 그 말을 질문하지 않았다면 당신이 가장 분별력이 있어요. 바로 그 점을 나는 직접 말하고 싶어요. 내가 당신에게 설명하고 싶어요... 만일 당신이 기꺼이 내 말을 들어 준다면, 여러분, -그는 벽쪽에 앉은 참석자들을 진지하게 한 번 노려보더니, -여러분은 우리 중에 현명한 사람들입니다.

다시 시작된 침묵 속에서 대표는 다시 참석자들을 둘러보았다.

-제1유형에 따르면, 우리는 지금까지 국영 기업체제인 우리 집단 공장을 **개방형 주식회사**로 변형시킬 겁니다. 콜랴, 내 말이 무슨 말인지 알겠어요? - 그는 주임 경제학사인 안나 안토노프나에게 시선을 두면서 말했다.

-콜랴는 이해를 못 할 겁니다. -곧장 마치 앞서서 준비된 답변처럼 그녀가 말했다.

-그럼, - 빅토르가 계속 이어갔다. -그 말은 곧, 우리가 준비할 겁니다......말하자면, 예를 들어, 총 주식이 1만 주라고 하면, 그것이 전체 "루소플라스트"의 가격과 맞먹습니다. 그 수량 중 51퍼센트를, 그 말은....

-5,100주이네요.-감정 변화 없이 안나 안토노프나가 알려 주었다.

-그렇네요, -빅토르가 말했다. - 5천하고도 1백 주가 결정적 수량입니다. 결정을 받아 들일 수 있는 다수의 수량입니다. 이 다수의 수량을 우리가 우리 집단공장에서 곧 나눠 가지게 될 겁니다.

-어떤 방식으로요? -교활한 궁금함으로 알렉세이 이바노비치가 물었다.

-그건 아주 간단히요, -빅토르가 대답했다. -니나 드미트리에프나가 우리 공장 구성원 수만큼 봉투와 그 안에 넣을 종이를 준비해 온다고 봅시다. 집단공장의 모든 직원은 -대표부터 여성 환경미화원인 류바 아줌마까지. 모두가 그렇게 각자 받은 봉투에 자신이 구매하고 싶은 주식 수량을 적게 됩니다. 각자가 그렇게 적은 종이를 그 봉투 안에 넣어, 그 봉투를 풀로 붙여 밀봉하고는, 그 봉투에 자신의 이름을 써 둡니다. 나중에 우리가 '민영화 위원회'를 조직하고, 그 위원회에서 그렇게 준비된 봉투를 개봉할 겁니다. 그렇게 우리는 모든 것을 합산

해, 나중에 그 주식을 나누게 될 겁니다. 이제 이해가 되나요?

-전부는 아니에요. -라자르가 말했다. -모든 직원이 비밀리에 그 숫자를 기입해야 한다고 이해하면 되는지요?

-그렇지, 그런데 또 뭐요?... 빅토르가 대답했다.

-그럼, 모두가 그 전체 수량을 원한다면 무슨 일이 일어나요?

-그 사람이 누-구요? -절대 못 믿겠다는 투로 빅토르가 말했다. -류바 아줌마가요? 그만큼 많은 수량을 필요로 하는... 그런 골치 아픈 일을 벌일 사람이 누구겠어요?

-나는 필요합니다. -막심이 말했다. -전부는 아니지만, 필시, 하지만,....적어도 수백 주는요.

-뭐하려고요? -빅토르가 갑자기 그에게 몸을 돌려, 돌이 된 듯, 노려보았다.

 막심은 그 시선을 받고서도 태연했다.

-투표권을 얻으려고요...더 중요한, 분배가 이뤄질 때 우리 이익의 일부를 받으려고요.

-아하, 이-익....-대표는 길게 말을 끌었다. -꿈꾸는 사람이군요, 슘스키이, 당신은. 우리같이 썩은 집단공장에서 무슨 대단한 이익이 생기겠어요? -막심이 뭔가 말하려 하자 손으로 제지하면서, 그 대표는 자신의 말을 이어갔다. -그밖에도 나는 여러분에게 알려 주지 않은 것이 있어요. 그 구매하려는 주식은 오로지 바우처 만으로 살 권리가 있다는 걸요. 그만한 양의 바우처를 갖고 있나요?

-나는 3장을 갖고 있어요- 막심은 말했다. 내 것과 내 아내 것과 아들 것을요.

-그렇군요. -표정을 바꾼 대표가 말했다. -더 들어 봐요, 부르조아여! 전체 주식 총량의 5센트이면, 그것은......

-500주요. - 안나 안토노프나가 말했다.

-....500주를 우리는 "루소플라스트"의 가장 영예로운 사람들에게 무상 분배될 겁니다. 여기서 10년 이상 근무한 사람, 훈장이나 메달을 받은 사람. 한 마디로 존경받는 사람들에게요. 슙스키이, 당신도 존경받는 사람에 속하나요?

-내 의견은,......막심이 시작했다.

-자, 봐요, 만일 당신도 그 속에 들어있다면, 당신은 그 수량의 일부를 받게 될 겁니다. 또 나머지 44퍼센트를, -빅토르가 손짓으로 그 수량을 알려주는 안나 안토노프나의 시도를 제지하고는, -그 나머지를 우리 시(시청)가 가집니다. 그러나 우리 시 자체를 위해서가 아니라! 현금과 바꿀 자유 주식 시장에 내다 팔기 위해, 또 우리 시의 다양한 재정 수입의 상당량을 확보하기 위해서지요. 그곳에서 당신은, 슙스키이, 당신은 그 주식을 구매할 권리가 있어요. 당신뿐만 아니라, 물론 원하는 사람이라면 누구나.

뭔가 고통스런 생각이 막심의 머리속에 들었지만, 그는 그 생각을 꺼내 말로 해보고 싶었으나, 콜랴가 끼어들었다.

-내게 말해 봐요, 그럼, 대표님, -그는 정말 진지한 궁금함을 표시했다. -하지만 그 주식체제의 개방형에 대표는 누가 됩니까?

-대표라고요?- 놀란 빅토르가 되물었다. -대표라....우리 모두가 대표가 됩니다! 우리 모두가 소유자가 되니까요.

-마을에 우리가 가면 우리가 대장이네요...13) 낮게 스테판이 말했다. 몇 사람들이 웃었지만, 빅토르는 화를 벌컥 내며 탁자를 쳤다.

-우리는 지금 진지한 문제에 대해 발언하고 있어요, 쿨리코프! -그는 자신의 몸 전체를 스테판에게 돌렸다. -당신의 그

---

13) *주; 음담패설 같은 러시아 농담의 첫 부분.

농담은 시기가 적당하지 않았어요! 만일 뭔가 이해가 되지 않았다면, 물어봐요. 아니면 당신이 동의하지 않는다면, 그걸 말해 봐요! 당신은 동의하지 않나요?

-나는 동의합니다. -스테판이 목소리에선 똑같은 비웃음을 갖고 말했다. -우리 모두 대표가 된다는 말에 동의합니다. 안 그런가요, 동무들?

-분명히, 그렇지요!- 안톤 다닐로비치가 저음의 목소리로 말했다. -왜 아닌가요?

여타의 모든 사람도 이 사태의 진전을 기대하며 말이 없었다.

-그런데, 다른 유형에 대해서 말해 줄 겁니까?- 니디뇨가 묻고 얼굴을 붉혔다.

-나데쥐다 세르게에프나! -가장 달콤한 미소가 그 대표의 콧수염 아래에서 나왔다. -당신에겐 내가 그걸 따로 말해 주지요....

-왜 그런가요?- 리디아 페트로프나가 자신의 목소리에선 전혀 이해되지 않다는 것을 진지하게 나타내는 목소리로 묻고는 기침을 했다. -나도 알고 싶어요, -그녀는 마지막 기침을 하고서 말했다.

-리디아 페트로프나, 당신에게도 내가 말해 주리다... 하지만, 오늘은 축제를 즐기지 않겠어요? -빅토르가 말했다. -벌써 2시간이나 우리는 여기서 회의를 했구먼. 하지만 알레프티나는 그곳에서 혼자 요리하고, 칼질하고 있겠네요! 나중에 내가 관심을 가니는 모두에게 설명해 주겠어요. 하지만 지금은, 우리 부서의 각 장은 -각자 공장으로 돌아가세요! 여타의 모든 사람은 알레프티나에게로. 그녀가 축제의 식탁을 준비하는 일을 도와줍시다! 라자르, 춤추는데 필요한 음악은 당신이 책임지고 준비해 줄 거지요. 운영위원회는 이것으로 마칩니다.

근무를 마친 주간 조의 노동자들이 탄 버스가 떠난 후, 오후 5시 30분에 저녁조가, 더 정확히는, 야근조 여성들이 주임 엔지니어로부터 개인 축하 인사를 받았고, 운영위원회에 속한 임원들은 회의실들에서 빠져나와 하나둘씩 자신의 부서나 공장으로 또는 SKE의 2층으로 건너갔다. 운영위원회 위원들과 SKE 책임자인 알레프티나를 제외하고도 모든 축제에 일상적으로 초대되는 여러 명의 여성 청년이 -조금 뚱뚱한 여회계사들인 미샤와 올가, 키가 커도 너무 날씬한 여성경제학사 키라와, "루소플라스트"의 모든 남성의 선망의 대상인, 공장 식당의 책임 여성요리사인 금발머리의 라리사- 더 있었다. 더구나 그 여성청년 모두는 서른 살 정도 되었는데, 결혼해 남편도 아이들도 있다. 라리사는 아이가 3명이다. 그러나 그 초대 자리에 -작고한 전 대표의 아이디어였는데- 식탁에서의 남녀 비율이 똑같게 하였다. 그러니, 직원들은 서로 인사를 나눌 만했다.

축제의 저녁은, 가정에서 자신의 남편들을 기다리는 에바와 다른 아내들에겐 정확히 증오하게 되는 집단 공장의 모든 축제처럼, 일상적으로 흘러가고 있었다. 막심도 일상적임을 추측했지만, 동시에 그는 그 대다수의 행동에 있어 뭔가 이상함을 느끼기도 했다. 처음부터 그는 그런 이상함이 무엇 때문인지 추측할 수 없었다.
축제의 테이블은 이전의 여러 해의 것들에 비해 다소 덜 호사스러웠다.
하지만 매주 겪게 된 물가 인상에 따른 인플레이션과 다른 요즈음의 이런저런 크고 작은 재앙들은 그 테이블의 풍성하게 마련된 내용물에 전혀 영향을 끼치지 않았다.
첫 3번의 건배는 일상적이다: 우리의 아름다운 여성분들을 위하여(참석한 모두에게 꽃과 작은 선물을 그들의 손에 안겨 주었다),...... "루스플라스트"의 발전을 위하여(여기서 에우게쵸는 그가 직접 지은, "절대로 슬퍼할 필요가 없는 -주식을 갖는 남성들에게" 라는 자신의 시를 소개하기도 했다.) 그리고 마지막은 우리 모두의 건강과 행복을 위해서였다.

셋째의 건배 뒤에 일상적으로 시작되는 춤도 이벤트 없이 있었다. -처음에는 활달한 "레게음악"으로 시작했다가 나중엔 교대로- 느린 곡조로, 포옹을 요청하는, 그리고 활달한 춤이 -그 사이 사이에 산발적인 건배와 유쾌한 놀이가 뒤따랐다.

막심은 지쳐 있지만, 몸매가 물렁한 알레프티나와 춤추고, 자신을 괴롭히는 니디뇨와 춤추고, 경박한 라리사와 춤추었고, 키가 큰 키라와 함께 춤추었다.

그보다 30cm나 더 크게 보이는 그녀의 눈의 달콤한 눈길을 받으려고 고개를 들어보았다.

필시 아홉 번, 혹은 그 이상의 춤이 이어졌고, 그중 네 번은 그는, 그럼에도, 이리뇨와 나중의 모략에 대한 생각 없이 춤추었다. -하지만 그 아홉 번째(아니 열 번째였을까?) 춤이 그에겐 이 축제의 이상함에 대한 계시처럼 그에게 다가왔다. 그것은 축제의 테이블에 놓인 너무 많은 술 때문이었다. 그랬다. 콜랴는 전혀 마시지 않았다. 왜냐하면, 1년 전 그는 너무 많은 알콜 섭취로 치료를 받아야만 했다. 그랬다. 안톤 다닐로비치와 알렉세이 이바노비치는 습관대로 만족할 정도로 술을 마셨으니, 지금은, 더는 춤출 기력도 없고, 그 살롱 한 모퉁이에 있는 안락의자에 거의 절반은 누운 듯이 앉아 있었다. 하지만 모든 여타 남자들은 처음의 세 번의 건배 뒤로 마시지 않고, 그래서 그것은 사건이다- "루소플라스트"에서의 축제의 저녁치고는 절대로 일상적이지 않은 모습이었다.

9시경에 그 축제는 참석자들의 열정이 시들어 들었다.

둘 혹은 셋이서 서로 여기저기로 걸어다니기도 하고, 그 느린 곡조를 따라가는 이들은 많지 않았다.

몇 명의 다른 사람들은 조용히 차 마시러 테이블 곁에 앉았다. 몇 명은 앞서서 알레프티나가 데워 놓은 사우나 탕이 있는 1층으로 내려갔다. 대표는 그사이 아무 곳에도 보이지 않았다. 하지만 아무도 패닉 상태는 아니었다. 왜냐하면, 라리사도 보이지 않았다. 보통 일상의 축제 동안에는 대표가 라리사와 함께 같은 시각에 사라지곤 하는 것은 공개적으로 토론하지 않은 전통도 있다.

길게는 아니지만, -한 시간 정도는, 아니면 좀 더 길게.... 10시 쯤에 담배 피우러 남자들은 밖으로 나왔다.

더구나, 그곳에는 흡연자들만이 있는 것은 아니었다.

담배 피우지 않는 막심은 하늘을 한 번 즐거이 보러 나왔다. 축제를 벌이는 동안 내리던 눈도 이젠 그 축제의 추위에 양보하며 멈추었다. 하늘은 진짜 맑고, 눈으로도 충분히 깊숙이 들어가 볼 수 있었다. 왜냐하면, 별들이 짙게, 많게도 또 다양한 층으로 보였기 때문이다. 두텁지 않은 달의 굽은 모습은 별들의 반짝임을 방해하지 않았다. 연푸르고 청순하도록 하얀, 신선한 눈이 덮여 있는 눈층도 도시의 모든 길에서 길이 방향으로 풍부한 불꽃처럼 반사되고 있었다.

-...민영화에 대해 생각해 보니... -바리토노프가 불평했다. -빅토르, 그게 얼마나 계속될까요?

-하? 악마나 알지... -대표가 말했다. 지금, 우호적 모임에서, 그는 자신의 부하직원들이 친절하게 물어 오는 것을 허용해 주었다. -처음에 우리가 우리 주식을 -그걸 51퍼센트로 나눌 걸세. 나중에 법적으로 그 결과를 등기하게 되지... 아니, 처음부터 우리는 집단으로 확인하여 개방형 주식회사 정관을 등기하게 될 거네. 긴 노래도 있고....

-하지만, 빅토르, 솔직하게 말해 봐요, 스테판이 물었다. -왜 대표는 개방형 주식회사를 주장해요? 폐쇄형 주식회사는 싫은가요? 그런 시나리오 대해 <로시이스카야 가제타 Rossijskaja Gazeta> 잡지에서 읽은 적이 있어요. 소문엔 그게 더 안전하다고요.

-내가 솔직하게 말하라고?!- 뭔가로 빅토르는 화를 벌컥 냈다. -자네들에게, 내가 솔직히 말할 수 있지만, 자네들은 똑같이 이해를 못 해.

-이해 못 한다니 그게 무슨 말인가요? -막심이 말했다. -나도 폐쇄형 주식회사에 대해 읽은 적이 있어요. 그 경우 모든 주식을 우리끼리 분배하게 되고, 아무 외부 요인들이 간섭할 수 없다던대요.

-하지만 저는 최대한 15퍼센트만 가질 권리가 있어요. -빅토르가 반박하였다.

-그러면 당신이 대표가 될 수 있구요. -바리토노프가 심사숙고해 말했다.

-저런!- 빅토르는 더욱 화를 냈다.-자네는 내 말을 전혀 못알아 듣고 있네. 지난 15년간 나는 이곳, "루스플라스트"에서 일해 왔어요! 처음에는 책임 엔지니어인 자네와 같은 직책에서 시작해, 나중에는 대표직에 있지만. 지금 나는 주인이 되고 싶다고. 내 아이들이 내 뒤에 이 공장을 소유할 수 있도록 말이네!

-이 생각은 대표님이 해보지 않았나요? - 스테판이 말했다. - 대표의 친구들도 당신과 함께 그 15년간 여기서 일했다는 것을요. 몇 명은 그보다 더 일찍 여기서 일했어요. 대표인 당신이 고르콤에서 앉아 있던 때에요! 빅토르는 그를 옆으로 째려보고는, 저 깊은 하늘로 자신의 콧수염을 들더니, 위를 향해 말했다. -민영화를 주제로 이야기할 때는 친구에 대해서는

생각하지 말아야지.

199.년 3월 6일, 토요일

-당신은 지금 가지 말아요... -그녀는 입술을 가볍게 움직여 그의 가슴을 쓰다듬으면서, 미끄러지듯 자신의 젖가슴을 그의 맨살에 닿게 해 속삭였다. 그러면서 그녀 손가락들은 천천히 그의 어깨를 간질이기도 하고 만지기도 하고 누르기도 하다가 이번에는 더 세게, 아플 정도로 눌렀다. - 난 당신이 가지 않았으면 해요......

-하지만 난 가야 해, 내 사랑. -그는 좀 피곤한 속삭임으로 대답했다. 부드럽고도 기쁜 마음으로 그는 압박이 되지 않을 정도로 자신의 왼팔로 그녀를 껴안고, 오른손바닥으로 그녀의 헝클어진 머리카락을 쓰다듬고 있었다.

9층 아파트 건물 꼭대기 층에 자리한 평범한 원룸식 아파트의 창문엔 커튼이 없다. 그래서 그 밤은 자유로이 그들 침대로 왔다. 바로 지금 은하수의 한 부분이 다른 별들 사이로 펼쳐 보였다. 그 방안에서도 그 은하수가 보이는 부분은 옅은 푸름의 여명을 펼치고 있다. 창가에 놓인 오래된 종려수의, 손가락 모양과도 비슷한 나뭇잎 그림자들이 그녀 책장 중앙의 넓은 칸에 자리한, 좋아하는 인형들의 얼굴을 따라 생기있게 산책하고 있었다.

-당신은 이해하지 못하고 있어요, 사랑하는... -그녀 속삭임은 그의 몸을 따라 흘러갔다. -나는 당신이 가지 않았으면 해요....나는 원해요... 나는 당신이 나와 함께 늘 있는 걸 원해요,...당신이 오로지 나만의..

그는 한숨을 내쉬고, 그녀는, 그의 대답이 나오는 것을 막으려고 자신의 집게손가락을 그의 입술에 대었다.

 -말하지 마세요... -그는 속삭였다. -아무 말도 당신은 하지 마세요... 난 모든 걸 알고 있어요. 모든 걸 이미 당신은 내게 말해주었고요. -그녀의 잠시 잠시 끊기는 속삭임은 아픔처럼 들려 왔다. -당신은 가장 착한 사람이에요... 당신은 정직하고...믿을 만한 남자에요... 남편으로, 아빠로, 하지만 나에겐 좀 더 꿈꿀 수 있게 약속해 줘요... 당신이 나와 함께 있는 동안에는요...

 그는 자신의 얼굴에 닿은 그녀의 여린 집게손가락을 치우고는, 그녀 얼굴을 자신의 얼굴로 당기고는 그녀의 따뜻한 입술에, 젖은 뺨에, 눈물어린 두 눈에 키스했다. 종려수 잎사귀들이 그들 위쪽에서, 그녀 할머니가 주신 벽시계 진자의 무거운 움직임에 따라 흔들리고 있었다.

-울지 말았으면 해요, -그는 말했다. -착한 당신이 울지 말라고요.... 당신은 이 세상에서 내가 사랑하는 유일한 사람이라구요. 그러고 우리는 많은 시간을 함께 지냈어요. 내 아내와 보낸 시간보다 훨씬 더 많이. 하지만 내게 아내가 있으니... 내 아이도 있으니. 나는 그들에 대해 뭔가 의무감이 있어요. 마찬가지로 당신에 대해서도... 당신은 기억해요. 내가 당신에게 『어린 왕자』를 읽어 주던 걸... **"우리가 함께 생활하는 사람들에 대해 책임감을 가져야 해..."**라는 말을.

 -그러나 만일... -그녀가 잠시 말 없는 틈을 주저하면서도 기회를 잡고, 속삭이며 끼어들었다. -하지만, 만일... 내가 꿈꾼다면... 내가 아이를 낳는 걸 꿈꾼다면, 당신의 또... 우리의 아이를 낳는다면...

 그는 그녀의 두 눈을 들여다보았다. 그리고 그곳에서 자기 자신을 보고 있었다. 자신의 의심을, 자신과 같은 생각을, 또 그녀 아픔을. '난 괴물이야, -그는 생각했다. -무슨 흡혈귀 같

아. 사랑하는 사람의 피를 빨아먹고 사는...'

-당신은 그걸 원하나요? -그는 두 눈을 떼지 않고 물었다.

-원해요, -그녀는 간단히 대답했다.

-나는 준비가 되어 있어요.

-나로선 행복이지요, -그는 그녀 머리를 조금 돌려, 그녀의 귀속으로 자기가 하고 싶은 말을 들려주었다.

-그러면 나는 아이가 둘이 되겠네요. 그리고 사랑하는 사람도 둘이 될거구요.

그녀는 그에게 키스하고, 창문을 보려고 자신의 몸을 옆으로 돌렸다.

-오늘 하늘이 정말 맑네요! -그녀는 꿈이 가득한 속삭임으로 환호성을 질렀다. -맑은 하늘이네요! 수태할 수 있는 하늘이네요! 나는 내년 1월이면 낳을 수 있겠네요... 그때 나는 스물여섯이네.

-적당한 나이네. -그가 대답했다. -적절한 나이네요. 그때까진 아직 시간이 충분해요... 우리가 뭘 할지 내가 생각해 보겠어요.

그는 자신의 목소리에 전혀 주저함 없는 듯한 확신으로 분명히 말했다. 그러나 그녀는 온화하게 그의 말을 고쳐 놓았다:

-우리가 생각해 보아야지요......

-정말 그렇네요,- 그가 말했다. -내가 멍청하게도 머리가 비었구먼. 당신 때문에... 행복 때문에.

-뭔가 나는 걱정이 있어요... -그녀는 갑자기 속삭이듯 말했고, 다시 그의 두 눈을 쳐다보기 위해 자기 얼굴을 그의 얼굴로 돌렸다.

그는 그녀를 궁금해하며 쳐다보았다. 그는 이해하지 못했다.

-뭔가 걱정이에요... -그녀가 되풀이했다.

-나 아니구요. 당신에 대해서요. 간혹 나는 뭔가 이상한 말을

더러 들어 왔어요.

-난 당신을 이해하지 못하겠어요, -그는 그녀 머리에 키스했다. -나는 내 삶에 이전에는 한 번도 일어나지 않았던, 뭔가가 일어나고 있음을 이해해요. 아마 시간이 지금보다 더 어렵게 될 것 같아요. 하지만 난 힘이 있어요. 나는 머리도 쓸 줄 알아요. 그럼 나는 나를, 또 내가 아는 모든 지인을 지킬 수 있어요.

그녀는 침대에서 일어나, 창가로 갔다.

푸른 여명 속에서 그녀 몸매는 매력적인 백색 후광에 둘러싸인 것 같았다. 그녀는 아래로, 정원을 향해 내려다보고 있다. -그곳은 인적은 없고, 고요했다.

-좋아요, 만일 당신이 그것을 믿는다면... -그녀는 그렇게 말했고, 그를 주의깊게 바라보았다. -하지만 이제 가요. 벌써 2시에요. 내 생각을 조금은 해 주세요, 그리고 나는 당신의 꿈 속으로 가겠어요. 그럼 잘 가요.

그 아파트 엘리베이터가 작동되지 않았다. 그 아파트의 좁은 계단에는 철망으로 에워싼 25와트짜리 전구가 켜져 있었다. 이전에 이곳에는 전구들이 매번 새로 교체되자마자, 반나절이 채 지나지 않아 없어져 버렸다. 그곳에 철망을 설치해 준 사람은 그였다.

9층 계단에서의 희미한 불빛이 8층 계단으로도 건드렸지만, 나중에, 7층에서 아래층들로 향하는 복도에는 전구가 없어 황량했다. 5층에서 서너 개의 반짝이는 점들이 보였다. -몇 사람이 그곳에 아마 담배를 피우거나 뭔가 마시기도 하였다 -그는 술병이 부딪히는 소리도 들었다. '집 집마다 그런 일이 벌어지지,' -그는 약간 긴장하며 생각했다. '-내가 왜 걱정을 하지? 사람들이 이곳에 추위를 피하느라 오겠지. 필시, 아니면,

정반대로- 산책하기엔 이른 시각이지. 집 없이 거리에서 자는 녀석들인가? 하지만 아닐 거야. 저 사람들은 지금 따뜻한 연통 관이 지나는 곳인 지하실에서 숨어 있구나...'

 -아저씨! -그 담배 피우는 이들 중 하나가 그렁대며 낮은 소리로 말했다. -담배 한 대 줘 봐요...

 그는 그곳 사람들의 얼굴들을 잘 볼 수 없었다. 그러나 그들은 불온한 녀석들로 보였다. -청소년들이다. 한 명은, -키가 작지만 덩치가 큰 녀석이 -자신을 오른편으로 움직여 길을 비켜 주었다. 그런데 다른 2명이 벽 쪽으로 한 걸음을 내디뎠다. 또 다른 그렁대는 녀석이, 키가 크고 깡마른 소년이, 그가 가는 길을 막아섰다.

-난 담배 안 피워, 애들아, -그가 조용히 말했다.

-안-피-운-다-고? -그 그렁대는 목소리가 믿기지 않은 듯이 물었다. 그는 입술이 두툼했다. 그 두꺼운 입술에선 이상한 뭔가 씹는 행동을 보이고 난 뒤, 그는 옆으로 침을 한번 뱉고 말했다. -플라스트 공장 사람들은 지금 담배 피우지 않는단다, 애들아, 하, 참?... 저어-기, 만일 아저씨가 담배 피우지 않는다면, 아저씨, 가도록 해 주겠어요... 우리가 기분이 좋은 이때.

 그 말을 하면서, 그 그렁대는 녀석은 코웃음을 치고는, 다시 자신의 두꺼운 입술을 씹듯이 움직이더니, 다시 옆으로 침을 한 번 뱉었다.

그는 서두르지 않고, 자신의 벽에 있는 친구들에게 뒤로 물러나라 하며 길을 열어주었다.

'내가 간다.' - 그는 생각했다. '-하지만 이 덩치 있는 녀석이 위험해. 내가 왼편으로 돌 때, 나는 더는 나를 콘트롤할 수 없을 수도 있어. 그는 내 등 뒤에 있게 될 터니...' 그는 그 계단 쪽으로 계속 걸어, 왼편으로 돌고, 그 덩치 큰 녀석이 곧 자신의 팔을 들어 휘두르려고 하고 있음을, 정상인보다 더욱 긴 그의 팔을 들고 있다. 무슨 몽둥이 같은 것을 그의 등 뒤로 숨겨 두고 있다...

한때 그는 열심히 호신술을 훈련해 왔다.

그래서 저 몽둥이를 든 녀석의 팔을 잡아채는 것은, 두 손을 위로 하고 좀 뒤로 향해 그의 팔을 잡는 문제가 없었다. 그 덩치 큰 녀석은 무거웠다. 그러나 그는 자신의 몸을 숙여 그를 제압하고는, 그의 몸을 자신의 어깨너머로 던져, 그 덩치 큰 녀석을 그 벽의 동료들 발 옆에 쓰러지게 만들어 버렸다.

-무슨 이유야, 이 녀석아? -그는 좀 무거운 숨을 한 번 내쉬고는 말했다. -내가 너를 정말로 괴롭히지 않았는데도......

-하! 저자는 무슨 이유인지도 모른다네! - 그 그렁대는 녀석이 한숨을 내쉬고는, 갑자기 오른 주먹을 뻗어 왔다. -저자와 한 판 붙어 보자, 얘들아!

쇠로 된 아마, 아니면 납으로 된 몇 군데 뾰족 나온, 머리에 맞으면 머리가 깨질 수도 있는 도구가 그의 턱을 강타했다. 그 아픔은 칼에 베인 듯, 불에 덴 듯했으나, 견디어냈다. 그는 그 그렁대는 녀석의 외투를 잡고, 자신 쪽으로 세게 당겨 그를 옆으로 한 걸음 옮겨 내동댕이쳤다. 그 그렁대는 녀석은 앞서 쓰러져 있던 덩치 큰 녀석에 부딪혔고, 그 녀석 얼굴이 계단의 시멘트 바닥에 부딪혔다.

그는 아래로 내달렸다.

뒤돌아보지도 않은 채. 그곳에서의 이상한 소란을 듣기만 하고서. 그 공간은 불이 켜졌다.

그곳에서 2개의 출입문이 동시에 열리더니, 남자들이 불평하는 목소리를 내고, 여자들이 고함을 내질렀다.

'경-찰을, 경-찰을 이미 내가 전화로 불러 놨어!' 그는 건물들 사이에서 달렸다. 아마 그들이 그를 뒤쫓아 올 거라고 짐작하였다. 하지만, 피하는 것이 상책이었다. 4명을 두고 1명이 싸운다는 건 너무...

잠시 뒤, 그는 뛰는 걸음을 늦추고, 정상적 숨소리를 회복하고는, 뭔가로 그에게 평정심이 있었다.

-"플라스틱 공장......"이라는 말이 그 그렁대는 목소리의 두꺼운 입술의 녀석에서 나왔음을 그는 기억해 냈다. -"플라스틱 공장..."- 그는 생각에 잠긴 채 되풀이해서 말해 보았다. - 그럼, 그들은 나를 기다리고 있었단 말이네, 왜 바로 나지?"

그는 자신의 부어오른 턱을 매만져 보았다.

손가락에 피멍이 들어있었다. '거울에 내 모습을 한 번 비춰봐야겠어,' -그는 생각했다. '- 하지만 3일간 휴무니. 적어도 겉모습이라도 회복은 되겠지. 사람들이 공장에서 그리 많이 웃지는 않겠지...'

199.년 3월 23일, 화요일

여성의 날을 지나면 러시아 달력은 좀 지루하다. 별로 축제일이 없는 나라인 러시아에서 다가오는 4월 18일 부활절까지는 특별한 축제일이 없었다. 그것 또한 다행이었다.

왜냐하면, 가장 가까운 국경일은 5월 1일에 있다.

물론, 누군가의 생일이 있고, 이름을 지은 날도 있고, 직업에 따른 축일도 있다.....그런데 에이, 만일 영혼이 간절히 원한다면, 사람들은 무엇을 기념해서라도 축제일을 만들 수 있다. 예를 들어, 파리코뮌14)을 기념하면 되고. 그것이 우리 소도시

---

14) *역주:1871년 3월 18일부터 그해 5월 28일까지 72일간에 걸쳐 파리에 수립된 혁명적 자치 정권.

에서, 우리나라에서 좀 멀리 떨어진 곳에서 벌어졌다고 해도 중요하지 않다. 그것은 결정적으로는 적어도 잔을 높이 들만 한 가치 있는 역사적 사실이다.

그러고도 이 시기의 러시아 달력에는 축제일이 없다. -그것 또한 사실이다. 만일 사람들이 그리스정교 교인이라면, 그들은 그 부활절까지의 40일 동안 일하기와 금식 기도를 더 원하고, 혹은, 신을 믿지 않는 사람이라면, -일하기, 저녁엔 멍청한 텔레비전 프로그램 시청, 주말엔 숲에서 스키 타기, 대중 한증탕 가기. 그러고도 그 뒤엔 완벽한 건강을 위해 술잔을 높이 들기를 좋아한다.

수많은 눈과 추위는 그 사람들이 -그리스정교 교인이든, 무신론자이든 간에- 이 나라의 모든 소도시에 일상적 직업을 다시 갖게 되는, 정말 완전한 권력을 가진 봄이 올 때까지 여전히 감당해야 했다. 지루하지 않은 정원 가꾸는 시절이 올 것이다... 그런 시기가 올 때까지 너무 긴 기다림이 그런 활동에 앞서 와 있다.

하지만, '루소플라스트"의 여성 경리부장 니나 드미트리에프나 보코바에겐 3월 8일을 기점으로 지옥처럼 고된 노동이 시작되었다. 집단공장 대표가 그녀에게 민영화 업무를 일임했다. 이 공장에 현재 근무하는 직원명부를 검토하고, 바로 잡을 필요가 있다. 지난 10년간의 퇴직원 명부를 새로 작성해 두는 것도 필요했다. 왜냐하면, 그들도 모두 민영화될 기업의 주식 한두 주를 받을 권리가 있기 때문이다. 특별 명부는 -수상 경력이 있는 직원 명단 -즉, 수훈자 명단, 메달을 받은 사람 명단, 수상 경력자 명부는 경리부서 직원들이 준비해야 했다. -다행히도 260명 직원 속에 그런 경력을 가진 이들은 많지 않다. 그 밖의 할 일은, -이 공장직원들을 탐색하는 앙케트도 그녀에게 위임이 되었다. -그들 모두가 주식 총량 중 공장 내부에 분배될 주식의 취득 희망 수량을 알기 위한 앙케트. 그녀는 그런 앙케트를 민영화 법령에서는 허용하지 않음을 알고 있었다, 빅토르 바실리에비치에게 조심해야 한다며 암시하는 의무감을 알려 주었다. 하지만 그런 암시는 그녀가 두려움을 느낄 만큼 난폭한 폭발력으로 되돌아왔다.

너무 부적절한 말투로, 그 대표가 그녀에게 설명하길, 그 법률에 대해선, 그가 그녀보다 훨씬 더 경험이 많다고 했으며, 그녀에게 그러니 -명령을 수행하든지 아니면, 자신의 자리를 더 복종적인 직원에게 양보하고 해고를 당해 집에 가서 쉴 것인지를 선택하라고 했다.

'루소플라스트'의 다양한 대표들을 모시면서 27년간 근무해온 니나 드미트리에프나는 이런저런 명령을 들은 적이 한두 번이 아니었다.

만일 그녀 예감이 뭔가 궁극적 위험을 예견했다면, 그녀는 매번, 그 명령을 수행하고, 뭔가 그녀 자신에겐 어떤 종류의 위험도 피할 수 있는 샛길을 찾아 두는데 성공했다.

지금도 그녀는 그 점을 찾아냈다. 그녀는 이 종이로 하는 작업의 방대함 때문에 도움이 필요하다고 말했다.

그리고 그녀는 자신의 책임 아래 일할 부하직원을 2명 더 받았다. 정당하게도 그녀는 이렇게 결론을 지었다:

만일 마샤나 키라가 공장 내 노동자들에게 질문한다면, 시가에프가 그녀에게 약속한 대로... 또 만일 그 질문 받은 사람 중에 누군가 이 도시 안의 외부에 불평한다면, 그녀는 절대적으로 그 죄과에서 벗어나게 되는 것이니까.

그래서 그 불쌍하고도 가련한 마샤와 키라 두 사람은, 털 점프를 입고는, 그 앙케트를 위해 이 공장 저 공장으로 걸어다녀야 했다. 노동자들은 그들이 하는 일 이 웃기는 일로 여겼다. 왜냐하면, 그 두 사람은 너무 대조적으로 보였기 때문이다. 한 사람은 뚱뚱해 오리걸음으로 걷는 여성 회계사 마샤였고, 다른 한 사람은 깡마른 여성 경제학사 키라였다. 그러나 그 두 사람이 불쌍하게 보인 이유는 회사 직원들에게 그 앙케트의 의미와 핵심을, 또한 민영화 의미와 핵심을 설명해야 하는 필요성 때문이었다. 그 두 사람 모두에게도 스스로 그 의미와 핵심이 상상이 잘 안 되었기 때문이기도 했다. 그 일을, 그런 식으로 온종일 처리해도 마샤와 키라 두 사람이 이룬 성과는 하루에 20명 정도였다. 더 많은 사람에게 설문지를 내밀기란 어려웠다.

오늘 그 두 사람은 우리 집단공장 구역에서 가장 남쪽의, 별관에 자리한 기계수리 공장에 왔다. 선반과 구멍 내부를 넓히는 리밍 기계에서 또 구멍 뚫는 드릴링머신의 시끄럽고도 요란한 소리가 귀를 먹게 할 정도인 그곳 전등 불빛은 아주 약했다. 더구나 그런 반쯤 어둠 상태에서 용접기의 풍부한 불꽃들이 사방으로 튀고 있었다. 키라와 마샤는 자동차가 출입할 수 있는 대형출입문 한쪽 편의 작은 문을 열면서 잠시 주저하며 멈춰 섰다.

-헤이, 사무직원분들, 에이 빌어먹게도!- 아주 더러운 작업실에서 기름 범벅이 된 직공이 무례하게 고함을 질렀다. - 문 좀 닫아요! 지금이 5월은 아니지 않소!

-저기, 남-자- 분! -마샤가 소프라노 조로 고함을 질렀다. - 어딜 가면 우리가 슘-스키이 기계공을 찾을 수 있나요?!

-그의 엔지니어 사무실로 가 보소!

불평하며 그 남자는 다시 대꾸하고는 손으로 그 방향을 가리키며, 그리곤 몸을 돌렸다.

-고-마-워-요, 남-자- 분! - 마샤가 소리를 질렀으나, 그 직공은 아무 반응이 없었다.

그 두 사람은 기계 장치들 사이로 갈색 페인트가 칠해진 좁은 통로를 따라 조심해 걸었다. 그들은 금속절삭가루들이 널려 있고, 이런저런 금속가루와 오일이 섞여 있는 곳을 조심해서 지나쳐서, 그 주임기계공의 사무실을 들어섰다. 그 공장에서 먼 쪽의 한 모퉁이에 위치한 3 내지 4m 길이의 방이다. 공장과 분리되어 그 모퉁이를 구분한 블록 조로 쌓은 담이 외부 소음을 상당히 줄여 주었고, 또 외부로 향하는 벽엔 큰 창문이 하나 있었다. 그래서 그 작은 방은 적당히 밝다.

막심은 2년 전에 몇 군데 사무부서에서 사무용 가구를 매입했을 때 같이 비치한 테이블에 앉아 있었다. 이전에 여기는 그의 작업자들이 용접해놓은 창작물들이 놓여 있던 자리였다. 벽장에는 지저분한 설계도면들이 서류들과 함께 있고, 사출기 서류들이 놓여 있었다. 서류함 1개가 열려 있었다. 테이블에는 설계도면이 펼쳐있고, 막심은 그 테이블 앞에서 앉아 있었다. 그 옆에는 고급 영예의 열쇠공 콘스탄틴 아르카드예비치 쿠즈미초프가 앉아, '고무를 당겼다.' 즉 자기 부서장에게 어떤 문제가 해결되지 않고 있다고 설명하고 있었다. 그 옆 창가에는 콜랴가 앉아 있고, 크게 접은 잡지의 여성 누드를 열심히 감상하고 있었다. 그는 그 잡지를 전기 담당 라자르의 작업실에서 방금 몰래 가져와, 읽고 있었다. 그 옆에는 3개의 여분의, 흠이 있는 의자가 놓여 있었다.

-안-녕-하세요!- 사무실 문이 열리면서 붉은 빰의 마샤가 나타났을 때, 또 그녀 머리 위로, 그녀 뒤에 창백한 키라가 모습을 보이자, 막심은 놀라 웃으면서 인사했다, -들어와요, 아가씨들! 콜랴, 자네가 보고 있는 잡지 중에 두 페이지만 찢어 의자 위로 놓아요!

-과장님은 엿 먹으세요 -태평스레 콜랴가 대답했다. -내 잡지가 아니에요, 이건 라자르에게 돌려줘야 해요,

막심은 자리에서 일어나, 뒤의 벽장에서 무슨 설계도면들을

찢어 와, 그것들로 의자의 윗부분을 덮어 그곳에 여성들이 앉도록 했다.

-앉아요, 아가씨들, -그는 말했다. -내가 코스챠 하고 하는 일을 곧 마무리하겠어요.

-사탄이 따로 없네,- 콜랴는 태평스럽개 분개하며 말했다. -나는 여기 앉아 있어요. 내가 더 일찍 먼저 왔다구요. 내 기계톱에 대해 2분만 시간을 좀 내어 주세요, 하?

-콜랴, 여성분들이 오셨다구... -막심은 비난하듯 말했다. -조용히 앉아 있어요, 그 잡지는 두꺼워요, 그곳 여성들은 아름다우니 계속 더 보고 있어요.

그는 자기 자리에 다시 앉았고, 그 열쇠공을 쳐다보았다. 그는 계속 말하려고 입을 열었다.

-아뇨, 코스챠, -막심은 그의 말을 막으며 손을 들었다. -지금은 내가 말을 할게요. 나는 특별히 심리적인 연구를, 아주 흥미로운 연구 기사를 읽었어요... 노동자들이 자기 임무를 다 하지 않으려고, 어떤 행동을 취하는지 알고 싶지 않나요? 내 생각엔 실제로 모범적인 사례랍니다.

-난 알고 싶어요. 코스차는 궁금해하며, 막심을 쳐다보았다.

-얘기해 볼게. 처음엔 노동자가 이 일은 정말 할 수 없는 일이라고 그 회사대표를 설득하려고 합니다. 즉, 그걸, 대표님, 시도해 보았지만, 못하겠어요 라고요...

-그래서요... 코스차는 어깨를 으쓱했다.

-둘째, 그는 그 대표에게 결론을 내게 합니다. 그 일은 해낼 수 있지만, 지금은 못한다고요. 방금 그 말을 들었지요, 안 그런가요?

열쇠공은 내키지 않았지만, 고개를 끄덕였다.

-또 셋째, 만일 그것마저 그 대표가 수긍하지 않으면, 그는 그 대표에게 만일 그렇다면, 그 일은 지금 해내려면 그걸 자

신 말고 다른 사람더러 그 일을 하게 만들라고 말하지요. 그러니, 셋째 사례를 들려주기 위해 시간 낭비하진 마세요, 대신에, 그럼, 당신은 지금 무슨 이유로 잠시의 외출 시간이 필요해요?...

-현명하군요, 주임님! -매력적으로 코스챠가 말했다. -감자가 제겐 필요합니다... 나는 안토노브스키이-소호즈[15]를 통해 4포대를 사는 데 성공했어요. 오늘 그들이 저희집에 가져다주기로 약속했어요. 저는 집에 가 있어야만 합니다. 안 그러면 그들은 내 감자 포대들을 들고 되돌아가 버릴거라구요! 만일 내가 내 땅을 갖고 있다면야... 나는 이미 오래전에 외출 신청서를 작성해 두었어요...

-나도 공감하네.- 막심이 만족하여 말했다. -만일 자네가 자네 상황을 곧장 처음부터 정직하게 말할 수 있다면 좋았을걸. 진지하게 고백하지 않고 그 대신에, 자네는 10분 동안 내 귀에 자네 얼굴을 붉히지 않고 변명거리를 말하는 것처럼 들렸네. 가서 얼른 옷을 갈아입고, 집에 가 보게. 나 혼자 한 번 고쳐 보지...

 -제겐 과장님이 제 아빠 같은 분입니다! - 진지하게 코스챠가 환호성을 질렀다. -분명히 제가 도울게요! 이젠 가도 되나요? -그는 서둘러 자리에서 일어났다.

-안돼요, 안-된-다-고-요! -마샤가 노래하듯 말했다. -2분간만 시간 좀 내줘요, 콘스탄틴 아르카드예비치! 우린 당신이 떠나기 전에 당신에게도 앙케트를 한 번 해야 해요.

-그게 무슨 말인가요? 코스챠가 물었다.

-콘스탄틴 아르카드예비치, 당신은 이미 소식을 듣지 못했나요? -얇게 정돈된 눈썹을 들어 놀라움을 표시하며 말했다. -

---

15) 주/역주: 소비에트연방에서 국영 집단 농장(sovhoz), 공영집단 농장(kolhoz).

곧 "루소플라스트"가 민영기업이 됩니다. 그리고 당신도 그 주인 중 한 사람이 됩니다.

-정말요? -코스챠가 말하고는 자리에 다시 앉았다. -그게 내 맘에 드네요. 그러-면?

-당신이나 가족은 이미 바우처를 받았나요? -키라가 질문하고, 마샤는 서류를 준비하고 있었다.

-그래요. 받았어요, 받았어요. -코스챠가 말했다. -저는 제 몫을 술 두 병과 바꿔버릴까 하는 생각도 이미 해 봤어요...

-그렇게 말-하-지 말아요, 콘스탄틴 아르카드예비치! -마샤가 노래하듯 감탄사를 보였다. -노동자 계급의, 우리의 가장 핵심인 -대-표-자 분이 그런 멍청한 행-행동을 할 수 있다니 아무도 믿지 않을 겁니다!

-내가 농담했어요, -코스챠가 말했다. -그럼 내가 뭘 해야 하는지 어서 말해 줘요. 나도 시간이 없어서요...

키라는 깊은숨을 들이쉬고는, 설명할 줄거리들을 준비하고, 아주 진지하게 말했다:

-그럼, 민영화 뒤에는 우리 공장은 개방형 주식회사가 될 겁니다. 그 주식을 컨트롤할 수 있을 만큼의 양은 우리 공장에 근무하는 직원들 사이에 분배되어야 마땅합니다. 우리가 이 결정을 받아들일 때는 우리가 다수 위치를 차지해야만 우리에게 유리해집니다. 우리 공장 주식 중 얼마를 당신은 취득하고 싶은가요?......당신이 가진 바우처로 교환할 수량은요?

-그런데, 전부 몇 주가 됩니까? 코스챠가 서둘러 물었다.

-1만 주요, -똑같이 빠르게 키라가 대답했다. -그럼?

-그럼... 그럼 그것들이 내겐 왜 필요하지요? -갑자기 코스챠가 물었다.

키라는 그를 보며 한동안 놀란 눈길을 보였다.

-내 말을 못 알아들었나요?

-아뇨... -코스챠가 고백했다.

-그러면... -키라가 말했다. -저도 잘 이해하지 못하겠어요. 하지만, 예를 들어, 주식을 가진 사람들이 모여 회의를 하는 동안에 권한을 행사하려면... 정말로, 기업 이익의 일부를 받기 위해 필요하지요...

-그렇구나! 코스챠가 말했다. -그렇구나. 그 낱말부터 더 자세히 설명해 줘요, 간청합니다.

-그런데, 내가 뭘 이야기해줘요? - 키라가 좀 두려워했다. -뭘 말인가요?

-이익에 대해서요,- 코스챠가 더 편안하게 앉았다, 이젠 아무 곳에도 급히 서둘러야 할 게 없다는 듯이 편안한 자세로. -당신은 좀 전에 '이익'이라고 말했어요. 내 생각에는 이 공장이 지난 몇 년 동안에도 그 이익 같은 것이 있었겠네요. 하?

-그-그럼요, 맞아요, -키라가 불확정적으로 말했다.

-그 경우, 당신들은 그 때 얻은 이익을 어디 다 써버렸나요? 키라는 완전한 두려움으로 입을 벌린 채 앉아 있었다. 마샤가 도움을 주러 끼어들었다.

-아이-아이-아이, 콘스탄틴 아르카드예비치!- 그녀는 소프라노 소리로 말했다. -매달 당신은 당신이 일을 잘 해서 상을 받고 있지요! 그게 우리 공장의 이-익이지요.

-곱사등이를 붙이진 말아요.[16] -코스챠는 대답했다.- 그렇지요, 나는 그 상을 받고 있어요. 그것은 내 급료의 일정 퍼센트이지요. 그런데 공장 이익은 다양하지 않나요?

-그-렇-지요.- 마샤가 거의 울듯이 말을 꺼냈다. -그 밖에도, 1월에는 당신은 '13월'의 급료를 받고 있지요. 그것도 이익입니다. 우리 SKE 살림을 꾸려 가는 것에도 돈이 듭니다. 알레

---

16) 주: 카드놀이를 할 때, 누군가 적당하지 않은 카드를 내밀었을 경우에 이에 반대하는 말

프티나가 당신의 아픈 이를 무료로 치료해 주고 있어요...

-이해가 가네요,- 코스챠가 말했다. -민영화 뒤에는 내가 매달 상을 못 받을 수도 있고, '13월'의 급료도 못 받을 수도 있고, 알레프티나에게 내 이를 치료해 달라고도 못하겠네요. 내가 이해를 잘 했나요?

-바로 그렇지요, 코스챠, 바로 잘 이해했네요, -막심이 끼어들었다. 왜냐하면, 그 두 아가씨가 말을 하지 않았기 때문이었다. -이 아가씨들을 괴롭히진 말아요.

-아하 -그 열쇠공이 말했다. -그럼, 아가씨들, 우리 공장 안에서 팔고 싶은 주식 총량이 얼마인가요?

-51퍼센트요...- 마샤가 말했다.

-5,100주에 해당하네요.- 코스챠가 계산해 냈다. -따라서, 내가 잃을 걸 보상하려면, 나는 가져야만 하네, 적어도 300주를요. 아니면 400주를요. 그럼, 인형 같은 아가씨 여러분, 내가 쿠즈미쵸프 콘스탄틴 아르카드예비치라는 걸 기입했나요? 그래요? 이제 그 옆 칸에 400주라고 써 두세요. 문자로 써넣어 주세요.

-그래요, 콘스탄틴 아르카드예비치, -키라는 마침내 끼어들 용기를 되찾았다. -우린 당신의 희망 사항을 기입합니다. 하지만 당신은 그 주식을 구입하려면 바우처로만 가능하다는 걸 잘 이해했나요? 당신이 받은 3장의 바우처로는 충분하지 않을 것 같아서요...

-그 점에 대해선 걱정하지 말아요, 코스챠가 당당하게 대답하였다. -이미 이웃사람들이 내게 자기가 가진 바우처를 술과 바꿔 달라고 요청했어요. 내가 그렇게 써 놓은 칸에 서명이라도 해야 하나요? 아닌가요? 그럼 난 갑니다. 두 분과 대화하니 즐거웠어요.

그 출입문이 닫혔고, 키라가 한숨을 내쉬었다. 그녀는 막심을 뚫어지게 쳐다보고는, 고개를 내젓고는 말했다.

-그럼, 막심 마트베예비치, 만일 당신의 모든 부하직원이 비슷하게 행동한다면 우리는 여기서 살아나갈 수는 없겠어요.

-하지만, 아가씨들, 아무도 두 분을 여기서 내쫓지 않아요, -막심이 살짝 웃었다. -콜랴, 내 사무실에서 아가씨들을 내쫓을 이유가 뭐가 있지요?

콜랴가, 앞서의 대화 동안 한 모퉁이에서 아무 소란도 없이 조용히 앉아 있던 콜랴가 활발해졌다.

-제게는 그런 거 없어요! -그는 소리쳤다. -그런데, 막심, 내 기계톱에 무슨 문제가 있어요. 그리고 이 아가씨들이 나에 대해 묻는다고요. 지금.

-우리는 콜랴, 당신이 속한 영선부 건설공에게 갈겁니다, -키라가 다시 말했다. -우리는 그들과 함께 당신도 앙케트를 합니다.

-아뇨, 그것은 좋지 않아요,- 콜랴가 확신으로 말했다. -만일 모두가 코스챠처럼 요구한다면, 내겐 충분하지 않아요! 이렇게 작성해줘요: 콜랴 -20주.

막심은 마샤의 종이를 유심히 내려다보고는 크게 웃었다.

-뭐라고요? 당신은 뭘 보았나요? -그 아가씨가 혼비백산해 물었다.

-봐요- 당신이 뭘 썼는지요? - 막심이 계속 웃었다.

-콜랴 20주... 주저하며 마샤가 말했다.

-이 아가씨를 정말 고통스럽게 했네요! -키라는 이해하고, 작은 손가락으로 위협하며 살짝 웃기조차 했다. -마샤! 지워요! 대신 이렇게 써요: 암미니갈레이 술탄베르디예비치 카미토프라고 써요. 그렇게. 그리고 20주......

콜랴도 지금 웃었다.

-이봐요, 아가씨들! 그는 즐겁게 손바닥을 비볐다. -여러분에

게 언제나 축제의 시간이 있기를.

-하!- 막심이 열성적이다. -좋은 아이디어였어요, 콜랴! 아가 씨들! 이 축제 없는 시기엔 나는 우리 모두 곧 작은 축제라도 만들기를 제안합니다! 마찬가지로 당신은 내 부하직원들 모두 를 앙케트 해야 하지만, 그들은 지금 이미 식당에 가버렸네요. 우리는 반 시간 남아 있어요. 그럼, 아마도, 우리가 여-기 -서 함께 점심을 먹는 것은 어때요? 내가 빵과 베이컨과 절 인 오이를 가져 왔어요...

-그거 좋군요... -키라가 대답했다. -하지만 난 금식해요. 처 음으로 엄마가 내게 설득했어요.

-키라, 그게 무슨 말인가요? 마샤가 위로 고개를 들었다. -당 신에겐 금식은 전혀 어울리지 않아요...

-그런데, 나는 그리스정교 교인이니까요. -키라가 대답했다.

-나도요,- 마샤가 웃었다.- 하지만 만일 당신 어머니가 그렇 게 설득할 능력을 가지셨다면, 그 어머니가 저도 설득 좀 하 시게 해 주세요.

-에이, 그럼! -막심이 그 토론을 듣고는 유쾌하게 대답했다.- 한 방울 정도의 알콜도 중대한 죄는 아니지요. 내가 곧 라자 르를 부를게요. 그분은 갖고 있어요, 기술적 필요 때문에. 그 리고 그분이 돼지고기찜도 가져올 거에요. 매일 그분 아내가 그가 힘을 잃지 않도록 점심을 준비해 주었지요.

　그는 공모하듯 그 아가씨들에게 눈을 껌벅였다. 콜랴도 두 눈으로 그 교활한 눈 껌벅임을 보이려고 시도했다.

-저는 주임님 오이가 좋아요...- 그는 말했다.

-그럼... -키라가 라자르에 대한 말을 듣고는 눈썹을 들었다. -만일 한 방울이라면, 그건 나쁘지 않아요...

199.년 3월 24일 수요일

여느 때처럼, 아침 8시부터 막심은 자기 부서 직원들에게 오늘 하루의 임무를 나누어 주고 있었다. 그러고는 대다수의 직원이 이미 그의 사무실을 이미 떠났지만, 용접공 둘은 남아 있었을 때, 갑자기 전화벨이 울렸다.

-막심 마트베예비치, -나데쥐다 세르게예프나의 목소리가 들려왔다. 그 송화기에서는 뭔가 날카로운 소리가 들렸고, 숨넘어 가는듯한 소리가 들려왔다.

-전화기가 잘못되었나요? 아니면 전선이 어디 망가졌나요?

-막심 마트베예비치, 듣고 있어요?

-겨우 들리네요!- 막심은 소리쳤다. -나데쥐다 세르게예프나, 당신이 무슨 일인가요?

-내가 당신에게 가려구요! 5분 뒤! -그녀는 응대하며 고함을 질렀다.

-무슨 일이 있어요?

라자르는 막심이 큰 소리로 대화하자, 깜짝 놀라, 막심이 일하는 사무실 안을 들여다보았다. 막심은 그를 안으로 들어오라고 손짓했다.

-지방 노동계획 위원회에 근무하는 내 여자 친구가 나에게 알려 주었어요! -나데쥐다 세르게예프나가 고함을 질렀다. -내일 위원들 몇이 들이닥친대요, 아마 3명... 아마, 4명까지도요! 우리 집단공장의 노동조건을 감독하려고요! 제가 라자르 아로노비치에게 전화해 그이를 데려가고 싶어요, 우리 공장들을 방문할 때 그이가 수행하도록요!

-알았어요!- 막심은 외쳤다. -라자르 아로노비치가 이미 여기에 와 있어요! 오세요!

-'어떤 러시아사람이 수화기에 대고 고함을 세게 질렀다고 해

요. 누구에게 고함을 질렀나요? 라고 옆에 있던 일본인이 물었다지요.' -라자르는 옛 농담거리를 언급했다. -'그 대답이 모스크바에라고 했다네요.' 그런데, 당신, 막심은 전화로는 대화를 잘 하지 못하나 보네요..."

두 용접공은 깔깔대며 웃었다. 막심은 짐짓 웃는 표정을 짓고는 그들에게 말했다.

-그래, 자네들. 내일 감독관들이 온다 하니 자신의 일터를 잘 정리 정돈해요: 사람들이 눈을 다치지 않도록 눈 보호장비도 갖춰서 작업하고. 또 용접 불똥이 여기저기 튀지 않도록 좀 해 둬요... 가스 통도 점검하고, 관도, 케이블도, 소화기도 잘 점검해 줘요... 자네들은 그들에게서 문책당하지 않으려면 뭘 해야 하는지 잘 알지요.

-용접용 장갑을 챙겨주세요, 주임님!- 용접공 중 한 사람이 불평을 했다.

-지난 월초에 준 건 어쩌구요?

-이미 구멍 났어요! -다른 용접공이 큰 소리로 말했다. -장갑 한 켤레로 한 달 쓰기에는 부족하다는 걸 아셔야 해요.

-쓰기 나름이지요... -막심은 용접사들이 그 감독관들이 내일 방문한다는 것을 기회로 이용하려는 걸 이해했다. -그래 알았네요. 새것 챙겨가요.

그는 벽장에서 새 장갑 두 켤레를 꺼내 그 용접공들에게 주었다. 그들은 그 사무실을 떠났다.

라자르는 탁자에 앉으려다가 막심을 아래위로 이상하다는 듯이 쳐다보고 있었다. 막심이 쓴 학생모자 아래로 검은 거품 같은, 태엽처럼 주름진 곱슬머리 카락들이 둥글게 엉켜 있었다.

-앉아 봐요, 라자르, 막심은 말했다. -레닌이 부르조아를 대하듯이 나를 그렇게 보진 말아줘요. 곧 나데쥐다 세르게예프나가 여기로 올 겁니다. 라자르, 당신도 무슨 말인지 이해할

겁니다... 우리가 함께 사전 점검차 둘러 봐야 합니다... 하지만 이제 지금 저는 처남께 요청 한 가지를 해야겠어요: 처남의 부하직원들이 여기 불이 안 켜지는 전구 중 적어도 몇 개는 갈아 끼워 주세요. 가능하면 전구들을 더 켜 공장 안의 불을 더 밝혀 주면 좋겠어요. 그 감독관 그이가 룩스 조도측정기를 들고 오니까요. 그런데 좀 전에 처남은 왜 두 눈을 껌벅거리며 저를 유심히 관찰하였나요?

-막심, 당신은 내겐 형제니까, -자신의 갈색으로 반짝이는 두 눈을 더 크게 관찰해보면서 말했다. -얼마 전에 당신 얼굴의 아랫부분을, 다소 특별한 관심으로 걱정하던 사람이 있었거든요... 하지만 나는 그이보다 더 자세히 관심 가지고 있지. 당신이 내 누이 에바의 마음을 상하게 했다면.

-지금 말씀해 드려요? -막심은 진지해지고는 대답했다. -처남은 저에 대해 모든 것을 알고 있네요. 여기엔 비밀이란 없지요. 처남댁은 처남의 모험에 대해 아무것도 모르고 있어요. 하지만 만일 그분조차 뭔가 안다면, 그럼, 그건 나 때문이 아니지요...

-하! -라자르는 탁자 위로 자신의 큰 손을 올린 채 막심의 얼굴을 향해 다가갔다. -내가 자네에게 이렇게 말해 볼까? 첫째, 매제의 우아한 행동에 대해 감사하네. 둘째, 나의 모험에 대해선, 매제가 그것을 잘 아니, 그건 순간적 모험일 뿐이네요. 그럼, 그건 여성들이 나를 좋아해서이지. 내가 그 여성들 중 어느 누구를 거부해 마음 상하게 할 수 있겠어요?...셋째, 에바는 내 누이야, 그리고 난 그녀 안녕에 관심을 가져야만 하지. 넷째, 매제, 매제가 너무 진지하니, 내가 내 여자친구를 대하듯이, 매제의 여인들에겐 아무것도 할 수 없음도 알고, 자네 영웅담을 잘 숨기지 못하는 것도 있구요. 다섯째....

-그만해요, 라자르!- 막심이 갑자기 말했다. -처남은 내가 한

번도 에바 마음을 상하게 하지 않았음을 알아야 해요... 내 가족을 위해 나쁜 짓을 하지 않을 거란 것도요. 하지만 예바가 좀 특별한 여성이라는 건 처남만큼 잘 아는 이가 누구겠어요? 따라서, 만일 내가 바라는 약간의 따뜻함을 찾아 나선다면, 반대할 사람은 처남인가요?

-그 말이 맞기도 하고 틀리기도 하네, 매제, -라자르는 막심의 어깨에 자신의 오른손을 놓고는 평화롭게 흔들며 말을 이어갔다. -매제가 원하는 대로 하게. 하지만, 내가 매제에게 약속한 바를 기억하게.

-제가 기억하고 있지요, -막심은 대답했다. -하지만 처남은 우리 회사 주식은 얼마 정도 가질 생각인가요?

-왜 매제가 그걸 물어? -라자르가 물었다. -매제는 이미 어제 들었지, 내가 말한 걸. 열......

-그건 들었지요,- 막심이 말했다. -하지만 처남은 그 밀봉 봉투에는 뭘 써두고 싶었어요?

라자르는 더욱 진지하고 놀라운 표정까지 짓고, 매력적인 뭔가를 말하고 싶었지만, 바로 그 순간 출입문이 열렸다.

-그럼, 라자르 아로노비치, -막심은 마치 나데쥐다 세르게예프나가 들어서는 것을 몰랐다는 듯이 말했다. -나는 전기공들이 나쁜 전구들을 새 걸로 이미 교체하고 있다고 생각해도 되지요? 어, 안녕하세요, 나데쥐다 세르게예프나!

-당연하지요!- 라자르가 자신의 큰 머리를 사무실로 들어서는 나디뇨에게 돌리면서 말했다. -어서 오세요, 우리 여성 보호관 동무!

-안녕들 하세요, 주임전기공 동무! -나데쥐다 세르게예프나가 살짝 웃으며 반응했다. -막심 마트베예비치. 두 분이 지금 전구 얘기를 서로 나누고 계신 것 맞지요, 그럼...

-나데-쥐-다, -라자르가 눈을 크게 하고서 속삭이듯 말을 걸

었다. -여기서 시간 낭비하지 마세요. 그 점은 걱정하지 말아요. 모든 것은 결정되었고, 다행히, 내겐 충분한 양의 전구가 있어요... 그 감독관들이 오면 규정이 요구하는 대로의 결과를 가지게 될 겁니다.

그는 자리에서 일어나, 나데쥐다 세르게예프나의 어깨 위에 두 손을 얹고, 그녀에게 고개를 숙여, 자신의 볼을 그녀의 붉어진 볼에 댔다.

-라자르 아로노비치... -나데쥐다 세르게예프나가 숨을 내쉬었다. -여기서 뭘 하는 거예요? 사무실에서! 내가 회사 대표에게 이런....것으로, 당신 볼의 수염이 나를 찔렀다고 보고해 당신에게 벌금을 내도록 보고서를 작성할 수도 있어요...

-하! -라자르가 유쾌하게 대답했다. -나는 벌금 낼 준비가 되어있지요. 하지만, 나데쥐다, 용서해요, 아침에 바빠 내가 면도할 시간이 없었지요.

-나는 면도를 했지요. -그러면서 막심은 나디뇨의 다른 쪽 볼을 건드려 인사했다. -하지만 우리는 가 봅시다. 우리가 들러는 공장마다 그리 오랫동안 머무르지 않는다면, 우린 점심식사 전에 모든 점검을 할 수 있을 겁니다.

그들 셋이 그 요란한 소리를 내는 공장들을 순회했다. 기계공장을 시작으로, 사출 공장 2곳을 지나, 셀룰로이드 공장과 포장공장을 지나 -플라스틱 원자재 창고도 방문했고, 이미 생산해 놓은 제품창고도 가 보고, 보일러실, 변압기실도, 또 콜랴가 근무하는 기계톱 공장도 갔다... 그들은 그곳 노동자들과 대화를 나누고, 그곳에서 나데쥐다 세르게예프나는 몇 가지 불만 사항을 자신의 두꺼운 수첩에 기록했다. 막심은 사출 공장 책임자인 안톤 다닐로비치에게 몇 명의 여성 사출공이 전하는 작업 중 불편사항을 듣고 이를 알려주었다. -몇 대의 사출기 곁의 목재로 된 제품 운반대가 깨진 채로 놓여 있었다.

기계장치들의 요란하고도 쉿-하는 소리 사이로 안톤 다닐로비치는 자신을 변호하려고 큰 고함으로 말했다. 영선부 책임자인 콜랴 라고 했다. 왜냐하면, 그는, 안톤 다닐로비치는, 이미 몇 주 전에 콜랴에게 그 목재 제품 운반대를 새것으로 갈아 달라고 요청 해 두었다고 했기 때문이었다... 여러 번 나데쥐다 세르게예프나는 라자르에게 이곳 전기를 점검하는 벽장을 열어보도록 요청했다. 물론 그곳에는 보호 기기들이 있어야 할 자리에 철사 조각들이 여럿 정리되지 않은 채 놓여 있었다. 나데쥐다는 철사 조각들을 일일이 자신의 손가락으로 가리키고는, 나중에 바로 그 손가락으로 억지로 진지한 표정을 유지하던 라자르를 향해 위협하는 것 같은 제스처를 취하며, "곧-곧 치워요!"라든가 "당장 정리해요!"라고 말했다. 그 순회 점검 중에 그들은 리디아 피트로프나의 좁은 작업실에서 다행히 차 한 잔을 마실 수 있었다. 그 차에서조차도 이 작업실 공간에 스며든 아세톤 냄새가 약하게 배여 있었다. 그런 식으로 3시간 남짓 유쾌한 순회점검의 산책을 마치고, 그들은 곧장 점심을 먹으려고, 휴식으로 가는 식당에 도달했다.

이 식당 건물은 6년 전에 사회주의 시스템의 거의 마지막 지참금으로 재건축이 이루어졌다. "루소플라스트"가 속한 경공업성이 다소 욕심 없이 기금을 내려 주었기 때문이었다. 가장 잘 아는 공장 내 여러 소식통 -약 5명- 에 따르면, 그 돈 일부는 서류와 함께, 온화하게 말해서, 그렇게 법의 규정을 너무 틀리는 않게, 도시 외곽에 있는 고르콤 제1서기의 개인 건물에 지붕 수리비로 흘러갔다고 했다. 하지만 그 사실에 이 다섯 명이나 여타의 더 많은 공장직원은 전혀 개의치 않았다. 이유는, 첫째, 도시 기업들이 고르콤 위원을 돕는 것은 당연한 일이고 일상적이기 때문이다. 둘째로, 공장의 식당 건물의 재건축에 부분적인 돈을 잃어도 전혀 고통을 입지 않았기 때문이었다. 모든 것은 고위급에서 결정되었으니! 재건축 프로 젝트는 우리 도시에서 가장 학식 있고 유능한 건축 디자이너 말류코프가 맡았다. 그 식당의 재건축에 필요한 자재들은 시 중 판매점에서는 모든 자재가 부족했기에, 공장대표가 그 지 붕 수리에 도움을 받은 고르콤 서기와의 개인 접촉 덕분에 페 테르부르크(당시는 아직 레닌그라드라는 이름으로 있었음)에 서 구해 왔다. 그 사이, 건축 설계사 말류코프는 12개의 황동 잎사귀를 받아, 지금도 식당 내부의 벽들을 금빛처럼 갈색으 로 장식한 황도대 별자리(조디악)을 상징하는 12마리의 동화 같은 동물을 조각해 냈다. 아르메니아 수도 예레반에서 에우 게쵸가 구입해 온 7개의 아주 감동적인 샹들리에가 그 중급 레스토랑의 분위기를 안락하게 만들어 놓았다. 그 식당 음식 의 질에 대해 화제로 삼지 않지만, 2명의 여성 보조 요리사의 도움을 받는 이 식당의 여성 지배인 라리사는 빈약한 식재료 로도 먹을 만한, 또 맛난 음식들을 놀랍게도 만들어냈다.

-들어 봐요, 슘스키이! -니나 드미트리예프나와 안나 안토프 나가 구리로 만든 날씬한 누드 여성 -순결의 상징- 아래의 식탁에서 식사하던 회사대표가 슘스키이를 찾아 불렀다. -당 신은 어디를 돌아다녔어요? 아침부터 내가 당신 찾았는데!

-빅토르 바실리예비치 대표님! -나데쥐다 세르게예프나가 그 말에 방어하며 끼어들었다. -대표님의 개인 명령에 따라 막심 마트제예비치와 라자르 아로노비치와 제가 회사 전체를 한 바 퀴 돌며 감독하고 왔어요... 내일 감독관들이 온다니... 제가 이미 대표님께 보고드렸거든요.

-그렇군요, 나는 기억하고 있어요... -시가예프가 어물쩍 넘 어갔다. -나는 당신들이 한 번 둘러 봤다면, 내일 올 감찰관 들은 사내에서 중대 결함을 찾지 못하리라고 봐요. 하지만, 당신, 슘스키이는 식사를 마친 즉시 내 회의실로 와 줘요. 우

린 중요한 일을 두고 있어요...

　-'우린 중요한 일을 두고 있어요...' -빈 식탁에 라자르와 나데쥐다가 자리를 잡자, 놀리듯이 막심이 낮은 소리로 흉내내었다. -'저 관은 그 방향 말고 다른 쪽에서 연기나요!' 우리의 빅토르가 변했어요, 안 그런가요, 라자르? 갑자기 딴사람이 되어가고 있어요...

-에이, 그만 그렇다면야...-라자르가 한숨쉬었다. -막심, 난 놀라지 않아요. 만일 올해 우리가 수많은 해고된 친구 이름을 하나씩 거명해도.

　나데쥐다 세르게예프나는 뭔가로 인해 얼굴을 붉혔다. -그것은 그 살롱의 반쯤 밝음 속에서조차도 볼 수 있었다. 그녀는 숟가락을 들고 생각에 잠긴 채, 김이 모락모락 나는 배추 수프가 든 접시를 골똘히 내려다보았다. 그 흘러나오는 김 사이로 그녀의 커져 있는 두 눈이 보였다. 그녀 생각과 느낌은 그녀의 소녀 같은 얼굴 위에 숨김없이 언제나 보였지만, 두 눈은... 막심은, 그게 나디뇨가 뭔가 중요한 것을 말하고 싶지만, 주저하는 때마다 늘 일어나는 현상이라는 것을 알았다.

-그럼, 나데쥐다? -그가 자신의 모자를 벗은 뒤 자신의 머리카락을 한 번 쓸고 말했다. -마음 편히 말해 봐요...

-막심 마트베예비치, 나는 듣고 있어요... -그녀가 열심히 소곤댔다. -나는 듣고 있어요, 왜냐하면, 우리 사무실들 사이의 벽이......우리와 니나 드미트에프나 사이에 얇은... 석회칠이 된 목재로 된 벽이 있어요... 나는 들었다니까요!...

-내가 자리에서 먼저 일어날까요? -라자르가 고기조각을 마지막으로 씹고 있었다.

-왜요, 라자르 아로노비치? -마음이 상해 나데쥐다 세르게예프나가 속삭였다. -간단히 나는...나는 몰라요. 나는 아침에 그가 옆사무실서 고래고래 고함지르는 소리를 들었어요...당신

에 대해서, 키르조프에 대해서, 하지만 더 -막심 마트베예비치와 쿠즈미초프에 대해...그런 말들로!

-그럼, 쿠즈미초프라면, 나는 그 이유를 알겠어요 -막심이 말했다.

-매제가 뭘 이해한단 말인가? -라자르가 궁금해하며 물었다.

-중요한 것은 없어요... 아마 내가 실수했을 겁니다. 그럼 나중에 내가 말씀드리겠어요.

텅빈 응접실에서 막심은 손바닥으로 이리뇨의 뺨을 다정하게 건드리고는, "시가에프 V.V 대표는 목요일 14:00-16:00 개인 용무로 방문하는 분들을 환영합니다"라는 작은 문구 팻말이 붙어 있는 하얀 출입문을 열었다.

빅토르는 자신의 안락의자에 앉아, 마샤와 키라가 작성해 놓은 지저분한 앙케트 서류를 넘기고 있었다. 그의 오른편에 주임 엔지니어 자리에 니나 드미트리에프나가 뭔가 낮은 소리로 소곤대며 앉아 있었다. 그 대표는 붉은 색연필을 손에 들고, 간-간-히 종이에 의문 부호나, 아니면 어떤 말을 써 두면서 작은 줄들을 그어 놓았다.

-들어와요, 막심 숩스키이, -그는 막심에게 손짓으로 왼편에 있는 의자에 앉으라고 했다. -여기에, 더 가까이 앉아요.

막심은 다가가, 그 자리에 앉았다. 그가 다가가자, 니나 드미트리에프나는 자신의 앞에 놓인 몇 장의 서류를 급히 넘기며, 당황해하며, 죄를 지은 듯한 눈길을 막심에게 보냈다. 시가에프는 한동안 앙케트 리스트에 빠져 있고, 뭔가 불명확한 말을 한 뒤, 그의 콧수염을 움직였다.

-그래요, -그는 자신의 두 눈을 그 여성 경리 부장에게로 눈을 들고는 나중에 그 자신의 눈길을 막심을 향해 마침내 말했다. -이 일이 필요한 방향으로 가고 있지요, 안 그런가요? 몇

개의 질문이 남아있지만...

니나 드미트리에프나는 서둘러 몇 번 고개를 끄덕였다.

-막심,- 막심의 이름을 더욱 우호적으로 말하고는, -당신은 1975년 5월 9일을 기억하고 있나요? 그날 저녁을요?

당연히, 막심은 그날 저녁을 기억하고 있다. 그날은 2차 세계대전의 제30주년 승전 기념일이었다. 당시 그 둘은 자신의 연인과 함께 레닌그라드에 있었다. 그들은 어느 지하 식당에서 말린 물고기들을 안주로 맥주를 마셨고, 나중에는 불꽃 축제를 감상하러 네바(Neva) 강가로 갔다. 그 강의 부두에는 수많은 인파로 북적거렸지만, 그들은 관람하기 좋은 쿤스트카메라[17] 박물관 맞은편 난간의 좋은 장소를 차지하는데 성공했다. 그리고 다행히도 여러 척의 군함이 순항하는 모습을 잘 볼 수 있었고, 다양한 색깔의 불꽃으로 밝혀진 하늘과 물도 보았고, 바실리에프시키-섬에서의 솟구치는 두 기둥의 불꽃도 볼 수 있었다... 막심은 아무 대답도 하지 않았지만 그 대답은 그의 눈길에서 이미 있었다.

-그때 다행히 우리가 함께 있었기에, 우리가 우리를 구했다는 점을 기억하고 있지요? -시가에프가 계속 물었다.

그것도 막심은 기억하고 있다. 그 불꽃놀이 관람이 끝난 뒤 네바강에서부터 멀어져가는 고함을 지르는 대중들. 너무 많은 인파가 밀집해, 밀집해, 서로가 꼭 붙어 움직일 수밖에 없었고. 그러다 몇 명은 넘어지고 심하게 다쳤고, 군중 무리가 이리저리 밀치는 바람에 사람의 발이 사람을 밟는 일이 있었다. 물론, 그 당시 신문들은 이 같은 사고를 알릴 권한이 없었지만, 소문엔 그 사고로 희생자가 수십 명이라고 말해 왔다... 빅토르와 막심은 다행히 넘어지지는 않았다. 자신의 여자친구에겐 그들에게 꼭 붙어 있으라고 명령을 하고 그들은 손과 손

---

17) 주: 페테르 대제 때 설립된 민속박물관.

을 잡고 그들 주변의 무리를 보호했고, 반 시간의 애쓴 노력 덕분에, 아무것도 잃지 않고, 자유로운 공간에 도달할 수 있었다.

막심은 아무 말이 없었다.

-그래 지금도 우리는 승리를 위해 함께 있어야 함을 막심, 당신도 이해하고 있다고 생각하는데요. 빅토르가 결론을 내렸다.

그러면서 그는 막심 쪽을 향한 시선을 피하지 않았다. 마치 그들 자신의 얼굴 근육에서, 눈에서, 입술에서의 반응을, 아마도 웃음을 곧 가져다줄 것을 탐색하듯이.

니나 드미트리에프나도 안경을 벗고, 막심에게 자신의 죄지은 듯한 눈길로 멍하니 바라보았다. 막심은 말이 없었다.

-막심 슙스키이! -대표가 자신의 어투를 바꾸었다. -당신은 몇 주나 구입할 작정인가요?

-대표님, 내가 내 의사를 밝히지 않아도 되는 권한을 가지고 있지요. 그렇게 막심은 대답했다. -그러나 대표에겐 말해 주지요. 200주요. 바로 그걸 내가 그 아가씨들에게도 말했어요.

-이상한 사람이네... - 빅토르 시가에프가 니나 드미트리에프나에게 말했다. -여기 봐요, 사출기 공장에서는 가장 많이 구입하길 원한 사람은 10주이거든요. 셀룰로이드 공장은 몇몇은 주식을 원치 않는다고도 했어요...다른 사람들은 셋... 다섯... 콜랴의 사람들은 둘... 다섯... 여덟... 저이를 봐요. 저이는 200주를 원한다고 하네요.

-얼마 전에 우리가 당신에게 좋은 해결책 한 가지를 말해 줬어요. 대표님, -막심이 말했다. -아마 우리는 그때 이미 취해 있었어요, 하지만 당신은 곧장 포기했어요...하지만 지금... 마찬가지로 당신은 뭔가를 우리 집단공장을 위해 희생해야 해요. 약 250명의 공장 일꾼을 위해서요, 아닌가요, 니나 드미트리에프나? 아마, 그들 중 전부는 아니더라도, 대다수는 그

봉투에 무슨 수량을 알려 주었을걸요. 대표님, 당신은 아마 30퍼센트를 받겠네요...

-짐짓 자신이 현명하다고는 말아요...-빅토르는 너무 확신을 갖지 않은 채로 불평하고, 창 쪽으로 쳐다보았다.

-막심 마트베예비치, -여성 경리부장이 온화하게 물었다, -하지만, 당신은... 200주 구입해 뭐 하려고요?

-왜냐하면 나는 민영화 법률을 좀 검토해 보았어요, -막심은 대답했다. -나는 빅토르 바실리예비치의 계획을 방해할 의도는 없습니다만,... 200주는 전체 주식의 2퍼센트에 해당하는 것입니다. 개인이나 단체가 그 주식의 2퍼센트 이상 소유하면 필요에 따라 주식 가진 사람들의 특별총회(임시총회)를 개최할 제안을 할 수 있기 때문입니다. 나는 어느 누군가를 추적하거나, 어떤 단체를 비난하고 싶지 않아요.- 필요하니까 하는 거지요. 나는 스스로 이 작은 권리를 갖고 싶어요.

-에스페란티스토는... -빅토르는 드러내 놓고 위협적으로 말했다. -학식이 있는 사람이지... 많이 아는 사람은 잠을 못 이루기도 해요...

막심은 살짝 웃었다. 이상하게도, 그 위협적 말투는 절대적으로 그를 침묵하게 만들었다.

-그래요, -그는 말했다. -밤에 나는 잠에서 깨기도 합니다... 이상한 꿈을 꾸기도 합니다. 기회가 되면 당신에게도 말해 드리죠...

-그럴 필요없어요.- 빅토르 시가에프가 반박했다. -난 당신 꿈엔 관심이 없어요... 당신의 개인적인 삶엔... 하지만, 정말, 얼마 전에 당신은 충분히 교육받지 않았네, 그럼.

-그 교육 준비해 둔 사람이 대표였나요? - 조용하게 막심이 물었다. -고맙군요, 내가 그 점은 기억하지요.

-당신 개인으로선 너무 영광이지요.-빅토르 시가에프는 무시

하고 말을 이어갔다. -만일 내가 준비한다면... 나는 당신의 턱만 보았거든요... 집에서 쉬어요, 밤에 여기저기 돌아다니지는 말고, 그러면 그런 교육은 일어나지 않지요. 더구나.... 내게 또 민영화 위원회를 총괄하는 우리의 존경하는 니나 드미트리에프나에게 왜 당신의 쿠즈미초프는 400주 구입한다고 설문에 답했는지 설명해 줄 수 있어요? 그도 에스페란토 사용자인가요? 아니면 당신이 선동했나요?...

-선동한 이들은 그 아가씨들이었어요, -막심이 대답했다. -콜랴에게 물어봐요, 그도 함께 있었어요. 니나 드미트리에프나는 현명한 노동자가 생각해 낸 모든 민감한 질문을 전부는 예상하지는 못했어요. 아가씨들은 정확한 교시를 받지 못했고, 따라서, 부적절한 답변이 그들을 선동하게 했지요.

-무슨 질문이었는데? 무슨 답변이었나요? - 니나 드미트리에프나는 그 대표가 이젠 화를 벌컥 낼 걸 예상하고는 창백해졌지만, 그 대표는 이에 개의치 않았다.

-물론이구요, -그가 갑자기 말했다. - 슘스키이, 에-에,.... 쿠즈미초프에게 오늘 근무 마칠 때 내 회의실로 내가 초대한다고 말해 줘요. 당신처럼 현명하게 구는 부하들 사이에서 그 혼자만이라는 건 내가 하나님께 고마워해야 겠네요.

-빅토르 바실리예비치, -막심은 자신의 목을 한 번 긁고는 그렇게 이름을 부르자, 그 대표는 자신의 공식 이름이 들먹이자 그 상황이 비상함을 알았다. -"루소플라스트"의 경리부 임원 중에 누군가가 속이려고 허세 부린다는 생각은 대표님이 들지 않았나요?

-어떻게 허세 부린다고요? 뭘 위해서요? 시가에프는 긴장했다.

-그럼, 예를 들어, 이 리스트에 쓴 것과 다른 액수로 그 봉투에 기입하는 것요...

-누가요?! 누가 그럴 거라고 당신은 생각하나요? 누구이에

요?! 당신인가요? -땀이 대표의 이마에 보였다.

막심은 그런 반응을 기대하지 않았지만, 당황하지 않고 대답했다.

-내가 되풀이해 말하자면, 나는 좀 전에 말한 바대로, 또 그대로 봉투에 기입했습니다. 그리고 그런 허세 아이디어가 누구에게 왔는지는 전혀 모릅니다. 나는 내 의견을 말했을 뿐이구요. 왜냐하면,.... 왜냐하면 허세를 부리는 것이 없을 수도 있어요. 다만 예감이 들어요. 정말 이 앙케트는 -당신과 나, 더구나 니나 드미트리에프나는 이것이 법적으로 불법임을 알아야 합니다...

-저기, 저기요... -빅토르 시가에프가 중얼거렸다. -하지만 그 토론 중단합시다. 나는 막심 마트베예비치, 당신에겐 더 흥미롭고 중요한 일을 부여할 겁니다. 정말 당신은 여러 번 시 외곽에 경작용 땅이 필요하다는 요청을 했지요, 안그런가요, 니나 드미트리에프나?

-그랬-지-요! -기쁨으로 또 준비되어 니나 드미트리에프나가 탄성을 질렀다. -내겐 막심의 요청서가 있어요. 벌써 오래 전부터.

대표는 자기 탁자의 서랍을 열고는 그 안에서 두꺼운 서류함을 꺼냈다. 그는 막심을 쳐다보며 공모하듯이 말했다:

-이거요! 지역 위원회가 마침내 모든 서류를 다 확인해 놓았어요. 3년간 검토한 뒤, 그들은 "루소플라스트"에게 땅을 내어주기로 결정했지요! 6헥타르를요...그 정도면 60명 신청자에겐 충분히 돌아갈 겁니다. 니나 드미트리에프나, 당신이 받아 둔 신청서는 몇 장입니까?

-48명입니다, - 그녀가 곧 대답했다.

-그러니 이제, -시가에프는 자신의 고개를 막심에게 돌렸다.

-우리는 1인당 1,000㎡씩 분배권한이 있어요, 더 정확히는, -

가구당. 그 땅 중 몇 개 땅 조각은 우리가 좋은 사람들에게 제공해야 합니다. 시청 공무원 셋에게 세 조각을... 훈련소장... 은행.... 들이 필요한 사람들이라고, 당신도 여길 겁니다. 하지만 그래도 우리 신청자들에겐 만족할 만큼의 충분한 땅이 남아 있습니다. 그러니 나는 막심 당신이 당신 손으로 이 일을 처리해 주길 제안합니다.

이게 기쁜 일인가, 아닌가는 막심이 알지 못했다. 더구나 그는 오래전부터 자기 고유의 땅을 가지길 원해 왔다. 그런 땅이 있다면 사과나무를 심고, 온실도 만들고, 농작물도 심어보고, 이 지역에서 나지 않는 작물을 심어보고, 예를 들어, 가지 농사도 한번 해 보고 싶었다...에바도 최근에는 채솟값이 점점 올라간다고 불평해 왔으니, 내 고유의 밭을 일구는 것은 가치 있는 일이다... 하지만 지금 상황에서 빅토르의 이 행동은 냄새가 났다, 정말로 뭔가 매수하는 것 같은 것 같은...

그러나 빅토르는 그 땅 도면이 담긴 긴 종이를 긴 회의장 탁자에 이미 펼쳐 놓았다.

-막심, 우리는 오래 생각하지 말아요! 그는 용기를 내며 외쳤다. -나는 알아, 당신이 무슨 생각하는지를. 하지만 당신이 이일에 조금씩 빠져들면, 당신은 이게 중요한 선물이 아님을, 대신 중대한 사업임을 이해하게 될거요. 서류들, 기관들... 도로도 내야 하고, 적어도 임시 도로라도. 하지만 이곳을 봐요. 이 땅의 절반은 바로 강변에 위치해 있어요. 물 대는 것은 문제 없어요. 당신은 당신 자신을 위해 물론 가장 좋은 땅을 선정하면 되구요. 키르조프의 신청서도 내가 봤어요. 하, 분명히, 당신의 쿠즈미초프도 신청했지! 그는, 당신이 당신 땅 위치를 결정하고 난 뒤, 먼저 선정하게 해 줘. 그러면 되겠지요?

-주저하지 말아요, 막심 마트베예비치, -그 여성 경리부장이

말했다. -마지막 기회입니다! 상급 기관장들이 나중에 그 땅을 무상으로 줄지 누가 알아요? 저도 신청했음을 알아주세요...

-내가 그 일을 맡는 것을 동의합니다, 막심은 짧게 말했다.

199.년 4월 3일 토요일

봄은 도시 시민들이 보통 느끼는 것보다 좀 더 일찍 이 도시 방문을 결정했나 보다. 4월 1일에는 여전히 지난 밤부터 희뿌연 짙은 구름은 북동쪽으로 달아나고 있고, 날씨는 맑아 태양은 이른 아침부터 쾌청하고 푸른 공간을 믿음직스럽고 희망적인 모습으로 바꿔놓고 있었다. 만물, 만 사람이 활달해졌다. 작은 시냇물들이 모든 땅 위의 눈 무더기를 향해 뱀처럼 돌진하기 시작했다. 또 3월 말에 일상으로 철도 역사 옆의 늙은 포플러나무들을 점거하던 까마귀들이 모두 합창하듯 빈번하게 지나가는 화물 기차들의 요란한 소음조차 능가하는 소리로 까악-까악- 울어댔고, 도시 근교 차고에 겨우내 평화로이 잠자도록 내버려 두었던, 신성 모독한 것 같은 자동차의 소유자들은 - 수준 낮은 운전기사들은- 자신의 청순한 쇠로 만든 말의 모터에 시동을 걸고, 도시 안으로 그 불쌍한 가축 같은 차량을 몰고 나와서 더욱 불쌍한 인도 보행자들에게조차도 눈 녹은 흙탕물을 튕기기가 일쑤였다.

다음의 며칠도 마찬가지로 해가 충분했다. 차가운 밤공기에 힘입어 그런 날들은 보행자가 지나는 통로도 이제 점차 말라갔다. 그래서 오늘은 화단이나 공개 공지에만 흙탕물에 덮인 눈이 여전히 쌓여 있고, 그런 눈 무더기에서 흘러나온 물이 아스팔트의 군데군데 움푹 파인 곳을 물로 채웠다. 이틀 동안 신선한 풀은 땅 위의 한 조각에 초록색 얼룩을 만들었고, 그곳에서, 그런 초록 사이 여기저기에서 노란 꽃들이 움트고 있었다.

정오쯤 막심은 자신의 아들 파블릭과 함께 연습 작품을 만들러 집을 나섰다. 10살의 파블릭은, 지난 3년 동안 아동용 스튜디오인 "Objektiv"에서 사진 찍기와 영상물 만들기에 몰두해 있었다. 그는 지난 5년간 막심이 사준 사진기 3대를 들고 오늘 같은 토요일 산책을 너무나 좋아했다. 모든 산책, 한때 막심이 "습작을 위해서"라고 이름 지은 모든 산책은 그들에게 도시의 삶, 도시 인근의 삶, 숲에서의 삶을 순간순간 카메라에 담아, 좋은 전리품을 남겨 주었다. 그렇게 찍은 사진 중 가장 좋은 사진만 골라 9개 앨범을 채웠고, 그중 2점이 지역 콩쿠르에서 입상했다.

그들은 천천히 간선도로를 향해 걷기 시작했다. 그러다가 사진을 찍을 때는 때때로 멈춰 섰다. 긴 대물렌즈를 갖춘 무거운 'Zenit'[18]라는 카메라를 넓은 밴드로 자랑스럽게 매고 가는 파블릭은 이미 건물 옆 벤치에서 잡담하는 노파 넷과 박새 한 쌍이 활달하게 노래하며 대화하는 순간을 카메라에 담았다. 또 물에 코르크 돛단배를 띄우고는 그 배를 뒤따라 가는 3살 난 여자애를 사진으로 담는 것도 성공했다. 칼라 필름을 담은 '비누곽'과 "Lubitel" 카메라용의 넓은 필름 통을 들고 가는 막심은 겨울 뒤의 깨어나는 초록색으로 변해가는 풀밭과 어느 발코니에 재미있게 걸려 있는 몇 점의 챙이 있는 모자들과 챙이 없는 모자들을 찍었다... 이 모든 것이 그들 목적이 아니었다. -그들은 날씨가 좋아 아직도 있는 얼음 위에서 지금 분명히 앉아 낚시꾼들을 찍을 목적으로 강가를 따라 걷고 있었다. 그리고 -그 얼음을 밑바탕으로 해서- 수도원의 종탑

---

18)＊주: Zenit, Lubitel은 러시아 카메라 이름.

과 교회들에 대한 몇 컷의 신선한 사진을 찍을 계획도 잡고 나왔다.

막심은 매년 4월 1일에 열리는 전통적인 '바보들의 행진' 행사가 그날이 평일이라는 이유로 토요일인 오늘로 늦춰져 버린 것을 전혀 모르고 있었다. 지금 다양한 색깔의 옷을 입은 "바보 집단"이 하모니카, 탬버린, 호각들을 들고서 중앙대로의 이미 거의 마른 아스팔트를 점거하고 있었다.

"우리와 함께 행진하지 않는 사람은 -그가 바로 바보야!", "옐친은 우리 사이에 있다!", "멍청한 자본주의에 초록빛을!" 등의 슬로건 아래 약 500명의 행진 무리는 서두르지 않고 도심을 따라, 병원에서 시작해 옛 중앙 광장 쪽으로 가고 있었다.

그 일행 중 어떤 사람들은 농담조로 또는 웃음으로 평화롭게 인도에서 걸어가는 행인들을 놀렸고, 그들에게 행진에 참여하라고 요청하기도 했다. 또 때로는, 도로 양편에서 매 50m에 근무하는, 배가 나온 인형 얼굴을 한 국방교통 경찰에게 혀를 내밀기도 했다. 더구나, 경찰은 그것을 평화롭게, 전혀 죄 없는 저항의 놀이로 받아주고 있었다. 분명히, 그들은 술에 취한 사람들만, 또 너무 방탕아 같은 "바보"들만 유난히 관심을 두라는 명령을 받았다.

-아빠, 우리도 저 무리에 들어가요! 매력적으로 파블릭이 소리쳤다.

-좋은 해결책이 아니야, 아들, 막심은 대답했다. -우린 인도에 있는 게 더 나아, 하지만 저 행진을 따라가면서 흥미로운 일이 생기면 곧장 찍자.

-그게 더 좋겠네요. 파블릭이 동의했다.

잠시 그들은 그곳에서 카메라 셔터를 누르면서 남아 있었다. 그들은 카메라 파인더 속에서 몇 명의 아가씨들을, 카니발 같은 복장으로 과장되게 화장한 몇 명의 아가씨에 초점을 맞추었다. 그 아가씨들은 플라스틱 차양의, 아무 문구가 없는, 경찰 모자 같은 모자를 쓴 키가 큰 소년 하나를 에워싼 채 있었다. 그 소년은 양 볼을 붉게 화장한 채, 열심히 하모니카를 불고 있고, 아가씨들은 생기있게 환호성을 지르며, 러시아의 빠르지도 않고 어울리지도 않은 '차스투쉬카'[19]를 노래하고 있었다. 나중에 막심은 오른팔을 규칙적으로 들어, 뭔가 문구가 쓰인 슬로건을 크게 외치며 소리 나는 도구들을 들고서, 광대 같은 두건을 두른 그 붉은 수염의 귀여운 청년도 사진에 담았다.

그 귀여운 청년은 온 도시에서 반쯤 미친 유명 시인이었다. 그는 지난 소비에트 시절에 국가 지도부에 대한 불경스런 언행을 공공연히 발표했다는 죄목으로 특별병원에 2번이나 수감되었다. 지금도 그가 외치는, 그런 이상한 시 구절들이, 그들 사이에서는, 이 나라 대통령의 남성 아랫도리를 암시하는 것이었지만, 경찰들은 그것을 전혀 무관심하게 받아주고 있었다.

새로운 시대가 왔고, 대통령 자신조차도 스스로 신문 잡지의 여러 페이지에 그의 편으로 쏟아 놓은 비난 섞인 웃기고 더러운 진흙탕 같은 글귀들을 절대적 무관심을 가장하는 체했다.

갑자기 파블릭이 소리쳤다.

-아빠, 봐요, 이고르 삼촌이에요!

막심은 자신의 고개를 왼편으로 돌려, 아들이 가리키는 쪽을 바라보았다. 실제로, 이고르, 이 도시의 에스페란토 클럽 회장인 이고르가 콧수염을 한 채 털모자를 쓰고, 외투 단추는 풀어헤친 채, 초록과 하양이 함께 있는 스카프를 휘날리며 그 행진 대열의 거의 끝에서 걸어가고 있었다. 양손에 그는 나무 막대를 들고 있었다. 그 막대 끝에는 웃고 있는 초록별 콧등을 가진 채, 큰 글자의 러시아어로 "에스페란토는 웃음의 언

---

19) *역주: 러시아 전통 민요 중 농촌민요

어!"라는 문구가 적혀 있고, 직사각형의 하얀 마분지가 못질이 되어 달려 있었다.

그 클럽 회장 옆에는 1년 전에 클럽에 가입한 긴 머리카락의, 이 도시의 서정시인 슬라바가 걷고 있었다. 그 외에도 몇 명의 아가씨 사이에 지난해 에스페란토를 배우기 시작한 아가씨들이 보였다. 슬라바는 기타를 들고, 에스페란토 무리는 떠들썩하게 -다른 무리를 제압할 듯이 더 큰 소리로 -'숲속의 잃어버린 파이프'라는 에스페란토 노래를 불렀다.

막심은 자신의 손을 들어 몇 번 흔들면서 그 무리를 향해 인사했다. 그 인사를 알아차린 그들도 자신들의 손을 흔들어 답하고, 이고르는 들어오라는 신호를 했다. 대답으로 막심은 자신은 옆에서 걷겠다고, 무리 바깥에서 걷겠다고 했고, 아들 파블릭과 함께 걸어갔다.

그들이 광장에 도착했을 때, 그곳에는 이미 축제가 요란했다. 사람들은 고인 물들을 피해 산책하고, 광장 가장자리에서부터 임시로 설치된 상점들이 그 광장을 반쯤 둘러싸 있다. 상점에는 주스, 차, 맥주, 보드카, 샌드위치, 과자, 빵, 고리 모양의 과자와 아이스크림을 팔 채비를 해 두고 있었다. 배에 즐거움을 주려고 뭔가를 이미 산 사람들은 도시의 문화회관 앞에 설치된 연단 주위로 모여들었다. 연단 위로 하나둘씩 이 도시의 예술가들과 예술 단체들이 오갔다. 지금 그곳에서는 유명 시민 앙상블 "유쾌한 할머니"가 노래하며 춤도 추고 있었다. 광장 중앙의 레닌 동상 기념비 머리에는 비둘기 몇 마리가 점거하고 있었다. 비둘기의 하얀 똥이 그 동상의 오른쪽 눈을 맞혔고, 그것은 그 동상의 눈도 공감하듯 껌벅이고 있는 것처럼 보였다. 그밖에도, 그 동상이 뻗은 팔에 누군가 3개의 다양한 풍선을 매달아 두는데 성공했다. -지금 그것들은 공중에서 휘날리고 있었다. -그 때문에도 그 도시의 레닌은 '바보의 날'에 열성적 참가자처럼 보였다.

광장에서 막심은 몇 명의 다른 지인을 만나 인사를 나눈 뒤, 에스페란티스토 그룹에 다가갔다. 파블릭은 자신이 좋아하는 말린 살구가 든 큰 과자와 체리 주스 1잔을 받았다. 사진을 찍는 것 외에도, 그는 더 일이 많아졌다. -먹고, 마시고, 주변을 둘러보고, 자신의 친구들이 왔는지 알아보려고 바빴다. 분명히 그는 그 일행이 하는 말에도 관심을 놓지 않았다.

-헤이, 막심! -옆 사람의 플라스틱 잔에 몰다브에서 제조된 술을 방금 따른 이고르가 말했다. -아쉽게도 당신은 우리 시위에 합류하지 않았군요. 정말 아주 좋게도 우리는 이것을 생각해 냈어요. 걸어가면서 20명 이상의 시민이 우리 일에 흥미를 표시하더군요! 아무도 읽지 않는 신문에 광고하는 것보다 이런 방식으로 수강생을 모집하는 것도 더욱 효과적이구요. 이젠 우리가 우리 언어 발전을 위해 건배합시다!..

-...우리 도시에서는 적어도! -막심은 살짝 웃었다. -이 행사 덕분에 당신이 새 희망자들을 모을 수 있다면, 내가 가을에 강의해 줄 수도 있겠어요. 그러니, 우리 모임의 발전을 위해 건배!

모두가 술을 한 모금씩 들이켰고, 여러 번 연단을 쳐다보며, 샌드위치를 씹고 있었다.

-여기는 너무 시끄러워요, -이고르가 말했다. -남녀 동무 여러분, 우리 저 강가로 갈까요? 강변 벤치가 이미 말라 있을 겁니다....우린 그곳에 앉아 노래도 하고 술도 한 잔하면...

-나쁘지 않은 생각이에요, -막심이 그의 말을 응원했다. -파블릭과 나도 저 강변에 가는 것이 목표였거든요.

-그럼... 슬라바가 말했다, -나는 그곳으로 함께 가진 못하겠어요. 나도 저 연단에서 노래함을 여러분은 잊지 않았지요?

-오! 맞네! 우린 잊지 않았어요! 에스페란토로도 노래하나요?

-아가씨들이 활발해졌다.

-에스페란토로도요, -슬라바가 좀 얼굴을 붉히며 대답했다. -에스페란토로 이미 2곡 준비해 두었어요...

그 순간 누군가 막심의 어깨를 잡았다. 황홍색의 머리카락을 가진 에우게효가 인파 속에서 모습을 보였다. 그는 이미 술에 취해 말도 좀 더듬거렸다.

-무슨에스-에스스스-스페란토?- 그는 러시아어로 그렇게 소리치면서, 막심의 두 어깨를 껴안았다. - 공동동의...공동 축-욱-제라구요! 난-여러분을-이-해하하지- 못하겠어요!

-즐거운 축제가 되길, 에브게니이이, - 막심은 그 어깨를 자유롭게 하고는 말했다. -에스페란토를 배우면, 이 모든 걸 이해하게 될 거요. 그런데 당신은 당신의 무리를 잃어버렸나요?

-에스-쉐페...에쉬프셰..르란토는 라틴어요! 프르-프로-레타티라 계급의 언어이지!- 에우게초가 그렇게 말했다. 그 말에 박수를 받았다. -하지만...나는 아니...하. 나는 여기에 혼자...라구요! 정-말 혼자라고요 여기서느느요... 내게 술 한-잔만 더 줄 수는 없는지, 혼자 온 사람에게...

-이젠 없네요, -이고르가 말했다.

-하! 아쉽-군요- 에우게초가 말했다. -그-럼 나는 막심, 다앙-신과 몰래 대-화-를 하고 싶어요... 월요일에 만나요!

-우리는 옆으로 가요, -막심은 말했다. 그는 에우게초를 팔로 부축하고는, 그 무리에서 몇 미터 떨어진 곳으로 데려갔다. 파블릭은 그동안 동급생 여자친구 한 사람을 만나자, 그들은 즐겁게 자신들이 쉽게 찾을 수 있는 위치에서 유쾌하게 대화를 나누고 있었다.

-막..심...., 이-보-시게, -열렬히 에우게초가 속삭였다, -월요일에 온다구요! 월월에 오온다구요!

-온다는데, 온다는데, 그 점을 모르지 않아요, -막심은 말했

다. -그런데 뭐요?

-사람들이... 그들이... 단독으로 열려고 해요! -에우게초가 더 듣거렸다. -하-지만! 하지만! 감찰-관드리 온다구요! 하아-페테르-부르크에서라구요! 그를 페테르부르크에서 페..페테르..부르크에서는 적당하지 않아요. 피츠로브시....흐가 그를 강조-하더군요! 지금 그 콤소-콤스...

-콤소몰로... -막심이 살짝 웃으며 작은 소리로 알려 주었다. 에우게쵸는 그것을 저항하면서 손을 내젓고는, 거의 쓰러질 뻔했다.

-그 코-코-미-시-오-노! -그는 음절마다 분리하여 말하고는, 마치 술이 깬 듯이 말했다. -완-벽-하-게- 열-릴-거-라-구-요! 그 봉..투-들-을!

-그래 알았어요, -막심은 말했다. -그럼 그것들을 하나님과 함께 개봉해 봅시다.

술 취한 채 에우게초가 애써 알려주려 했던 일은 막심에겐 뉴스는 아니었다. "루소플라스트"의 종사자 모두는, 주식 구입 희망 수량을 기입해 풀로 봉한 봉투를 만들었다. 이를 나나, 마샤와 키라가 지난 금요일 내내 접수하고 등록 업무를 해 주었다. 막심의 추측에 따르면, 빅토르 시가에프는 그 봉투들을 오늘...아마, 일요일에 몰래 열어 볼 의도를 가졌다. 그런데 시청에서 온 전화 1통이 이를 방해했다. 어제 이리뇨가 막심에게 몰래 알려준 것은, 페트로프스키흐 시장 여비서인 에벨리나 파블로프나가 전화로 급히 회사 대표를 찾더니 대표더러 전화해 달라고 했단다. 이리뇨가 그 전화를 대표 회의실로 넘겨주었다. 몇 분 뒤, 크게 화를 낸 시가에프가 이리뇨에게 명령하길, 니나 드미트리에프나에게 전화해 그녀를 당장 회의실로 오라고 했다. 겁먹은 니나 드미트리에프나가 번개같이 달려왔다. 대표는 회의실 안에서 뭔가 고함지르더니,

나중에 이리뇨를 부르더니, 니나 드미트리에프나에게 모든 봉투를 자신의 보관 금고로 가져와, 그 안에 두고 잠그라고 했고, 이 뒤에 이리뇨가 회사 봉인이라고 적은 종이 띠로 그 자물쇠를 봉인하라고 명령를 받았다.

-어떻게- 열려고요?! -그 사건들을 함께 봉인하기 위해 애쓴 덕분에 술이 확 깬 에우게초가 소리쳤다. -그곳에, 정말... 그곳에 정말 뭔가가 있군요! 뭔가 공포스런 일이! 저-으-기, 예를-들어보자 구요! 제가 200주라고 알렸는데, 그런-데 그 봉-봉-투에는 아마도 다르게 있을 겁니다... 아마도 1,000주라고요!

-그럼, 예브게니이, -파블릭이 부르는 손짓을 알아차린 막심이 말했다. -먼저, 그 일을 고민할 사람은 당신이 아니고 그분이네요. 둘째로, 내 의견은 그분은 어떤 경우에도 자신이 원하는 30퍼센트, 혹은 더 많은 양을 받아 갈 겁니다. 예를 들어, 코스챠 쿠즈미초프에게 그는 한 수레의 좋은 선물을 약속했으니, 또 나중에 그분은, -내가 분명히 아는데 -이전에 알려준 400주 대신에, 그 봉투에는 10주라고... 그리고 그 대표가 자신의 집무실로 그도 불렀어요. 하지만, 용서해 주세요, 나는 파블릭을 신경써야 해요, 저기서 그 아이가 불러서요.

  -하-지만!... 큰 소리로 에우게초는 말했다. 나중에 그는 마음이 상한 듯이 자신의 손을 흔들고는 비틀거리는 걸음으로 상점들이 있는 곳으로 향했다.

  막심은 에스페란티스토들이 있는 곳으로 다가갔다. 파블릭은 자신의 동급생 여자와 함께 그곳에서 그를 기다리며 서 있었다.

-아빠, 그가 말했다. -제가 스베트카와 함께 백화점들 쪽으로 가도 돼요? 그곳에 어떤 놀이가 열린다고 해요!

-헤이, 이 녀석!- 막심은 말했다. -어떤 스베트카 말이니? 아가씨들과 있을 때는 좀 더 점잖게 행동하렴. 저 여학생이 스

베타 인지 스베트라나 인지 제대로 기억해 둬야지.

-아이를 그리 책망하지 말아요, 막심, -이고르가 비난하듯 말했다. -아이들은 자기 언어로 말할 권리가 있어요.

-아마 그럴지도, -막심은 대답했다. -하지만 그들은 예의에 대해 알아야만 합니다. 학교에서 요즘 사람들은 신사라면 숙녀가 옷을 입을 때 그 옷 입는 걸 도와야 한다고 아이들에게 알려 주지 않는다구요...

-신사! 신사! 파블릭, 니가 신사야? - 아가씨들이 종알댔다.

-나중엔요? -파블릭은 아주 진지하게 선언하고, 이고르와 그 아가씨들이 웃음을 터뜨리는 것을 보았다.

오직 슬라바는 진지해졌고, 생각에 잠긴 것 같았다.

-당신은 용감하군요, 막심, -그가 말했다. -저 아들을 바로 그렇게, 신사로 키워야 한다고 생각하니까.

-잘 모르겠어요... -막심은 말했다. -하지만 내겐 나중에 그런 교육에 대해 그도 몇 가지 문제를 발견하게 될 겁니다.

이고르는 막심을 주의깊게 바라보았다. 그는 자녀가 없었다. 하지만 그는 뭔가 조언을 해주는 것을 싫어하지 않았다.

-막심, 그가 말했다.

-당신은 페테르부르크 시민들을 도와주고 싶지요? 그들은 7월말 스페인 여행에 당신을 초대했어요.

-저도 스페인에 한번 가보고 싶어요! -파블릭이 큰소리로 외쳤다, -아빠하고 같이!

-하! -놀라움과 매력적임을 흉내내고는 이고르가 말했다. -왜 아니래? 자네 에스페란토도 아주 좋아. 하지만 엄마가 허락하실까?

-아-아뇨, 엄마는 허락하지 않을 겁니다... -파블릭은 고개를 떨구고 잠시 땅을 내려다보더니, 나중에 외쳤다. -하지만 우리 엄마도 함께 가면, 분명히, 엄마도 허락할 겁니다!

일행은 눈물이 날 정도로 크게 웃자, 막심 혼자만 그 공통의 웃음에 참가하지 않았다.

-난 이해하지 못하겠어요, -그가 말했다. -그들이, 페테르부르크 시민들이 내게 무슨 도움이 필요한가요?

-자, 봐요, -허락하듯이 이고르는 설명하기 시작했다. -스페인으로 갈 때 그 대회장까지 버스 1대를 임대해서 약 40명이 함께 여행하게 될 겁니다. 내가 정확한 숫자는 모르지만... 그들 중 27명이 초보자-대학생들이에요. 더구나... 내가 말하지요, 나이도 다양해요... 경험 있는 에스페란티스토들은 많아야 서너 명이고요. 아마 당신은 그들이 누구인지 알겠지요. 하지만 가르칠 사람이 부족해요, 기타를 칠 줄 아는 사람이 필요해요. 그쪽으로 가는데 닷새, 돌아오는데 닷새!... 그럼 당신은 오가는 도중에 청년들을 가르치고 모든 사람에게 노래부를 수 있게 초대합니다. 주저하지 말아요. 좋은 제안이니까요. 당신의 여행 경비는 무료입니다.

파블릭은 자신이 그 여행에 함께 하는 것은 불가능하구나 하고 예측했다. 그는 막심에게 무거운 "Zenit" 카메라를 넘겨주고는, "비누 곽"을 받아 자신의 스베트카 여자 친구와 함께 달려갔다. 막심은 생각에 잠겼다.

-난 모르겠어요... 그는 마침내 말했다. -아주 필시, 나는 이번 여름에는 아무 데도 여행하지 못할 겁니다. 아마, 당신도 알다시피, 우리가 이전에 클럽에서 이야기했었어요... 지금은 "루소플라스트" 민영화가 진행되고 있어요... 아주 복잡한 일이라구요... 내 생각엔 그 일이 여름 끝 무렵에 가야 정말 끝이 날 겁니다. 정말, 나는 남아 있어야 해요... 우리는 1주 또는 2주 뒤에 봅시다. 하지만, 왜 당신은 그 점을 슬라바에게 제안하지 않나요? 그는 기타도 저보다 훨씬 잘 치고, 많은 노래도 이미 알고 있는데요... 슬라바, 당신에겐 좋은 일자리이

네요!

-그건, 마-악심, 저를 너무 높이 평가하네요! -슬라바가 반박
했다. -노래라면야... 그런데 그들에게 가르쳐야 하니! 내가
가진 에스페란토로는... 진지하지 못한 말에...

-지금 제가 우리 연단으로 이 분을 초대합니다. -확성기에서
여성 목소리가 들려왔다. -이 도시에 사는 사람이라면 모두
이분을, 이 분의 노래를 아시죠? 제가 곧 초대할 분이 누군지
알아 맞춰 봐요?

-자, 그럼, -슬라바가 말했다. 나를 기다려 줘요. 나는 돌아옵
니다.... 아마 10분 뒤. 당신은 들을 수도 있고, 뭔가 그동안
마실 수도 있겠지요. 정말 여러분은 이미 내가 노래할 것들을
클럽에서 이미 들었지요...

그는 고개를 흔들고, 자신의 긴 머리카락들을 정돈하고서,
공모하듯 눈을 껌벅이더니, 연단으로 걸어갔다.

199.년 4월 4일 일요일

일요일 저녁 에바와 막심은 생일을 맞은 처남 라자르의 집에
열린 축하 테이블에 갔다. 처남 라자르는 43째 생일을 맞았
다. 그를 축하하러 가족 모임이 열렸다. 방이 더워지자, 남자
들은 여성들의 허락하에 셔츠의 목 단추를 풀었다. 그보다 앞
서 막심은 자신의 넥타이를 이미 완전히 풀고는 빼버렸다. 그
리고 지금은 넓은 모퉁이에 놓인 긴 의자 바닥에 완전히 기댄
채 편안한 자리를 잡았다. 라자르의 큰 얼굴은 몇 병의 보드
카와 풍부한 후식으로 발그레-했다. 작은 땀방울이 머리 위의
헝클어진 검정 곱슬머리 위에 야간 또 더 곱슬머리의 밀집된
머리 위에서 더 많이, 셔츠의 가장자리에서도 진주처럼 보였

다. 라자르는 거의 만족해 있었다.

　오늘 생일을 맞은 라자르는 35살의 아내 폴리나가 있다. 아니, 유대인 방식으로는 라자르가 그녀를 프리바라고 부르기도 한다. 그녀는 그 민족의 특별한 아름다움을 천부적으로 받았나 보다. 날씬한 몸매, 아이를 둘 낳고도 섹스를 부를 만큼 적당히 넓은 허벅지와 가슴, 완전히 곧은 외모와 얕은 검정 눈, 좀 장방형의 얼굴, 까마귀 색의 머리카락의 짙은 거품으로 장식되어 있었다... 십년 전에는 키가 더 크고 좀 매력적인 에바가 매력의 우위를 위해 그녀와 위엄있게 경쟁했지만, 지금은 올케언니가 더 우위에 있음을 평화롭게 받아들이고 있다. 더구나, 라자르 아내는 더 중요한 것을 선천적으로 갖고 있었다. 그녀의 화려한 요리는 부분적으로는 어머니에게서 물려받았지만, 냉장고 저장품이 무엇이든 그녀가 요리하기만 하면, 특별하게도 좋은 냄새를 냈다. 이는 그녀가 시도 때도 없이 자신의 궁금함을 실험해 얻은 결과였다. 그러나 가장 중요한 그녀 천성은 가장 민감한 문제에도 관용을 보이는 그녀의 이해심이었다. 그녀에겐 특별 남자이자 남편에 대해 주변 여성들이 자주 하는 험담을 듣고서도 그런 험담에 대해 남편이 그런 일이 없다고 하는 것과 마찬가지로, 프리바는 간단히 라자르의 크고 작은 죄과에 대해 자신의 얇은 두 눈을 감아 주었다. 그녀는 자신이 있었고, 입증적으로 그런 것들이 가족에겐 위험하지 않다고 따라서 용서할 만하다고 했다. 간식을 충분히 먹은 라자르의 아이들은 파블릭이 가세하여 평화로이 아이들 방에서 놀고 있었다. 그녀의 위대한 남자와 그 친척들은, 그녀가 준비한 샐러드, 절인 음식, 말린 음식, 찜요리, 또 과자들-이것들에 침을 삼켰고, 혀를 유혹하고, 군것질하게 하는 만들었다-을 앞에 두고 한자리에 앉았다. 어느 순간까지는 모든 것이 순조로웠다.

-... 그런데, 오늘 우리는 살이 찌는 것엔 걱정하진 맙시다. 에바. -폴리나가 유쾌하게 말했다. -먼저, 내가 기름은 적게 사용해 요리를 만들었으니까요. 둘째로, 우리 가정에 와서는 여러분이 보통 집에서 먹는 것보단 좀 더 먹어 주세요. 이젠-양념해 놓은 물고기찜도 한 조각 집어 보세요. 제 생각엔, 우리 도시에는 아무도 이런 요리법을 갖고 있지 않아요...

-음-음-우와!- 막심은 음식을 씹으면서 중얼거렸다. -저-는 이미 3조각 집어 먹었어요.

-프리바, 당신이 한 전체 말이 무슨 이야기인가요? -라자르가 푹신한 안락의자 팔걸이에서 자신의 무거운 머리를 들었다. -지난해의 주민 숫자 발표를 보니, 이곳 65,000명 주민 중에 유대인은 17명이 있대요. 모든 65,000명의 주민이, 당신을 제외하고는 물론, 당신의 물고기 요리에 대해 정말 상상도 못할 거라고 내가 내기할 수 있어요... 그러니 우리가 서둘러 잔을 채워 당신을 위해 건배하지요.

-내가 그 말 받아들이지요, 나의 위대한 남자여, -폴리나가 말했다. -적어도 에바는 좀 더 먹었으면 해요. 봐요, 에바는 참새처럼 먹고 있다구요! 에바! 내일 당신은 당신 어린이집에서 똑같이 뛰어 달리기하면 돼요. 지금 에바가 먹고 있는 건 모두 다 소비해 버릴 수 있어요.

에바는 갑자기 표정이 우울해졌다. 그녀는 갑작스런 울컥함을 억누르기 위해 침을 삼켰다.

-나는 내일엔 뛰면서 달리지 않아요, -잠시 뒤 그녀가 말을 했다. -모레도... 이젠 더는. 그 어린이집이 청산되었어요.

-저런 돼지 같은 일이! -라자르가 자신의 목소리를 높였다. -그럼 그들이 기어이 그리 했단 말인가! 하지만 그 건물엔 지금부터 뭐가 들어서나?

-정확히는 잘 몰라요,-에바가 대답했다. -소문엔 이 도시의

세무서... 아니면, 아마 전기배전회사 사무실이... 그게 내게 무슨 소용이겠어요?

하지만 그녀 눈가에 눈물이 보였다. 폴리나가 그녀에게 다가가 위로하며 껴안았다.

-저-기, 시누이. 우리가 시누이를 위해 다른 일을 찾아볼게요. -그녀가 말했다.

-무슨 일을요?!- 절망적으로 에바가 한탄했다. -올케언니가 일하는 상점 여점원 자리요?

폴리나는 그 도시의 생필품 판매소 중의 한 곳에서 계산원으로 일하고 있다. 폴리나는 그 말에 뽀로통했다.

-왜 안 되나요? -그녀는 그 말 속에 분명 마음 상했음을 보이는 목소리로 말했다. -존경도 받고 또 다소 좋은 급료도 받는 자리인데요...

크지 않은 가족의 스캔들이 성숙되었다. 왜냐하면, 이번엔 에바가 뽀로통하였다.

-17년 동안을!... -그녀는 울음을 터뜨렸다. -언니! 17년 동안을요! 나는 특별 고등학교 졸업하자마자 어린 나이에 그곳에 갔어요... 나중에 대학교도 그 힘든 통신 대학과정을 나왔어요... 언니는 정말 알고 있지요! 10년간 그 어린이집에 원장 일을 해왔어요- 그 10년간을요! 어린 파블릭과 함께! 아이들을 위해 양식을 준비하고, 약 값하며, 가구도 구입하면서... 그게 나에게 얼마나 신경 쓰이고 힘든 일인 줄을 그들은 알까요? 그런데 지금 그들은 이렇게 말하더군요: "그동안 고마웠어요, 당신이 일을 잘 해 왔지만, 당신 학식, 당신 경험은 이젠 이곳에 더는 필요하지 않아요"라구요.

-정말 그들은 돼지 같은 녀석이네요! -폴리나가 말했다. -하지만 헛되이도 시누이는 울고 있네! 더욱-헛되이도 시누이는 내 마음도 상하게 했어요. 상점에 가는 걸 원치 않는다면, 그

건 다른 좋은 해결책이긴 합니다만. 당신 남자들을 선동하세요. 그러면, 페테르부르크 안을 시작해서 이즈마일로브스키이, 2번지![20] 반년만 기다려요, 그럼, 아니면, 1년을... 그런데 그 뒤엔……

-분명히, 올케언니, 올케언니는 신비한 일거리를 제안하군요... -에바가 손수건으로 자신의 양 볼의 눈물을 닦으면서 끼어들었다. -어느 이즈마일로브스키이를 말하는가요? 여기 나의 남자들 중 한 사람이 있고, 또 다른 한 사람은 아직 아무것도 결정할 수 없어요. 그럼 여기 앉은 저 사람에게 곧장 물어봐요. 막심, 당신은 이즈마일로브스키이에 대해 어떤 의견인지요?

막심은 고기 한 조각을 그만 잘못 삼켜, 얼굴이 붉혀진 채 크게 기침하였다. 라자르는 큰 손을 들어, 그의 의견으로는 약하게, 막심의 등을 두들겨 주었다. 그 두들김에 맞은 불쌍한 사람은 아파 숨이 막히고 등을 굽히고는, "으-으윽"하며 소리쳤고, 나중에야 다시 숨을 내쉴 수 있었다.

실제로, 이스라엘 행의 이주 제안은 여러 번 이 가족들의 토론이었는데, 그때마다 에바가 몇 번 목소리를 높여 보았지만, 매번 막심은, 그것에 대해 자신은 듣고 싶지 않다며, 벌컥 화를 내며 그것을 화제로 삼는 것을 중단하게 했다. 더 간단하고도 실현 가능한 이주는 -페테르부르크로 이사하는 것이 더 매력적이었다. 더 나은 보수를 받을 가능성이 있고, 파블릭에겐 더 분명한 학습 전망이 보이고, 대도시 극장들, 콘서트장, 전시장들과 일련의 정상적인 유혹 대상물 -이사하게 되면 일상적 생활 리듬과 우정의 끈-과의 단절이다. 그리고... 그건

---

20) *주: 이즈마일로브스키이 가, 2번지라는 주소는 이스라엘 이주업무를 관장하는 히브리문화원이 자리하고 있다.

전적으로 막심에겐 받아들일 수 없는 것들이다. 그런데, 이스라엘로의 이주에 대해선 더 더욱...

-나는 이즈마일로브스키이에 대해 아무 의견도 없어요, - 그가 마침내 말을 꺼냈다. -왜냐하면, 나는 그 점에 대해 생각조차 하지 않았기 때문이지요. 만일 당신이 지금까지 나를 유의 깊게 관찰해보지 않았다면, 지금 나를 잘 지켜봐요: 내가 적어도 두 코페크나 유대 사람을 닮았는지를요? 마찬가지로, 파블릭, 그 아이는 당신에게서 두 눈만 물려 받았지요... 그런데 내가 그곳에서 뭘 할 수 있나요?

-일해요, 막심, 일하면 되지! 여기서처럼! -라자르는 다시 그 매제의 등을 때리듯이 쓰다듬어주려고 했지만, 막심이 그 손을 공중에서 제지했다.

-그건 너무 갑작스런 행동이라구요! -그는 살짝 웃으며 선언했다. -여기서 일할게요, 저기서도 일할게요! 만일 사람들이 내게 그곳에서 남성으로 배를 수확해 줄[21] 것으로, 그 일로 좋은 급료를 준다고 약속이라도 한다면... 그때 내가 한 번 고려해 보겠어요. 그리고, 그것조차도, 분명히 내겐 받아들일 수 없어요... 너무 더운 것이기에!

-막심! -창백해진 에바가 말했다. -나는 농담 없이 진지하게 지금 말하고 있어요. 만일 당신이 우리 아들 장래를 생각한다면, 나에 대해서도 적어도 생각을 좀 해 줘요. 내가 일없이 여기서 뭘 할까요?

-진지하게 우리가 그 이야기를 했어요, 에바, -막심이 말했다. -어떡하든 우리가 당신 일거리 문제를 해결해 보겠어요. 지금은 좀 진정하고, 적어도 일주일 정도는 쉬어 둬요... 그리고 우리는 나중에 같이 행동해 봅시다. 하지만, 이사에 대한 내 입장은 똑같아요: 나는 이 도시에서 살 것이고, 여기서만

---

21) *주: 아무것도 하지 않는다는 것에 대한 러시아식 외설적 표현(속담).

완벽하게 나를 느낄 것이라는 점은 분명해요.

-하!- 라자르가 포효했다. -에스페란티스토 치고는 이상한 태도이네. 막심! 매제는 세계 시민이라구! 내가 매제의 절반 정도의 언어학습능력이라도 가졌다면, 나는 주저 없이 우리 회사대표인 빅토르에게서 벗어나고, 우리 민영화로부터도 벗어나고 싶어요... 나는 케이블선이나 모터를 어디서든지 찾을 수 있다구요.

-어린아이 같은 의견이네요. 막심의 말을 믿지 말아요, -폴리나가 자기 남편을 제지하면서 말했다. -저이가 역사적 조국으로 가지 않는 다른 원인이 있겠지요. 더 중요한 이유요. 저이는 그곳에서 '그런' 러시아 여인들을 찾아낼 수 없을까 두려워하고 있어요. 그래서, 그 여인들 없이, 오, 그 여인들 없이는 이 '위대한' 남자는 사막의 꽃처럼 시들어버릴 겁니다.

-하-하-하!- 유쾌하게 라자르가 큰 소리로 웃었다. -세상에 여자는 어디서나 여자이지요! 안 그런가, 매제? 우린 아직 그 여자분의 건강과 매력에 대해 건배하지 않았군요! 자, 우리가 우리 여성분들을 위해 건배하지요... 여기에 우리와 함께 있는 여성분들을 위해!

-고마워요, 여보,-폴리나가 비웃듯이 말했다. -당신이 바로 잡는 것을 잊지 않아서요...

라자르는 자신의 잔을 비우고는 육고기와 계란으로 소를 만든 과자 한 점을 집어 씹으면서 다정하게 아내를 쳐다보았다. -그만해요, 여보야, -마지막으로 입맛을 다시고는, 그는 온전히 다정하게 말했다. -당신이 나의 유일한 사랑이라고. 그리고 영원히! 하지만 여러분 모두가 원한다면, 궁금해한다면, 나는, 내가 전기 변환기를 구하러 마지막 공무 여행을 갔던 페테르부르크를 기억하지요. 막심 매제도 기억하지요. 내가 그 이즈마일로프스키 2번지를 정말 방문했었지.

-그러고는요?... 막심은 물었다.

-아무 소득이 없었어요. 그리고! -유쾌하게 라자르는 소리쳤다. -모든 것은 정상이야! 사람들이 나에게 다양한 이주 프로그램을 알려 주었어요... 그들 말로는 월말에 그 점에 관심을 가지는 특별 영사가 온다고 해요, 하지만 만일 내가 내 의견을 계속 유지하려면 나는 그분을 만나 더 자세히 의논해야 됩니다.

-아주- 좋-은 소식이네요! -막심은 놀라며 말했다. -그럼 처남 의견은, 내가 이 모든 것에 모두 반대하라고 여기에 나를 남겨 놓을 심사이네요...

-나는 매제, 매제의 반대가 전혀 자네에게 도움이 되지 못해요. -라자르가 반박했다. -왜냐하면, 매제는 그렇게 너무 무력하게 자신을 변호하는 입장에만 서 있거든요 그 밖에도 나는 언제나 나의 저 어린 두 아기곰에 대해 생각을 하고 있어요... 곧 매제는 보게 될 거요. 나는 춤추고 싶어요!

그는 기대하지 않은 듯이, 그 안락의자에서 활달하게 일어서더니, 축음기를 켜고 신사처럼 고개를 숙여 폴리나를 초대하는 제스처를 취했다. 그러자 폴리나가 자리에서 일어나, 이에 맞춰 인사하고, 남편의 두 어깨에 자신의 손을 놓았다. 에바는 막심을 쳐다보자, 그들도 동시에 탁자에서 일어나, 그 방의 좁지 않은 나머지 공간에서 두 사람이 자리를 함께했다.

-춤추자고! 춤자고! -방안에는 음악소리가 들리자, 아이들이 그 방으로 들어섰다. 라자르의 아들딸과 파블릭이 함께, 손에 손을 잡고, 원을 만들어 같이. 부모들을 위해서는 아마도 벽쪽으로 2m의 공간을 내주었다.

-그래 바로 그거야!- 유쾌하게 라자르가 외쳤다. -나의 아기곰들! 너희들을 위해서라면 내가 뭐든 다 한다!

아기곰들은 아빠를 향해 마찬가지로 유쾌한 환호성으로 대답

했다. 소란함이 그 방에 커졌지만, 그런 소란함 속에서 모두
는 현관에서 울리는 전화벨 소리를 들을 수 있었다. 라자르가
자기 아내의 손을 놓고는, 아이들을 이리 저리로 피해, 큰 손
으로 한 명의 금발 아이에게 또 두 명의 검은 머리의 아이를
쓰다듬어주고는, 그 방문을 나서면서 문을 닫았다. 이삼 분
뒤 그가 돌아왔다.

-악마를 기억하기만 해요. 그게 지금 여기에! -그는 이상한
톤으로 그는 말했다. -매제, 매제를 부르는 전화예요, 가서 받
아요.

-빅토르인가요? -막심이 물었다.

라자르가 말없이 고개를 끄덕였다.

-좋은 저녁이지요!- 빅토르가 그 송화기에서 하는 말이 들려
왔다. -당신에게도 축하하네요. 막심, 당신 가족 축제가 있다
니. 당신은 배부르게 먹었으리라 내 짐작하네요. 폴리나는 당
신을 먹이지 않고는 안 보낼거구요. 그런데 당신은 충분히 마
시기도 했는지요?

-안녕하세요, 빅토르,- 막심이 대답했다. -당신은 나의 건강
상태를 알아보러 전화도 하는지요?

그 송화기에서는 웃음이 흘러나왔다. 나중에 빅토르는 좀 말
이 없더니, 그 목소리에서 좋은 시작을 생각해 내고 있었다.

-그럼, -그가 말했다. -나의 중대한 요청입니다. 막심, 뭐-랄
까.... 하지만 그것부터 시작하지 말구요... 내가 금요일 시청
에 갔더니 당신의 에바가 운영하는 어린이집이 청산되었다는
소식을 들었어요... 동시에 나는 그곳에서, 보육원 "해님"의
여원장인 네미쉬키나가 다음 주에 은퇴한다는 소식도 들었거
든. 다행히, 내가 그 점을 바로 당신 아내에게, 그 공석이 된
자리에 대해 곧장 제안하라고 알려 주고 싶은데 어떤가요? 그
녀가 그 자리에 가고 싶다고 동의하리라고 생각하지요?

-그녀는 동의할 겁니다, -막심은 대답했다. 그런 선의의 대가
는 뭡니까? 지금 당신은 나에게 받아들이지 않으면 안 되는
제안을 할 걸로 추측이 되는데요...

  그 송화기에서는 다시 빅토르의 웃음이 들려왔다.

-두려워하지 말아요, 막심!- 그는 유쾌하게 말했다. 중요한
일은 전혀 아니구요. 내일 10시 내 회의실로 와 달라는 것이
나의 요청입니다.

-무슨 일인지요? 막심이 물었다. -화요일 운영위원회로는 충
분하지 않은가요?

-그런 운영위원회 일이 아니라니까, 줄곧 그 문제에 골머리를
안고 있는 듯이 빅토르가 말했다. -민영화 위원회 회의에요.

-나는 그 위원회 멤버가 아닌데요. -놀라며 막심이 말했다.

-이미 그렇게 해놓았어요,- 확신적으로 빅토르가 말했다. -시
청에서 나에게 말하길, 위원회 구성원이 4명이 아니라 5명이
라고 강조해서 알려 주었거든요. 다양한 부서에서 차출하라고
요. 그러니, 나와 3명의 여성 멤버를 포함해, 나는 당신이 그
멤버에 들어오기를 제안했어요. 니나 드미트리에프나가 서류
를 이미 고쳐 놓았구요. 동의하지요?

-음... 동의하지요.- 막심이 대답했다.

-고마워요, 막심, 당신의 센스에 의심의 여지가 없어요, -그
렇게 그 송화기에서는 들려왔다. -그럼, 축제를 계속 즐기고.
내일 봅시다.

199.년 4월5일, 월요일

  어제 와인과 보드카를 마신 뒤에도 얼음이 든 샴페인을 마시
는 것을 괜히 동의했구나 하고 막심은 후회했다. 정확히 그

샴페인으로 인해 지근지근 누르듯이 아픈 머리 위치를 알 만
도 했다. 그 장소는 왼쪽 관자놀이 가까운 곳이다. 그곳은 규
칙적으로 맥박 뛰는 것처럼 아파, 그 맥박이 마치 침처럼 뇌
안을 향하는 것 같았다. 막심은 자신의 두 손으로 양쪽 관자
놀이 쪽부터 나중엔 이마까지 문질러 보았지만 아무 소용이
없었다. 두 다리는 솜 같아 겨우 지탱해 걸을 수 있을 정도이
고 말을 잘 듣지 않았다. 만일 그가 일어서 있어야만 한다면,
그 낯선 다리가 그를 필시 배반할 것만 같았다. 입도 또한...
겨우 잠에서 깬 뒤, 칫솔질하고는, 필시 10분 동안, 그는 나
중에 침도 뱉고, 껌도 다섯 개나 씹어도 더욱 입안에 술 냄새
가 진동해, 지금은 입을 열고 싶은 생각이 전혀 들지 않았다.
'라자르도 똑같은 상황일까? 아마, 아닐 거야, 공장에서 본 라
자르는 신선한 오이 같아 보였다! 그의 풍채로 보아 그 정도
마신 술로는 끄떡없는 것같이 보였다.'
　사람들은 비슷한 상황의 그 사람을 동정하지 않을까? 사람들
은, 아마도, 동정해야 하지만, 빅토르는 오늘 전혀 동정적이지
않다. 아무 암시나 요청 없이도 막심 옆에서 그 대표는 자신
의 부하의 몸 상태에 대해 곧장 정확한 결론을 내렸지만, 약
간 비웃음 같은 목소리로, 약한 목소리로, 코멘트할 뿐이었다;
"술 마시지 않는 사람은 술 냄새 내지 않지요..." 약한 목소리
의, 그랬다. 왜냐하면, 그 코멘트는 "루소플라스트"의 개방형
주식회사로의 전환 위원회 회의 아니면, 간단히-"민영화 위원
회 회의"의 공식적 회의 시작을 앞두고 대표 회의실에서 들려
왔기 때문이었다.
　아마도, 사람들은 회의시간에 잠시 좀 권한은 있지 않을까?
마찬가지로 막심은 정말 이곳에 "배치된 가구 역할이나 하라"
고 초대되었나 보다. 즉, 전권 위원회 정족수를 채우고 또 회
의 끝에 가서는 자신이 서명하기 위해서이다. 여러 번 막심은

두 손바닥으로 머리를 지탱하면서 자신의 두 눈을 감아 보려고 했지만, 옆 좌석에 앉은 니나 드미트에프나가 그를 세게 밀었기에, 그 외부 세계의 나쁨에 관한 의식으로 그를 돌아오게 했다... 외부 세계에서, 그러나 개인적인 니나 드미트에프나의 세계는 아니다. 막심의 의식은 매번 자신에게 속삭였다. 자신은 조금도 마음 상하지 않아도 된다고 알려 주었다. 왜냐하면, 니니 드미트에프나의 말이 맞았기 때문이다... 그리고 친구 빅토르가 맞다. 그래서, 빌어먹을, 지옥에나 떨어져라, 모두가 맞-다. 아픈 머리를 가진 그 자신만 오늘 틀렸다.

사실, 빅토르도 "배치된 가구 역할"을 제외하고는 뭔가 더 한 것을 오늘 하지 않아야만 한다,... 매번 그는 민주적으로 앉아 있었다. -자신의 대표 자리 테이블에서가 아니라, 부하직원용 긴 탁자에서. 대표 옆에는 미샤가, 오늘은 마리아 미카일로프나 라는 이름으로, 그 옆엔 키라 레오니도프나가. 그 탁자의 다른 편에는 키라를 마주해 막심이 앉고, 니나 드미트리에나는 마샤 정면에 앉았지만, 그 대표 맞은편에는 오늘 가장 중요한 인사 한 사람이 자리를 차지하고 있었다. 그 인사는 실제로 중요하다. -왜냐하면 "루소플라스트"가 이 도시에서 민영화되는 첫 국영기업"이기 때문에, 특별히 그 주식 총량의 분배 과정을 지도 감독하려고 페테르부르크에서 왔다. 그녀가 그 민영화 지역위원회 부의장 자격으로 참석했다. 그 자리에 해당 인물로 여성이 되어야 한다고 다들 생각했다. 그래도 그녀는 보통의 여성 외모를 전혀 풍기지 않고, 옷 가장자리에 의원 배지를 달고, 엄숙한 회색 옷을 입고 있다. 그 여성은 황홍색의 옅은 머리카락 아래 큰 눈을 가지고, 흰 블라우스를 입고, 얼굴도 하얬다. 그 여성을 빅토르가 그 위원회에 소개했다. 그런데 그녀 이름은... 막심은 이미 그녀 이름을 잊어버렸다.

하지만 그 일을 시작하는 이는 그녀였다. 나무 같은 딱딱한 목소리인 그 인사는 그 위원회를, 그들이 오늘 이 도시의 모든 여타 기업에 모범을 보여줄 선구자이며 연구자들이라고 치켜세우면서 그 위원회에 축하 인사를 했다. 그들이 지금 하는 일에 대해 각별한 책임을 느껴야 함도 말했다. 모든 것은 국가 법률이 정한 규정대로 절대 맞게 수행되어야 함도 말했다. 등등.

그런 축복을 받고 그 위원회는 일을 시작했다.

앞서 말했듯이, 모든 일이 여성에게 맞는 일이었다. 긴 나무 상자 안에는 성과 이름이 쓰인 봉투들이 들어있었다. 그 봉투들은 이미 알파벳 순서로 정리되어 있다. 키라 레오니도프나가 그 상자에서 봉투를 하나씩 집어, 그 봉투에 쓰인 이름을 읽어 나갔다. 니나 드미트리에프나는 앞서 준비된 리스트에서 호명된 그 당사자 이름을 찾고는, 키라 레오니드프나는 그 봉투를 마리아 미카일로프나에게 전했다. 마리아 미카일로프나는 가위로 그 봉인된 봉투의 가장자리를 자르고 그 안에서 종이 1장을 꺼내, 그 당사자가 취득하려는 주식 수량을 크게 읽는 것이었다. 나중에 그 종이가 든 모든 봉투를 빅토르 바실리에비치가 열고는, 그 안에 적힌 수량을 보고, 마리아 미카일로프나가 틀림없이 읽었는지를 확인하고, 그 종이와 봉투를 그 인사에게 전해 주었다. 그 인사도 그 수량의 정확성을 고개를 끄덕여 확인하면, 그 봉투와 종이를 니나 드미트리에프나가 받았다. 그리고 그녀는 그 호명된 이름 옆에 그 수량 기입을 하는 것이었다. 마침내 그 종이들이 막심 미트베예비치에게 왔다. 그는 그것들을 다른 나무상자에 차례로 놓았다. 그 인사는 설명하길, 이 작업이 끝나면, 그 위원회는 그 주식의 요구량을 계산해야 하고, 그 수량으로 그 총량을, 즉 5,100주를 실제 분배할 수량을 나누어야 한다고 설명해 주었

다. 그렇게 그 위원회는 계수를 받을 것이다,

그 계수로 그 수량을 결정지을 모든 필요 수량에 곱하면, 실제로 모든 공장직원이 받을 수량이 나온다.

이 모든 것은 분명히 이해되고, 그 업무는 온전히 순조롭게 진행되었다. 약 40분이 지났을 무렵, 그들은 알파벳 <K>에 도달했고, 그것은 전체 알파벳의 3분의 1에 해당되니, 필시 점심이 되기 전에 그 필요 수량을 최종 기입할 것으로 전망되었다.

-쿠비키나 류보프! - 키라 레오니도프나가 읽고는 그 봉투를 마리아 미카일로프나에게 곧 전했다.

-4주요! -마리아 미카일로프나가 그 봉투를 자른 뒤, 그 안의 종이를 꺼내 읽었다.

빅토르 바실리예비치는 욕심스럽게 그 종이를 쥐고, 만족한 듯 고개를 끄덕이고는, 그 인사에게 전해 주었다. 그리고 그 인사는 차갑게 고개를 끄덕이고, 니나 드미트리에프나에게 전해 주었고, 그녀는, -그 수량을 숫자로 기록하면서 동시에 또 말로도 하고는, -불쌍한 막심에게 주었다. 그 빙글빙글 돌기 작업은 완벽하게 작동되었다.

-쿠겔 알프레드!

-7주요!

고개를 끄덕임, 또 고개를 끄덕임, 그러고는 기입, 상자에 다시 넣기.

-쿠즈미초프 콘스탄틴!

-4주요!

고개를 끄덕임, 또 고개를 끄덕임, 그러고 기입, 상자에 다시 넣기.

-쿨리코프 스테판!

-3... 3,000주요... 마리아 미카일로프나가 더듬거리며 말했다.

빅토르 바실리에비치 얼굴은 그 페테르부르크에서 온 인물의 얼굴과 마찬가지로 똑같이 창백했다. 그의 두 눈이 동그래지고, 튀어나왔으며, 콧수염이 떨리기 시작했다. 마치 선인장을 대하듯 천천히, 조심해서, 그는 그 종이를 받고서 그 안을 내려다 보았다.

-이럴 수는 없어!... -그가 속삭이듯 말했다.

-왜 안 되나요? -그 목소리로, 마찬가지로 나무 같고 무표정한 목소리로 그 인사가 말하고는 그 종이를 받으러 손을 뻗었지만, 그 대표는 그것을 서둘러 주기를 주저했다.

-이건... 이건 있을 수 없어요! 잘못 기입...된 거요.. -대표는 어떻게 쉿-소리를 내며, 목소리에 휘파람 같은 소리가 함께하며 말했다. -그 직원이 잘-못 기-입-했어-요...

그는 자신이 하지 않아야 하는 말을 했구나 하는 듯이 이해하고는 입술을 깨물었고, 그 종이를 놓았다. 그 인사는 무표정하게 내려다보고는, 그 근무조가 고개를 끄덕였으나 이미 니나 드미트리에프나는 그 종이를 집으러 서두르지 않았다. 그녀는 당황해하며 대표 얼굴을 향해 의문의 시선으로 쳐다보고 있었다. 그 인사는 이해했다.

-내가 제안하지요, -그 인사가 말했다, -니나 에-에-에... 드미트리에프나, 당신은 그 동무 것은 잠시 제쳐 둬요... 쿨리코프 동무의 난은... 기입하지 말아요. 우리가 그 일을 계속합시다. 나중에 우리가 봐요.

-흐-하!- 그 대표는 보이는 긴장이 해소된 듯 숨을 내쉬었다. 분명히 그는 전혀 그 인물의 반응을 기대하지 못했다.

그 판 돌리기는 다시 기능을 회복했다. -매끄럽게 또 중단 없이. 몇 명의 노동자는 자신의 종이에 숫자 '0'을 표시하며 주식을 전적으로 포기했다. 대다수는 주식을 3주에서 7주까지 얻기를 희망했다. 그런 작은 수효의 주식을 가지려는 사이,

마리아 미카일로프나는 다시 한번 더듬거렸다.

-빅토르 시가에프!- 무표정하려고 애쓰면서 키라 레오니도프나는 그 봉투를 전했다.

-5... 5,100! -마샤가 떨리는 목소리로 말했다.

대표는 그 종이를 집어, 그 안을 유심히 내려다보고는, 마치 자신이 쓴 것을 의심하는 듯이, 고개를 끄덕이고는, 그 인사에게 건네주었다. 그러나 그 인사 얼굴은 온전히 아무 움직임이 없었고, 고개만 끄덕였다. 그때 빅토르 바실리예비치는 완전히 평온해졌다. 그는 막심이 알려 준, 250주라는 말에서 자신의 콧수염을 불만인 듯이 움직일 뿐이었다.

마샤가 이 수량을 알리고 난 뒤, 그 인사는 자신의 고개를 들어 궁금한 듯 대표를 한번 쳐다보았다. 그는 마치 우연인 듯이 그녀 옆 좌석에 앉은 사람 쪽으로 평온하게 고개를 옆으로 둘러보자, 그녀는 이해하겠다는 듯이 고개를 끄덕였다. 막심은 그들 사이에 공통의 언어가 구축되어 있구나 하는 것을, 그들이 아무 반박이 없을 것이라고, 그래서 아마도 자신의 머리 아픔 속에 집중하는 것이라고 자신에게 결론을 내렸다.

3주를 원한다는 취사담당 얌쉬치코프[22]의 봉투를 마지막으로 막심이 그 상자 안에 그 봉투를 넣었을 때, 그 위원회 위원들은 자신의 머리를 그 인물에게로 향했다.

-이제, 동무들, -그 인사는 자신의 두 손을, 지금까지 무릎 위에 둔 두 손을 탁자 위로 두면서 말했다. -시가에프 동무, 당신은 운이 좋구나 하는 의견을 진심으로 말씀드리고 싶어요. 페테르부르크에서 집단공장의 절반이나 혹은 더 많은 51퍼센트를 갖고 싶다며 봉투에 써넣은 사례가 이미 몇 건 있었어요. 그 경우, 그 회사를 소유하고 싶던 그 공장 지도자에겐 아무것도 남지 않습니다. 그때는 <그> 앙케트 결론을 무효화

---

22) *주: 러시아어 마지막 알파벳은 "야(я)"이다.

하고, 폐쇄형 주식회사 설립을 알려 공동 투표권을 행사하도록 합니다. 하지만, 시가에프 동무, 당신은 기회가 있습니다...

매번 "동무"라는 말을 습관적으로 사용하는 그 인사는 온전히 핵심적 삶을 다양한 수준의 당 기관에서 보냈음이 분명하게 보였다. 그녀는 시가에프 동무의 열린 입을 유쾌하게 관찰하면서 순간을 즐겼다.

-그럼, 동무들 여러분은 -그녀는 니나 드미트리에프나에게 고개를 돌렸다. -당신 집단공장의 구성원들에게 오로지 바우처를 이용해 주식 구입한다는 점을 설명했나요?

-그렇습니다. 그렇습니다! -서둘러 니나 드미트리에프나가 말했다. -모두에게 그 점을 분명히 전했습니다, 동무...

-그래요, 동무들, -그 인사는 되풀이하여 말했다. -그것은 더는 진실이 아닙니다. 우리 정부는 이 나라의 모든 시민의 선의를 위해 모든 것을 만들어 가고 있습니다. 2주 전에 이미 그 민영화 법률이 공식 개정이 있었습니다. 모든 시민은 자신이 원하는 주식의 절반은 현금으로도 구입할 권리를 넣어 두었어요. 시가에프 동무가 그 개정 사실을 알고 있음은 의심하지 않습니다. 아마 쿨리코프 동무도 알고 있겠지요...

-내가 쿨리코프 동무와 대화를 해 보겠습니다, -그 대표는 그 인사를 긴장하며 지켜보며 말했다.

-그렇게 해 보세요, 시가에프 동무, -아무 표정 변화 없이 그 인사는 말을 꺼냈다. -아마, 동무...그 쿨리코프 동무는 필시 잘못 기입했으리라 봅니다... 나는 당신이 성공하기를 바랍니다. 내 편에서는 당신을 많이 도와줄 수는 없습니다만....

-당신의 친절한 도움에 대해 너무-너무 감사합니다! -그 대표는 진심으로 말했다.

-그래요, 우리 나중에 대화합시다, 시가에프 동무... -그 인사는 대표의 말을 무시하며 말했다. -나는 그 사항이 <우리> 위

원회에 왔을 때만, 그 주식 분배리스트에 서명해야 합니다. 지금 우리는 그 일을 임시로 늦추어 둘 수 있습니다... 나는 그런 진행은 당신이 참석한 자리에서 승인되었음을 확인해 둡니다. 시가에프 동무가 쿨리코프 동무의 태도를 다시 정확히 알아본 뒤에, 니나...에-에-에 드미트리에프나는 그 동무가 원하는 수량을 그 명단에 기입해 주세요. 그리고 이 위원회는 위원회 구성원의 확인 서명을 해 두어야 합니다.

-감사합니다, 동무... -니나 드미트리에프나는 말했다. -우리가 동무를 위원회 위원들과 함께 점심에 초대하고자 합니다.- 저희가 식당에 이미 준비를 해두었습니다.

-미안합니다, 동무들, - 그 인사는 말했다. -고맙지만, 나는 여러분의 청을 받아들일 수 없습니다. 나는 고르콤에서... 시청에 점심 약속이 있습니다... 지금 몇 시인가요?

-1시 반입니다. -호의적으로 니나 드미트리에프나가 말했다.

-아하!- 그 인사는 뭔가 남자처럼 말했다. -그럼 페트로프스키흐 시장 차량이 이미 나를 기다리고 있겠군요. 그럼 이제 모든 일이 다 잘 되기를 기원합니다. 동무들!

그녀는 자리에서 일어나 출입문으로 향했다.

대표는 다른 사람들에게는 몰래 손짓하며, 여기 회의실에 남아 있으라고 손짓하고는, 그녀를 뒤따라갔다. 얼마 지나지 않아 그 대표가 돌아와, 자신의 일상적인 자리에 가서 앉고는 두 손을 비볐다.

-자, 이제, 동-무들, 그는 그 인사의 말투를 살짝 비꼬듯이 말했다. -나는 줄곧 여러분에게 여러분의 확인 서명을 지금 하도록 요청합니다. 내가 나중에 여러분을 다시 찾지 않도록 말입니다. 동의하나요?

-빌어먹을... - 막심이 말했다. -머리가 아파요! 니나 드미트리에프나, 무슨 약 같은 것 없나요?

-갖고 있어요.- 마샤가 대답했다. -나와 함께 회계사 사무실로 갑시다.

-술을 마시지 않은 사람은 냄새도 피우지 않는 법이지요!- 빅토르의 말은 막심의 등 뒤에서 매질처럼 들려왔지만, 그리고 그는, 필시, 만일 머리만 아프지 않았다면, 그의 말에 반박했을 것이다.

199.년 4월14일, 수요일

스테판 아나톨리예비치 쿨리코프의 장례식이 오전 11시에 시작되었다.

장례서비스 회사의 특별 소형 장례 버스, "루소플라스트"의 통근버스, 몇 대의 개인 승용차 -"라다", "모스크비치" 와, 정말 오래된 차량 "하포로이헤스Haporojhec"[23] 1대- 가 영안실 옆의 특별 소형공원에 멈춰 서 있었다.

시립병원 옆에 1층 직사각형 건물을 사람들은 인근 건물들과 구분하는 나무숲을 의도적으로 벌목하지 않은 채로 특별히 가려놓았다. 소나무, 전나무, 자작나무, 마가목 나무 등과 관목인 노가주 나무가 함께 선선한 공기를 만들어 주었다. 건물 주변에는 곧 개화될 은방울꽃들이 여기저기 무더기로 보였고, 연초록 자작나무 잎들에서는 숲에서 온 새들이 지저귀며, 울어대고 있었다.

'여긴 장례예식장보다는 아동 휴양소 같은 건물이 더 나을 거 같구나', 방금 자신의 승용차 '라다'를 주차한 뒤, 막심은 공기 오염의 유일한 원천인 그 흡연자들을 -세니츠킨과 그 소

---

23) *주: "Lada", "Moskvich", "Xaporojhec"은 소비에트연방 시대의 경차 종류임.

형 장의차 운전기사를- 향해 가면서, 그렇게 생각했다.

-안녕하세요, 여러분. -막심은 세니츠킨의 손을 먼저 잡고, 나중에 다른 기사에게 악수하러 손을 잡으면서 말했다.

-니키타라고 합니다. 악수하면서 그 기사가 자신을 소개했다.

-네, 니키타, -막심은 살짝 웃었다. -저는 막심입니다. 하지만 당신은 이름이 어떻게 되지요? -그러고는 그는 세니츠킨에게 몸을 돌렸다.

세니츠킨은 자신의 왼손을 머리로 들어 올리더니, 몇 번 열성적으로 귀에 집게손가락을 돌렸다.

-에이, 주임님도!- 그는 놀라며 입 밖으로 말했다. -당신은 방석 위의 머리를 기억하지 못하는가요? 나는 당신 회사 기사입니다. 세니츠킨이라구요!

-적당하지 않아요, 막심은 말했다. -우리 기사 세니츠킨임은 잘 알아요. 하지만 뭔가 지금은 내가 추측하기로는 내가 한번도 당신의 성(姓)을 모르고 있었다는 생각이 들어요. 아무도, 대표조차도 그걸 모르거나 하니까요. 아마, 니나 드미트리에프나가 그 서류에서 확실히 기억하고 있겠군요.

-저기, 주임님, 당신은 나를 앙케트하는 좋은 기회와 장소를 찾은 것 같군요. -아무 악의 없이 세니츠킨이 말했다. -만일 내가 저곳에 누워있다면, -그는 머리로 영안실 한편으로 가리키고는, -당신은 당신의 궁금함을 충족시키려고 필시 애쓰겠지요. 관 옆에서 연설이라도 해서!

-그렇네요, -막심은 말했다. -그럼 세니츠킨으로 알고 있을게요. 하지만 나는 기다려요...

-주임님, 기다리지 마세요, -세니츠킨은 불평하고는 옆으로 침을 뱉었다. -나는 저 사람처럼 그리 어리석지 않습니다.

-내가 그 점 의심하지 않아요,- 막심이 반박했다. -대표가 이미 그곳에 와있나요?

-아뇨, -세니츠킨이 대답했다. -그는 자신의 차량 "볼가 Volga"를 오늘 직접 운전해 왔어요. 오늘은 바쁩니다. 그는 말하길 직접 장지로 오겠다고 했어요.

-당신은 직접 그곳에 있었나요?

-에이, -세니츠킨이 숨을 내쉬었다. -내가 그곳에 있었어요. 모든 것은 잘 위장되어 숨어 있었어요, 우리 창고장은 심지어 누워있었어요, 마치 더 젊은 모습으로요!

막심은 아무 말도 더하지 않은 채, 그 영안실로 향했다. 스테판 아나톨리예비치 콜리코프의 시신은 시신 안치소에서 바깥으로 운구되어, 관이 놓인 운구용 수레가 영결식장 중앙에 놓여 있었다. 그 관은 심홍색 천으로 장식되어 있고, 그 시신을 꽃들로 -튤립, 패랭이꽃, 몇 송이 장미들- 장식되어 있었다. 그렇게 해서 머리만 보일 수 있게 했다.

공기는 내부적으로 압박하며 땀 냄새가 났다. 벤치 위의 관 옆에는 쿨리코프 아내인 발렌티나가 검은 옷을 입고 부은 얼굴로 앉아 있다. 그 옆으로는 그의 아들딸이 -15살의 리다와 7살의 블라딕 -앉아 있었다. 그들 주변에 영결식장에는 '루소플라스트' 직원들, 시내 빵 공장에서 일하는 발레티나의 동료들, 리다의 학교 친구들 몇 명과 이웃 사람들이 모여 있었다. 넓지 않은 영결식장은 그런 사람들로 가득 차 있었다.

막심이 대략 훑어보니 근무일인 평일에도 불구하고 필시 60명 이상의 사람이 와 있는 것 같았다. 그는 애써 인파를 지나서는 그 관 안으로 4송이의 하얀 패랭이꽃을 두고는 잠시 관 옆에 서서, 지난 20년간 알고 지낸 얼굴을 내려다보았다.

실제로, 영안실에서 일하는 서럼들은 엄숙하게 그 일 -장례식을 치르고 있었다. 쿨리코프 얼굴은 평온했고, 창백한 누런색이고, 이틀 전에 그가 당한 공포스런 상처의 흔적들은 전혀 볼 수 없었다. 스테판 아나톨리예비치는 지난 월요일 아침에 자신이 사는 아파트의 1층 계단에서 발견되었다. 그가 자신의 아내와 두 자녀와 함께 23년간 살아온 곳은 그 아파트 4층이었으나, 이 상황을 맨 먼저 알게 된, 나이 많은 이웃 아주머니 얘기로는 아침 6시 자신이 쓰레기를 버리러 집을 나왔을 때는 그를 곧장 알아보지는 못했다고 했다. 병원에 실려 간 여분의 3시간 동안 쿨리코프는 아직 생명을 유지하고 있었지만, 외과 의사들은 그를 살릴 아주 작은 기회조차 갖지 못했다. 너무도 심하게 얻어맞아 그의 신체 안팎의 상처들은 거의 치료가 불가능한 지경이었다. 막심도 몇 시간 뒤 병원으로 그를 병문했지만, 곧장 알아보지 못했다. 광대뼈가 부서졌고, 아마 무슨 무거운 쇠조각에 맞아 두개골이 깨졌다... 법의학자가 막심에게 설명하길, 쓰러진 사람을 쇠가 달린 구두 밑창으로 계속 때려, 거의 모든 갈비뼈가 부러졌고 비장이 파열되었다고 했다. 등등. -사람들이 아닙니다... -그 법의가 말했다. -...짐승도 아닙니다...그런 일을 저지는 자는 괴물입니다.

막심은 쿨리코프의 가족에게 다가갔다.

우정은 아니지만, 분명히 좋은 동료로서 언제나 그의 가족과 자기 가족 사이에는 늘 친밀감이 있었다. 적어도 중요한 축하 행사가 있으면 그 두 가족이 모여 자주 한 테이블에 앉았다. 막심은 그가 그 미망인에게 무슨 말을 해야 할지 몰랐다. 그래서 그는 고개만 숙이고, 풍습에 따라, 그녀 양 볼을 키스하듯 살짝 대었다. 똑같은 행동을 그는 리다에게 했지만, 블라딕에게는 마치 성인 남자에게 하듯 그의 손을 잡았다. 나중에, 그는 그 가족을 위로하려는 다른 많은 조문객에게 자리를 내주면서 장례식에 참석하러 온 무리 속으로 비켜났다.

끼익-하며 외부 출입문이 열리더니, 나중에 자동으로 옆으로 움직였다. 장의차량은 이미 차의 꽁무니부터 가까이 왔고, 그 차 뒷문이 관을 넣기 위해 열렸다. 대중은 양옆으로 모여, 길을 내주었다. 참석자 중 4명의 남자가 관을 운구해, 소형 장의버스에 밀어 넣었다. 나중에 그곳으로 붉은 관 뚜껑이 놓였고, 검은색 밴드와 붉은색 밴드가 있는 6개의 장례 화환이 놓였다. 그 관 양편으로는 가족이 앉고, 몇 명의 지인들이 앉고, 기사인 니키타는 뒷문을 닫고 그 장의버스를 이동하려고 운전석으로 갔다.

모인 대중은 회사의 소형버스에 자리를 잡기 위해 공원으로 몸을 향하거나, 개인 승용차들이 있는 주차장으로 향했다. 혼자 나온 막심은 3명의 회사 여성 동료에게 자신의 자동차에 함께 가자고 제안했다. 안나 안토노프나의 슬픈 표정이 보였다. 리디아 피트로프나는 자주 기침했고, 눈을 비볐다. 이리나 보리소프나는 온전히 깜짝 놀란 모습에 겁에 질린 듯했고 힘이 없어 보였다. 막심이 자기 차에 시동을 걸자, 자동으로 차이스코프스키의 "사계"가 들려 왔다. -차내 라디오는 "라디오 클래식"에 맞춰져 있었다. 그는 그 음악을 끄려 했지만, 이리나가 '그 연주를 듣게' 해 달라고 했기에 그대로 둔 채 그들은 출발했다.

7km 정도로 이동하는 동안에 차 안의 누구도 한마디조차 하지 않았다. 묘역은 도시의 반대편인 서편에 있었다. 막심은 장의버스 뒤를 따라 그 장소에 몇 분 만에 도착해, 대형의 주 출입문 옆에 자신의 차량 "라다"를 주차했다. 장의차 외에는 그 묘역 안으로 들어갈 수 없게 되어 있었다.

그는 묘역을 싫어했다.

그 묘역은 1970년대 조성되었는데, 당시 도시에서 사망자들을 묻힐 옛날식의 웅장하고 초록이 풍부한 부지가 부족하자, 높지 않은 산이 위치한 마을 부근에 자리 잡았다. 당시의 시 당국은 명령을 발동해 페테르부르크 차도 외곽의 아주 울창한 침엽수림을 벌목하고, 그 뿌리까지도 없애고, 사막 같은 15헥

타르 부지에 망자들을 받아들이기 시작했다.

처음에는 그 땅의 매장 절차가 정말 무질서하게 진행되어 묘지를 임의 배정되어 오다가, 지금은, 25년이 더 지난 지금의 그 묘지는 마찬가지로 나무들도 없어지니, 사막 같았고, 3분의 2 정도만 다양한 종류의 녹슬지 않는 석물 기념비들과 모든 묘를 구분하게 하는 직각의 금속 봉 경계들로 덮여 있었다.

구역 표시도 없었고, 5m 정도로 넓은 한 개의 포장 안 된 흙길 위로 장의 차량은 이동할 수 있도록 허락했다.

하지만 막심은 자기 엄마를 이곳의 이 땅에 묻은 뒤로, 한 해에 몇 번은 이 묘역을 찾아와야만 했다.

그는 자신의 엄마 묘지로 가지 않고 여자들과 함께 다른 편으로, 더 먼 묘역의 한 모퉁이로 갔다. 그곳에는 관악기 악기들이 소리 나고, 그 숲이 없는 곳에서는 장의차량과 그 옆의 여러 사람이 보였다.

그 관은 방금 파놓은 구덩이 옆 2개의 받침목 위에 지금 놓여 있었다. 코가 붉은 좀 뚱뚱한 남자 넷이 자신의 뺨을 긴장해하며, 장송곡을 불고 있었다.

스테판 아나톨리예비치는 꽃들로 덮인 채 관 속에 누워있다. 그의 짙은 화장 얼굴은 옆에서 보니 꽃들로 인해, 음악으로 인해, 그를 쳐다보는 사람들로 인해 거의 만족해하는 것같이 보였다. 사람들은 그의 주변에서 걸어 다니면서, 그의 얼굴을 한번 보고는 나중에 그 구덩이에서 다른 쪽으로 걸어갔다. 주의 깊은 시선만이 그 망자의 입술 가장자리에 숨겨진 그 고통을 볼 수 있었다. 하지만 거의 모두는 서둘러 약간 두려워하며 주목하지 않은 채 그를 내려다보았다. 마침내 그 관 주위에 가족만 남았고, 그때 "루소플라스트" 대표가 미망인에게 뭔가를 말하고 있었다. 그는 몇 개의 문장을 말했지만, 관악기 연주 소리 때문에 다른 사람들에겐 들리지 않았다. 나중에 그는 악사들에게 손짓하자, 그들은 곧장 연주를 멈추었다.

-오늘 우리는 우리의 동무와 작별합니다. -큰 소리로 그 대표가 자신을 참석한 사람들을 향해 몸을 돌리고서 말을 시작했다. -평생 우리를 도와준 우리 친구와 말입니다. 또 자신의 지원으로, 자신의 조언으로 그리고... 우리는 잔인한 운명이 우리 동무에게 잔혹한 마지막의 시련에 빠지게 했습니다. 그는 영웅처럼 죽었습니다. 우리 도시에서 밤에 늑대처럼 방황하는 악한들과의 싸움에서요. 우리는 오늘 우리 동무 스테판 안톨리에비치 쿨리코프의 묘지에서 그 악한들을 반드시 찾아내, 그 범죄 행동을 처벌할 것을 맹세해야만 합니다. 우리는 여기서 남편을 잃고 아빠를 잃고 양식을 제공해 주던 사람을 잃은, 어려움에 처한 가족을 아무 도움 없이 내버려 두지 않겠다는 것도 맹세해야만 합니다. 우리의 귀한 동무여, 고이 잠드소서!

붉은 콧등의 남자들이, 마치 동의한 듯이, 곧장 자신의 튜브를 불기 시작했다. 다른 남자들은, 그 악사들보다는 다소 많은 붉은 콧등의 남자들은 관 안에 놓였던 꽃들을 모두 뽑아내고, 이 꽃들을 옆으로 놔두고, 스테판 아나톨리에비치를 산 사람들과 분리하기 위해 관 뚜껑을 덮었다. 그 남자 중 한 사람이 망치를 이용해 그 뚜껑을 4개의 대못으로 고정시켰다. 나중에 그 남자들은 관 아래로 2개의 긴 줄을 밀어 넣더니, 그 관을 비틀거리며 힘들게 그 구덩이의 저 밑바닥에 놓이게 했다.

순간 막심은 자신에게 이 장면이 생각나게 했다. 마치 그가 여기서 높이 떠올라, 저 사막의 평지 위로, 나무 또 대리석, 화강암으로 된 십자가 위로, 또 다양한 모양의 묘지석들과 빛나는 붉은 별들이 있는, 녹슬지 않은 쇠로 된 소비에트 시절의 기념비들이 즐비한 이 사막 위로 날아오르는 것 같았다.

이젠 그 새롭게 파진 직사각형 구덩이, 저 밑바닥에는 그 관이 심홍색으로 보이고, 그 구덩이 주위에 양옆으로 곧 뿌려질 모래무더기들 옆에 산 사람들의 머리가 옹기종기 모여 있었다...그 큰 그룹은 오른편에 -검고, 갈색의, 금발의 또 반짝이며 모자를 쓰지 않은 남자들의 대머리 머리들이, 여성들의 머리 두건들과 섞여 보였다. 왼편으로는, -4개의 구리로 빛나는 악기들은 하늘로 고통스런 장송곡을 어렵사리 뿜어내고 있고, 빅토르의 검은 머리카락이 마치 악대지휘자 모습처럼 보였다. 그 관의 발끝에는 -그 묘지에서의 일꾼들의 땀흘리는 머리들과, 그들손에서 반짝거리는 삽들이 보였다. 그리고 머리 쪽에는 그 불쌍한 가족 셋 -금발의 흐트러진 머리카락의 소년 머리와 두 개의 검정 머리 두건이 -이 보였다. 끝없는 슬픔이 그의 상상 속의 그림에 들어있다. 그리고 막심은 자신의 젖은 두 눈을 닦으며 땅으로 다시 내려와, 인파 속으로 들어갔다.

발레티나는 한 줌의 모래를 쥐고 그 구덩이 위로 팔을 뻗고는 천천히 자신의 손가락들을 움직였다.

두 자녀도 한 줌씩 모래를 그 묘지로 던지고 옆으로 갔다. 이젠 삽을 가진 사람들이- 몇 분간 그 구덩이를 메우고 그 위로 꼭대기가 없는 직각의 피라미드 같은 봉분을 만들었다. 명패와 함께 임시로 나무 십자가를 스테판 아나톨리에비치의 발끝에 꽂았다. 그 봉분을 충분히 꽃들과 리본이 달린 조화들로 가렸다. '루소플라스트 집단공장은 고인의 명복을 빕니다'라는 리본이 있는 조화를 사람들은 그 나무 십자가 곁에 고정했다.

...그 식당 거울은 흰 침대보로 가려져 있었다. 몇 사람은 장례식장 식당에서 대화를 나누었다. 모든 참석자는 이미 몇 잔을 다 마셨다. 장례에 참석한 사람들은 활달해졌고, 이제

막심은 큰 소란도 들을 수 있었다. 옆의 어느 곳에서는 그렁대는 웃음이 기침으로 인해 끊기기도 했다. "갈 시간이구나..." 라자르가 왼편에서 속삭였다. 그러나 오른편에는 빅토르가 앉아 있고, 막심은 그에게 물음 없이는 그 자리를 일어날 수가 없었다.

-당신이지, 그렇지 않나요? - 낮은 소리로 막심은 그 대표를 주시하면서 말했다.

-당신이라니 그게 무슨 말이요?

-빅토르가 포크에 고기를 집은 채, 입 앞에서 멈추고서 그에게 고개를 돌리면서 불평했다.

-당신은 알고 있을 것 같아서요... -막심은 더 큰 소리로 말했다.

-하, 그만해요... -눈길을 그 고기 위에 두고서 또 잠시 뒤 그것을 입에 넣고서 그 대표가 대답했다.

막심은 그를 기다리며 쳐다보았다. 빅토르는 마지막으로 씹고는, 고기 한 점의 일부를 집어삼키고는, 주스를 집어 들어 크게 한 모금 마셨다.

-난 그것과 상관없어요. 당신에게 또 내가 그에게도 말했어요... 밤에 돌아다니지 말라고! -콧수염이 반쯤 벌어진 입 위에서 움직였다. 그 자리에서 빅토르는 포크로 뭔가를 집을 것을 찾느라고 그 테이블에 눈길을 두었다.

끝내 그는 약간의 채소를 집어서는, 그리고 그 입으로 포크를 가져가면서, 고개를 막심에게 향했다.

-다른 일이 있어요... 당신은 일요일에 먹을 계란을 이미 주문해 놓았나요? 부활절을 위해서? 아직 주문해 두지 않았다면, 라리사에게 가 봐요, 그녀가 10개씩 준비해 놨어요...

제2부(여름)

 태양은 자신이 떨어진다는 것을 거의 계획하고 있지 않은 것 같다. 이미 자정이 지났으나, 그 어둡게 붉은 태양의 환은 도로에 이상하고 서늘한 어스름함을 쏟아내면서 북서쪽의 저 멀리 전나무들의 왕관 우듬지에 걸려 있었다. 도로에 펼쳐져 있는 황혼은 투명하고, 화물차량 전조등이 거의 켤 필요가 없을 정도로 환했다. 더구나 화물차량들은 도로에서 드물게 보였지만, 경차들은 전혀 보이지 않았다. 일요일 밤 -휴식의 밤이다.
 다음 날 아침 페테르부르크 항구에 자기 차량을 판매대열 맨 앞에 서려는 몇 명의 현명한 운전기사가 자신이 모는 화물차량에 소나무 둥치들을 가득 싣고 밤새 달려가고 있었다. 차량 엔진 소리가 요란하니, 그 차량을 모는 운전기사들은 숲을 통과하는 도로에서는 숲 쪽에서 들려오는 다른 소리를 전혀 듣지 못했다.
 침엽수림으로 에워싸인 도로에서 보이지 않는 숲속의 작은 호수의 물은 50내지 60m나 넓게 펼쳐있지만, 어제의 무더위를 모두 흡수하고서도 아주 서늘했다. 3명의 여자 요정이 그 호수에서 달리거나 수영을 즐기며 서로를 붙잡으려고 큰 웃음으로 환호를 지르며 물에 첨-벙하고 들어가서는 물에서 솟아오르기도 하였다. 호수 바닥이 토탄이라 물은 맑았지만 약간 노란 빛을 띠고 있었다. 수많은 물방울 튀김이 무지개처럼 푸르고 초록의 공중으로 튀어 올랐다가 그 젊은이들의 탄성 있는 어깨와 젖가슴 위로 떨어지고 있었다. 물론 그 요정들은 엄청 마셔서 취했음에도 불구하고, 그들은 호수 한가운데서 적절히 깊은 곳에서 헤엄치는 자신의 남자요정들이 들어오라고 불러도 전혀 의식하지 않았다. 인근의 호기심 있는 남자가 그들의 매력적인 몸매를 엿볼지 모른다는 걱정도 잊은 채, 그 여자 요정들은 자신들이 헤엄을 잘 칠 줄 몰라, 위험하지 않은 얕은 곳에서 놀기를 더 좋아했다.

물 바깥에는 백열의 타오르는 숯이 양철통 안에서 마지막으로 타고 있고, 너무 많이 준비해 다 먹지 못해 남겨 놓은 양고기 꼬치구이 요리는 그 불타고 있는 그 양고기의 유혹하는 냄새를 연기를 통해 숲으로 내보내고 있었다. 그 숯을 담은 양철통 옆에 어지럽게 몇 장의 여행용 담요가 놓여 있고, 그 옆으로 몇 개의 빈 병과 플라스틱 잔, 먹다 남긴 빵조각, 사용하고 버린 콘돔과 좀 전에 음식 장만하느라고 준비한 흔적들이 무질서하게 놓여 있었다.

남자요정들이 물가로 몇 분간 헤엄쳐 나와 여자 요정들 곁으로 와서는, 몇 분간 그녀들 입술을 깨물며 키스하고, 껴안아 들어보기도 하고, 물속으로 집어 던지기도 하였다. 그렇게 큰 소리의 첨-벙하는 소리와 환호성 소리 사이로 온화한 태양의 붉음이 한번은 매끈한 여성들의 엉덩이에서, 한번은 출렁이는 젖가슴에서, 또 한번은 비난 없이 웃고 있는 청년들의 유쾌한 두 눈 사이에서 반사되었다. 일요일 밤은 -축제의 밤. 더 맞게는 -백야다.

-헤이, 이제 그만하자! -필시 가장 권위 있는 키 큰 요정이 말했다. -이미 달이 떴어, 하지만 중요한 일 하나를 우리는 아직 하지 못했어. 이제, 이년들아, 이 어지럽혀 놓은 것들은 여행용 가방에 주워 담아!

-페트루-샤!- 여자 요정 중 한 사람이 그 목소리로 노래하며 펼쳤다. -물속이 더 따-뜻해! 우린 여기서 더 머-무르고 있고파!

-그만하라고 내가 말했지!- 페트루샤가 그렁대며 말했다.

그는 자신의 두 팔로 그 여자 요정을 잡아, 그녀를 물에서 집어 들어 물가로 데려와 담요 위에 내려놓았다. 다른 남녀 요정들도 이젠 물 밖으로 나왔다. 그 여자 요정은 담요 위에서 자신의 옷들을 찾았다.

-넌 뭘 그곳에서 배부른 생쥐처럼 파고 있어? -페트루샤가 불평했다. -서둘러라고 내가 말했지!

-하지만 난 내 옷을 찾아야 해... -여자 요정은 마음이 상해 쫑알거렸다.

-하-하! 뭐라고요?! -페트루샤가 살짝 웃었다. -길엔 아무도 없어... 하지만 좋아, 아무것이나 입어, 아마 경찰이 돌아다닐 수도 있어. 스타스! 넌 어디 있어? 숯불 좀 끄고 이 쇠그릇들을 좀 정리해!

그 여자 요정은 플라스틱 통에 자신의 수영복 팬티와 브레지어를 밀어 넣고는 억지로 꽉 끼는 청바지를 힘들게 챙겨 입었다.

그 사이에 숯을 담은 양철통에 다가온 남녀 요정들은 그 자리를 정리하고 떠날 채비를 시작했다. 스타스는 플라스틱 통을 집어, 물을 길어 와, 그 숯을 담은 양철통에 붓자, 쉬익-하는 증기가 올라왔다. 그 불 꺼진 숯들을 그는 양철통에서 꺼내, 그 옆의 모래 구덩이 안으로 흔들어 집어넣었다. 몇 번 그는 그 뒤집은 양철통을 막대기로 때려 그 안에 들어있던 찌꺼기를 없애려고 했고, 자동차 "코페크"의 뒤 트렁크 속에 몇 장의 신문지를 펼쳐 그 안에 철제 그릇들을 실었다.

여자 요정들은 공기가 차가운 탓에 좀 떨면서, 서둘러 자신의 마른 몸을 티셔츠와 청바지로 서둘러 입고, 담요들을 함께 들어 그 안에 든 쓰레기들을 모랫바닥으로 털었다. 스타스는 자기 자동차인 "코페크" 시동을 걸고, 액셀을 밟으면서, 부릉-거리는 소리와 동시에 하얗고 노란 연기를 내뿜으면서 숲의 캠핑장을 요란하게 만들었다.

그 성능이 좋지 않은 자동차는 웅웅-거리며 호숫가에서 출발해, 상당히 가파른 경사길을 올라가서는 비포장도로로 나섰다. 2분 뒤 스타스는 자신의 차량을 좌회전해, 도시로 향하는 아스팔트 도로로 올려놓았다. 그곳에서 몇백 미터 뒤에, 어느 외곽의 기념비-전쟁 대포-가 있는 곳을 지나치고는, -그 자동차 "코페크"는 이정표가 달린 깃대 앞에 멈추었다. 그 여자 요정들은 이미 따뜻함 속에서 잠에 빠져들었고, 뒷좌석에서 서로 엉겨 붙어 있었다.

-저 멀리서는 그 멍청한 사람들은 그걸 보지 않았지, 하, 스타스? -페트루샤가 말했다.

-그래, 정말이야, 지난 2월부터, 나는 생각해 왔어 -스타스가 하품하듯 대답했다. -그 증기탕에서 목욕한 뒤, 우리는 달려 왔지... 그래. 정말, 증기탕에서 목욕한 뒤. 다른 점이 있다면 그 여자들이지... 하지만, 우리는 그것을 왜 해, 페트루샤?

-넌 이미 바지에 똥을 쌌지? -페트루사가 웃으며 말했다.

-왜 내가 똥을 싸?- 스타스가 마음이 상해 반박했지만, 주변을 둘러보며 말했다. -그때 우리는 서편에서 했는데, 지금은 동편이네... 나는 알고 싶어... 왜 이런 일을 하는지?

-우리 손님들이 우리가 누구인지 알아주기를 바라기 때문이지. 그는 자신의 말을 고쳐서 해 주었다. -그리고 그 주인들도 보라고... 나중에 우리는 남쪽 길에도 그렇게 칠을 할 거야.

-남쪽엔 우리가 하지 말자... 다시 스타스가 하품하며 말했다.

-뭐라고? 페트루샤가 물었다.

-그곳에는 교통표지판이 없어. "금속쟁이들"24)이 훔쳐 가버렸어. 하지만 그런 아무렇게나 쓴 글이 누굴 긴장하게 만들까?

-그게 중요해? -페트루샤가 다시 반박했다. -우리는 그렇게

---

24)*주: 알루미늄이나 구리제품(조각)을 팔 목적으로 훔쳐가는 사람

놀이를 즐기는 거야. 그게 다야.

그런 대화 속에 그는 그 교통표지판을 페인트통에서 하얀 아세톤 페인트를 뿌려 페인트칠을 하였다. 스타스는, 다시 주변을 둘러보고는, 그 하얀 판에 알파벳 문자들을 잘라온 종이 조각을 붙였다. 페트루샤는 이상하게도 유쾌하고 쉿소리의 힐난을 하면서, 검정 페인트로 그 종이에 뿌리고 그 종이를 떼어냈다. 그가 보니, 만족해 보였다, 검게 칠해진 문자가 선명하게 보였다.

"고블린스크(GOBLINSK)".

199.년 6월 20일 일요일.

올해는 얼마나 멋진 해인가! 에스페란티스토들은 지난 10년간 매년 6월 첫 주말이 되면 정례적으로 -토요일이든 일요일이든 -자연의 품에서 지난 한 해의 클럽활동 시즌을 마무리하기 위해 도시를 빠져나가는 행을 열었다. 그래도 올 6월에는 뭔가, 회장 이고르의 말에 따르면, "형체 없는 신비스러움"이 그 교외로 빠져나가는 것을 늘 방해했다.

예를 들어, 바로 예정했던 주말에 갑자기 날씨가 나빠져 버렸거나, 클럽 회원 중 3명 또는 4명이 갑자기 병을 얻는 등으로 인해... 하지만 전통은 전통이라 그 전통에 찬동하는 몇 명의 숭배자들은 그 교외로 가는 행사를 꼭 하자고 제안했다. -시기는 어느 때라도 좋지만, 그 첫 가능성이 있는 날을 잡자고 했다.

그날이 바로 오늘로 다가왔다. -주중에 비가 오더니 금요일과 토요일에는 맑았다. 그래서 필시 숲은 말라 있을 것이고, 수영하기 좋은 정도로 호수의 수온이 올라갔을 것이다.

태양은 지난 '백야의' 6월에 거의 쉼 없이 제자리를 지키다가, 유월 하순 뒤로는 한 시간만 해가 졌다가 거의 구름 없는 하늘에서의 자신의 하루 일정을 시작하기 위해 동편의 대단한 숲 벽에서부터 오늘 아침에도 정확히 다시 모습을 보였다. 일기예보에 따르면, 온종일 하늘은 바로 그런 상태가 계속될 것이라고 했다.

필시 그 이벤트를 너무 오래 기다렸던 때문인지 그 교외에서 가장 가까운 버스정류장이 그 전통 행사의 모임 장소이고, 또 아침 10시가 전통적 모임 시각인데, 예년에 모인 인원수보다는 더 많이 모였다.

28명.

막심은 헤아려 보았다.

아들 파블릭이 교외로 나가는 일에 태생적으로 선호하는 성격이고, 또 늘 그와 같은 또래 아이 셋이 모여 유쾌하게 노는 일을 즐겨 하기에, 이 정례 행사마다 아들 파블릭은 아빠의 자동차 "라다"로 함께 참석했다. 에바는 같이 가자 해도 일상적으로 함께 가는 것을 거부했다. 떠들썩한 어린이집에서 일주일 내내 겪는 업무로 인해 그녀는 휴무일이면 세탁기를 돌리고 집안에 키우는 식물에 물을 주고 저녁거리를 준비하기 위해 뭔가 요리하는 데 뺏기는 시간 외에는 텔레비전 곁에 쉬는 것을 선호했다. 이리나 보리소프나 셀류티나에 대해 아내는 화제로 삼지 않았다. 왜냐하면, 그녀 자신이, 막심이 때때로 함께 가자고 간청해도, 남편의 에스페란티스토 동료들에겐 알려지지 않은 채 남아 있기를 선택했다.

그래도 이날, 에스페란티스토 동료들은 그 날을 완벽하게 보낼 준비를 완벽하게 해왔다. 대다수 동료들은 휴일에 꼭 필요한 식기류, 담요들, 먹거리, 놀이용 공과 다른 물건들을 담은 배낭을 짊어지고 왔다. 악기 기타도 2점 갖고 왔고, 3점의 요리용 물동이도 가져 왔고, 공기를 불어 넣어 펼치는 메트리스도 몇 장 가져 왔다... 바로 그런 물건들이 많으니 차량이 필요했다. -사람들은 6km를 걸어 그 전통적인 모임 장소로 걸어가기를 선호했지만, 그 무거운 물건들은 그곳으로 별도로 운반해 가는 것을 -즉, 차량으로 이동하는 것이 합리적인 것 같았다. 이번에 더 빨리 숲에 도달하기를 원하는 요란스런 아이들도 그 차량 "라다"에 끼워 주었다. 그래서 그들은 차창 너머로 차를 타지 않고 걷는 일행에게 손을 흔들어 보였다.

다섯 아이를 한 차량에 태워 이동하는 것은 법규 위반이었으나, 그 길이 그리 길지 않아, 막심도 손을 흔들었다. -그러면서 필시 오늘은 경찰이 그 교외 길목을 지키지 않으리라고 희망했다.

-오호, 저런!

막심은 "라다"가 그 호수 인근의 숲 캠핑 장으로 향하는 가파른 비탈길에서 내려갈 때 조심스럽게 소리쳤다.

-여기에 누가 왔다 갔네요. 누가 이렇게 만들었어요? -다섯 아이는 자동차에서 이미 내려섰지만, 모래에 파인 구덩이에 아직도 연기 나는 숯들, 깨진 병들, 맥주 캔, 검게 타버린 고기 조각들, 헝겊들과 여타 쓰레기들을 풀밭에 많이도 널브려져 있는 것을 멍하니 바라보고는, 타고 온 차량에서 그다지 멀리 가려 하지 않았다.

-야만인들 같으니라고, -막심이 말했다. -야만의 원시 족속들이 다녀갔구나.

-정말인가요? -아이들이 차량 곁에서 서로에게 무서움에 다가섰다.

-정말, 정말이네요. -막심이 살짝 웃었다. -하지만 무서워할 필요는 없어요. 그이들은 이미 가버렸거든요. 그리 오래되진 않았지만... 하지만,.... 그럼, 우리 사람들은 뭘 해야 하지요?

아이들은 좀 긴장이 풀려도 무서움 때문에 더욱 말이 없었다.
-그럼, 내가 이제 여러분, 사람들에게 뭔가를 제안하겠어요,
-유쾌하게 그리고 열정적으로 막심은 말했다. -우리는 걸어오
는 분들이 도착할 때까지 1시간 정도 남았어요. 우리는 그분
들을 위해 이 장소를 깨끗하게 하는 것이 어떨까요. 우리 동
의하지요?

-동-의-합니다! -다섯 사람이 한목소리로 합창하듯 말했다.

막심은 자신의 트렁크에서 크지 않은 삽과 도끼, 실장갑과
큰 용량의 플라스틱 통을 꺼냈다.

-여러분 각자에게 무기와 임무를 나눠 주겠어요, -그는 알렸
다. -파블릭과 보브쵸, 너희 두 사람은 힘센 남자이니 삽을
한 자루씩 들어 주세요, 너희들은 저기 어린나무들이 있는 곳
으로 가서, 그곳에 오십 센티미터 정도로 구덩이를 파 주세
요. 깊이는 30센티미터를 약간 넘을 정도로 만들어 주세요.
뗏장들은 옆으로 놔두서, 흐트러지지 않도록 해줘요. 나중에
우리가 그것으로 그 구덩이 메울 겁니다. 임무가 뭔지 알아들
었지요?

-알아들었습니다, 대장님! - 용기있게 그 소년들이 답했다.

-놀이는 놀이란다, -막심은 말했다. -우리는 오늘 인디언이
되자, 춤추는 늑대들의 부족이 되는 거라구요. 이젠 내 이름
은 막시-투이고, 부족장이 된다. 그리고 내 말에 복종해야 한
다. 알았나?

-알아들었습니다, 막시-투! -아이들은 외쳤다. -아주 덥습니
다, 막시-투! 옷을 벗어도 되나요?

-나는 내 부족에게 수영복으로 갈아입을 것을 허락한다. -위
엄있게 막심이 선언했다. -하지만 나는 그동안 아무도 이곳에
서 맨발로 다니면 안 된다고 말하고 싶다. 우리 대청소가 끝
나면 그때에는 맨발로 있어도 된단다. 후후, 내가 그렇게 말

했다고! 내 부족은 내 말을 이해했지요?

-예-예! -그 부족은 대답했다.

-나는 장갑이 두 켤레밖에 없어요, -막심이 계속했다. -레나와 나타는 그걸 집어 너희 손에 이 장갑을 끼도록 해. 내가 저 숲에서 전나무 가지 몇 개를 잘라 빗자루를 만든다. 자루 안에 병과 통조림통과 유리 조각들을 담도록 해. 이 모든 것을 우리 인디언 부족에게 남겨 두면 안 돼. 내가 나중에 시내 소각장으로 그 자루를 가져간단다. 알아들었나? 자, 그럼 일을 시작해. 스볘타는 나와 함께 나뭇가지를 줍는 일을 도와주러 간다.

이윽고 걸어서 온 일행들이 피곤한 채, 그 숲을 지나 깨끗한 숲 캠핑 장으로 왔을 때, 그들은 아무도 없음을 알게 되었다. 평화로이 차량 "라다"만 관목들 곁에 주차해 있었다. 준비된 아궁이에서는 마른 나뭇가지들이 평화로이 탁탁-소리를 내며 타고 있었다. 불 위 양동이에는 평화로이 물이 끓고 있었다. 평화로이 펼쳐진 담요들이 어서 와서 앉으라고 손짓하듯 하고 있었다.

-여러분! 봐요, 얼마나 매력적인 휴식 공간인지! -이고르가 외쳤다. -하지만 우리 일행을 즐거이 반겨줄 주인이 보이지 않네요! 여러분, 여러분은 어디 있나요? 모습을 보여 줘요!

-우-후! 아하! 헤이-헤이! -숲의 여기저기서 소리가 들렸고, 거의 누드의 인디언들이, 전투적으로 칠한 채, 캠핑 장으로 뛰어들었다.

그런데, 그 인디언들의 부족장이 호수 쪽에서 늠름하게 걷고 있었다. 그는 오른손에 무섭게 하는 몽둥이 같은 것을 들고, 왼손엔 공을 들고, 또 까마귀 깃털 같은 것으로 만든 장식물을 머리에 꽂은 채, 마찬가지로 몸에도 뭔가를 칠을 하고 있었다.

-안녕하세요, 하얀 얼굴의 우리 형제 여러분! -그 지도자는 위엄있게 말을 했고, 그 어린 인디언들은 환호로 그 인사를 지지했다. -나는 막시-투요, 춤추는 늑대들의 지도자요. 그대들은 평화를 안고 우리 영지로 왔는가요?

-평화를 가지고 왔어요! -그 도착한 사람들이 말했다.

-오호라, 우리는 그런지 아닌지 확인을 해 봐야겠다! -그 지도자가 말했다. -이게 공이다. 모두는 이 공을 던져야만 한다. 그리고 모두가 이 공으로 저 소나무에 걸어둔 저 양동이를 맞춰야 한다. 그리고 만일 맞추지 못하는 자가 있다면 벌칙을 받는다.

-그래요! 그래요! 벌칙을 반드시!- 인디언 아이들이 소리쳤고, 그 공을 던져 맞히는 놀이가 시작되었다.

타뇨와 슬라바는 그 양동이를 맞히지 못해 벌칙으로 감자 깎는 일을 받았고, 사쵸, 알리나와 지나는 이미 토막을 낸 물고기 덩어리와 썰어 놓은 토마토들을 꼬챙이에 끼우는 일을 받았고, 바실리이와 빅토르는 -숲에 가서 마른 가지들을 더 많이 가져오는 일을 받았다... 모두는 -그 양동이를 맞힌 이고르와 두 아가씨를 제외하고는 -각자 벌칙을 받았다.

-아하, 인디안들!- 이고르가 말했다. -우리는 맞혔어요! 그럼 우리는 지금 쉴 권리가 있지요!

그는 짐짓 거만한 체 흉내를 내며 담요에 풀썩 쓰러졌다.

-꿈도 꾸지 마시라! -부족장은 손을 흔들었다. -내가 말했거든, 맞힌 사람들은 벌칙을 받지 않는다는 것만 말했다. 그래 내 말은 변하지 않는다. 하지만 나는 그 맞힌 사람들은 벌칙이 아니라 가장 영광스런 임무를 받게 될 것이다.

-헤이, 막시-투, 당신은 너무 잔인하군요! -이고르가 말했다. -당신은 무슨 또 다른 임무를 고안해 놓고 있었나요?

-나는 말했다!- 위엄있게 막심은 말했다. -막시-투는 지금부

터 책임 인디언인 이고르-푸에게 지휘하는 창을 전달한다! 이걸 받아 우리를 지도해 달라! 하지만, 당신이 데려온 부하들[25]은 수영할 복장으로 갈아입고, 나와 함께 호수로 들어간다. 당신의 영광스런 임무란 -내 인디언 주민들을 잘 씻게 하는 것이다! 하우!

-당신은 너무 설득력 있는 사람이다. 우리 춤추는 늑대들의 지도자다! -이고르-푸가 말했다. -하지만 너무 교활하구나. 나는 지휘하는 창을 집어, 당신에게 명령한다. 그렇게 씻게 한 뒤엔 당신은 이 영양분을 가져다주는 저 불 주위에 우리 여인들과 우리 부족 구성원들을 함께 모이게 하라. 자네에겐 20분이면 충분하다. 왜냐하면, 다른 부족도, 내가 지도하는 다른 부족원도 그 호수에서 수영하고 싶다. 내가 말했다. 하우!

-나는 그 명령에 따른다, 오호, 이고르-푸! -막심은 대답했다.

-그럼, 좀 더 너그러움을 보여 달라! 우리에게 반 시간은 달라!

-그렇게 하라!- 이고르는 확인해 주듯 그 창으로 땅을 한 번 때렸다. 그러자, 그 어린 인디언들은 환호성을 지르며 호수로 돌진했다.

물놀이, 달리기, 공놀이하면서 시간은 몰라볼 정도로 너무 빨리 흘렀다. 그럼에도, 오후 2시에, 이고르-푸가 지도하는 배고픈 인디언 무리는 식사 장소로 주저 없이 또 단숨에 달려왔다. 플라스틱 자리에 놓인 접시들과 썰어 놓은 채소들, 김이 나는 요리된 감자들, 신선한 빵, 여러 음료수, 주로 방금 요리해 놓은 맛 난, 아주 떠거운 양고기 꼬치 구이요리들이 그들을 기다리고 있었다.

그러나 놀이는 식사 중에도 계속되었고, 그 춤추는 늑대들은

---

25) *주: 여인들

거의 언제나 유쾌 상쾌했다. 보브쵸는 도시 놀이에서 우승했고, 레나는 모든 에스페란토 낱말을 통역해 주고, 이고르-푸가 제안하는 아주 복잡한 낱말들도 통역해 주었다... 차를 마시고 사탕을 나눠 먹은 뒤, 노래 잘하는 슬라바-푸가 기타를 집어, 함께 노래하기를 제안했다. 푸짐하게 먹은 뒤에 적당한 여흥이 이어졌다.

-그런데, 그 민영화에 대해선 뭔가 있나요? -담요에 누운 이고르가 물었다. -한동안 나는 막심, 당신에게서 뭔가 새로운 이야기는 듣지 못했는 데요......
 막심은 풀을 하나 씹으면서 그의 곁에 누웠다.
-내가 지금은 해드릴 새로운 말씀이 없습니다. -그는 생각에 잠겨 말했다. -그 첫 단계는 이미 마무리가 되었지만, 그동안에 지역 민영화 위원회가 확인하러 와야 하는데 아직 오지 않았어요.
-그런데, 그게 무엇 때문에 중요한가요?
-그 확인이 있어야 시청은 남은 주식들을 팔 경매를 진행한다는 공고를 낼 수 있어요. 44퍼센트는 결정적인 수량이지요. -막심이 말했다.
-그럼 그 경매는 언제 있을 예정인가요?
-그 공고 뒤로 1개월 지나야 됩니다.
-그럼, 그 경매엔 누가 참가할 권리가 있나요?
-잘 모르겠어요... -막심이 몰라서 미안한 듯 말했다. -경매에 관한 모든 조건과 규칙은 그 공고가 나야 알 수 있어요. 그러나 내가 보기엔, 이 나라 시민이라면 누구나... 당신의 건축국도 민영화가 진행되지 않나요?
-당연합니다. 맞아요,- 이고르가 대답했다. -그러나 우리는 다른 길을 선택했어요. 비개방형(폐쇄형) 주식회사가 될 겁니

다. 아무도 주식을 갖지 않는 방식이지요.

-다행이군요, -막심이 말했다. -당신 쪽 지도자들은 민영화에 혈안이 돼 있지는 않군요.

-그뿐만 아니라, -이고르가 살짝 웃었다. -현명하기도 하지요. 지금으로선 그 점이 가장 중요하지요...

-헤이, 부족의 지도자들이여! -호수에서 누군가 외쳤다. -여기 와서 수영해요, 여러분의 부족원을 지도자 없이 내버려 두진 마세요!

-곧 가지요! -이고르가 대답했고, 펄쩍 자리에서 일어나, 막심에게 팔을 내밀었다.

...무거운 배낭이 그 아파트의 현관 바닥에 내려졌다. 저녁 9시였다. 에바가 텔레비전 뉴스 프로그램을 시청하는 소리가 들려왔다. 그녀는 문이 열리는 소리를 듣고 자리에서 일어나 잠이 오는 듯이 눈을 껌벅이고 나왔다.

-이번에 교외 소풍은 즐거웠지요? -그녀가 물었다.

-유쾌, 상쾌했지요! -엄마에게 안기면서 파블릭이 외쳤다.

-늘 그렇듯이, -막심이 대답했다. -나는 에스페란티스토들이 아마 지금 이 도시에서 유일하게 밝은 집단이라는 점을 당신에게 말해 주고 싶어요.

-과장해 말하는 천성은 여전하군요, -에바가 말했다. -정말 다른 착한 집단도 있네요. 시인이라든지, 지역 연구원이라든지, 아마추어 가수라든지...

-아마 당신 말이 맞아요 -막심은 말했다. -나는 그 점에 반박하지 않아요.

그는 배낭에 든 짐을 하나하나 조심해서 꺼냈다. 에바는 그 옆에 웅크리고 앉아, 식기들을 분리해 그것들을 주방으로 가

저갔다.

-그래요, 에바, 나는 당신에게 알려주고 싶은 게 있어요... -막심이 하는 말이 그녀에게 닿았다.

-그럼, 그게 뭔가요? -그녀가 주방에서 큰 소리로 물었다.

-당신 기억하지요, 지난 2월 말경 누군가 우리 도시 서쪽의 도로 교통표지판에서 "**고블린스크**"라고 써 놓았다는 거 기억하지요? 내가 당신에게 말해 주었지요...

-그래요. 나는 기억하고 있어요. -에바가 말했다.

-그런데, 오늘, 나는 그걸 그 동편에서 그 똑같은 것을 발견했다구요! 당신 듣고 있나요?

199.년 6월 23일 수요일

...다시 무더운 밤이라 잠이 오지 않았다. 백야. 창문 너머 태양은 자신을 한 시간 정도 숨겼다가 다시 더욱 서편에서 붉게 빛나고 있다. 그러고 또 한 시간이 지난 뒤 곧장 그 밝고 붉음은 동편에 나타날 것이다. 나는 그 광경을 보지 못한다, 왜냐하면 동편으로 향한 유일한 창문은 에바 방에만 있고... 그리고 그녀는 잠자고 있다. 당연한 일이다.

하늘은 정말 구름이라곤 한 점 찾아볼 수 없다. 그 가벼운, 투명한 여명은 이 도시를 덮고 있다 -투명해, 좀 우윳빛 같은 너울을 쓴 것처럼. 저 강까지 산책해 보는 것이 가능할 것 같았다. 그곳 공기는! 그 향기란! 당연히 모기들도. 모기가 무스운가? 당연하다. 하지만 내 꿈에서 유일한 -그 모기를... 그는 나더러 밤에는 나다니지 말라고 충고했다. 그래도 이 밤 동안에 잠 못 드는 이는 나만이 아니다. 몇 대의 자동차가 정원 여기저기에서 소란스럽게 들려왔다. 멀리 나갔다 들어오는 차이겠지. 술을 약하게 마시는 사람들이 저 아래 출입구에 붙박이처럼 있다. -그곳엔 벤치가 하나 놓여 있다. 낮에는 이 지역 노인들이 이용하고, 지금은 술 취한 사람들이 그곳에서 노래를 불러대고 있다. 가성(假聲)으로... 꽥꽥 소리를 지른다. 정말로. 이런 돼지 목 따는 소리에 사람들은 잠을 잘 수 있을까? 그러나 절대적 고요함 속에 내가 있다손 치더라도, 필시 지금 나는 잠이 오지 않는다. 나는 원인을 모르겠다. 뭔가 정말 자주 이 백야에 내게 몇 개의 삶을 동시에 사는 듯한 괴로운 생각, 침해되는 생각 때문에 잠을 자지 못한 채 있다. 그게 진실일까? 진실에 비슷하다. 때때로 인생들이 어느 소용돌이 속에 휘말려 뒤섞여 있구나. 더 자주는 그 인생들이 별도로 흩어져 서로를 건드리지 않은 채 흘러가기도 한다. 그리고 만일 내가 어느 삶 속에 내가 있는지를 한순간 잊어버린다면, 나에겐 멍청한, 불쾌한 더욱 위험한 뭔가가 일어난다... 기꺼이 나는 누군가와 그 점에 대해 의논해 보고 싶다... 누군가 자신의 삶에 대해 그와 같은 느낌을 가지고 있을까? 내가 누구에게 그걸 말해 볼까? 라자르에게? 에바에게? 아니면 이리나에게? 나의 다양한 삶에게... 더구나 그것들을 내가 말하면 그들을 아프게 할지도 모른다. 그러면 안 되지....

'열심히 일한 뒤 한 걸음 한걸음...' 내가 정신분열증에 한 걸음씩 다가가고 있구나. -그게 가능한가? 정신과 의사 유리이 세르게에비치 선생님에게 진료를 받아 보는 것이 필요할지도 모르겠다. 그분은 절대적으로 믿음이 가는 분이고, 좋은 분이다. 그러나 나는 그가 말해 줄 바를 지금조차도 예측할 수 있다. '막심, 그런 당신의 여러 삶 중 어느 것에 머물러 있으면서.......흠, 당신이 다른 삶들을 잊어버리나요? 아니지요? 그럼, 당신 행동은 정상입니다. 심리적으로 정상입니다. 개념들만 바꾸세요. -다양한 인생이란 없습니다. 당신이 반드시 존재해야 하는 다양한 환경들만 있지요. 일하고, 취미 생활하고, 사랑하고, 잠을 잘 자는 것....만일 그것이 당신을 피로하게 한다면, 당신의 환경들을 줄여 보세요. 그것은 주로 당신의 선택에 따라 달라질 뿐입니다!' '좋은 말씀과 진료에 감사합니다. 유리이 세르게에비치 선생님.' -나는 대답할 것이다. '그러나 그것이 나로 인해 달라진다면요..'

그래, 정말이다, 기꺼이 나는 그것들을 줄일 것이다, 그런데 어떤 방식으로? 내가 내 인생에서 영원히 내쫓아버릴 수 있는 것은 무엇이란 말인가?

...빌어먹을, 벌써 2시 반이 지났구나! 저 술 마시는 사람들은 자신들이 계속 부르는 노래 때문에 주변의 여러 가구가, 일천 명의 주민이 잠을 못 자고 있다는 것을 자각하지 못하는가.... 내가 내려가 저들을 훈계할까. 그래!... 아냐, 내가 너무 늦었어, 1층의 어느 집 창문에서 어느 안노인이 고개를 내밀었다. 그녀는 뭔가 조용히-설득하듯이, 잠자고 있는 손자가 있다고 그들에게 말한다. 그제야 그 사람들은 순종하고는 조용해졌다... 그리고 곧 자리를 떴다...

그랬다. 나는 내 머릿속 환경을 체질해서, 정리할 수 있을까? 그 환경을 체질로 줄여도 아무 소용이 없을 것이다... 그래도 그렇게라도 해 보자, 내가 무력하게도 이 밤에 더 실제적인 뭔가를 할 수 없어도.

내가 사는 주변 환경이란 이런 것이다.

회사 생활. 진흙, 먼지, 기름, 소란.

내 인생 중 3분의 1은 온전히 자각적으로 회사에 출근해 지저분하고 기름 범벅인 공작기계들과 나의 공학사 동료들 사이인 그곳에 놓여 있다. 마찬가지로 지저분하고 기름칠해져 있는 공학사들과 함께. 그들은 존경할만한 동료들인데, 악마가 그들을 먹어 버려라! 애를 써서, 그렇다. 그러나 나는 술을 너무 많이 마시는 동료들을 빼버렸다. 그 동료들 중 맨 마지막 사람은 3년 전에 자청해 사직서를 냈다. 진짜 전문가들만 남게 되었다. -환경을 잘 이해하고 믿음직한 사람들이다. 그들은 우리 공장 노동자 집단의 엘리트들이다. 그들은 환경을 잘 이해하고 있을 뿐만 아니라, 모두는 내 후임들에 대해서도 이해적이고, 업무일이 끝난 뒤에서조차도 일할 준비가 되어있다. 필요하면 주말에도 일할 준비가 되어 있는 사람들이다. 12명의 남자 -열쇠공들, 용접공들, 선반공... 나는 그들 생일도 알고 있다. -정상적으로-축하하기 위해서... 경우에 따라 생기는 수상명단에 올리기 위해서, 선물을 받을 수 있도록, 거의 소용없는 상장을 주도록 행정 책임자들에게 기억하게 하려고. 그 사람들은 자신들에 대해 기억해 주는 것을 알게 할 필요성 때문이다. 나는 그 사람들의 아내나 자녀 이름도 꼭 기억해야 했다. 똑같이 정상적인 일이다. -정말 때로는 내가 우리 직원들과 통화할 목적으로 그들 집에 전화하게 되면, 보통 그 직원들의 아내가 전화를 받는다. 만일 내가 그녀에게 이름을 말하여 주지 않으면- 그녀 응답은 마음 상해 있거나, 무관심한 상태가 되어버린다. 그런데 만일 내가 "안녕하세요, 타마라 알렉세에브나! 슘스키이 막심입니다. 부군과 통화할 수 있겠습니까?..." -그러면 그 관계는 즉시 도움을 줄 준비가 되어 있다...

　그렇다. 하지만, 그들은, 나의 특별한 전문가들은 우리 공동의 환경 바깥에 대해서나, 매일 업무와 무관하거나, 철제 물건들과 무관한 회사 바깥사람들에 대해 소통하는 일에는 너무 입이 무겁다. 아마 그리 입이 너무 무겁지는 않아도 될텐데... 성격이 각양각색이고, 취미도 다르고, 다른 것이 많다고 하는 편이 나을지도 모르겠다. 농담을 잘 하는 코스챠는 전문가 중 전문가인데... 우리가 6년간 친하게 진해왔지만, 내가 그 집에 초대받아 간 것은 두세 번이 전부다. 나는 부끄럽다. -그를 긴급한 일에서만 그를 부른 것이! 하지만 그는... 그는 언젠가 내 집을 방문한 적이 있었던가? 아, 맞다, 한 번은 내가 기억한다. 4년 전에 그 일이 있었지: 내가 새로 산 소파가 있었는데, 그게 승강기에 그만 들어가지 않았다. 라자르는 그때 어딘가로 출장 가고 집에 없었다. 그래서 나는 한번 코스챠에게 그 구입한 소파를 옮기는 데 도와 달라고 청한 적이 있다. 나중에 에바가 뭔가 음식을 마련했고, 우리는 좀 마셨다... 우리는 대화도 나누었는데... 무슨 이야기를 했지? 함께 두 시간 정도 함께 앉아 있었지만, 우리가 공통 주제를 찾아내는데 힘들어했다... "다시 한 번 찾아 주세요,"-내가 그가 떠날 시점에 그렇게 말했다. "또 방문해 주세요... 함께 마시고 좀 대화도 나누니 좋지요..." "감사합니다. 실제로 좋았어요...마시고...대화를 나눈 것이..." -그리고 코스챠는 자신의 목소리에 필요할 만큼의 확신을 주면서 말했다. -꼭요. 당신도 우리 집에 한 번 다녀가세요!" 하지만 그 뒤 한 번도 코스챠는 우리 집을 방문하지 않았구나! 내가 그이가 우리집에 방문할 수 있는 핑계를 만들려면 내가 새로 소파 하나를 장만해야 하나?

그럼에도 -그 회사 관련 환경은 내 삶에서 없애버릴 수 있을까? 아니다. 그렇게는 할 수 없다. 말했듯이 -내 업무이고 나의 밥벌이다. -지금은 없애거나 바꾸기엔 불가능하고, 그러면 안되는 내 삶 중에서 중요하지 않다고는 할 수 없는, 3분의 1이다.

다른 여분의 환경이 있다.

"루스플라스트"회사의 행정반. 똑같은 환경이 아닐까? 절대 아니다. 30명의 남녀 직원이다. 그들은 모두 고등교육 학위를 가진 사람들이다. 인텔리겐챠 대중이다. 읽을 줄 알고 지식이 든 사람들이다.... 나 같은 노동자 계급 환경과는 피할 수 없을 정도로 분리되어 있다. 여하튼 사람들은 우리가 통일된 집단공장 체제 속에 있음을 어떻게든지 설득하려고 한다. -하지만, 그것은 진실이 아니다... 정말 그곳에도 주말을 제외하고는 매일 소용돌이처럼 휩쓸리게 된다. 그러나... 우리는 함께 "운영위원회"에 같이 앉아 있다. 악마가 그들을 강하게 때려주었으면. 우리는 함께 우리 내부의 공장들에서 적당한 업무를 조직한다. 우리는 함께 축배를 들기도 한다....지금부터는 주말에도 우리는 함께 지낸다. 왜냐하면, 대다수가 주말농장 같은 토지를 배당받았기 때문이었다. 좋다, 하지만 나는 그 환경을 우호적이라고 이름 부를 수 있을까?... 에이, 너무 생각이 길었어. 나는 대답을 듣지 않았네! 내가 정직하게 말해볼까? 물론 그렇다. 그럼 들어보자, 정직하게 말해, 아니다. 사쵸 키르조프, 나디뇨, 키라, 라자르와 같은, 정말 믿음직한 몇 명의 남녀 동료도 있다... 라자르는, 그 친구는 내 친척이기도 하다.... 한 사람에 대해 나는 지금 전적으로 생각을 회피하고 싶다... 그러나 다른 사람들에 대해선? 몇 사람은 내가 고백할 정도로 좋은 동료 관계를 유지하고 있다. 몇 사람은 공통의 축제 동안에서조차도 음모의 그물망을 짜기도 한다...

 그러나 내겐 가장 아픔이 가는 이가 빅토르다! 그와는 어릴 때부터 정말 소중한 친구로 지내왔다. 얼마나 함께 많은 경험을 쌓아 왔던가! 다양한 곳에서부터.

 하지만 동시에 우리는 정말 우리의 파릇파릇한 졸업장을 들고 이곳으로 왔다. 우리는 일했고, 축제를 즐겼고, 매력적인 지역 여성들과 사랑에 빠지기도 했다... 나중에 우리는 선택을 해야 했다. 엔지니어로 남느냐 아니면 정당 당원이 되는가의 기로에 서서. 그는 정당 당원이 되는 길을 선택했다. 그러나 우리는 계속 우정 관계를 유지해 왔다! 빅토르, 친구인 빅토르는 그 멍청한 민영화 계획 뒤로는 전혀 딴사람이 되어버렸고, 낯선 사람이 되어버렸고, 위험한 인물이 되기도 하였다...
내가 그를 의심하는가? 그렇다. 무엇 때문에? 그 불쌍한 스테
판 아나톨리에비치 때문에. 나는 그를 제외하고 누구에게 나
의 의심을 말했던가? 아니다. 분명, 다른 사람들도 의심하고
있다. 자 보자, 그의 두 눈에서 얼마나 걱정스러움이 간혹 보
인다는 것을! 그러나 모두는 말없이 지켜보고 있다. 정말로,
맞다 할 정도로 침묵하고 있다. 한편에서 보면 지금의 일자리
를 구하기 힘든 시기에 업무를 잃는다는 걱정이 있다. 그리고
다른 편에서는, 나와 다른 모든 사람이 그런 의심에 대해 무
엇을 가지고 있는가? 빅토르가 자신이 원하는 만큼의 주식,
38퍼센트의 주식을 보유했다는 사실, 그 사실은 절대로 충분
하지 않다. 범인들을 색출해내는 민정 경찰이 있었으면... 시
절은 위험한 시절이구나. 이 도시에는 수많은 악한이 있다.
사람들이 이 봄에도 나에게조차도 강하게 때리려고 시도하지
않았던가... 그런데 빅토르! 에이... 우리는 너무 자주 우리의
지난 시절을 함께 보냈어. 아마, 우리 앞으로 남은 인생에 전
적으로 함께 하지 않아도 될 만큼 그렇게 충분히 함께 보냈
지...

그러나, 나는 온전히 그 환경에서 자유롭게 있기를 원하는
가? 아니다. 나는 내 삶에서 그런 사람들 없이 지내는 것을
좋아하지 않는다. 나는 그들에게 익숙해 있다. 그렇다. 나는
익숙해 있고, 나는 그런 회사 생활에서 나 자신을 만족하게
느끼고 있다. 그런데, 바꾸기란 -다른 사람들은 그런 공생 관
계를 위해 더욱 불편을 느끼고서도 살아가고 있다. 그럼 적어
도 지금까지 내 동료 중 아무도, 이리나와 나의 관계를, 의심
할 필요없이, 주목할만한 비일상성을 아무도 그 점을 외부로
알리지 않았다...

그렇다. 정말, 이리나! 그녀에 대해 밤에 생각해 보는 것은

위험한 일이다. 왜냐하면, 그녀가 내 상상 속에 너무도 분명하게 너무도 가까이 나타나기 때문이다. 불쌍한 나의 여인이여... 나는 내 독단적으로 그녀 운명을 깨버리고 있다. 그녀는 나의 맹목적 사랑으로부터 무엇을 얻는가? 업무에 있어서는, -빅토르의 여비서로 일하는 그녀가 빅토르로부터 불신임을, 또 다른 경리부서원들의 광적인 비웃는 눈길과 암시를 받게될 것이고, 집에서는 -늘 받아오던 지지의 부족과 더 자주 느끼는 외로움의 침대에서... 그리고... 그러고도 그녀는 이 모든 상황을 허용하고 있다! 그녀는 언젠가 주장했던가... 아니다. 그녀는 적어도 한 번은 내게 내가 그녀와 함께 영원히 남아있기를, 내가 내 가족을 떠나도록 적어도 간청한 적이 있었던가! 그녀는 한 번도 그런 적이 없다. 한 마디조차도... 에이, 바보 멍청이! 그녀가 나 말고 다른 남자와 함께 있는 자신을 상상하지 않는다고 말해 온 그녀의 확신, 그녀의 말 -그것이 직접적인 암시가 아닌가? 아이에 대해선 그녀가 요청했다. - 그리고 나는, 바보같이... 그렇게 하자고 말해버렸다. 어떻게 나중에 내가 그 아이와 관련을 지을 수 있단 말인가? 나는 그것을 잘 상상할 수 있을까? 전혀 그렇게 할 수 없다... 나는 고백하건데, 나는 그 점에 대해 생각하는 것조차도 무섭다... 그래도 생각해야만 한다!

  파블릭이 있고, 에바가 있는데도? 내 가정, 내 가족, 나의 지지가 필요한 사람들... 내가 스스로 이 모든 고상하고도 무의미한 낱말들을 이미 나에게 말한 적이 있었던가? 아니다. 그럼에도 나에겐 그것들이 극단적으로 중요한 의미가 있어! 하지만 이리나는? 그녀도... 에이!

내가 몇 년 전에 카라간다[26]에서 만나 친구가 된, 예쁘장한 코자크 친구가 말한 적이 있었다. "그 여성이 완벽한 애인이

---

26) *주 :카자흐스탄 카라간다 주의 주도

라면, 당신 가족과는 아무 문제를 일으키지 않으려는 사람이야. 그 경우 당신은 그녀에게 늘 좋은 감정으로 대할 수 있지", 그의 말로는, 그의 여자친구는 자기 아내 건강을 챙길 정도로 완벽하다고 했다. 만일 에바와 이리나가 나를 두고 서로가 상대방 안녕에 대해 계속 묻는다며 즐거운 일이 될까... 멍청하고 멍청하네!...

나는 이미 고함을 질렀는가? 아니, 그것은 나에겐 보이기만 할 뿐이다... 왜냐하면 나는 완전히 내 감정 속에서 숨어 버린 채 있기 때문이야.

...3층에 사는 톨랴 할아버지가 정원으로 나와 담배를 피러 벤치에 앉았다. 그분도 이 밤에 잠이 오지 않는가 보다. 그는 73세 나이로, 암을 앓고 있다... 아마 30년 뒤에 나는 그와 비슷하게 저곳에 앉게 될 것이다. 나는 저 벤치에 앉아 그런 상태로 나를 상상할 수 있을까?...

더 나아가, 나의 다른 종류의 환경에 대해 생각해 보자. 더 유쾌한 환경에 대해, 나의 취미에 대해, 여러 해 동안 내가 방문해 왔던 나의 사회단체들에 대해서- 문학, 에스페란토, 물여행 단체... 아니면 나는 그들에 대해 생각도 하지 말까? 에바는 나의 취향에 대해 나를 너무 비난하고 있다... 그럼에도 그러한 취향들을 나는 지금 버릴 수 없다. 공통의 취미가 우호감을 더해 주는 좋은 사람들은 어디에나 있다. 그래, 그곳에서도, 그 단체들에서도 모략을 일삼는 사람이 없지는 않다...내 의견은... 그곳에서 그 사람들은 휴식을 즐기고 있다. 그럼, 나는 지금 말하자, 활발하게 쉬고 있다고... 아마 몇 년 뒤, 나는 오르데즈, 뷰오크사나 더 멀리 큰 바위들이 놓인 산기슭의 강들을 따라, 카누를 저을 충분한 힘을 지니고 있지 못할 수도 있다... 하, 그럼 그때 취미 한 가지는 저절로 없어지겠네.

다른 취미는 거의 우연히 다가 왔다.

그것은 내가 주말농장으로 받은 1,000 ㎡의 풀이 덮인 토지이다. 나는 그것을 원했던가? 아마 그렇다. 내 마음속 깊은 곳 어딘가에 정원사였던 내 할아버지에 대한 추억이 남아 있었다. 에바도 주장했다: 그녀는 우리가 직접 텃밭을 일구어 재배한 채소나 과일을 먹고 싶다고 했다. 더욱 안전한 채소들을. 아마 그녀가 맞을 것이다. 하지만... 내가 이 모든 것을 위한 시간을 낼 수 있을까?!

톨랴 할아버지는 그곳에 계속 앉아 있는가? 정말 그렇구나. 내가 그쪽으로 내려가, 그분과 대화를 좀 나눌까? 필시 그분은 기대하지 않던 대화를 나눌 사람이 나타나면 좋아할 것이다. 좋아할 것이다. 나도...

199.년 6월 26일 토요일

-어이쿠나, 막심, 당신은 이렇게 멋진 땅에 대해 서류작업을 너무 오랫동안 하였군요! -좀 안타깝기도 하고, 더구나 숨길 수 없는 기쁨을 안고 사쵸 키르죠프는 강변의 어느 나무그루터기에 앉아 말했다. -얼마나 좋은 땅인가요! 퇴비가 전혀 필요 없네요! 물도 충분하고요! 이젠 심어 놓고 수확만 하면 되겠군요! 만일 당신이 우리에게 적어도 5월에만 이 토지를 분배해 줄 수 있다면요...

-누구나 불평할 수 있지만, 당신은 그리하면 안 되지요, -옆에서 막심은 경작 협동농장 대표직을 받았을 때 함께 받은 가죽 서류 가방 위에 앉아 반박했다. -추첨을 통해 이 큰 필지 중 가장 높은 곳, 가장 마른 필지의 땅을 갖게 된 당신이 바로 복 받은 사람이라구요!

-간단히 행운이지요! -사쵸가 또 그 깊은 갈색 눈에서는 만족과 자랑스러움을 숨긴 채 외쳤다. -모든 땅이 좋아요! 하지만, 물론, 가장 좋은 것은 내 필지의 땅입니다... 그건 내 소유의 땅이니까요!

-더 진실을 말해야지요, 사쵸, 아무도 나 말고 듣는 이가 없으니까요, -막심은 교활하게 사쵸를 향해 윙크했다. -왜냐하면, 다른 땅은 5월 20일까지는 거의 습지로 남아 있어요.

-하지만 다른 편에서 보세요! -사쵸가 열성적으로 말했다. -당신 땅처럼 나중엔 그 땅이 무른 땅이 되어, 물에 잠겨 있는 것도 장점이 될 수 있어요. 물에 잠겼다가 빠지면, 당신 필지는 내 땅보다 더 비옥할 수 있지요.

-그건, 그건... -막심이 말했다. -철학적으로 위로하는 말씀처럼 들리네요! 내년에 보세요. 내 땅에선 고무장화를 신고 지나갈 때, 이미 당신 땅에는 새싹들이 자라고 있을 겁니다.

-아마도, 아마도... -그렇게 사쵸는 공모하는 듯이 윙크로 대답했다. -하지만 나는 여기에서 이미 독사를 두 마리나 찾아 냈지요!

-맛이 있던가요?- 막심이 마찬가지로 눈을 껌벅이며 말했다.

-맛은 너무 좋지는 않았어요, -사쵸가 대답했다. -하지만, 그런 농담을 제외하면, 내 아이들이 여기서 정말 놀게 될 거예요. 그런 뱀들을 막을 방법을 알고 있나요?

-그럼요, 알고 있어요. 키플링[27]에 대해 읽어 보세요...- 막심이 살짝 웃었다.- 그의 작품 "리키-티키-티비"를 한 번 읽어 보세요. 몽구스가 센 물결에 떠내려와, 자신을 거둬준 테디 가족을 무서운 코브라에게서 구해 주는 이야기입니다. 완벽한 방법입니다! 하지만, 진지하게 말해, 두려워하지 마세요. 뱀이

---

27) *역주: 영국 작가 J.R. Kipling. 대표작은 정글북, 한국에서는 "늑대소년"으로 번역됨.

란 스스로 먼저 달아납니다. 저쪽으로, 저 숲으로 그들 모두
는 여기에 요란한 소리들을 -트랙터, 확성기, 이웃 사람들이
싸우는 소리를 들으면... 달아날 겁니다. 더구나 당신은 이미
지금 요란한 소리를 만들어 낼 수 있지요; 축음기를 가져 오
세요. 좋은 락 밴드 음악을 켜 놓으세요...

-감-사합니다, 친구, 당신의 모자 속으로! -사쵸는 잇 사이로
침을 뱉었다. -여기로 전기를 처음부터 공급해 주어야지요.
그때 나는 축음기를 가져오겠어요.

-아하, -비웃는듯한 목소리로 대답했다. -곧 그리 하지요. 나
만 속도를 더내면 되겠어요... 변압기, 케이블선, 전주... 모든
허락을 받아내는데 기름칠할 돈... 이 모든 것을 하려면 얼마
나 많은 돈이 들지 당신은 한 번 생각해봤어요?

-그럼, 집단공장이 좀 도와주면 되지요! -확신하듯이 사쵸가
약하게 외쳤다. -빅토르 시가에프가 도와주어야지요. -60명의
임직원이 여기서 두더지처럼 일하니까요!

-그 입을 좀 닫으세요, -막심은 조약돌을 하나 집어 능숙하게
강물로 던지자 그 조약돌이 물속에 빠지기 전까지 수면에서
다섯 번이나 튕겨 날아갔다. -먼저, 우리 빅토르는 스스로 이
곳에 자신의 토지가 없어요. 그런데 그가 전기에 관심을 가지
겠어요? 둘째로, 내가 알기로는, 지금 그는 존경하는 안드레
이 미카일로비치로부터 지금까지 모아 둔 돈을 한 푼이라도
절약하라는 요구를 받고 있어요. 당신은 듣지 못했나요?

-내가요? 어디서요? -사쵸는 손바닥으로 눈을 가렸다. 마치
태양을 가리듯이, 하지만 그의 목소리를 그를 배반했다. 막심
은 아이러니하게, 믿기지 않는 듯이 그를 쳐다보았지만, 사쵸
는 사방을 둘러보고는 말을 이어갔다. -그래요, 맞아요, 그는
절약해야만 해요... 그가 가진 돈은 거의 없는데도 불구하고
그 주식은 다 구입하려고 혈안이 되어있어요! 그런데 시청 경

매는 언제 하기로 정해졌나요?

-먼저 공고가 나고 그 뒤, 한 달 안에 진행한대요. 규정에 따르면, -막심은 대답했다.

-그런데 공고는 언제 나요?- 사쵸는 막심의 눈길을 향해 쳐다보았다.

-주간지 "시청 정보"를 읽어 보세요. 그곳에 공지될 겁니다.

막심은 강이 흘러가는 것을 계속 보고 있었다. -그는 흐르는 강물을 보면 마음이 평화롭게 된다는 소문을 믿었다. 더구나, 그 흐름은 거의 알아차릴 수 없을 정도였고, 그 작은 강은 평화로이 천천히 자신의 물을 서편으로 움직이고 있었다. 여기저기서 밀집된 해초가 물가를 애워싸고 있었다. 그곳에서는 물은 마치 서 있는 듯 보였지만, 해초들은 스스로 움직였다. 그러자 때로는 번쩍이는 모습의 만족한 잉어들이 물이 맑은 곳에서 제 모습을 보이기도 하였다. 이미 한 달 전부터 막심은 나중에 그는 꼭 이곳으로 낚시하러 올 계획을 잡았지만, 지금까지 이곳에 출행할 때마다 그 계획은 잊어버렸다.

야생 벚나무들이 강변을 따라 길이 방향으로 밀집되어 자리를 잡고 있었다. -정말 지난 5월에, 이 강변의 3km의 거리에 벚나무 나뭇가지마다 하얀 꽃이 피어 있고, 그 꽃들은 풍성하고 즐길만한 향기와 함께, 또 늘 초록을 유지하는 늪 관목들28)로 가득찬 인근의 늪에서 나오는, 따뜻하면서도 좀 현기증이 나는 악취도 뒤섞여 있지만, 정말 아름다웠다.

지금, 6월 말에, 그 나무 대열을 충분히 뒤덮고 있는 것은 잎사귀보다는 더 짙고도 푸른 버찌들이다. 좋은 수확은 분명히 예상되었다. 그래서, 버찌 술과 설탕에 절인 잼을 만들어 겨우내 저장해 두는 것을 기대해도 좋겠다 싶었다.

---

28) *주: 늘푸른 늪관목. 마약같은 향기를 가진 것을 말함.

-저기요, 주임님!- 저 뒤편에서 세니츠킨의 술 취한 듯한 목소리가 들려 왔다. -접니다요. 여기를 좀 보세요!

-우리는 당신을 부르지 않았는데... -사쵸는 천천히 고개를 돌려 대답했다. 막심도 몸을 돌렸다.

-정말 그렇지요! -세니츠킨이 마음이 상했음을 나타내면서 작은 소리로 외쳤다. -만일 대장들이 잔치를 벌이고 있는데, 이 불쌍한 운전기사가 그분들을 건드릴 수 있나요?

-저기, 그건요,- 막심이 중재하듯 말했다. -먼저 나는 어디서 당신이 잔치를 벌이는지 묻고 싶군요... 그리고 둘째로, 그 운전기사는 너무 그렇게 불쌍한 모습은 전혀 아닌데요... 내 생각엔 그 운전기사가 바로 잔치를 벌이고 있구나 하는 생각이 들기도 하네요. 그런데, 세니츠킨, 당신에게 무슨 일이 있는지요?

-땅을 분배하기 전에 도로, 도로부터 먼저 만들어야만 하겠어요, 주임님! -세니츠킨은 가까이 다가오면서 말했다. -주임님은 그 점을 앞서서 보지 못했어요, 주임님, 자 이제 내 차 "볼가"가 이곳에서 저 1km 떨어진 곳에 서 있어요. 악마가 나를 이 흙탕물로 끌어들였어요. 뒷바퀴가 진흙에 거의 완전히 빠져 버렸다고요,... 그러니, 주임님, 같이 가요. 지금 남자 몇 명이 필요합니다요. 여러분의 대표를 구해야 되지 않겠어요!

-하, 빅토르 시가에프가 직접 여기, 우리를 찾아오기로 결정했다고요? 깜짝 놀란 사쵸가 말했다.

-이 무슨 영광인가! 그런데, 무엇을 위해서? 그분의 여름 집은 마을에서도 어딘가에 좋은 장소에 있다고 들었는데, 여기는 바보들의 캠핑 장인데요.

-좋아요, 세니츠킨, -막심은 말했다. -대표가 왔다니 좋아요. 바로 우리가 그 도로 건설하는데 얼마의 돈이 필요한지 바로

지금 그분과 대화를 나눌 시간이네요. 그런데 당신은 왜 그분을 그곳에 내 버려두었나요?

-하-하!- 세니츠킨이 꽥꽥 소리 질렀다. -우리 대표는 여기가 전부 마른 땅이라 생각했어요. 그래서 그분은 슬리퍼만 달랑 신고 왔어요... 지금 그분은 차 안에서 나올 수도 없어요.

-바보같으니! -사쵸가 응수했다. -그는 자신의 슬리퍼를 벗고, 자기 바짓가랑이를 접으면 맨발로 여기까지 산책할 수도 있을텐데요. -1km를 풀밭을 따라 걷는다는 것이 얼마나 멋진 일인가요. 난 확신해요.

-아하!- 세니츠킨이 응수했다.-맨발로. 독사들 사이에서, 제 말을 믿으세요, 방금 나는 거의 독사를 밟을 뻔했답니다! 길이도 1m는 더 될 정도로 길었다구요!

-술을 좀 적게 마시는 것이 나을 것 같아요, 세니츠킨!- 막심에게 눈을 껌벅이면서 사쵸가 살짝 웃었다. -안 그러면, 당신은 여기 풀밭에서 용을 만날지도 몰라요. 당신의 술 마신 뒤에 렌즈가 당신 눈이 되거든요.

그들은 가장 가까이 있는 이웃 중 세 사람을 불러 모아, 함께 가 보았다. 실제로, 약 1km 떨어진 곳에 가보니 늪과 같이 움푹 파인 곳에, 흙탕물이 넓게 고인 한가운데에 대표의 차량 "볼가"가 놓여 있음을 보게 되었다. 수많은 차량이 오래 전부터 지나간 단단해졌던 마른 바퀴 자국들은 저편에, 그 웅덩이 주변을 돌아서 나 있었다. 그래서 사쵸는 자신의 너무 점잖지 못한 낱말을 사용해, 세니츠킨이 우회해서 난 길을 논리적으로 생각을 좀 해가며 운전하지 않고, 대신 멍청하게 그 웅덩이를 향해 차를 들이밀었다고 놀라움을 표시했다.

여럿의 힘을 함께 동원해 이리 저리로 밀친 끝에, 또 시가에프가 직접 운전한 자기 차량 "볼가"는 그 구덩이에서 빠져나올 수 있었다. 하지만 그 차량에는 충분히 진흙이 묻어 있었다. 그 밀치고 도와준 사람들의 의복도 마찬가지였다.

-고맙군요, 친구들! -차 안의 작은 차창을 내리고 외쳤다. -하지만 나는 자네들을 이 자동차 안으로 초대하고 싶지는 않네요. 여러분은 너무 더럽혀져 있으니! 나는 여러분을 저기 언덕에서 기다리겠어요.

-자동차 말고 사람들을 좀 불쌍히 여기세요... -남자 중 누군가 불평했지만, 빅토르는 이미 그 자리에 없었다.

일행이 그 언덕에 도달하였을 때, 빅토르는 필시 "볼가"에서 꺼내온 것이 분명한, 이미 넓게 펼친 여행용 담요 위에 누워 있었다. 그는 웃옷을 벗은 수영복 차림으로, 선글라스를 착용하고 있었다, 그는 자신의 빈약한 배를 햇살에 아낌없이 내보이면서 등을 바닥에 대고 하늘을 보고 누워있었다. 그의 두 눈은, 그 어두운 유리 너머로 보이지 않는 그의 두 눈은, 필시, 감겨 있었다. 왜냐하면, 그 일행이 다가서도 그는 전혀 반응이 없었다. 그 뒤, 다른 사람들이 각자 자신의 땅으로 뿔뿔이 헤어지자, 남았던 세니츠킨은 짐짓 마음 상한 태도로 말했다.

-저기요, 빅토르 바실리에비치... 물 한 동이는 떠와야겠어요. 차를 좀 세차해야만 합니다!

-필요 없어요, -빅토르는 여전히 두 눈을 감은 채 천천히 대답했다. -실제로 돌아가는 길에 당신은 아직 술이 취해 있으니, 다시 이전의 그 웅덩이를 치고 나갈 거야.

세니츠킨은 입을 뿌로통하게 하고는, "볼가"의 뒷 짐칸에서 플라스틱 물동이를 꺼내, 비탈길을 따라 강으로 조심조심 내려가면서도 의도적으로 구두 발걸음 소리는 크게 내고서, 입으로는 "에이씨! 에이씨!"라고 소리를 지르면서 천천히 내려가기 시작했다.

-자기도 바보면서... -능숙하게 듣도 보지 못한 욕설이 뒤따랐고, 세니츠킨은 둔탁한 불평이 들려왔다.

빅토르는 천천히 자신의 왼손을 얼굴로 가져가, 그렇게 하는 도중에 뭔가 보이지 않는 파리를 내쫓아버리고, 나중에서야 그는 자신의 안경을 벗고는 사쵸와 막심을 쳐다보았다. 마치 그는 그들이 왜 여기 있는지 이유를 모른다는 듯이. 그러나 두 남자는 그 대표의 습관을 이미 알고 있기에, 그들 얼굴에는 아무런 당황함이 보이지 않았다.

-그럼, 대표 동무, -사쵸가 좀 오른편으로 고개를 숙이고 묻는 표정으로 말했다. -우리 오늘 휴무일 아닌가요?

-휴무일 맞아요, -빅토르는 자신을 그를 향해 말했다. -여기서 당신은 잘 쉬고 있네요. 친구 여러분! 태양, 강, 신선한 공기...

-병이 부족합니다. 대표 동무, -막심은 사쵸가 오른편으로 고개를 숙인 것과 같이 고개를 숙인 채 말했다. -좀 친절했으면 좋겠어요, 그리고 당신 여행 가방에 있는 걸 좀 내놓으세요. 우리는 여기서 샌드위치를 갖고 있고... 오이도 있어요...

빅토르는 그에게 자신의 지시손가락으로 느리게 위협했다.

-필요해요... -그는 중얼거렸다. -필시 필요할 거요. 이제 저 "볼가"를 가지고 운전해 가야 하니, 저 안에는 "루소플라스트" 대표가 술 취해 있고, 그 운전기사도... 마찬가지로 술 취해 있지... 그러니 민정경찰들에겐 선물이 필요해요!

-오리 한 마리를 사세요, 빅토르, -막심이 말했다.- 그리고 그의 머리에 씹을 해요. 온 도시의 경찰이 대표의 차량 "볼가"를 알고 있어요. 그들 중 아무도 그 차량을 불러 세우진 않을 겁니다. 세니츠킨이 졸면서 운전한다 해도.

-여분으로 준비된 것이 없다는 데도!- 빅토르는 퉁명스럽게 자리에서 일어나 앉고는, 후회하는 듯이 외쳤다, -나는 여러분과 오늘 술 마실 계획은 없었어요! 두 분을 위한 이 못난 대표를 용서해 주세요!

-"그럼, 대표는, 술 깬 주둥이같이, 여기 왜 왔어요?" 사쵸가 노래 불렀다. -아하! 아무것도 말하지 마세요! 제가 한 번 추측해 보리다... 대표는 원한다... 대표는 막심과 이 강변을 따라 산책하고 싶다. 오늘 휴식하는 것 대신에 진흙 속에서 두더지처럼 일하고 있는 모든 남녀 일꾼에게 인사하려고요... "신이 당신을 도우실 겁니다!" 그렇게 당신은 말할 것이고, 그 말을 들은 사람들은 "하느님 도움은 좋지만, 더 좋은 것은 대표님이 도와주는 것이 더 절실합니다!" 그때 당신은 얼굴을 인형처럼 만들고는 중대한 표정을 짓고 우리에게 방금 말한 바대로 그렇게 똑같이 말할 겁니다. "태양, 강과 신선한 공기가 있는데! 그런데 더 무엇이 필요한가요, 여러분? 음악이 좀 있기만 하면..." "그렇습니다. 바로 그렇습니다!" -그러면 그 일꾼들은 당신의 추측능력 때문에 행복해하며 환호성을 지를 겁니다. -"바로 그것입니다.! 음악을요! 하지만 여기에 전기를 연결할 만한 곳이 없습니다... 차량이 들어올 길도 아직 없어요. 자동차들을 우리는 저곳에, 쿠르조프-언덕에 놔두고 와야..."

빅토르의 콧수염이 움직였고, 뭔가 말하고자 했으나, 사쵸는 그것을 만류하며 손을 내저었다.

-그럼, 대표님은 막심에게 몸을 돌려서는 -그는 계속 말했다. -그리고 그에게 엄중히 물을 겁니다. "슙스키이 동무, 누가 우리 협동농장의 대표인가요?" -그러자 깜짝 놀란 막심이 말할 겁니다. "접니다......" "아하, 당신이군요. 그럼, 슙스키이 동무, 당신에게 이 고상하고 책임있는 자리를 위임해 준 당신의 선출자들에게 곧장 대답해 주시오. 왜 지금까지 여기에 전기가 없는지를 답해 주세요. 왜 정상적인 도로는 마련되어 있지 않지요? 슙스키이, 저 사람들이 기다리고 있습니다. 대답해 봐요!" "돈이 우리에겐 없어서..." -막심이 주저주저 말

을 이어갑니다. -"아흐, 돈이 당신에게 없다니요?!!" 난폭하게 당신은 말할 겁니다. - "그럼, 당신은 그 질문을 갖고 여기에 당신 대표와 몇 번 왔는가요? 당신은 당신 대표에게 도와 달라고 요청했는가요? -아니, 개인적으로 당신에게! -저 불쌍한 사람들에게? 당신은 오지 않았어요. 당신은 요청하지도 않았어요. 하지만 오늘 나는 그 요청을 당신을 신임해준 사람들의 입을 통해 직접 듣게 되었어요, 부끄러워하세요, 슘스키이 동무! 나는 이제 약속합니다. 곧, 동무들, 여러분은 도로를 가지게 되고, 음악도 들을 수 있게 될 것입니다!" 그리고 행복한 사람들은 "만세!"라고 외칠 겁니다. 당신은 천천히 당신의 "볼가"차량으로 되돌아 가고, 세니츠킨은, 완전한 행복감에 고무되어, 차에서 빵빵- 경적을 울리며, "여성 노예의 작별" 노래를 흘러 보낼 겁니다. 그리고 새들은 또 독사들이, 또 물고기들은 그를 향해 노래하며 응원하게 될 겁니다!

-당신은 이제 말을 마쳤어요?- 빅토르는 입술을 깨물고는 청바지를 억지로 입기 시작했다. -어릿 광대... 정말 재능있는 어릿광대군요. 나는 존경합니다...

-감사합니다, 대표 동무! -샤쵸는 외쳤다. -하지만 도로에 대해선, 전기에 대해선요?

-돈이 그리 많이 들어가지도 않습니다, 빅토르, -막심이 지원했다. -적어도 도로만이라도 도와 주세요.

-물에 빠지는 사람을 구원하는 일은 빠진 사람 스스로가 해야 할 일이구요, 시가예프는 언급했다.

-사람들이 그것을 어떻게 마련하는지 모르는가요, 막심? 60명의 가구가 여기에 있다구요! 모두에게서 1만 루블씩 받으면, 그 도로 준비되겠고요. 자, 시내에서 도로 수리업자들이 할 일 없이 앉아 놀더군요!

-그 사람들은 지금 돈이 없습니다. - 막심이 우울한 표정으로

대답했다.

사쵸는 그 대표가 온전히 옷을 다 입었음을 보고는, 선동적으로 옷을 벗기를 시작했다.

-막심, 당신은 선지자입니다! 정말로 우리의 빅토르 바실리에비치는 자신의 지갑을 흔들고 싶어하지 않아요! 자신의 속옷이 자신 몸에 더 가까워요.. .그럼, 아마도 우리와 함께 적어도 수영은 하지 않겠어요? 저 물은 정말 정말 상쾌한 느낌일 겁니다!

-당신이 내 기분을 정말로 나쁘게 하는군요, 키르조프, -빅토르가 자동차가 주차된 곳으로 향하면서 말했다. -수영하려고 내가 왔지만, 당신 덕분에 그 마음은 싹 가버렸네요.

-그건, 죄송-한 일이네요! -사쵸는 말했다. 그러고는 그는 저 강 옆의 자신의 땅으로 몸을 돌려 말했다. 갑자기 그는 몸을 다시 돌려, 그 대표에게, 이제 자동차 안으로 들어가는 대표에게 외쳤다. -그럼, 무슨 악마가 당신을 여기로 오게 했나요?

-하! -시가에프는 자동차에서 다시 뛰쳐나와 이마를 문질렀다. -저기 여러분! 내가 주요한 일을 잊어버릴 정도로 그렇게 뇌를 세뇌시켜 버렸군요! 막심 당신에게 임무가 있어요!

-즐거운 일이겠지요. -막심은 목을 긁었다. -만일 일요일 일이라면요 -그를 위해 내가 이미 요직을 차지하고 있으니...

-조용해 봐요, 이 사람아! -대표는 그의 어깨를 친근하게 툭 쳤다. -월요일 일이네. 도로 정비할 돈. -그는 호주머니에서 뭔가를 꺼내, 막심에게 몇 장의 지폐를 내밀었다. -나중에 당신은 그 서류에 사인하면 되고... 그래, 월요일에 스몰리니궁전(Smolnij)에 한 번 다녀와요. 내가 직접 갈 수 없어요. 나는 이곳에 더 중요한 일이 있어요. 그러니 스몰리니궁전에 꼭 다녀와 줘요. 그곳에서 당신을 이전부터 아는 한 사람이 기다릴

거요. 당신도 기억하고 있어요. 그녀는 민영화 위원회 회의 때 함께 참석했던 인물이구요. 그녀가 주는 서류를 받고 돌아와요!

-다행이군요, 막심이 말했다. -나도 모레쯤 페테르부르크로 갈 계획이 있었거든요, 하지만 무슨 서류를요?

-그녀는 당신에게 줄 것을 알고 있어요, -빅토르는 대답하고는, 작은 플라스틱 상자를 차창으로 내보였다. -하지만 이걸 당신이 그녀에게 전해 줘요.

-폭탄 가방인가요? -막심이 물었다.

-폭탄 가방, 폭탄 가방... -빅토르가 대답했다. -정말로, 그 출입문 초소 경비원이 때로 출입구에서 물을지 모른다고요... 그래, 코냑과 사탕 봉지라......-그는 다시 옷을 벗기 시작했다. -그럼, 나는 당신들과 함께 수영은 해보고 가야지!

199.년 6월 28일 월요일.

무더운 오후에 갑자기 내린 소낙비가 대도시를 유쾌하게 시원하게 만들어 주었다. 비는 마치 능숙한 미용사처럼 시가지 도로들을 15분간 스프링클러 같은 것으로 향수를 뿌리는 것 같았고, 똑같이 아스팔트 위에 수증기 같은 갑작스런 웅덩이들을 만들어놓고는 멀리 물러섰다. 황급히 내린 비로 수보로프스키이 가의 수많은 상점가 안으로 순간 대피했던 시민들은 자신의 일상의 관심사로 서둘러 돌아갔다. 막심은 서두를 이유가 없었다. -가장 가까이 출발하는 전기 기차는 두 시간 뒤라야 예정되어 있기 때문이었다. 그는, 관심 많은 페테르부르크 시민들의 바쁜 움직임에는 좀 방해가 되었지만, 서두르지 않고 어제 일을 생각하면서 수보로프스키이 가를 걸어갔다.

...갑자기 모스크바의 전화 호출은 지난 목요일 저녁에 있었다. 그 송화기 안에서 들려 온 목소리는 둔탁하였고, 그 때문에 그는 처음에는 그 목소리 주인공을 알아차리지 못했으나, 특징적인 존경스러울 정도로 부드러운 화법으로 두 문장을 말하는 것을 듣고서 그 목소리 주인공을 알 수 있었다. 대사관 영사였다. 동시에 에스페란티스토이기도 했다. 막심은 처음 그 영사를, 1년 전 모스크바의 그의 대사관저에 개최된 회의 석상에서 그 큰 덩치의, 온화한 톤으로 말하는 그 영사를 알게 되었다. 그때 몇 글라스의 자두로 빚은 브랜디를 동반한 즐거운 대화가 끝난 뒤, 그 두 사람은 자신을 서로 이해할 수 있는 친구로, 오랜 친구처럼 느끼게 되었다.

-여보세요, 막심, 안녕하시오! -그 영사는 당연히 들을 수 있을 정도로 큰 소리로 말하고 있었다. -당신은 당신의 숲에서 어떻게 지내나요?

-안녕하세요, -마찬가지로 막심도 큰 소리로 대답했다. -나도 영사님 목소리를 들으니 반갑습니다. 그리고 잘 들립니다. 제 건강에 대해선, 여기 공기가 영사님의 모스크바 시내보다 신선하다고 생각합니다.

-당연히 그렇겠지요! 그 영사가 살짝 웃었다. -나는 기꺼이 당신의 소나무 숲과 우리 모스크바 먼지를 맞교환하고 싶습니다.

-아뇨, 저는 동의할 수 없습니다. -막심은 살짝 웃었다. -외교 분야는 제 전공이 아닙니다. 그러고 대사님은 오늘 더 긴급한 사무가 있는가 봅니다만...

-현명한 분이군요, -영사가 말했다. -당신은 페테르부르크로 다음 주 월요일 공무를 핑계로 여행 올 수 있겠어요?

-물론, 찾을 수 있습니다! -막심은 대답했다. -그런데 무슨 일이 있나요?

-오, 좋아요, 막심! -즐겁게 그 영사는 대답해다. -그럼 당신

은 일요일 아침부터 오셔도 좋습니다. 가능한가요?

-물론, 제가 가지요! -막심은 기쁘게 대답하였다. -제가 월요일 공무 핑곗거리가 없다 하더라도 말입니다. 영사님은 일요일에만 페테르부르크를 다녀가시나요?

-에이, 친구님, 제가 아닙니다. -영사의 목소리에는 진심으로 애석한 마음이 실려 있었다. -저는 기꺼이 자두 브랜디를 앞에 두고 당신과 대화를 나누고 싶습니다만. 당신은 그 자두 브랜디 생각나지요?

-완벽했지요, -막심이 말했다. -그때 나눈 대화처럼요.

그 송화기를 통해서 웃음이 들려왔다.

-그럼 좋아요. 그 브랜디 술은 일요일에 전달될 겁니다. 제 선물입니다. 대화도 있을 겁니다. 하지만, 제 요청은, 저를 대신해 당신이 에르스트 씨와 대화를 좀 나눠 주시면 어떨까 해서요. 그분을 이미 알고 있지요?

-에르스트 씨라고요...? 개인적으로는 모릅니다. -놀라움에 막심은 대답했다. -하지만 그분 책은 몇 권 읽은 적이 있습니다. 대단한 작가입니다! 그분은...

-그래요 맞습니다, 막심 -대사가 말했다. -그렇습니다. 대단한 작가 맞고요. 그분이 하루 동안 페테르부르크를 방문합니다. 우리나라의 자랑입니다. 분명히, 하지만 좀 혼자 있기를 좋아하는 분이라. 그 때문에 만나기엔 간단한 분은 아니지요. 제 요청은, 당신이 그 도시로 오시고, 그분 또한 그곳에 방문하면 그분을 동행해 주었으면 합니다. 희망컨대, 두 분은 서로 에스페란토로 소통할 수 있을 겁니다...

세바스찬 에르스트는 생각이 풍부한 작가였다. 그는 대머리였고, 마른 목소리이고, 높은 칼로리의 영양유지를 통해서 작가의 특성상 늘 책상에 앉아 있음에 따른, 감명을 주는 나온 배를 지니고 있었다.

페테르부르크의 모스크바 역에서 그 일요일 9시에, 막심은 그 나라 국기가 달린 "메르세데스" 차량이 제공된 그 작가를 만났다. 운전기사가 딸린 그 자동차는 페테르부르크 주재 그 나라 영사이자 유쾌한 애주가가 내어주었다. 아주 적당한 예우였다. 왜냐하면, 그 감명을 주는, 나온 배를 가진 작가는 그 도시에서 오래 걷는 것은 별로 좋아하지 않기 때문이었다.

예상과는 달리, 막심의 작은 걱정은 가시었다.

저명 작가 에르스트는 특별한 자만심을 보이지 않고, 놀라게 하는 거만한 자애심도 가지지 않았다. 전적으로 막심은 그를 유쾌하고 착한 마음씨의 동료로, 꼭 두고 싶은 대화상대로 인식하게 되었다. 에르스트도 자신을 동반해 준 이에게서 같은 것을 느꼈다. 그 영사관에서의 아침 식사에서 그들은 서로를 간단히 이름(antaunomo)만 부르기로 동의했고, 현대문학, 특히 에스페란토 문학에 대해 몇 가지 공감대를 가지고 있다고 결론을 내렸고, 이 도시를 소풍하기 이전에 그 둘을 과도하게 술 마시게 하려는 그 영사의 의도에 그 두 사람은 함께 저항했다.

그게 주된 이유가 아니지만, 그 자두 브랜디의 그리 많지 않은 정도의 소비 덕분에, 소풍은 다소 매끈하게 흘러갔다. 그래도 욕심을 부린 페테르부르크의 태양은 그 도시에 적절한 영상 22도를 제공해 주었다. 땀이 날 정도는 아니었지만, 산책하기엔 딱 좋았다. 더구나, 곧장 세바스찬은 시간이 좀 많이 걸리는 산책은 싫어한다고 선언하였다. 그런 산책은 다른 노력 없이도 피할 수 있었다. 왜냐하면, 그 영사가 운전기사가 딸린 "메르츠데스"를 그 소풍객들이 사용하도록 대기하고 있었으니. 막심은 그 운전기사에게 폰타카(Fontaka) 운하로 가자고 말했다. 그곳을 들러 세바스찬은 아니치코프-다리 사진을 2장 찍으려고 내렸다. 나중에 그들이 들른 곳은 4마리의 황동말 동상(여기서 사진 2컷), 은둔자들의 숙소(수도원에서의 사진 2컷, 안으로는 들어가 보지 않으려고 함), 바실리에프스키- 섬(사진 3컷 찍기),......

작은 오해가 피터-폴 요새 성곽에서만 있었다.

그곳에서 막심은 러시아 지폐로 피터-폴 성당 입장권을 2장 샀다. 그게 막심의 일상적인 행동이다.

얼마 전부터 모든 박물관은 외국인 방문객에게 내국인에 비해 입장료를 3배 높은 가격을 요구했다. 지난해, 막심의 젊은 손님 몇 명이 왔을 때, 그들도 진심으로 불만을, 심지어 분노를 표시하기도 했다. 그래서 막심은 언제나 내국인용 가격으로 입장료를 구입했다. 막심이 먼저 알려준 방식대로, 손님들은 능숙한 행동으로 러시아인 가격으로 그 안에 들어가는 것을 검표하며 지키는 노파 앞에서 매번 성공하였다.

매번 성공하였지만, 이번 세바스찬의 경우에는 문제가 생겼다. 그는 외모로서 외국인임이 확연히 드러나 보였다.

그래서 하는 수 없이, 막심은 그에게 러시아사람처럼 능숙하게 행동하도록 말도 하지 못한 채, 그걸 말하는 것이 좀 부끄럽게 느끼면서, 이 고명한 작가 손님에겐 불필요하다고 생각하였다. 그래서 막심은 간단히 말해 행운을 기대했다.

그러나, 당연히, 경험 많은 당직 노파는 곧 출입문에서 러시아인 표를 들고 있는 그 외국인을 솎아냈다. 물론, 세바스찬은 극단적 불만을 표시했다. 그 작가는 경험 많은 그 노파를 향해서가 아니라, 막심에게. "나는 가난한 사람이 아니에요..." 세바스찬은 그를 놀렸다. "당신은 나에게 입장료에 대한 정책을 알려주고 박물관이 요구하는 금액을 지불했어야 했다." 그렇게 그는 딱딱한 목소리로 말했다. 막심은 용서를 구하고는, 표를 파는 창구로 다시 가서, 서둘러 상황을 수습하였다. 그래도 세바스찬 기분은 이미 상해 있었다.

성당 안에 안치된 러시아 황제들의 무덤 사이를 지나는 산책을 끝낸 뒤, 그는 인근의 다른 관광지로 가는 것을 거부했다. 그래서 "메르세데스"는 이미 예정된 언론 회견장인 영사관으로 곧장 향했다.

이미 5년간 레닌그라드-페테르부르크 주재 영사 자리를 유지하던 그 영사에겐 언론인들을 불러 모으는 데는 문제가 없었다. 대체로 젊지만, 늘 식성이 좋은 기자들은 인터뷰장에서 이것저것 먹고 마실 좋은 기회를 즐거이 잡았다. 영사관의 풍습에 대해서 특히 이곳 영사관 풍습에 대해 잘 알고 있는 그들은 인터뷰가 끝난 뒤에는 "이런저런 먹거리"가 제공된다는 그 영사의 약속을 주저 없이 믿고는, 향초가 불타고 있는 곳에, 나비와 같은 가벼운 마음으로 그 인터뷰를 고대하고 있었다. 그 살롱에서는 정해진 회의 시각에 맞춰 40명 이상의 마음 급한, 궁금하고 먹기를 기대하는 젊은 기자들이 그 인터뷰 대상자를 기다리고 있었다. 실제로, 이 대도시의 대중매체 중 어느 한 곳도 그 영사의 초청을 무시한 곳이 없었다.

영사는 말없이 출입문을 열어, 그 살롱으로 들어섰고, 우호적으로 그 기자들을 향해 손을 흔들었다. 약간의 박수소리가 있고, 마치 극장 상연 이전인 것처럼.

-봐요, 슘스키이 씨, -영사가 그 출입문을 닫으며 속삭였다. -내가 러시아말을 잘 하지는 못합니다... 에-에, 나의 통역사가 오늘은 휴무입니다, 일요일이니, 당신도 아다시피... 당신이 통역을 좀 해주시겠어요?

-어떤 방식으로요?- 당황해서 막심이 물었다. -정말 나는.... 잘 할 줄 모릅니다.

-그래요, 그래요, 압니다! -영사가 끼어들었다. -그런데 당신은 당신의 에스페란토를 보여 줄 기회가 생겼어요, 안 그런가요? 당신이 기자들 질문을 에스페란토로 옮겨 주면, 에르스트

씨는 그 언어로 대답할 것이고, 그러면 그의 대답을 당신이 러시아어로 통역하면 되지요...

-하지만.... 세바스찬... 에르스트씨는 반대하지 않을까요?

-에르스트는 반대하지 않습니다. -에르스트씨가 살짝 웃으며 말했고, 그들은 그 회의장으로 들어섰다.

언론 회견장은 매끄럽게 시작되었다. 막심에겐 아름답게 들리기도 했다. 그 영사는, 너무 학습속도가 느린 자신의 러시아어로 이 나라의 영광을 진심으로 기원했고, 세바스찬 에르스트 작가를 소개했고(박수 소리가 있었고), 다행히도 존경하는 작가도 함께 소유하고 있는, 좀 이국적인 언어 에스페란토 소유자인 막심 슘스키이 씨를 소개했다. 그래서 상호 이해는 독특하게 일어났다. -에스페란토어의 도움으로 이루어질 것이라고 말했다(더 큰 박수 소리). 그런 종류의 통역이 가능한지의 진실성을 확인하려고 매력적인 금발의 머리카락과 긴 다리를 가진 여성기자가 질문을 했다. 세바스찬이 동의하듯 고개를 끄덕이고는, 막심은 그 금발의 여기자에게 살짝 웃음으로 허락을 하자, 간단히 에스페란토의 가치를 설명해 주었다. 따라서 에르스트 작가의 창작방법, 창작계획에 대한 평범한 질문, 유럽 바깥의 지역에서의 작품의 확장성에 대한 질문, 그의 일상의 작업시간에 대한 질문 또 그의 오늘의 감상에 대한 질문이 이어졌다... 모든 것이 막심을 위해서도, 또 이 나라의 영광을 위해서도, 또 에르스트씨를 위해서도 -공산당 신문 "소비에트의 여명" 소속인, 지금까지 조용히 있던, 가장 나이 많아 보이는 두 기자가 질문할 때까지 -별 노력 없이 긴장 없이 진전되었다.

-작가님이 대답해 주시기를 요청합니다. -그 두 사람 중 한 사람이 거친 목소리로 말했다. -왜 이 분은 자신의 책 "붉음과 갈색"에서 과거 독일 파쇼 정부의 저급한 행동과 스탈린

동무가 지도한 소비에트 정부의 창조적 업적을 감히 동등하게 평가하는지를요?

그 점을 막심은 아무 거리낌 없이 통역해 주었다. 마찬가지로 그는 그 동등하게 처리한 것에 대한 정당성을 입증해주는, 이미 검증된 연구 자료들에 대한 세바스찬의 평온한 대답을 통역해 주었다. 그러나 곧 목청을 높여 두 번째 "노인"이 말을 시작했다.

-작가님이 인용한 그 문건들은 서구의 특별기관이 생산해 놓은 가짜입니다! 작가님은 소련 안에 들어와서 그 당시 소비에트 신문들을 검토하러 또, 당시 지도자를 향한 소비에트 국민의 사랑을 보려고 당신의 그 엉덩이를 들었나요?

막심은 긴장되었다. 그런 유사한 경우에 어찌 대응해야 하는지 잘 모르는 그로서는 통역하면서, 그 "노인"이 한 말을 온화하게 통역해 주려 하자, 즉각 세바스찬이 반발했다.

-막심, 그렇게 하지 마세요, -세바스찬은 불만인 듯이 말했다. -나는 러시아어를 배웠어요, 그리고 다소 오고 가는 말들을 이해할 정도가 됩니다... 나는 당신에게 충실하게 통역해 주기를 부탁합니다. 내 엉덩이는 모스크바와 페테르부르크의 가장 저명한 도서관에 가 봤다고, 또 내게 허락해 준 몇 개의 문서보관소들을 가 봤다고 통역해 줘요.

-저 남자는... -그 "노인"은 그 통역을 듣고는 분개하며 말을 다시 했다. -저 남자는 우리나라와 적대관계에 있는 나라에 팔린 사람입니다! 저 글쟁이가 몇 개의 다른 경멸할만한 인물들의 유사한 저작물처럼 저 글쟁이의 그 엉터리 작품이 우리 위대한 나라를 분리시켰음 알지 못했나요?

그러자 그곳에 모인 청년들은 그 스캔들의 진전을 기다리며 서로 쳐다보았다. 막심은, 그의 등에 식은땀이 흐르는 것을 느꼈다. 그리고 지금 그는 그 질문을 믿을 수 있도록 통역해 주려고 애썼고, 또 세바스찬은 러시아 국민이 번성하기만을 기대한다고 또, 그 보복의 공포를 스스로 체험하지 못한 사람들이 있다면, 제 나라 역사를 적어도 한 번쯤 진지하게 연구해 주십사 하는 세바스찬의 침착한 대답도 진지하게 통역해 주었다.

-우리를 가르칠 사람은 당신이 아니라구요! -그 첫 번째 "노인"은 쇳소리를 냈다.

-호, 나는 그걸 의도조차 하지 않았습니다... -세바스찬이 응수했다. -당신처럼 존경받을만한 나이에 있는 사람들은 자신들이 어떤 사람인지를 지금 그대로 받아들이십시오. 그러나, 젊은이들이라면 우리 대화에서 뭔가 유익한 것을 붙잡을 수 있으리라 희망합니다.

그 스캔들은 정말 진전되어 버렸다. 왜냐하면 그 두 "노인"은 열을 냈고, 서로 번갈아 공격을 시작했다. 앞에 질문했던 금발의 여성 기자가 막심을 애처로운 눈길로 쳐다보고 있었다. -그는 자신의 땀으로 뒤덮인 붉어진 얼굴이 정말 불쌍하게 비치겠구나 하고 느꼈다. 그때 영사가 개입할 시간이 되었음을 마침내 발견했다.

-귀빈 여러분, -그는 자신의 푹신한 안락의자에서 일어나, 세 걸음 앞으로 나와 모여 있는 기자들을 향해 섰다. -우리는 이 인터뷰 내내 에르스트 씨의 선의의 감정을 너무 오롯이 오랫동안 드러내도록 하게 만들었습니다... 우리는 이미 1시간 반 이상을 사용했습니다! 그런데, 마실 것과 먹을 것이 이미 우리를 위해 준비되어 있습니다.

그는 옆으로 제스처를 취했다. 옆의 출입문이 열리더니, 두 명의 젊은 여성 봉사원이 음식 운반용 작은 수레 몇 대를 끌고 왔다. 그 작은 수레들에는 음료수병이 여럿 놓여 있고, 견과류, 오이, 검은 올리브, 초록의 올리브, 치즈와 함께 있는 샌드위치, 햄, 소시지 등이 담긴 쟁반들이 놓여 있었다... 여성 봉사원 한 사람은 작가 세바스찬이 백포도주를 달라고 하자, 그에게 포도주를 준비했고, 또 막심에게도 다가왔다. 막심은 자신의 두 손이 심하게 떨고 있음을 느꼈다. 그리고 그 아가씨가 어떤 음료수나 술을 원하는가 하는 질문에 그는 좀 딸꾹질하면서 말했다:

-자두 브랜디 한, 한 잔을 가, 가득 주세요.

그 여성은 좀 놀라, 한 번 쳐다보고는, 그 요청대로 브랜드를 따라 주었다.

단번에 그는 그 브랜디 한 잔을 마셔버렸다, 그리고 이젠 좀 더 평정을 되찾은 손으로 샌드위치를 집어들었다...

이제 기자들이 모두 돌아가자, 그 영사는 그 작가와 반쯤 취해 이제는 돌처럼 평온한 통역자를 다른 방으로 초대하였다. 이미 그곳에는 저녁 식사가 준비되었다. 막심은 졸음이 쏟아지려는 것을 느꼈다. 좀 가뿐한 마음으로 세바스찬은 연이은 질문을 해서 그를 잠시 깨우기도 하며 대화를 이어갔다.

-내 질문에 대해 용서해 주길 바랍니다, 막심, -세바스찬이 말했다. -당신은 만일 이 질문이 맘에 들지 않으면, 대답하지 않아도 됩니다. 그런데 당신은 이 나라에서 편안하게 느끼고 있나요? 한 번도 당신은 이 나라를 떠나는 이민을 생각해 보지 않았나요?

막심은 한순간 집중하고는 그의 머릿속에서 고통받는 결과의 공식을, 결론을, 두뇌에서 수백 번 되뇐 결과인 이미 마련된 결론을 말해 주었다.

-왜 아닌가요? -그는 살짝 웃었다. -나는 그 점에 대해 자주 생각해 왔어요. 깊이 생각해 볼 때도 있었습니다. 돈 문제, 내가 태어난 나라의 몰락, 커가는 내 아들... 하지만, 내가 심사

숙고해 본 결과, 나는 내가 어느 다른 나라로 가서 그곳에서 이민자로 사는 것이 성공하리라고는 한 번도 상상해 보지 못했습니다. 여기에 내 친구들이, 내 환경이, 내 부모님과 친척들의 묘지가, 내 문화가 있으니까요. 결국, 나는 두렵습니다... 나는 다른 나라에서 내가 이 모든 것을 대체할 수 있을 만한 것을 찾을 수 없을 거라고 생각해서 두렵습니다. 내가 지금까지 살고있는 이 나라가 내 나라입니다. 그리고 나는 이곳에서 더 살고 싶습니다... 만일 누군가 나를 너무 강하게 방해하지 않는다면요.

그는 다시 살짝 웃었다. 이미 몇 잔 마신 영사는 안락한 의자에서 이미 반쯤 잠들어 있었다. 그러나 세바스찬은 막심의 눈을 깊이 처다보았다.

-그런데 만일 그 사람들이 방해를 한다면요?... 그가 물었다.

-그땐... 그때는 나는 내 심사숙고의 첫 단계로 물러나야겠지요, 안 그런가요?- 막심이 대답하고, 두 사람은 같이 웃었다.

....막심은 스몰니이에서의 오늘 약속에 자기 생각을 집중하면서 수보로브스키이 가를 따라 계속 걸어가고 있었다. 자신의 사촌 집에 하루 숙박한 뒤, 오늘 그는 스몰니이에 9시 10분 전에 도착하는데 성공했다. 그 시각은 하루 일과가 시작되는 시각 바로 앞이다. 높은 떡갈나무 목재로 만든 출입문들이 열을 지어 있는 끝없는 복도에서 약간 방황한 뒤에, 우연히 지나가는 공무원들에게 2번 물어, 몇 개의 사무실로 고개를 내밀어 본 뒤에 막심은 민영화 위원회 사무실을 발견했고, 그곳에는 -이미 문제없이- 빅토르가 기억하는 그 성명을 가진 사람의 출입문을 찾을 수 있었다.

-안녕하세요, 슘스키이 동무 -마찬가지로 목재 같은 딱딱한 음성이지만 거의 유쾌한 목소리의 익숙한, 창백한 얼굴의 인

물이 말을 걸어왔다. -시가에프 동무가 전화로 당신이 올 거라고 알려 주었습니다. 당신이 업무일 시작에 맞추려고 새벽 열차를 잡아탔다는 것이 좋았어요.

-저는 시내에서 하룻밤 잠을 잤습니다... -막심이 말했다.

-아하, 슙스키이 동무, -그녀는 이미 빅토르가 알려준 그의 성을 잘 기억하고 있었지만, 그의 이름에 대해선 입에 올리지 않았다. -그건 더 좋았어요. 그럼, 만일 당신이 반시간 늦게 도착했다면, 이미 당신은 이곳에서 나를 만나지 못할 수도 있었어요. 제가 오늘 할 일이 너무 꽉 짜여 있어서요.

그 인사는 그 순간 생각에 잠겼고, 막심은 그 기회를 붙잡아, 빅토르에게서 받은 그 작은 상자를 건네줄 수 있었다.

-고마워요, 슙스키이씨, - 아무 감정 없이 그녀는 그 꾸러미를 받고는, 그것을 자신의 책상 옆에 두고는 마른 목소리로 말을 이어갔다. -나는 당신 공장에서의 아쉬운 경우에 대해 들은 적이 있어요. 시가에프 대표에게 내가 그분을 동정하고 있다고 꼭 전해 주십시오. 그... 그 난폭한 범죄에 그가 개입했다는 소문이 돌 수 있습니다. 하지만 그는 믿음직한 지도자이기에 그런 것을 허락하지 않을 겁니다...

빅토르가 허락하지 않은 것이 무엇인지 막심은 전혀 알 수 없었다. 왜냐하면, 이 인물은 갑자기 화제를 바꾸었기 때문이었다.

-시가에프 동무가 요청하길, -그녀가 말했다.- 내가 당신 편에 이 서류들을 전달해 주라고 요청했습니다. 이걸 받으세요. -그녀는 자리에서 일어나, 서류 보존용의 큰 벽장에서 서류함을 꺼냈다. -먼저 이것은 지역 위원회의 확정 사항인, 2건의 문건입니다. 또 다른 한 건은 동무의 집단공장의 주식 총량 중 51퍼센트 분배를 통제하고 동의받은 결정사항입니다. 문건 3건. 맞는지 확인해 보고 동무가 받았음을 여기에 서명해 주

세요. 성, 이름과 부성 전부를요, 또 날짜도 기입해 주세요. 시가에프 동무는 37퍼센트를 받을 겁니다. 나쁘지 않은 결과입니다.

-이해했습니다. - 막심은 그렇게 말하고는 이내 자신이 그렇게 말한 것이 헛되었음을 예상할 수 있었다.

그 인물은 갑자기 화를 냈다. 막심은 곧장 그 상황을 알아차리지 못했다. 아무것도 그 창백한 얼굴에서 변함이 없음을, 그 딱딱한 음성에서도 변화가 없지만, 그녀 두 눈은 뭔가 열변하는 증오가, 이전에는 무표정했던 그녀의 두 눈의 저 아래에서 나왔다.

-당신이 그 점을 이해할 수는 없습니다. 슘스키이 동무, - 그녀가 말했다. -동무의 대표 시가에프 동무는 경험있고 현명한 지도자이고, 동시에 그러고도 그는 이 모든 사항을 이해하지 못하고 있어요. 지방에서의 삶은 지도자들에게 긴장감을 떨어뜨리게 합니다. 사람들이 당의 과업에 대한, 이전의 중요 경험을 가졌다 해도 말입니다. 우리는 여기서 봅니다, -새로운 상황은 새로운 인간형을 만들어내고 있음을요. 우리는 자신들의 행동을 예측하려는 모두를 각각 알 수는 없습니다. 공격은 갑자기 옵니다. 그리고 모든 것이 우리 계획을 수포로 만드는 그런 결론이 나는 경우도 참 많습니다.

막심은 정말 이해할 수 없었다. 그 인물은 그를 가증스런 눈길로 그를 쳐다보고 있었다.

-이 모든 것을 시가에프 동무에게 전해 주십시오, -그녀가 말했다. -그분은 당신을 신임하고 있다고 했습니다. 믿는다고 그가 말했습니다. 그래서, 만일 그분이 당신을 신뢰한다면,.... 다소... 그분에게 이 말도 꼭 전하세요. 민영화는 아직 끝나지 않았다고 말입니다. 그분은 그 시청에서 있을 주식경매에 정말 신경을 써야 한다구요. 끝입니다. 용서하세요, 동무, 슘스

키이, 나는 이젠 가봐야 합니다. 모든 것이 잘 되기를!

....막심은 수보로브스키이 가를 따라 걸어가고 있었다. 뭔가의 이유로 바로 지금, 그런 사건들이 머리에 떠돌고 난 뒤, 그는 머릿속에 두 갈래 생각이 있었다. 그 위원회 그 여성 인물의 마지막 말과, 이민에 대한 작가 에르스트의 질문.
　놀랍게도, 그 두 생각의 길이 어찌하여 서로 뒤섞여 버리는 바람에, 그는 집에까지 돌아오는 온전한 4시간 동안 기차 여행 동안 자신을 괴롭혔다.

199.년 7월 9일 금요일.

　이른 아침부터 수도원 종소리가 가져다주는 교향곡이 온 시내에 날아다녔다. 그리고 그 음악은 저 먼 동편의 마이크로레이온 지역까지 다다랐다. 그녀는 신선한 바람을 들이마시려고 발코니로 나왔다. 지난 이틀간 그녀는 자신의 기분이 별로였음을 느꼈다. 그녀 안에 자라는 새 생명이 첫 노력을 하게 만들었다. 그녀는 공무로 병원 진료를 한 번 받아 보는 것 대신 잘 아는 여의사 선생님을 통해 진료를 받아 보니, 첫 임신 여성을 때로는 괴롭히는 무슨 독성에 대해 알게 되었다. 어제 이리나는 이틀간 휴가를 신청했다. 회사 대표가 페테르부르크 출장을 가서 자리를 비웠기에, 그 대표를 대신한 당직-주임 엔지니어인 바리토노프가 이리나의 요청을 거절할 이유가 없었다. -지난 몇 번의 토요일마다 그녀는 니나 드미트리에프나가 하는 직원들에 대한 서류작업 정리를 도와주느라 근무했었다. 그래서, 오늘 그녀가 휴가를 신청할 수 있었고, 실제 자신이 잘 선택했구나 하고 느꼈다, 그녀는 자신의 두 팔을 들고,

온몸을 세워 발끝으로 서서는 스트레칭을 한 번 하고는 기쁘게 깊은숨을 내쉬었다. 정말 그 종소리 멜로디도 그녀에게 흡입되는 것 같았다. 왜냐하면, 그녀는 갑자기 종소리가 들려오는 수도원에 한 번 가고픈 생각이 들고, 그곳 가까이서 다시 그 종소리를 듣고 싶고, 수도원으로 가서, 보호해주시는 성모 마리아상 앞에서 양초라도 한 자루 켜놓고 싶은 마음이 생겼다. 곧장 이리나는 이러한 관심에 대한 변명거리가 이해되었다. -오늘이 축일이자 공휴일이다. 바로 그 때문에 그 장엄한 종소리를 들을 수 있었다.

그 수도원 종들은 지난해에야 그 수도원의 그 다섯 개의 머리를 가진 종각의 작은 탑 안에 다시 설치되었다. 지난 수십 년간 그 종탑들 안에는 바람만 휘몰아쳤으며, 쓰레기와 마른 나뭇잎들만 쌓여 있었다. 더구나, 그 수도원이 속한 전체 부지도 새 지배자들이 모든 보물을 공용으로 수용해 가져가 버리고, 그곳에 사는 수도승들을 내쫓았고 그 수도원 재산을 가장 열렬히 지키려던 수도승 중 몇 명은 죽임을 당해야 했던, 저 공포의 20년대부터 지난 수십 년간 잘 보존되지 못했다. 그 수도원의 언젠가 관리하고 있던 10개 교회 중에 작은 교회 하나만 그 교단에 소속되게 했었다. 그렇게 앞서 언급된 수십 년간에 9개 교회는 도시의 지역 역사관으로 사용되고 있었다. 그 기간에 여타의 모든 시설물은 자연 풍화로 인해, 또 사람들로 인해 다소 파손되었다.

그러고도 대대로 내려온 기억 덕분에, 비물질적 자원 하나는 더욱 보존되었다. 그것은 그 수도원의 600년 역사에 뿌리를 둔, 한여름날의 교회 축제였다. 사람들은, 잔혹한 이반(Ivan) 황제 재임 때는 그 황제가 이 수도원에 호의적이었고, 자신의 선물로 이 수도원에 관심을 듬뿍 주고, 또 자기 아내들에게- 필시, 가장 말을 잘 듣지 않는 아내를 그곳 인근에 가둬 놓기도 했던, 그 잔혹한 이반 황제의 그 우울한 시대와 함께 역사적 연결고리가 학술적으로 되어있음에 대해 주목했다.

도시 사람들은 공산당 지배 시절에도 끈질기게 매년 그날, 그 축제를 기려 왔다. 당연히, 그들은 그 근원에 대해 호의적 휘파람을 불렀지만, 그 도시 전체가 축제로 즐기는데 그 날짜를 사용함에 있어 이성적인 생각을 충분히 하게 만들었다. 그 날짜는 '시민의 날'로 공식 신분을 부여받았다. 지난 2년 전부터 이 축제는 현 집권자들이 갑자기 그 도시 시민들이 지난 시절의 이데올로기를 대신할, 평화를 만들 도구를 전혀 갖고 있지 않았음을 인식하고는, 그리스정교 믿음을 부활시켜 그 평화를 만드는 도구로 되찾도록 더 큰 관심을 가지니, 덕분에 더욱 이 행사가 장엄하게 챙겼다...

동부의 마이크로레이온 지역에서부터 수도원까지의 길은 길이가 2km는 충분히 되어, 그 구간에 버스가 운영되었다. 그럼에도 이리나는 샛강 강변을 따라 걸어가는 것을 선택했다. 그 샛강은 뱀처럼 새로운 마이크로레이온 지역을 에워싸고, 옛날 도시지역으로 더 흐르다가, 나중에는, 그 수도원을 지나 더 서편으로 -그 큰 강에 합류하기 위해 흘러간다. 이리나는 야생 벚나무들과 버드나무들이 빽빽이 자리하고 있어, 선선하고 시원한 아침에 그리 서두르지 않은 발걸음으로, 때로는 섬세한 하얀 꽃잎 위에 이슬방울이 맺혀 있는 카밀레 식물의 꽃들을 따보려고 멈추기도 하면서 그 샛강 강변을 따라 걸어갔다, 그녀가 그 종소리의 근원지에 더 가까이 가면 갈수록, 더 많은 시민이, 특히 젊지 않은 사람들이 축일에 맞는 복장으로 그녀 주위의 넓은 강변 포장도로를 따라 걸어오고 있었다. 그들 모두는 이리나보다 더 느린 걸음을 내딛고 있었다. 이리나는 그중에 이웃 사람인 은퇴 노인 부부가 앞서서 걸어가는 것을 발견하고 그분들을 뒤쫓아 인사를 나누고, 그들과 대화를 나누면서, 보폭도 그들과 나란히 했다.

-세례를 받았나요?- 노인이 물었다.

-정말 그렇습니다. -이리나가 대답했다. -제가 2살 때 저희 어머니가 세례를 받게 해 주셨어요,

-착한 어머니를 두었군요, -생각에 잠긴 그 노인이 말을 이어 갔다. -내가 기억하기로는 -댁의 어머니는 아주 마음씨 착하고 주위에 도움을 많이 주었지요, 그녀도 천국에서 평안하시길!

-이봐요, 아가씨. -그 노인의 아내가 말을 걸었다, -이 수도원에 단순히 산책하려고 왔나요, 아니면 특별한 목적이 있나요?

-산책도 하구요, -이리나가 답했다. -성모님께 좀 더 건강을 유지할 수 있도록 빌어 보려고요.

-그렇구나, -그 안노인이 말했다. -우리같이 늙은 사람들이 성모님께 건강을 기원하기 위해 오는데, 아가씨는 정말 젊은 데... 정말 아가씨에게 무슨 문제라도 있는가요?

-조금요... -다시 이리나가 살짝 웃었다.

-그보단 좋은 남편을 한 사람 점지하게 해달라고 성모님께 요청하는 편이 더 낫겠어요, 아가씨, -그 안노인이 말을 이어갔다. -내 기억으론 아가씨는 24살이나 아니면 25살일 것 같은데요?

-그 사이입니다, 할머니, -이리뇨가 대답했다. -충고는 감사합니다, 그러나 성모님께서 제게 남편을 어찌 찾아 주시겠어요? 제 스스로도 성공하지 못했는데요?

-기도하고 믿으면 이뤄집니다, 아가씨, -엄숙하게 그 안노인은 말했다. -성모님은 도와주실 겁니다.

그들은 수도원의 동편 대문을 통해 그 수도원 안으로 들어갔다. 물론, 동시에 서편에서 특별한 "이카루스"29)가 멈추어 서

있다는 것을 그들은 몰랐다. 어린이집의 선생님 3분이 그 버스에서 5살짜리 남녀 아동들이 내리는 것을 돕고, 그들이 종탑을 참관하러 줄을 세우고 있음도 그들은 몰랐다.

아이들 목소리의 일상적 소음은 버스 곁의 공간에 넘쳤고, 그 여선생님들은 아이들을 두 명씩 서로 손잡도록 줄을 세웠고, 가장 말을 듣지 않는 아이에게는 조용히 하라고 하였다. 이리나는 그렇게 크게 소리 지르고, 또 조용히 시키는 여선생님들 사이에 에바도 있으리라고는 생각하지 못했다.

15분쯤 지났을까 하는 시각에 마침내 그 아이들이 만든 줄이 다 준비되자, 그 3분의 여선생님과 함께 그 아동 무리는 -맨 앞에 한 선생님이(주임 책임자인 에바가), 중간에는 다른 여선생님이, 끝에는 또 다른 여선생님이 자리하고는 -서편 대문을 통해 그 수도원 벽을 통과했다.

이리나는 그 수도원 출입문을 들어선 직후, 그 두 노인과는 작별했다. 그들은 완벽하고도 눈물이 날 정도로 영혼에 감동을 주는 수도원 합창단 노래를 곧장 들어보려고 서둘렀다. 그러면서 그들은 이리나에게 함께 그곳에 가보자고 재촉도 했다.

하지만 그녀는 용서를 구했다. 그녀는 멈춰 있기를 더 원했다. 왜냐하면, 갑자기 피로감과 현기증이 그녀를 휘감았기 때문이었다. 그 두 노인은 서로 의지한 채 서둘러 앞으로 나아갔고, -하지만 동시에 여느 때처럼 똑같이 느린 속도로, -다른 방식으로는 그들이 할 수 없었다. 이리나는 그들 모습이 그 중앙의 수도원 대성당이 가려줄 때까지 눈길로 따라갔다. 그곳은 아직 기도하는 사람들에겐 개방되어 있지 않았다. 무슨 이유인지 그렇게 걸어가는 노부부의 모습을 보자, 그녀는 안정이 되고, 이젠 현기증도 사그라졌다.

몇 번 그녀는 그 박물관 옆 벤치에 앉아, 올해 복원된 수도

---

29) *주: 이카루스: 당시 헝가리에서 생산되어 수입한 편안한 대형버스

원에 옮겨 거주하게 된 첫 수사들이 재배하고 관리하는 꽃밭 풍경과 향기를 즐기고 있었다. 이런저런 생각이 그녀에게 생기자, 의문도 또한 생겼다: 누군가 이렇게 그녀 삶에서 가장 어려운 시기에 그녀를 지원해 주는가? 예를 들어, 지금, 수도원 벤치에 앉아 쉬고 있으면서, 이리나가 일어설 힘도 없고 더욱 걸을 힘도 없다는 것을 느끼고 있는 이때... 그럼에도 그녀는 자신의 의지를 모아, 몸을 일으켜 세워, 천천히 발걸음을 확실하게 옮겨, 지나가는 사람들이 그녀 자신의 몸이 흔들리는 것을 알아채지 못할 정도로 신체를 바로 세워 작은 교회로 향했다.

그 어린이집에서 온 아동 그룹은, 더욱이, 그 종각 앞의 공터에 나이 많은 사람들과는 좀 떨어져 길옆에 멈춰 서 있다, 그들은 고개를 들어, 그 종들을 바라보고, 더 많은 아이가 입을 벌린 채 바라보고 있었다. 이리나도 멈춰 서고 싶었지만, 그 교회 안에서 촛불을 먼저 켜서 그것을 성모상 곁에 가져다 놓은 뒤에 쉬는 것이 낫겠다고 이성적으로 생각했다.

그녀는 그 무리를 스쳐 지나쳤고, 그 공터를 통과했고 그렇게 가는 동안 이미 특별히 준비해 가져간 수건을 머리에 덮고 그 교회의 출입문 안으로 들어갔다. 그녀는 고개를 한 번 숙이면서 동시에 3번 성호를 긋고 나서, 교회 안으로 들어섰다.

교회의 반쯤 밝음 속에서 수많은 사람이 있었지만, 그들은 사람들이 통과할 수 없을 정도로는 그렇게 밀집되어 서 있지는 않았다. 더 밀집된 사람 무리는 그 수도원의 성가대 합창단이 계속 노래하는 그 제단 옆에만 서 있었다. 그 감동적인 노래를 부르는 사람은 열 명 이상의 남자 목소리가 네 팀으로 구성되어 모여 있었다. 양초 연기와 함께 뒤섞인 강력한 냄새가 그 교회에 진동하고 있고, 그 때문에 그 어두운 상(이코노)들의 얼굴은 이리나에겐 좀 불확실하고 흔들리는 듯이 보여,

마치 매캐한 냄새 속에서 헤엄치는 듯이 느껴졌다.

이리나는 옆 탁자에 놓인 작은 상자에서 양초 한 자루를 꺼내, 돈을 넣는 유리함에 지폐 한 장을 넣고는, 오른 열의 기둥 중 한 곳에 설치해 둔 상(이코노)로 다가갔다. 이미 이 상에는 양초들이 많이 놓여 있었다.

성모님은 오늘 수많은 요청자를 갖게 되었다.

다시 이리나가 자신의 고개를 한 번 숙이면서 동시에 3번 성호를 그었다. 이미 타고 있는 양초에 자신의 양초를 가져가 불을 붙이고는 그것을 비어있는 촛대에 꽂았다. 나중에, 잠시 생각에 잠긴 뒤, 그녀는 성모님의 자비로운 얼굴에 간청하는 듯한 시선을 들어 올렸다.

이 순간 그녀는 자신을 확고하게 믿기를, 성모님이 그녀 눈에서 진실한 요청을 읽어내시리라고 확고하게 믿기 시작하고는, 그분에게 전해지기를 원하는 간절한 요청 또한 읽어내시리라고 또 반드시 그분께서 보호해주시고, 지원해 주시고, 평안을 가져다주는 도움을 꼭 주시리라 믿었다.

그러고도 그곳 연기 냄새는 이미 그녀를 질식할 정도였다.

이리나는 자신의 몸을 서두르지는 않았지만, 자신의 두 눈을 내리고, 자신을 그 기둥에서 멀리 떨어진 채, 나중에 그 신선한 공기가 느껴지는 쪽으로 달려갔다.

그러다가 어느 할머니를 밀치는 바람에 그 할머니가 비난조차 하였다.

에바는 여성 보조 선생님 둘과 함께 이제 아동들을 다시 타고 온 버스로 태우러 가고 있었다. 아동 행렬의 맨 앞에 에바가 마찬가지로 그렇게 기능하는 기도하는 자리 옆을 걷고 있는데, 그때 그 열린 문에서 나오는 익숙한 한 사람을 발견했다. 그때 그 아동 행렬은 그 기도하는 자리 옆을 바로 지나고 있었다. 그녀는 알아차렸다. 시가에프의 여비서 이리나 셀류티나 임을 알아차렸다. 두 여자는 그 집단공장의 축제에 몇 번 참석한 적이 있었기에, 그 두 사람은 서로를 알고 있었다. 이리나와, 그녀의 막심에 대해 "선의의 사람들" 몇 명이 말하던 불분명한 암시가 이때나 저때나 에바 귀에 들려왔지만, 그녀는 언제나 웃으며, 대표 여비서는 그 대표 소유가 되어야 한다고 반박해 왔다. 저 이리나의 부성(父姓)이 뭘까 하고 에바가 생각해 보았지만, 기억해 내지 못하였다. 하지만 그것은 지금 중요하지 않다.

-즐거운 축일이지요, 이리나! -에바가 말을 걸었다.

-안녕하세요, 즐거운 축일입니다. 에바 아로노프나, -이리나가 대답했고, 에바가, 자세히 살펴보니, 이리나가 지금 몸 상태가 좋지 않음을 금방 알아차렸다.

실제로, 인사를 나눈 뒤, 이리나는 비틀거리기 시작했고, 더구나, 넘어질 뻔했지만, 에바가 달려가 그녀를 붙들었다.

-어디 안 좋은가 봐요, -에바가 엄정하게 말했다. -어디 아파요?

-아-뇨... -이리나가 말했다. -아니-아닙니다! -그녀는 그 목소리에서 두려움을 안고 대답했다. -정상입니다...나는 곧 갈 겁니다...

그러다가 이리나의 두 눈이 감겼고, 그만 그녀가 정신을 잃었다. 아이들이 주변에 모여들었다. 에바는 보조교사들에게 황급히 명령했다.

-아이들을- 버스 안으로! 곧 나도 갈 겁니다. 아무 중요한 일은 아니에요, 그녀가 도움이 좀 필요합니다.

-그래, 이걸 마시게 해요, 제게 물이 있어요, -어느 여인이 말했다.

에바는 그 여인이 내민 작은 물병을 집어, 입에 한 모금 머금어, 그 물로 이리나 얼굴에 뿌렸다. 그러자 그녀가 눈을 떴다.

-나는... 나는 곧 가야 해요.- 약하게 그녀가 말했다.

-아무 곳에도 가지 않아도 되어요, 아가씨, -에바가 단호하게 말했다. -우리가 병원으로 아가씨를 데리다 줄게요. 당신은 병원에 먼저 가야 해요. 자, 그럼! 팔을 내 어깨 위로 놓아요. 버스까지는 열 걸음이면 되어요, 우리는 발걸음을 성공적으로 내디딜 거예요.

199.년 7월 10일 토요일

막심이 아직도 큰 방의 자기 소파에서 여전히 얕은 수면 상태인 아침 8시에, 에바는 자신의 침실에서 나왔다. 파블릭 방에서도 아직 아무 소리도 들리지 않았다. -소년은 여전히 자고 있었다. 침실 문이 삐걱하는 소리도 들리지 않았지만, 막심은 그 문이 열릴 때 공기가 들어오는 것을 느낄 수 있었다. 그는 몸을 바로 펴서 등을 바닥에 대고 눕고, 억지로 두 눈을 떴다. 압박하는, 잠 오는 듯한, 아주 무거운 꿈을 그 방까지 들어온 생생한 아침 햇살이 곧장 날려 보냈다. 막심은 그 꿈에서 무슨 이야기를 했는지 기억을 전혀 하지 못하고 있었다. 에바는 자신이 욕실로 분명히 향하면서, 남편이 몸을 뒤척여 깨는 것을 눈여겨보고는, 그 소파 옆에서 멈춰 서고는, 좀 생각에 잠긴 뒤 옆에 앉았다.

-좋은 아침이네요!- 막심은 전혀 자신을 배신하지 않은 채로 진지하게 웃으며 선의를 표현했다. 그렇게 깨어나는 것이 그에겐 구원이고, 그는 진심으로 온 세상에 대해 좋은 아침을 기원하고 있었다.

-좋은 아침이지요, 여보,- 에바가 대답했다.

그녀는 막심 옆에 앉아, 그이의 두 눈을 빤히 보면서, 그이의 진실성을 놓치지 않았다. 막심은 계속 웃기만 하고, 자신의 눈을 껌벅이거나 곁눈질은 하지 않았다.

그는 기다렸다. 에바도 조용히 있었고, 아마 생각에 잠긴 듯이, 그녀는 뭔가 말하고 싶은 것이 있었다.

마침내 그녀는 대답하듯 웃고는, 막심에게 자신을 숙여, 그의 머리를 다정하게 만졌다.

-우리, 오늘, 우리 땅에 한 번 가볼까요? -그녀는 질문하면서, 막심의 머리카락을 헝클어 놓았다. -날씨도 화창하고, 할 일이 분명 있겠지요? 당신이 그 비닐하우스를 만든 지 얼마가 지났는지 기억하고 있나요?

-정말, 그 일은 3주 전이었지요.- 막심은 그렇게 말하고 하품했다.

-봐요, 에바가 말했다, - 3주요... 하지만 우리는 그곳에 거주자들이 생겼다고 해요. 나는 키르조프의 아내를 시내에서 만났어요, 그녀 말이, 우리 비닐하우스를 들여다보았다고 했어요... 그녀는 궁금함도 많지요, 이웃 땅을 탐색해 다니는가 봐요.,, 하지만 그것도 쓸모가 있었어요. 그녀 말로는 말벌들이 지붕 아래 어느 모퉁이에 집을 짓고 있다고 했어요, 또 출입구의 땅에는 개미들이 무리를 지었다고 했어요. 나는 뿌리는 개미 살충제를 샀어요, 하지만, 말벌에 대해서 내가 아무것도 찾지 못했어요.

-그럼, 여보, -막심은 그녀 뺨에 키스했다. -말벌들을 내가 연기로 내쫓고, 그 벌집을 없애버립시다, 왜냐하면 파블릭에게 위험할 수 있어요. 하지만 개미들이야 무슨 죄가 있나요?

-여보, 당신이 농사짓는 사람이 되려면, -에바가 말했다,- 당신이 그런 일에 대해 좀 읽어야만 해요, 지식을 좀 갖추어요. 개미들은 진디들을 오게 한답니다. 그것들이 우리 고춧잎을

갉아 먹어버린다니까요.

-그것 매력적이네, -막심이 말했다. -그럼 당신은 이미 지식을 갖추었군요. 여보. 만일 우리 둘 중 한 사람이 비슷한 일에 지식을 갖추기만 한다면야 그걸로 온전히 충분합니다. 그럼에도. 그래요. 정말, 우리 꼭 가봅시다. 가족 전체로. 나는 차고를 마무리하고, 파블릭은 나를 도울 것이고, 아니면 낚시도 하고... 분명, 우리 갑시다. 하지만 좀 있다가, 10시에, 좋아요? 나는 잠시 내 공장에 다녀와야 해요.

-토요일인데요... -의심하듯 에바가 속삭였다.

-그래요, 토요일, -같은 톤으로 막심이 대답했다. -바로 그 때문이요. 사출기들이 오늘은 쉬고 있으니, 내 동료 직공들이 여기저기 손을 좀 봐야 해요. 분명히 그들은 내가 없어도 일을 잘 할 거지만, 지도자의 윤리란 내가 그곳에 나타나야 하지 않겠어요?

-그래요, 그 말은... -에바가 말했다. -또 다른 일이 있어요. 나는 어제 당신에게 말하려고 했는데 잊었어요. 그 이리나... 빅토르 시가에프의 여비서 말이에요. 그녀가 지금 병원에 있어요.....무슨 부인과 일로...

-나도 알아요, -막심이 그 목소리에 어떤 색깔도 내지 않으려고 애쓰면서 말했다.

-어디서 당신은? -에바가 그의 두 눈의 시선을 긴장해하며 바라보았다.

-나는 알게 되었어요,- 막심은 되풀이해 대답했다. -어제 비코바...니나 드미트리에프나, 그녀를 당신은 알지요, 모든 사람에게 알려 주었어요...하지만 질문은, 어디서 당신은 그 사실을 알았느냐고?

-내가 그녀를 수도원에서 병원으로 차 태워 주었어요. -에바가 대답했다. -온전히 우연히요. 그녀는 결혼했나요?

-음....음-음 -막심은 중얼거렸다. -내가 알기론 아니오.

-용감한 아가씨이군요, -에바가 소파에서 일어서면서 말했다. -요즘 같은 시절에 남편 없이 아이를 키우는 위험을 감수하다 니.... 영광스런 행동이네요, 분명히.

-나는 무슨 말인지 이해가 안되는데... -당황해 막심은 말을 얼버무렸다.

에바는 자신의, 꽃으로 장식된 블라우스를 정돈하고는 욕실 안으로 가버렸다.

막심은 뛸 듯이 그 소파에서 일어섰다.

그는 자신을 압박했던 꿈을 기억했고, 그래서 서두를 필요가 생겼다.

어제, 니나 드미트리에프나가 우연히 만난 것처럼 하면서 복도 앞의 작은 공터에 그를 붙들어 세웠다. 그녀의 가쁜 숨소리는, 그러나 그녀가, 바로 막심이 맨 먼저 이리나에 대해 알았으면 하고 달려온 것임을 알려 주었다.

막심은 고마움을 표시하고는 곧장 자신의 "라다" 자동차에 몸을 실었다.

그리고 7분 뒤에, 다행히 도로를 순찰하는 교통경찰을 피해, 이미 그 병원에 도착했다. 그런데 그가 서둘러도 아무 소용이 없었다.

왜냐하면, 물론, 병원에서는 그가 13층의 "산부인과"가 있는 층을 방문하는 것을 허락하지 않았다.

다행히도 그럼에도 그 병원 당직자는 병원의 내부전화 사용을 친절하게 허용해 주었기에, 그 산부인과 층의 여간호사와 연결시켜 주었다. 그 층의 여간호사도 다행히도 친절했다.

그가 누구인지 묻지 않고, 그녀가 막심에게 이리나 살류티나는 두 시간 전에 복잡한 상태로 산부인과에 접수했지만, 지금은 그녀 상태가 호전되었다고 알려 주었다. 그녀는 더 상세한 것을 알려 주기를 거부하고는, "남편 동무"에게 다음날 다시 오는 것이 좋겠다고만 알려 주었다.

9시경 막심은 14층짜리 건물의 그림자 안에 자기 차를 주차하고는 방금 산 오렌지가 든 작은 봉지를 들고 그 병원출입문으로 향했다. 인근에는 갑자기 브레이크의 끼익-하는 날카로운 소리가 들렸다. -세니츠킨이 대표의 차량 "볼가"를 세웠는데, 막심의 "라다" 자동차와 마주 본 채로 주차했다.

-저기, 주임님, 당신이 운전했군요. -그는 적황색의 손바닥을 펴면서 놀란 듯이 말했다. -대표가 두 손가락으로 휘파람을 불었다구요. 그분은 경험이 있어요. 당신이 먼저 알았구나 하고요. 나도 휘파람을 불었어요... 하지만 당신은 "루소플라스트"에서 마치 암말에게 달려가는 젊은 종마처럼... 그렇게 출발하던데요!

-그만해요, 세니츠킨, -막심은 거의 악의 없이 말했다. -그 주둥이 조심해요.

-다시 당신은, 주임님, 아무것도 아닌 일로 화를 내시네요. -세니츠킨은 마음이 상해 말했다. -정말 나는 아무 나쁜 것을 말하고 싶지 않았어요. 대표가 휘파람을 부니, 나도 휘파람을 불었지만, 당신은 멈추지 않더군요. 그래서 대표가 나를 뒤따라 가보도록 했어요.

-무슨 일이 있나요? -막심이 궁금해했다.

-이거요, 그분이 주었어요, -세니츠킨은 접힌 지폐 1장을 호주머니에서 꺼냈다. -당신이 대표 이름으로도 뭔가를 좀 사가도록 했어요. 무슨 사탕 같은 걸로요... 버찌도 좋구요...

-오늘은 우리 대표가 마음 씀씀이가 좋군요 -막심이 불평했다. -그분에게 전해 주세요, 나는 걸인이 아니라고요. 그분의 관심이면 충분해요.

-그렇게 말씀하면 안되지요, 주임, -세니츠킨은 교활한 웃음

을 내보였다. -이 돈을 받아요, 대표님 마음을 상하게 하지 마세요. 정말 그분 비서잖아요. 필요에 따라 당신은 궁금해하는 사람들에게 그분이 시켜 병문안 왔다고 하면 되지요...

-꺼져요, 세니츠킨, -막심은 말했다. -나를 화나게 하지 말아요,

그럼에도 그는 그가 내민 돈을 받기로 했다. 빅토르와의 또 다른 논란거리를 피하기 위해서.

-그럼 이제 좋아요,- 만족한 듯 세니츠킨은, 자신의 "볼가"를 후진하면서 말했다. -나의 토요일 시간이 걱정되는군요, 이미 태양이 뜨거워졌지만, 나는 아직 아무것도 소비하지 못했군요... 아하, 이제 기억이 나네요! -그는 떠나가는 막심을 향해 말했다. -대표가 말했어요. 오늘 자 신문을 사오는 걸 잊지 말라고요!

막심은 여성 당직자에게 다가갔다. 어제 본 그 당직자였다.

-잠깐 기다려요, -그녀는 그를 알아보고는, -제가 전화를 해보겠어요... -산부인과지요?- 그녀는 전화기에 대고 말했다. -셀류티나 환자에게 병문안 오신 분이 있습니다. 들어가도록 허락할까요? 안 된다고요? 그럼, 좋아요...

-환자분이 내려오겠다고 합니다. -그 당직자는 막심에게 눈길을 한 번 들었다. -저기 엘리베이터로요. 저기 벤치에 앉아 기다리세요.

그녀는 창백했다. 아주 창백했다.

그의 이리나.

이리나가 그 여성 당직자 옆에서 몇 걸음의 비틀거리는 걸음으로 다섯 계단을 성공적으로 걸어오는 것을 본 막심은, 그녀가 내려오는 계단으로 그녀의 팔꿈치를 부축하러 서둘러 달려갔다. 열로 인해 뜨거운 그녀 몸을 부축하면서, 그는 이리나

를 벤치 쪽으로 걷도록 도왔고, 조심스레 앉히고는, 그녀 어깨를 껴안으며 그녀 옆에 앉았다.

그는 아픈 마음을, 그녀의 환자복을 입은 그녀의 모든 움직임을, -열로 인해 떨고 있음을, 심장의 박동소리를, 때로는 몸이 흔들리는 것을 -유심히 관찰해보고는 그가 그녀의 머리카락을 쓰다듬어 주고는, 그녀의 차가운 양 볼에 입맞춤도 해 보았지만, 그녀는... 그녀는 바로 앉아 있기만 하고, 그녀의 아무 감정 없는 두 눈은 앞만 바라보고 있었다.

말없이 앉아 있는 그녀를 본 막심도 당황한 머릿속에 뭔가 적당한 위로의 말을 찾아낼 재주가 없었다.

그녀가 떨면서도 열이 나 있기에, 막심은 자신이 어린 시절 한 번 잡아 보았던 어린 참새를 떠올리게 했다. 그 참새는 마찬가지로 그의 손바닥 안에서 따뜻하였지만 떨고 있었다.

-저-기, 어린 참새, -그는 그녀의 귀에 대고 말했다. -나쁜 순간은 이미 지나갔어요. 이젠 모든 것이 좋아질거요......

이리나는 그에게 얼굴을 돌려, 그의 두 눈을 뚫어지게 쳐다보았다.

-그분은 나를 보호해주시는 것을 거부했어요, 막심, -그녀는 작은 소리로 말했지만, 자신의 열성은 그를 태울 정도였다. -왜지요? 내가 대단한 죄를 지었나요?...그래요...정말 그렇군요... 그러나 아이는- 아이는 조금도 죄가 없다구요! 왜 그분은 우리 아이를 가져가나요? 막심! 나는 아무 쓸모 없는 여자예요! 나는 낳을 능력이 없어요, 막심!

-그만, 그만해요...-막심은 조용히 대답했다. -당신은 정상적인 여성이고 난 당신을 사랑해요... 죄를 지은 것은 나요. 더 일찍 당신더러 의사 선생님께 진찰받아 보도록 설득했어야 했어요!

-아뇨, 아뇨!- 그녀가 열렬히 더욱 말을 이어 갔다. -그분은

이 모든 것에 반대하고 있어요. 성모님은요...

-성모님은 반대하지 않는다구요, -막심은 두 손으로 이리나의 머리를 잡고는, 확고한 목소리로, 확신적으로 말했다. -정말 그분은 어머니입니다!...봐요, 나는 의사 선생님과 대화를 나누었어요. 의사 선생님 말로는 모든 것이 정상이라고 했어요! 당신은 지금까지 정상적인 여성이고 앞으로도 그럴 겁니다. 그리고 만일 당신이 원한다면,... 당신이 원한다면, 당신은 아이를 가질 수 있어요.

그녀의 두 눈을 감았고, 막심은 그녀의 두 눈에 차례대로 키스했다.

뭔가 소란스러움이 병원출입문에서 들려왔다.

막심은 고개를 돌려 보았다.

출입문 옆에 자리한 신문판매소의 뚱뚱한 여성 판매원이 오늘 발행된 새 신문들을 받고 있었다.

막심은 자신의 입술로 이리나의 입술을 건드렸다.

-잠깐만, 내가 곧 돌아오겠어요.

그는 달려가, 오늘자 "도시-정보 (Urbo-Info)' 신문을 구입하고는 이리나에게 돌아 왔다.

그 신문의 앞 10페이지를 처음에 훑어보았지만, 아무것도 발견하지 못했다. "있어야 되는데..." 그는 이리나에게 중얼거리고는, 그녀에게 키스를 다시 하고는, 다시 신문을 천천히 또 세밀히 살펴 보았다.

경매 소식은 시청의 다른 두 개의 공지 사항 기사 사이에 온전히 작은 글자로, 둘째 페이지 하단 모퉁이에 특별히, 필시 의도적으로 배치해 두었다.

-그래 이것이었어...-막심은 두 번 그 신문을 접어, 자신의 오른손에 쥐고, 왼손으로는 이리나를 껴안고 읽어내려갔다: "경매 위원회는 다음과 같이 공고합니다. 제...호의 결정에 따라,

8월 11일 새로 설립되는 "루소플라스트" 개방형 주식회사의 주식 44%를 경매함...이 경매에 참여할 사람은 주문서를 8월 7일까지 서면 제출해야 합니다...참가 조건은..."

 이리나는 울먹였다. 그에게 안긴 채로, 또 그의 가슴에 얼굴을 묻은 채, 그녀는 울었고, 그 울음은 막심의 티셔츠를 적시며, 그의 심장에 불타듯이 다다랐다.

-모든 게 끝났어요, 막심!- 그녀는 울먹이며 속삭였다. -모든 게 끝났다구요, 내 사랑...

 그는 내부적으로 마음이 상하지 않으려고 힘을 내보고는 어느 순간보다 지금 자신이 침착하고, 희망에 차 있고, 확신을 가져야만 한다고 이해했다. 그는 이리나의 머리에 키스했다.

-어린 참새, -그는 말했다. -침착해요. 모든 것은 지금 시작하기만 했어요.

199.년 7월 13일 화요일

 빅토르 시가에프는 자신의 회의실 안락의자에 똑바로 앉아, 운영위원회 회의에 모인 자신의 부하 지원들을 습관처럼 차례대로 훑어보았다. 그의 눈길에서는 엄정함은 전혀 보이지 않고, 정반대로- 그는 모두에게 선의의 마음으로 유쾌한 눈길을 보냈다. 그에게는 오늘 있는 보고를, 보고받는 사실들이 -플라스틱 원자재 공급이 불충분해 공장이 가장 이익을 많이 내는 제품의 7월분 생산 계획에 차질이 있다는 것, 또 보일러를 여름에 수리하려면 관련 밸브류와 판(瓣)류가 부족하다는 것, 또 창고 마무리공사가 거의 진척이 없음에 대해...전혀 중요하지 않다...오늘 그 대표 관심은 그런 지엽적 문제에서 벗어나, 어딘가 다른 곳에 있는 듯했다.

그 대표 회의실 창문들은 모두 태양이 풍부한 날이라 열려 있고, 그 운영위원회 위원들 사이로 신선한 바람이 불어 들어 왔는데, 두세 마리의 벌이 함께 들어왔다. 그 벌들은 이 오래된 복도 앞 보리수나무에 생긴 구멍 안에서 충직하게 수년간 살아오는 거주자이다. 그 벌들은 물론, 길을 잘못 들어, 곧 가까운 들판으로 날아갈 준비를 하고 있었다. 한편 운영 위원들은 그 벌들이 자신들 곁으로 다가오자, 태평하게 손을 휘둘러 내쫓았고, 대표가 말을 시작하기만 기다렸다. 벽 쪽에서만 "기술자들"이 낮은 소리로 일상적 속삭임만 들려왔지만, 그 대표는 오늘 이것조차도 무관심한 듯 허용하고 있었다.

-자, 동무들, 오늘은 우리가 무엇을 할까요? -그 일상적인 문장은 그 집단공장이 오늘 해야 하는 모든 것을 그만큼 열성적으로 무시하는 것처럼 그렇게 무관심하게 들려왔다, 그래서 아무도, 가장 열성적이고 충직한 소식 전달자들이자 옹호자들이자 불평자들조차도 그 질문을 온전히 수사학적인 말로 생각하고는 대답하려고 하지 않았다.

-여러분 모두는 느-끼고 있습니다. 모두가 이 모든 것을 느끼-고 있습니다. -그 대표는 아무 표정 변화 없이 말을 시작했다. -대표인 나를 빼놓고, 정말, 모두가 현-명한 사람이 되었습니다...

-저런, 빅토르 바실리에비치... -살짝 놀리듯 뭔가 짐짓 마음 상한 듯이 고개를 오른쪽으로 민첩하게 숙이고는, 사쵸 키르조프가 말했다. -헛되이 대표님은, 부하들 앞에서 우리 대표를 비난하고 있습니다. 우리 모두는 대표님이 가장 현명한 것을 이미 잘 알고 있습니다...

빅토르가 짧게 웃었다. -물론, 아무도 그의 좋은 기분을 다르게 만들고 싶지 않다. 이 점을 잘 알고 조심스러워하는 안톤 다닐로비치가 맨 먼저 웃음을 터뜨렸다. 그리고 모든 임원이 가벼운 숨소리를 내며 그 웃음을 뒤따랐다.

-하지만, 우리가 뭘 느-낍니까? - 아무 죄 없다는 듯이 콜랴가 물었다. -대표님의 사람들에게 설명을 해주세요, 나는 무슨 말인지 모르겠습니다...

- 새 시대를요, 콜랴. 중요 변화가 다가왔음을요, 여러분은 느낍니다... 콜랴 당신은 냄새를 맡고 있다구요! -대표는 마찬가지로 무관심한 듯 천천히 말했다.

-어떤 변화인가요, 빅토르 대표님? -에우게쵸가 이해가 안된다는 듯이 진지하게 물었다. -상황은 안정되어 있습니다. 대표님은 38퍼센트 주식을 갖고 계속 대표 자리에 계실 것이고, 하지만 우리는.... 우리는, 마치 아무것도 벌어지지 않았다는 듯이, 일할 것입니다. 내 말이 틀렸나요?

-37퍼센트요, -간단히 빅토르가 그렁대며 말했다. -하지만 어디서 당신은 그걸 알았어요?

-소문에요... -에우게쵸는 두 눈을 옆으로 돌렸다.

-나를 봐요! 일어나서 나를 보세요! -대표는 좋은 기분이었지만 요청하는 투로 말했다. -누가 당신에게 그런 말을 했어요? 언제요?

에우게쵸는 혼돈되어 자신의 자리에서 일어났다.

한편 빅토르는 천천히 자신의 머리를 들어 "기술자들"이 있는 벽을 쳐다보고, 막심을 한 번 쳐다보았지만, 그는 그 눈길에 숨을 이유가 없었다. 빅토르는 그 점을 이해했다. 그 사이 여성 경리부장 니나 드미트리에프나가 활발해졌다. -그녀는 자신의 의자에서 불안한 듯 움직이고는 주저하며 입술을 물기도 하더니, 나중에 이렇게 말했다.

-빅토르 대표님, 당신이 직접 제 캐비닛으로 그 서류들을 가져오셨어요... 그리고 우리는 함께 검토해 보았어요... 하지만 내가 그 자리에 혼자 있지는 않았습니다. 다른 여성 직원들도

함께 있었습니다...

-하! - 갑자기 콜랴가 큰 소리로 숨을 내쉬었다. -그 아가씨들이 아는 것이라면 그것은 디나와 렉스조차도 이미 알고 있다는 말이네요!... 디나와 렉스는 공장 주변에서 집 없이 방황하고 있던 두 마리의 개 이름이다. 이 개들은 2년 전부터 이 공장에서 살기 시작하여, 지금은 모든 공장직원이 좋아해 주고, 낯선 사람이 들어서면 곧장 짖어대는 그 개들을 두고 하는 말이다. 그 바람에 그 운영위원회 참석자들은 물론이고, 그 대표도 웃음을 터뜨렸다. 그 사이 그 대표는 에우게쵸에게 손을 흔들어, 그만 앉도록 허락했다.

-그럼, 중요하지 않지요, -대표는 만족한 듯 두 손을 비볐다. -그 개들이 알았으면, 모두가 알겠지요! 니나 드미트리에프나, 오늘 우리 공고판에 분배결의서를 붙여 두세요. 마찬가지로 우리는 그것을 해야만 합니다. 모두가 이미 알고 있다고 해도...콜랴, 당신이 받은 주식은 총 몇 주인가요?

-저는 잘 모르겠습니다, 대표 동무, -콜랴는 대답했다.-나는 5주를 요청했어요...

-그럼, 분배 시에는 4주로 되겠어요. 필시... -빅토르가 말했다. -그럼, 콜랴는 몇 주를 갖게 되나요, 니나 드미트리에프나?

-4주입니다. -그 사람이 확인해 주었다. -정확히 4주입니다.

-4주... 4주...4주라...-콜랴는 생각에 잠겨 되풀이했다. -그럼 무슨 변화가 있나요, 대표님?

-민영화를 하면, 콜랴, 우리 "루소플라스트"는 이제 주식회사가 됩니다, -안나 안토노프나가 지금까지 조용히 있다가 말했다. -이 공장은 모스크바의 어느 특정 행정부서에 속하지 않고 독립됩니다. 콜랴, 우리 공장은 주인을 갖게 됩니다. 주식을 소유한 사람들이 주인이지요...

-잠깐, 안나! 당신은 콜랴가... 멍청하다고 왜 그렇게 생각하나요? -콜랴가 마음이 상해 끼어들었다. -콜랴는 모든 것을 이해하고 있습니다! 주식 4주이면 -작은 주인이지요. 4천 주이면- 큰 주인이지요... 대표님은 -큰 주인, 대표님은 똑같은데, 무슨 변화가 있나요?

-아하! -빅토르가 활발해졌다. -그럼, 만일 내가 큰 주인으로 있다면, 콜랴... 말해 봐요, 만일 우리 노동자가 공장 부지 안에서 술이나 마시고 있다면, 내가 평화로이 지나칠 수 있을까요?

-언제요?! -더욱 콜랴는 마음이 상했다. -그건 정말 근무 시간이 지난 시간이에요! 자이르의 생일을 기념해...

-그만-해욧! -평화로이 또 위협하듯이 빅토르가 목소리를 냈다. -만일 내가 주인이라면, 이제는 회사 안에서 누구도 더는 술을 마시지 못하게 할 겁니다. 만일 그가 생일이라 해도, 집에서 축제를 열거나, 숲에서 축제를 열거나 아니면 식당에서 해야지요... 이게 그 변화입니다. 앞으로는 안된다고요.

-앞으론 안된다고요?- 콜랴가 놀라며 물었다.

-앞으로는 안-된-다-고요!- 빅토르가 친절하게 다시 말했다. -"루스플라스트" 안에서는 누구도 술을 마시지 맙시다.

-안돼요, 그 건 안-돼-요... -콜랴는 참석한 다른 위원들을 궁금해 둘러보았다. -그럼, 다른 변화가 없나요? 그것만요?

"기술자들"은 벽 쪽에서 웃음을 숨길 수 없었다. 대표는 자신의 머리를 그들 쪽으로 돌렸다, 그의 콧수염이 조금 움직였다. 차례차례 그는 공격할 희생자를 찾으면서 그쪽에 앉은 사람들을 일일이 살펴보았다.

-무슨 이유인지 우리 존경하는 라자르 아로노비치는 오늘 말이 없네요, -그렇게 희생자를 선정하고 그를 향해 눈을 고정시켜 바라보며 말하였다. -필시 이분은 이 모든 것을 이미 알

고 있지요, 안 그런가요?

라자르는 그가 T-셔츠만 입어도 땀이 나, 이젠 천천히 웃음을 거두고는, 자신의 검은 머리카락이 짙게 덮인 어깨를 한 번 들고 이마에서 흘러내리는 땀방울들을 닦아 내고 있었다.

-이 모든 것에 저는 관심이 없습니다, -그는 천천히 말했다. -나는 내 일만 할 뿐이고, 급료를 주는 한 계속 일할 겁니다. 그리고 내겐 원칙적으로 누가 급료를 주는지는 중요하지 않습니다. 빅토르 바실리에비치가 되었든, 콜랴가 되었든지. 급료만 제때 주면 됩니다.

-모범적인 자세이군요,- 빅토르가 찬동하며 말했다. 그리고 그의 콧수염은 평정심을 되찾았다. -그럼 일하세요, 그러면 당신은 그걸 받게 되니까요. 그러고, 그러고도 너무 관심을 가지는 사람들과 또 관심이 없는 사람들에겐 내가 이야기를 하나 하겠습니다. 잘 들어 봐요, 또 나중에 그런 이야기를 듣지 않았다고도 말하진 말아 주세요. 우리 결의 사항은 지역 민영화위원회에 등록되었고, 허락도 받았습니다. 그것으로 우리의 민영화 조치 1단계는 완성되었습니다. 지난 토요일에 시청에서 우리 공장 주식 44퍼센트를 매각하는 공고가 이미 발표되었습니다. 그 공고를 읽은 사람은 손을 들어 보세요!

두 사람이- 막심과 니나 드미트리에프나 -손을 들었다.

-그럼, 당신에게 공식적으로 할 일이 있군요... -빅토르는 막심의 손은 거의 무시한 채, 니나 드미트리에프나에게 향해 말했다. -그 공고 뒤 한 달이 지나야만 합니다. 그리고 그 경매는, 경매 날짜도 이미 확정되었어요.

-언제인가요? -콜랴가 물었다.

-하? -빅토르가 그에게 궁금한 듯 쳐다보고는, 나중에 반박했다. -신문에 난 공고를 읽어보세요, 그럼 당신은 알게 됩니다. 그럼... 그 한 달 동안 우리의 존경하는 위원회는 가장 고위급

의 공장직원들에게 배분하려고 준비해둔 주식 400주를 분배해야 합니다. 그 리스트는 준비되었나요?

-네 준비되어 있습니다!- 니나 드미트리에프나가 보고했다.

-빠진 사람은 없지요? -의심하듯 그 대표는 물었다. -우리 회사에서 은퇴한 분들은- 그분들은 너무 상심을 잘 하시는 분들이라.... 만일 우리가 그분들 중 누군가를 잊고서 그 명단에서 누락시키면, 그분은 모스크바까지 불평을 쏟아낼 겁니다요!

-검토를 한 번 더 해 주세요... 니나 드미트리에프나가 말했다.

-내가 검토해 보겠어요. 반드시. 확고하게 빅토르가 말했다.

-그럼.... 모든 주식이 주주들에게 배부되면, 그때 우리는 이 일을 마무리 짓고, 새로 임원회를 구성하고, 대표이사를 선출하게 됩니다. 주주들이 모인 총회 자리에서요. 대표가 그 의장이 되어 회의를 주재하고, 임원단은 조언할 것이고요. 모두가 이해했지요?

-그 모든 것은 분명하군요... -밸브들에 대한 질문을 받지 않으려고 자신을 숨겨 왔던 알렉세이 이바노비치가 자신의 모습을 드러냈다.

-그럼, 당신에게 분명하지 않은 것이 있나요? 대표가 물었다.

-그런데......한 가지 질문만요, -주저하며 알렉세이 이바노비치가 말을 꺼냈다. -그 44퍼센트 주식은... 시청에서 일괄적으로 한 묶음으로 매각하나요?

-읽어보세요, 그러면 이해가 될 겁니다. -빅토르는 대답하였지만, 잠시 뒤 그는 말을 이어갔다. -분명히, 아닐 겁니다. 그 44퍼센트 주식은 21개의 다양한 형태로 -100주부터 600주까지 나누어 매각될 겁니다. 시 당국이 더 많은 돈을 획득할 목적이라면... 또 더 많은 수요자를 찾아내려고 유혹할 거고요. 당신도 구입자 중 한 사람이 될 겁니까? -그는 짐짓 엄정한

태도로 물었다.

-아-뇨,- 서둘러 알렉세이 이바노비치는 대답했다. -저는 아닙니다. 뭐 하려구요?

-콜랴, -그 대표가 말했다. -그럼 당신은?

-악마나 그것들을 구입하게 해주세요,- 콜랴는 낮은 소리로 불평했다.

-그럼. 이중 다른 구입 예정자는 있나요?- 빅토르가 각 사람의 얼굴을 차례대로 둘러보며 다시 시작했다. -나는 없으리라고 추측합니다. 무엇 때문에 그게 필요하겠어요...

-나는 구입하러 갈 겁니다.- 막심이 대답했다.

빅토르는 그에게 고개를 돌렸다.

-당신, 슙스키이? 당신은 뭘 원하나요?

-나는 우리 회사 주식 중 250주를 예약했습니다. -조용히 막심은 설명했다. -그런데 분배로 받은 것은 180주뿐이었어요.

-슙스키이, 슙스키이...-대표가 말했다... -나는 당신에게 그동안 허용했는데... 니나 드미트리에프나, 슙스키이는 좀 전에 말한 그 고위직 명단에 있나요?

-물론 있습니다, -니나 드미트리에프나가 말했다. -15년 근무이면... 표창도 여럿 있구요.....

-그를 봐요!- 그 대표는 막심을 가리키며 손을 뻗었다. -그럼, 10주를 더 받겠군요... 아마 15주까지도.

-나는 전부 합쳐 250주가 필요합니다.- 막심은 계속 주장했다. -경매에서 100주 단위의 매각이 있을 때, 나는 그중 한 묶음을 사고 싶어요.

-아하!- 빅토르가 말했다. -알겠습니다. 그것에 상당하는 금액은 갖고 있나요?

-준비해야겠지요. - 막심이 대답했다. -만일 수많은 수요자가 생긴다면, 그때는 가격이 4배, 5배로 뛰게 될 겁니다... 그러

면 나는 포기해야겠지요.

-허-허, -빅토르가 주목해서 그를 바라보았다. -수요자는 많아요.... 이 보잘것없는 공장을 위해서요... 어쩌면 당신은 100주를 가질 수도 있겠군요.

-누구에게 내가 고마워할까요? -막심이 물었으나, 대표는 이미 고개를 돌려버린 뒤였다.

-그럼, -그는 자기 목소리를 좀 크게 하고는 말했다. -그렇게 웅크린 채 앉아 있지 마세요! 경매에 참여할 사람이 아직 더 있나요?

-여기서 더 찾지 말아요, 대표님, -콜랴가 말했다. - 이 도시는 큽니다, 누구나 그 공고를 읽을 수 있습니다.

-이 도시라고요? -빅토르는 생각에 잠겨 콜랴를 한 번 쳐다보았다. -만일 이 도시만이라면... 그것은 허용할 만합니다. 하지만 모든 것이 자유이니.... 슙스키이만 제외하고는.

그들 둘만 그 회의실에 남았다. 이전의 그 벌들조차도 이미 날아가 버리고 없었다. 막심은 벽 쪽 자신의 의자에 앉아 있었고, 빅토르는 그 대표석의 안락의자에 여전히 남아 있었다. 그 회의실의 출입문이 이중이라, 병가를 낸 이리나 자리에 앉아 대신 일하는 니나 드미트리에프나의 타이핑 소리조차 들리지 않았다.

대표는 생각에 잠긴 채 이미 읽은 편지 위에 악마 같은 주둥이 그림을 낙서로 그리고 있었다. 막심은 기다렸지만, 빅토르는 그의 존재에 대해 아마 잊은 듯했다. 그 점을 알게 된 막심은 자신의 업무 노트를 열어 교반기에 필요한, 또 선반공이 급히 처리해야 하는 간단한 클러치를 그리기 시작했다.

몇 분 뒤, 빅토르 인내심은 다 빠져나갔다. 그는 자신의 대표석 탁자 곁의 안락의자를 움직여 그 자리에서 일어나, 막심

곁으로 가서 앉았다.

　-이 사람이 뭔가를 창조하네... - 빅토르는 막심의 노트를 유심히 살펴보더니, 살짝 웃으며 말했다. -낯기도 하네... 그걸 그만 그리고, 대신 우리 이리나가 어떻게 지내는지 적어도 몇 마디는 해 주세요.

-다소 그녀는 정상으로 돌아왔어요, -막심은 자신의 노트를 닫고 빅토르를 쳐다보았다. -필시 이틀 뒤엔 당신은 업무 자리로 복귀한 그녀를 볼 수 있을 겁니다... 당신이 준 돈으로 내가 오렌지를 좀 샀어요. 그녀가 고맙다고 하던데요.

　빅토르 두 눈에 마음 상한 것이 섬광처럼 빛나다가 거의 알아볼 수 없을 정도로 사라졌다. 그러고는 그는 조금 더 막심에게 다가가 자신의 오른팔로 그의 두 어깨를 우정어린 동작으로 껴안고는 말을 시작했다.

-그럼, 이제 더 필요한 게 뭔가요, 막심? 왜 당신은 늘 현명한 체하는가요? 왜 나를 경멸하는가요?

-경멸하지 않아요. 대신 걱정하지요, -막심은 말했지만, 빅토르는 그가 못 들은 체했다.

-당신은 우리 "루소플라스트"의 권위 있는 지도자입니다. -빅토르가 말을 이어갔다. -모두가 당신을 존경하고, 몇 명은 사랑하기조차 하지요... 당신이 우리 주말 협동농장 지도자로 일하고 있는 지금 이 순간에는 더욱 더요. 당신 아내는 직장도 있지요. 정말 그녀 또래의 여성 동료들은 일자리를 잃어 가고 있는데...

-그런데 당신은 나를 완전 내장까지도 사버렸어요. - 막심은 말했다. 그 말을 빅토르는 흘러 듣지 않았다.

-나는 당신을 살 필요가 없어요, -그는 퉁명스럽게 말했다. -정말 우리는 친구라고요... 적어도 지금까지 그렇게 지내왔어요. 정말 그 페테르부르크의 인물을 -그래요, 나는... 사야해

야만 했어요... 만일 그녀 값이 얼마나 나가는지 당신이 알기라도 한다면!..

-코냑과 사탕이 그 상응하는 값이겠지요. -막심이 응수했다.

-에흐, 막심, 단순한 사람이네, -빅토르는 그의 어깨를 자신의 감싼 팔로 다독거렸다. -당신은 상상조차 할 수 없습니다.

-나는 그런 상상 필요하지도 않아요, -막심은 반박했다. -당신 개인 돈으로 그걸 지불하지 않았지요. 그리고 만일 당신이 폐쇄형 주식회사 형태를 받아들이기로 동의했다면, 그런 비용을 지불할 필요도 없겠지요.

　-다시 당신, 슘스키이는, 현명한 체하는군요, -대표는 자신의 팔을 거둬들이고 말했다. -오래전부터 나는 이미 당신, 막심에게 말해 왔어요... 당신들 모두에게 말했어요... 당신이 무엇을 위해 그 재산을 모으려고 그런 노력을 하는가요? 정말 당신은 그게 무엇인지 전혀 모릅니다! 책임감이 얼마나 중대한지를요, 소유주가 된다는 것!

-당연하지요,- 막심은 살짝 비웃으며 말했다. -지금까지는 칫솔 한 개가 나의 가장 큰 재산이었어요. 그리고 나는 더 많이 얻으려고 애쓰지 않았어요. 하지만 나는 그 폐쇄형 주식회사 체제에서는 적어도 조용히 살아갈 것으로 확신했어요. 나와 당신... 그리고 모두.

-당신은 당신 기계들의 구조에 대해 경험이 있지요, -빅토르는 마치 잘 이해하지 못한 학생에게 설명해 주듯이 천천히 말했다. -나는 그쪽에 간섭할 의무도 없고 능력도 없고, 욕구도 없어요. 그쪽에 당신이 있으면 됩니다. 그리고 나는 당신의 경험을 믿으면 되지요. 그리고 나는 그것에 대해 대가를 지급하면 되지요... 당신은 당신의 에스페란토에도 경험이 있습니다. 그쪽으로는 나는 내 코를 더 들이밀고 싶지 않아요. 그건 당신의 취미이면 되고요, 나는 그런 취미를 존경하면 되고...

그리고 나는 당신에게 이런저런 기회에 출장으로 여행 자유를 주기도 했어요, 만일 그것이 회사 업무에 지장을 주지 않는다면요. 당신의 그 여비서와의 죄나 울음에 대해...

-그만하지요!- 막심은 창백했다. 그건 건드리지 말아요! 만일 내가 여기에 더 오래 있는 것을 당신이 원한다면요...

-알았어요, 알았어요,- 평화롭게 빅토르는 동의했다. -나를 용서하세요, 한 번 내가 옆길로 너무 끌고 갔네 보네... 하지만, 왜 당신은 내가 가는 일에도 당신이 경험자인 것처럼 행동하는지 말해 줘요. 왜 내 업무에 당신은 조언하고 싶은가요? 내가 당신 경험을 신임하듯, 당신은 내 경험을 믿지 않나요?

-내가 실수하게 되면, 기계를 망칠 수 있습니다... 아마 기계 2대를요. -막심은 더 열렬히 대답했다. -하지만 당신이 실수하면 모든 사람이 위험에 빠집니다. 집단공장 전체를요. 그럼 왜 당신은 우정의 조언도 받아들이지도 않으려 하고, 토론도 하지 않으려고 하나요? 나를 믿어 줘요, 내가 당신 재산을 탐내지 않습니다. 당신은 여기 이 공장에서 그 주식들을 독점하였어요. 그렇게 하세요, 당신이 기회가 온다면, 시청 경매에서도 그 모든 것들을 독점하라 구요. 나는 그 점에 반대하지 않습니다. 그러나 만일 당신이 성공하지 못한다면요? 하? 내가 당신에게 그 인물이 하는 경고를 전했던가요, 안 그런가요? 당신은 그녀 경험도 믿지 않나요? 나는 상황을 이렇게 이해합니다; 만일 갑자기 그 경매에서 당신이 가진 돈보다 더 많은 돈을 가진 어떤 인물이 나타난다면, 우리 모두에게 문제가 생길 겁니다. 당신이 맨 먼저, 하지만 그것은 그리 중요하지 않습니다. 중요한 것은, 그곳에서 당신이 그 상황을 바꿀 능력이 전혀 없다는 것입니다. 왜냐하면, 지금 그 총액의 돈 액수가 그걸 결정하게 되니까요.

빅토르의 콧수염이 크게 떨렸다.

그의 확실성은 증기처럼 사라져 버렸고, 그의 어깨는 축 늘어뜨렸고, 난폭함이 담긴 당황스러움이 그의 어두운 두 눈의 저 아래 분명히 보였다.

-자, 이제 내가 뭘 말할까요? 친구여, -그는 잠시 쉬었다가 말했다. -내 관심은 경매라는 겁니다. 아마 아무도 90퍼센트 정도는 우리의 이 엉터리 공장에 관심을 두지 않았을 것이라고...또 나는 그곳에 앉을 겁니다... 그리고, 당신은, 당신은 당신이 갖고 싶은 그 100주를요. 그러나, 만일 누군가 온다면, 당신은 보세요,.. 저기 당신에게...만일 내가 당신에게, 모든 것에 나의 맨 처음 도우미가 되는 주임 엔지니어의 자리를 제안한다면요...바리토노프는 좀 옆으로 밀치면 됩니다...가 보세요, 그 점을 생각해 보세요.

-나는 그건 생각조차 하지 않을 겁니다. -막심은 자리에서 일어났다. -그건 나는 전혀 필요하지 않습니다.

-당신은 서두르는군요... -피곤한 듯이 빅토르가 말했다. -가 보세요. 그리고 생각해 보세요.

199.년 8월7일 토요일

-마-악-심!- 에바가 외쳤다. -파아-아블릭! 식-사하러 와요!
-곧- 곧 가요, 엄마! -파블릭 목소리는 강가의 어린나무들 너머로 좀 둔탁하게 들려왔다.

거친 각목이 지지하고 있고 탁자 보를 두른 탁자와 그것을 사이에 두고 양옆으로 두 개의 작은 벤치가 강변에서 10m 정도 떨어진 임시 농막 안에 자리하고 있다. 막심이 그 농막을 설치했다. 그 농막은 비 피하는 대피소이기도 하다. 땅에 네

개 기둥을 박고 지붕을 비스듬히 얹힌 구조로 되어있다. 그 대피소는 앞으로 지을, 설계도만 준비된 작은 건물이 들어서기 전에는 꼭 필요했다. 그 옆에는 "부르주아용 난로"도 서 있다. -큰 직경의 금속관 조각으로 만든 임시 난로. 그 난로에는 이미 몇 개의 장작이 타고, 그 위로 양철 연통이 설치되어 있고, 그곳을 통해 연기가 가벼운 바람에 쓸려가고 있었다. 난로 윗 표면에는 차 주전자가 휘-익-소리를 내고 있다.

에바가 방금 그 농막에 와, 비닐하우스에서 아주 맛있게 보이는 어둡고 초록의 큰 고추를 한 물동이 따 왔다.

-당신은 당신 친구 쟌 클로드에 꼭 감사 인사를 전해야 해요. -그녀는 막심에게 말했다. -이게 그가 선물한 그 씨앗에서 나온 첫 수확입니다. 그가 준 토마토 씨앗도 아주 좋아요.

-내가 그 고추 담은 물동이 사진을 한 장 찍어 둘게요. -어린나무들 뒤에서 나온 막심이 말했다. -그리고 사진을 그분에게 보내 줍시다. 분명히 그분도 행복해할 겁니다.

-엄마!- 그 어린나무들의 숲에서 파블릭이 또 다른 물동이를 들고 나타났다. -보세요, 엄마, 우리가 아빠와 함께 얼마나 많은 물고기를 잡아 올렸는지요!

-완벽한 물고기 수프를 만들 수 있겠네 -에바는 그 물동이 안을 들여다보고는 말했다. 그 물동이 안에는 약 상당히 큰 덩치의 잉어 스무 마리가 헤엄치고 있었다. -저녁에 나는 집에 가서 좋은 물고기 수프 요리를 해봐야겠네...

-그런데 지금 하면 안 되나요? -그 관목들 가까이서 익숙한 목소리가 들려왔다.

빅토르 시게에프가 그 관목숲 사이에서 갑자기, 마치 담배 상자 속의 작은 악마처럼 나타났다. 단순한 바지 차림으로, 100달러짜리 지폐와 야구모자 그림이 든 티셔츠를 입은 모습이 어느 소련 영화에서 본 외국인 여행자의 모습 같았다. 한 손에 그는 릴낚싯대30)을 들고, 다른 손에는 민물 꼬치고기를 자신만만하게 내보이며 나타났다. 그 꼬치고기는 감동적이었다. 길이가 약 1m 정도 되었고, 분명히 방금 잡은 것이었다.

-안녕하세요, 빅토르 바실리예비치! -에바가 말했다. -만일 당신이 저희 남자들이 잡은 수수한 수확물에 대표님, 당신의 귀한 노획물을 더 한다면,.... 그리고 저희 남자들이 그것을 자르는데 도움을 준다면요. 1시간 반 뒤에 우리는 탁월한 물고기 요리를 갖게 될 겁니다. 하지만 그동안 차를 마시고, 저희와 함께 좀 먹도록 하세요.

-그도 좋고, 이도 좋고요. 기꺼이! 유쾌하게 빅토르는 말했다.

그는 그 릴낚싯대를 바닥에 놓고, 자신이 잡은 노획물을 파블릭의 물동이 옆 풀 위에 놓고 탁자로 가, 갑작스런 대표의 등장에 당황해하는 막심과 살짝 웃고 있는 파블릭의 두 손을 잡았다.

-안녕, 안녕하세요, 남자들! -보기엔, 빅토르는 극단적으로 말을 많이 하고픈 것 같았다. -자네, 파블릭, 자네는 정말 키가 이렇게 컸구나! 하지만, 저 아름다운 잉어들을 낚시한 사람은 너지?

-저와 아빠요, -파블릭이 자랑스럽게 대답했다. -하지만, 저는요, 두 마리는 제가 잡았어요!

-그래 용감하네!- 빅토르가 칭찬했다. -그런데, 나는... 나는 이곳에서 릴낚시를 해보려고 왔어요! 많은 사람이 여기 이 자리가 민물고기가 엄청 많이 잡히는 곳이라고 내게 알려주던데요... 그래서 자동차를 저 언덕에 세워두었지요, 물론 막심, 당신의 "라다" 옆에 말입니다... 저 언덕 너머와 같은 좋은 길은 여기에는 아쉽게도 없더군요. 언젠가 있겠지요, 안 그런가요, 주말농장 대장 동무? 저어, 그리고 나는 오늘 그것이 아

---

30) *주: 권양기(원치)가 있는 낚싯대

무 필요 없어요. 나는 저 강변을 따라 막심, 당신의 땅까지 걸어와 봤어요. 여기저기서 나는 릴낚시를 해보다가, 봐요,- 어느 배고픈 민물 꼬치고기가 내 낚싯바늘을 고대하고 있었던 가 봐요! 파블릭, 자네도 릴낚시 재미있지?

그 소년은 입에 음식을 가득 넣어 말없이 고개만 끄덕였다.

-그럼 이제 좋아요, -빅토르는 더욱 말을 이어갔다. -먹어요, 먹어, 나중에 자네 엄마가 그 물고기 수프에 관심을 가질 때, 나는 자네에게 어떻게 하는지 보여줄게. 자네는 저 강가에서 릴낚시를 할 수 있고, 저기 왼편에 온전히 적당한 깊은 곳이 있어. 아마 더 많은 민물 꼬치고기가 저곳에서 우리를 기다리고 있을 걸. 나는 자네 아빠와 함께 자네의 릴낚시대 옆에 앉아, 대화를 나누면 되지... 우와! -그는 황홀감으로 환호성을 질렀다. -저 고추가 당신들이 수확한 것인가요?

-우리 밭에서요.-에바가 말했다. -비닐하우스에서 키운 것입니다. 프랑스 친구가 막심에게 보내 준 씨앗으로요.

-봅시다, 때로는 그의 에스페란토가 이런저런 유용함도 가져다주는군요! -빅토르가 작게 외쳤다. -그런데, 그는 내겐 아무 말이 없었어요, 욕심쟁이! 저런 아주 좋은 씨앗을 내겐 주지 않으려고 하다니! 하!

-변명에 여지가 없게 되었네요... -막심이 말했다. -나는 욕심이 없어요. 만일 당신이 원한다면, 당신도 저 고추, 토마토, 배추도 가질 수 있어요. 정말 씨앗들이 좋아요.

-그럼 내년에 경작할 걸 좀 남겨 주세요! 나는 꼭 받을 겁니다. 내 아내는 이국적인 씨앗을 아주 좋아합니다. 더구나 -여기 우리 지역에서 한 번 시험 재배도 해 봤으니 더 낫겠지요. 배추씨 있나요? 어떤 이름인가요? 아마게르인가요? 빙고인가요? 신데렐라인가요?

-코르데베프[31], -에바가 대답했다. '소의 마음'이라네요. 잠시

일어나셔서 이곳으로 몸을 돌려 보세요. 저희가 만든 배추밭 한번 보세요.

-호! 호! -빅토르는 자리에서 일어나 외쳤다. -멋진 둥근 지붕 스타일이네요! 한 달 뒤, 수확 철이 오면 모든 것이 무거워질 것이고, 아마 3kg은 더 나가겠어요. 나는 저런 품종은 처음 봐요. 아마 내 아내도 알지 못할 걸로 확신합니다... 하지만 그 사람은 행복해할 겁니다! 나는 꼭 이 기회를 잘 살려, 그 씨앗을 받아 둬야겠어요! 하지만, 지금은 먹읍시다, 먹자구요...

오늘 빅토르 시가에프는 비정상적이었다.

그는 기꺼이 먹었고, 끊임없이 안주인을 칭찬해 가면서, 유쾌하게 이야기를 이어갔고, 옛날식 농담도 하고, 파블릭에게 몇 가지 손가락으로 하는 놀이도 시범을 보였다... 막심은 그런 그를 바라보고, 그의 눈에서 그의 겉으로의 유쾌함과 재담 속에 숨겨진 뭔가 극단적 걱정을, 뭔가 아주 중대한 문제를 보았다.

그를 보라. -그가 이 물고기가 많이 잡히는 곳으로 왔다는 사실 만으로도! 누가 믿겠는가! 빅토르의 별장이 있는 마을이 여기서 40km나 떨어져 있는 곳인데, 그 마을에도 더 풍성한 샛강이 있다. 왜냐하면, 들판에 있는 마을이기에... 그곳에서는 송어조차도 릴낚시로 더 많이 더 자주 잡을 수 있다... 무슨 중대하고 긴급한 일이 그에게 벌어졌는가? -막심은 생각에 잠겼다.

필시 다음 주에 있을 경매와 연관된 뭔가가 있다. 다른 아무것도 지금은 빅토르를 저 정도로 걱정스럽게 할 수 없을 것이다. 그는 충분한 돈을 마련하는 데 실패했는가? 아니면...

그들은 그 잉어들을 씻어오지 않아도 되었다.

---

31) *주: Coeur de boeuf(프랑스어)-"소의 마음", 하얀 배추의 종

에바가 그 물고기 내장들만 들어내, 큰 냄비 속에 집어넣었다. 그녀가 냄비에 물을 붓고는, 그 냄비를 난로 위에 놓았다. 빅토르는 파블릭과 함께 강가로 갔다. 그곳에서 그의 격려성 조언들이 크게 들렸고, 소년의 매력적 외침이 들렸다.

막심은 민물 꼬치고기 비늘을 제거해 주고 그 큰 고기를 여러 토막으로 잘라 주고는, 파블릭과 빅토르가 낚시하고 곳으로 갔다, 에바에게 물고기 수프를 요리하라고 부탁하고는.

막심이 강가에 다다랐을 때, 파블릭이 외치는 소리가 그 릴을 끌어당기는 소리와 함께, 은빛 찌가 물속에 던져 물에 오르내리며 첨-벙-하는 소리가 그 관목들 숲 너머로 어딘가에서 들렸고, 빅토르는, 외로이, 낚싯대 옆의 나무 둥치 위에 외로이 생각에 잠긴 채 앉아 있었다.

-거의 정오가 되었어요, 빅토르, -막심이 말했다. -저녁이 될 때까지 물고기 잡는 걸 기다려야 해요. 지금은 물고기들이 자는 시간이에요.

-아이 놀이를 아빠에게 가르치진 마시오, -빅토르가 답했다. -와서 옆에 앉아 봐요. 나는 당신이 잡은 잉어들보다 더 중요한 일로 여길 왔답니다.

-누가 추측이나 할 수 있었나요? -짐짓 놀란 듯이 막심은 외쳤다. -상상만 해요! 주말에 공장은 가동되지 않고. 기계와 사람은 휴식하고 있는데, 하지만, 우리 대표는 자신의 기계공학사를 찾아와 잉어를 잡는다, 민물 꼬치고기를 잡는다, 물고기 수프를 먹으러 온다고 하네...

-현명한 듯 행동하지 말아요, -빅토르가 허용하면서 말했다. -나는 내 기계공학사에게 온 것이 아니라, 내 친구를 만나러 왔어요.

-"재산을 생각할 때, 친구는 생각하지 말라"는 속담이 있습니다. -막심이 그 말을 상기시켰다. -누가, 그 빌어먹을, 그런

공리를 만들어 낼 수 있었단 말인가요?

그는 빅토르 옆의 그루터기 위로 앉았고, 눈으로 가늠해 세 개의 찌의 위치를 확인하니, 그것들은, 빅토르와는 구분되어, 아무 움직임이 없었다.

-당신은 더는 나를 친구로 생각하지 않는다고 이해할까요? -빅토르가 우울하게 물었다.

-내가 그런 말 하는 것이 아닙니다. -막심은 낱말들을 조심하게 선택하고 있었다. -나는 대표 당신이 하는 말을 상기해 주고 있어요. 당신이 한 말을, 나는 대표에게 당신 친구들로부터 받은 조언들도 상기해 줄 수 있습니다. 만일 대표가 그때 자신의 자만심으로 그 두 귀를 막지 않았다면, 아무 경매도 필요하지 않을 겁니다... 그리고 스테판은 살아 있었을거구요...

-나는 그가 죽기를 바라지 않았다니까요! -빅토르는 막심의 양어깨를 잡고 흔들면서 속삭이듯 외쳤다. -나는 원하지 않았다구요! 약간의 교육만 해주면 된다고... 나는 원하지 않았지만, 그 일은 그렇게 되어버렸어요! 왜 당신은 나를 이해해 보려고 하지 않나요? 불쌍하다고... 지난 20년 이상을 우리는 정말 친구로 지내 왔구요!

막심은 쉽게 자신의 양어깨에 놓인 빅토르의 손을 떼어냈다.

-당신은 두 눈을 갖고 있습니다, 빅토르, -그는 말했다. -대표는 당신과 내 사이 거리가, 당신과 사쵸 사이 거리가, 당신과 세르게이 사이 거리가 지난 몇 달 동안 얼마나 크게 벌어졌는지 아나요? 대표는 누구와 함께 남아 있나요? 에우게쵸와요? 그럼, 대표는 그가 하는 일이 무엇인지도 알 겁니다. 죄를 지은 것은 대표입니다... 대표가 다시 자각하려면 뭐가 있어야 하는지 나는 잘 모르겠어요. 하지만 아마 그런 뭔가가 있어야겠지요. 나는 희망을 아직 놓지 않고 있습니다. 지금

대표에게 일어난 일이 무엇인지 지금 말해 줘요. 그 돈, 그 경매에 충분하지 않나요?... 그 경우 나는 도울 수 있지만, 그건 많지 않아요. 나는 내가 100주 정도 구입할 수 있을 만큼의 돈을 절약해 두고 있다는 점을 말하고 싶어요. -그 돈, 필요하면 가져다가 쓰세요...

빅토르는 똑같이 우울한 웃음을 살짝 보였다.

-죽은 이를 위한 습포이군요, -그는 불쾌하게 말했다. -나는 전부를 매입할 겁니다. 4천 4백주 전부를......아니 막심 당신의 것 100주는 빼고요. 나는 그 경매에 참여하려고 대단한 자금을 확보해 두었어요. 내가 생각해도 그 경매가 필요 없을 만큼요. 경매에는 주식 총량을 요구하는 사람이 적어도 둘은 있어야 합니다. 나는 자신을 라이벌로 여기게 하는 에우게쵸와 참여할 결심을 했어요. 내가 그 주식을 매입해, 내가 그 점에 있어 온전히 안정적이었다고 생각해 왔는데, 그런데...

그는 갑자기 조용해졌다. 그런 침묵이 있자, 머지않은 곳에서 아이 웃음과 이야기하는 소리가 들릴 정도였다. -정말로 이웃 아이들이 파블릭의 낚시 놀음에 합류했나 보다.

-내가 대표가 하는 "그런데"라는 말을 추측해볼까요? -막심은 말했다. -그런데... 그런데 더 큰 라이벌이 생겼군요. 가짜로 참여하는 사람이 아니라 진짜.

-그렇게 되었어요!- 빅토르는 다시 속삭이듯이 외침으로 돌아왔다. -그-래요! 어제, 맨 마지막 순간에 코체르긴이 왔어요. 그가 경매에 참여 신청서 서류를 내밀더군요.

-코체르긴... 코체르긴, -막심은 생각에 잠겼다. -하, 익숙한 이름이네요. 시멘트 공장 대표를 한 사람이지요. 그렇지 않나요?

-그자 맞아요! - 빅토르는 급히 속삭이며 말했다. -그자입니다. 망할 자식! 하지만 나는 바로 알고 있어요. 그자는 돈이

없어요. 전혀 갖고 있지 않거든요! 아마 100주 정도나 살 만한, 막심 당신처럼... 누가 그 뒤에 숨어 있을까요? 당신은 생각나는 사람이 없나요?

-전혀 없습니다. -막심은 대답했다. -나는 그 사람조차도 잘 생각이 안 납니다. 그 이름 정도만 알고 있습니다. 하지만, 대표라면 고르콤이라는 공직에 있었으니, 그를 알 수 있을텐데요. 그럼, 당신은 어떤 생각인가요?

-그래요, 빅토르는 속삭였다. -나는 진작 그자를 알고 있어요! 나는 그와 대화를 해보려고 했으나,... 그는 시내에서 모습을 보이지 않더군요.

빅토르는 옆으로 고개를 돌렸다. 막심은 빅토르 대표가 하는 말이 작은 거짓말임을 추측해 낼 필요는 없었다.

빅토르는 자신이 고용한 사내들을 코체르긴에게 보냈더니, 그 사내들은 코체르긴을 경호하는 녀석들이 다소 덩치도 있고 재빠른 자들이라는 것을 알게 되었다. 그것으로 보아 빅토르는 곧장 이 일이 나쁘게 되었구나 하고 결론을 내렸다.

-아마 그가 자신의 정원에 가 있구나... -간단한 마음으로 막심이 추측했다.

-그럴 지도...-빅토르가 말했다.

-그럼 월요일엔 그가 나타날 것이고, 당신은 그와 대화를 나눌 수 있겠군요. 그런데 무슨 대화를 나누지요? 만일 어느 진지한 인사가 그에게 돈을 지원해 준다면,... 나는 그가 당신에게 그 일에 대해서 알려줄지도 의심합니다.

-나도 의심하고 있어요, -절망적으로 빅토르가 말했다. -막심, 내 요청은요 -좀 알아봐 줘요! 당신 주변의 지인들은 전혀 다른 사람들이니까. 에스페란티스토들이나 여행자들이니... 아마 그들 중 누군가 우연히 그에 대해 알 수 있을 겁니다. 작은 정보라도... 어떤 암시라도 내겐 필요합니다. 누가 진짜

응찰자인지. 나중에 나는 내 연결 스위치를 켤테니, 그러면...
-거의 가능성이 없지만, -막심은 말했다. -분명히 나는 몇 명에게 그에 대해 물어보지요. 하지만 그를 아는 이들은 거의 없을 겁니다. 코체르긴은 여행자도 에스페란티스토도 아니니 말입니다. 내가 하는 방식에 따르면, 만일 내가 대표 같은 위치에 있다면, 나는 다른 방식으로 행동하고 싶을 겁니다.
-그럼 어떻게요? -욕심스럽게 빅토르가 속삭였다.
-경매는 수요일에 꼭 열립니다. -생각을 가다듬고서 막심은 말했다. -안 그런가요? 그럼, 월요일에 내가 우리 공장직원들 집단 전체 이름으로 집단 탄원서를 작성해 시청과 지역 민영화위원회에 제시해 볼게요. 우리 모두가 잘못했다고 말하면서요. 우리 집단공장의 240명 전 직원이 그 실수를 바로 잡으려 한다고요. 우리가 첫 단계 때 한 결의를 없애주기를 청원하면서, 임시로 경매를 늦추어 달라고요... 그리고 우리가 폐쇄형 주식회사를 설립하고자 한다는 것도요... 그게 당신에겐 좋은 해결책이 될 겁니다.
-에이... -빅토르는 손을 내저었다. -에스페란티스토 맞네요! 구름 속에 그 에스페란티스토가 떠다니고 있군요... 그런 종이를 들고 내가 스몰리니 또 더 그 시청에 간다면, 나를 어찌 볼까요? 절대적으로 바보로 여길 겁니다! 기계는 이미 작동했기에, 우리는 그것을 멈출 수 없습니다...
-아마 그럴 수도, 아마 아닐 수도요... -막심은 자신의 목덜미를 긁었다. -그러나 다른 그림을 생각해 봐요. 만일 어느 삼촌이 그 주식을 사버린다면요? 여기저기서 당신은 어떻게 보이겠어요?
-나는 이미 37퍼센트를 갖고 있다니까. -화를 내며 빅토르가 반박했다. -그건 보장되어 있구요... 막심, 당신은 그 작자만 알아보기만 해요! 나는 당신 도움을 잊지 않겠어요!

-알아서 하세요,- 불만인 듯이 막심은 말을 내뱉었다. -나는 내가 할 수 있는 바는 해보겠다고 좀 전에 말했어요. 만일 당신이 보장받고 있다고 자신한다면... 저 탁자로 우리는 갑시다. 더욱 그 물고기 수프는 이미 우리를 기다리고 있으니까.

199.년 8월 11일 수요일

그 도시의 모든 식물이 기쁨과 탄성을 지르는 순간이 왔다! 떼까마귀들이 많이도 사는, 기차 역사의 오래된 미루나무들이 크게 또 만족스럽게 소리를 냈다. 주요 도로 양편에 길이 방향으로 이미 3년 전에 심은, 커가는 보리수나무들이 모든 작은 자신의 잎들을 이용해 노래를 불렀다. -천천히, 떨면서, 존경과 기쁨으로. 시청사 주변의 화단들은 많은 향내를 내는 교향곡 같은 빗물이 곧 흘러내릴 것을 기대하며 휴식을 취하고 있었다. 왜냐하면, 그 시에 가장 기다리던 귀한 손님이 왔기 때문이다. -비.

앞선 16일 동안 북쪽 더위가 이 도시를 유난히 사랑했다. 그 북쪽 더위는 8월 중순에 실온이 23도, 때로 25도를 나타내고 있었다. 사실상 이 도시 사람들이 그 더위 사랑을 받았다. 그 더위를 이용하고는 사람들은 공짜로 태양에 그을릴 수 있고, 흑해의 남쪽 해변으로 여행을 가지 않아도 되었고, 더구나, 소문에는, 경비를 들여 남쪽에서 받은 혜택보다도 더 확고하고도 유용한 것을 받았다.

그러나, 식물들은 물이 부족해 정말 고통을 받고 있었다! 시내에 심은 식물들은 살수차들의 이만큼 저만큼의 물을 받을 수 있고, 그 식물들이 이틀 단위로 그 주요 도로 아스팔트를 독점하는 살수차들이 뿌리는 물을 받을 수 있다면, 주변 숲에서는 분명히 큰 한숨을 내쉬고 있었다. 이전에 물이 가득 하던 작은 저수지들은 지금은 사람들이 간단한 신발만 신고 건너가 볼 수 있을 정도였다. 소나무 숲의 언덕들을 덮는 하얀 이끼는 이미 바짝 말라버렸고, 발아래 총 맞은 듯 바스락 소리를 냈다. 자작나무 잎사귀들은 시들기 시작하고, 소나무들은 마른 채 바스락거렸고, 갑자기 작은 불씨라도 나타나면, 마치 촛불처럼 번지기 일쑤였다. 여러 곳에서 이미 산불이 났고, 도시를 경영하는 시장단은 저 숲의 열매들 -산앵두나무, 월귤나무, 딸기나무의 열매들이 완전히 익어 때로 시든 채, 수확할 사람들을 기다리고 있었지만, 시민들에게 입산 금지를 알려야만 했다.

그런데 오늘 아침에만 해도 날씨가 돌변했다.

저쪽 발트해에서 시작된 바람에 밀려온, 공격적으로 짙은 큰 구름들이 동편에 나타난 태양을 만났다. 시민들이 지난 새벽 꿈을 생각하는 동안에도 그 큰 구름 떼는 도시로 날아와, 휘감고는, 밀집되고 검게 바뀌더니, 마침내 초인종 시계처럼 큰 천둥소리로 일제 사격을 해왔다.

서편 끝자락부터 동편 끝자락까지 하늘을 독점한 그 큰 구름 떼는 동트기 전의 태양을 추방하고, 일정 시간 동안 몰래 감시하듯 조용해지더니, 그러고는 고삐 풀린 듯이 도로로, 그 저수지들로, 그 숲으로 그 오랫동안 학수고대했던 시원한 물기둥을 내려다 보냈다.

게오르기이 자소코프는 곱슬머리의 강력한 큰 코를 가진 사내다.

오전에 자동차로 간편하게 그는 그 시청에 도착했다. -페테르부르크의 번호판을 단 그의 "토요타" 자동차가 출현하자, 지방 시청 옆에서 예기치 않은 주목을 하게 만들었다. 그 자동차의 너무 뚱뚱한 운전기사이자 보디가드 모습도 여기서는 불필요한 시선을 갖게 했다; 더구나 삼보[32]의 지역 챔피언이기도 한 게오르기이 자소코프는 자기 자신을 혼자 방어할 수 있을 텐데도 말이다.

그는 새벽에 기차를 타고 앉아 오면서 창가에서 졸지도 온 자소코프는 만족한 듯이 하늘에서의 그 광경을 관찰하고 있었다. 비가 그에겐 성공을 알려주는 것 같았다. 더구나, 쟈쇼코프는 그것 없이도 오늘의 성공을 전혀 의심하지 않았지만, 그 비는 마치 그것을 확신해 주는 것 같았다. 그의 신임을 받은 코체르긴의 "아홉"[33] 차량 1대가 그 기차의 도착시각 직후 역사에서 그를 마중하러 왔고, 그 시원한 빗물 벽을 천천히 통과하면서 시청사로 달려왔다. 코체르긴이 직접 그 차를 몰았고, 더구나 그 차 안에는 다른 일행 한 사람이 더 있었다. -두마(드미트리이) 두긴. 그는 젊은 변호사로, 오래전부터 자소코프가 알고 지내던 인물이다. 그 변호사가 경매를 알려주는, 지역 신문들의 공고를 일일이 세밀히 읽어오는 구독자였다. 그 공고가 처음은 아니었다. -자소코프는 이미 드미트리이 두긴이 제공한 유용한 정보로 이미 2개의 중요한 소규모 공장을, 주로 페테르부르크에서 잘 운영되는 공장들을 매입하는 데 성공했다. 그러면, 드미트리이 두긴도 자신의 마음을 상하지 않아도 된다. 왜냐하면, 자소코프의 모든 성공 계약 뒤에는 그에게도 좋은 지불이 뒤따랐기에.

그 "아홉" 차량은 경매 시작 15분 전에 시청사 계단 옆에 도착했다. 아스팔트 위로 파인 곳에 떨어지는 빗방울들이 대단한 물보라를 만들어 냈다. 필시 그 비는 끝을 내지 않을 작정인가 보다. 드미트리이 두긴은 서둘러 차에서 내려 넓은 우산을 켜고는 차에서 나오는 자소코프가 비를 맞지 않도록 하

---

32) *주: 호신술의 일종
33) *주: "라다" 자동차 회사의 그 당시 최신(유행)모델

려고 달려갔다.

-참 좋은 비군요! -그가 작은 소리로 외쳤다. -적당한 때에!

-행운입니다, -자소코프가 고개를 끄덕이며 말하였다.

코체르긴은 시동을 끄고 자신의 우산을 집어, 그들 뒤를 따라 올라갔다. 필시 아파치족처럼 보이는 두 남자가 출입문 초소 아래 서서, 담배 피우러 잠시 건물 밖으로 나온 정복 차림의 경비원과 이야기하고 있었다. 그들은 다가오는 세 사람을 보고, 궁금한 듯이 다가오며 올라오는 것을 눈짓으로 서로에게 알렸다. 자소코프는 그들에겐 시선조차 주지 않았다. 디마는 애써 독립적인 표정을 지었다. 자소코프의 등 뒤를 따라가던 코체르긴은 이상하게 힐난하기도 했다. 자소코프 눈에서 뭔가 이상하다는 것을 읽은 경비원은 좀 옆으로 비켜났고, 존경하듯이 출입문을 열어주었다.

시청사 4층의 회의장 2곳 중에서 현명하게도 작은 회의장에 경매를 진행하는 장소가 마련되었다.

일행과 함께 자소코프가 들어섰을 때, 그 안에는 네 사람만 있었다. 한 줄에 다섯 개의 탁자가 있고, 그 탁자들이 두 줄로 되어있었다. 두 줄 중 오른편 줄의 첫 탁자에 "루소플라스트" 대표 빅토르 시가에프가 앉았다. 3주 전, 그 대표 사진을 디마가 자소코프에게 보여주었다, 두 번째 탁자에는 굽신거리는, 적황색의 머리카락을 가진 어떤 사람이 앉았는데, 그는 시가에프의 등 뒤로 뭔가를 속삭이고 있었다. 셋째 탁자는 비어 있었지만, 넷째 탁자에는 잘 모르는 한 쌍, 아마 부부인 듯 자리하고 있었다. 자소코프는 드미트리이 두긴에게 궁금해 곁눈질하자 그 사람은 조용하게 손짓했다. 그 일행 셋은 왼편의 탁자들이 있는 줄로 갔다. 그곳에서 코체르긴과 두마가 둘째 탁자를 차지하고, 자소코프는 자기 자리를 그 뒤편인 셋째 탁자로 선택했다.

그렇게 들어서자, 자소코프는 그 대표의 눈길이 궁금함과 화가 뒤섞인 듯한 날카롭게 느낄 수 있었다. 자소코프는 그의 눈길을 애써 피하고는, 특별히 그 대표가 그를 보려면 자신의 자리에서 몸을 돌려야만 볼 수 있는 셋째 탁자를 선택해 앉았다. 그 탁자에 딸린 안락의자에 자리한 뒤, 자소코프는 고개를 들어, 살짝 웃으며, 시가에프 눈을 직접 바라보았다. 시가에프는 이해할 수 없을 정도로 콧수염을 움직이고는 몸을 돌려 보았다.

정각 10시,

중요기관에게 허가된 방식대로 경매장에는 그 위원회 임원들이 나타났다. 이 위원회 의장인 뚱뚱한 여자가 행사 진행 탁자의 한가운데 자리를 잡았다. 그녀 양옆으로 두 명의 회색 머리카락을 가진 사람이 앉았다. 젊고 날씬하고, 여우 같은 얼굴의 여비서는 옆쪽의 다른 작은 탁자에 자리를 잡고, 기록 준비를 했다. 한편 그 의장은 그 위원회를 소개하고는 경매규칙을 알려 주었다.

-그럼, -그 여성 의장이 말했다. -오늘 경매에 4명의 희망자가 공고 기일 안에 등록했습니다. 모두 참석하였지요?

-모두 왔습니다. 드미트리이 두긴이 봉사하듯 반응을 보냈다.

여의장은 그에게 불만인 듯한 시선을 보이고는 등록 장부를 들어 자신의 눈에 더 가까이 가져갔다.

-그럼, 우리가 등록순으로 확인해 보겠습니다. 여러분은 각자 자리에서 일어나 자신을 알려 주십시오. 세로프 씨?

-접니다. -그 적황색 머리카락을 가진 사람이 벌떡 자리에서 일어나더니 다시 자리에 앉았다.

-시가에프 씨?

대표가 말없이 무겁게 자리에서 일어났다.

-슙스키이 씨?

-접니다. -넷째 열의 탁자에서 그 남자가 일어났다.

-그런데, 그 옆에 있는 분은 누구인가요? -불만인 듯이 그 여의장은 물었다.

-제 아내입니다. -슙스키이가 대답했다. -허락되지 않습니까?

-아닙니다. -여성 의장은 마찬가지로 불만인 듯이 말했다. -경매가 시작됩니다. 우리는 모든 관심 있는 사람들의 참석을 허락합니다. 그러나 사람도 얼마 없으니, 나는 알고 싶습니다.... 코체르긴 씨?

코체르긴이 자리에서 일어나 오른손을 들었다.

-두긴 씨를 나는 알고 있고... -그 여성 의장은 생각에 잠긴 채 말했다. -미안합니다, 선생님... 그런데 누구신가요?

그녀는 자소코프를 쳐다보았다. 그는 살짝 웃고는 반쯤 일어서면서 대답했다.

-기자입니다. 코체르긴 씨 친구입니다.

-감사합니다, -그 불만은 그 여성 의장의 음성에서는 언제나 자리 잡은 듯했다. -그럼, 시작합니다. 첫 묶음 -100주입니다. 시작 가격은 -9만[34)루블입니다.

-10만. -슙스키이가 손을 들었다.

-12만. -코체르긴이 말했다.

-13만. -슙스키이가 얼굴을 붉히며 즉각 반응했다.

-15만. -코체르긴이 말하였고, 침묵이 이어졌다.

-15만. -하나, 15만-둘, 15만-셋, 코체르긴에게 팔렸습니다. -그 여성 의장이 말했다.

그 사이, 바깥에는 다른 상황이 전개되었다. 이미 큰 비는 지나갔다. 거의 구름 한 점 없는 파란 하늘엔 이미 태양이 자랑스럽게 자리하고 있다. 이미 식물들과 아스팔트 위로 올라

---

34) *주: 이 경매 행사는 인플레이션이 폭등한 기간에 일어났다. 1993년 8월 당시에 1달러 가격은 1,100루블이었다.

왔던 수증기는 신선한 공기에 하얗게 매달려 있었다.

자소코프는 맞은편 열의 넷째 탁자에서 낮은 소리로 대화하는 소리를 들었다. 그는 궁금해 고개를 돌렸다.

-우리는 이제 여기서 나가요, -여자가 말했다, -우리가 여기에 소용없이 왔어요,

-왜 헛일인가요, 에바, -슘스키이가 대답했다. -정말 역사적인 순간이란 말이요, 여보... 우리는 여기 남아 있습니다. 조금만 참아요.

-여러분 방해하지 말아 주세요. -불만인듯한 그 여성 의장이 말했다. -정숙해 주세요.

그러자 그 부부는 말을 중단했다. 자소코프는 그 여성 의장에게로 몸을 돌렸다.

-저는 요청이 있습니다, -그는 손을 들었다. -적어도 창문 하나는 좀 열어주십시오. 가능하다면요.

무슨 이유인지 이 말은 그 여성 의장의 불만을 잠재우는데 성공했다. 그녀는 살짝 웃음을 띠기도 했다. 더구나 그녀는 이미 땀이 나 있었다, 필시, 창문에 대해서도 그녀가 생각했나 보다.

-비서, -그녀가 명령조로 말했다. -옆쪽 창문 하나를 열어주세요. 하지만 우리는 계속 진행합니다. 둘째 묶음 -600주입니다. 시작 가격은 -55만 루블입니다.

-60만. -그 적황색 머리의 남자가 즉시 손을 들어 말했다.

-70만. -대표가 손을 들었다.

-80만. -큰 웃음을 살짝 보이며 코체르긴이 말했다.

-85만. -그 대표가 자소코프도 웃기 시작하자 불만인 듯이 말했다.

그 일은 이전에 그가 예상하고 계산된 일이고, 그의 계산에

따라 정확히 진전되는 것 같았다. 그는 시가에프의 목을 보면서 시가에프가 다음에 어찌 반응할지 보려고 유심히 쳐다보았다. 코체르긴은 이전에 계획된, 한순간의 쉼 시점을 가졌다.

-85만,- 하나, -그 여성 의장이 말했다. -85만- 둘.

-100만, -조용히 코체르긴이 손을 들었다.

시가에프는 그에게 미움 가득한 눈길을 하고서 쳐다보았다. 그의 콧수염은 떨고 있었다. 적황색의 머리카락을 가진 세로프는 자신의 자리에서 참지 못하는 가려움으로 인해 몸을 이리 저리로 몸을 움직였다. 그 여성 의장는 거의 1분간 조용히 있다가 나중에 계속했다;

-100만,- 하나...

-100만하고도 10만! -그 대표의 입에서 진정한 아픔이 묻어나는 목소리가 흘러나왔다.

-130만, -코체르긴이 그 지루하게 하는 녀석에게 평정심을 잃은 듯이 곧장 반응했다.

-130만, 하나, 130만, 둘, 그 여성 의장이 서둘렀고, 한 번 잠시 휴식했다. -130만...셋. 코체르긴에게 팔렸습니다.

그 놀이는 똑같은 형태로 계속되었다. 그리고 그 묶음들은 차례대로 코체르긴의 금전 자석 속으로 빨려 들어갔다. 그 대표는 얼굴을 붉히고는, 뒤에서 두번째 남은 800주의 주식 묶음에서 절망적인 시도를 했다. 400만 루블까지 흥정이 진행되었다. 코체르긴은 자신의 고개를 들어 자소코프에게 눈길을 돌렸다. 그는 거의 알아보지 못할 정도로 고개를 끄덕였고, 코체르긴은 승리의 한 방을 날렸다.

-5- 500만.

실제로, 그 놀이는 끝났다.

그 마지막 100묶음에서 시가에프와 세로프는 뽀로통해졌다. 그럼에도 다시 숨스키이가 14만을 곧장 제안하면서 끼어들었다. 자소코프는 그것이 그 슘스키이가 제안할 수 있는 전체 액수임을 짐작하였다. 그리고 그는 코체르긴에게 눈짓했다.

-20만, - 똑같이 그 사람은 평온하게 말했다.

-... 고맙습니다. 여러분,- 피곤함을 보이면서 그 여성 의장은 말했다. -이제 경매를 마칩니다. 코체르긴씨가 '루소플라스트" 개방형 주식회사의 주식 4,400주를 매입했음을 선언합니다. 이 위원회의 위원님 여러분, 이 결의서에 서명해주실 것을 요청합니다. 코체르긴 씨, 지불은 3일 이내에 완전히 이루어져야 함을 알려드립니다. 당신은 알아들었지요?

-알겠습니다. -코체르긴은 대답했다. - 지불은 정해진 기일에 완료될 겁니다.

-그런데 그것은 불가능합니다! -시가에프가 자신의 자리에서 무력하게 일어나더니, 그 위원회에 난폭한 눈길을 향하고는 외쳤다.

-왜 그런가요, 시가예프씨? -평화롭게, 더욱이 어머니 같은 마음으로 여성 의장이 알려 주었다. -우리가 여기서 규정 중 어느 것 하나 어긴 것이 있단 말인가요? 그럼, 나는 이 경매가 엄격하게 규정에 따라 진행되었음을 확인하고자 합니다. 만일 당신이 동의하지 않는다면, 당신은 이 서기국에 서면으로 이의를 제기할 수 있습니다.

그녀는 즐거운 마음으로 살짝 웃었다. 시가에프는 자신의 입을 닫기 전에 자소토프에게 고개를 돌려 보았다. 그 사람도 역시 그에게 친절한 웃음을 살짝 보였다. 코체르긴은 짐짓 무표정한 얼굴을 그 위원회 위원들에게 보이고는, 시가에프 대표에게는 자신의 오른손의 가운데 손가락을 내보였다.

199.년 8월 14일, 토요일

-아르투르 알베르토비치, 당신은 충분하지 않나요? 내 귀조차도 이미 대롱에 휘감겨 있다구요!

-던져, 던져요!, 오흐, 예, 좋아요! 하지만, 안돼요, -한 스푼 더 던져요! 그래-요! 이제 맞-아요! 이젠 베닉[35]을 집어서 또 몸을 때려 봐요!

정말 그렇다.

여러 개의 베닉이, 이전에는 차가운 물 속에 넣었다가 다시 뜨거운 물 속으로 방금 옮겼다. 그러고는 또 사용하려고 준비된 작은 대야 안에 넣어 두었다. 하마 같은, 벌거벗은 시장 페트로프스키흐의 큰 덩치도 베닉을 이용한 처치를 받을 준비를 하고 있었다. 그는 온도가 실제로 100도 가까워진 증기탕의 상단 벤치 위에 누워 있었다. 머리를 보호하는 목욕용 가죽 모자 아래 만족해 하는 오-호- 라는 소리와 신음 소리가 반복적으로 들렸다. 유칼립투스 나무향 수증기가 그의 몸 위로 올라오고 있었다. 빅토르 시가에프도 마찬가지로 벌거벗은 채 있고 -비슷한 모자와 가죽 장갑을 손에 끼고 -자작나무 베닉 2개로 그 큰 덩치에 마술을 걸면서, 옆의 하단 선반 위에 서 있었다.

처음에는 그는 허공에 몇 분간 연신 그 베닉을 휘둘러 자신의 큰 몸 위로 올라오는 수증기를 쫓았다. 나중에, 두 개의 그 베닉을 하나로 합쳐 이를 이용해, 그는 페트로프스키흐의 등을 문지르기 시작했고, 나중에 그의 양쪽 어깨, 견갑골, 허리와 양다리도 규칙적으로 두들겨 주었다. 그러자 오-호-라는 소리와 작은 신음 소리가 연이어 나왔다. 빅토르는 정말 증기탕 목욕에는 전문가였다.

---

35) *베닉: 러시아 증기(목욕)탕에서 쓰는 자작나무, 떡갈나무, 누간주나무 등의 가지로 만든 말린 나뭇가지 묶음. 나뭇잎이 달린 가지를 말린 상태로 묶음을 만들어야 제대로 사우나를 즐길 수 있다는 러시아 사우나의 꽃, 자작나무 베닉.

아르투르 알베르토비치는 유쾌한 신음 소리를 내며, 신체의 앞부분에도 그런 베닉 마사지를 받으려고 그의 벤치에서 등을 돌려 누웠다. 그는 신체의 더 아래쪽의 두 다리 사이의 주요 부분은 그런 마사지로부터 자신을 보호하려고 가리고, 자신의 얼굴 위로 목욕 가죽 모자를 두고 단말마적으로 소리쳤다. "시작해요, 빅토르!" 그는 다시 그 베닉으로 행동을 개시하고, 하얀 불룩한 배 위에 장미색 자국을 만들어 갔다. 당연히 그런 노동 동안 그는 그 베닉 마사지를 받는 사람보다 더 많이 땀을 쏟아내고 있었다. 그리고 페트로프스키흐가 마침내 말했다. "이제 충분해요....". 그러자 빅토르는 피곤한 듯 한숨을 내쉬고는 먼저 증기탕에서 빠져나와 목욕탕과 전실을 지나, 옆의 작은 호수로 내려가는 계단을 향해 갔다. 그 작은 호수를 키우고 있는 것은 서너 개의 지하에서 올라오는 샘물이고, 그 물은 태양 가득한 8월의 날인데도 시원하기도 했다.

-우-우흐! -빅토르가 한 번 외치고는 몇 번의 서두르는 수영 동작을 취했다.

그 작은 호수에서 그 시각에 저녁밥을 먹은 서너 마리의 오리가 요란하게 자신의 날개들을 흔들더니 높이 날아오르더니, 저 인근 호숫가 자작나무 숲으로 사라져 버렸다. 그 오리들 외에는 아무도 인근엔 없다. 그래서 두 사람은 누드인 채로도 아무 부끄러움 없이 수영을 즐길 수 있었다. 만일 누가 있다 치더라도- 그게 중요한가?

-우-우후! 똑같이 페트로프스키흐도 자신의 큰 덩치를 그 시원한 차가운 물에 첨-벙 빠뜨려 응수했다.

나중에, 자신들의 몸을 씻고, 좋은 열기를 가득한 채, 그 건물 안으로 힘없이 들어선 그들은 목욕탕 전실에 있는 작은 탁자 옆에 앉았다. 그 작은 탁자는 목욕하고 나서 뭔가 즐길 꺼리들이 갖추어져 있었다. 차가운 보드카 "포솔스카야

Posolskaja", 씹을 때 탁탁 소리 나는 절인 오이, 베이컨, 소시지, 썰어 놓은 햄, 또 버섯 샐러드도 놓여 있었다... 이미 두 사람은 건강을 위하여 하며, 또 모든 정복할만한 매력적 여성들을 위해 잔을 들었다. 또, 셋째 잔을 들어 페트로프스키흐가 천천히 말했다.

-자, 이제 바보인 당신을 위해!

-아르투르 알베르토비치! -시가에프는 처음부터 그런 뭔가를 기대했으나, 자신의 잔을 그 시장의 잔에 부딪히고는, 자신의 두 눈에서 마음의 상처 입은 표정을 보였다. -뭐라고요, 바보가 어때서요? 정말 아무도 예상 못 했답니다......

아르투르 알베르토비치는 자신의 보드카를 삼키고는, 요란하게 한숨을 내쉬고는, 그 작은 탁자에 두고, 시가에프의 저항을 손으로 내젓고는, 옆에 놓인 오이를 집어 들었다.

-그만, 빅토르, -그는 씹으면서 말을 천천히 했다. -그만해요, 귀여운 것 같으니라고, 오래된 친구 말을 들어 봐요. 당신은 아주 좋은 증기탕 이용자입니다... 당신은 호화스런 목욕실도 갖고 있어요... 여기 이 집도 나쁘지 않아요... 그럼 당신은 우리의 죄지은 인생의 그 좋은 것들을 붙잡을 기회가 여러 번 있었어요... 하지만 나는 당신에게 말해 두고 싶은 것은, 이런 빌어먹을, 정직하게 내가 말하지요. 뭐든 숨김없이 말하지요... 당신이 이 일에 똥을 쌌어요, 당신 인생에 있어 가장 중요한 일인 이 일에 당신은 똥을 쌌어요. 왜 당신이 똥을 쌌어요? 그건 당신이 바보이기 때문이요. 이상. 이 잔들을 채워 줘요. 정말 보드카가 더워지네!

-하지만, 아르투르 알베르토비치, -시가에프는 보드카를 따르면서 불평하듯 말했다. -어디서 그만큼 많은 돈을 가진 녀석이 나타났을까요? 나는 600만을, 더 많이 준비해 놓았거든요...

-600만이 뭐라고! -아르투르 알베르토비치는 반박하고는 그

보드카를 건배하자고 제안하지도 않고 마셔버렸다. -그 코체르긴이 지불한 것은 2500만이었어... 페테르부르크에서 온 카우카즈의 녀석이 지불한 것은, 물론, 이 도시에겐 더욱 소중한 것이지만, 나는 당신에게 다시 묻는다구요: 그 2500만이 뭔가요? 그게 뭐라고요? 아무것도 아니지요!

그의 말은 열렬해졌고, 그는 기침을 한 번 하고는 차가운 물이 든 물동이에서 맥주 한 병을 집어, 자신의 이로 병뚜껑을 따고는 그 맥주를 게걸스럽게 마시기 시작했다. 빅토르는 매번 삼킬 때마다 튀어오르는 그의 목의 아담 사과 뼈를 멍하니 쳐다보고는 기다렸다.

-그럼, -좀 그렁대는 목소리로 페트로브스키흐는 말을 이어갔다. -당신, 빅토르에게, 나는 당신의 "루소플라스트"가 얼마나 가격이 나가는지 내게 말해 봐요. 토지, 기계류, 자동차들, 변압기들, 그리고 그 건물들까지 합치면? 당신은 이 모든 노동자에게 물어봐요, 그들은 즉시 그 금액을 말해 줄 겁니다... 거의 추산컨대, 그 2500만보다 배는, 배는 더 나갈 거요!

-예, 그렇지만,... -빅토르는 페트로프스키흐가 깊은숨을 들이쉬는 동안에 말을 하는데 성공했다.

-그 당신의 말 "그렇지만"이라는 말이 적당하지 않아요, 이 사람아! -그는 말을 이어갔다. -잘 기억해 봐요. 내가 당신에게 이 일의 서두에 강조한 말을. 그래요, 내가 강조해 두었지요. 그러나 당신은 이미 처음부터 서툴렀어요! 당신은 당신 사람들을 잘 몰랐다는 것이 분명해졌어요! 그리고 관찰하고 예상하고, 다시 확인하는 것 대신에, -당신은 무엇을 했나요?... 우리 도시에서 피살된 사람에 대한 소문도 있었어! 당신, 빅토르에 대한 소문이기도 하고요.

그 시장이 하는 문장을 들을 때마다, 시가에프는 더 우울한 표정을 지었다. 그는 아르투르 알베르토비치가 화난 것이 온전히 맞다는 것을, 이 순간까지도 내부에 간직되어 있었음을, 술에 의지해서만 조금 상기된 상태임을 이해하고는 묵묵히 들었다.

-그럼, 우리 잊지 말아요... -그가 말했다. -우리는 그 소문들을 옆으로 밀쳐 둡시다. 당신은 그 주식의 3분의 1을 무상으로 받았어요, 맞지요? 당신은 이 공장 대표가 되기 위해 고르콤에 한때 앉아 있으면서, 그것을 유산으로 받아야만 했지요! 물론, 우리도 시청에서 안정적으로 그걸 통해 뭔가를 받아야지요! 나는 당연한 일을 당신에게 교육시킬 필요가 없지요. -이익은 나눠 가져야 하니까요... 왜, 라이벌이 나타났다는 것에 대해 알았으면, 왜 당신은 내게 오지 않았어요? 아마 우리가 뭔가를, 경매에 대해 뭔가를 고안해 낼 수도 있었어요, 저기.... 전체 위원회를 마비시키거나... 집단공장의 청원으로 그 경매를 취소하고 폐쇄형 주식회사로 가는 것까지도... 하지만, 당신은 내게 오지 않았고, 대신에 경매에 감히 나섰지요! 그래서 당신이 똥을 싼 거요. 한 잔 부어요, 보드카를 한 잔 부어요, 목이 말랐네요!

빅토르는 병을 쥐었다. 그의 두 손은 떨렸고, 보드카 잔들을 그는 평소와는 달리 서툴게 따랐으니, 보드카가 탁자 위에까지 흘러내렸다.

-그래, 이 사람 보게, -페트로프스키흐는 비웃듯이 말했다, -좋은 보드카를 낭비하는군, 멍청한 사람!

-좋습니다, 아르투르 알베르토비치,- 떨리는 목소리로 시가에프가 말했다. -말씀이 맞습니다. 내가 멍청했습니다... 하지만 시장님은... 아마 뭔가 조언을 주실 수 있습니다.... 상황은 전혀 출구가 없을 수는 없습니다!- 그는 절망적으로 외쳤다.

페트로프스키흐는 그 잔을 쨍하고 부딪힐 목적으로 그에게 내민 뒤, 그 보드카를 마신 뒤, 자신의 양 입술을 손바닥으로 닦고는 말을 이어갔다.

-하! 지금은 그리 쉽지가 않아요... 거의 출구가 막힌 정도입니다. 그 상황이... 하지만 시도해 볼 수는 있습니다. 먼저, 당신 집단공장에 집중해 노력하세요. 당신에겐 2주간 시간이 있습니다. -그 창립 주주총회를 하기까지요. 그 회의는 대다수가 참여합니다. 당신의 자만심, 느림, 여타 모든 것은 당신 엉덩이 뒤로 밀쳐 두세요. 다만 모든 사람과 함께라고 말하세요! 모든 지도자와 함께, 모든 노동자와 함께, 모든 은퇴자와 함께라고 말해요. 그리고 당신은 의심하지 말아요. 그 카우카즈 녀석이 그 회의 자리에 이미 주주로 올 거란 것을 의심하지 마요. 분명히 나올 겁니다. 그는 주주총회에 모인 사람들에게 흥미로운 제안을, 회사 발전에 대해, 급료에 대해 제안을 내놓을겁니다... 그럼, 아무도, 당신은 그의 제안을 지지하지 못하게 해야 함을 알아 두어야 합니다. 주임 엔지니어부터 저 바바36) 류다까지 모두!

-류다 숙모...-빅토르가 숨을 내쉬었다.

-류다 숙모라도 말입니다... -그 시장이 받아들였다. -그 공장 개들도 그를 지지하지 않도록 해야 해요! 나중에..."루소플라스트"의 대표를 위한 좋은 계약서를 한 장 작성해 놓으세요.

-누구를 위해서요? -놀라며 빅토르가 물었다.

-만일 당신이 듣지 못하였다면, 귀 청소 좀 해요, -페트로프스키흐가 불평을 했다. -그 주주총회에서 대표를 선임하고, 그 선임된 대표는 주주들과 노동계약서를 작성합니다. 내가 쓰는 법률가를 이용하세요, 좋은 계약조건을 만드세요. 당신이 그 계약으로 얻을 수 있는 순간들이 몇 번 있습니다. 법률가들이 당신을 도와줄 겁니다. 둘째로 법정 소송을 진행하세요...

---

36) *주: 할머니(늙은 여자에 대한 가벼운 속어/말)

-그 카우카즈 녀석과 싸우라고요? 시가에프가 서둘러 물었다.

-그만큼 다량의 주식을 독점 매입했다는 것으로... 때로는 재판부가 지원해 줄 겁니다. 물론 현행 법률로는 이 모든 것이 정상적이라 해도. 그 소송은 믿을만한 전망을 갖지 못할거요.

-나는 그래도 진행해 보겠습니다. -시가에프가 말했다. -그자도 긴장도 좀 해보고, 좀 시끄러워 봐야 한다구요. 나만 그럴게 아니라!

-그래요, 빅토르, - 페트로프스키흐는 두 번째 맥주병을 집었다. 그 큰 덩치의 사람이 다시 이미 땀으로 흘러 버린 그 액체를 요구했다. -당신 실수로 빚어진 것은 당신이 수습해야지요, 당신은 이해하겠어요? 또 한 가지. 당신이 만나고 있는 녀석들은...

-녀석들이라뇨?... 시가에프는 재잘되며 자신의 긴장을 풀었다.

-녀석들이 녀석들이지요, -그 시장이 확인해 주었다. -당신은 내가 말한 바를 잘 이해하고 있네요. 그럼, 당신이 그들을 어떤 식으로든지 합법적으로 해결해야 합니다. 그 점도 또한 생각해야 해요, 빅토르.

-아하, 합법적으로... -시가에프는 말했다. -그렇게 하겠습니다, 아르투르 알베르토비치.

-이해심이 당신은 조금씩 많아지겠어요, -페트로프스키흐가 살짝 웃었다. 넷째로.... 이젠 당신, 술 부어요, 술 부어라고요!

199.년 8월 14일 토요일

전화는 누군가 받으라는 듯이 계속 울렸다.

이젠 일상이 된 토요일 농장일을 마친 뒤, 한 시간 전에 그

가족은 곧 저녁 먹기를 결정했다. 일은 방금 마쳤다. 에바가 욕실을 차지하고 있었다. 파블릭은 자신의 방으로 가서 책과 씨름하려고 물러났다. 막심은 주방에 남아 있었다. 차주전자를 두고서 그는 창가에 서서, 해가 지는 광경을 즐거이 바라보고 있었다. 일천 번도 더 막심은 그의 아파트 창문 네 곳 중 세 곳이 서편을 향하고 있기에 그 운명에, 그 환경에, 신축 아파트들의 분배를 위한 도시 위원회에 감사했다. 일천 번이나 그는 해지는 과정을 보면서도, 그것은 절대로 그를 지루하게 하지 않았다. 그 광경은 실제로 볼만한 것이었다. 붉은 -선홍색, 진홍색, 황금색, 황동색 -색이 가지는 모든 뉘앙스로 구성된, 상상을 넘어서는 판타지의 혼합물은 그 모습을 어느 신비한 동화 속 풀밭으로 돌진하는 토끼들처럼 몇 개의 하얀 작은 구름을 배경으로 자리하고 있었다. 그 색깔들은 점점 더 불타듯이, 마치 큰 불난 듯이 짙어졌다가, 토끼들도 마치 뭔가 위험을 느껴, 저 멀리 달아나고 있었다. -하늘이 큰불 속 같은 상황에서 벗어나 더욱 안전하고 푸른 부분을 향해서.

-막심, 파블릭, 두 사람 중 누가 전화 좀 받아요! -에바가 욕실 출입문을 조금 열고는 외쳤다. -정말 나는 옷을 입지 않은 채 있다고요!

-그래요, 엄마! -파블릭은 읽고 있던 『호빗(hobito)』이라는 책을 내려놓고, 전화기로 달려갔다. -여보-세요, 슘스키이 집입니다, -그가 엄마에게서 배운 대로, 일상적인 말을 하고는 나중에 외치기를, -막심 마트베예비치, 전화 받으러 오세요!

-에흐- 막심은 그 창가를 애석함으로 남겨 두고는, 숨을 내쉬었다. 주목하고 있는 영화를 끝내 다 못 보는 듯이, 그 창가를 떠나는 것을 애석해하며 한숨을 내쉬고는 전화기가 있는 쪽으로 갔다.

-막심 마트베예비치? -송화기에서는 거의 알 듯한 목소리로

말했다. -안녕하세요! 토요일 저녁인데, 제가 당신을 불편하게 했습니다. 드미트리이 두긴입니다. 변호사입니다. 우리는 지난 경매에서 서로 만났지요...

-그렇군요, 드미트리이 두긴. -막심이 말했다. -당신을 알지요. 한때 나는 당신 부친과 일한 적이 있어요. 그리고 그때 당신은 10살이었는데. 그래, 내가 듣고 있어요.

-막심 마트베예비치, 당신이 그리 피곤하지 않기를 희망합니다, -두긴은 말했다. - 잠깐 뵙는 일입니다. 보세요, 게오르기이 아슬라노비치가 한 시간 뒤 페테르부르크로 출발합니다. 그렇지만 그분은 당신을 정말 만나 뵙고자 합니다. 만나서 중요한 일을 의논하고 싶어 하거든요.

-미안합니다, 드미트리이 두긴, -막심은 무슨 말을 하는지 알고 있었지만, 그걸 드러내지는 않았다, -나는 게오르기이 아슬라노비치가 누구인지 모릅니다.

-아흐, 정말 그렇군요! -두긴이 외쳤다. -정말 모르시는군요! 게오르기이 아슬라노비치 자소코프입니다. 그분도 당신은 지난 수요일에 만났습니다. 나는 그분과 대화하기 위해 30분만 시간을 내주시기 청합니다. 중대 사안입니다. 당신에게도 말입니다.

막심은 먼저 생각해 보았다. 첫째로, 그는 그럼에도 피곤해 욕실로 가고 싶었고, 나중에는 텔레비전이 있는 곳에서 잠자리에 드는 생각이 들었다. 둘째로, 그는 페테르부르크의 신흥 부자인 그가 왜 자신과 대화를 하고 싶은지 추측할 수도, 일부분이라도 상상할 수조차 없었기 때문이었다. 더구나, 막심은 그 점에 대해 그리 많이 궁금하지도 않았다. 왜냐하면, 그는 지난 이-삼 년간 가짜 보드카를 팔아, 사기 같은 "피라미드" 회사를 설립했고 또 다른 전혀 정직하지 않은 방식으로 부자가 된 그런 "신흥"부자들을 향해 내적으로나, 심정적으로 경멸감을 느끼고 있었기 때문이다.

-오래 생각할 필요가 없습니다. 막심 마트베예비치, -송화기에서는 들려왔다. -알고 지내는 것이 모르는 것보다 늘 유용합니다. 그 점을 저는 변호사로서 강조하고 싶습니다. 어쨌든 당신으로서는 잃을 것은 그 만남 시간뿐입니다.

-내가 어디로 갈까요?- 막심이 물었다.

-동의해주셔서 감사합니다, -곧 두긴이 대답했다. -게오르기이 아슬라노비는 장거리 운전하기에 앞서 수영을 하고 싶어하십니다. 그래서....당신도 그 강 쪽으로 -저기 시에서 직영하는 수영장으로 지금 오시면 어떨까요?

-15분 뒤에, -막심은 말했다. -내가 그곳에 도착하겠어요.

자소코프는 시청사의 경매 때에는 자신을 기자라고 소개한 남자였다. 막심은 빅토르 시가에프의 절망적인 싸움에 집중하느라 그를 그곳에서 아주 진지하게 살펴보지 못했다. 지금 그 "기자"가 막심 앞에 서 있었다. 그 두 사람은 키가 같다. 1m 80cm. 그러나 자소코프는 더 젊어 보였다, 아마 서른 살 정도. 그리고 막심보다 훨씬 힘이 세 보였다. 막심이 자신의 "라다"를 자소코프의 "토요타" 옆의 강 쪽에 주차했다. 튼튼한 등, 가슴, 이두박근들이 그의 스포츠인다운 모습을 보여주었다. 막심에겐 그들이 스포츠 씨름꾼처럼 그렇게 보였다. 곧장 보여지는 스포츠인의 자긍심도 있었다.

-게오르기이입니다. -그가 악수를 위해 손을 내밀고는 자신을 소개했다,

-막심입니다.

억센 악수에 막심도 그에 걸맞게 응수하고는, 자소코프의 시선은 공감을 보여주었다.

-만나 뵙게 되어 반갑습니다, 막심. -자소코프가 말했다. -내 법률가 디마가 말하길, 당신은 이 도시 유명인사라고 하더구

뇨. 당신의 "루소플라스트" 사람들이 당신을 존경하고... 에스 페란토에도 종사하시더군요...

-그런데, 당신, 게오르기이, 스포츠 씨름에 관여하는 것같이 보이는군요,- 막심이 말했다. -신체가 그리 보입니다...

-삼보를 하고 있습니다...-게오르기이가 살짝웃었다. -하지만 그 밖에도.. 인생 전체가 씨름이지요. 그런 말을 어느 유명인이 하였지요? 지난 번 경매도...

 그의 뒤에 좀 서서 기다리던 디마 두긴은 조금 노예근성으로 웃었다.

-그렇습니다. 경매에서... -생각에 잠긴 막심이 응수했다. -더구나 당신의 확실한 승리에 축하합니다.

-감사합니다, -게오르기이는 다시 살짝 웃었다. -이번에 라이벌이 그리 강하지 않았습니다. 하지만, 막심, 저는 질문을 하고 싶어요... 당신이 가진 재정 수단으로는 그 주식 수량의 중요 부분을 요구하기에는 무리인 것같이 보이더군요. 그래서 당신은 무슨 이유로 그 100주 매입에 참여했나요? 만일 비밀이라면, 당신은 답하지 않아도 됩니다만...

-큰 비밀은 아닙니다, -막심이 웃음으로 답할 차례가 왔다. -나는 그 주식 총량 중 2% 이상을 가지고 싶었습니다. 나는 새 법률을 검토해 봤지요. 2퍼센트 이상의 주식을 소유한 한 명 또는 여러 명이면 언제라도 주주총회 소집을 주장할 수 있다고 되어 있으니까요. 그래서 나는 이 최소의 권리를 갖고 싶었습니다.

 좀 이상한 비난이 게오르기이의 얼굴에 번쩍였다.

 막심은 자신에게 자소코프가 특별한 동정이 가득한 눈길로 보고 있음을 느꼈다. -사람들이 멍청하고 이해되지 않는 아이를 쳐다보듯이 그렇게.

-나를 용서해 주세요, 막심, 나이가 어떻게 되십니까? -게오

르기이가 물었다. -서른 다섯? 아니면 더 되나요?

-더 됩니다.- 막심이 말했다. -서른 여덟.

-저는 내년에 서른이 됩니다. -게오르기이가 다시 살짝 웃었다. -분명 당신은 어떤 문제에 있어서 나보다 경험이 있겠군요,... 흠... 만일 당신이 그게 당신을 위해 필요하다고 믿는다면..내가 당신에게 그 100주를 선물로 드릴 수 있습니다.

막심은 긴장했다.

-그건 너무 값비싼 선물입니다, -그는 기침하면서 말했다. -나는 그 제안을 받아들일 수 없습니다. 그리고 그것은 뭔가 봉사를 요구한다고 추측할 수 있겠지요, 그렇지 않나요?

-절대 아닙니다, 게오르기이가 대답했다. -100달러 정도는 내가 솔직히 말해, 나에겐 거의 중요하지 않는 금액입니다... 그러나, 만일 내가 당신에게 그런 선물을 하는 것으로만 당신을 초대한다면, 당신은, 물론, 믿지도 않을 것이고, 분개하겠지요... 나는 당신에게 제안하고픈 것이 있지만, 그것은 그 제안된 선물과는 전혀 무관합니다. 그 점을 나는 방금 할 결심을 했습니다, 격의없이...

-그럼? -막심은 자신의 머리를 오른편으로 조금 숙였다.

-난 당신에게 "루소플라스트" 대표이사 자리를 제안하고 싶습니다. -자소코프가 말했다.

-용서하십시오, 게오르기이, -막심은 무례하고 조금 단말마적으로 반박했다. -"루소플라스트"는 이미 대표가 있습니다.

자소코프는 살짝 웃었다. 아주 진지하게, 또 어느 작은 긴장감도 없이.

-그리 길지 않을 겁니다,- 그는 웃으면서 말했다. -내 말을 믿어주세요, 막심, 그리 길지는 않을 겁니다. 나는 그 점을 당신에게 약속할 수 있습니다. 그는 그 자리를 잃게 될 겁니다,

-그는 나의 친구입니다. -막심이 말했다.

자소코프는 그를 탐색하듯 그의 생각 안으로 들어가듯이 쳐다보고는, 나중에 말했다.

-그것은 당신에게 그리 보일 뿐입니다. 아마 한때 친구였겠지요. 하지만 만일 지금 그가 당신 친구라면, 당신은 이틀 전의 그 경매에 참여하지 말았어야 했습니다... 그도 참여하지 말았어야하구요. 그런 문제는 친구들이라면 전혀 다른 방식으로 해결합니다.

-그는 내 친구입니다.- 막심은 갑자기 생긴 고집을 내세웠다. -더구나 만일 내가 당신에게 물을 권리가 있다면, -당신의 그 자금은 어디서 나오는가요? 가짜 보드카에서인가요? 연금을 받을 사람들을 속인 건가요?

-당신은 내 마음을 상하게 하는군요, 막심 -전혀 마음 상함이 없이 게오르기이가 대답했다. -그것 때문도 이 때문도 아닙니다. 나는 삼보의 지역 챔피언입니다. 몇 번, 그래서 내 친구이자 삼보를 하는 사람이 나를 6년 전부터... 아니 7년 전부터 레닌그라드 조합의 중요 자리로 초청했어요. 아마 당신은 그게 상상이 되지 않겠지만, 그 소련식 조합은 대단한 재산을 갖고 있습니다. 치료시설, 스포츠장, 휴양가옥 등... 지난 2년 동안 모든 것이 이렇게 저렇게 분리가 되었습니다, 당신은 아무것도 주변 사람들과 맞지 않음을 이해해야 합니다. 그 일은 법을 위반해 이룬 것은 아닙니다.- 현행 법률의 적법한 절차에 따랐습니다. 당신은 나를 믿겠지요?

-진실에 가깝군요.- 주저하며 막심이 말했다.

-그럼, 만일 내가 법을 위반한 사람이 아니라면, 당신도 주저하지 마세요, -게오르기이가 말했다.

-미안합니다, 게오르기이... -막심은 이제 모든 것을 자신을 위해 결정할 순간이 되었다. -그는 나의 친구입니다. 이렇게 서로 알게 된 것은 기쁩니다... 그럼, 이제 그만.

-그럼, 안녕히, 막심, -게오르기이는 좀 길게 그의 손을 잡았다. -내게도 즐거운 시간이었습니다. 나는 지금 강요하지 않습니다. 내 제안은 유효합니다. 에-에 적어도 1년까지는요. 그러니 잘 기억해 두십시오.

막심은 자신의 몸을 돌려 자신의 "라다"로 왔다.

지는 해의 마지막 바퀴가 서편으로 열렬하게 붉게 빛을 발산하고 있었다.

-잘 생각해 보세요, 막심 마트베예비치, 생각할 의미가 있고 시간이 있답니다! -두긴의 외침이 그에게 다다랐다.

그는 돌아보지 않았다.

199.년 8월 17일 화요일

-그럴 리 없는데요!- 속삭이듯이 안나 안토노프나가 외쳤다.

-그게 이상하네... - 리디아 페트로프나가 기침했다.

-아마 바리토노프가 그 사람을 대신하게 하는 것, 그게 정말 의문이네요! -안톤 다닐로비치가 저음으로 말했다.

-나도 그래요! -콜랴가 지지했다. -알렉세이, 사탄이 기뻐하겠는데요.

-당신들의 의문은 중요하지 않아요, -단단하게 알렉세에 이바노비치는 반대했다. -유대감의 순간(cemento-momento), 그를 봐요! 내게 와서 말해 줘요. -그 대표가 있는 때나 그 주임 엔지니어가 있는 자리에서 그런 모욕을 주면 안 돼요. 그런데, 전통이란 중요한 겁니다! 뭔가 일어나고 있어요...

실제로 빅토르에게 무슨 일이 일어났다!

매주 화요일 날 열어 오던 운영위원회를 취소하는 경우는 지진이나 화재 외에는 없었다. 그 대표가 수년간 시행해온 것을 대표 그 자신이 깨버린 것이다. 무슨 통계를 타이핑하는데 바쁜 이리나는 자기 업무를 제쳐두고 회의실 입구에서 불평을 쏟아내는 "루소플라스트" 지도자들에게 말로 설명했다. 빅토르 바실리에비치 대표에게 지금 중요한 일이 생겼다고 했다. 또 다른 사람인 세르게이 바디모비치는 그 대표가 월요일부터 1주간 휴가를 얻어, 볼로그다에 사시는 부모님을 뵈러 떠났기에 오늘 이 운영위원회는 취소되었다며, 다가오는 목요일까지는... 연기될 거라는 등등을 평상심으로 설명했다.

-일하러 가요, 일하러, 이리나 보리소프나! -라자르가 큰 소리로 말했다. -이 사람들아, 여기에서 어서 출발해요, 당신들은 중요 임무를 완성하려는 여비서를 방해하고 있어요.

-감사합니다, 라자르 아로노비치! -이리나가 살짝 웃었다. -당신은 이해심이 많아요...

-전혀 아니올시다, -라자르가 반박했다. -그러나 나는 이 운영위원회보다 더 중요한 일이 있습니다. 둘째 펌프의 모터에 연기가 나요. 당신, 막심은 듣고 있나요? 나와 함께 그곳에 한번 가봅시다. 나는 교체 모터가 있지만, 당신은 그보다 앞서서 점검을 한 번 해 줘요.... 뭔가 걸리는 것이 없는지요...

-하지만 막심 마트베예비치는 여기 남아 있어야 합니다. 낮은 소리로 이리나가 말했다. -대표가 그를 혼자 들어오게 요청했어요.

-아하? 그럼 좋아요, 내가 혼자 점검해보지, -라자르는 막심에게 눈짓하고는 자신을 나데쥐다에게 향했다. -나데쥐다 세르게예브나, 아마 당신은 저 보일러실까지 나와 함께 가주겠지요, 응? 안전성을 한 번 테스트해주고, 보일러 다루는 사람들을 교육 좀 시켜주고... 날씨가 산책하기엔 완벽해요.

-나데쥐다 세르게예프나는 바쁩니다. -짜증을 내며 니나 드미트리예브나가 반박했다. -그녀는 주주총회 준비하는 나의 일

을 도와야 합니다.

-이런 애석하고, 이런 안타까울 때가... -지금 라자르는 니나 드미트리에프나에게 눈짓하고는 그 응접실에서 물러났다.

막심을 제외한 다른 사람들은 이제 서두르지 않고 자신의 사무실이나 근무처로 물러나기 시작했다. 막심은 그런 일행의 떠남을 기다리면서 그 비서 책상에서 좀 떨어진 곳에 머뭇거리며 서 있었다. 마지막으로 니나 드미틀리에프나가 나가면서 그 출입문을 닫았지만, 막심은 더욱 기다렸다. 그는 니나 드미트리에프나의 평소 습관을 잘 알고 있었다. 그 경험은 그를 속이지 않았다.

채 1분이 지나지 않아, 그 문이 갑자기 열리더니, 니나 드미트리에프나의 궁금해하는 얼굴이 보였다. 그 얼굴에는 막심이 똑같은 위치에 그대로 있는 것을 보고는, 가식 없이 환상이 깨진 것을 볼 수 있었다.

-니나 드미트리에프나, 당신은 뭔가 잊고 간 것이 있나요?- 이리나가 온화하게 물었다.

-나는,... 그저... 빅토르 바실리에비치에게... 그 회합을 위한 서류들은 금요일경 준비될 것이라고 전달해 줘요. 고마워요, -그렇게 말하고는 니나 드미트리에프나는 자신의 얼굴을 그 닫힌 출입문 너머로 숨겼다.

그때 막심이 그 탁자로 다가와, 몸을 숙이고는, 이리나의 입술을 자신의 입술에 대었다.

-도대체 우리 대표가 원하는 게 뭔가요? -그가 속삭이며 물었다.

-나는 상상도 못해요, -이리나가 대답했다. -정말 아무 중요한 일도 없거든요. 그 경매에 대해 사무실 전체가 궁금해 있어요.

-그럼... -막심은 말했다. -이 모든 것은 오랜 기간 비밀로는 남을 수 없지요. 내가 들어가 볼게요.

-그러게요! -이리나가 두려워하며 작게 소리쳤다.

막심은 다시 그 출입문이 열리는 것을 듣고는, 니나 드미트리에프나가 더욱 궁금증이 많은 사람이 되었구나 하고, 다시 확인해 보려 했지만, 그가 돌아보니, 그곳에는 감사관 체레미소프가 비틀거리며 들어서는 모습이 보였다. 그도 자신의 습관이 있었다. 수년간 한 번도 막심은 그가 술이 깬 상태인 것을 보지 못했고, 그럼에도, 그의 술 취한 정도는 다양했다.

이제, 채레미소프의 흔들리는 모습을 보면서, 막심은 어떻게 저 사람이 이 2층까지 올라올 수 있었는지, 더구나, 그 대표의 응접실 출입문인, 저 출입문을 찾을 수 있었는지 추측해보고는 깜짝 놀랐다.

겐나디이 이바노비치 체레미소프의 현재 모습은 마치 지진 강도 9에 흔들리는 것처럼 보였다. 막심은 그의 시선 바깥의 구역에 남아 있었다. 체레미소프는 이리나를 발견하고는, 곧장 그녀를 향해 달려왔다 -비틀거리면서도 확실히.

막심이 그의 길을 막아서서, 두 손으로 그의 어깨를 잡았다. 그때 자각의 불씨가 체레미소프의 두 눈에 번쩍거리기 시작했다.

-넌, 누-구-냐?- 그가 물었다.

-헤이, 겐나-아-디이 이바노비치! -막심은 심하게 마음을 상한 듯이 행동했다. -당신은 친구도 이젠 알아보지 못하는군요...아이-아이-아이!

-나-는-대-표가 필요해! -거의 외치듯이 겐나디이 이바노비치는 선언했다.

-좋아, 좋아요,-막심은 그이 팔꿈치를 누르면서 말했다. -내가 길 안내를 해 주지요,

그는 그 감사관을 대표실 출입문으로 향하게 하고는 그 출입

문을 열었다. 빅토르는 자신의 책상에 앉아, 자신의 두 손바닥으로 머리를 괴고 있었다. 출입문이 열리는 것을 듣고서 그는 놀라며 자신의 머리를 들었다.

-무슨 일이지? -그는 마치 깊은 잠에서 방금 깨어난 듯이 물었다.

-저기요, -막심이 말했다. -우리의 존경하는 감사관이 방금 몸소 방문해 주셔서 우리를 기쁘게 해주는군요,

-보일러 감독하는 것을요! - 큰 소리로 체레미소프는, 빅토르에게 자신의 의미없는 눈길을 긴장해 바라보면서 말을 더듬거렸다. -보일러를 감독하는 것, 감독하는 것-감사하기....

-알았어요! -빅토르는 화를 숨기지 않은 채 말하고는, 온 힘을 다해 바닥에 주저앉으려는 그 감사관을 온몸으로 부축하고 있던 막심에게 눈길을 향하고는 말했다. -보일러를 감독하는 것을 시작할 모양이네요, 즉각 여기, 이 사무실에서, -그럼 당신은 왜 그를 이곳에 들어오게 했나요?

-그 스스로 들어왔다구요, -막심은 침착하게 말했다. - 그는 대표를 만나고 싶어 했다구요,

-나는 믿지 못하겠어, -빅토르가 반박했다. -그는 계단에서 넘어질 수도 있었을 터인데... 빌어먹을, 바리토노프가 자리에 없으니, 그 사람에 대해 누가 관심을 갖지? 라자로인가요?

-라자로는 보일러실로 갔어요. -막심이 말해 주었다. -내가 이 감사관을 그곳으로 데려다줄까요?

-용-광-로- 점-검 하-기-가 감-사-관의- 일이-지요. -체레미소프가 말했다.

-당신은 여기에 있어야 하는데,- 빅토르가 말했다. -남자직원 중에 사무실에 있는 사람은 누구인가요? 알렉세이 이바노비치? 내가 그에게 전화하지요.

그는 수화기를 들었으나, 그 순간 출입문이 열리더니 이리나

가 들어 왔다, 그녀 뒤에는 일단의 남자들 모습이 겨우 보였다. -빅토르 바실리에비치, -이리나가 말했다. -이 사람들이 들어왔어요. 이 사람들 말로는 대표가 들어오라고 해서라고 하던데요...

-아, 바로 왔네, -빅토르가 말했다. -그들을 들여보내요.

네 명의 청년이 그 사무실에 차례로 들어섰다. 막심은 자신의 두 눈을 믿지 못했다. 적어도 그 남자 중 한 사람은 그의 눈에 익숙했다. 그 두툼한 입술의 거만한 시선은 잊을 수 없었다. 아, 그래, 저 덩치 크고 키 작아 보이는 남자를 막심은 잘 기억하고 있었다. 빅토르는 일 때문에 그 남자에게 다가가, 그들 모두에게 악수를 청하고는, 그 두꺼운 입술의 남자에게 말했다.

-바로 자네, 페트루샤, 자네가 지금 할 일이 있네. 남자 둘이서 저 감사관 동무를 보일러실로 데려가 주고, 라자르 아로노비치, 바로 그의 손에 이 사람을 넘겨주게. 알아들었나?

-알아 들었습니다, -두툼한 입술의 페트루샤가 말했다. -스타스, 콘투즈, 너희 둘이 저 감사관을 모셔. 저기 연통이 보이는 곳으로, -그는 창문 너머를 가리켰다.

그 덩치 큰 녀석과 다른 남자는 예의를 차리지 않고 크게 저항하는 체레미소프의 팔꿈치를 잡고, 그를 끌고 나갔다.

-조심, 조심해 다뤄! -빅토르의 외침이 그들 뒤를 따랐다. -조금도 다치지 않게, 필요한 사람이야! 하지만, 자네, 페트루샤, 자네는 주임 엔지니어의 맞은편 사무실로 가서, 그곳에 앉아 자네 4명의 입사 서류를 작성하게. 여비서가 자네에게 예시문을 줄 걸세. 알아들었나?

-알아들었습니다. 알아들었습니다. -그렁대며 페트루샤가 말했다,- 가자, '광대뼈'.

-그곳에 앉아 있어요, 빅토르가 말했다. -내가 당신을 부를게.

-알겠습니다. -페트루사가 이미 출입문 앞에서 말했다.

 그는 조금 몸을 돌렸고, 그의 스포츠 재킷은 이미 열려 있었고, 막심은 그의 바지의 허리띠 너머로 권총 손잡이가 있음을 알아차렸다.

-빅토르, 당신은 뭘 하는 겁니까? -막심은 그들 두 사람만 남았을 때, 물었다. -당신에게 무슨 의도가 있나요? 나는 당신의 라이벌을 만났어요. 당신이 가진 37퍼센트에 대적하는 44퍼센트를 보유한 자인데, 그가 우리 공장 소유주가 되고 싶어 하더군요.

-나도 알아요, -빅토르가 말했다. -그는 자소코프입니다. 게오르기이 자소코프, 유명 삼보 운동선수이지. 한때 페테르부르크 조합장이기도 했지. 그는 금요일에 여기 있었어요. 우리는 대화를 나누었어요... 그는 나에게 내가 가진 주식을 팔라고 하더군요 그리고... 대표로 남으라고 하더군요.

-그래서요? -막심이 물었다.

-그가 잘못 짚었어요. -빅토르는 악의적으로 살짝 웃었다. -내가 36퍼센트를 가진 것이 아니라 56을 가졌어요. 정말 모든 공장직원이 나를 지지하지, 그 카우카즈 녀석이 아니지... 당신은 누구를 지지하나요? 나를 지지하지? 나를?

-경우에 따라, -막심은 자신의 목을 긁었다. -당신 행동에 달려 있어요...

-농담 마시오! -빅토르가 외쳤다. -이 시간은 농담하기엔 적절하지 않아요... 더구나, 당신은 더 많은 주식을 원하지요... 당신은 잔량 6퍼센트 중 10주를 더 받을 거요. 그밖에도 나는 들었어요. 몇 명의 은퇴자가 자신이 받은 그 주식을 필요하지 않다며, 팔고 싶다고 해요. 내가 당신에게 그 리스트를 주겠소. 그들을 방문해, 그걸 매입해요. 그들은 그리 많이 요구하

지는 않을 겁니다... 당신이 매입하는 것이 다른 사람이 매입하는 것보다야...

-빅토르! -막심이 환호했다. -뭔가를 생각해 봐요! 당신은 뭔가를 알아차릴 수 있어요. 그 결의서에서의 실수를요... 당신은 알아차릴 수 있습니다... 그리고 시청 도움을 받아 그 민영화를 무효화시키는 겁니다. -폐쇄형 주식회사로의 길로 갑시다!

-시청의 도움이라니요? -빅토르는 화를 냈다. -그 주머니는 열린 채 뒤요, 친구. 아무도 그곳에서 그 카우카즈 녀석에게 그런 수백만 루블을 되돌려 줄 수 없을 겁니다.

-그자가 빅토르 당신을 이길 겁니다, -막심은 그 대표의 두 눈을 정면으로 바라보며 말했다. -시간만 문제일 뿐입니다.

빅토르는 다시 악의의 웃음을 살짝 보이고는 자신의 탁자로 갔다. 그는 그 안락의자에 깊숙이 앉아, 자신의 두 손을 책상 위로 올려놓았다.

-그럼, -그는 콧수염이 움직이는 것을 제외하고는 거의 평온해 보이는 듯 말했다. -막심, 걱정하지 마시오, 오줌싸진 말아요. 내게도 그자에 대항할 방법이 있습니다.

-저런 방식으로요? 막심은 출입문 쪽으로 고개를 들어 보였다.

-저런 방식을 포함해서지요. -만족한 듯이 빅토르가 말했다.

-저자들은 서툴러요. -막심은 말했다. -평범한 지방 깡패일 뿐입니다.

-쉬잇- 빅토르는 두 입술로 검지를 가져갔다. -정말 큰소리로 그 점을 말하면 안 된다고요. 적어도 그들이 있는 자리에서는. 나는 그들을 직원으로 고용할 거요. 그들은 지금부터 "루소플라스트" 경비원이 될 겁니다.

-더 정확히는, 빅토르. -막심이 말했다. -당신 보디가드.

-자소코프는 위험한 인물입니다. -빅토르는 입안의 이 사이로

그런 말을 했다.

-하지만 저자들은 깡패입니다. -막심은 끈질기게 고개를 숙였다. -당신에게 그들이 이득이 될 게 전혀 없다고요.

제3부(가을)

199.년 9월 6일 월요일

-반갑습니다, 시청 시장 접견실입니다.

-안녕하세요, 아가씨! 분명, 이렇게 아리따운 목소리를 가진 분이라면 정말 매력을 갖춘 아가씨임에 틀림없을 겁니다.

-아흐, 감사합니다. 무엇을 도와드릴까요, 그런데 성함이...

-페테르부르크에 사는 자소코프 게오르기이 아슬라노비치라고 합니다.

-...자소코프 씨라고요?

-제가 지금 시장님과 통화할 수 있을까요?

-아르투르 알베르토비치 시장님은 계십니다만, 자소코프씨, 제가 시장님께 한번 여쭤 보겠습니다... 시장님, 페테르부르크 사시는 자소코프 씨라는 분이 시장님과 통화하고 싶다는데 요... 성함이 게오르기이 아슬라노비치... 아-슬-라노비치... 연결해 드리겠습니다.

-안녕하십니까, 시장님.

-반갑습니다. 자소코프 씨. 전화 받았습니다.

-아마, 아실 겁니다. 시장님, 제가 오래전부터 그 도시에 관심을 두고 있었습니다...

-"루소플라스트" 말씀이라면, 예, 거기의 최대주주가 되셨다는 점은 저도 알고 있습니다. 제가 축하합니다, 자소코프 씨, 주식을 소유하시면, 그 주식에 상당하는, 그 공장 이익 중 당신 부분을 받게 되겠지요. 더 뭐가 필요한가요?

-미안합니다. 시장님. 그러나 그 이익은... 시장님은 아주 경험 많은 지도자입니다... 확실히 시장님도 아시고 있을 겁니다. 그 이익은 주식 소유자가 아니라 그곳에서 일하는 사람이

받게 됨을요. 그 플라스틱 제품 공장에 대해서는 이미 시장님은 아시고 있지만, 필시, 시장님께 지난 금요일 그 경매에서 그 시립 건축정비 기관의 주식도 제가 매입했음을 누가 알려드리지 않았겠군요.

-빌어먹을!.. 예고로프도 당신의 위임을 받아 그 일을 했나요?

-예, 맞습니다. 제가 그 주식 직접 매입하러 가지는 않았습니다. 왜냐하면, 이번에, "루소플라스트"와는 달리, 원칙적으로 그리 소득이 없지 않는 놀음이 예상되었기에요. 더구나, 이전에 저는 10퍼센트 이상 이미 구입해 두는데 성공했습니다. 그곳 노동자들이 기꺼이 팔더군요.

-하-하! 그래서 당신은 그곳에서는 조정 보유량을 확보하고 있었군요. 자소코프 씨! 그 건축정비 기관의 크릴로프는 대표로는 전혀 부적합한 인물이자, 조직자로도 전반적으로 부적임자입니다, 나는 그를 그 직책에서 한 달 뒤엔 그를 해임했으면 하고 생각하고 있었습니다... 그런데, 지금은 전화 주신 이유가?

-일하려고요, 시장님, 저는 진지한 사람입니다. 그리고 저는 시장님의 도시에서 진지하게 일하고 싶습니다.

-그럼 일하세요. 누가 방해를 합니까?

-그런데, 보세요... 지난 6월에 제가 자동차로 페테르부르크로 오는 길에 시장님의 도시를 경유해 왔습니다. 그런데 이상하게도 그 도시 도로의 교통표지판에 그 도시의 진짜 이름 대신에 "**고블린스크**"라고 써 있었습니다...

-저기, 그런 일이 있었습니다. 어떤 녀석들이 그런 말도 안 되는 웃음거리를 만들어 놓았어요, 하지만...

-그게 한 번이 아니었습니다. 제가 알기로는요...용서하십시오. 저는 그 사람들이 그 도시에 살고 있다는 점을 암묵적으

로 말씀드리고자 합니다. 아르투르 알베르토비치 시장님, 제가 하는 일에도 비슷한 방해가 있을 수도 있다는 점을 시장님은 받아들이시나요? 만일 그리되면, 그 시에도 얻을 것이 없습니다. 시장님도 얻을 것이 없습니다. 하지만, 정반대로, 시장님이 지원해 주신다면...

-무슨 빌어먹을 이유로 내가 자소코프 씨, 당신을 지원하겠어요?! 알지도 못하는 분을요! 나는 여기에 내 사람들이 있습니다, 그 말은, 내가 알고 있고, 믿는 사람들이 있다는 말입니다.

-제가 너무 겸손하게 있지 않아도 되겠지요, 아르투르 알베르토비치 시장님, 제겐 말입니다. 시장님 쪽 사람들보다 훨씬 더 능력이 있고 실행능력이 있는 사람들이 있다는 것을 말하고 싶습니다.

-바로 그 점은 나를 신경 쓰이게 하는군요...

-그게 왜요?

-왜냐하면, 자소코프 씨, 당신 행동은 사건들의 일반 진행 과정과는 틀릴 수 있기에 그렇지요.

-그럼, 저는 그런 행동을 조율하기를 제안합니다. 그러려면 개인적인 안면을 터놓는 것이 필요할 듯합니다. 만일 시장님이 저를 기꺼이 받아 주신다면, 저는 시장님이 정해주시는 시각에 맞춰 갈 용의가 있습니다.

-아뇨, 쟈코소프 씨. 나는 그 의견이 유용하다고 말하고 싶지 않습니다. 나는 당신을 잘 모릅니다. 그리고 그게 우리가 더 친숙해지려는 원인이 될 수는 없습니다. 한편, 우리 도시는 크지 않으니...

-그럼 제가 제안하지요. 우리가 페테르부르크에서 한 번 만나는 것은 어떤지 제가 제안하고 싶습니다. 정말 당신은 이곳으로 자주 오시니까요.

-나중에 한 번 봅시다. 자소코프 씨. 전화번호를 남겨 주세요.

-물론입니다. 써주십시오, 시장님... 더구나 시장님 연세라면, 또 시장 직위에 대한 존경으로 시장님이 저를 게오르기이라고 불러주실 것을 청합니다.

-우리가 한 번 만나면, 우리가 만날 터이니, 저기......게오르기이 씨......그럼 이만!

199.년 9월 9일 목요일

가장 큰 사출기들 주변은 정상적으로 공장이 돌아가는데 필요한 큰 소음과 반쯤 어둠이 지배하는데, 그곳에는 몇 사람의 불투명한 모습과 그들의 귀신같은 그림자들이 바닥과 벽면에 춤추며 움직이고 있었다.

안톤 다닐로비치 수다레프는 기계공장 공장장이다. 그는 전기절약을 잘 하고 있다며 대표로부터 칭찬을 받기도 했다. 정말 그의 요청으로 라자르 밑에서 일하는 전기기술자들은 그 공장에서 생산품 재고창고의 한 곳에만 전구를 켜고, 그 밖의 다른 전구는 제거해버렸다. 사출기들만 전구 3개를 켜놓았다. 물론 어느 외부 감사관이, 가장 기름칠할 수 있는[37] 감사관이라 하더라도, 이곳의 빛의 세기를 측정하고 난 뒤에 이곳이 너무 어둡다며, 노동자들에겐 위험할 수 있다며, 전혀 충분하지 않다고 할 것이다. 그러나, 외부 감독관들은 이 공장을 매년 봄에만 방문하니, 만일 특별한 사고가 있지 않는다면 다음 방문이 있을 때까지는 1년을 기다려야 한다. 그러니... 위험을 무릅쓰는 자는, 그자는 슬퍼하지 않는다.

안톤 다닐로비치는 만일, 그 위험이 작은 이익이라도 약속한다면, 그 위험을 무릅쓰는 것을 좋아했다.

---

37) 속어로서 '부패한, 뇌물을 받은'이라는 뜻

오늘 기계들은 완벽하게 작동했다.

코스챠 쿠즈미쵸프는 한 시간 전에 새로 수리한 물동이 제작용 사출기 설치와 그 기계가 제대로 동작하고 있음을 확인하고는 만족해 있었다.

그는 옆의 소형 휴식공간에서 차와 과자를 받아 두고 있고, 그 휴식공간에는 주간 당직자이자 여성 책임자인 토냐가 주간 보고서를 작성하고 있었다. 그 차를 다 마신 코스챠는 다시 기계들이 있는 쪽으로 와, 기계들이 잘 돌아가는지 유심히 살펴보면서, 그곳에서 근무하는 사출 여공들의 질문에 답하고 있었다.

다른 일을 해야 하는, 자기 공장으로 서둘러 가지 않고 남아 있던 어떤 직원이 그를 찾는 경우에 그는 기계들 옆에 자신이 남아 있었다는 알리바이를 보장받을 수 있었다.

기계들이 거의 자동으로 작동하니, 사람들은 때때로 상부의 연통 같은 용기에 특별한, 색깔 내는 재료가 섞인 플라스틱 재료들을 부어주기만 하면 된다. 매 2분 뒤, 그 기계들은 큰 소리로 합쳐지면서 쿵-하고 콧소리를 낸다. 매 2분 동안 그 안에서는 반쯤 신비로운, 불경한 사람들에겐 알려지지 않는 공정이 진행된다. 특별한 구멍들을 통해 강력한 펌프가 그 사출기 속으로 엉킨 폴리스티렌을 품어주면, 그 플라스틱은 그 사출기의 모든 공간을 메꾸어주고는, 나중에 그 사출기는 물로 냉각되어 마침내 2개로 분리되는데, 아래 상자 속으로 이제 곧 생산된 물동이를 놓게 된다.

사출 여공들은, -뚱뚱한 여성 타챠나와 갈색머리의 마른 체격의 카테리나가 -물동이들을 연신 집어 들어, 저 물동이 아래 중앙부의 플라스틱 짜투리를 잘라내고는 그 물동이들을 3명의 포장 담당 여성에게 전해준다. 그 여공들은 이미 만들어져 있는 물동이 손잡이들을 잡고, 아래에 보호용 포장지 조각

을 놓고, 그 물동이들을 10개씩 서로 포개어, 그 10개씩 탄성
있는 플라스틱 줄에 묶는다.

모든 여성 노동자가 기름과 안료 교반기를 사용하느라 여기
저기 그 흔적이 묻어 있는 어두컴컴한 푸른 작업복을 입은 채
로, 머리카락들을 다양한 색깔의 수건으로 보호하고 있었다.
작업복은 공장에서 1년에 2번 받지만, 머릿수건은 집에서 가
져왔다. 남자-보조 직공 한 사람은 마찬가지로 기름이 범벅된
작업복을 입고, 작은 수레를 이용해 그 10개짜리 물동이 묶음
을 운반해 그것을 창고로 가져갔다.

11시 반 경에 그 공장에 품질 담당 주임 키르조프가 나타났
다. 그는 첫 기계에 다가가, 떨어지는 물동이 제품 1개를 집
어, 그것을 눈으로 가늠해보더니, 타챠나에게 만족하여 고개
를 끄덕였다. 둘째 사출기에서 집어낸 물동이는 그만큼의 열
성을 일으키지 못했다. 키르조프는 그 물동이의 가장자리를
살펴보더니, 기계가 내는 큰 소음을 능가하는 큰 소리를 내지
르면서 카테리나에게 말했다;
-쿠즈미쵸프가 여기 있나요?
-지금도 그가 있습니다! 마찬가지로 크게 카테리나가 대답했다.

그 기계 뒤에서 엎어놓은 물동이에 앉아, 졸고 있던 코스챠
가 자신의 불처럼 날카로운 내부 감정으로 추측하기를, 그 장
면에서는 자신이 출연하는 편이 당연하다고 했다. 그는 비슷
한 역할을 하는 연극에 익숙해서 콘크리트 바닥에서 무슨 볼
트 하나를 집어 들고, 그 기계 뒤에서 서두르지도 않은 채,
그 쇳조각이 우주 운명을 좌우하는 듯이 그렇게 자세히 살펴
보면서 나타났다. 키르조프에게 인사하려고 팔목의 소매 부분
을 좀 내밀어주면서 "손에는 기름이 묻어서요, 엔지니어 동
무…"라고 말하였다. 그는 그 품질 담당 키르조프가 손에 쥐
고 있는 그 물동이를 궁금해 쳐다보았다.

-코스챠. 키르조프가 외쳤다. -이 가장자리를 좀 봐요!

-예, 저도 보고 있습니다. 기름 묻은 손이라서, -마음이 상해 쿠즈미쵸프가 대답했다. -왜 제가 이걸 살펴보고 있어야 해요? 이게 볼트인데요. 길게 파인 홈이 망가졌어요... 다른 걸로 긴급히 교체할 필요가 있어서입니다.

 능숙한 배우같은 키르조프는, 그 밖에도, 코스챠의 평소 연기를 익히 알던 터라, 작은 벤치에 놓인 깨끗한 헝겊을 집어 그에게 주었다.

-이걸로 손을 닦고, 한 번 만져 보세요.

-그럼, **당신이** 원하시니...- 코스챠는 평화롭게 그 볼트를 저 멀리 놓고는, 그 손을 닦고는, 키르조프가 만지고 있던 가장자리를 다시 만져 보았다. -이상하네... 정말 이게 거칠구나... -그가 중얼거렸다.

-그런데, 당신은, -키르조프는 카테리나에게 말했다. -왜 당신은 검사하지 않나요?

-내게 시간이 있나요?- 높은 목소리로 카테리나는 자신을 변호하며, 그 거친 가장자리를 자신의 칼로 잘라내며 말했다. -이제 봐요, 나는 잡을 기회도, 또 자를 기회도 거의 없다구요!...

-그건 내 소관이 아니지!- 키르조프가 말했다. -내겐 품질이 중요합니다. 나는 이런 거친 가장자리가 있는 제품엔 싸인을 안 해 줄 겁니다!

-열 받지 마세요, 엔지니어 동무,- 코스챠가 말했다. -이미 포장해 둔 물동이들은 검사해 주세요. 이런 거친 현상은 일어난 지 오래되지 않은 것 같으니까요. 곧장 온도를 2-3도 정도 맞추어놓을게요. 그러면, 이 모든 것은 정상이 될 겁니다.

 그는 그 기계의 판넬에 있는 조정기기 중 하나를 조금 돌리고, 물동이 제품이 떨어지는 것을 기다렸다가, 그중 하나를 잡아 살핀 뒤, 주임 품질책임자에게 돌려주었다. 그는 만저 보고는 고개를 끄덕였다.

-하지만, 만일 내 담당 여직공들이 오늘 재고에서 불량이 20개 이상 나오면, 당신 혀로 이것들을 핥아야 할 거요!

-내 혀가 불쌍해지겠군요, 알렉산드르 표도로비치!- 코스챠가 외쳤다. -더 간단한 해결책이 있습니다. 여기 재고창고에 있는 모두를 제가 지금 칼로 다 정리해 놓겠습니다! 제가 경험이 많거든요!

-아하, -키르조프가 말했다. -그럼, 우리는 트랙터가 오기 전에 당장 가요!

공장의 출입용 큰문이 끼익-하면서 열리고, 그 중앙 보관창고로 이미 생산된 물동이들을 가져가려고 소형 트랙터 차체가 들어섰을 때, 점심시각이 다가왔다. 그 작은 트랙터 옆에는 3명의 옷에 젖은 남자가 들어섰다. 대표, 책임엔지니어, 또 공장장이다. 칼로 마무리가 덜 된 물동이 가장자리를 정리하던 코스챠가 먼저 시가에프를 발견했다. 시가에프가 손을 흔들어 그 일행을 불렀다. 그 셋은 자신을 그의 옆으로 향했다. 자신의 칼을 이용해 코스챠를 돕던 키르조프는 고개를 들었다.

-오호!- 놀라며 그가 속삭이며 외쳤다. -신성한 3인조가 완벽한 조를 만들었구나! 뭔가 이 숲에서 죽어 나가겠구나!...

-안녕, 콘스탄틴 아르카제비치, -대표 자신은 그 사람을 향해 자신의 고개를 숙였다. -키르조프, 자네와는 내가 오늘 이미 인사했지. 자네는 여기, 이 어둠 속에서 무슨 요술을 부리는가요?

-비 옵니까, 빅토르 대표님? -코스챠는 의도적으로 그 질문을 무시하는 체했다. -그럼, 날이 온전히 좋지 않군요. 감자들이 썩을지도 모르겠군요. 어서 가서 수확해야겠어요!

-하지만 어둠 때문에, 안톤 디닐로비치, 아마도, 자네는 상을

받을 거네... 키르조프가 비웃으며 말했다.

-현명한 것처럼 행동하지는 말아요, 알렉산드 표도로비치, -수정해서 그 주임엔지니어 바리토노프가 말했다. -전기를 아끼는 것이 꼭 필요합니다.

-그럼, 좋아, 자네의 사출 여공들이 눈이 멀게 되면, 아니면 더 일찍 -만일 그들이 그 노동 감독관에게 불평한다면, -코스챠가 말했다. -자네가 받을 그 상은 벌금 내는 것에 충분하지 않을 걸요...

-이 사람들이 불평만 말하네... -대표의 등 뒤에서 나서면서, 수다레프 공장장이 위협하는 조로 발언하였다.

-자네는 그리 말할 자격이 없네, 안톤 다닐로비치! -그 대표가 진지하게 반박했다. -그런데, 콘스탄틴 아르카제비치, 당신과 키르조프 당신도, 이 나라 전체와 마찬가지로, 우리 공장도 지금 어려운 상태에 와 있음을 이해해야 해요.

-알-고-는-있-습-니-다, - 코스챠가 말했다.- 사회주의에서 자본주의로 전환한다는 것이...

-바로 맞았어요, 콘스탄틴 아르카제비치, -대표가 칭찬했다. -당신은 학식 있는 노동자이네요!... 전환의 시기에는, 공장직원들, 우리 모두가 외부 위협에 대항해 한 팀이 되어야 합니다.

-미안합니다, 코스챠가 극단적 흥미를 보였다. -이 장소에서 더 자세히 말해 주시길 청합니다.

-바로 그 점 때문에 우리가 왔지요, -대표가 말했다. -내가 그 때문에 여러분의 점심시간 중 10분을 좀 뺏을까 합니다. 우리가 저 여공들에게 갑시다. -이제 이미 그들은 저 기계들을 끄고 식당으로 갈 준비를 하겠지요.

그 다섯 명의 일행은 식당으로 가야 할지 아니면, 저 임원단이 허락해 줄 때까지 기다려야 할지 주저하며, 이미 10분간 보고 있던 그 여공들에게 다가갔다. 이미 기계는 잠잠했고,

뭔가 낮은 소리가 모퉁이에서 웅웅-거리고 있었다. 아마 어느 관 속의 물이 흐르는가 보다. 그 남자-보조노동자가 서둘러 가까이 오더니, 그의 소형수레 바퀴의 덜컹거리는 소리가 그 고요한 공장에서 증오스러울 정도로 날카롭게 들려 왔다.

대표가 적당한 자리를 잡자, 그 10명의 공장직원이 그의 앞에서 빙 둘러서서 그가 어서 말을 시작하기를 기다렸다.

-사랑하는 여성 직원들... -대표가 말을 꺼냈다.

-그리고 남성 직원들, -그때 코스챠가 넌지시 알려 주었다. 그리고 대표는 불만인 듯 자신의 콧수염을 살짝 움직였다.

-... 그리고 남성 직원들,- 그럼에도 대표는 복종하듯이 되풀이했다. -여러분 모두 "루소플라스트" 주식을 소유하게 됩니다. 그렇지요?

-나는 아닙니다,- 코스챠가 한숨 쉬듯이 말하자, 같이 있던 여성들이 살짝 웃었다.

-당신은... -뚱뚱한 여직원 타챠냐가 불평했다. -당신은 우리 공장에 들어온 지 반달도 안되면서...

-그럼, 여러분, - 잠시 쉬었다가 그 대표는 말을 이어갔다.- 우리나라는 경영 방식을 좀 더 이성적인 방식으로 옮겨가고 있습니다.

-저 빌어먹을 자본주의로요,- 눈을 반짝이며 그 황갈색의 머리카락을 한 카테리나가 말했다. -우리는 그걸 느껴요!

-쉬잇, 조용히요!- 타챠나가 카테리나에게 조언했다. -식사하러 안 갈 거요?

-우리가 이 도시에서 혼자가 아닙니다, -대표가 계속했다.- 여러분은 이웃이 있고, 지인들이 있습니다... 더구나 그들은 불평하고 있습니다. 또 여러분은 우리 공장이 다른 여러 기업보다도 더 잘 할 걸로 짐작할 겁니다... 여러분은 급료를 정기적으로 받아 오고 있습니다. -매달 두 차례씩 -정말 그렇습니

다. 여러분이나, 물론 저도 받고 싶은 만큼의, 그만큼 큰 액수는 아니지만, 그 액수가 지금 우리 형편에서 얻을 수 있는 액수입니다.

곁눈질을 통해 그는 코스차의 힐난조의 표정을 간파하고는 그를 향해 자신의 몸을 돌렸다.

-콘스탄틴 아르카제비치, 당신은 불만인가요?

-아니, 아닙니다! -생기있게 코스챠가 대답했다. -저는 유심히 잘 듣고 있습니다. 저는 식사하러 가고 싶습니다... 그러니...

-동무들- 그 대표는 갑자기 옛 방식의 소련식 대화법을 기억하고는 말했다. -우리 공장이, 따라서, 만일 우리가 우리의 손안에 지배권을 가지게 된다면, 그래서 만일 여러분과 내가 우리 주식회사의 모든 일을 다 함께 결정한다면, 우리 공장은, 따라서, 우리 모두도 더 잘 살아갈 수 있습니다. 곧 모든 주주가 참석하는 제1차 총회가 소집됩니다. 나는 여러분들에게 그 총회에 꼭 참석하도록 초대합니다. 그곳에서 우리는 공식적으로 주식회사 "루소플라스트"의 기능이 시작됨을 선언하게 되고, 가장 긴급한 사안들을 의논할 것이고, 우리 기업의 지도기관을 선출하게 됩니다.

-그게 뭔가요? - 그 소년은 질문하러 고개를 들고는 곧 두려움에 그 여직원들 뒤로 자신을 숨겼다.

-자네도 주주인가?- 엄격하게 그 대표가 물었다.

-하지만 우리 모두는 알고 싶어요! -카테리나가 반박했다.

-그럼, 점심식사는 여러분이 이젠 원하지 않은 것으로 보고,... -대표가 말을 이어갔다. -좋아요. 내가 여러분에게 그 지도기관들이란 이사회와 대표이사가 된다는 것을 설명하고자 합니다. 내가 지금 자세히 설명해 줄 수는 없지만, 왜냐하면, 그걸 설명하려면 아마 20분은 더 걸릴 겁니다. 모든 것을 그 행사

장에서 알게 됩니다... 그리고 나는 우리가 하나가 된 공장으로 한 팀이, 일심동체가 되어, 우리의 공동선을 위해 투표해 주기를 기꺼이 희망합니다...

그는 세밀히 듣는 사람들을 살펴보고, 동의와 확인을 또는 뭔가 의문을 기대하고 있었지만, 그 청중은 말이 없었다.

-이런 일이, 동무들... -그 대표는 자신이 사용할 낱말들을 심사숙고해 선택해 가면서 말을 이어갔다. -그 회의에서 여러분은 보게 됩니다... 한두 명의 낯선 얼굴을요... 그 사람들이 우리의 적입니다. 그들은 우리에게서 이 공장을 뺏어가려고 합니다... 그리고 우리 모두를 거리로 내쫓아버리려고 합니다.

-그런데, 왜 우리는 그 적들이 그 회의에 참석하는 것을 허락하는지요? -타챠나가 놀라며 불평했다. -대표는 새로운 보디가드들을 고용했는데, 힘이 센 아이들이고 하던데. 그들이 그런 악한들을 못 들어오게 막으면 되지요.

그런 말에 대표는 분명히 당황하게 되었다.

-저기요, 타챠나, -그는 자신의 목을 긁으면서 말했다. -우리는 폭력을 행사할 수 없습니다. 왜냐하면... 왜냐하면 그들도 주주이기 때문입니다....

-얼마나?- 서둘러 코스챠가 물었다. -얼마나 주식이 많이 가졌어요?

-그게 중요해요? -내키지 않은 듯이 대표가 말했다. -그들이 시청 경매에서 우리 주식을 매입했습니다... 내가 규칙들을 여러분에게 알려드리지요...

-얼마나 많이요?- 코스챠가 다시 물었다.- 모든 주식을요?

-왜 모든 주식인가요? -살짝 두려워하면서 대표가 물었다. -모두를 다 가질 수는 없어요! 겨우 44%를요...

-에흐...- 코스챠가 말했다. -그러니 전부 다네요.

-하지만 우리는 56 퍼센트를 갖고 있습니다.

-나는 주식 5주를 갖고 있습니다.- 코스챠가 말했다.- 그것은 10분의 1 퍼센트도 되지 못합니다.

-나는 셋- 타챠나가 말했다.

-나도 셋- 반사적으로 카테리나가 속삭였다.

-동무들!- 그 대표가 선언하듯 말을 시작했다. -내가 앞서 말한 것을 듣지 않았나요? 우리는 한 팀, 집단입니다! 우리는 모두 56퍼센트의 주식을 소유하고 있습니다. 그리고 우리가 함께 있는 한, 이 공장은 우리가 운영하고 있습니다.

압박하는 침묵이 그 작업장을 지배하고 있었다. 대표는 모든 청중을 차례차례 둘러 보려고 고개를 돌리면서 기다렸다. 그런 눈길을 돌리는 것을 마무리하였지만, 그는 깊은숨을 들이키고는 말을 하였다.

-저기요... 제가 콘트롤해 볼게요. 타챠나, 당신은 내 말이 이해가 되나요?

-왜 내가 해야 하나요? 타챠나가 두려워 했다.- 내가 무엇을요? 그래요,... 나는 이해합니다.... 우리는 한 개의 집단입니다.

-당신도?- 그 대표는 자신의 고개를 포장 일을 하는 여공들에게 고개를 돌렸으나, 코스챠가 끼어들 적당한 순간을 찾아냈다.

-빅토르 바실리에비치, 우리 모두는 이해합니다. -그가 살짝 웃음을 보이면서 말했다. -우리는 한 개의 집단입니다. 그런데 우리는 200명 이상입니다. 만일 그 사람들이... 그 사람들이 선동하게 된다면, 모든 200명의 사람이 같은 의견 쪽에 남을지 확신하나요?

-코스챠. 대표는 공식적 가면을 벗어 던져버렸다. -우리는 당신과 대화를 나누었어요. 당신은 모든 걸 이해하고 있어요. 당신이 나를 지지할지 아니면... 그들을 지지할지 이 모든 것이 이해가 안 되나요?

-나는 대표님, 빅토르 바실리예비치, 당신을 지지합니다. -코스챠는 직접적으로 그 대표를 처다보았다. -하지만 다른 사람들에 대해선 내가 책임질 수 없습니다... 각자 입장이 있기 때문이지요.

-다른 사람들은 자네가 걱정하지 않아도 됩니다. -대표가 반박했다.

-나는 말했습니다. 그건 각자가 다르다구요,- 확고하게 코스챠는 말했다. -그럼, 우리가 이젠 식당에 점심먹으러 가도 되나요?

199.년 9월 17일 금요일

-봐요, 아무 녀석도 방황하고 있지 않아요,- 놀라며 막심이 주변을 둘러 보았다. -개들도 이미 사라졌군요...

-지금이 마치 일요일인 듯 하네, -라자르가 코멘트를 했다.

 오후 4시에 그들은 각자 자신의 작은 사무실 방을 잠그고, 서두르지 않고서 사무실로 향했다. 저녁을 앞두고 있어 그리 덥지 않은 가을 햇살은 작은 길옆의 몇 그루 오래된 자작나무의 노랗게 변하기 시작한 나뭇잎들을 서쪽에서 비추고 있었다. 아래로 침투하는 햇빛이 장방형의 밀집된 열매들로 풍부하게 덮은 매발톱나무 관목들의 열에서 춤추고 있고, 햇살이 닿는 그 표면은 마치 핏방울같이 자극적으로 반짝이고 있었다.

 실제로, "루소플라스트'의 공장 안 부지에는 이상하게도 사람이 한 사람도 보이지 않고, 조용했다. 회사 대표가 특별 서명한 명령은 야근 근무자로 온전히 셋 사람만 있도록 했다. 중대하고 긴급한 주문에 응해야 하기에 그 대형기계 중 하나는 작동시켜야 했다. 그래서 사출공과 포장공이 필요했다. 불을 다루는 화공도 보일러실 곁에 남아 있어야 했다. "루소플라스트"의 여타의 모든 임원은 새로운 중대한 직책-"주주"-을 받고 지금까지 불러온 "루소플라스트"가 이젠 방금 태어난 개방형 주식회사의 제1차 주주총회에 꼭 참석하도록 초대받았다.

라자르와 막심은 여성 경비원들의 초소를 지나갔다. 그곳에서는 창문을 통해서는 아무도 보이지 않았다. 보통은 살찐 여성 경비원 클라바 아줌마가 출입문 정문의 바깥 벤치에 앉아 태양이 지는 것을 즐기고, 두 마리의 공장 개들을 쓰다듬어 주고 있었다. 그녀 옆에는, 빅토르 대표가 새 "임시직" 경비팀 중 한 명으로 뽑은, 키 작고 못생긴 얼굴의 뚱보 스타스가 다리를 뻗어서는 졸고 있었다. 도시통근 버스가 사무실 근처에 방금 도착해 수십 명의 주주 -직전 임원들이자, 대부분이 은퇴자들 -을 내려놓았다. 그 남녀 노인들은 힘들여 또 비틀거리며 버스에서 내렸다. 오늘 행사에 활발한 관심을 내비치며, 행사 참석자들에게 인사하고 그들을 등록으로 이끄는 일이 오늘의 주 임무가 된 여성 경리부장이자 임원회의 의장인 니나 드미트리에프나에게 이런저런 질문을 쏟았다. 대여섯 명의 남자가 출입구에서 담배를 피우고 있었으나, 그 집단공장의 베테랑들을 거의 알고 있는 니나 드미트리에프나에게만 집중 질문 공세를 했다. "곧, 여러분, 곧, 여러분은 귀한 자리에 오신 여러분은 곧 이 모든 것을 아시게 됩니다. -그녀는 그 남녀 노인들에게 대답했다. -어서 오세요. 그리고 등록해 주세요. 여러분은 제1열에 자리를 마련해 두었습니다. 그러니, 귀가 잘 안 들리시는 분도 잘 들을 수 있을 겁니다."

그 안에는, 계단과 그 행사를 위한 홀의 출입문 사이에는, 특별한 행사임을 알려주는 붉은 천이 덮인 간단한 사무용 탁자가 보였다. 탁자에는 키라와 마샤가 특별히 사둔 대형 공책 명부가 놓여 있었다. 마샤는 그 도착자들의 신분증을 일일이 검사하고, 키라는 그 대형 명부에서 그들 이름을 찾고, 그들이 보유한 주식 수량을 기입하고, 서명하게 하고는, 나중에 친절하게 그 회의장의 열린 문을 자신의 손으로 가리켜 안내해 주었다. 바로 지금은 그녀가 "그 행사를 점검하러 온" 어느 모르는 여성, -시청에서 파견된 공무원- 에게 그 출입문을 알려주고 있었다.

라자르가 그렇게 행사를 돕는 젊은 여성들의 긴장을 좀 풀게 해주려고, 그들에게 고개를 숙여, 그리 적절치 않은 농담을 속삭이고, 마샤의 볼을 살짝 건드리고, 자신의 서명을 남기고, 탁자 곁의 그 자리를 막심에게 양보했다. 나중에 둘은 회의장으로 들어서지 않고, 바깥으로, 흡연자들로 인해 좀 담배 냄새가 나도 시원한 공기를 맡으러 갔다. 그럼에도 바로 그 시점에 외부에 빅토르도, 외투를 입지 않은 채, 행사의 엄정함을 상징하는 하얀 셔츠와 밝은 넥타이 차림으로 보였다. 빅토르를 에워싸고, '임시직" 보디가드인 페트루샤가 2명의 동료와 함께 들어 왔다.

-당신들은 여기서 담배를 피우는군요.. -불만인 듯이 빅토르가 말했다. -공기를 오염시키니... 그만 피워요, 동무들, 이제 등록이 끝났고, 약 55퍼센트가 왔어요. 우리는 시작할 수 있어요. 정족수가 되었으니.

-그런데 다른 사람들은?... 그 담배 피우는 사람 중 어떤 사람이 말했다.

-그들 권리는, 참석하지 않았으니, 도착하지 않았지요.- 빅토르는 거의 유쾌한 듯 그리고 되풀이해 말했다. -정족수는 채웠다구요.

담뱃불을 끈 사람들은 자신을 회의장 안으로 향했다. 뒤에서 둘째로 입장한 막심은 갑자기 페트루샤의 얼굴에서 뭔가 긴장감을 느꼈다. 그래서 그는 고개를 둘러보았다.

도로의 굽이진 곳에서부터 대형 자동차 "토요타"가 나타났다. 그 자동차는 모든 이 지방 소도시 사람들에겐 아직은 익숙하지 않은 차량이었다. 1분 뒤, 그 행사장에 도착한 그 "토요차"는 속도도 거의 줄이지 않은 채, 왼편으로 회전하고는, 이 회사 대표의 자동차 "볼가"와 나란히 세웠다. 빅토르는 창백한 얼굴을 한 채, 콧수염이 움직이는 듯이, 행사장 출입 공간에 섰고, 그 보디가드들은 그의 양옆과 앞에서 자리잡고는 움직이지도 않은 채, 마치 조각품처럼 긴장된 근육의 군상을 만들어 냈다. 그 군상은 그 자체로서는 그 회의장을 들어서는 어떤 종류의 시도도 막아낼 수 있음을 보여주려고 하였다. 막심이 보니까, 클라바 아주머니 옆에서 한순간 졸고 있던 스타스가 지금은 급히 자리에서 일어나 서둘러 행사장으로 종종걸음으로 달려오고 있었다.

그 도착한 차량에서 땅으로 운전기사가 뛰어내렸다. -그리키가 크지 않은 남자가 청바지와 티셔츠를 꽉 쪼이게 입어 감동적인 근육을 울퉁불퉁하게 보여주었다. 서두르지 않고, 좀 오리걸음처럼, 오랫동안 격투기에 종사한 스포츠 선수처럼 그렇게. 그 운전기사는 뒤쪽의 작은 문을 열어 주러 '토요타"를 빙-둘러 돌아갔다. 그렇게 그가 걸어가고 있는 동안, 그는 출입문 앞에 서 있는 군상에 궁금한 눈길을 한번 보이고는, 선한 마음으로 살짝 웃었다.

게오르기이 자소코프가 자신의 값비싼 의복이 조금도 더럽혀지지 않도록 하려고 아주 조심스럽게 차에서 내렸다. 커피색과 우유색이 섞인 색상의 의복은 모델처럼 그의 스포츠맨 몸매에 걸맞은 옷을 입고 있었다. 유행에 맞춘 짧은 곱슬머리와 모델 같이 선택한 셔츠와 넥타이, 밝은 갈색의 이탈리아제 구두는, -이 모든 것은 그 사람의 세련된 세계관을 강조하고 있었다. 이것에서 그의 햇살에 그은 얼굴을 빛나게 하는 것은 간단한 진실한 미소이고, 이는 모든 참석자와 친교하려는 그의 준비성을 열광적으로 보여 주고 있었다.

-안녕하세요!- 게오르기이 자소코프가 하는 인사가 막심에게, 라자르에게, 방금 담배를 피운 사람들에게, 물론, 빅토르에게도 또 그를 둘러싸고 있는 4명의 임시직 경비원들에게도 전달되었다.

더구나, 그 보디 가드들은 자소코프에 전혀 눈길을 주지 않은 체, 그의 뒤에 서 있는 그 운전기사만 집중하고 있었다. 페트루샤는, 자신의 큰 입술의 입을 반쯤 벌린 채 있었다. -분명히 그는 그 운전기사를 알고 있고 그런 안면 있음은 그에 대항하는 어떤 종류의 점잖지 못한 행동을 절대 못 하게 만들었다.

-안녕하세요! 안녕하세요! -여기저기서 대답이 있어도 그 대답하는 모두는 원치 않은 대답 같아 보였다.

빅토르는, 그의 말을 걸어옴에 대해 마치 최면에 걸린 듯, 두 걸음 옆으로 옮기고는, 손으로 봉사하듯 출입문을 알려 주었다. 자소코프는 들어섰고, 빅토르는 그를 뒤따랐다. 그 보디 가드들도 흡연을 마친 사람들이 들어가는 것을 내버려두고, 바깥에서 필시, 자소코프의 운전기사와 대화하러 남아 있었다.

그 회의장은 사람들로 꽉 들어찼다.

그 점에 대해 골똘히 생각에 잠기면서, 막심은 뭔가 유사한 것을 다시 기억하게 하는 것에는 성공하지 못했다. -사람들이 다양한 행사에 거의 강제 동원된 때인 소비에트 시절에도, 그 회의장 좌석의 3분의 1이 비어 있었다. 지금 주주들은 그 마지막 좌석 열의 뒤에도, 회의장 양편의 넓은 창문 근처에도 상당히 밀집되어 서 있다.

놀랍게도, 하지만, 그만큼의 인파가 자리했음에도, 그런 침묵은 그 회의장 안을 지배하고 있고, 모든 말하는 사람들은 마이크 없이도 저 맨 뒤에 앉아 있는 사람들의 말조차 들을 수 있을 정도였다. 참석자들은, 뭔가 중요한 것을 놓칠까 봐 걱정하면서, 모든 낱말을 집어삼키려고 하는 듯했다.

그 회의가 매끄럽게 흘러가는구나 하고 막심은 생각하며, 자신이 앉은 자리를 어느 노파에게 양보하고는, 지금 창가에 서 있었다. 그랬다. 정말, 매끄럽게, 일로 보아서는, -헛되이도 그러니 빅토르는 걱정했겠지. 빅토르 대표는 의장석이 있는 탁자로 다가가, 진지한 표정으로, 전체 주식보유자 중 99.6퍼센트가 참석했기에, 이젠 회의를 시작할 권한이 있다고 선언했다.

큰 소리로 일정표와 회의 규정을 읽어 준 뒤, 그는 먼저 그 일정과 회의규정을 투표로 받아들일 것을 준비하고는, 조직기관 선출을 준비했다.

주주들은 만장일치로 3명의 임시 의장단을 구성했는데, 니나 드미트리에프나, 코스챠 쿠즈미초프, 또 한 사람은 물론 빅토르였다. 마찬가지로 만장일치로 2명의 서기 -마샤와 이리나, 3명의 집계위원 -안나 안토노프나, 에우게쵸와 키라-이 선출되었다. 게으르기이 자소코프는, 마찬가지로 창가에 서서, 그러나 회의장의 다른 편 창가에, 바로 막심과는 맞은편에 자리 잡고는 손을 천천히 들어 올려 모든 투표권 행사 때 동의한다고 의사를 표현했다. 그러면서 선의의 웃음은 그의 얼굴에 남아 있었다. 그리고 때때로 옆 사람에게 뭔가를 계속 물어보고 있었다.

-동무들!...-빅토르가 말하고, 막심은 그가 자기 입술을 깨무는 것에 주목했다. -주식을 보유하신 여러분! 우리 회의는 이 가장 어려운 시기에 "루소플라스트"가 생존할 것인가, 아니면 이 공장이 결정적으로 망하게 될지도 모를, 가장 중요한 결정을 받아들여야만 합니다. 먼저 우리는 임원단을 선출해, 정기

적인 회의를통해 우리 주식회사의 다양한 문제들을 검토하고, 전반적 결정을 해야 합니다. 그것이 집단공장의 기관입니다. 그리고, 둘째로 우리는 1명의 실행 조직기관을 선출해야 합니다. -그것은 대표이사입니다... 그 대표이사는 그 임원단 결정의 실행을 조직하고, 우리 공장의 전반적 기능을 지도하게 됩니다.,, 혹시 질문이 있는가요?

빅토르는 입을 뽀로통하게 하고는, 자소코프가 서 있는 창가로 고개를 돌렸다. 그 사람은 빅토르의 발언에 마치 찬동하는 듯이 웃음으로 고개를 끄덕였다.

-질문이 없군요, - 빅토르는 확인하고는 -그럼 우리는 회의를 계속합니다. 임원단 선출에 대해 제안할 사람은 니나 드미트에프나 비코바입니다.

-동무들!- 니나 드미트리에프나가 자리에서 일어서서 말했다. 아무도 언제고 그녀에게 그 증오스런 "신사 여러분"이라는 낱말을 발언하도록 강제시키지 않았음은 분명했다. -저는 임원단을 5명으로 선출하기를 제안합니다.

-그 수의 구성에 대해 다른 제안이 있습니까? - 빅토르가 물었다.

-7명이요!- 리디아 페트로프나가 둘째 열에서 외치고는, 기침을 했다.

-왜 일곱인가요, 리디아 페트로프나? 빅토르가 놀라며 물었다.

리디아 페트로프나가 지속적으로 기침을 했지만, 마침내, 기침을 잘 정리하고는, 말했다. -보세요. 사람이 얼마나 많은데요! 5명이 지도하기에는 성공하지 못할 겁니다......

-존경하는 리디아 페트로프나, -빅토르가 조언하듯 말을 꺼냈다. -임원단이 지도하지는 않습니다. 이 공장 업무는, 이전과 마찬가지로, 엔지니어, 공장장들이 하게 됩니다... 그러니, 당신이 근무하는 공장은 당신이 지도하게 됩니다. 임원단은 그

상황을 분석하고 중대 결정을 받아들이면 됩니다. 이해되나요?

-다른 일이구요... -리디아 페트로프나가 대답하고는 자리에 앉으면서 다시 기침을 시작했다.

-그럼, 우리가 투표로 결정할까요? -빅토르가 말했다. -5명의 임원단에 찬성하시는 분은 누구입니까? 손을 들어 주세요... 반대하시는 분은요? 기권하시는 분은요? 집계위원님들은 그 결과를 알려 주세요.

-만장일치로 동의가 되었습니다. -에우게쵸가 말했다.

-이젠 그 인적 구성에 대해서... -빅토르가 말했다. -니나 드미트리에프나가 제안이 있답니다.

-동무들! -니나 드미트리에프나가 다시 자리에서 일어섰다. -나는 그 임원단 구성원으로 다음의 5명의 동무가 선출되기를 제안합니다. 시가에프 빅토르 바실리에비치, 대표입니다... 여러분은 그분을 아십니다; 크즈미초프 콘슨탄틴 아르카제비치, 열쇠공입니다. 콜리자 안나 안토노프나, 주임경제학사입니다. 세로프 예프고니이 페트로비치, 영업부장입니다. 그리고 끝으로 ...실리나 알리나 키모프나, 이 여성분은 -우리 시청을 대표하는 분입니다.

그렇게 소개받은 시청의 여성 직원은 자신을 보여주기 위해 자리에서 일어섰다. 어떤 좌석 열에서는 불만인 듯한 소음이 흘러나왔다. 빅토르가 서둘러 개입했다.

-동무들, 법적으로 시청이 우리 임원단에 대표자를 파견할 권한이 있습니다. 그것은 유용합니다. 왜냐하면, 언제나 동무... 실리나 동무는 이런저런 문제에 대해 그 시청 기관장들의 의견을 우리에게 말할 수 있습니다. 다른 제안이 있습니까?

게오르기이 자소코프가 발을 한 걸음 내디디며, 손을 들어 말했다.

-제안이 있습니다.

-무슨 제안입니까? 우리는 당신이 누구인지 알지 못합니다!- 에우게쵸가 외쳤다. "바보", -막심은 생각했다. -"에이, 멍청한 것!"

-개인적으로 당신은 저를 모릅니다만, 더구나, -조용히 자소코프가 반박했다. -우리는 서로 그 시청 경매에서 보았을 겁니다. 그걸 당신은 잊었나요? 그런데 저는 이 회의에 모든 주주 여러분과 친교 하려고 이 회의장에 왔습니다. 제 의견으로는, 총 주식의 44퍼센트를 가진 사람은 그 임원단에 속해야 합니다. 저는 자소코프 게오르기이 아슬라노비치입니다, 성-페테르부르크에서 온 기업가입니다. 그래서 저는 저를 그 임원단의 임원으로 추천하고자 합니다...

-그것은 아무 의미가 없습니다... -갑자기 빅토르가 끼어들었다. -주식의 확보 수량이 중요한 것이 아니라, 회의장 내의 의사입니다.

-하지만 추천하는 것을 허락해 주십시오... 자소코프가 말했다.

-그럼, 우리가 투표를 합시다, 빅토르가 서둘러 말했다. -자소크프씨가 자신을 임원단의 구성원으로 입후보하는 것을 제안했습니다. 찬성하는 사람은 누구입니까?

자소코프는 찬성을 하려는지, 아니면 무슨 의사표시를 하는 것인지 자신의 손을 들었다. 청중은 아무 움직임 없이 가만히 있었다.

-반대하는 사람은 누구입니까?- 서둘러 빅토르가 진행을 이어갔다. -다시 반복합니다. 반대하는 사람은 누구입니까?

-제게 허락해 주십시오... -그 시청의 대표자인 실리나가 손을 들었다. -빅토르 바실리에비치, 설명하는 것을 허락해 주십시오. 주식회사 정관은 전혀 새롭습니다. 그러니, 아무리 경

험 있는 법률가라 하더라도 모든 상세한 것을 다 언급해 놓을 수는 없습니다... 이 경우 당신이 틀렸습니다... 모든 주주는 자신을 그 회사의 지도기관 구성원으로 제안할 수 있고, 입후보 리스트에 올릴 수 있습니다. 투표와는 다른 일입니다.

-하지만,.... 그 경우 우리는 모든 리스트를 함께 투표 선출하게 수 없습니다. -당황해서 빅토르가 말을 더듬었다. -우리는 모든 후보를 개인별로 투표해 선출해야 하지만, 그러면 많은 시간이 걸립니다!

-당신은 그 전체 리스트를 한 번에 투표 선출하고자 합니까? -놀라며 그 시청에서 파견된 여성이 물었다. -당신은 그런 권한이 없습니다. 그것도 위법입니다. 누구라도 주주라면 그런 투표행위에 대해 반대를 표시하며, 법적 소송을 제기할 수 있습니다.

빅토르는 깊은숨을 들이쉬고는, 원치 않게 말했다;

-그럼, 좋습니다. 우리가 법을 따라야지요. 니나 드미트리에프나, 자소코프 씨를 그 투표 리스트에 후보로 기입해 주세요. 다른 희망자는요?!

다른 희망자는 없었다.

빅토르는 마음을 진정시키고는 인내심으로 입후자 별로 투표를 실시했다. 투표결과 만장일치로 4명이 선출되었다. 빅토르가 55.6퍼센트를, 자소코프가 44.7%를 얻었다. 2명이나 3명의 귀가 잘 들리지 않은 노인이 그에 대해 찬성에 손을 들었기 때문이었다.

-이제 발표하겠습니다,- 빅토르는 손을 비비면서 선언했다. -투표에 입후보가 된 여섯 분 중에서, 임원단에서 투표자들의 과반수 결의에 따라, 자신을 제안한 자소코프 씨를 제외하고, 모두 5명이 선출되었습니다. 대표이사 선출을 앞두고 10분간 정회하겠습니다.

주주들은 대부분 행사장 바깥으로 나갔지만, 몇 명은 게오르기이 자소코프 주변에 모이고, 그에게 이것저것 물어보았다. 빅토르는 그런 무리에게 드러내놓고 화를 내는 모습이었다. 막심은 그에게 다가갔다.

-그만큼 열성적으로는 표출하면 안됩니다, 빅토르, -그는 평정심을 갖도록 말했다. -그들이 그에게 이런저런 것을 묻도록 해 주세요. 마찬가지로 그가 중대 선동하기에는 시간이 충분하지 않습니다.

-궁금해하는 작자들 같으니라고... -빅토르는 조용히 내뱉었다. -미친 놈들!

그 순간 빅토르와 막심 주위에 페트루사가 나타났다. 두 걸음 떨어진 채 서 있던, 그는 빅토르를 눈으로 곧장 쳐다보고는, 뭔가 중대한 일을 지금 말해도 되는지를 묻고 있었다.

-이리 와요, 이리 와, 페트류사, -빅토르가 그를 불렀다. -용감하게 말해 봐요, 막심.....마트베예비치는 우리 사람이야.

-빅토르 바실리에비치...- 페트류사가 주변을 둘러 보고 말했다. -저 녀석이, 저기, 저 운전기사가... 그자가...

-그래 말해 봐!- 빅토르가 참지 못했다.

-저기요...- 페트류샤가 말을 이어갔다. -간단히 말할게요. 그자는... 직업이 무엇인지는 중요하지 않습니다. 간단히 말해서, 우리가 그자에 맞설 수는 없습니다...

-자네 그 말이 무슨 소리야! -빅토르가 좀 화를 내며 조용히 말했다. -내가 너를 고용했다구! 나는 자네 삼촌과 동의했어! 내가 그에게 말할까?

-그게 아무 도움이 안 됩니다, -평정심을 갖고 페트류샤가 말했다.- '저' 녀석과 반대하여 싸울 때만 우리가 대표를 지킬 권한이 있습니다. 만일 그가 직접 위협하는 경우에만요... 그 일은 대표가 대가를 지불하니까요. 하지만 우리 쪽에서 먼저

시작은... 시작은 우리가 할 수 없습니다. 삼촌도 대표께 말씀할 겁니다....

빅토르는 입술을 깨물었다.

-니나 드미트리에프나! 안나 안토노프나!- 그가 소리쳐 말했다. -저 사람들 들어오게 해. 우리가 계속합시다.

주주들은 서로 잡담을 나누면서, 서두르지 않고 자신의 자리로 돌아갔다. 그 회의의 지도기관들도 곧 자신의 탁자로 돌아왔다. 빅토르는 2~3분을 더 기다리고는 몇 번 탁자를 필기구로 가볍게 때렸다.

-동무들!- 그는 낮게 또 좀 그렁대는 목소리로 말했다. -회의를 계속 진행할 준비가 되었습니다. 오늘 회의 일정 중 2가지 문제만 남아 있습니다. 주식회사 "루소플라스트" 대표이사 선출과 그렇게 뽑은 대표이사와의 계약에 대한 비준 동의입니다. 첫 번째 문제부터 시작합시다. 제안이 있습니까?

-제안이 있습니다, - 안나 안토노프나가 자리에서 일어나서 말했다. -주주들의 위임에 따라, 저는 시가에프 빅토르 바실리에비치 동무를 대표이사로 선출하기를 제안합니다.

-다른 제안 있습니까? -빅토르가 묻고는 곧 자소코프에게 쳐다보았다.

-있습니다. -그가 말했다. -저는 그 대표이사 자리에 저를 추천하고자 합니다. 저는 자소코프 게오르기이 아슬로비치입니다. 등록해 주십시오.

-자기 자신을 추천해도 됩니까? -빅토르가 서둘러 물으면서 실리나에게 시선을 돌렸다.

그 사람은 말없이 고개를 끄덕였다.

-좋습니다.......-빅토르가 대답했다. -니나 드미트리에프나, 등록해 주십시오. 그리고 이제 투표를 시작하겠습니다.

-빅토르 바실례비치...- 비웃듯이 시청에서 파견된 여성이 말했다. -후보는 우선 자신의 경력을 말하고, 자신의 프로그램을 제시해야 합니다... 그리고 또 있을지도 모를 질의에 대답도 해야합니다...

-질문은 없습니다! - 외치듯이 에우게쵸가 말했다. -우리는 빅토르 바실리에비치를 잘 압니다!

-하지만 그런 회의 순서가 준비되어 있습니다... -다시 고쳐 말한 이는 실리나였다. -아마 빅토르 바실리에비치, 당신부터 먼저 말씀하시죠?

-내가요? -빅토르는 회의의 그런 진전을 기대하지 않았다. -제가 무슨 말을 하지요? 그럼 좋습니다. 제가 먼저... 발언하겠습니다! 동무들! 저는 "루소플라스트"에서 지난 12년간 대표를 해 왔습니다... 대표로 취임하기 전에 저는 시당 위원회 임원으로 일했습니다... 더 일찍이는 저는 레닌그라드 테크놀로지 학원에서 공부했습니다... 그게 전부입니다. 이 공장은 안정적으로 작동되고 있고, 모든 임원은 자신의 급료를 정기적으로 한 달에 두 번 받고 있습니다. 만일 대표이사가 되면, 저는 안정적인 일과 국가의 인플레이션에 맞추어 급료 인상을 보장합니다. 여러분 모두는 저를 알고 있습니다... 그럼, 이제 더 드릴 말씀은 없습니다.

잠시 조용했다. 빅토르는 어떻게 더 진행해야 할지 몰랐다. 니나 드미트리에프나가 그 출로를 열어 주었다. 그녀가 일어나서 말했다.

-감사합니다, 빅토르 바실리에비치, 동무들, 빅토르 바실리예비치에게 질문이 있습니까? 없군요. 그럼 이젠 자소코프 동무의... 자기 소개 발언을 들어 볼까요?

-저도 여러분의 시간을 많이 뺏고 싶지 않습니다. -게오르기이 자소코프가 자신이 있던 창가에서 회의장 주최자 측으로

몇 걸음 옮기며 말했다. -저는 게오르기이 아슬라노비치 자소 코프입니다. 한때 조합을 운영했고, 한때는 스포츠인입니다. 지금은 기업가입니다. 저는... 저는 성-페테르부르크에서 또 지방에서 공장 몇 군데의 운영을 지도하고 있습니다. 시가에 프 씨가 앞으로 일과 급료를 보장할 것이라고 말했습니다... 그러나 그의 약속은 근거가 없습니다. 이 나라의 인플레이션 은 끔찍스럽습니다. 여러분은 그 점에 대해 알고 있습니다. 원자재 플라스틱값은 늘 상승하지만, 만일 여러분이 여러분의 물동이와 비누 곽 가격을 중대하게 상승시킨다면, 아무도 그 제품을 사지 않을 것입니다. 사람들은 이 기업에 이익을 가져 다줄 수 있는 새 제품을 생각해야 할 때입니다. 그런데, 새 제품을 생산하려면 우리는 투자를 해야 합니다. 저는 기계류 와 기술 도입에 중요한 자금을 투자할 계획이 있습니다... 예 를 들어, 산업의 많은 분야에서 정말로 필요한 플라스틱 관들 을 생산하려면요. 그것은 안정적 기능과 급료의 상승에 기본 이 될 수 있을 터입니다.

-우리 제품이 팔리지 않습니다!- 에우게쵸가 외쳤다.

막심은 더 일찍이 코스챠 쿠즈미초프의 주저함을, 거의 참을 수 없는 주저함을 보았지만, 에우게쵸가 외치고 난 뒤, 코스 챠는 자신의 궁금함을 만족시키려고 적당한 형식을 찾았다.

-동무... -그는 의장석에서 조금 자리에서 일어나면서 말했다.

-나는 동무에게 질문이 있습니다.

-대답할 준비가 되어 있습니다,- 자소코프가 웃었다.

-질문은 이렇습니다, -코스챠가 말했다. -투자하려면 당신이 반드시 왜 대표이사가 되어야 합니까? 단순한 주주로서 투자 할 수는 없나요?... 그 이익에서 당신 지분을 받으면 안 되나 요?

막심은 옆에 서 있는 라자르에게 눈길을 교환하였다. 그 대답은 분명했다.

-용서해 주세요, -자소코프가 말했다. -필요한 자금을 투자하려면, 그건 큰 금액입니다. 저는 내 자금을 쓸 사람에 대한 신뢰가 있어야 합니다. 나는 내 돈이 정확히 정의된 목적에 맞도록 사용되어야 합니다. 그리고 그 목적으로만 써야만 합니다. 만일 제가 대표이사가 아니라면, 임원단 임원이 아니라면, 저는 그것을 컨트롤 할 방법이 없습니다. 그러면 저는 투자를 못할 수도 있습니다...

 -그 일은 분명히 알았습니다. -빅토르가 서둘렀다. -그런 안개 같은 투자 약속은... 하늘의 허공에 한 마리의 학처럼 보이네요! 그러나 우리 손 안에 이미 참새 한 마리를 갖고 있는데, 위험을 무릅쓸 필요야 없지요. 니나 드미트리에프나...

-동무들! -곧 니나 드미트리에프나가 일어섰다. -만일 또 다른 질문이 없다면, 우리는 투표에 들어가겠습니다. 시가에프 빅토르 바실리예비치 후보에 찬성하는 사람은요? 반대하는 사람은요? 기권하는 사람은요? 예브게니이 페트로비치, 그 결과를 알려 주세요.

-55.6퍼센트가 찬성! -기쁘게 또 큰 소리로 예브게니이가 말했다. -44.4퍼센트가 반대. 기권자는 없습니다.

 자소코프 후보에 대한 투표결과는 명백했다. 그는 자신의 44퍼센트만 지지를 받았다. 하지만 그는 절대적으로, 거의 외부적으로는 침착함을 유지하고 있었다.

-동무들! 니나 드미트리에프나가 말했다. -저는 박수로 빅토르 바실예비치를 대표이사 선임한 것을 축하하자고 제안합니다.

 박수소리가 곧장 나왔으나 빅토르가 기대하는 만큼은 분명하지도 않았고 길지도 않았다. 그는 자리에서 일어나 "동무들, 여러분의 신임에 감사합니다!"라고 인사를 하고는 다시 자리에 앉았다. 니나 드미트리에프나가 계속 이어갔다.

-동무들!- 그녀가 말했다. -이제 한 가지 중요한 일만 남았습니다. 대표이사와 집계위원회 의장인, 오늘 회의를 위임받은 예브게니이 페트로비치 세로프가 나중에 서명하게 될 계약서를 비준하는 것입니다. 우리가 투표에 들어갈까요?

이번에는 안나 안토노프나가 조심스럽게 그 시청에서 파견된 공무원에게 자문을 구하듯이 의문을 보였다. 그 사람은 회의장을 둘러보고는 말했다.

-모든 주주 여러분은 그 계약에 대해 알고 있지요?

그 회의장은 조용했다. 사실 그 계약서를 지금까지 본 이는 아무도 없었다. 물론 그 시청의 법률가들과 함께 그 계약서 문안을 작성한 빅토르를 제외하고는. 안나 안토노프나는 빅토르에게서 휴식 시간 때 받아 둔, 그 계약서 사본을 두 개를 손에 들고 있었다.

-모두가 보았습니다, -권위적으로 예브게니이가 말했다. -그 문건은 공장 내 게시판에 3일 전부터 게시되어 있었습니다.

-나는 본 적이 없습니다. -자소코프가 말했다. -법률에 따르자면, 당신은 그 계약서 문건을 다른 도시에 사는 주주들에겐 우편으로 보내야만 합니다.

니나 드미트리에프나는 당황해 서 있었지만, 이번에는 실리나가 행동을 개시했다.

-그 조문을 이해하는데 많은 시간이 걸립니까? - 그녀가 말했다. -필시 두세 페이지일 겁니다......

-당연히, 저는 그걸 내 법률가에게 보여주고 싶습니다만, -자소코프가 말했다.-하지만 지금 상황에서는 저는 적어도 제 눈으로 그 서류를 훑어보기라도 한다면? 2분이면 됩니다.

-니나 드미트리에프나... -그 시청에서 파견된 여성이 말했다.

니나 드미트리에프나는 이해했다.

-살펴 보세요,- 그녀는 싫은 듯 그 계약서 1부를 그에게 내밀

었다.

자소코프는 의장단 석으로 달려가, 그 문건을 받아들고는 2분 동안 훑어보았다.

-저는 이 계약서에서 몇 가지 중요한 조항의 부족함을 일견 보이지만, 말하지 않으렵니다. -그는 회의장을 향해 그렇게 말하고는, -그러나 가장 중요한 점만 말씀하고자 합니다. '이런' 계약서를 이용해 시가에프 씨는 자신을 평생 이사로 하고 있습니다. 제가 여러분에게 제18조 제1항을 읽어드리겠습니다. "대표이사와의 이 계약은 주주의 절대다수에 의해 무효화할 수 있다'고요. 절대다수라는 것이 뭘 의미하는지 여러분은 아십니까?

그 회의장은 조용해졌다.

-절대다수란,- 자소코프는 초등학교의 선생님과 같은 목소리로 설명해 갔다. -주식의 75퍼센트를 의미합니다. 제가 알고 있는 한, 시가에프씨는 35퍼센트의 주식을 가지고 있습니다.... 저는 그가 개인적으로 자기 자신에 반대투표를 하지 않으리라고 짐작합니다만, 우리 모두 자신의 힘을 합쳐도 75퍼센트를 가질 수 없습니다. 이것은 꼼수입니다!

빅토르는 자신의 입술을 깨물면서 자리에 앉아 있었다. 의장석과 집계위원회 탁자는 기다리며 요청하듯 그 시청에서 파견된 공무원인 실리나의 의견을 구하고 있었다.

-법률은 그 점에 대한 어떤 모범 사례도 없습니다. -그녀가 좀 생각한 뒤에 말했다. -법률이 불허하지 않는 이상, 그것은 허락됩니다.

몇 명의 쉽게 나온 한숨이 그 탁자들에서 나왔다. 자소코프는 어깨를 한 번 움직이고는 그 계약서류를 니나 드미트리에프나에게 돌려주었다.

-어쨌든, 법에 소송할 권한은 있습니다, -그는 자신의 앞서의

창가 자리로 돌아오면서 말했다.

-법에 소송해, 소송해...- 에브게니이가 유쾌하게 말했다.

빅토르는 자기 앞에 놓인 탁자를 유심히 살펴보며 자리에 앉아 있었다.

-그럼, 우리가 투표에 들어가죠, -똑같이 유쾌하게 안나 안토노프나가 말했다. -이 제안된 계약서에 찬성하는 분은요? 반대하는 분은요? 기권하는 분은요? 집계위원회는 그 결과를 알려 주십시오.

-찬성에 54퍼센트, -북소리처럼 에브게니이가 자리에서 일어서서 말했다. -반대는 44퍼센트. 기권은 1.6퍼센트입니다.

-누구야? 빅토르가 전체 회중이 들릴 정도로 말했다.

니나 드미트리에프나는 자소코프의 창문에 맞은편 창문을 고개로 표시했다.

-오늘 회의 일정은 모두 끝냈습니다. -그녀는 그 회의장 청중을 향해 말했다. -우리는 우리 주식회사에서 선출된 지도기관에게 성공적이고 성과 있는 과업을 해내기를 기원합시다. 시가에프 동무, 세로프 동무, 저는 두 분이 이 계약서에 서명해 주실 것을 요청합니다.

-잠깐만, -빅토르가 말했다. 막심, 라자르, 시쵸 키르조프가 서 있는 창가로 나가는 사람들의 무리 쪽으로 그가 달려 왔다. -그럼, 자네들이 기권했지! -그가 속삭이며 말했다. - 자네들은 나를 배신하리라고는 기대하지 않았는데!

-대표님, -키르조프가 놀리듯 대답했다. -제 개인적으로는,- 나는 이 특혜를 누리는 놀음에 바보 역할을 하고 싶지 않아서입니다. 왜 아무도 그 계약서를 볼 수 없게 해 놨나요?

-자네가 아는 것이 적으면 적을수록, 그만큼 자네는 편안하게 잠잘 수가 있지요, -빅토르가 화를 내며 그 창가를 보며 눈짓

했다.

그 대형 승용차 "토요타"가 사무실 저 멀리에서 출발 준비를 하고 있었다.

199.년 9월 25일, 토요일

아르네는 키가 크고 덩치도 좀 있는 스웨덴 남자였다. 금발의 작은 수염이 나 있고, 그의 둥근 얼굴 위의 천진난만한 푸른 눈을 보면 늘 순진하고도 선한 마음씨를 엿볼 수 있었다. 상황이 그에겐 절대로 불편한 순간에도. 1년 전 막심이 볼가강[38]가에서 에스페란토 교육 행사에 갔을 때, 아르네는 막심과 같은 방을 쓰게 되었다. 그때 아르네는 침대에 누워 얼굴이 새파랗게 된 채로 설사로 고생하고 있었다. 그의 불쌍한 위장은 러시아의 수준 낮은 지역 식당에서 먹은 요리를 이겨내는 러시아식의 저항력을 갖고 있지 못했다. 막심은 곧장 자신의 배낭에서 우호의 밤의 날의 "독서" 시간에 내놓을 술 한 병을 꺼내, 아르네를 설득해 자신이 시험해 본 치료제라며, 후춧가루를 넣은 보드카 한 잔을 마실 것을 제안했다. 그 처방 덕분에 그날 저녁에는 이미 아르네 얼굴 표정은 유쾌하고 발그레했다. 좀 너무 취했지만, 이미 이전의 배탈 문제는 싹가시었다. 야간의 장작불에서도 이것저것 편히 먹을 수 있을 정도가 되었다. 그때부터 막심은 그와 서로 좋아하는 친구가 되었다.

아르네와 함께한 그 행사장에서의 대화와 또 나중의 편지교환을 통해, 막심은 그 매력적인 서른 살의, 바이킹족 후예 같

---

38) *역주: 러시아 서부의 강으로 유럽에서 가장 긴 강, 3,690km 길이의 강.

은, 그 거구의 사람이 너무 수줍음이 많아, 아직 결혼도 못하고 있었다. 그는 아내를 구하고 있었다. 그는 웁살라에 악기점을 운영하는 주인이고, "hard'n'heavy'를 좋아하고, 특히, 에스페란토 음악이면 무슨 장르이든 좋아했다. 아르네는 자신이 사는 도시 근교에 유산으로 받은 작은 토지를 갖고 늙으신 엄마와 함께 평화롭게 살고 있었다. 막심은 여러 번 스웨덴을 한 번 방문해 달라는 그 착한 친구로부터 초청을 여러 번 받았지만, 지금까지 그 초청은 여러 사정으로 이루어지지 못했다. 막심은, 자신의 형편에서는, 상호 동의를 얻어, 아르네에게 러시아 방문 초청장을 보냈다. 그 사람은 더욱 독립적인 사람으로 있었으니, 스톡홀롬에서 러시아 입국 비자를 얼른 받고는, 먼저 막심이 사는 지역에서 며칠 머물 계획을 알리고, 나중에 페테르부르크에서 며칠 더 묵을 계획도 잡고 신이 나 있었다.

진짜 황금빛의 가을은, 아르네가 도착하자, 그 지역 자연의 특별한 선물이었다. 아침에 막심의 토지로 차량으로 이동하는 동안, 그는 파란 하늘에서 흘러가는 하얀 어린 양떼구름에, 또 자동차로 이동할 때 스쳐 지나가는 호수마다 그 양떼구름이 분명히 물속에 비친 것에, 자작나무의 노란 꽃들에, 붉게 떨고 있는 꽃들에, 또 소나무들과 전나무들의 초록을 장식하듯 불타는 듯한 꽃들에 멍하니 즐거이 바라보고 있었다.

막심은 자신의 자동차 "라다"를 자신의 주말농장용 토지에서 2km 떨어진 곳의 소나무들 사이에 주차했다. 그들은 물동이들을 들고 밝은 소나무숲으로 들어갔다. 그곳에는, 하얀 이끼의 층 아래 신선하고 엄청 많은, 노란 동전 같은 식용버섯들이 여기저기서 자라고 있었다. 한 시간 동안 아르네와 막심은 각자 수확한 버섯을 한 곳으로 모아 보니, 거의 한 물동이 가득 찼을 정도였다. 아르네는 매료되었다. 자동차가 있는 쪽으로 돌아오는 길에, 그는 그 버섯이 가득 찬 물동이를 들고 가면서, 큰 소리로 흥흥거렸다. "우리는 10리터의 버섯을 땄네! 우리는 합쳐서 1천 개의 꽃을 땄네!". "우-웅! 옹-옹!" 그 숲의 메아리가 대답해 주었다.

그들은 그렇게 수확한 버섯을 키르조프가 받은 토지인 언덕 위의 주차 차량에 두었다. 왜냐하면, 더 이상 차로 진입하기가 어려웠다. 그 언덕 주인인 사쵸 키르조프가 자신의 가족을 -아내와 두 딸을 -데리고 방금 땅에서 캐낸 감자 무더기 옆에서 뭔가 흥얼거리고 있었다.

-안녕하세요, 막심! -그가 자신의 흥얼거림을 멈추지 않은 채 외쳤다. -하느님이 당신에게 좋은 도우미를 보내주셨군요, 그렇지 않나요?!

-안녕하세요, 이웃 여러분! -막심이 대답했다. -하느님이 얼마나 좋은 도움을 주시는지 추측하시지 못할 정도라는 것만은 확신합니다! 이 사람이 방금 버섯을 수확했답니다. 한 물동이 가득히요, 생각해 봐요!

-거기, 하얀 이끼 있는 곳에서요? -욕심스럽게 사쵸가 대답했다. -아흐, 당신도, 교활한 사람 같으니라고! 내가 돌아가는 길에 그곳에서 수확하려고 놔둔걸요! 당신 손님에게 말하세요, 그가 내 버섯 훔쳤다고요!

-욕심쟁이! -막심이 외쳤다. -다행히도 내 손님은 러시아말을 이해하지 못해요! 저기, 저 하얀 이끼 있는 곳에는 우리 농부들이 충분히 수확할 만큼은 버섯이 아직도 남아 있어요!

아르네는 그 남자들이 자기를 두고 말하고 있다는 낌새를 맡고는, 러시아말이 오가는 속에 끼어들기로 결심했다.

-도브리 데니! -그가 유쾌하게 외쳤다. -까끄 즈다로브에?[39]

키르조프 가족은 크게 웃었고, 막심도 가세했다. 아르네는

---

39) *주: 안녕하세요, 잘 지내시죠?(러시아어)

만족한 듯한 미소로, 모두를 향해 살짝 놀라며 멍하니 서 있었다.

-이런! -사쵸가 외쳤다. -그런데, 그는 우리말 못 한다고 하면서!...

-일합시다! 일해요.. -막심이 대답했다. -일은 언젠가 원숭이를 남자로 만들었다니까요! 아마, 당신에게도 기회가 올 겁니다!

-그럼 여자들은 뭐 없나요? -사쵸의 아내가 끼어들었다.

-여인들은 언제나 여인들이지요! -막심은 아르네에게 가자고 재촉하면서 그를 살짝 밀치며 웃었다.

그 강가에 난 길을 따라, 야생벚나무들 사이에서 꾸불꾸불한 길을 따라, 그들은 막심의 땅에까지 다다랐다. 언젠가 있던 푸른 풀들을 제거하고 세운 비닐하우스에는 길이 30m, 너비 10m나 되는 골이 파여있었다. 그 골에 독보리 잡초가 충분히 자라 있었다. 독보리 풀밭에는 감자가 이미 말라 버린 줄기들이 갈색으로 무리 지어 사각형 모양의 밭을 만들어 놓고 있었다.

-이게, 아르네, 오늘 우리가 할 일입니다. -막심은 창고 자물쇠를 열고는 삽과 쇠스랑, 포대들을 꺼냈다. -우리는 오늘 감자를 캐야 해요, 그렇지 않으면 이 땅에 만일 비라도 오면, 감자가 썩기 시작하니까요.

아르네에게 고개를 돌려본 막심은 자신의 말을 전혀 듣지 않고 있는 아르네를 발견했다. 그 스웨덴 사람은 창고의 언저리에 서서는 뭔가에 홀린 듯, 입을 반쯤 벌린 채, 이웃 땅을 바라보고 있었다. 막심은 그에게 다가가 보니, 그 홀린 이유를 이해했다. 이웃 토지에는 땅 주인인 나데쥐다가 자기 어머니와 함께 이미 캐어놓은 감자를 고르고 있었다. 더운 날이라 아마 올해 마지막이라서, 그 모녀는 거의 수영복 차림에, 스포츠 신발을 신고 있었다. 마흔 살이 좀 더 된 어머니는 한때의 젊었을 때의 우아함은 거의 보이지 않았지만, 아주 여성스러웠다. 한편 그녀의 딸 나데쥐다, 그녀는 완벽했다! 비난할 수 없을 정도로 성숙한 여성으로서의 매력을 발산하고 있었다. 그 아가씨의 날씬한 몸매는 여름 동안 태양에 그을려, 맑은 초콜릿색으로 변해, 그녀를 한 번 보면 매력에 푹 빠지지 않고서는 못 배길 정도였다... 하지만 막심의 가장 흥분과 놀라움을 가져온 것은 다른 인물이 있었다. 그 토지의 저 먼 끝에서 상의는 벗은 채, 짙은 초록 바지를 입은 한 남자가 감자를 캐고 있었다. 막심은 처음엔 그 남자가 누군지 알아보지 못했지만, 곧장, 그 바지 입은 남자를 알아보았다. 그는 빅토르의 보디 가드 페트루샤였다. "루소플라스트"에서 경호할 때도 입고 다니던 그 바지를 입고 있었다.

-안녕하세요, 이웃 여성분들! -막심이 인사를 했다. -하느님이 여러분을 돕기를!

-안녕하세요, 막심 마트베예비치! 좋은 날입니다! -여자들이 대답했다.

-도블이 데니!- 아르네가 다시 정신을 차리고는 가장 해맑은 웃음을 살짝 보이면서 말했다. -까끄 즈다로브예?.....파쟈우스타[40]!

여자들은 앞서의 사쵸 가족처럼 웃음을 터뜨렸다. 아르네는 뽀로통하고는 나중에 이마에 주름을 짓고는, 진짜 긴장해서는, 몇 개의 다른 낱말을 생각해내고, 유쾌하게 말을 이어갔다.

-'야- 아르네, 스체찌야. 웁살라. 네 가바리시 파 루스키'![41]

-나데쥐다, -나데쥐다가 자신을 손가락으로 가리키며 말했다.

---

40) *주: 안녕하세요! 어떻게 지내십니까? 어서요...(러시아어)
41) *주: 저는 아르네입니다. 스웨덴. 웁살라에서 왔어요. 러시아말은 할 줄 모릅니다.(러시아어)

-맘마, - 그녀가 자기 어머니를 가리켰다.

-나-제-쥐다,- 만족한 듯 아르네가 되풀이했다. -마맘. 막심, 저게 무슨 뜻인가요? 나데쥐다?

-희망이라고요, -막심이 말했다. -그 이름이 마음에 들어요?

-이름만 마음에 든 것이 아니라, -아르네가 더욱 수줍게 나데쥐다에게 눈짓을 했다.

-봐요, 나데쥐다, -막심이 말했다. -내 손님인 스웨덴 사람 아르네입니다. 매력적이고, 마음씨 좋고, 돈 많은 남자입니다. 아직 결혼하지 않았어요, 더구나... 그가 당신에게 '눈빛을' 주었다는 점을 알아주었으면 합니다. 생각을 좀 해봐요.

-알겠어요. 하지만 이미 늦었어요, -나데쥐다가 살짝 웃으며 말했지만, 뭔가 슬픔이 그녀 눈가에 있었다. 자신의 머리로 그녀는 자신들이 있는 쪽으로 오리처럼 새로 파놓은 땅에서 비틀거리면서 다가오는 페트루샤를 가리켰다.

-안녕하세요, 이웃사람!- 우정으로 막심이 말했다.

-도브리이 데니! -아르네가 지지했다.

페트루샤는 대답하지 않았다. 우울한 표정으로 그는 아르네에게 다가왔다. 아르네는 위에서부터 맑게도 아무 죄 없는 푸른 눈으로 페트루샤를 쳐다보고는, 악수를 청하며 손을 내밀었다.

-이, 덩치 큰 녀석아! 페트루샤가 말하고 옆으로 침을 뱉었다. -왜 너는 내 여자에게 눈짓해? 타작을 경험한 지 오래되지?

-도브리 데니!- 아르네가 되풀이했다. -야- 아르네[42].

-좀 조용히 말해, 이 사람아. -막심이 말했다. -마찬가지로 이 사람은 러시아말 할 줄 몰라요.

-그럼, 그는 내 여자 쳐다보지 말게 해요! -화를 내며 페트루샤가 대답했다. -당신도 쓸어버릴 거요! 저 멍청한 덩치 큰

---

42) *주: 안녕하세요! 저는 아르네입니다!

녀석과 함께.

-내가 말했지. 그만하라고! -막심도 기분이 상하고 흥분해 대답했다. -내 땅이고, 바로 여기, 이웃에. 그러니 이해해, 이 사람아. 그리고 그 공장 민영화나 더 신경 써, 여인들에게 말고...

-저 녀석 궁둥이가 한 방 얻어터지고 싶지요? -페트루샤가 위협적으로 묻고는 다시 옆으로 침을 뱉었다.

여자들은 사태의 진전을 아무 움직임 없이 바라보고 있고, 나데쥐다 눈에만 막심을 긴장하여 쳐다보곤 분명하게 읽혀지는 것은 아픔이 있는 요청이었다. 막심은 손을 흔들어 말했다.

-이제 농기구들을 들고 갑시다, 아르네, 할 일이 많아요.

-그래요, 우리 일합시다. -아르네가 나데쥐다로 향했던 자신의 시선을 억지로 거두면서 말했다.

막심은 아르네가 페트루샤의 개입과 교양 없는 행동에도 전혀 개의치 않음을 보았다. 나중에 캐낸 감자들을 말리려고 펼쳐놓은 천 조각을 펼치는 시간이 오자, 아르네는 막심을 향해 고개를 숙인 채 작은 소리로 말했다.

-막심, 하지만 저 버릇없는 부랑아 같은 이는 누구입니까? 그녀 오빠인가요?

-사촌입니다, -막심이 대답했다. -주먹 쓰는 사람.

-러시아 마피아군요... -생각에 잠긴 아르네가 말했다. -상관없어요!

199.년 9월 28일 화요일

따뜻하던 황금빛 가을 날씨가 오늘 저녁에는 저 멀리 가버린 것 같다.

서풍은 그 공장 내 자작나무들의 황금빛 나뭇잎들을 창 너머로 떨어뜨렸고, 추위를 느끼게 하는 빗속에서 그 나뭇잎들을 휘날리게 했고, 이른 아침부터 온종일 또는 며칠간 독점할 의도인가 보다. 기상대 예보로는 똑같은 비가 페테르부르크에도 지금 주인행세를 하고 있다. 라자르는 그 대도시로 자기 차량 "라다"를 몰고 아침에 떠난 막심과 아르네를 생각하며, 일말의 날씨 걱정을 하며 생각에 잠겨 있었다. 이곳, 대표 회의실로 오기 전에 그는 자신의 젖은 자켓을 벗어, 바리토노프의 사무실에 걸어 두고, 막심이 선물한 살짝 웃는 입 모양이 그려지고, "에스페란토를 배우자"라는 글귀가 쓰인 검은 티셔츠만 입은 채 있었다. 라자르의 태양에 그을러 거의 검게 변하고 털이 수북이 난, 큰 손바닥을 가진 두 팔이 무릎 위에 놓인 채 있었다. 이는 지나간 여름을 생각나게 했고, 안정적인 힘을 발산하고 있었다. 그 대표는 습관적으로 참석자들 얼굴을 한 번 둘러 보는 동안, 라자르 생각은 대표실의 저 먼 곳에서 방황하고 있었다. 더구나, 그의 머리의 어떤 부분은 여기서 몰래 보기 위해 남아 있었다. 왜냐하면, 운영위원회 사람들을 제외하고, 벽 쪽에, 라자르와는 의자 2개를 사이에 두고 무표정한 표정의 보디 가드 페트루샤가 앉아 있었다. 다른 할 일이 없으면, 그는 어떤 범죄소설을 읽고, 때로 그 두꺼운 입술에 집게손가락과 엄지손가락을 가져다가 책장을 넘기기 위해 침을 바르고 있었다. 페트루샤의 모습과 동작은 라자르에겐 그가 이 공장에 나타난 순간부터 거슬렸고, 그 머리의 어떤 부분은 적당한 기회에 저 두꺼운 두 입술을 한방 갈겨 가르쳐 주고픈 숨은 의도를 갖고 그 입술을 감시하고 있었다. -그럼, 우리가 오늘 할 일이 뭔가요... -대표는 그렇게 말하고는, 잠시 쉬고는, 약간 비웃는 듯한 웃음으로 덧붙였다. -주주 동무들?

운영위원회는 조용했다.

정말 그것은 "루소플라스트" 공장의 간단하지 않은, 이젠 주식회사 체제의 첫 운영위원회다.

그리고 시가에프는 그 공장을 이젠 주식회사 대표이사로서 그 회사를 지도하고 있었다. 그러니, 물론 모두가 실제로 운영위원회가 열리지 않은 지난 한 달 동안에 생긴 많은 불평과 질문이 있어도, 아무도 그 일상적 불평을 시작해 볼 용기가 나지 않았다. 마찬가지로 대표이사도 한동안 침묵하고 있었다. 회의실 내에서의 뭔가 자세함이, 필시, 그를 자극하고 있고, 그리고 그는, 불만인 듯 콧수염을 움직인 뒤에, 고개를 들어 그 불만의 근원에게, 라자르 티쳐츠에 고개를 돌렸다.

-슙스키이가 자리에 없네요... -대표는 일상적으로 말했다.- 하지만 대신, 그의 에스페란토가 참석해 있군요. 하! 골드파르브(라자르), 당신은 슙스키이가 어디 있는지 알지요?

-빅토르 대표는 스스로 모릅니까? -천천히 라자르가 자신의 환상의 세계에서 억지로 돌아오면서 말했다. -어제 나는 그의 집에 손님으로 가 있었고, 그는 대표님께 1일 휴가를 요청했다고 말했습니다. 그는 자기 친구를 페테르부르크까지 차로 데려다주러 갔습니다.

-손님을... 그건 과잉 친절인데... -시가에프가 불평했다. -일하는 것이 필요하지, 손님 여흥까지 책임지는 것은 아니지요. 일하는 것! 문제 해결하는 것! 문제를 없애는 것! 콜랴! 자네는 슙스키이에게 질문이 있지요?

대표는 콜랴가 있는 탁자로 고개를 돌리고는, 뚫어지게 콜랴를 쳐다보았다. 그러나 그는 이미 운영위원회의 싸움꾼으로 이력이 나 있었다.

-막심에게요? -놀라며 콜랴가 물었다. -아뇨, 막심에겐 아무 질문이 없습니다. 모든 것은 제대로 돌아가고 있고, 모든 것

은 잘 기능하고 있어요. 알렉세이에게 많은 질문이 있습니다! 사탄, 그는 전혀 아무것도 하지 않아요! 그 보일러 지붕이 새지요, 내가 그 지붕에다 코팅종이 루베로이드[43]를 요청하고 또 요청했지만, 알렉세이는 자고 있습니다. 사탄 같으니! 시멘트가 부족합니다! 못도 부족합니다!

-그-만해요! 알렉세이 이바노비치가 손을 내저으며 말렸다. -저기 나도 당신이 원하는 못을 구해보러 다녔어요... 정말 당신은 간단하지 않은, 넓은 모자가 달린 못을 구해 달라 하니! 내가 어디서 구해다 줘요? 하! 루베로이드를 그에게, 그에게 보여줘요! 그 루베로이드 사려면 돈이 있어야 하는데 그 돈이 없습니다! 저 보일러 기사들은 매정해요! 한편 그들에게 몇 방울이라도 허락해 줘요!

-당신 일이나 잘 하세요, 알렉세이! -콜랴가 외쳤다, -훔치지나 말아요!

-누가 훔친다고! -알렉세이 이바노비치가 분개했다. -내가 훔친다고! 증명해 봐요, 추츠메코인[44]아!

-내가 입증해 보지! -콜랴가 외쳤다. -나는 당신의 더러운 주둥이를 그 시멘트에 밀어 넣을 거라고! 그 창고에 10포대가 있는 것을, 내가 직접 봤다구, 낯선 차에 실어 놓더구먼!

-이런, 남자분들이! -니나 드미트리에프나가 끼어들었다. -당신들이 늘 하는 싸움에, 이미 진절머리가 났어요! 매번 운영위원회에서 똑같은 싸움인... 그 문제들은 밖에서... 평화롭게... 정말 이제 우리는 단합된 팀이라구요.

-어떤 팀요? -콜랴가 극단적인 흥분으로 말했다. -그런 사탄을 두고는 나는 한 팀이 되고 싶지 않아요!

---

43) *주: 루베로이드- 지붕을 덮는 아스팔트가 칠해진 종이
44) *주: 추츠메코: 중앙아시아 출신의 사람들을 러시아사람들이 놀릴 때 부르는 이름

-당신이 문제거든!- 알렉세이 이바노비치가 반박했다. -상처 받기 쉬운 영혼, 그를 봐요! 마늘이나 먹어요. 그게 도움이 될 거요!

시가에프는 이 작은 다툼이 어느 정도 성숙할 때까지는, 동의하듯, 관찰했다. 이젠 개입할 시기가 왔다.

-이제 그 두 사람, 그만 해요!- 그는 엄하게 명령했다. -그만 해요! 시멘트에 대해선 내가 검토해 볼게요. 진실이라면, -크바드라토프는 자기 호주머니에서 메꾸어 넣어야 할 거요.

-빅토르 바실리에비치! -알렉세이 이바노비치가 환호했다. -그 포대들은... 정말 내가 그걸 누구에게 주었는지는 대표님도 알고 있어요!

-... 자기 호주머니에서 메꾸어 넣는다는 것이, -시가에프가 되풀이했지만, 좀 불명확하게 말했다. -슘스키이에게, 내가 말했어요. 슘스키이에게 누가 질문을 하고 싶은가요? 안톤 다닐로비치, 그 분쇄기들은 잘 작동되나요? 그 분쇄기들은 정상인가요?

-정상입니다, 빅토르 비실리에비치... -주임 엔지니어인 바리토노프가 말했다. -더구나, 만일 그 자신이 지금 자리에 없다면, 슘스키이에게 질문한다는 것이 어떤 의미가 있나요?

-의미가 있지요! -확고하게 시가에프가 반박했다. -내가 그에게 오늘 하루 휴가 준 것이 헛되지 않았는지 내가 챙겨 보겠습니다.

-모든 게 잘 돌아가는데요... -생각 곳에 안톤 다닐로비치가 말을 꺼냈으나, 어떤 생각인지 그렇게 말하고는 만족한 듯 말했다. -하지만 질문이 있습니다! 수도꼭지가 남자 화장실에서 잘 작동되지 않습니다! 내 보조 노동자의 작은 수레를 누가 어제 수리소로 가져가더니, 지금까지도 돌려주지 않았습니다!

-자, 보세요, 어떤 멍청한 일인가요! -시가에프가 모두에게

정정해서 말했다. -수도꼭지가 작동하지 않는다고 했어요! 사람들이 식당에 더러운 손으로 들어 옵니다... 감염될 수 있을 수 있습니다.

-하지만, 식당 안에 손을 씻을 수도꼭지가 있습니다. -라자르가 말했다. -그건 잘 작동됩니다.

-골드파르브, 현명한 체하지 마세요! -시가에프가 주먹으로 탁자를 치면서 말했다.

-골드파르브에게도 질문이 있습니다, -바람 방향으로 좋은 냄새를 맡을 줄 아는 에우게쵸가 말했다. -작은 전등 5개가 중앙 창고에 켜지지 않습니다. 어둡습니다! 제품을 도대체 셀 수가 없습니다... 또 저울의 전선 연결부도 잘 기능하지 않습니다! 여성 근로자들이 차에 물을 끓일 수도 없습니다! 그들은 존경하는 라자르 아로노비치를 찾고 있습니다!

-마지막으로 그 창고에 있었던 때가 언제인가요? -조용히 라자르가 물었다. -필시 한 달 전입니다. 그럼, 지금 가서 확인하세요. 모든 전구가 그곳에서는 잘 커집니다. 저울을 연결하는 전선 연결부는 소방서 직원이 와서 연결해 두지 말라고 했습니다. 나는 여성들이 차 마시는 그들 휴게실에는 다른 것을 설치했습니다. 그들은 아주 만족하고 있습니다... 다른 질문은요?

시가에프는 다시 주먹으로 탁자를 두들겼다.

-그 주제는 막혀 있군요. -그는 결정적으로 말했다. -모든 문제는 작업의 일정을 정할 때 서로 얼굴을 마주 보고 의논하세요. 그래요, 작업 순서 때, 내가 말했습니다! 만일 당신은 내가 필요하면, 당신들 싸움에 판정관으로 내가 필요하다면, 나를 부르세요, 내가 갈게요. 하지만 지금은 우리에게 더 중요한 일이 있습니다.

그 운영위원회는 대표이사를 멍하니 쳐다보며 조용해졌다.

-여기 이 자리의 모든 참석자는 주주총회에도 같이 앉아 있습니다. -그는 시작하더니 곧 그 회의에, 그날, 참석하지 않은 사람이 없는지 알아보려고 주변을 둘러보러 잠시 중단하였다. -따라서, 나는 우리에겐 라이벌이 있음을, 내가 말하지요, 적이 있음을, 그 점에 대해 여러분께 이야기하지는 않겠습니다. 강력한 적입니다...

-누구에게요?- 콜랴가 천연덕스럽게 물었다. -제게는 어떤 적도 없습니다.

-제게도 적이 없습니다. -리디아 페트로프나가 겨우 기침을 참으면서 말했다. -저는 단순 여성이니...

 대표이사는 창백해지고, 그의 콧수염은 좀 떨렸으나, 그는 그것을 진정시키는 데 성공했다.

-동무들! -그는 뚫어지게 말했다. -친구 여러분! 니나 드미트리에프나가 몇 분 전에 우리 모두에게 우리는 통일된 팀이라고 말했다는 것을 상기해 주십시오. 나는 아직은 그렇게 되지 않았음을 봅니다. 하지만 우리는 그렇게 되어야만 합니다. 페테르부르크에서 온 그 남자는, 아마도, 몇 사람에게는 좋은 인상을 남겼지만, 그의 시크한 외모로, 달콤한 약속으로,... 하지만 그는 우리 주식 중 가장 많은 지분을 가진 작자입니다. 그는 우리와 우리 가족과 또 200명의 우리 직원들을 먹여 살리는... 우리 공장을 파멸로 만드는 것 외에는 다른 것에는 관심이 없는 작자입니다.

-용서하세요, 대표 동무, -거침없이 콜랴가 끼어들었다. -저는 이해할 수 없습니다. 왜 그자가 파멸로 가져가나요? 그는 우리 주식을 가지고 있는데요, 아마, 그는 일하려고 하던데요...

-미안하네, 콜랴, -시가예프가 말했다. -당신은 교육을 적게 받았으니, 예의도 없구. 내가 말했지, 좀 멍청한 것 같으니라

고... 그래서 나는 자네를 용서하네, 코스챠가 투자 질문을 했을 때, 그가 뭘 대답했는지 들었지요? 그래, 그것이요! 우리 물동이와 비누 곽에 관련한 그 부자인 페테르부르크 사람이 무슨 관심을 가지고 있는지를요, 콜랴, 자네가 대답할 수 있는가? 콜랴? 못하지? 그럼, 내가 자네에게 말해보지. 오직 토지 때문이지. 우리 공장이 자리한 위치가 이 도심에 있는 이 토지가 그자에겐 관심이 있다고. 그럼, 자네가 묻겠지? 무엇을 위해서요? 라고 내가 자네에게 답하지. 여기에 이익이 되는 건물을 건축하기 위해서지. 주유소, 호텔, 상가를 건축하겠다고... 그러나 이 경우 우리 중 대부분이 해직될 걸세! 지금 자네, 콜랴, 이해가 되는가? 지금 여러분은 이해가 되나요?

대표이사는 다시 그 참석자들을 둘러보며 살폈다. 그들은 말이 없었다. 그래서 그는 계속 이어졌다.

-우리 중에는 그런 사람들이 있지요... 현명하는 듯해도 이해하지 못하는... 예를 들어, 그 투표행사 동안 기권한 사람들. 그것이 숨김없이 알려 주고 있어요, 모두가 우리의 영웅을 알고 있다고요!

-만일 빅토르 대표, 당신이 그 계약에 대해 암시한다면, 그럼, 당신 스스로 죄를 지었어요, -키르조프가 말했다. -당신은 먼저 그 계약에 대해 알려 주어야만 했습니다... 정말 그 페테르부르크 사람이 한 말이 맞아요: 당신은 대표직을 영원히 하고 싶어했다고요.

-그럼, 키르조프, 당신이 대표가 되고 싶어요? -시가에프가 고개를 오른편으로 교활한 표정으로 돌리면서 말했다. -그럼, 여기 와서 우리를 지도해 봐요. 우리가 봅시다. 당신이 어찌 잘 하는지를요! 어서 와서 앉아 보라니까요!

-나는 대표가 되고 싶지 않습니다. -어떤 흥분도 없이 키르조프가 대답했다. -우리 운영위원회 위원 중 아무도 그 자리를

원하지 않는다고 생각하고 있습니다. 먼저, 그 이유는 너무 많은 책임감 때문입니다. 그동안, 하지만, 나로서는 그 회의 동안 멍청한 역할을 한다는 것이 마음에 걸렸어요. 그게 전부 입니다.

-키르조프 말고 누가 이 대표 자리에 앉고 싶은가요, 하? -키르조프의 말을 무시하면서, 대표이사가 말했다. -아마, 당신 골드파르브?

-엉덩이 구멍에서 나는 당신 의자를 보고 있습니다만, -갑자기 날카롭게 라자르가 대답했다. -하지만 나도 마음이 상했습니다.

분명히, 논쟁하는 것이 시가에프의 오늘 목적이 아니었다. 그는 잠시 쉬고, 라자르와 키르조프의 입장을 정당하게 해줄, 아니면 그를 응원하는 다른 응답이 나오는지 기다렸다. 그러나 아무도 발언에 나서지 않았다.

-내가 여러분 모두에게, 또 저 마음 상한 사람들에게도 설명하지요, -시가에프가 말했다. -나는 그 계약서를 당신들에게 알리지 않았습니다. 왜냐하면, 그것은 일정 시각까지는 우리의 적에게도 알려지지 않게 하려고 그리했습니다. 그는 뭔가 불법적인 행동을 조직했을 수도 있습니다. 또, 그 계약으로 나는 키르조프가 말한대로 영원히가 아니라, 겨우 5년만 대표이사로 있을 겁니다. 우리가 기업으로서 살아남기 위한 것뿐만 아니라 그 조건에서도, 가장 긴장되는 조건에서도 잘 발전해나가야 하는 가장 어려운 기간을 위해서지요. 5년 뒤에 내 계약이 끝나면, 당신들은 내 업적을 보게 될 것이고, 추가의 기한을 위해 나를 선택할 것인지 아니면 나를 내쫓을지는 자유로이 결정할 수 있습니다. 그러면 알아들었나요?

-알아들었어요, 알아들었어요,- 콜랴가 말했다.- 일하십시오, 대표님.

-그럼, 동무들, 여러분이 이해해주니 나는 기쁩니다. 하지만 한 가지 문제는, -대표이사는 천천히 말했다.- 우리의 적은 이 도시에 첩자를 심어 놓았습니다. 그들은 우리 주식을 파는 것을 우리 주주에게 선동할 수 있습니다. 또 몇 명은 그 유혹에, 그 좋은 가격에 넘어갈 수 있습니다... 우리는 이를 막아야 합니다. 적어도 첫 해에는요... 아마, 나중에 우리는 그 페테르부르크 사람이 가진 주식 총량을 다 사버릴 돈을 가질 수도 있습니다. 아니면, 우리 공장을 지킬 수 있는 다른 뭔가를 생각해내야 합니다. 그러나, 지금... 지금 나는 제안합니다. 여러분이나 모두는 우리 임원들이나, 이전 임원들이나, 간단히 말해서, 모든 주주는, 그 페테르부르크 사람을 제외하고는, 자기 주식의 지도를 내게 맡겨 놓을 것을 제안하고자 합니다. 콜랴, 당신은 질문하지 말아요, 나는 당신이 어떤 질문을 할지 알아요. 나는 우리 주주들이 내게 그들의 주식을 돌봐 줄 권한을 갖게 해 줄 것을 청합니다. 그렇게 하여 그들이 자신의 주식을 팔지 않게 되고, 우리는 56퍼센트를, 어떤 유혹에도 이겨낼 수 있는 단합된 56퍼센트를 가질 수 있습니다. 그러나, 1년 뒤 그 상황은 반드시 달라질 것입니다... 지금 묻지 마세요.

-내게 허락해 주세요,- 조용한 기획자인 발레틴 일리이치가 갑자기 말을 꺼냈다. -만일 내가 내 주식을 다시 갖고 싶을 때는 어찌합니까?...

-왜요? -놀라며 시가에프가 물었다. -왜, 그런가요, 존경하는 발렌틴 일리이치? 우리 베테랑으로서 나는 그렇게 이해하지 못하리라고는 기대하지 않았습니다. 정직하게 말해서요...

-그렇지요... -발렌틴 일리이치가 말했다. -마음 상하지 마세요, 빅토르 바실리예비치, 그러나, 이론상으로는 이런 경우가 생깁니다. 그 일이 내가 원하는 방향과는 다른 방향으로 진전

될 수 있습니다...

-당신은 이론가이군요... -대표이사가 불평했다. -끝까지 나를 믿지 않는군요... 그럼, 좋아요. 우리는 그 계약서 안에 내가 모든 주주와 서명하는 조항을 만듭시다. 그 사람은 자기 주식을 언제라도 되가져갈 수 있다는 조항을 말입니다. 그럼, 되었나요, 발렌틴 일리이치?

-그럼, 좋아요. -그는 낮은 소리로 대답했다.

-이제 좋아요. -만족하여 시가에프가 말했다. -마지막 정보가 남아 있습니다. 앞으로 며칠새 우리 중 몇 사람이 특정 기관들에 불려 갈 겁니다. 대화를 위해서요. 나는 여러분의 양심과 여러분의 이해심이 말하고자 하는 바를 말할 수 있기를 희망합니다. 이제 끝입니다.

드러난 소란이 그 회의실에 있었다. 운영위원회 위원들은 서로를 쳐다보고는 조용히 말했다.

-시청이 무슨 이유로요? -대표이사가 물었다.

-대표 동무가 좀 설명해야 하지요? -라자르가 물었다. -이건 정말 이상합니다.

-지금은 불가능합니다. -단적으로 시가에프가 말했다. -불가능합니다. 그게 끝입니다. 내가 지금 말한 바를 하나도 빠뜨리지 말고 그대로 자세히 슙스키이에게 알려 주세요.

199.년 10월 4일 월요일

거친 면장갑을 낀 오른손으로 막심은 철제탁자에 플라스틱 원자재용 연통을 누르고, 자신의 왼손으론 자신의 눈을 가리고 있었다. 용접공 보리스가 그 연통 안쪽의 길이 방향으로 난, 처음의 제작자가 잘못 만들어 놓은 이전의 용접 접합부에 생긴 틈새를 메꿔보려고 4번째 시도를 하고 있었다. 이전의 3번의 시도는 실패했다. 왜냐하면, 한 곳을 용접으로 메꿔놓았더니, 그 균열이 용접 접합부의 더 아래쪽에 생겼다. 보리스는 마스크를 내려놓고, 몇 번 그 용접 전극으로 깨끗한 금속 표면을 두들겼다. 보리스가 그 틈새의 길이 방향을 따라 움직이며 용접을 다시 시작하자 쉬-익-하며, 탁탁-소리와 함께 많은 스파크를 내며, 용접 불꽃이 튀었다. 그는 이제 용접을 중단하고, 용접 마스크를 위로 벗고는, 또 망치로 살짝 두들기면서 용접 찌꺼기를 제거했다.

-에이, 지랄 같네! -그는 분개하며 불만으로 욕설을 했다. -봐요, 접합을 여기 하면. 저 아래쪽이 갈라지네요!

-쓸데없는 소리 하네,- 막심이 말했다. -내가 보니... 저기, 오데싸에서 용접을 잘못했네요. 그럼, 우리가 전체 접합부를 다시 용접해 보세.

-1m 25cm나 되는걸요! -보리스가 불만으로 크게 말했다.

-1m 25cm. -태평스럽게 막심이 확인하곤 말했다. -자네가 어디 바삐 갈 일 있어? 방금 오늘 업무가 시작되었는데.

보리스는 옆으로 침을 한번 뱉고는, 새 용접봉을 한 개 다시 잡았다. 막심은, 준비되었다는 듯이 눈을 감았지만, 순간, 라자르의 목소리가 들려 왔다.

-막심! 전화 왔어요!

전기-기계 수공업 공장에서 라자르가 쓰는 자신의 작은 방은 도배가 된 벽체로 이웃 막심의 작은 방과 구분되어 있다. 그 수공업 공장은 별도의 전화번호가 있지만, 막심의 방에 설치된 전화와 라자르의 방 전화가 같은 번호를 쓰고 있었다.

-난 지금 바쁩니다! -막심은 응대하여 큰 소리로 말했다. -라자르! 그 사람에게 자기 전화번호를 좀 남겨 달라고 해 줘요, 내가 반 시간 뒤에 전화 걸겠다고요!

-알았어요, 내가 그리 하지요! -라자르가 대답했다.

-전화 받으러 가보세요, 주임님, -보리스가 조언했다. -아마, 뭔가 급한 일이... 그새 나도 담배 한 대 피워야겠어요.

-용접이나 어서 해, 용접을, -막심은 말하고는, 다시 손으로 얼굴을 가렸다. -자네에겐 용접 연기, 그것이면 되지.

15분 뒤, 아니면 좀 더 시간이 지난 뒤, 그 일은 거의 다행스럽게도 마무리가 되었다. 하지만 두 번이나 막심이 "토끼를 잡는 것[45])"을 피하지 못해, 그의 눈이 아프고 눈물조차 흘리게 되었다는 점은 잊지 마시라. 그는 코스챠에게 보리스와 둘이 그렇게 제대로 용접한 그 대형 연통을 플라스틱공장에 차로 실어 제 자리에 다시 설치해주라고 지시하고는, 자신은 자기 방으로 돌아왔다. 그곳 탁자에는 전화번호가 남겨져 있었다. 막심에게는 전혀 낯선 전화번호다.

-여보-세요!- 막심이 전화번호 숫자를 누르고는 말했다. -반 시간 전에 이쪽으로 전화를 하셨지요. 저는 "루스플라스트"의 주임 공학사 슙스키이 라고 합니다... 그런데 누구세요?

-막심 마트베예비치? -그 송화기에서는 남자 목소리가 들려왔다. -그렇습니다. 당신을 찾고 있었어요. 저는 루보프 (RUBOP)[46]) 기관의 경위 스피찐이라고 합니다. 오늘 우리 기관에 잠시 왔다 가면 어떨지요? 잠시 대화를 위해서, 아마 10분, 15분이면 충분합니다...

-저기요... 내가 루보프 기관과 대화를 나눈다는 것이 뭐가 유용한지 잘 모르겠습니다만,... 막심은 말했다. -그리고 아쉽게도, 오늘은 일이 끝난 뒤에도 바빠서요...

-그럼, 지금 올 수 있지요, 막심 마트베에비치? -그 전화기

---

45) *주: 토끼를 잡는 것: 용접의 스파크가 번쩍할 때 눈에 상처를 입는 것을 말함

46) *주: RUBOF-범법/범죄 조직을 다루는 지방 행정기관의 약칭

속에서 스피찐은 유쾌하지만 큰 소리로 말했다. -빅토르 바실리에비치가 반대하지 않을 겁니다. -내가 이미 그분께는 말해 뒀어니.

-그럼, 그렇게 하지요! -막심은 살짝 놀랐다. -좋아요, 내가 곧장 준비해 가면 10분 뒤에는 시내에 가 있을 겁니다. 그런데, 그 기관이 어디에 있는지 모르니, 미안합니다만, 한 번도 나는 그런 ...기관에 불려가 본 적이 없어서요...

-괘념치 마시오, -스피찐이 끼어들었다. -내가 당신에게 설명해 드리지요. 새로운 경험을 해보는 것도 정말 필요할지 모르겠어요...

그러나, 그리 서두르지 않아도 막심은 10분 만에 자신의 "라다" 차로 평범한 5층짜리 건물에 도달할 수 있었다. 한 번도 전에는 그가 그 건물 1층에 난 3개 창문이 방범용 격자 쇠창살로 되어있음을 주목하지 못했다. 더구나, 최근에 1층에 사는 많은 시민은 격자로 자신들의 창문을 보호하고 있었다. 왜냐하면, 개인 아파트에서 뭔가 분실되는 경우가 최근 많아졌기 때문이다. 그 밖에도, 그 출입문에서는 어떤 종류의 차단물이 없었다. 아마도, 특별히 사람들은 그 루보프(RUBOF)가 자리한 곳을 평범한 개인 아파트로 여기게 할 목적이었다. 분명, 한때, 그것은 그러하기도 했다. 그러나 지금, 그 두 개의 거주용 방에 탁자들, 보존 서랍들 또 서류들이 많이 놓인 서가 등등이 있어 보통 사무실과 같은 모습이었다. 다만 주방은 주방처럼 보였다. 식탁, 가스난로, 냉장고, 식기를 놓는 찬장. 이곳에서 일하는 공무원 자신들은 이 안에서 식사를 해결해야 하는 것이 분명했다.

-앉으십시오, 막심 마트베에비치, -스피찐 경위가 초대했다. 시민 복장으로 친절하고, 작은 키의, 하지만 힘이 센 듯한 남자였다. -차를 마시겠어요?

-감사합니다만, 괜찮습니다. -막심은 말했다. -저는 왜 무슨 이유로 저를 보자고 했는지가 알고 싶습니다, 궁금한 일에 대답하고 또,....공장에 돌아가 일해야 하니까요. 보세요, 그곳에 아직 해야 할 일이 몇 가지 있어서요...

-아, 당신은 업무에 집중하는 분이네요, 그 경위가 동의했다. -칭찬받아야 할 분이네요... 그럼, 좋습니다, 우리가 쇠뿔도 단김에 뽑아 버립시다. 내가 아는 바로는, 당신은 그 "루소플라스트" 주주총회장에 있었다고 합니다만, 그렇지 않나요?

-예, 저는 있었습니다.- 막심은 말했다. -거의 모든 주주는 참석했지요.

그런 대화에는 좋은 것은 전혀 없었으니, 그는 내부적으로 긴장했다. 경험 많은 스피찐은 막심 목소리에서 그 변화를 잡았다.

-긴장은 좀 푸십시오, 막심 마트베예비치, -그는 말했다. -나는 전통적인 "집에서처럼"이라고는 말하지 않겠지만,....더구나, 눈에는 눈물을 흘렸나요? 당신에게 무슨 일이 있었나요?

-"토끼를" 여기 오기 전에 잡았어요. 용접하다가요, 막심은 수건으로 눈을 한 번 닦았다.

-그런가요?- 스피찐은 뭔가 못 믿겠다는 듯한 태도를 보였다. -안 되었군요, 안 되었어요....무엇보다도 안전입니다! 안전 마스크 있어요? 없어요? 그럼, 그리 중대 사고는 아니겠지요... 저 눈이 오늘 밤에도 아프지 않으려면, 제 경험에 따르면, 양쪽 눈에 알부시드(albucid)를 한 방울씩 넣어 주세요...

-고맙습니다, -막심은 말했다, -나도 그것은 압니다. 한 번이 아니니...

-분명히, 분명히! - 더욱 그 경위는 기뻐했다. -당신은 그 자리에 있었다고요. 그리고 모든 주주가 있었다고요... 그 페테르부르크에서 온 그 기업가도, 뭐라더라...

그는 자신의 탁자에 놓인 서류를 열어, 그 서류를 훑어보았다.
-여기 있네요! -스피찐은 만족하여 말했다. -내가 찾았네요. 자소코프 게오르기이 아슬라노비치씨... "토요타"차로 오를로프 세르게에 아나톨레비치와 함께 왔군요. 그런가요?
-나는 잘 모릅니다...- 막심은 대답했다. -자소코프씨는 자신을 소개했습니다... 그는 운전기사를 데리고 왔습니다. 내가 보았습니다. 그런데 그 오를로프가 그 사람인지는 모릅니다...
-그건 중요한 것이 아닙니다, 막심 마트베예비치, -그 경위가 끼어들었다. -우리가 압니다. 그럼 당신은 오를로프씨를... 그 운전기사를 보았다고 말하는 거지요?
-예, 저는 보았습니다. -막심은 대답했다. -힘이 센 청년이었어요.
-하-하-하!- 스피찐은 살짝 웃었다.- 당신도 그 점을 주목했군요!
-많은 사람이 그때 층계에 서서 -막심이 말했다. -나는 당신이 이미 누군가와 이미 대화를 나눈 것 같습니다만...
　스피찐 경위는 뭔가로 해서 기뻐하던 표정을 이젠 감추었다. 그의 입술은 여전히 막심에게 더 웃어 보였지만, 눈은 이제 그런 모습이 아니었다. 두 눈은 이미 뚫어질 듯 또 위협적이다.
-그래요... 당신은 현명하군요, 막심 마트베에비치, -그는 천천히 말했다. -그럼 오를로프 씨...그 기사가 손에 뭔가를 들고 있었다는 것을 기억하고 있겠지요? 기억나요?
-미안합니다... -막심은 말했다. -미안합니다, 당신은 내게 당신의 성과 부성을 말하지 않으시군요... 저는 예의를 잃고 싶지 않구요. 그 뒤에 당신과 대화를 나누고 싶습니다.
-오, 그렇군요! -다시 스피찐의 목소리에서 뭔가 기쁜 열정이 나타났다. -물론! 당신은 예의 바른 분이군요! 그럼 제 소개를 하겠습니다. 저는 니콜라이 자카로비치입니다.

그는 다시 막심에게 악수를 위해 손을 다시 내밀었다.

-알겠습니다. 니콜라이 자카로비치, -막심은 말했다. -나는 그 운전기사가 어떻게 차에서 내렸는지는 보았습니다. 나는 그의 손에 아무것도 들지 않았음을 분명히 알고 있습니다. 나는 그를 잘 볼 수 있었습니다. 그는 티셔츠에...건장한 청년이고, 모든 근육이 다 드러나 보였어요! 하지만 손에는 아무것도!

-생각, 생각해 보세요, 막심 마트베에비치, 청합니다! -스피찐의 눈에는 다시 뚫어지게 뭔가를 알고 싶어하는 듯했다. -정말로 그는 손에 아무것도 들지 않았나요?

-아무것도요, - 막심은 확고부동하게 말했다.

-이상하네요... 이상하네요, -니콜라이 자카로보비치는 생각에 잠기는 듯하고는, 다시 그 서류에 골똘히 뒤적이고 있었다. -그래요, 당신 동료, 세로프 예브게니이 페트로비치가 보고하기를, 보고하기를, 그랬네요. "오를로프, 그 운전기사는, 그 운전기사가 자기 좌석에 두었던 기관총 "킬라쉬니코프"을 오른손에 들고 차에서 내렸다고"요. 그 점에 있어 당신은 할 말이 있을 텐데요?

-분명히, 나는 말할 수 있습니다. -막심은 말했다. -먼저, 나는 엔지니어이자 공학사입니다. 그러나 세로프는 영업부 소속이니, 따라서 내 동료가 아닙니다. 둘째로, 세로프는 그 운전기사가 차에서 내리는 것을 볼 수 없습니다. 왜냐하면, 그 순간 그는 그 접수대의 여자들 옆의, 복도에 있었으니까요.

-어떻게 당신은 그 점을 확인할 수 있나요? -비웃듯이 좀 공격적으로 그 대위가 물었다. -아마, 그는 창 너머로 그 운전기사를 보았겠지요.

-불가능합니다. 막심은 반박했다. -그 운전기사는 그 창문 쪽이 아닌 다른 편에서 차에서 내렸습니다. 복도에서는 그가 차

량에서 내리는 것을 절대 볼 수 없습니다.

-당신은 끈질기군요, 막심 마트베예비치... -스피찐은 이상한 힐난조로 말했다. -이해가 안 되는 사람이군요. 빅토르 바실리에비치가 말했어요, 당신은 그의 좋은 친구라고요. 세로프의 동료라는 것과 마찬가지로 그게 진실이 아닌가요?

-이번은 진실입니다, 니콜라이 자카로비치, -막심이 말했다. -나는 빅토르 바실리에비치와 20년 이상을 친구로 지내고 있습니다.

-그래, 그렇지요! -스피찐이 끼어들었다.

-...하지만, 그게 아무 죄 없는 사람에 대해 거짓말을 할 권리가 있다는 것을 의미하진 않습니다. -그렇게 막심은 문장을 마쳤다.

경위는 우울해지고 불친절하게 되었다.

-깨끗한 손이네요... -그는 비웃듯이 중얼거렸다. -그럼, 슙스키이 동무, 당신은, 그 복도 층계에 서서 당신은 아무 무기도 본 적이 없음을 강조하는 건가요?

-나는 그 말을 하지 않았습니다. -차가운 목소리로 막심은 대답했다. -나는 무기를 보았습니다. 빅토르 바실리에비치의 보디 가드가 허리에 "마카로프"를 소지하고 있었습니다.

-당신은 교활한 사람이네, 슙스키이 동무, -대위는 이미 자신의 화를 숨기지 않고 말했다.

-교활하지 않습니다, 니콜라이 자카로비치, -가능한 친절하게 막심은 대답했다. -당신은 나를 간단히 물어보려고 불렀습니다. 나는 대화가 이젠 끝났다고 봅니다만. 만일 당신이 나를 서면으로 심문할 게 있으면, 서면 질문서를 보내주십시오. 나는 반드시 올 겁니다. 그리고 나는 서면으로 모든 당신 질문에 답하겠어요. 안녕히 계십시오.

스피찐 니콜라이 자카로비치는 조용히 또 무겁고 불만의 눈길로 그를 뚫어지게 바라보았다. 그 시선을 막심은 자신이 그곳 출입문까지 몇 걸음 걸어가면서 등으로 느꼈다. 그 출입문이 그를 자유롭게 하자, 그 출입문이 닫히고, 그 시선은 그 안에 남아 있었다.

199.년 10월 20일 수요일

매달 셋째 목요일은 클럽이 모이는 날이고, 전체 업무시즌을 위한 프로그램이 있었는데, 이달의 클럽 모임 제목은 "프랑스 - 시와 요리"였다. 클럽의 남자들은 사탕을 준비하고, 여성들은 이 매력적 나라의 자신의 여자 친구들이 보내온 전형적인 프랑스 레시피를 사용해 몇 가지 음식을 해 보는 것이다. 행사를 위해 특별히 봄부터 술 2병을 -클럽 회장 이고르가 프랑스에서 보내도록 준비한 유명 프랑스 "Calvados" 술과 좋은 보르도산 와인- 준비해 뒀다. 시와 관련해, 그 클럽의 젊은이들이 "롱사르(Ronsard)", "랭보(Rimbaud)", "빅토르 위고(Hugo)", "자크 프레베르(Prevert)"와 몇 명의 다른 유명 프랑스 시인들의 시로 구성해 공연을 준비했다.

막심은 파브릭을 데리고 행사에 갈 계획이었으나, 기대하지도 않게, 에바도 그 요리 프로그램에 맞춰 로렌(프랑스 동부의 지명) 쿠키 "키쉬"를 구워 가겠다고 약속하면서 참석하겠다고 동의했다. 하지만, 그 온전한 아름다운 생각은 이고르의 전화 한 통으로 날아가 버렸다.
-막심... -그가 말하고, 그의 목소리는 조금 떨려 있었다. -막심, 우리 목요일 행사를 취소해야 할 것 같습니다... 또 우리는 당신 도움이 꼭 필요합니다. 그것은 당신의 차량입니다.

-무슨 일인가요, 이고르?- 막심이 깜짝 놀라며 물었다. -다시 누가 우리 클럽 장소를 사용하지 못하도록 위협했나요?

-이미 뺏어갔지요, -장례식과 같은 음성으로 이고르가 대답했다. -내가 오늘 우리 공장 조합장에게 불려 갔습니다... 그가 내게 대표의 명령서를 보여주었어요. 사람들이 우리 클럽 장소를 어느 카메라 회사에 임대하기로 했다고요... 그곳에 그들 사무실이 들어선다고요. 그리고, 물론입니다! 우린 돈을 지급하지 않고 써 왔지만, 그 회사로부터 좋은 임대료를 받게 된다네요! 간단히 말해, 금요일에 그 장소를 비워야 한다고 합니다. 나는 임시로 모든 보관 자료, 서적 자료 등을 내 농장 건물에 가져다 놓기로 결정을 했습니다. 나중에 우리가 만나요.

-그럼, 이고르, 막심은 확고하게 말했다. -우리는 그걸 이미 기대하고 있었습니다.... 시대가 이미 그러하니... 빌어먹을. 하지만, 왜 당신은 서두르는가요? 먼저 우리는 계획된 행사를 그곳에서 하고 나서, 나중에 우리 시청 임원단에 가, 불평을 한번 합시다. 아마, 그들은 도움을 줄 겁니다, 아마도...

-당신은 모르시는군요, 막심, -이고르가 끼어들었다. -새로 임차한 사람들은 상인이라고요. 그들은 이미 금요일 아침에는 그 클럽에 나머지 것들을 거리에 내놓겠다고 통지해 왔다구요.

-아하, -막심이 말했다. -그러면 시장을 직접 찾아갈 필요가 생겼다는 말씀이네요. 수요일에. 내가 알고 있는 바에 따르면, 바로 수요일마다 시장님은 시민과 면담할 수 있는 시간이 있다고 했을 겁니다.

-좋아요, 우리 그렇게 해 봅시다, -이고르가 동의했다. -내가 즉시 시청으로 가, 그 여비서에게 그 면담 신청 등록을 해 놓겠습니다.

-가봐요, -막심이 말했다. -그러고, 먼저, 그 여비서에게 꽃을 선물하는 걸 잊지 말아요, 둘째로, 그녀에게 당신 이름이 아

니라, 에스페란토 클럽 대표단이라고 기입해 달라고 해요. 세 사람, 예를 들면, 당신과 슬라바, 또 여성 회원 한 사람으로 구성하는 것이 적당하겠지요?

-적당하지 않아요, 막심, -이고르가 한숨을 내쉬었다. -슬라바는 지금 술에 취해 있고, 만일 그가 정상이라 하더라도, 내 의견엔 당신이 더 어울릴 것 같습니다.

-나는 그 의견에 지금 동의할 수 없어요, -생각에 잠겨 막심이 대답했다. -아니, 뭔가 다른 것을 생각하지 맙시다... 시장님은 한때 빅토르 시가에프가 모시던 대표입니다. 최근 나는 그분이 원하는 방식으로 그렇게 행동하지 않았습니다. 그러니, 만일 그걸 시장이 안다면, 나의 참석이 그 상황을 더 어렵게 만들 겁니다.

-무슨 그런 소리를 하세요, 막심! -이고르가 조언하듯 소리쳤다. -당신 빼놓고, 누가 그 상황을 설득력 있게 말해 줄 사람이 누구겠어요, 정말, 나는, 못합니다. 우리 모두는 당신 도움이 꼭 필요하다고 계산해 두고 있습니다.

-아마, 당신 계산은 틀릴 겁니다. -막심은 말했다. -하지만 그 의견은 달콤하군요. 우리 함께 가봅시다.

막심은 전화기를 내려놓고는 깊은 생각에 잠겼다. 이 문제에서 무엇이 가장 분명한가? 그가 보기에는, 가장 큰, 실제 우리 시를 구성하는 조합인 집단공장이 그 대표 결정을 바꾸지 않을 것임은 절대적으로 분명했다.

지난 70년대에는 에스페란티스토들이 자신들이 사용하는 언어 활동이 그 도시에 유익한 해결책을 가져다주었지만, 반면에 그들의 언어 활동은 거의 주목할 정도로 진전이 없었다. "국제 우호 클럽"- 당시의 에스페란토 클럽 이름이고, 실제로, 그 클럽 회원들이 바로 그 국제 우호를 위해 그렇게 많은 일을 해 왔기에 당시 청소년 부서 교육자들이 그 단체를 높이 평가했다. 이고르는 그때의 젊고 열렬한 소년이었던 이고르는 활동적으로 열렬히 참여했다. 거의 매주 그 도시 신문엔 당시는 하나뿐인 그 클럽 소식이 실렸다. 이고르가 조직하고 슬라바가 감흥을 가져다준 정치 노래의 앙상블 기사하며, 그 클럽이 23개 나라에서 아동 미술 작품을 모아 국제 어린이 미술 작품전시회를 개최한 기사하며. 이렇게 저렇게, 대중성의 이러한 물결 위에서 이고르는 대규모 공장에 일할 자리를 잡을 수 있었고, 동시에 새로 마련된 공장 건물 안에 아직 회사 직원들이 입주하지 않은 장소를 분배하는 조합 회의에도 성공적으로 참여할 수 있었다. 그 클럽의 사회적 유용성을 그의 지속적이고도 열렬한 논쟁 끝에 결국 5층짜리 신축 건물의 제1층에 방 2개짜리 아파트를 배정받을 수 있었다. 에스페란토 클럽은 지난 약 20년간 전화를 포함해 모든 가구가 갖춰진 상시 이용할 수 있는 임차료 없는, 무료 집무실을 갖게 되었다. 이에 관한 모든 지출을 철도 객차를 제작하는 대규모 공장 조합이 부담해 주었다. 지금까지는 이 편안하게 사용해 온 클럽의 사무실이 선택 여지없이 날아가 버리게 된 것이다. 그래서 좀 애를 써 보고, 저항도 해보고, 맞서보기도 하는 것이 필요했다.

....그들 세 사람은 -이고르, 막심과 알랴(인근의 중학교 교감 선생님) -시장을 만나기 위해 시장 면담실에 앉아 있었다. 이 세 사람의 조합은 보기에도 영향력이 있어 보였다. 시장은 오후 5시부터 시민과의 면담을 시작해야만 했다. 그래서 시장 비서실의 모든 의자에는 다양한 의견으로 항변하려는 자, 불평하려는 자, 요청하려는 자들로 가득 찼다.

이미 5시 15분이 지났다. 매력적이고도 무표정한 그 여비서는 자기 대표인 시장의 신호를 기다리며, 우울하게 자신의 타자기 자판을 두드리고 있었다. 그렇게 앉아 있는 사람들에게서 때때로 속삭이는 듯한 소리가 좀 커졌다. 그러자, 여비서는 눈을 한번 들고는, 그 떠드는 사람들에게 열변의 눈길을 보내자, 그들은 곧 조용해졌다.

또 5분이 지났다.

시장 회의실로 향하는 두 개의 출입문이 차례로 열렸고, 그 문 안에서 빅토르 시가에프가 그 출입문에서 나오고 있었다. 그는 능숙하게 그 여비서에게 살짝 웃고는, 그 주변을 바라보고는, 막심을 보고는 그 앞에 멈추었다.

-하, 슘스키이!- 그는 큰 소리로 말했지만, 이미 감정은 없었다. 최근, 막심과 이야기를 나눌 때는 그는 언제나 그의 성만 자주 사용했다. -당신은 오랫동안 그곳에 앉아 있었나요?

-나의 하루 일과는 끝났습니다,- 막심은 말했다. -정말 대표님이 아침에 나더러 공장에서 15분 일찍 떠나도 된다고 허락했지요?...

-그런가요?- 빅토르는 짐짓 놀라는 시늉을 했다. -아, 그래요, 내가 기억나네요... 그럼 앉아요, 앉아.

그는, 그 여비서에게 교활한 웃음을 선사하고 그 장소를 떠나갔다. 더구나 막심과 그가 대화를 나누는 동안, 그 여비서는 기다리던 신호를 받았기에, 그 면담 신청자 중 첫 방문객들을 회의실로 초대했다.

막심과 그 일행의 순서는 반 시간 뒤에 찾아 왔다.

-저런, 사람들이! -큰 덩치의 페트로브시키흐 시장이 그 탁자에서 옆으로 나와, 들어오는 사람들을 마중하러 나왔다. -우리 시의 자랑거리인 분들이군요! 알라 세르베에프나, 이고르 이그나치에비치! 막심 마트베예비치!

그는 모두에게 자신의 열정과 기쁨을 보여주면서 일일이 악수하며 인사했다. 좋은 코냑 냄새가 막심의 코를 순서대로 두들겼지만, 그는 자신의 그런 느낌을 어떡해도 발설해 낼 수는 없었다. 그 일행은 마찬가지로 즐겁게 들어섰다.

-자, 저 테이블 쪽으로 가서 편하게 앉으세요, 동무들! -그 회의실의 주인이 초대했다. -자리에 앉아, 이야기하시죠. 어떤 새 소식이 에스페란토에 도달했나요? 모든 인민이 이미 형제가 되었지요?

-그 진행은 이미 시작되었지요, -이고르가 일정한 높은 수준의 정치가처럼 언급하였다. -아르투르 알베르토비치 시장님은 아시지요? 지금이 지난 과거 어느 때보다도 더 낫다는 것을요. 우리는 서로 서신 왕래를 하지만, 나아가 서로 여행을 자유로이 하고 있습니다. 그리고 외국의 우리 친구들은 우리를 자유로이 방문하고 있구요. 시장님께서 지난날 어떠했다는 것은, 저희보다 시장님이 더 잘 알고 계십니다...

-하-하! -짧게 그리고 유쾌하게 시장은 말했다. -분명히 저도 알고 있습니다. 다른 시기가 있었지요. 저는 동무들, 여러분은 그런 시절로 마음이 상한 것은 잊었으리라고 희망하고 있습니다. 정말 공식적으로 저도 정기적으로 여러분의 외국 여행을 허가하지 않았던 사람에 속해 있었습니다. 정말 바보였습니다만, 정말 우리는 상부로부터 명령을 수행해야만 했으니까요!

-이젠 그 일은 더는 중요하지 않습니다, 아르투르 알베르토비치, -알라가 그 대화에 끼어들었다. -시장님께서 그때조차도 몇 번 저희 클럽을 도와주시는 일에 성공했다는 점을 기억하고 있습니다.... 인쇄소에 대해, 또 콘서트 장소에 대해서요, 그렇지 않나요?

-서로, 상호 간만요, 알라 세르게예브나! -유쾌하게 그 시장은 응수했다. -여러분은 일정한 고르콤 선전부가 칭찬을 받을 수 있도록 행사들을 잘 조직해 왔습니다. 그래서 저도 그에 상응해 보답을 했지요... 제가 할 수 있는 범위 안에서. 물론.

하지만, 지금, 제가 업무가 너무 많으니, 제가 여러분이 하는 일을 이젠 모를 수도 있습니다. 의심에 여지없이 흥미로운 일이 많이 있습니다. 그렇습니다. 외국 사람들이 많이 오기도 하고, 여러분이 상응해 그들을 방문하기도 하고요... 막심 마트베예비치, 우리의 자매결연도시 연결에 책임을 맡은 여성 책임자가 내게 말하더군요, 우리 프랑스 손님들이 당신에게 개인적으로 너무 고맙다고 또 "루소프라스트"의 여러분이 환대에 정말 감명을 받았다고 하더라고요... 내가 막심, 당신에게 감사합니다!

-그것은... -막심은 좀 지루해하며 말했다. -그것은 저희 클럽 일과는 무관한 일입니다...

-왜 아닌가요? -시장은 놀라워했다. -모든 다른 행사가 그런 만남처럼 그렇게 완벽하게 이루어질 수 없다는 점을 말하고 싶습니다.

-그럼, 그 프랑스사람들에 대해서요,- 막심이 말했다. - 아르투르 알베르토비치, 저희는 시장님을 프랑스 요리를 대접하는 저녁에 초대하고 싶습니다. 우리 여성들이 다양한 프랑스 요리를 준비합니다. ...'칼바도스'도 있고, 프랑스 와인도 있습니다......

-칼바도스를요? 멋지지요! -시장이 환호성을 표현했다.- 여러분의 초대에 감사합니다. 저는 제 시간을 한 번 마련해 보겠습니다... 그럼, 어느 요일, 몇 시 또 어디인가요?

-정기적으로요, 아르투르 알베르토비치, -이고르가 말했다. - 이미 시장님은 우리를 20년 전에 방문한 적이 있는 것 같습니다만, 날짜와 시각은 변함이 없습니다. 제3 목요일, 17시입니다.

그 시장은 달력을 쳐다보았다.

-벌써 내일이네요? -그가 놀라며 말했다. -좋아요! 아마 내일

은 갈 수 있습니다... 만일 안되면, 제가 미리 양해를 구합니다. 그 클럽 사무실에서요?

-에이! -이고르가 한숨을 내쉬었다. -바로 그 때문에요... 사람들이 우리 사무실을 뺏어 가버렸습니다.

-감히 누가 그런 일을?- 엄숙하게 그 시장은 물었다.

이고르와 알라는 몇 문장으로 그 상황을 설명해 주었다. 그 시장은 생각에 잠겼다.

-그럼, 그 대표 명령이 있었다면, 나는 거의 아무것도 도울 수 없습니다. -그는 1분 뒤 대답했다. -그 대표는 정말 독립적입니다... 사실, 그는 우리 도시에서 나보다도 더 중요한 인물입니다. 왜냐하면, 이 도시 시민들에게 일을 주는 사람은 제가 아니라 그분입니다. 하지만 우리는 뭔가 여러분을 위해 생각해내 봅시다. 반드시 생각해 봅시다! 그래요, 정말, 당신은 우리 문화회관의 어느 한 방에서 회의할 수는 있습니다. 그렇지 않나요?

-저희는 할 수 있습니다. 정말로. 감사합니다! -이고르가 말했다. -그러나 그곳, 그 문화회관에서는, 더구나, 서적들을 놓을 장소와 자료를 놓아둘 곳이 부족합니다... 한편 저희는 이 모든 것을 제 개인 농장의 좁은 건물에 가져갈 것입니다.

-임시로 좋은 해결책입니다! -시장은 칭찬했다. -나중에 우리는 뭔가를 그 클럽을 위해 반드시 생각해 낼 겁니다. 그러니, 당신은 그런 경고 뒤, 한 달 만에 그 장소를 비워야만 하지요, 아닌가요?

-금요일에 그 장소는 이미 비워놓아야 한다고 합니다. -알라가 우울하게 말했다.

-무슨 말인가요? 왜 금요일인가요? 그 시장은 분개했다. -어느 회사가 그곳의 임차인인가요?

이고르가 그 회사 이름을 말해 주었다. 그 시장은 자신의 전화로 버턴을 눌렀다.

-에벨리나 파블로프나, 저를 구세이노프와 연결시켜 주세요,
-그가 명령했다.

-구세이노프가 전화받았습니다, -놀랍게도 빨리 그 전화에서
반응이 있었다.

-샤이그 구세이노비치! -시장은 묵직한 음성으로 말했다. -왜
당신은 우리의 존경하는 에스페란티스토들 마음을 상하게 하
나요? 좋지 않습니다, 샤이그 구세이노비치!

-누가 누구의 마음을 상하게 했나요, 시장님?- 깜짝 놀란 목
소리가 전화에서 들렸다. -제가요? 당신은 저를 알고 있고,
저는 당신의 저 버르장머리 없는 모기까지도 마음 상하게 하
지 못하는데요!

-자네 할머니께나 그런 말을 하세요, 시장이 반박했다. -당신은
우리 시가 운영하는 에스페란토 클럽장을 뺏어갔다면서요.

-아흐, 그것은... -그 전화기에서 소리가 들렸다. -그렇습니다
만, 대표의 공식 명령이 있었습니다... 나는 사무소가 필요하
고, 공장은 돈이 필요하고, 나는 지불 준비가 되어 있구요...

-언제나 당신은 당신 돈으로... -불만인 듯이 그 시장이 말했
다. -사람들은 이제 경고도 듣지 않습니다... 법적으론 사람들
이 한 달 전에 그들에게 알려야 함을 당신은 알고 있지요?

-제 잘못이 아닙니다, 아르투르 알베르토비치, 존경하는... -
달콤하게 그 전화에서 대답했다.

-통지해야 하고, 통지하지 않는 것... 나는 일을 해야만 합니
다! 물건들이 도착하면, 사람들이 전화하고요, 그것-이것-저것
이....

-그럼, 저기요... -시장은 누군가에게 불확실하게나마 위협했
다. -일주일이면 당신에게 충분한가요? -그는 이고르에게 몸
을 돌렸다.

그는 고개를 끄덕였다.

-그럼, 존경하는 샤이그 구세이노비치, -시장은 말했다. -나는 당신을 존경하고, 당신은 나도 존경하세요. 그 명령 외에 일주일만 에스페란티스토들이 요청합니다. 그 장소는 다음 주 목요일에 비워 드리겠습니다. 그리고 우리는 다른 기한에 대해 토론하지는 맙시다. 좋지요?

-당신에게만, 아르투르 알베르토비치, -그 전화에서 말이 흘러 나왔다. -당신에게만.... 하지만 만일 그들이 더 일찍 나갈 수 있다면, 그들이 나에게 알려주길 바랍니다.

-그들이 알려 줄 겁니다, -확고하게 그 시장은 말하고는, 자신을 이고르에게 향하면서, 전화기를 내려놓았다. -이제 되었습니다, 어떻게 이 일은 해결되었습니다. 적어도 그 프랑스에 관한 행사 때까지는요.

-감사합니다, 아르투르 알베르토비치, 당신은 중요하게 우리를 지금 도왔습니다, -알라가 떠날 채비를 하면서 자리에서 일어나면서 말했다.

-천만의 말씀입니다, -시장이 말했다. -정말 나는 임시로 그 문제를 해결했습니다... 막심 마트베예비치, 당신은 잠깐 남아 줄 수 있겠지요? 요청합니다. 다른 친구분들은 밖에서 당신을 기다리면 어떨지요?

시장 페트로프스키흐는 탐색하듯, 알라와 이고르가 출입문 밖으로 사라질 때까지 막심을 말없이 바라보았다. 나중에 그는 깊은 한숨을 한 번 들이쉬고 내쉬고 하고는 말했다.

-막심 마트베예비치, 자소코프는 믿을 만한 인물인가요?

막심은 당황했다. 그런 질문을 시장에게서 듣게 될 줄은 전혀 기대하지 않고 있었다.

-저는 그분을 잘 모릅니다, -막심은 잠시 생각한 뒤에 말했다. -내가 지난 주주총회 때 받은 첫인상에 따르자면, 나는

그만큼 중요한 결론을 낼 만큼 용기가 나지 않습니다.

-좋습니다, -그 시장은 말했다.-다른 질문이 있습니다. 시가에프 대표는 믿을 만한 사람입니까?

-저희는 지난 20년간 친구로 지내 왔습니다... -막심은 대답했다. -당신도, 제가 아는 한, 그분과 아주 잘 지내고 있습니다. 그는...그는 다양합니다.

-당신은 이해합니까, 막심 마트베에비치, -시장은 막심을 똑바로 쳐다보며 말했다. -다소 일찍 당신은 그 사람과 그 사람 중에서 선택해야 함을요? 그럼, 당신은 이해합니다. 재정적 관심이...

-용서하십시오, 아르투르 알베르토비치, -막심은 목소리로, 좀 전형적인 목소리로 말했다. -저는 친구를 팔지 않습니다.

-모든 것은 우리 세상에서 팔리고 있습니다... -페트로비스키흐가 수정해 대답했다. -중요한 것은 가격일 뿐입니다.

199.년 10월 24일 월요일

올해 첫눈이 어제 왔다. 밤새도록 무겁고도 하얀 눈송이들이 차가운 바람에 이리저리로 휘몰려 날아다니더니, 젖은 땅에 떨어짐으로 자신의 길을 마쳤다. 눈은 정오가 되기 전에 멈추었다. 그리고 바람은 분명, 너무 피곤해, 휴식할 순간을 취했고, "루소플라스트"의 공장 내 부지는 짙은 눈이라는 천으로 덮이는 것을 내버려 두었다. 보일러 연통에서 나온 연기와 함께 날아가는 검댕들은 차례대로 땅에 떨어지고, 그 눈으로 된 천 위로 검은 성좌(星座) 자리처럼 여기저기로 흩어진 채, 씨를 뿌려 놓은 것처럼 흩어졌다. 막심의 발걸음이 지나간 길에는 길이 방향으로 -그 공장 출입문에서 시작해 보일러까지 -

길게 또 분명하게 발자국 행렬이 찍혔다. 이리나가 그의 뒤를 따라, 자신의 발을 젖지 않으려고 그가 옮기는 발걸음만 밟고 지나갔다.

그녀는 막심이나 라자르를 찾으라는 대표의 명을 받아 그 출입문 입구에서 막심을 먼저 만났다. 왜냐하면, 그 두 남자를 전화로는 찾을 수 없었기 때문이었다. 라자르는 어느 공장에 있었지만, 막심은 사무실로 향하고 있었다. 아무도 주변에 없음을 알자, 막심은 그 만남을 키스할 기회로 즐겼다. 나중에 그가 물었다:

-어디로 가는 거요, 이리나?

-라자르 아로노비치가 어디 계시는지 아세요? -대답하듯이 이리나가 물었다. -대표가 그나 당신을 찾아보라고 하셔서요, 하지만 나는 그의 일이라고 봐요. 보일러에 관한 일.

-그래 그 보일러에 무슨 일이?- 막심은 자신을 참지 못하고 이리나에게 다시 키스했다.

-막심!... -책망하듯이 이리나가 말했다. -누가 여기에 모습을 보일 수 있어요... 그리고.... 무슨 이유인지 사무실까지 온기가 전달되지 않았어요, 모두가 그곳에서 추위에 떨고 있어요. 라자르 아로노비치가 어떻게 조절을 좀 해야 할 것 같아서요...

-나도 할 수 있지, -막심은 말했다.- 우리 함께 그곳으로 가 봅시다, 이리나, 괜찮지요? 2분이면 될 일이지요, 그리고 나중에 우리는 식당으로 함께 갑시다. 동의하지요?

이리나가 고개를 끄덕였다.

그 어두컴컴한 보일러실의 온수관들 사이에 고리 모양의 비스킷처럼 몸을 웅크린 채 여기서 사는 암고양이 두냐를 제외하고는, 아무 활동적인 존재를 보지 못했다. 막심은 7개의 꼭지를 가진, "빗"모양의 분배기로 가서 보니, 곧장 그 사무실로 향하는 꼭지가 닫혀 있는 것을 곧장 발견했다.

-이게 그 원인이군, -그는 뒤에 서 있는 이리나에게 그 꼭지를 가리켰다. -이 꼭지를 열어두는 것을 까먹었군.

그는 그 손잡이를 여는 방향으로 돌리고, 자신은 그 장소에서 더 안쪽으로 가보았다. 불 때는 아궁이 입구 2곳이 열려 있었다. 여분의 비상용 보일러 아궁이는 -어둡고 조용하고, 또 다른 동작하는 보일러 아궁이는 활발한 불꽃과 그 안의 소음이 들리고 있었다. 막심은 더 안쪽으로, 이리나가 그를 따라올 수 있도록 서두르지 않고 더 들어갔다. 그는 화공들의 휴게실 출입문을 열어 보니, 비정상 원인을 발견했다. 흩어놓은 음식과 완전히 비우지 못한 보드카 한 병이 놓인, 지저분한 탁자 옆에는 지금 이 시각에는 보일러 곁에서 일하고 있어야 함에도 두 사람이 -뚱보 화공 안드레이와 그의 젊은 조수 페쵸 -앉아 있었다. 그 두 사람은 그곳으로 들어서는 사람을 향해 자신들의 고개를 무겁게 돌려, 막심을 바라보았다. 안드레이는 화가 나, 불만인 표정이고, 페쵸는 죄를 지은 듯이 걱정스런 표정을 지었다.

-안드레이 이바노비치, -막심이 가능한 한 점잖은체하며 말했다. -사무실에서 춥다고 해요. 아궁이에 석탄이 거의 타고 없을 지경입니다. 그런데도 당신은 젊은 사람을 데리고 보드카나 마시고 있으니, 이건 적절하지 않은 행동입니다!

-하! -불평하며 그 화공이 대답했다. - 명령권자가 나타나셨네요! 여기서 꺼지시오, 당신은 우리 부서장이 아니요!

이리나는 놀라며, 막심 등 뒤에서 보고 있지만, 그 술 취한 남자는 그녀가 있음을 알아차리지 못했다. 막심은 얼굴이 붉어지기 시작했다. -필시, 열기 때문에. 그는 그 탁자에 다가가, 요구하듯 말했다.

-그럼, 저 보일러로 어서 가요. 저 아궁이에 석탄을 더 넣으

시오. 하지만, 자네, 페쵸는 어서 저 수레를 이용해, 더 많은 석탄을 갖다 놓아요. 술 마신 것에 대해선 우리가 나중에 말할 것이니, 우선 일부터 해요.

페쵸는 좀 비틀거리며 자리에서 일어나, 그 출입문으로 움직이기 시작했다.

-앉아!- 안드레이가 나가는 그를 향해 말했다. -앉으라고 내가 말했다! 하지만, 자네, 명령권자는 여기 이 자리에서는 나야. 내가 말했다. 자네는 내가 누군지 알아?

그는 자신의 셔츠 단추를 찢듯이 풀었다. 그 땀이 난 가슴에는 레닌과 스탈린의 옆모습이 문신에 그려져 보였다. 이전의 수많은 범법자는 감옥에서 출옥할 때 그런 문신을 하고 나왔다. 막심은 웃었다.

-저런 조수들과 함께 당신은 더 많은 일을 해야겠군요, 안드레이 이바노비치, -그가 말했다. -그래서 내가 마지막으로 되풀이합니다. 일자리로 가요. 그리고 자네, 페쵸도 어서 출발!

-막심! -막심이 보이지 않은 쪽에서 그 화공은 오른쪽 벽에 걸어둔 큰 도끼를 몰래 쥐는 것을 이리나가 목격하고는, 소리쳤다.

막심은 페쵸에게 순간 시선을 향하고는, 다시 안드레이에게 몸을 돌렸다. 그 화공은 큰 도끼를 든 손을 높이 쳐들다가, 갑자기 자기 눈에 이글거리던 화를 큰 두려움으로 바꾸었했다. 열린 출입문에서 라자르가 대뜸 화를 내, 서 있는 모습이 보였다. 페쵸는 가능한 한 자신을 탁자 아래에 숨어 보려고 시도했다. 라자르는 조용히 그 탁자로 한걸음에 다가와, 그의 커다란 왼손으로 그 도끼를 치우고, 오른손으로 이미 화공의 목덜미를 잡고 있었다. 도끼를 그는 탁자 위로 놓고, 그 목덜미가 잡힌 뚱보를, "앞으로 절대로!...안 할게요, 라자르....아로노-비치!"라는 말과 비슷한 헐떡거리는 목소리를 내는 뚱보를 그 보일러 출구 쪽으로 끌고 왔다. "그래, 결코!"-막심은 라자르의 외침을 들을 수 있었다. "이제는 더는 네놈을 이 보일러실에서 보지 못하게 하겠어!" 작은 수레의 하나뿐인 바퀴가 석탄을 쌓아둔 곳 어딘가에서 이미 끼익- 하고 소리가 들렸다. 라자르는 보일러로 다시 돌아와, 자신의 겉옷을 다소 깨끗한 의자 옆에 두고는, 삽을 집어 들었다. 막심이 놀라 보고 있었다. 아마 스무 번 아니, 그 이상, 라자르가 가볍게 그 삽으로 석탄을 가득 퍼, 아궁이에 던지는 것을 놀라운 광경처럼 보고 있었다. 라자르의 땀으로 범벅이 된 얼굴에 불이 반짝거리며 뛰어다녔고, 그 삽을 능숙하게 움직이면서 그는 정말 무슨 옛 신화에 나오는 어느 힘센 천둥-신과 같은 모습을 보였다. 이리나는 마찬가지로 매료되어 쳐다보았지만, 한 수레 가득 석탄을 싣고 돌아온 페쵸는 입조차 열린 채 있었다.

라자르는 자신이 들고 있던 삽을 던져 놓고는 그 휴게실 안으로 들어섰다. 그곳 세면대에서 그는 손을 씻고, 얼굴에 난 땀을 씻고는, 나중에 돌아와, 자신의 겉옷을 다시 입고는 모든 소음을 능가하는 큰 소리로 말했다.

-나는 배고파! 이 밥통을 채울 시간이 되었어, 안 그런가?

그는 열성적으로 손으로 자신의 배를 두들겼다.

-그런데, 저 화공에 대해선 무슨 일이?!- 막심이 물었다.

-내가 다른 사람을 전화로 불러 놓을게요! 드미트로, 우크라이나인이 아주 가까이 살고 있어요. -10분 뒤 그가 이 보일러 곁에 있을 겁니다...

식당에는 이미 사람이 없었다.

"루소플라스트"의 집단공장은 새로운 조건에서조차도 편리한 시간에 점심을 먹는 습관이 있었다. 식당 책임 여성인 라리사만 내일 메뉴를 준비하고 있고, 그녀의 주방 요리사는 커튼 너머 세면대에서 식기들을 씻고 있었다.

-라리사 율리에쁘나, 안녕하세요... -라자르가 그녀 뒤로 다가가, 그녀를 껴안고는 고개를 숙여, 그녀 귀에 키스했다. -나는 늑대처럼 배고픕니다. 만일 먹을 뭔가가 여기 없으면, 내가 당신 귀를 먹어 버릴테다... 음-음-음, 그리고 이번엔 다른 쪽 귀도... 나중엔...

-에이, 라자르 아로노비치!.. -라리사가 속삭이며 외쳤다. 라리사는 자신의 손으로 그의 곱슬곱슬한 머리카락을 쓰다듬어 주려고 손을 들면서, 속삭이며 외쳤다. -당신을 위해서 나는 내 귀 말고도 이미 뭔가가 준비되어 있지요... 또 저분들을 위해서도. 어서 와요, 내가 사랑하는 분들! -그녀는 막심과 이리나를 향해서 말했다. -저기 앉아요, 내가 여러분의 음식을 직접 가져다주겠어요.

그녀는 그러면서 식기를 닦고 있는 요리사를 불러, 그들 둘이 그 도착한 사람들을 위해 좋은 냄새 나는 배추국, 소시지, 국수와 차를 서둘러 준비했다. 나중에 그녀 혼자 양손에 자른 빵이 든 접시, 빵과 자신을 위한 차를 가져 왔다. -내가 여러분들 옆에 잠시 앉겠어요, -그녀가 말했다.- 반대하지 않으시겠지요, 라자르 아로노비치? 그럼, 맛있게 식사하세요.

라자르는 삽을 들었을 때처럼 그렇게 활동적으로 숟가락을 움직였고, 고개만 끄떡했다.

막심은 서두르지 않았다. 그는 라리사가 뭔가 말하려고 하는 것을 보았지만, 무슨 이유인지 용기를 내지 않아, 자신이 먼저 이야기를 시작할 결심을 했다.

-라리사 율리에쁘나, -그는 자신에게 용기를 내면서 눈을 껌벅거리면서 말했다. -어디서 가장 따끈따끈한 소문에 대해 사람들이 들을 수 있나요? 식당에서만 가능하지요? 그렇지 않나요? 정말 우리는 마치 돼지처럼 진흙탕 속으로 빠지고 있어요. 그리고 아무것도 알지 못한 채로요... 그래 이 세상에서

무슨 일이 벌어졌나요?

-뭔가 있었지요,- 라리사의 가슴에서 울려오는 온화한 목소리가 어떤 방식으로든 혼돈스럽게 들렸다. 그녀는 이상한 눈길을 이리나에게 보내고는 말했다. -아마, 이리나 보리소노프나가 이미 당신에게 말해 주었을 것 같아요....

이리나는, 자신의 접시에 고개를 숙인 채, 먹고 있었다.

-말 안 해 주던데요, -라자르가 입에 음식을 가득 넣고는 만족한 듯이 말했다. -나는 궁금해요, 라리사...

-저-으기요...- 라리사가 좀 주저하더니, 말했다. -그 일이란게 이것입니다....그녀가 임신했어요.

-누가요? -곧 막심은 누구를 화제로 삼고 있는지 짐작이 확실한 듯이 곧장 물었다.

-그녀,,, -라리사가 서두르지 않았다. -그녀요,... 나데쥐다 세르게예브나. 우리 나데쥐다가 임신했어요.

-누구라고요?!- 라자르는 자신이 들고 있던 숟가락을 떨어뜨렸다. -그럼, 남자가 누구인가요?!

라리사는 자신의 오른손으로 그의 두 어깨를 감쌌다; 왼손으로 그녀는 자신의 눈을 감았다. 눈물이 그곳에 있었다.

-그 남자는... 대표가 고용한 그 두꺼운 입술을 가진 그 사람...-그녀가 속삭였다. -건달이라던데요...

라자르의 두 눈은 핏빛이 되어버렸다.

그는 자리에서 일어나, 난폭함이 그를 흘러넘치게 만들었다.

-5분만 그는 살아갈 수 있어요, -그는 숨을 헐떡거리며 말했다. -내 손으로 그의 머리를 깨부숴 버릴테다. 곧장.

-앉아요, 라자르...-라리사가 그의 팔을 제지했다, 울먹이면서, -이미 늦었어요, 이봐요, 그의 머리는 이미 깨졌어요.

199.년 10월 25일 일요일

죽 전체가 이미 두 달 전부터 어딘가에서 끓기 시작했다. 아마도, 더 일찍이, 8월부터, 클림 코체르긴이 자신의 오랜 지인인 게오르기이 자소코프의 요청에 굴복해 그 지역에 생긴 단체들의 주식 총량의 매매를 위한 그 경매에서 그곳 대표자가 되기로 동의한 때부터 시작되었다. 그랬다. 클림으로서는 지금 분명했다. 그 사태의 나중 진전이 간단한 복수를 나타냈음이 분명해졌다. 그 죽에 빠져들면서, 그는 시가에프 -이 도시에서 가장 교활한 대표라고 자신을 표명한 그 멍청한 사람- 뒤에 누군가 있다고 짐작했다. 클림은 이 도시 시장이 시가에프를 측면에서 확실히 지원할 것으로 계산에 넣어 두었다. 그는 그 사람을 -자신의 이익을 잊지 않고서, 또 그 도시의 더 많은 이익을 얻기 위해 법적으로 그렇게 행동할 것이고, 또 관심을 가지던 그 시장을 -무서워하지 않았다. 또 그 시장이 중대 위협이 아닐 수도 있었을 것이다. 어떤 지인이 즉시 클림에게 시가에프와 관련된 어떤 녀석들이 방문할 거라는 경고를 전해주었다. 클림은 정해진 날짜에 복싱클럽의 멤버 중 몇 명의 친구를 초대했고, 시가에프가 보낸 녀석들과의 만남은 그 도시 주인이 누구인가에 대한 다소 조용한 토의처럼 지나갔다. 그렇게 왔던 녀석들이 물러갔기에 아무 싸움 없이 흘러갔다.

클림은 그렇게 온 녀석들 중에 아프가니스탄에 파견되어 전투경험이 있는 특별부대 장교 출신으로 퇴임한 미노로프의 조카가 있었다는 점을 몰랐다. 미노로프는, 믿을만한 소식통에 따르면, 페테르부르크의 중요 범죄조직 중 한 곳의 이익을 대표하고 있었다. 크림은 자소코프의 이익을 라이벌인 페테르부르크 건달들이 보호하고 있다는 것도 모르고 있었다. 더구나 그 소도시에서의 영향력 분배를 사람들이 진지하게 또 매우 평화롭지 않게 그곳 페테르부르크에서 처리한다는 것도 알 수는 없었다. 그 협상이 마침내 임시 평화로 결론이 났음에도 불구하고, 그것은 실제로 아무 의미가 없었다. 다음의 지역 협정을 위해 아무에게도 그 손을 연결하지 않게 되었으니, 클림 코체르긴은 이 모든 사항에 대해 들었다고 한다면, 그는 그 혼돈된 여러 파벌 중 한 곳을 지지하기에 앞서 고민했을 것이다. 그가 그런 정보를 모른 탓에, 또 그 경매가 끝난 뒤에도 공증을 통해 획득한 주식들을 자소코프에게 넘겨주고 나서, 그 일에 대해 더는 관심을 두지 않았다.

그러나 삼촌은 -그렇게 미노로프를 어떤 단체에서는 '삼촌'이라고 불렸다 -자신이 마음이 상했다고 의사 표시하고는, 그 마음 상한 것을 결코 용서하지 않았다. 그를 삼촌이라고 부를 권한을 가진 유일한 사람은, 그의 실제 조카인 페트루샤였다. 시가에프의 일을 조카에게서 듣고서, 그 불평 때문에라도 그 삼촌은 복수를 결심했다. 그래서 클림의 예측은 맞았다.

삼촌은 자신의 두꺼운 목을 긁으면서, 페테르부르크로 몇 번 전화를 건 뒤에 추측했다. -자소코프에 관심을 두는 것은 가치가 없다고 추측하고는- 그것은 너무 시간 뺏기는 일이라며, 돈이 많이 들어가는 일이라며, 너무 위험한 시도라고 생각했다. 그러나 더 가까이서 괴롭히는 사람인 그 복싱선수인 클림 코체르긴이 남아 있었다. 어떻게 하면 그를 자신의 아가미에 붙잡을 수 있을지 깊이 생각을 해보고는, 정말 삼촌은 비슷한 사건들의 일정한 수단을 갖고 있었다······

이미 9월 초엽에 누군가 클림 코체르긴에게 전화를 했다. -코체르긴 씨? -클림이 알지 못하는 여성 음성을 들었다. -법률자문대학 "템프스"입니다. 당신은 "플루토" 회사에 채무가 있는 것 아시죠? 그럼, 그 복잡한 채무로 "플루토" 회사는 당신 채무를 "봐렌고" 회사로 팔았음을 당신에게 알려주도록 제가 위임을 받았습니다. 그 회사들 사이의 계약서 복사본을 당신은 저희 대학에서 받아 가십시오.

-왜요, 내가 무슨 채무를요?! -클림은 놀랐다. -그런 일은 없습니다! 그 돈은 5년 전에 빌려, 매달 정확히 갚아 오고 있습니다! 채무의 원금과 이자를요.. 이젠 그 채무의 절반 정도가 남아있습니다.

-제가 채무 총액도 지금 알려드리지요, -무관심하게 그 여성의 목소리는 말했다.- 당신은 1141만 5163루블의 채무가 있습니다. 오늘 현재 미국 달러로 10,378달러에 해당합니다.

 -뭐라고요?! -클림이 깜짝 놀라며 말했다. -내 계산으로는 9천 달러보다 좀 많은 걸로 아는데요!

 -9,240달러에다 -똑같이 화를 내지 않고 그 목소리는 말을 이어 갔다.- 더하기 이자입니다. 거기에다 더하기 "봐렌고"의 법적 비용과 여러 추가 비용입니다. 결론적으로 나는 되풀이합니다. 10,378달러입니다. 오늘 현재.

 그 여자는 전화를 끊었다.

 크림은 즉시 상황을 파악해 보고 한 시간이 채 지나기도 전에 이미 알게 되었다. "봐렌고"가 미노로프가 소유한 작은 회사 중 하나이고, 그 회사는 주택 매입과 재판매를 공식업무로 맡은 작은 회사였다. 그 건달의 갑작스런 관심에 대해 이해를 하지 못한 크림은 다음 날 "봐렌고" 회사 사무실을 방문하여 일정한 지급일정을 잡아둬서 그 문제를 해결할 결심을 했다. 그런데 다음 날 아침에 전화가 왔다.

-안녕하세요, 복싱선수 양반!- 이번에는 남자 목소리가 들려왔다. -나는 '삼촌'입니다. 제 말 들립니까?

-예, 지금 듣고 있습니다, -클림이 대답했다. -"좋은 아침이네요."

-하! 당신에겐 너무 좋지는 않을 겁니다. -전화기에서는 말했다.- 내 말 잘 들어두세요. 한 마디도 놓치지 말고요. 당신은 내게 미화 10,500달러 채무가 있습니다. 오늘 현재. 나는 오늘 기분이 좋습니다, 당신은 듣고 있지요? 나는 즉각 지급하라고 독촉하고 싶지만, 다가오는 월요일까지 기다려 줄 수 있습니다.

-그럼, 4일밖에 남지 않았네요! -클림은 자기 아내를 깨우지 않으려고 속삭이듯이 말했다. -나는 반드시 전부를 갚을 겁니다... 3개월 안에 제가 갚겠습니다!

-나는 3개월을 기다릴 수 없습니다, 이 양반아, -그 전화기에서 반박했다. -내가 할 일이 아니고 당신이 할 일이야. 돈을 구하는 것. 월요일에 "계산기"가 켜질 거요. 그럼, 생각을 잘 봐요.

클림은 낭패감에 들지 않았지만, 상황은 실제로 위협적이라는 것을 분명히 상상할 수 있었다. "계산기"를 켠다는 것은 매일 그의 채무가 5퍼센트씩 늘어나는 것을 의미할 것이다. 그러나 그 4일 만에 그만한 액수를 구한다는 것은 거의 불가능한 임무였다. 그의 도시 지인 중 누구도 그에게 그만큼의 돈을 빌려줄 능력자는 없다. 은행이 대출해 줄 수 있으면 좋으련만, 오늘날과 같은 인플레이션 상황에서는 공포의 이자를 요구할 것이고, 뭔가 가치 있는 담보를 요구할 것인데, 클림은 제공할만한 담보를 갖지 않았다. 그가 가진 것이라고는 자신의 거주지를 담보로 제공할 수 있을 것이다. 그렇게 하려면, 그는 반드시 아내의 확고한 동의를 공증받아야 하고, 그렇게 그녀에게 요청하려면, 그는 그녀에게 그 사유를 설명해야만 했다. 그 점을 클림은 불가능하다고 판단했다. 그는 게오르기이 자소코프에게 전화했으나, 여비서 말로는, 대표는 임시로 이탈리아 남부에 가족과 함께 휴양 중이라 10월 초순에 귀국한다고 답을 들었다...

월요일에 '삼촌'는 그 "계산기"가 이미 켜졌다고 통지해 주었다. 클림은 민병대를 방문하기로 했다. 시 민병대의 마음씨 곱고 아주 친절한 부대표는 코체르긴의 상세한 이야기를 문장마다 고개를 끄덕이며 끈기있게 들어 주었다.

-당신은 그 일과 관련해 입증 서류가 있습니까? -그가 나중에 물었다.

-아뇨, -클림은 고백했다.

-당신은 그럼 그 채무에 이의를 제기합니까?

-아뇨, 저는 이의를 제기하지 않습니다, -약해가는 목소리로 클림이 말했다.

-미노로프가 당신이나 당신 가족에게 물리적인 행동으로 당신을 위협했나요?

-위협이 없었습니다,- 다시 클림은 고백했다.

-그럼, 코체르긴 동무, 우리는 그동안의 당신 불평에 대해 어떤 반응 원인을 찾지 못했습니다. 당신이 어떤 위협이나 강요를 적어 오면, 서면으로 고소장을 제출하면, 우리가 반드시 개입할 수 있습니다.

클림이 자소코프에게 10월 4일 전화를 다시 했다.

그날까지 '삼촌'은 조심스레, 일주일에 두 차례, 클림에게 그 채무의 새로운 합계를 알려 주었다. 그 "계산기"가 작동해, 그 채무 액수는 벌써 2배가 되었다.

-왜 당신은 이전에 채무가 있다고 내게 말하지 않았나요? -자소코프의 첫 질문이었다. -내가 직접 매입했다면, 당신은 보험에 든 것과 같은 건데요.

-저는... 저는 그게 중요할 거라고는 상상도 못했습니다. -클림이 대답했다.

-모든 것이 우리 인생에서 소중합니다, -자소코프는 교훈을

말하는 것처럼 말했다. -나는 뭔가 시도를 해보겠으나, 아무 것도 약속할 수 없습니다. 지금 쌍방이 동의한 것이 작동하고 있어서 내가 직접 그 일에 개입할 수 없습니다. 그 밖에도, 당신의 시가에프, 내가 아는 한, 뭔가를 통해 나에게 맞서려고 합니다, 따라서 그 도시에서 아주 법적 활동이 아닌, 뭔가를 지금 보여주는 것은 위험에 빠질 수도 있습니다.

-하지만, 게오르기이, 내게 진실되게 말해 주십시오,- 클림은 떨리는 목소리로 말했다. -정말로 뭔가 법의 테두리 안에서 대립한다는 것 불가능할까요?

-불가능합니다. - 짧은 대답이었다.

이틀간의 낮과 밤 동안, 거의 잠을 못 잔 채, 클림 코체르긴은 열심히 그 상황에서의 타개책을, 뭔가 지지나 지원을 받으러 찾아 나섰다. 그의 친구이자 복싱선수들은 그를 지원해 줄 수 있다. 하지만, 경제적으로가 아니라 싸움으로만. 그리고 그는 정말 그들을 그런 위험한 일에 개입시키고 싶지는 않았다. 그가 믿을만한 지인들이라는 의견을 가진 적지 않은, 돈 가진 사람 중 모두는, 돈을 신용으로 빌려달라는 그의 요청에 점잖게 거절 반응을 보였다. 그의 마지막 희망은, -이 수도인 모스크바에서도 몇 개의 상점을 소유하고 있는 그의 삼촌은, 가차 없이, 그에게 상의도 하지 않은 채, 자신의 갚을 능력을 넘어선 액수를 아무 담보 없이 빌린 그 친척을 믿을 수 없다며 드러내놓고 말하기조차 하였다.

그때 클림은, 실로, 정상적인 인간 삶에서 자신이 이미 벗어나서 살고 있구나 하는 결정적 결론을 냈다.

그래서 그는 며칠 전에 몰래 야간열차로 자신의 아내와 딸을 강제로 태워 보냈다. 가족에겐 일주일간만이라며, 여기에 있지 말라고 그는 말하였다. 일주일간만, 친척 집에 가 있어 달라고 했다. 우랄에 있는 친척 집에. 일주일간만. 그사이 나는 몇 가지 문제들을 해결하리라. 아무 중요한 일은 아니라고 그는 말했지만, 어떤 경우에도 여기에 함께 있으면 안 된다고 했다. 그게 전부였다.

'삼촌'은 그 일에 대해 자신의 의견이 있었다. 코체르긴에게 정기적으로 전화를 거는 것은 그 고객에게 어느 정도 지레 겁먹게 하기 위한 그의 수법이었다. 그 채무를 갚는다는 것이 코체르긴에겐 불가능했지만, '삼촌'은 정말 그 돈에 대해 전혀 관심이 없었다. 그는 다른 목적이 있었다. 그리고, 그 부풀어진 부채 총액이 적당한 수준에 도달했을 때, 그의 목적은 선언되었다.

-당신이 나를 피곤하게 했어요, 복싱선수, -그가 코체르긴에게 마지막 전화 독촉에서 말했다. -그 "계산기"조차도 일정한 시한이 있지요. 난 이제 당신 아파트를 가져가겠어요. 알아들었나요? 나는 당신 아-파-트를 가져간다고요!

-듣고 있습니다.- 우울하게 코체르긴이 대답했다.

-당신은 내게 감사해야 할거요, 복싱선수,- 삼촌은 웃었다. -당신 아파트는 당신이 내게 빚진 것보다 더 값이 적게 나갑니다. 나는 당신에게 그 차액을 용서해 줄 터이지만, 나는 이젠 더 이상 기다려 줄 수가 없어요. -기다린다는 것이 아무 의미가 없습니다. 그래서 그 서류 준비해 주시오. 내일 당신에게 계약서를 들고 내 아이들이 갈 겁니다. 서명하고 또 빚도 청산하시오. 형식에 관한 모든 다른 것은 당신이 관심을 꺼둬요. 두 주간 당신이 집을 비울 시간을 주겠습니다. 알아들었나요?

-듣고 있습니다,- 코체르긴이 대답했다.

-헤이, 이놈아, 네 놈이 그곳에서 왜 앵무새처럼 말해? -삼촌이 유쾌한 기분으로 물었다. -당신은 살아있고, 늙지 않았으니, 다른 거주지를 얻을 수 있을 거요. 언젠가. 그리고, 희망

하기로는 다른 도시에 가서 살아, 내가 네놈을, 나쁜 놈의 구린 냄새를 맡지 않도록 해, 네 놈은 알아 들었어?

-듣고 있습니다. -코체르긴이 대답했다.

-이젠 마지막 요청이야, 앵무새 같으니라고 -삼촌이 말했다.- 내 아이들은 내일 밤 12시 넘어 도착할 거야. 조용하고 평화로운 대화를 위해서지. 자네 여자들에겐 무슨 수면제 같은 약을 줘 -그들이 아침까지는 깊이 잠들어 있도록 하게, 그들에게도 그게 더 낫지. 이제, 내 생각엔, 네놈이 현명하니, 또 네놈은 그들을 깨울 어떤 소란도 하지 않으리라고 보는데. 뭐가 더 필요한가?....하, 민병대을, 네 놈이, 구린 놈아, 이미 갔더군, 난 알아. 두 번 다시 그곳에 가지 마, -내가 네놈에게 조언한다. 그리고 더 낫게는, 네놈의 멍청한 복싱 동료들도 부르지 말아. 왜냐하면, 너무 소란이 크면 곤란하니. 나는 모든 것이 평화롭게 이뤄지길 바래. 네놈은 이 모든 말을 이해했어?

-예, -코체르긴이 대답했다. -오시죠.

밤에 모든 것은, 클림 코체르긴의 머릿속에서 골똘히 생각해 낸 계획에 걸맞게 간단하게 이루어졌다.

세 명의 동료들과 함께, "마카로프"권총을 손에 든 페트루샤가 낮은 소리로 출입문을 두들긴 뒤, 그 아파트로 들어서서, 그 아파트 안의 주방으로 안내를 받았다. 큰 유리병 옆의 식탁 위에 서류봉투가 놓여 있었다.

-가져 가시오, -코체르긴은, 그 탁자에 앉으면서 낮은 소리로 말했다.

-하, 잠깐만, 주인장, -페트루샤가 반박했다. -우리는 그동안 당신 손님이구요. 나는 이 모든 서류를 검토해 봐야겠어요, 당신은 우리가 가져온 서류에 서명도 해야 하고. 나중에 우리는 이 집 주인이 될거요.

그는 코체르긴의 맞은편에 앉아, 스타스에게 권총을 주고, 서류뭉치를 한 장 두 장 넘기기 시작했다. 스타스는 권총을 들고 코체르긴 옆에 자리했지만, 그가 움직이자, 그 동작은 훈련된 복싱 동작과 거의 일치했다. 망연자실한 것처럼 앉아 있던 클림 코체르긴이 갑자기 오른손을 번개처럼 움직여, 스타스의 손을 세게 때렸다. 그 바람에 "마카로프"가 바닥으로 떨어졌다. 코체르긴의 왼손에는 이미 탁자 아래 장전된 사냥용 카빈총이 이미 들려 있었다.

-하, 이 개자식이! 페트류샤는 외쳤고, 조용히 일을 처리해야 함을 이젠 더는 잊고서 권총을 집어들고 바닥으로 넘어졌다.

그의 옆에 서 있던 두 녀석은, 분명히 코체르긴이 가진 카빈총을 보고 동시에 바닥으로 피해 쓰러졌지만, 그 방 안쪽으로 가 아니라, 탁자 쪽으로 기어들었다. 먼저 코체르긴은 군용칼로 공격하려는 스타스를 향해 한 발을 쐈다. 그 총알은 스타스 어깨를 관통하였다. 그러자 스타스는 고함을 크게 질렀고, 동료들 위로 쓰러졌다. 주방 바닥에서 페트루샤가 자신의 총으로 두 발을 쏘아 코체르긴의 다리를 맞히는 데 성공했다. 그러나 코체르긴은 가슴을 탁자 위로 대고, 자신의 총구에서 두 번째 총알을 날렸다. 그 총알은 페트루샤 머리를 깨부수다. 그러자 페트루샤는 바닥에서 아무 움직임이 없었다. 그 건달 중 다른 한 사람은, 코체르긴의 왼편에서 일어나, 그가 가진 총구를 잡았지만, 클림은 주먹으로 그의 턱을 세게 때리고는 연거푸 총을 쏘았다. 그 두 건달은 바닥에서 조용해졌다. 코체르긴은 비틀거리며 출입구로 다가가, 달아나는 스타스를 향해 또 다른 한 발을 쐈다. 나중에 그 장전된 실탄 중 한 발이 남아 있음을 갑자기 알아차린 그는, 자신의 가슴으로 그 짧은 총구를 바짝 들이대고 마지막 방아쇠를 당겼다.

...'삼촌'의 노력으로 그 도시의 어느 신문에도 그 사건은 기사화되지 않았다. 보통은 절대적으로 모든 범죄 사건을 다루는, 그런 스캔들을 많이 싣는 주간지 "도시에서의 한 주간"에서도 아무 소식이 없었다. 그것은 비용을 지급했다... 하지만 가까운 시기의 선거 캠페인이 그 지출을 정당하게 만들어 주었다.

199.년 11월 1일 월요일

나디뇨(나데쥐다)는 스스로 그 점을 말했다. -그이가 무슨 직업을 가졌는지, 그이가 어떤 사람인지는 중요하지 않아요, -나디뇨는 알레프티나에게 말했다. -나는 해낼 것입니다. 나는 그이가 내 남편이었고 내게는 다른 사람을, 정말, 원하지 않아요.

알레프티나는 반대 의견을 말하지도 않고, 교훈을 말하려 하지 않았다.

그러나, 나디뇨의 지금 상황은 안타까웠다.

페트루샤가 죽은 뒤 이틀 동안, 그 불쌍한 나디뇨는 결근했다. 나중에 그녀가 출근했지만, 그녀 겉모습은 이전의 유쾌하고 활달하고, 동료들과 잘 지내던 것과는 다른 그림자였다. 푹 파인 두 눈, 창백한 두 볼과 손을 떠는 그림자. 그녀는 아흐렛날[47]을 기념해 저녁 식사를 원했다, -그녀 자신이 그 식사를 동료직원과 함께할 작정이었다.

그 자리는 알레프티나가 관리하는 사무실인, SKE의 제2층

---

47) *주: 아흐렛날(9일)- 누가 죽으면, 그 사망일로부터 아흐렛날, 전통적으로 고인을 위한 추모 식사는 사망일로부터 아흐렛날과 40일째 되는 날에 진행된다.

사무실에 마련되었다. 왜냐하면, 그 증기탕 옆의 작은 살롱을 이용하기엔 그 행사가 전혀 어울리지 않는다고 알레프티나는 말했기 때문이다. 장소에 초청된 사람은 나디뇨 외에 6명이었다. 그 사무실이 그 모임 크기엔 꼭 맞았다.

저녁 5시 반, 사내 통근 버스가 사무직원들을 시내의 각자 집으로 이동시켜 주었다. 빅토르도 무슨 이유인지 술에 취해, 세니츠킨이 운전하는 "볼가" 자동차로 퇴근했다. 그러자, 나니뇨와 알레프티나는 사무실의 전화로 초청자들을 오게 했다. 기계수리 공장에서 라자르와 막심이 왔다. 배급받은 플라스틱 안료를 검사한 뒤라서 파랗고 붉게 칠해진 얼굴을 한 사쵸 키르조프가 달려왔다. 나중에 사무실 문을 잠그고 이리나가 나타났고, 마침내 그 제2층으로 라리사가 식당에서 방금 끓인 감자 냄비를 들고서 힘들게 올라왔다.

식탁에는 간단한 후식이 준비되었다. 자른 양파와 오일이 담긴 청어 조각들, 몇 가지 샐러드 요리, 소시지와 감자들. 술 두 병- 보드카와 와인. 오늘은 그들이 술 마시러 온 모임은 아니다. 대화하기 위해서다. 그리고 그 대화는 시작되었다.-서두르지 않았다. 생각에 잠긴 듯하여 -곧장 모두 자신의 잔을 비우고는, 곧장 시작되었다.

-나디뇨, 사쵸가 시작했다. -내 요청을 용서하세요... 더구나, 마찬가지로 그에 대해 당신도 뭔가 말해야만 한다는 것입니다. 그래서 나는 모든 것이 어떻게 진행되었는지 상상할 수 없습니다... 당신들 속에서 모든 것이... 내가 여러분에게 내 의견을 말하고자 합니다. 당신은 아름답고, 당신은 밝아요. 높은 학식도 갖고 있어요. 그러나, 그에 대해선... 나는 이해하지 못합니다!

-그만해요, 사쵸! -엄숙하게 알레프티나가 말했다. -그건 그녀 개인의 일이구요. 그녀는 우리 모두에게 그것을 설명하고

싶지도 않고, 설명을 꼭 해야 하는 것도 아닙니다.
 나디뇨는 알레프티나를 마른 눈길로 쳐다보았다.
-제가 말할게요. 저는 말하고 싶습니다, -그녀는 속삭였지만,
그 속삭임은 곧장 있는 침묵 속에서 모두에게 들렸다. -저는
말하고 싶어요! -반복적으로 그녀는 크게 고집스럽게 말했다.
-말해요, 아가씨, 나디뇨가 원한다면, -나디뇨 옆에 자리한
라리사가 나디뇨의 어깨를 살짝 눌러 주었다. -여기에는 나디
뇨 친구들만 있으니까요.
-그렇습니다, -나디뇨는 확신에 차서 말했다. -여러분 모두는
제 친구입니다. 저는 여러분께 감사드립니다. 제가 여러분없
이 이곳에서 어찌 살아가야 할지 모릅니다. 여러분은... 저를
이뻐해 주셨고, 보호해 주었습니다. 모두가 저를 아가씨로, 아
이로 대해 주었습니다... 그이는 -저를 그이의 여자라고 말했
어요.. 그게 나에겐 새로움이었어요. 저는 그이를 나의 남자,
나의 남편으로 불렀습니다. 그이는 힘이 셌습니다. 그이는 약
속했습니다... 그이는 많은 것을 약속했습니다. 그리고 저는
그이를 믿었습니다. 나중에... 나중에 그이는 말하더군요. 우
리가 사는 시대에는 그이가 그런 직업으로만 살아남을 수 있
다고 하더군요. 그러나 저는 그이의 말을 믿지 않았어요. 저
는 그이더러 제발 그렇게 살지 말라고 말했지만, 그이는 그만
두지 않았고... 결국엔 살아남지 못했습니다. 그이는 말했습니
다. 싸워서라도 돈 벌어야만 한다고 그이는 말했어요. 그래서
지금 그이는 평화 속에 있습니다. 이젠 우린 마십시다...
 그들은 한 잔씩 더 마셨다. 나디뇨의 오른편에 앉아 있던 라
자르가 그녀 손을 잡았다.
-알았어요, -그가 말했다. -그 사람에 대해 나디뇨가 전부 말
한 그대로입니다. 그는 이제 평화 속에 남아 있습니다. 이젠
우리가 나디뇨에 대해 말해야만 합니다. 왜냐하면, 계속 살아

가야 하니. 몇 달이나 되었나요?

-라자르!...- 비난하듯이 알리프티나가 말을 꺼냈다.

-중요합니다,- 라자르가 그녀 말에 반박했다. -그리고 우린 친구입니다.

-저는 이해합니다, -조용히 나디뇨가 말했다. -이제 석달째입니다. 하지만 유산시키고 싶지는 않아요. 저는 아이를 낳아, 내 아이로 키워 갈 겁니다. 아마 그게 제겐 유일한 기쁨이겠지요.

-무슨 말을 하는가요, 나디뇨? -놀라며 라리사가 물었다. -내 말에 마음 상하지 말아요, 하지만 당신은 정말 아가씨이니 - 나이로 보아. 나디뇨는 반드시 길고 행복한 삶을 누릴 겁니다....나디뇨를 마음씨 곱고 아름다운 어느 남자가 사랑하게 될 거예요. 당신 아이에 대해선...호, 나디뇨 당신 어깨에 얼마나 어려운 일을 짊어지려고 하는지 아직 상상이 안 될거요! 난 간청합니다. 나디뇨, -신중하고 또 신중하게 숙고를 해봐요, 허락하는 시간 동안에 말입니다. 당신은 나중에 나처럼 아이 셋을 나을 수도 있어요. 그러나, 지금 같은 상황에서는- 내가 간청합니다!

나디뇨는 조용히 앉아서 비어 있는 글라스들만 쳐다보고는 그것을 자신의 손으로 강하게 눌렀다.

-라리사, 당신은 틀리지 않았어요, -이리나가 조용히 말을 꺼냈다. -분명히 틀리지 않았습니다, 내 생각엔,.... 아이를 낳아 기른다는 것은 크고 위대하고, 측정할 수 없는 행복입니다. 나디뇨는 하느님이 준 선물을 깨뜨리지 마세요. 하지만 그 교육에 대해선 우리 모두가 도울 수 있지요, 안 그런가요?

-내 엄마도 남편 없이 저를 키웠어요. 나디뇨가 간단히 말했다.

-그래요, 도움에 대해선, 막심이 끼어들었다. -그 사람에겐 친척이 있었어요. 정말. 그 친척에 대해 나디뇨, 당신을 아나

요?

-그건....나디뇨가 대답했다. -그이는 아버지에 대해선 모른다고 말했어요. 어머니는 술 때문에 2년 전에 돌아가셨다고 해요...하지만, 삼촌은 있다고, 한번은 그 삼촌이라는 분이 우리가 방문했어요...미노로프 발렌틴이라고. 그분은 제 마음에 들지 않았어요. 뭔가 불쾌한 시선을 보이더라고요... 장례 때 그분은 내게 오더니... 도움을 주겠다고 약속했지만,... 뭐랄까 원치도 않고, 거짓말 같았어요.

-정말로 그가 나디뇨에게 어떤 방식으로든 지금까지 도와주던가요?- 라자르가 물었다.

-아뇨,- 나디뇨가 대답했다. -그동안은 아니었어요, 하지만 저는 그분 도움도 원하지 않습니다.

-그렇게 말하지 말아요, 아가씨, -라리사가 그녀를 껴안았다. -지금이나 좀 더 나중에 도움이 필요할 겁니다. 적어도 금전적으로. 내가 아는 미로노프 발렌틴이라는 사람은 장사꾼입니다, 적지 않은 돈을 가진 부자입니다.

-나는 그 "옵시착(obŝĉak)[48]"에서 도움을 얻는 게 좀 주저합니다, -생각을 해가며 막심이 응수했다. -왜냐하면, 그러면 그 도움받은 사람은 자동으로 그 집단에 자신이 연결되기 때문입니다. 그러니 언젠가 나중에, 만일 우리 민병대가 활동하게 되면, 바람직하다면, 그 "옵시착" 이용자가 불려 갈 수도 있습니다......적어도, 증언자로서 또 그것은 나디뇨에겐 전혀 필요치 않은 일입니다.

-만일 사람들이 그 받은 사람들을 기록해 둔다면 그런 일이 있을 수도 있겠네요,- 라자르가 말했다.

-나는 그들이 기록해 놓는 걸, 라자르, 의심하지 않습니다. -막심은 말했다. -그 기금은 반드시 능력 있는 회계사를 두고

---

48) *주: 옵시착(obŝĉak:obshchak): 러시아 마피아 집단의 공동기금.

있을 겁니다.

-하지만, 그 삼촌이 자기 이름으로 그 기금을 달라고 한 번 요청해보는 것도 가능할 것 같아요, -사쵸가 제안했다. -나중에 나디뇨에게 돌려주면 되지요.

-그런 말 마시오, 남자들!- 알레브티나가 개입했다. -당신은 범죄의 돈에 대해 너무 관심이 많은 것 같군요.

그때 그곳의 출입문이 갑자기 열리더니, 그 사무실로 빅토르 시가에프가 들어서다 거의 쓰러질 뻔했다. 그 제2층으로 올라가려는 술 취한 대표를, 필시, 돕고 있던 세니츠킨은 그를 좀 전에 놓친 것이다. 그 뒤에 따라 들어선 세니츠킨은 그 대표의 팔꿈치를 부축해 겨우 쓰러지는 것을 피할 수 있었다. 더구나, 세니츠킨도 분명히 완전히 깨어 있는 상황은 아니었다.

-이봐, 세니츠킨! -빅토르가 환호성을 질렀다. -좋은 동료들이 여기 앉아 있네! 잘 앉아 있네요! 아주 좋아요! 내가 자네에게 말했지... 저 2층에 불이 켜져 있다는 것이 헛되지는 않았다는 것! 왜 여러분, 동무들은 여기 앉아 있나요?

-저녁에 만나니 반갑습니다, 빅토르 대표님, -알레프티나가 좀 당황해하며, 참석자 중에서 맨 처음 대화를 했다. -오늘이 아흐렛날이라서요, 그래서......

-아흐렛날!- 빅토르가 크게 말했다. -누구의 아흐렛날인가요? 내 페트루샤? 당신들은? 당신들과 무슨 관련이 있어......

-관련이 있지요. 빅토르, -막심이 말했다. -여기 같이 앉읍시다. 당신, 세니츠킨, 당신도 여기 앉구요, 애석하게도 뭐 마실 것이 하나도 없지만, 그게 중요한 것은 아니니......

-왜 그게 중요하지 않나요? -세니츠킨이 활발해졌다. -내가 차에서 가져올게요, 내가 그곳에....

-필요 없어요, 세니츠킨, -라자르가 그를 엄하게 제지했다. -앉아서 쉬라고 해두. 모두에겐 반 잔씩은 남아 있어요. 당신

은 더 술 마시면 안 되구요. 정말 당신은 대표를 댁으로 모셔다 드려야 하구요.

-댁으로, 대표님을,- 빅토르가 확인하고는 라리사가 내민 작은 잔을 집어 들었다. -그럼, 동무들! 우리는 새 후보의 건강을 위해 마십시다! 시장 자리에 나선 후보를 위해서! 오! 온종일 나는 정말 그 사람을 위해 마셨네요...

-누구를 말씀하는지요? -교활하게 사쵸가 물었다. -대표님, 당신인가요?

-내가요? -빅토르는 놀라며 주변을 둘러보고는 말했다.- 나는 아-니-구요! 미-이노로프! 바렌틴 알렉산드로비치! 정말 존경할 만한 남자! 아주 진실하구요! 정말 그의 건강을 위해, 동무들! 시장 자리 싸-움-싸움......

-시장 선거라구요,-사쵸가 살짝 웃으며 고쳐 주었다.

-그렇군요. -빅토르가 확인했다.-시장 선거가... 12월 말에 있을 겁니다! 이미 4명의 후보가 있지만, 그러나... 그러나 미-이노로프!... 그가 승리할 겁니다! 진지한 남자! 그입니다!그가 우리 도시에 질서를 만들 것입니다! 카우카즈 사람들을 쫓아냅시다! 그 사람의 건강을 위해, 동무... 동무들!

빅토르는 그 잔을 이리저리로 흔들자, 그 내용물이 이리 저리로 다 흘려버렸다.

라자르가 자리에서 일어섰다.

-나는 미노로프의 건강을 위해 건배할 수 없습니다! -그는 선언했다. -그에겐 너무 많은 영예가 있습니다. 우리는 우리 나디뇨를 위해 잔을 듭시다! 그녀가 행복한 삶을 이어가도록!

-나디뇨를 위해! 나디뇨를 위해... -모두가 자신의 잔을 조용히 고민속에 앉아 있는 나디뇨를 향해 움직였다.

그 모임의 움직임을 본 대표는 자신의 잔을 나디뇨의 잔과도 부딪히고는, 그 안의 나머지의 내용물을 다 마셔 버렸다. 나중에 그는 무슨 이유인지, 모든 앉아 있는 사람들을 차례대로 공모하듯이, 교활하게 윙크를 했다.

-아이, 나디뇨! -그가 말을 더듬거렸다.- 아이, 나디뇨! 착-한 아가씨! 현-명하기도 하고! 아무에게도 주지 않고, 나의 페트류샤에게. -그는 나디뇨에게 이쪽 눈으로 또 다른 눈으로 윙크를 했다. -나의 페트루샤에게 주-었구나!

라자르는 얼굴이 붉혀졌다.

라자르는 탁자 곁에서 나와, 빅토르에게 다가가, 자신의 큰 손으로 그 대표의 옷의 멱살을 잡더니, 빅토르를 마치 강아지처럼 들어 올렸다.

-나-나를 내-려-줘-요!- 빅토르가 고함쳤다.-세-니치킨, 도와 줘요!

세니츠킨은 자기 자리에서 일어나려고 했으나, 라자르는 그만큼 열변적으로 그대로 앉아 있도록 주먹을 흔들어 보였다.

-들어 보세요, 대표, 난폭하게 또 명령적으로 라자르가 말했다. -그동안 나는 요청했습니다. 이제 곧장 용서를 구하세요.

-내가, 내가요... -빅토르가 말했다.

-"제가 용서를 구합니다, 나데쥐다 세르게에프나" 라고 말해요, -라자르가 넌지시 알려 주었다.

-"제가...용서를 구합니다, 나데쥐다 세르게에프나." 복종하듯 빅토르가 되풀이했다.

-맞게 했네요,-라자르가 말했다. -지금 대표, 당신은 만일 당신의 양심이 허락한다면, 편안하게 잘 수 있습니다. 세니츠킨, 당신 대표를 데려가요.

빅토르는 조용히, 아무도 쳐다보지 못한 채, 세니츠킨의 팔꿈치만 잡고서, 그 둘은 비틀거리면서 그 방에서 나갔다.

-나디뇨, -막심 자신이 나디뇨를 향해 말했다. -그동안에, 내

토지를 한 번 방문한 적이 있는 그 스웨덴 사람 기억하고 있나요? 키가 크고, 푸른 눈의....

-예, 기억하고 있어요, -나디뇨는 그날 저녁 처음으로 살짝 웃었다. -"파자우스타"라고 하던...

-아르네, -막심이 말했다. -아르네가 그 사람 이름입니다. 그런데, 그 사람이 편지를 내게 보냈어요. 그가 특별히 당신에게 인사를 전하라고 했어요, 그리고 내가 당신에게 에스페란토 책을 한 권 선물로 주라고 하더군요.

-고맙습니다, -나디뇨는 조용히 말하고는 갑자기 울음을 터뜨렸다.

-저기, 막심! -나디뇨의 머리카락을 쓰다듬어 주면서 라리사가 놀리듯 말했다... -적당한 때를 찾았네요...

199.년 11월 7일, 일요일.

아침부터 텔레비전과 라디오에서는 지난 이삼 년 전의, 어느 이전 시대보다 열렬함은 못하지만, 위대한 10월 혁명의 연례 기념행사를 알리는 상쾌한 음악을 내보내 주었다. 이젠 공식 휴일에서 빠져버렸지만, 이날이 일요일인 것을 이용해 지역의 공산당원들은 그 도시 중앙광장에서, 저 회색 하늘에서 자신들의 머리 위로 짙게 내리는 눈과 비가 전혀 관용 없이 섞여서 내리는 와중에 기념행사를 열었다.

막심은 그 수백 명의 인파에서 좀 떨어진 채, 그 광장 주변을 따라 걷고 있었다. 이와 같은 날씨라면 그는 생각했다. 이전의 어느 시대에서조차도 이 군중 시위 참석이 의무라 하더라도 참석하지 않았을 것 같았다.

무엇이 이 사람들을 지금 이곳에 모이게 한 것인가?

귀를 기울여 막심은 고개를 들어 소리 나는 쪽을 보았다.

시청 출입구 처마 아래 현 시장인 페트로브스키흐가 동료 대중에 에워싼 채 메가폰을 입에 가까이 대고 있었다.

-동무들! -한때 선전부장을 지내면서 수많은 경험을 가진 시장의 목소리가 저 아래 젖은 채, 서 있는 대중 속으로 말들을 쏟아내고 있었다. -동무들! 우리 시의 운명은 우리만이 지켜낼 수 있습니다! 우리의 귀중한 도시에서 지배력을 찬탈하려는 저 부정직한 사람들에게 기회를 주면 안 됩니다! 자신의 운명과 가족의 운명에 관심이 있는 시민이라면 누구나 반드시 12월 투표장에 나와, 정당한 한 표를 행사해 주십시오! 나는 여러분에게 평화롭고도 만족한 생활을 약속드립니다. 다른 후보자들과는 다릅니다. 나는 내가 한 약속을 반드시 지켜낸다는 것을 여러분은 아십니다!...

-아뇨, 신사 여러분! 우익 세력 연합에 투표합시다! -그 대중 중에서 세련된 외투 차림의 어느 여성 청년이 소리쳤다. -우리는 여러분을 부자로 만드는 법을 압니다!

-부자가 됩시다! 잘 삽시다! 우리는 압니다! -그녀를 지지하는 다른 덩치 큰 청년이, 필시, 그녀 동료인 청년이 말했다. -우리 모두 부자가 됩시다!

-저 뚱보 이야기를 믿지 맙시다! 저 사람은 도둑입니다! -계단 오른편에 서 있던 작은 청년 그룹에서 누군가가 소리쳤다. -자유민주당에 투표합시다! 미노로프, 우리 시장! 미노로프!

-미-노-로-프! 미노-로-프! -그 그룹에서 사람들이 리듬에 맞추어 조직적으로 외쳤다.

-저자들 모두 도둑이야! -바람에 밀린 채 검정 우산을 들고 있는 어떤 노파가 날카롭게 외쳤다.

무슨 이유인지 바로 이 외침은 온 대중을 열정으로 빠져들게 해버렸다.

-도-둑-! 도-둑! 도-둑-이-다! -이곳에 가장 큰 무리로 참석한 연금수혜자들이 고함을 질렀고, 집회장의 더 젊은 그룹은 자유민주당에서 조직적으로 동원한 그 작은 무리를 능가하는 목소리로 지나가는 투로 응원했다. -도-둑-이-다.

무슨 말을 하는지 들어보려고 잠시 멈추어 섰던 막심은 자신이 입고 있던 얇은 재킷 옷때문에 추위를 느끼며 이미 떨고 있었다. 그가 집을 나선 것은 이 집회에 참석하려는 것이 아니라, 생필품을 사기 위해서였다. 그는 한 손에 자신이 구입한 물품들이 든 작은 주머니를 다른 손으로 옮기고는 점점 격렬해 가는 집회장을 떠나, 자신의 집으로 향했다.

에바는 오늘 일요일의 작은 축제를 계획했다.
한때의 역사적 사건에 대해 전혀 생각하지 않은 채. 더 많은 중요한 원인 때문에 가족 전체의 토론이 필요했다.

어제 토요일엔, 그래서, 그녀는 파블릭과 막심이 집안청소를 도와, 아파트를 완벽하게 청소도 하고 정리 정돈도 해 놓았다.

토요일 저녁에는 그녀 자신의 몇 명의 "회사원들을 위한" 식사 준비로 시간을 보내고 있었다. -그렇게 세련되지는 않았지만, 오늘의 가정 상황이 허락하는 만큼.

오늘 아침, 상점으로 물건 사러 가기 전, 막심은 자신의 큰방에 있던 오래되고 삐걱거리는 "서책용" 탁자를 정리했다.

그가 집에 돌아왔을 때, 그 탁자에 꽃이 가득 그려진 탁자보로 이미 덮여 있었고, 4명 분의 식기, 다양한 샐러드가 담긴 접시들, 몇 가지 술, 냉장된 월귤 음료수가 담긴 소형 물병이 놓여 있다.

-그런데, 아이들을 위해서는 뭔가를, 에바? -막심이 물었다.
-나는 풀리나와 의논해 동의를 구했어요. 그녀가 그들을 오늘 좀 돌봐주도록 했어요. -에바가 주방에서 나왔다. -파블릭은 이미 그곳으로 갔구요. 그 아이는 저녁까지 놀다 오겠다고 했

어요.

-잘한 결정이네요, -막심은 동의했다. -시내가 쌀쌀해졌어요. 점심 뒤, 우리 대화가 끝나면 나는 손님들을 집으로 데려올 것이고, 그때 파블릭이 나와 함께 데려오면 되겠네요.

-하지만 그 경우 당신은 술을 못 마시는데요. 에바가 경고했다.

-그건... -주저하면서 막심은 말했다. -오늘은 정말 축제일이니, 조금은, 내가 조금은 마셔 봐야지요.

-내가 지켜볼 겁니다. -에바가 살짝 웃었다. -소시지, 청어는 사 왔어요?

-당신이 준 리스트에 적힌 모든 것을 샀지요. -막심은 대답했다. -이 모든 것은 지금 상점에 있더라구요. 그 수량에 대해서는 내가 보장할 수는 없지요.

-그럼, 주방 식탁에 앉아요, -에바가 말했다. -그리고 이것저것 잘라 주세요. 하지만, 만일 좀 이상하다 싶은 냄새가 나는 것이 있으면 주저 말고 버려요. 그동안 나는 텔레비전을 좀 켜서, 모스크바에서 열리는 큰 군중 집회가 있다고 해요. 우리 도시에서도 열리지요?

-우리 도시에서도, -막심은 메아리처럼 말했다. -불쌍한 사람들...

-그런데 무엇에 대해서요? -에바가 물었다. -혁명에 대해선가요?

-다가올 선거에 대해서요, -막심은 주방을 가면서 말했다. -내가 서두를게요, 손님들이 곧 나타날테니. 그럼, 만일 내가 끝내지 못하면, 라자르가 도와주겠지.

-서둘러요, 서둘러,- 에바가 대답했다. -따뜻한 접시는 좀 나중에 내놓을 거니, 내가 서두를 필요가 없지요. 더구나, 오늘의 우리 모임 주제에 대해서... 당신은 내일부터 내가 다시 실업자가 된 것을 분명히 알아야만 하겠군요.

-빌어먹을! -막심은 주방에서 막심이 큰 소리로 말했다. -무슨 일이 있었다구요?

-이 어린이집도 파산했어요. -에바가 대답하고는, 초인종 음악소리가 들리는 곳인 출입구로 서둘러 갔다.

친정 식구 두 사람은 차가움과 습기를 가진 채, 아파트로 들어섰다. 그 두 사람은 -폴리나와 라자르 -정말 비에 젖어 있었다. 그들은 이곳에 오면서 집에 우산을 두고 왔다고 라자르가 설명했다.

-이런, 불쌍한 분들이 있나요. 어서 외투 벗고 식탁으로 와요! -에바가 명령했다. -막심, 준비 다 되었나요?

-그럼, 그럼요! -막심은 음식을 잘게 자른 요리 두 접시를 들고, 주방에서 나왔다. -어서들 오세요, 귀한 처가 식구가 오셨네요! 비 맞아 감기에 들지 않으려면 뭔가 따뜻하게 하는 것을 곧장 삼켜야만 하겠어요. 보드카가 적당해요. 따뜻한 저 실내화를 신고, 나를 따라오세요. 사람들이 여전히 집회하고 있던가요?

-지금은 해산하고 있던대요, -라자르가 말했다. -정말 그들도 자신들이 추위 속에서 고함을 질렀으니 자신을 보드카로 치료해야만 할 것 같네요.

-그럼, 즐기세요, 여보, 오늘은 당신뿐만 아니라 다른 사람도 술에 취해도 될 것 같아요, -폴리나가 코멘트 했다.

-내겐 그들이 가진 이유보다 더 큰 이유가 있지요, -라자르가 대답했다.

...이미 반 시간 그들은 탁자에 앉아 별로 중요하지 않은 일에 대해 대화를 나누었다. 슬로건과 깃발이 나부끼던 오늘 같은 한때의 집회에 대해, 학창시절 때 학생들의 장난에 대해, 에바가 샐러드를 만들 때 쓴 뭔가 색다른 양념에 대해.

아무도 그 대화 속에서 다가올 그 무거운 주제를 먼저 시작할 용기가 나지 않았다. 주방에서 뭔가 날카로운 소리가 그 대화를 방해했다.

-아흐! -에바가 외쳤다. -오리 준비가 다 되었어요. 폴리나, 나를 좀 도와줄 수 있겠어요?

-물론이죠, -폴리나가 동의하고는 자리에서 일어났으나, 라자르가 그녀를 손으로 제지했다.

-에바 누이, -그가 에바에게 말했다. -그곳 난롯불을 끄고 이쪽으로 좀 와 봐. 우리는 이젠 따뜻한 음식을 앞에 두고 잠시 쉬자고. 또 우리가 여기에 무엇 때문에 앉아 있는지 생각해 보기로 해...

-그래요, 그럼, -그는 에바가 서둘러 돌아오고 나서도 말을 이어 갔다. -여기에 아직 술에 취한 사람이 없을 때, 나는 내 귀하고 귀한 친척에게 이 말을 전하고 싶습니다. 골드파르브 가족이 이 도시를... 이 나라를 떠날 준비가 거의 되었음을 알려드리고자 합니다. 저는 이스라엘행 이민 수속 서류가 모든 수준에서 허가가 났다는 소식을 받았습니다. 이젠 지방의 형식적 절차만 남았습니다. 아마, 그것은 한 달이 걸릴 수도, 아니면, 두세 달이 걸릴 수도 있습니다. 그러나 이젠 여행 가방을 사두는 편이 나을 것 같아요.

그때 듣고 있던 사람들은 말이 없었다.

전혀 무관심한 체 가장하던 막심은, 자신의 접시에 샐러드를 건드리고 있었다. 에바는 자신의 손에 접시들을 편하게 들고 서 있었다. 가슴에 팔짱을 낀 채, 폴리나는 조용히 있는 텔레비전 화면을 탐색하고 있었다.

-에바, 그리고 막심! -라자르는 작은 수건을 들고, 자신의 이마를 덮은 땀을 닦았다. -두 분은 우리 가족입니다, 물론 파블릭도 마찬가지입니다. 나는 이전에도 여러분께 제안해 보고

싶었지만,... 우리는 처음부터 이 모든 것을 검토해 보기로 결심했습니다. 이젠 나는 말합니다. 우리는 여기 있는 두 분도 우리를 따라주었으면 합니다.

-무엇을 위해서요?- 우울하게 막심이 말했다.

-더 행복한 삶을 위해서, -라자르가 조용하게 말했다. -여기서 무슨 일이 일어나고 있는지 여러분은 보지 않나요? 우리 도시뿐만 아니라, 전국에서. 하지만 이 도시에 대해, 더구나 당신이 반평생을 희생해 온 우리 회사에 대해... 당신은 지금 무엇을 기다리는가요? 빅토르 시가에프는 좋은 진전 쪽으로는 신경을 쓰지 않고 있습니다. 왜냐하면, 그는, 자신의 욕심 때문에, 주인이 되지 못했기 때문입니다...

-아마, 그럴 수도, 아마 아닐 수도 있습니다. 막심이 말했다.

-진지하지 않은 투로 당신은 모든 것을 처리하는군요, 막심, -폴리나가 말을 꺼냈다. -에바가 뭔가를 말해 봐요. 만일 당신 남편이 그 사건들을 주목하지 않는다면, 아마, 당신은 더 현명할 겁니다! 하지만 보세요. 유대인이 아닌 러시아사람들도, 돈 있는 러시아사람은, 자신의 아이들을 외국으로 보내고 있습니다. 미국으로도 영국으로요... 그 이유를 당신은 설명할 수 있겠어요?

-그 아이들이 좋은 교육을 받게 하려고요, -막심이 조용히 있는 에바를 대신해서 대답했다.

-당신 대답은 맞지 않습니다. 막심, -폴리나는 씁쓸한 웃음을 살짝 보이면서 말했다. -아이들이란 영원히 떠납니다. 왜냐하면, 그들은, 더 나아가, 그들 손자들은 그들의 현명한 부모가 여기서 뭔가 더 나은 것을 보지 못하기 때문입니다. 파블릭에 대해 생각해 보세요, 그는 아주 똑똑한 아이입니다. 에바, 왜 당신은, 마치 당신이 요리한 그 오리처럼 그렇게 조용히 있습니까?

에바는 탁자 위로 그 접시들을 놓았다. 그리고 필요 없는데도 무슨 이유인지 자동적으로 자신의 머리카락들을 정리했다.

-저는요... -그녀는 말했다. -저는 다시 직장을 잃었어요. 이 도시의 제5 어린이집이 파산했어요. 아이들이 부족합니다. -여자들이 여기서는 아이를 낳지 않습니다... 내 의견엔 우리가 오빠 가족을 따라가야 한다고 봅니다. 나는 막심이 그 결정을 지지할 것이라고 말하고자 합니다.

-용기 있는 의견이네, -막심은 그 접시를 만지는 것을 중단하고는 말했다. -하지만, 나는 이스라엘을 전혀 잊지 않고 있어요. 여러분, 누가 내게 정직하게 말해 줄 수 있나요? 내가 여러분의 이스라엘에서 무엇을 할 지를요? 내가 거리를 청소할까요, 아니면 아이스크림을 팔까요? 이런?

-바보인 척 행동하지 말아요, 막심, 기계공학에 대한 당신 경험이면, 당신의 그 언어능력이면, 당신은 그곳에서도 일없이 지낼 수는 없지요. 더구나 나는 이미 우리가 그곳에서 뭔가 공통의 사업을 시작할 수도 있다고 생각을 해 두었습니다. 그렇지요?

-막심, -에바가 말했다. -만일 당신이 지금 최종 결심을 못한다면, 결정하지 말아요. 우리는 그 일을 더 진지하게 생각해 보고, 나중에 대화를 이어가 봐요...

-나는 이미 최종 결심을 했어요, -갑자기 그리고 좀 딸국질을 하며 막심은 말을 시작했다. -에바, 당신은 떠날 권리가 있어요. 나는 파블릭이 당신과 함께 떠난다 해도 반대하지 않습니다. 그러나 나는 여기에 남을 겁니다. 좋든 싫든 -이 도시는 나의 도시입니다. 반평생을 나는 이곳에서 살아왔어요, 안 그런가요, 라자르? 이렇든, 저렇든, 그러나 정말 전적으로는 나쁜 반평생은 아니었어요. 친구도 있고, 사건들도, 경험들도 있어요...

-연인들도... -그를 고정해서 쳐다보며 에바가 계속했다.
막심은 아내에게 눈을 들어 아내를 바라보았다.
-연인들이라니요? -그가 물었다. -그럴 수도... 하지만 그게
가장 중요한 것은 아니오. 중요한 것은...
그는 자신의 말을 전화벨이 울리는 바람에 이어갈 수가 없었다.
-에바! -라자르가 눈짓했다. -누이가 만든 오리도 우리에게
이미 전화하고 있네요...

-슢스키이입니다! -막심은 전화가 있는 곳으로 가서, 그 수화
기를 들었다.
-막심! 그 안에서 시가에프의 술 취한 목소리가 들려 왔다. -
당신은 당신 친구들을 팔지 않는다고 말했지요... 그래서 나는
당신을 존경합니다!
-미안합니다, 빅토르. -거칠게 막심은 다시 말했다. -그 점에
대해 알려주는 것은 놀랄 일이 아니네요. 하지만 당신은 최근
내 친구가 되지 않으려고 모든 일을 하고 있더군요.
-그럼, 그 말이 무슨 의미인가요, 막심! -후회하는 듯한 목소
리로 빅토르가 주저했다. -나는 아주 당신을 많이 존경해요...
나는 라자르도 많이 존경합니다! 그-래-요, 나는 그를 찾고
있어요! 그가 옆에 있나요?
-라자르! -막심이 불렀다. -와서, 전화 받아요, 내 영혼이 아
니라, 당신 영혼이 필요하다네요.
라자르가 그 방에서 사라지고 잠시 뒤, 돌아왔다.
-그가 뭐라 하던가요? - 막심이 물었다.
-하, 그가 지난주 벌어진 일로 미안하다고 용서를 구하던데
요. -라자르는 생각에 잠기면서 말했다. -정말, 우리 친구는
뭔가 필요한가 봅니다...
-이런, 남자분들!- 에바가 외쳤다. -오리에 대해선 우리가 온

전히 잊고 있었네요. 이젠 다시 데울 필요가 생겼네요. 폴리나, 우린 함께 주방에 가요!

199.년 11월 9일 화요일

아주 먼 옛날부터 축제일의 다음 날 아침은 이 나라에서는 큰 골칫거리였다. 오늘의 행정부는 그 문제에 적당한 해결책을 생각해낸 것으로 보였다.

만일 달력에서 어느 주간의 주말이 축제일이 되면, 그 휴일은 그 축제일의 다음 날로 이전되는 것이다.

이번, 이 축제일이 일요일이 되는 바람에, 자동으로 월요일도 휴무일이 되었다.

정말로, 저 높은 곳인 그곳에서 어느 멍청한 사람이 시민들이 일요일 축제의 무절제함이 끝난 뒤인 월요일에도 휴무하게 되면, 생생한 기분으로 화요일엔 자기 업무로 복귀할 것으로 상상하였나 보다.

오, 그런데 이럴 수가! 그런 의견은 멍청한 자의 머릿속에서만 나올 수 있거나, 아니면 우리 시민들의 모럴에 대해 정보가 전혀 없음이 분명했다.

물론 당연하게도, 이 나라 주민 대다수는 일요일에 활동적으로 또 애국적으로 축제일을 즐긴 뒤에, 월요일 아침부터 전통적 방식으로, 그래, 한두 잔의 술을 소비해 자신의 머리를 치료하기 시작한다.

낮 동안에는, -자유롭기에- 그 치료는 진전된다,

그날 저녁이 되면 다시 축제가 진행된다.

그럼 화요일에는 무슨 결론이 날까? -마찬가지로 축제일 다음의 아침이 된다.

그래서, "루소플라스트"에 속한 수공업 공장들은 아침 8시 반경엔 거의 절대적으로 조용했다. 조금의 소란이라면 그 보일러실에서의 펌프가 외부를 향해 내는 소리였다.

코스챠 크즈미초프는, 머리 상태와는 독립적으로, 정확한 시간에 그 임무에 오는 습관이 되어 있었다. -온도를 올리기 위해 사출기 하나를 작동했다. 그는 사출 공장 안에서 어떤 쇠조각을 망치로 때리고 있었다.

셀룰로이드 공장에서 온 몇 명의 사출공과 두 명의 절단공이 당직실 방으로 잡담하러 모여들었다.

시각표에 따르면, 8시 30분에 시영 버스가 사람들을 가득 싣고 왔다. 그 안에는 그 버스를 늘 이용해 온 사무직원뿐만 아니라, 노동자 계급의 일련의 남자 직원들과, 월요일의 부가적인 휴무일 때문에 잠을 늦게 깬 남자노동자들도 함께 싣고 왔다.

몇 초 뒤, 마치 그 버스를 뒤쫓듯이, 그 대표 자동차 "볼가"가 회사 안으로 들어섰다. 빅토르 시가에프는, 무겁게 자동차에서 내리면서 불만인 듯한 모습으로, 버스에서 내려 저 멀리 기어가고 있는 직원들을 멍하니 한 번 쳐다보았다. 그 지각한 노동자들은 자신의 잘못을 알고 죄지은 듯한 목소리로 그 대표에게 인사를 하고는 회사 출입구로 서둘러 갔다.

라자르는 자기 부하 직원의 급료에 생긴 오류를 수정하러 회계직원들을 만나러 복도로 향하고 있고, 한편 노동자들은 하나둘씩, 그 공장 구역 안으로 들어서고 있었다.

그는 천천히 아주 느리게, 인사들을 서로 주고받았고, 그렇게 지나가는 일행 중 마지막 사람에게 인사하고는, 밖으로, 그 사무실로 향해 가기 시작했다.

-좋은 아침입니다, 빅토르 바실리예비치, -위쪽에서 가벼운 마음으로 가던 라자르가 아래쪽에서 조금 구부정한 모습으로 걸어오는 대표를 향해 인사를 했다. -머리가 좀 어떤가요?...

좀 순한 알콜이 이 순간엔 아주 유용하지요! 아하! 제가 대표께 대접할까요?

-그만, 라자르 아로노비치, -불평하듯이 그 대표가 말했다. -당신은 내가 그런 머리 치료를 받아들이지 않는다는 것을 잘 알고 있지요. 만일 내가 아침부터 시작하면 이게 온종일 진행됩니다. 나는 식당으로 가, 아마, 라리사가 냉장고에 소금물을 좀 만들어 놓은 것이 있을 겁니다.

-좋은 치료가 되길! -라자르가 살짝 웃고는, 그 복도 안으로 몇 걸음 들어섰다.

-스톱, 라자르! -빅토르가 그를 멈추게 했다. -당신은 어디로?

-마샤에게요,- 라자르가 대답했다.

-에이, 이 거인아! -짐짓 놀란 듯이 대표가 말했다.- 이른 아침부터 여자를 찾다니...

-나는 그녀가 필요합니다. -라자르가 교활하게 눈을 껌벅이면서 대답했다. -그러나 여자로서 그녀를 필요로 하지 않습니다. 회계사로서요. 제 전기공 3명 임금이 잘못 계산되어 있어요. 내가 임금 지급이 있기 1주일 전에 그 말을 해 두었기에 다행입니다만. 해당 날짜에 맞도록 수정해둬야지요. 그러면 제 전기공들은 제게 불평하지 않겠지요.

-좀 나중에 그 일을 처리해요, -빅토르가 그의 소매를 잡으면서 제안했다. -더 중요하게 지금 해야 할 일이 있습니다. 나와 좀 같이 갈 때가 있어요.

-급료보다 더 중요한 일이 어떤 일이 있을까요?- 라자르가 반박했다.

-있지, 있구요, 내가 당신에게 말하리다, -대표는 수상하게도 자신을 따라 오도록 라자르 소매를 놓지 않고서, 수수께끼처럼 더듬거리며 말했다.

라자르는 복종하듯이 자신의 몸을 돌렸고, 그들이 그 출입구에 도착했을 때야 -여성들이 그런 우호적인 장면을 보지 않도록 -비로소 그의 소매를 놓았다.

계단을 따라 그들은 그 모퉁이에서 서너 명의 여성 사출공이 앉아 있는 식당 안으로 들어섰다.

라리사가 보조 요리사 한 사람과 함께 곧 있을 점심을 위해 비지땀을 흘리고 있었다.

-좋은 아침입니다, 빅토르 바실리예비치!- 그녀는 대표에게 인사를 하고, 오늘 이미 만난 적이 있는 라자르에게도 고개를 움직여 인사했다. -임원 회의에 앞서 소금물을 좋아하시죠?

-소금물, 그래요,- 손바닥으로 머리를 누르면서 빅토르가 대답했다. -하지만 오늘 운영위원회는 열지 않아요.

-열리지 않는다고요? -라리사가 살짝 놀라며 물었다. -그럼 좋아요. 어디라도 앉으세요, 곧 준비해드리죠...

-안녕하세요, 빅토르 바실리예비치, -저 모퉁이의 희미함 속에서 여자들이 그 대표에게 인사를 했다.

-안녕, 안녕하지요... -불만스럽게 그 대표가 불평했다. -하지만 여러분은, 그 안에서 뭘 하고 있나요?

-차를 끓이고 있지요,- 그 여성 중 한 사람이 대답했다. -소금물 말고요.

여성들에게서 살짝 웃는 소리가 들려 왔다.

-차를... -같은 톤으로 빅토르가 불만스럽게 불평했다. -당신 기계 앞으로 얼른 가요!

-곧 우리는 갈거에요, -여자 중 한 사람이 말했다. -기계들은 지금 열이 올라가고 있지요. 15분이면 우리는 차를 끓일 수 있습니다.

빅토르 시가에프는 라리사가 가져다준 큰 찻잔을 몇 번 꿀꺽 꿀꺽 들이키더니, 그 차를 끓이는 곳에서 떠나가는 여공들을 보고, 또, 그 마지막 여자가 그 출입문에서 사라질 때, 라자르에게 몸을 돌렸다.

라자르는 그 순간에, 그 대표가 알아차리지 못할 정도로 그 다가선 주임 여성 요리사의 유혹적인 엉덩이를 한 번 만져 보는데 성공했지만, 그 순간 그 요리사가 반쯤 저항하는 듯이 라자르 머리를 건드렸다. 그러고는 지금 이 순간은 전혀 무관심하고 독립적인 표정을 가진 시가에프의 시선을 받는 중이었다.

-아하!- 그 대표가 라자르를 방금 본 듯이 말했다. -저기요, 라자르... 아로노비치... 우리 전기 일이 어찌 된 상황인가요? 아무 잘못된 일이 없지요?...전기를 단전하는데 문제가 있나요?

-왜 무슨 이유로 단전해야 하는가요? -마음이 상해 라자르가 저항했다. -내가 하는 일은 우리 도시 공장에선 모범인데요... 지금 상황에서는요. 분명히 여기저기에 전등이 부족하고, 법적으로 요구하는 보호장구들은 충분하지 않지만요. 그래서 우리는 단전도 하고 있습니다만... 모든 게 정말 규정대로 잘 돌아가고 있어요.

-그래, 그래요... -생각에 잠긴 채 빅토르가 말하고는, 자신의 귓불을 만졌다. -단전이란 없다는 말이군요...

-단전과 연결될 일은 없지요. 라자르가 확고부동하게 말했다.

-나빠요, 나빠요... -대표가 중얼거렸다. -그 사람들도 무리지어 출근했구나... 이상하게도, 나는 오늘은 사람이 좀 적을 거라고 계산했는데...

-용서하세요, 빅토르 바실리예비치, -라자르가 놀라며 말했다. -나는 이해가 되지 않습니다... 아마, 라리사더러 더 많은 소금물을 더 달라고 할까요? 하?

-소금물은 충분합니다... -빅토르가 대답했다. -그런데요, 라자르... 갑자기 뭔가로 단전시키는 일이 있을 수 있다고 보는

지요? 전적으로 이 공장에 전기가 들어오지 않는 상황이요...

  -모든 것은 인생에서 일어날 수가 있지요...-라자르가 자신의 목덜미를 긁었다. -하지만 내가 관리하는 곳에서는 일어나지 않습니다.

-당신의 관리하에서, -대표가 반박했다. -단적으로 말해, 나는 우리 공장 사람들이 오늘 휴무하기를 희망합니다. 정말 당신은 주변압기를 끌 수 있지요... 그리고 단전이 생겼다고 알리시오... 또 전기는 오늘 온종일 들어오지 않을 거라고도 알리세요. 알겠습니까? 당신이 그걸 즉시 시행해주길 요청합니다. 사람들은 귀가하라고요... 나는 그들이 그 점을 기꺼이 받아들인다는 것을 의심하지 않습니다.

-분명히 당신은 더 많은 소금물이 필요하군요, 빅토르 바실리예비치, -라자르가 깜짝 놀라 말했다. -기계들은 이미 가동시켜 열을 올리고 있다구요! 전기가 갑자기 들어오지 않으면 이미 녹여진 플라스틱은 사출기 안에서 가공도 되지 않은 채 남게 됩니다... 그러면 나중에 그걸 청소하는 데만 적어도 온종일 걸립니다! 상상이나 해 봤어요?

-라자르! -대표는 확고부동한 어조로, 그 주임 전기공을 향해 시선을 고정한 채 말했다. -오늘 당신 똥을, 완전히 씹을 끝내지 못했어요? 그게 내 명령이라는 것을 알지 못하겠어요! 내가 되풀이해서 말합니다: 당신이 주변압기 전원을 즉시 내려요. 어서 가서 실시해요. 그리고 그 명령은 비밀임을 생각해 두고요.

  라자르는 열변적으로 그 관자놀이 근처에서 집게손가락을 돌렸다.

-생각해 보세요, 대표 동무, 그런 톤으로 말하기에 앞서서요, -그는 천천히 말을 꺼냈다. -만일 당신 머리가 아프다면, 그 소금물로 고치세요, 부하직원 마음을 상하게 하지 말고요. 아

니면, 정말 나는 당신 얼굴의 아랫부분을 때릴 권리를 갖게 될 것입니다. 그것도 효과적 치료제입니다.

-당신! 당신이!... -빅토르는 난폭함과 증오심이 가득한 두 눈으로 비틀거리며 말을 더듬었다. -나는!... 내가 민병대를 부르고, 당신이 나를 위협했다고 말할 거요!

-그럼, 빅토르 바실리예비치, 라자르가 대답했다,- 나는 온전히 정반대의 일이 벌어졌다고 말할 거고, 증인들이 있습니다.

그는 라리사에게 고개를 들어 가리켰다. 그 순간에 그 식당으로 콜랴와 막심이 황급히 들어섰다.

-여기에 여러분은 계시네요! -콜랴가 외쳤다.- 하지만 우리가 지금 빅토르 바실리예비치 대표를 찾고 있었답니다. 당신의 결정이 필요합니다. 나는 긴급하게 필요합니다! 막심은 말했다고요. 내 기중기가 그걸 들어 올리지 못할 거라고 말했습니다만, 저는 들어 올려야만 합니다! 1톤 300kg밖에 되지 않아요! 막심이 그걸 안 된다며, 허락하지 않고 있으니까요!

-콜랴, 진정해요, -막심이 조언하듯 말했다. -당신의 그 작은 크레인으로는 들어 올리는 최고 하중이 있습니다. -1톤이라고요. 그런데 그것조차도 무리입니다. 우리 대표가 당신에게 노동자들을 위험에 빠뜨릴지도 모를 규정을 위반하라고 허락하겠어요?

-무슨 위험이요? 무슨 위험이냐구요?! 콜랴가 난폭해졌다. -일이 중요하지요!

-콜랴, 라자르가 말했다. -필시, 바로 지금 대표는 뭐든지 허락할 수 있습니다. 너무 과한 축제를 벌인 뒤라...

그는 빅토르에게 윙크했다.

그러자 대표는 자리에서 일어나, 조용히 아무 말도 하지 않은 채 식당을 빠져나가, 자신의 사무실로 방향을 잡았다.

남자들이 그를 따랐지만, 아래로 내려서면서, 그는 공장 부지에서 사무실로 걸어갔다.

그래서, 그들은 그 사무실 앞에 대형 트럭이 한 대 서 있는 것을 보지 못했다.

그 트럭에서 나온 한 남자가 대표에게 손을 내밀어 악수했다. -헤이, 대표님! -그는 유쾌하게 웃었다. -당신이 요구한 대로 준비가 되어 있습니다. 우리가 어느 기계를 실을까요?

-우린 그 일을 늦춥시다. -대표가 말했다. -지금은 적당한 때가 아닌 것 같소이다. 당신이 온 대가는 내가 지급하지요. 마음은 상하지 말고요.

그는 자신의 호주머니에서 지폐 몇 장을 꺼내 그 남자에게 내밀었다. 트럭 운전기사는 자신의 자동차에 시동을 걸고, 그 트럭은 급히 그 길모퉁이에서 사라졌다.

빅토르 시가에프는 황소처럼 고개를 숙인 채 자신의 사무실로 들어가 버렸다.

199.년 11월 15일 월요일

차량을 운전기사가 와서 끌고 가야 하는 원인이 사라져 버렸다. 예년과는 달리 따뜻한 11월은 -저녁엔 서늘함도 거의 없이, 낮에는 거의 영상 10도 이상까지 올라갔고 -10월의 그 작은 눈 자취를 어디서든지 싹- 없애버렸다. 하늘은 맑고, 기상청에서도 오늘 날씨에 변화는 없다고 말했다. 더구나, 날씨가 어떠하든 -비가 오든, 추위가 찾아오든, 눈이 오든, 덥든 춥든 -게오르기이 자소코프는 자신의 차량 "토요타"를 직접 운전하기를 좋아했다.

에어콘, 믿을 만한 브레이크와 타이어를 갖춘 안락하고 강력한 차 안에서 사람들은 바깥 날씨에 대해선 너무 생각하지 않아도 되었다. 그래도 그에게는 동행자가 있었다. 디마 두긴이라는 변호사는, 어떤 이유로 지난 주말에 페테르부르크에 가 있었지만, 어제 전화해서, 게오르기이 자소코프에게 자기 도시로 같이 가 달라고 요청했다.

아침 8시경 그 둘은 출발했다. 도로는, 위험한 움푹 파인 곳과 깨진 곳들을 대체로 지난여름에 수리해 놓은 덕분에 목재를 과적해 운반하는 대형 트럭 바퀴에도 아직은 파손되지 않았다. "토요타" 자동차는 교통경찰이 조는 시간을 이용해, 시속 120km를 다소 넘는 속도를 유지하며, 활발하게 그 교외를 통과해, 10시 반경에는 이미 그 시청 청사 안에 차를 주차할 수 있었다.

-아마도, 제가 당신과 함께 들어가는 것이 좋겠지요? - 두긴이 말했다.

-그럴 필요는 없어요, -간단히 자소코프가 반박했다. -대화는 조용히, 둘이서만 얼굴을 마주 본 채 진행되어야만 합니다. 내가 여기 머무는 동안, 당신은 우리가 아는 시가에프 동무를 찾아가 봐요. 그곳에서, 특별히 그것을 강조하지는 말고, 그가 기계들을 팔려는 것을 시작하지 않았는지 살펴보세요. 수많은 대표가 지금 해고가 임박한 시점에 그런 범죄를 저지르고 있어요. 그와 함께 농담이나 좀 해 보세요. 그가 올해 얼마나 큰 이익을 낼지도 물어보세요, 또 그가 그 이익을 주주들 사이에 어찌 배분할지에 대해서도요...

-하-하!- 웃으며 두긴이 환호했다. -이익은 무슨? 내가 알기론, 시가에프 회사는 지금 적자가 쌓이고 있습니다. 이미 석달 동안 그곳 직원들은 자기 급료 중 일부만 받았다고 하던데요.

-그건, 그것은 우리를 위한 놀이입니다. -자소코프가 말했다. -그래요, 그가 자기 보유 주식을 팔 의사가 있는지 꼭 알아봐 주세요. 만일 그렇다면, 얼마를 요구하는지도요... 그의

두뇌를 잘 살펴봐요. 그에게 우리가 그를 잊지 않았다는 것을 상기시켜 주세요.

시청 사람들은 그를 정중히 영접했다. 에벨리나 파블로프나, 그 여비서는, 지난 그의 방문에서 그를 새로 등장하는 스포츠인을 관찰하듯이 한 번 훑어보고는 창가로 눈길을 돌려 버렸는데, 이번에는 예상과 달리, 상냥했다.

시장 페트로프스키흐도 그가 들어서자, 자신의 안락의자에서 무겁게 일어나, 몇 걸음 걸어 나와 그 중요한 방문객에게 악수하기 위해 손을 내밀었다.

자소코프는 곧장 알아차리길, 그 시장 얼굴이 피곤함과 이젠 힘이 다 빠진 것 같은 느낌을 분명히 받았다. 시장 선거의 투표를 앞두고 연설 경쟁, 집회와 연일 그에게 쏟아지는 대중매체의 모든 종류의 비난 -부분적으로 맞고, 부분적으로는 비방-에 대한 반박은 필시 그만큼 많은 경험을 가진 정치 전사에게서조차 힘을 다 앗아가 버린 것 같았다.

페트로프스키흐는 자신의 시장 집무실 의자에 앉지 않고, 손님을 맞는 자리의 맞은편 탁자 쪽에 앉았다.

-나는 시장님, 아르투르 알베르토비치 시장님을 진심으로 동정적으로 보고 있습니다, -자소코프가 말했다. -그리고 부럽기도 합니다. 지금의 그만큼의 용기와 그만큼의 염원은 정치 활동을 위해 꼭 필요합니다! 제가 그렇게 깊이 관여하는 위험을 한 번도 겪어본 적이 없어서요.

-그런 말 마십시오, 그런 말 마십시오, 게오르기이 아슬라노비치, -그 시장은 살짝 웃었다. -당신은 젊은 스포츠인이라 국가가 움직이는 메커니즘를 이해할 겁니다. 시립 정비건축회사 상태가 당신이 그 회사를 콘트롤 한 이후 모든 다른 사람이 부러워할 정도입니다. 주문도 많고, 직원도 정기적으로 급료를 받고 있으니까요... 이 선거를 보면 당신도 앞으로 시장

자리에 도전할 기회가 있을지도 모르겠습니다.

-아뇨, 아닙니다, 존경하는 아르투르 알베르토비치, -이번에는 자소코프가 살짝 웃었다. -정치적 활동은 사장님 영역입니다. 저는 추측합니다. 시장님이 모든 멍청한 공격을 이겨내리라고 생각해 봅니다. 우리 시의 발전을 위한 시장님의 프로그램은 모두에게 분명하고 이해됩니다. 이 도시에서의 그만큼 수많은 지지자, 동조자와 친구가 있다면, 시장님은 이 자리를 지켜나 갈 것입니다.

 그 시장은 슬픔과 환상을 깨고 난 것 같은 표정을 지었다.

-아흐, 게오르기이 아슬라노비치! -그는 영혼의 고통을 느끼는 듯하면서도 큰 소리로 말했다. -정치에는 진정한 친구가 있을 수 없다는 것을 당신에게 가르쳐 드릴까요? 이제 보세요. 당신은, 나는 지금 당신을 내 친구라고 감히 말하진 못하지만, 왜냐하면 우리가 서로를 알게 된 지 얼마 되지 않아서입니다. 하지만, 당신은 내 선거 캠페인에 상당한 기금을 기부하였더군요. 분명히, 내가 이해하기로 당신은 이 도시에 관심이 많고, 바로 그 점 때문에 나를 지지하고 있다고 이해됩니다...

-물론입니다, 아르투르 일베르토비치, -평화롭게 자소코프는 개입했다. -저는 제가 기금을 냈다고 해서 반대급부로 특별한 봉사를 요구하지 않습니다만, 저는, 시장님과 함께 제가 하는 사업이 여기, 이 도시에서 더 잘 이해되기를 기대합니다.

-좋아요, 좋아요, -시장은 중얼거렸다. -물론입니다... 그럼, 그게 당신이군요. 그런데, 이젠, -그는 창밖을 가리키고는 -내 제자이자 친구가 있습니다. 더구나, "루소플라스트"에 당신 라이벌 빅토르 시가에프가 있습니다. 어제 믿을 만한 사람이 제게 소식을 알려 주더군요, 빅토르가, 상상해 보세요. 나의 빅토르가... 내 라이벌 미노로프에게 기금을 익명으로 제공

했다는 것입니다. 확실히, 내 쪽에도 그가 뭔가를 두었지만, 미노로프를 위한 기금에 더 많은 액수를 냈다는 것입니다. 왜 '나의' 빅토르가 그렇게 했는지 나는 나 자신에게 묻습니다. 정확한 대답은 이것입니다. 그는 저 미노로프의 도움이 필요하다는 것입니다. 미노로프는, 당신이 알고 있는 한, 시내의 여러 범죄 탐구자들과 검사와도 좋은 만남을 가지고 있고, 그 점에 대해 좀 생각해 주십시오.

-감사합니다, 아르투르 알베르토비치, 확실히, 당신 정보는 내게 도움이 됩니다. -자소코프가 말했다. -저는 당신의 채무자로 남고 싶지는 않습니다. 확실한 당선을 위해 당신 기금이 충분한지를 꼭 제게 말해 주십시오.

-저기... -그 시장은 낮은 소리로 말했다. -그 돈은 절대로 넘치지 않습니다. 저희 팀은 2분짜리 홍보 영화도 준비했습니다. 그런데 그게 너무 비싸더군요....

-걱정하시지 마십시오, 아르투르 알베르토비치, -살짝 웃으며 자소코프가 말했다. -당신 팀이 제게 청구서를 보내주세요. 저의 주임회계사가 곧 그 홍보 영상물에 대해 지급할 법적 이유를 만들어 낼 겁니다.

-하!- 큰 소리로 또 만족하여 페트로프스키흐가 말했다. -이젠 내가 당신에게 감사할 차례이군요. 아마 당신은 지금 뭔가가 필요하지요, 게오르기이 아슬라노비치, 투표일까지 한 달 조금 더 남았습니다... 많지는 않지만 이것-저것을 당신은 성공적으로 해낼 수 있을 겁니다.

-그런 걱정은 마십시오, 아르투르 알베르토비치, -자소코프가 반복했다. -지금 시장님은 선거에, 지금 진행하는 일로, 또 선거 캠페인에 비지땀을 흘리고 계시는군요... 꼭 성공하길 기대합니다... 나중에, 저는, 아마, 뭔가 지원을 요청하는 일이 있을 겁니다... 아마 필요 없을지도요. 우리가 봅시다... 하지만

에! 한가지 작은 요청은 있긴 합니다. 그 열차 차량 건설 공장, 이 도시에서 가장 큰 공장이 그 공장 내 사무동을 수리하려고 큰 기금을 철도청에 요청했는데, 그 기금을 받아냈다고 들었습니다. 6층짜리, 그동안에... 그것입니다. 그 공장은 곧 이 일을 위해 좋은 시행자를 찾아 나설 겁니다. 그때 이 일의 시행자로 저의 건축정비 회사가 지명되도록 조금이라도 도와주실 수 있으신지요?

-복잡한 일은 아니네요, -페트로프스키흐가 말했다. -내가 곧 당신을 위해 뭔가 유용한 일을 할 수 있어 기쁩니다.

-감사합니다, -사교성 있게 자소코프가 살짝 웃으며 말했다. -친구든 친구가 아니든 그것은 중요하지 않습니다. 하지만 우리는 서로 유용하였으면 합니다.

그는 그 사무실을 떠나면서, 에벨리나 파블로프나에게도 친절한 웃음을 살짝 보내고는 빠른 걸음으로 아래로 내려가다가, 잠시 그 계단에서 멈추어 서고, 두긴이 이미 왔는지, 아직 오지 않았는지 탐색해 보았다.

두긴이 아직 그 자리에 보이지 않아, 게오르기이 자소코프는 천천히 자신의 자동차가 주차된 곳으로 걸어가기 시작했다.

-게오르기이 아슬라노비치! -안면이 없는 사람이 그에게 다가와, 자신의 어둡고 붉은 증명서를 호주머니에서 꺼냈다. -저는 내무부의 이 도시 담당국 부국장 신쪼프 경감(경무관)입니다. 여길 봐 주십시오. 당신은 지금 자유시간이 좀 있지요? 10분, 15분 정도 저희 내무국을 방문할 것을 요청합니다. 작은 문제가 있습니다. 당신에게도 중요한 것이구요.

-좋습니다, 경감(경무관)님, -자소코프는 그에게도 자신의 친절한 웃음을 선사했다. 그날은 성공했기에, 그런 웃음을 아낄 필요는 없었을 것이다. -제 자동차에 오르십시오, 우리가 함

께 이동하지요.

-20m를 차량으로 이동한다는 것은 너무 멋진 일이긴 하겠군요! -그 경감은 대답으로 웃었다.- 여기가 우리 사무실입니다, 시청사의 우측 편에 있는.

-그렇다면, 우리가 20m 정도 걸어가는 것이 낫겠네요, -자소코프는 말했다. -날씨도 좋으니까요.

디마 두긴은 시청에 15분 뒤 도착했다.

오전에 자소코프와 헤어진 직후 그는 택시로 "루소플라스트" 회사에 도착해, 사무직원 몰래 몇 명의 아는 노동자와 대화를 나누고, 시가에프와 길지 않은 대화를 위해 그 사무실을 방문하고 돌아 왔다.

지금 그는 뭔가 보고할 것을 갖고 있었다.

자소코프 차는 아침에 주차해 둔 곳에 그대로 서 있었다.

디마 두긴은 매력적인 에벨리나 파블로프나와 사교적인 대화를 하러 또 그 응접실에서 자기 대표를 기다리려고 제3층으로 올라갔다. 그런데, 그 매력적인 여비서가 전하길, 게오르기이 아슬라노비치는 벌써 가셨다고 했다... 아마 15분 전에 이미 그가 갔다고 했다.

두긴은 3층의 여러 사무실도 가보았다.

그 자신의 추측으로 자소코프가 찾아갈 만한 여러 사무실을 돌아다녔지만, 아무 곳에도 그를 발견할 수 없었다.

그래서, 정말 자소코프가 시청의 어느 식당에서 점심이나 먹고 있겠지 하고, 두긴은 마음을 정했다.

그는, 작은 쪽지에 자신이 떠난 것에 대한 몇 가지 필요한 낱말을 써서, 타고 왔던 자동차 유리에 그 종이를 놓고, 차량 와이퍼로 눌러서, 점심 식사하러 가까운 자기 집으로 서둘러 걸어가기 시작했다.

반 시간이 좀 지난 시점에 디마 두긴이 그렇게 점심을 먹고 다시 와 봐도 그 자동차는 그대로였다. 디마 두긴은 자신이 메모를 남긴 그 쪽지가 그대로 남겨 있음을 확인했다.

그때, 두긴은 혼비백산하기 시작했다.

다시 그는 시청을 다 뒤졌고, 매번- 매 사무실들을, 잠긴 사무실을 제외하고는 사무실이란 사무실은 다 찾아 다녔다.

나중에, 시청에서 자동차를 갖고온 지인 한 사람을 우연히 만났다.

그러고는 그는 일곱 개의 별도의 레스토랑, 커피점, 아이스크림점과 그 시립 호텔 안의 작은 식당도 가 보았다.

가는 곳마다 종업원들은 그런 남자는 오늘 손님으로 온 적이 없다고 확인해 주었다. 디마 두긴은 시립 병원 응급센터를 찾아갔고, 그곳에도 자소코프에 대해 아는 바 없다고 했다.

또 민병대에서도 당직자는 그런 상황에 대해선 아는 바 없다고 했지만, 그가 떠날 때쯤, 자신이 아는 경위 한 사람을 만나 인사하고는, 절망적으로 자소코프에 대해 아는지 물어 보았다. 그 경위 말로는, 비슷한 남자가 부국장이자 경감인 상사와 함께 이곳 민병대에 들어왔다고 알려 주었다. 두긴은 그 민병대로 다시 들어가, 증명서를 제시하고는, 출입증을 받은 뒤, 민병대 대장의 응접실에 도착했다.

뚱뚱한 여비사가 작은 초콜릿을 들고 큰 눈으로 그에게 조용하게 말해 주었다.

바로 이곳에서, 이 응접실에 그 부국장과 함께 온 남자가 시 검찰이 서명한 체포영장을 받았다고 알려 주었다.

나중에 그 남자는 두 명의 민병대 직원이 데리고 여기를 떠나갔다고 했다... 그래서 그녀는 짐작하기를, 두기 동무가 시립 구치소에 가면 그의 지인을 찾을 수 있다고 했다.

제4부(겨울)

199.년 12월 1일, 수요일

-자소코프, 나와요! -감방 출입문 자물쇠를 열면서 젊은 간수가 큰 소리로 불렀다. -변호사 접견이요.

게오르기이는 자신의 자리에서 일어났다. 위층에 자리한 같은 수감 동료가 아래로 몸을 구부려 내려다보고는 물었다.

-곧 석방이요, 형제?

-아직은요, -게오르기이가 살짝 웃고는 대답했다. -아직은 그 열매가 익지 않았어요.

그는 자신의 두 팔을 뻗기도 하고, 또 위로 올려 보기도 하면서 앉아 일어서기를 하더니, 근육을 긴장시키고, 7명이 함께 수감하는 동료의 궁금한 눈길을 옆으로 둔 채, 그 감방에서 나왔다.

도시의 이 감옥의 공식 명칭은 "구치소"다, 여기는 재판을 앞둔 미결수형자가 대부분이다. 재판이 끝난 미결수형자는 형이 확정된 페테르부르크의 "크레스티"[49] 교도소나 아니면 어느 먼 다른 교도소로 송치된다. 지금 있는 이 구치소가, 필시, 그 페테르부르크의 "크레스티"보다는 안락한 곳이다. 이 구치소에는 한 방에는 8명 미만의 죄수들은 유치된다. 반면에 페테르부르크 교도소에는 12명 이상의 기결수를 한 방에 가둬 놓는다.

죄수들은 자신의 감방 안에서 격자로 된, 높이 위치한 좁은 창문 너머로 외부 세계를 볼 수 있지만, 여기, 대화하는 접견실에서는 창문이 비록 똑같이 격자로 되어도 크기는 정상이

---

49) *주: "십자가들"-네바 강변의, 페테르부르크에 위치한 유명 교도소.

다. 창문 너머로 벽이 보이고, 마치 특별히, 그 죄수들의 참회를 위해 만들어진 것처럼, 인근 수도원의 대성당 둥근 지붕 5개도 볼 수 있다. 가벼운 눈이 하얗게 그 지붕을 덮고 있고, 그곳에서 휴식하는 비둘기들은, 저 멀리서 보니, 아무나 생각 없이 그 사람이 손으로 뿌린 씨앗처럼 보였다. 구치소 전체가 난방이 잘 되어, 그 때문에, 변호사가 그 방의 당직 간수에게 창문을 좀 열어 달라고 요청했다. 게오르기이는 기쁘게도 그 신선한 공기를 마시고는 바깥 풍경을 구경하고 있다. 옆으로는 디마 두긴을 바라보았다. 그도 필시 자신의 자랑스럽고 열정적인 보고를 즐기고 있는 듯 했다.

-우리 현 시장 팀이 좋은 홍보 영화를 만들었습니다. 아주 효과적 선전도구이지요! -두긴은 매력적으로 말했다. 그 영화가 누구의 돈으로 만들어졌는지는 강조하지 않아도 그 두 사람은 그것을 이해했지만, 낯선 사람 귀에는 들리지 않아야만 했다. -나는 당신을 위해 복사본 하나를 챙겨 두었습니다. 게오르기이 아슬라노비치, 나중에 당신은 보시게 될 겁니다... 당신 형이 페테르부르크로 전화를 주셨어요: 인근 도시의 사탕 공장은 아무 문제 없이 매입되었다...고 하더라고요... 전에 제게 시킨 임무에 따라서, 제가 그 공장 사무동 수리 계약도 서명했습니다...그리고, 사실, 모든 것은 잘 돌아갑니다. 그 일에 대해서는 신경을 덜 써도 될 것 같습니다... 모든 게 잘 돌아가고 있습니다...

그러고도 두긴은 게오기이의 불만적인 눈길을 대하고는 입이 뽀로통해졌다.

-제가 뭐 잊은 게 있나요, 게오르기이 아슬라노비치? -그는 용서를 구하는 표정으로 물었다.

게오르기이는 여전히 다시 창문을 보고 있었다.

'필시 오늘 뭔가 교회 행사가 있구나.' -그는 그렇게 생각하고는, '이제 종소리가 들리는군...' 디마 두긴은 평정심을 가지고 기다렸다. 죄를 지은 듯, 마음 상한 표정을 지닌 채.

-당신은 잊고 있어요, 디마, - 마침내 게오르기이가 말을 시작했다. -당신은 나를 기쁘게 하거나 환상을 깨드리게 하는 걸 잊었네요.

-게오르기이 아슬라노비치! -디마 두긴은 진지하게 마음이 상한 표정을 지었다. -그것을 저는 디저트로 준비해 두었습니다! 그럼. 당신은 알고 있습니다. 이 시의 담당 검사가 재판이 끝날 때까지, 우리가 보석금을 내겠다고 해도, 이 구치소 수감 생활을 마치게 해 달라는 저의 청원서에 반대했습니다. 그는 만일 당신이 석방되면 사회에 위험이 된다는 투로 보고서를 작성했답니다! 그러니 우리는 다른 종류의 보고서가 그의 펜 아래서 나올 수 없다는 걸 정말 알게 되었습니다. 당신 사건을 재판할 여성 판사가 지난 2주간 지병으로 출근을 못 했습니다. 이제 그녀가 건강을 회복해 돌아오면, 그녀에게 제가 즉시 똑같은 청원서를 보낼 겁니다.

-그래, 그 보석 신청이 성사되는 날은 언제쯤인가요? -서둘러 게오르기이가 물었다.

-월요일에 게오르기이 아슬라노비치, 당신을 법원에 나오라고 할 겁니다. -곧 두긴이 대답했다. -제 의견은 당신은 곧 석방됩니다. 같은 날에, 월요일에, 그러니 재판에 출석하기만 하면 됩니다. 그러면 그들은 당신에게 무슨 반대를 하겠어요? 당신이 시가에프를 위협했다는 시가에프의 보고서를... 그리고 "루소플라스트"의 다른 직원들의, 2건의 증인 자료 -크바드라토프와 세로프 -당신 운전기사가 지니고 있었다는 그 기관총에 대해서요...

-세르게이도 체포되었나요? -게오르기이가 긴장했다.

-당신은 농담하시는군요, 게오르기이 아슬라노비치, -두긴이

살짝 웃었다. -우린 당신 기사의 직업이 뭔지 압니다. 누가 그를 페테르부르크에서 건드릴 수 있겠어요?

-정말 맞지요, -게오르기이도 살짝 웃었다. -그러니 그는 나에 비해선 더 행운이겠네요.

디마 두긴은 손목시계를 내려다보았다.

-제가 잘 알겠습니다, 게오르기이 아슬라노비치, -그는 그렇게 말하고는 -당신이 여기서 매일매일 고통스럽게 지내고 있음을 제가 잘 알고 있습니다. 제가 당신이 곧 석방되도록 할 수 있는 모든 조치를 취하고 있으니, 저를 믿어주세요!

-그럼... -생각에 잠겨 게오르기이가 대답했다. -내가 여기 머무는 것은 너무 큰 고통은 아니라는 점은 말해 두고 싶네요. 먼저, 나는 여기서 쉴 수 있기 때문입니다... 매일 근육을 단련시키고, 책도 많이 읽습니다. 내가 정상 직업 생활하면서는 나는 그만큼의 시간이, 그런 즐거움을 위해 희생할 그만큼의 시간이 없었습니다. 둘째로, 이곳 교도소의 함께 수감된 구성원이나 나의 간수들이 나를 존중해 주니까요. 그리고 셋째로, - 내 방에는 아주 흥미로운 사람이 많아요. 철학가들이지요!

-제 경험에 따르면, 모든 죄수는 철학적으로 행동하지요, -두긴이 말했다.

-그런 말 마시오, -게오르기이가 반박했다. -보세요, 나와 함께 있는 어느 "금속업자"는 알루미늄이나 구리 조각을 훔치는, 정말 재교육을 받아도 소용없는 자인데. 판매 목적으로, 물론... 그런데 상상을 한 번 봐요. 그는 정말 전기가 통하고 있는, 디마!, 고압전선을 훔치는 경험을 말해 주었어요. 그는 저 위로 긴 줄이 달린 특별 호크를 던져, 그 고압선을 잡고는 그 선을 자른다고 하더라고요. 그 전선의 끝이 땅으로 당연히 떨어지니, 그걸 저 먼 판넬의 보호장비가 반응한다네요, 그

전압을 끌 목적의 보호장비가 작동된다고 해요. 하지만 그 전기 회사에서 고압선이 잘려나간 곳으로 오려면 적어도 반 시간이 걸린다고 해요. 그 시간이면 그자가 전압이 통하지 않는 전선을 몇 조각 더 잘라 달아난다고 하더라고요.

-그럼, 그 철학은 어디에 있는지요? -두긴이 물었다. -좀도둑이네요. 능숙하게 마련된 도둑질이네요.

-그 철학은, 디마, 그자가 모든 도둑질을 통해 얻은 설명 속에 있다고 해요. -그 말을 정정해 게오르기이가 대답했다. -전기공들이 있을지도 모를 그런 위험에 대비해, 교체용으로 보유하는 전선이 상당량 있다고 그자가 말해 주더군요. 만일 그가 훔치지 않으면, 그 보관해 놓은 교체용 전선은 전혀 쓸모 없게 되다나요. 전기공들이 그 보관 전선을 팔아 치운다고도 해요, 그들이 그런 분실된 전선을 위해 교체를 했다는 식의 보고서를 작성할 준비도 해 두고요. 그러니 "금속업자"는 그런 도둑질을 함으로 선을 행한다고 확신하고 있다나 뭐라나. 그 전기공은 뭔가 유용한 일을 하지 않은 채 온종일 가만히 있기만 해도 그 전깃줄은 새 전선을 받게 되니까요.

-능숙한 전환이군요... -두긴은 말했다. -하지만 재판과정에서는 별 소용이 없겠군요.

-그건 그렇지요!- 게오르기이가 대답했다. -하지만, 더 원천적으로는 그는 도로에서 알루미늄 시립 교통표지판들을 훔치는 경우도 설명해 주더라고요. 하-, 그가 설명을 보태길, -만일 내가 그 표지판을 훔치지 않았다면, 반드시 나보다 더 오만무례한 자들이 와, 반드시 그곳에 페인트칠하고는, "**고블린스크**"라고 쓸 것이라고 말입니다....

 -하-하-하!- 두긴은 큰 웃음으로 반응했다. -정말 그런 일은 있었지요!

199.년 12월 7일 화요일

그 대표 회의실에 막심은 사쵸와 라자르 사이, 벽쪽의 자신이 늘 앉던 자리에 앉아 있다. 바깥에는 눈보라가 심하게 치고 있고, 큰바람은 이젠 회의실 쪽의 늙은 낙엽송 나뭇가지 하나를 휘청거리게 하더니 창문을 여러 번 때리기도 했다.

올해 겨울은 외부 세계를 완전한 권리로 독점하게 되었다: 쌓인 눈이 높이가 20cm를 넘었고, 모든 호수 얼음은 단단했고, 아무 위험 없이 그 얼음 위를 지나다닐 수 있다. 그 추위가 오늘조차도, 12월 초이지만 영하 19도에 도달했다.

이 모든 것은 바깥에서 일어났지만, 겨울은 회의실 안으로도 괄목할 정도로 침입에 성공했다: 모든 운영위원회 위원은 자신의 모피 옷이나 외투, 방한용 잠바를 입고 앉아 있었다. 막심도 자신의 공장에서 바깥으로 나섰을 때, 솜 잠바를 입고 있었다. 그 이유는 아주 간단했다. -빅토르가 석탄을 아껴 쓸 것을 엄중히 명령했기 때문이다.

그래서 보일러실도 절반만 가동했다. 영하 10도-12면 충분하다고 -빅토르는 그 사무실 직원들의 저항에 반박했다. -창가에 선인장과 제라늄들이 살아있으려면. 하지만 석탄은 지금 매우 비싸다. 사람들은 진짜 겨울, 1월과 2월을 걱정해야 한다....그 점에서 라자르조차 그 대표의 의견을 지지했다. 왜냐하면, 그는 대표보다 이 상황을 더 심각하게 보고 있기 때문이다. 중요한 것은 가격이 아니라, 주요 도시 내 석탄보관소에 저장된 석탄이 절대 부족하기 때문이다. 소문에 따르면, 보르쿠타50)에 주문한 수천 톤의 석탄이 이 도시에 도달되어야 했다. 하지만, 아무도 그게 실행되지 못했다. 아무도 이 점을 예측하지 못했다. 즉, 북쪽 탄광들이 11월부터 스트라이크

---

50) *역주: 러시아 연방 북서부의 코미 공화국에 있는 도시.

를 했기 때문이었다.

빅토르는, 정말, 몰랐거나, 아니면, 안다 해도 그 점을 그리 강조하지는 않았다. 전적으로 지난 2-3주 동안 "루소플라스트" 대표이사는 마치 병의 말기에 느끼는 환상적 행복감에 빠져 있었다. -그래서 그는 매일 술에 취해 유쾌하게 지내고 있다. 지금도 그는 자신의 안락의자에서 들뜬 상태로 아무 주의심도 없이 앉아, 말을 하면서도 순수 알콜의 신선한 향기를 유쾌하게 내뿜고 있다.

-그래 뭔가를... -그는 자신이 좋아하는 문장을 시작했으나, 끝을 내지 못했다. 안나 안토노프나에게 살짝 웃으면서 의문의 눈길을 보내면서.

-남자용 빗, 항목 131는 15퍼센트, 항목 134는 13퍼센트, -안나 안토노프나가 안경을 낀 눈으로 속사포처럼 발언을 시작했다. -여성용 빗은 해당 항목 없음, 비누 곽, 항목 142는 5퍼센트, 물동이, 항목 147- 없음......

안나 안토노프나가 보고하는 동안, 대표는 유쾌하게 그 임원들을 탐색하며 바라보았지만, 그가 늘 하던 방식인 빙 둘러보기는 하지 않았다. 그는 이곳저곳으로 자신의 우연하고 갑작스런 선택에 따라 유쾌하고도 교활한 눈길을 보냈다. 그래서 그 눈길은 콜랴에게 갔다가, 리디아 페트로프나에게 갔다가, 나중에는 벽쪽 기술자들 자리로 갔다가, 나중에는 그 기술자 중 바리토노프에게 가서는 윙크하기도 했다. 그러자 그는 당황해 물음으로, 그 신호를 이해하지 못한 채 그 대표이사에게 윙크했다. 여러 운영위원들도 그런 빅토르의 시선을 받은 뒤로는 놀라 서로를 쳐다보기를 시작했다. 빅토르의 시선은 곧 읽기를 중단한 채, 궁금한 듯 바라보고 있는 안나 안토노프나의 안경에 고정하였다.

-빗이 없어요... -대표이사가 생각에 잠긴 채 천천히 말했다.

-비누 곽이 부족하다고요... 물동이들이 사라져 버렸어요... 왜지요, 동무들, 내가 당신들에게 묻고 싶어요.

-빅-토르 바실리예비치, -주조 공장장 수다레프가 낮은 소리로 불평했다. -정말 당신은 플라스틱 원재료가 부족하다는 것을 알고 있습니다. 조달 과장 크바드라노프가 일하는 것을 중단했어요.

-그래요! -콜랴가 마치 그 공장장의 그 순간을 긴장하며 몰래 관찰하고 있었다. -못도 부족합니다! 시멘트도 부족합니다! 꼬리 없는 사탄이네요!

-하! -조달과장 알렉세이 이바노비치 크바드라노프가 대응해서 외쳤다. -활발해졌어요, 살무사들이! 내 피를 요구하고 있어요! 어디서 내가 이 모든 것을 가져오는가요? 툴라[51]에서는 그 원자재를 이젠 생산하지 않구요. 우파[52] 생산도 중단되었어요. 나바플라츠크[53]에서는 자재 가격이 올랐어요. 돈이 어디 있나요?!

-보세요, 빅토르 바실리예비치... -조심스레 에우게효가 시작했다. -아쉽게도, 그 물동이들은 아무 곳으로도 사라지지 않았습니다. ...3,000은 중앙 창고에 있습니다... 그게 11월 생산량 대부분입니다. 5,000개의 비누 곽은......빗, 직경이 다양한 관들, 아동용 삽들. 그것들 재고가 창고에 가득합니다.

-일만 삼천! -빅토르가 이상한 유쾌함으로 환호성을 질렀다. -거의 차량 3대 분이네요! 이게 돈입니다, 예브게니이 페트로비치! 그럼 팔아요! 공장을 구합시다!

---

51) *역주: 러시아 툴라주의 중심지이고, 모스크바에서 남쪽으로 193km 지점에 위치하고, 우파강에 접해 있다. 탄전 도시로 철광산과 가까이 있고 석탄업, 제철업, 기계제조업 등이 성하다. 남방 12km 지점에 문호 톨스토이의 주택이 있고 박물관이 있는 야스나야 포리야나 촌이 있다.(위키페디아에서)

52) *역주: 러시아 연방 서부 바슈키리야 공화국의 수도

53) *역주: 벨라루스 비쳅스크 주에 위치한 도시로

-페테르부르크에서는 더는 받아주지 않습니다, 빅토르 바실리예비치! -에우게쵸가 슬퍼하며 그런 목소리를 더했다. -우리 주 고객들은 돈이 없습니다.

-그러면 다른 고객들은? -시가에프가 물었다. -야로스르블54)이나 볼고다55)는요? 그럼, 결국 모스크바는 어떤가요?

-어디에도 돈이 없답니다, 빅토르 바실리예비치, 에우게쵸가 대답했다. -모스크바는 가져갈 준비가 되어있지만, 조건이 있대요. 자기들이 판매 후 정산하는 조건으로요. 하지만 그들은 두세 달 또는 그 이상 걸려야 우리 제품을 팔아낼 수 있습니다.

-그럼, 더 먼 곳 고객들에게 제안해 보세요! 빅토르가 반박했다. -예카테린부르크56)로요, 예를 들어... 언젠가 그들은 정말 아주 활동적으로 우리 제품을 챙겨가기도 했지요. 분명히, 운송비는 좀 들어가겠지요... 그럼, 우리가 가격을 좀 올립시다, 그래요! 하지만 50퍼센트는 선불 조건으로 해요!

-그럼 지금 우리는 뭘 요구할 수 있나요, 빅토르 바실리예비치? -에우게쵸가 마음이 상해서 말을 꺼냈다. -어디에나 사람들은 지금 돈을 갖고 있지 않습니다. 그들은 빵 없이는 살 수 없지요. 하지만, 우리 제품인 물동이와 빗 없이도 그들은 그럭저럭 살아갈 수는 있다는 게……

-당신이 당신 성과를 낼 일을 중단하고 싶다는 것으로 이해해

---

54) *역주: 야로슬라블은 러시아 야로슬라블 주의 주도이다. 인구는 63만 5,600명이다. 역사적으로는 중요한 도시이다. 12세기 볼가강 상류에 건설된 구 상공업 도시, 하항. 부근에 제유소가 있고, 자동차 관계의 기계 화학공업과 섬유·인쇄·식품공업이 발달하였다. 종교는 주로 러시아 정교회이다.(위키페디아에서)

55) *역주: 볼로그다는 러시아 볼로그다주의 주도. 볼로그다라는 이름은 볼로그다 강에서 유래됨.

56) *역주: 예카테린부르크는 러시아의 중앙부에 있는 대도시. 우랄 산맥 중부의 아시아쪽 경사면에 있고 우랄 지역의 최대도시이자 공업·문화의 중심지이며 교통의 요충지이다.

도 될까요? 유쾌하게 또 아무 놀림 없이 대표이사가 물었다.
-아뇨, 아닙니다... -겁에 질린 에우게쵸가 말을 더듬거렸다.
-우리는 일하고 있어요, 빅토르 바실리예비치... 우리는 근무를 잘 하려고 합니다... 새 고객을 찾아내는 일도요.
-빅토르 바실리예비치! -리디아 페트로프나가 말하고는 기침을 한 번 했다.

대표이사가 고개를 그녀 쪽으로 돌리고는 인내심으로 기다렸다.
-빅토르 바실리예비치! -리디아 페트로프나가 되풀이해서 말했다. -우리 회사 식구들은 지난 두 달 동안 우리 임금을 부분적으로만 받아왔습니다... 새해가 다가왔습니다, 빅토르 바실리예비치, 사람들은 점점 더 화를 내며 그 돈을 달라고 하고 있습니다.
-달라고요? -살짝 웃으며 빅토르가 물었다. -나도 그쪽에 가담하고 싶어요. 정말 나도 내 급료의 일부만 받고 있어요.

니나 드미트리예프나는 수십 년 전에 당에 가입하였고, 자신을 정직한 공산주의자라고 주장하는 사람인데, 그 탁자 쪽으로 고정해 쳐다보고 있었다. 정말 그녀는 알았다. 그녀와 자신을 포함해 여기에 앉아 있는 여섯 명의 사람에게 시가에프는 특별한 비밀 기금을 정기적으로 - 급료라며 또 관례적 상이라며, 또 다른 뭔가의 이름으로 -지급해 왔다....
-우리 중에 이런 어려운 상황을 타개할 사람은 없나요?- 빅토르가 더욱 질문을 이어갔다. -하? 아무도 원하지 않네..... 아무도 생각해 보려고 하지 않네요! 여러분 모두는, 여러분의 대표가 여러분을 대신해 생각해 달라는 것이 일상화되어 버렸네요...

그 말에도 운영위원회 임원들은 조용하게 있었다. 대표 이사의 유쾌한 행동에 따라, 그들은, 그가 말하는 모든 것이, 나중에 나올 주요 내용을 위한 사전의 일제 사격이 될 것이고, 가장 필시는 그 참석자들을 놀라게 하는 것으로 이해했다.

-그럼, 내 사랑하는 동무들! -톤을 더 한 층 높여서 한 템포 쉬고는, 빅토르가 말을 시작했다. -당신의 대표는 지난 며칠 동안 고민한 결과, 출구를 찾아냈습니다. 정말, 그렇습니다. 이 상황에서 훌륭한 출구를요. 나를 믿어주세요! 안나 안토노프나, 우리 은행 계좌에 얼마의 돈이 있습니까?

-전혀 없습니다. -즉각 안나 안토노프나가 대답했다. -우리 공장은 되려 부채가 있습니다.. -그녀는 자신이 가진 공책을 내려다 보았다. - ...부채를요, 그래요, 지불을 미뤄놓은 세금 때문에. 352만 루블의 부채를요.

-괜찮아요! -그 대표이사는 살짝 웃었다. -예브게니이 페트로비치, 우리 거래처 중에 지난 주말까지 아직 입금하지 않은 곳들을 쥐어짜면 얼마가 나올 것 같습니까?

-그건... 에브게니이가 자신의 노트를 뒤적이면서 말했다. 만일 페테르부르크에 업무차 여행을 다녀오면, 그곳에서 잘만 쥐어짜면요, 아마 30만 아니면 40만... 정도는.... 아마 50만 루블을, 그 이상은 곤란하지만요!

-아하, - 빅토르는 결론을 내렸다. -아주 좋아요! 만일 40만 이면 -그러면 각 사원에게 평균 2,000씩은 돌아갈 정도는 충분하겠군요. 가서 한 번 쥐어짜 봐요.

-당신, 빅토르 바실리예비치, 당신은 우리를 놀리려고 웃는 거지요?- 리디아 페트로프나가 자신의 자리에서 일어나기조차 했다. -2,000이 뭐에요? 빵 4개, 우유 2리터, 그러면, 남는 돈으로 성냥이나 살 수 있어요.

-앉아요, 리디아 페트로프나! -빅토르가 명령했다. -아무것도 없는 것보다야 낫지요. 그럼, 나는 다음과 같이 제안합니다: 이미 준비된 제품을 팔 능력을 이젠 잃은, 우리의 존경하는 에브게니이 페트로비치가... -그는 열변적으로 예브게니이를

쳐다보고는, -페테르부르크로 가서 한 번 쥐어짜 보세요. 금요일에 우리는 "루소플라스트"의 모든 사원에게 2,000루블씩을 지급합시다. 그리고 다음 주 월요일부터 우리 공장은 2달간 가동을 중단합니다. 마찬가지로 플라스틱 원재료도 부족하다고 하니... 그럼, 이제 사람들은 자유로이 선거에 참가하고, 나중에 새해(설날) 맞이를, 크리스마스를, 또 옛 명절을 쉬기로 합니다. 그동안에 나는 예브게니이 페트로비치가 이런저런 방식으로 이 제품들을 팔고, 1월 말에는 다시 가동할 원재료를 확보하고, 모든 채무를 지급할 돈도 모을 수 있습니다. 아주 좋은 아이디어죠! 아닌가요, 동무들?

그러자 운영위원회는 비통함으로 조용했다. 큰 파리 한 마리가, 우연히 깨어나서, 끈질기게 그 대표이사 주변을 돌아다니더니, 그것의 불만적 앵앵거림은 천둥소리처럼 그 온 회의실에 울려 퍼져 들려 왔다.

-그게 무슨 좋은 아이디어라고요? -낮게 콜랴가 말을 시작했다. -빅토르 바실리예비치, 무슨 아이디어인가요? 돈 없이 어찌 새해(설날)을요? 만일 내가 과자 1개라도 사지 못한다면, 투표가 무슨 소용이겠어요? 나는 투표장에 안 갑니다! 아무도 가지 않을 겁니다!

-그래요, 빅토르 바실리예비치, -니나 드미트리에프나가 갑자기 콜랴의 의견에 가세했다. -그 아이디어는, 아마 여름에는 좋겠어요... 사람들은 기꺼이 자신의 채소밭에서 일할 거고, 숲에서 버섯이나 열매들을 딸 수 있고, 낚시를 통해 물고기도 잡을 수 있습니다.

-물고기들은 지금도 낚시로 잡을 수 있습니다... -빅토르가 불평했다. -알렉세이 이바노비치가 낚시하는 법을 알려줄 수도 있습니다.

-빅토르 바실리예비치! -니나 드미트르이프나가 그 대표이사

의 두 눈을 직접 용기있게 쳐다보며 말했다. 그건 극단적 흥분을 나타내고 있었다. -저는 지금 농담하고 있지 않아요. 그 아이디어는 이 시점에는 맞지 않아요. 왜냐하면, 그것은 틀렸습니다... 정치적으로도. 만일 같은 공장의 200명의 선거권을 가진 시민이 만일 시장 선거에 투표하러 가지 않는다면, 그것은 우리 시에서 이에 상응하는 반응을 받게 될지도 모릅니다. 우리는 그런 위험에 노출될 권리가 없어요.

-하!- 빅토르가 말했으나, 그 확실성은 이미 그의 목소리를 벗어나 있었다. -우리는 지금 개인 기업입니다. 우리가 하고 싶은 것이면 우리가 그것을 할 수 있습니다... 다른 방법은 없습니다. 우리는 허리띠를 더욱 단단히 죄어 매야 합니다, 동무들! 오늘의 시간은 어렵습니다...

막심은 깊이 그 좀 차가운 공기를 들이마시고는 자리에서 일어섰다.

-길이 있습니다....아마도, 오솔길, -그는 창가를 쳐다보면서 말했다. -그러나 그 오솔길은 믿음이 가는 길이라고 저는 말하고 싶습니다...

-그럼, 현명한 사람이네요!- 빅토르가 즉시 그에게로 온몸을 돌리고서 말했다. -우리 에스페란티스토가 뭔가 세상을 뒤집을 뭔가를 산출하였는가요?

-여성들에게 아이를 낳게 하면 됩니다, -막심은 살짝 웃었다. -만일 우리가 그들을 잘 보살펴 먹여 살린다면요. 예브게니이 페트로비치가 방금 말하길, 우리 제품을 사줄 돈을 가진 업체들이 없다고 했습니다. 정말, 그 돈이란 것이 어디에도 부족합니다... 그래서 이 나라는 그런 인플레이션에 대항해 싸우고 있습니다. 그럼, 다른 기업들도 자신의 제품을 팔 수 없습니다. 우리는 그들에게 물물 교환을 제안해 봅시다. 우리 물건과 그들의 물건을요. 예상컨대, 볼로그다에 있는 술제조 공장

은 자신이 제조한 보드카와 교환해 우리 물동이들을 수백 개는 가져가는 것에 동의할 겁니다. 우리는 다른 가능성도 찾아낼 수 있을 겁니다. 나는 수많은 공장이 지금 제품들을 물물교환하고 있음을 알고 있습니다.

-당신은 아는 게 많네요...

-하지만, 아이디어는 좋네요!- 안톤 다닐로비치가 끼어들었다. -나는 기꺼이 내 급료의 일부와 보트카 두세 병과 바꿀 겁니다. 새해를 위해. 세로프가 볼로그다로 가서 우리 모두를 위해 보드카를 가져다 줘요.

-볼로그다, 그다! -에브게니이가 노래를 약하게 불렀다. -내가 그곳, 볼로그다에서 잊은 것이 뭘까요? 보드카는 내가 싫어하지만 와인과 코냑은 좋아요...당신은 듣지 않았나요. 나는 페테르부르크에서 그 돈을 받으러 쥐어짜야 하네.

-사람들이 당신을 어디로 보내더라도, 그곳에서 당신이 쥐어짜겠군요! -바리토노프가 거친 목소리로 말했다. 그리고는 이제는 조용해졌다. 최근 그는 무슨 이유인지 에브게니이와 갈등을 빚었다.

-보드카는 그가 싫다고 하니, 그를 봐요! -알렉세이 이바노비치가 소리쳤다. -그럼, 우리 제품과 설탕을 바꿉시다! 나는 직접 내 자신을 위해 직접 술을 만들어 보겠어요!

  -사모그(samogo)[57] 라는 술을 만들겠다는군요! -에유게니이의 주근깨 많은 얼굴이 붉혀졌다. -직접 당신이 가서, 그런 사람들과 물물 교환을 해봐요!

-누가 가는 것은 중요하지 않지, 당신들 중에 누군가 가요!- 열정적으로 니나 드미트리에프나가 말했다. -정말 그곳, 볼로그다에 있는 술 제조 공장만 가지 말구요. 분명히, 그곳의 주요 상품 분배소에서도 우리 제품을 받을 겁니다. 그곳에서 당

---

57) *주: 직접 만든 브랜디.

신은 거친 곡식과도 교환할 수 있을겁니다......

-밀가루도요!- 큰 소리로 리디아 페트로프나가 말했다. -알렉세이가 가세요!

-나는 아픕니다요- 알렉세이 이바노비치가 선언했다. -고혈압으로 나는 고생하고 있어요. 그 운전석에서 400km를 나는 참을 수 없어요. 더 젊은 사람이 가게 해요......- 그는 열성적으로 에우게니이를 쳐다보았다.

-불편한 것들을 당신이 두렵다고 직접 말해요, -에우게니이가 불평했다.

-당신 스스로 모든 것을 알면서요! 알렉세이 이바노비치가 난폭해졌다. -그 운전석에서 밤이며! 교통경찰하며! 건달들하며!

-늑대들도 나오겠군요... 놀리듯이 에우게니이가 힐난했다.

빅토르는, 앞서의 이상한 유쾌함을 버리고 이미 논쟁의 진전 상황을 주시하고는, 옆눈으로 보니, 아직도 막심이 자신의 의자 옆에서 여전히 서 있음을 알아차렸다.

-앉아요, 영웅,- 그가 불만으로 말했다.-이제 봐요, 이 집단을, 당신은 당신의 아이디어로 이 전체 팀을 황폐화시켜버렸어요...그들에게 밀가루를 줘요... 보드카를요... 우리는 원자재를 원한다구요! 만일 원자재가 없다면, 마찬가지로 나는 우리 모두에게 휴가를 명령할 방법밖엔 없습니다. 보드카와 함께 하든 보드카가 없이 하든.

-나는 추가로 제안이 하나 있습니다... - 막심이 말했다.

-오늘 그걸로 충분하지 않나요? 빅토르가 불만인 듯 물었다.

-내 제안은 그 원자재에 관련한 사항입니다. -막심이 잠시 말을 멈추고는 계속 이어갔다. -우리는 재료를 섞을 때, 원자재뿐만 아니라 다른 재료도, 이미 재활용된 것도 써왔습니다. 이미 잘못 만들어진 제품인 빗이나 물동이를, 또 시립 병원에

서 버린 주사기 등을 잘게 부수는 분쇄기가 3대 있습니다. 그 기계들은 그리 많은 부하가 걸리지 않지요. 우리는 플라스틱을 효과적으로 재활용해 사용할 수 있습니다. 마찬가지로 그 볼로그다에서, 그 우유공장에서, 또 알콜제조 공장에서, 아마 아직은 어딘가에, 반드시 깨진 플라스틱 상자, 궤짝 등이 있을 겁니다.... 다른 제품들도요. 나는 그 공장들은 기꺼이 이런저런 쓰레기들을 기꺼이 선물로 주거나, 돈을 조금 주면 팔거라고 봅니다. 우리 공장 노동자들이 쉽게 이삼일이면 어떤 종류의 큰 상자에서 우리 분쇄기들이 받아 줄 정도의, 다소 큰 조각들로 분쇄시킬 칼을 만들 수 있습니다.

-아주 좋은 제안이네요! -주임 엔지니어인 바리토노프가 환호성을 질렀다. 그러나 대표이사의 시선에서 뭔가를 잡고 난 뒤에는 조용해 졌다.

-그래, 좋아요... - 생각에 잠긴 채 빅토르가 응대했다. - 제안은 받아들일 만합니다. 만일 우리가 충분히 이미 사용된 플라스틱 제품들을 수거해 올 수 있다면. 그러나 나는 확실하지 않습니다.

-우리가 그런 제품들을 사겠다고 신문에 광고를 냅시다. -니나 드미트리에프나가 말했다.

-나는 압니다!- 콜랴가 말했다. -직조 공장요! 그곳에서 나는 정말 보았어요! 그곳에는 플라스틱 실패들이 깨진 채 정말 많이 있었습니다! 내 아내가 그곳에서 일하니, 그녀가 이 모든 것을 공짜로 챙겨 줄 수 있을 겁니다. 알렉세이가 자기 트럭으로 한 번 가기만 하면요....

-페테르부르크에도 4곳의 큰 우유 공장이 있습니다, -에우게니이가 말했다. -나는 그곳을 검토해 볼 수 있습니다.

-나도 아는 곳이 있습니다! 리디아 페트로프나가 기침을 억지로 참고서 말했다. -공책 공장에는 수많은 찌꺼기들이 있습니

다. 그 종이 중에 플라스틱 겉장이 있는 것들도 있습니다...

-나도요!- 안톤 다닐로비치가 말했다. -사탕공장에서...

-그만요!- 갑자기 빅토르가 말했다. -나는 여러분 모두가 현명하다고 이미 판단했습니다. 모두가 뭔가를 알고 있으니까요. 그럼, 우리는 슙스키이의 제안을 받아들입시다. 크바드라토프 동무는 모든 지식인의 제안을 모으세요. 재활용용으로 그런 플라스틱 제품들을 얻을 수 있는 곳들을요. 신문에도 광고를 내고요. 세로프는 페테르부르크에서 한 번 찾아봐요... 그런데, 당신, 슙스키이에게 내 운전기사 세니츠킨과 트럭을 내주겠어요. 이틀이면 당신이 여기 일을 내버려 두고 판매부 일을 도와주세요. 전화를 하고 동의를 얻으세요. 나중에 사람들은 당신을 위해 트럭에 실어줄 겁니다. 그리고 볼로그다로 출발하세요. 400km 거리일 뿐이지요... 만일 당신이 밤중에 출발하면 새벽이면 당신은 이미 그곳에 있을 겁니다. 그리고 양식을 싣고, 또 플라스틱 제품도 싣고 돌아와 줘요... 만일 당신이 그만큼 현명하다면요.

-나는 할 수 없습니다... -막심은 고개를 숙였다. -에, 나는 전화도 할 수 있고, 동의도 구할 수 있지만, 지금 출발하기란 불가능합니다. 더구나, 왜냐하면 나는 그 상자들을 부술 칼을 만들어야 합니다.

-나는 이해가 되지 않네요. -빅토르에게 잠시 그 이전의 유쾌함이 돌아왔다. -당신은 우리 모두 일하기를 원하지요, 아니면 우리가 휴업하며 휴식하러 가기를 바라나요? 만일 당신이 못하는 이유가 내 여비서의 병이라면... 그것은 그리 진지한 원인이 될 수 없지요.

막심은 얼굴이 붉혀졌다.

불이 그의 두 눈에 나타났다.

그는 뭔가 화내며, 말을 하고 싶었으나, 그 순간, 라자르가 자리에서 일어나, 그의 어깨에 손을 얹으며 말했다.

-진정해요, 막심, -그가 조용히 말했고, 나중에 큰 목소리로 이어갔다. -내가 대신 다녀오겠습니다. 알렉세이 이바노비치가 그 도로에 건달들이 길을 막는 경우가 많다고 정말 말했어요.... 나도 그 말을 들은 적이 있습니다. 그럼 나는 대표의 기사 세니츠킨에겐 더 믿을만한 도우미가 되겠지요.

199.년 12월 10일 금요일

-그런데, 세니츠킨 동무, 내가 지금 뭘 해야 할지 살짝 내게 알려줘요. -교통순경은 진심으로 관심을 보여주었다. 마치 그의 행동 하나가 온 나라의 행복이 달려있듯이.

손목시계는 3시 20분을 가리키고 있었다.

차 안에서 졸고 있던 라자르는 그 트럭이 정지해 있다는 것을 나중에 알아차리고는, 이제 잠에서 깨어나, 무거운 몸으로 운전석에서 땅으로 뛰어 내렸다.

분명히, 교통순경은 그의 관심을 받을 만했다. 덩치가 뚱뚱하고, 반질반질한 얼굴로, 죄없는 돼지 같은 두 눈으로, 거의 라자르와 같은 키로 위협하듯이, 고개를 숙인 채 혼비백산한 세니츠킨을 내려다보고 있었다.

2m 높이, 네 개의 콘크리트 기둥 위로 설치된 교통경찰 이동초소를 운전기사들은 "닭장"이라고 불렀다. 이 "닭장"은 그 어두운 밤의 도로에 유일한 불이 켜진 물체였다. 두 개의 전등이 그 멈춰선 트럭을 비추고 있고, 그 이동초소 창문을 통해 졸고 있는 듯한 다른 교통순경이 보였다.

12월 밤의 도로에서는 다른 자동차들은 보이지 않고, 그래서, 라자르는 이 교통순경들이 그가 타고 온 자동차를 괜찮은 전리품으로 생각해, 끈질기게 뭔가를 요구하고 있었다.

라자르가 서로 입씨름을 하고 있는 쪽으로 다가갔다.

-무슨 일이요, 교통순경 동무? - 라자르가 좋은 기분을 얼굴에 보이면서 물었다. -우리 운전기사가 무슨 중대한 잘못을 했나요?

돼지 같은 덩치의 순경의 두 눈은 그에게 긴장되고, 주목을 아주 끄는 눈길을 보냈다. 라자르는 그 시선에서 뭔가 이상한 두려움을 느끼고는, 그는 교통경찰의 손이 내려져 있고, 권총집을 건드리고 있음을 곁눈질로 알게 되었다.

-당신들 서류 좀 봅시다! -좀 그르렁대며 그 교통순경이 말했다. -체첸 사람이요?

-절대 체첸사람 아닙니다. 진정하십시오, 교통순경 동무, -라자르가 자신의 호주머니에서 증명서를 내보이면서 말했다.

순경은 라자르의 증명서를 찢을 듯이 잡고, 그걸 훑어보더니, 알았다는 듯이 쉽사리 한숨이 그의 입에서 나왔다.

-골드파르브... -그가 만족감을 표시하며 물었다. - 적당한 성(姓)이네요. 그럼, 골드파르브 동무, 왜 당신은 당신 운전기사에게 상향등을 켠 채 과속 주행하는 것을 허락하는가요?

-상향등을 켰다고요?- 간단한 마음으로 라자르가 물었다. -그럼 그게 크게 문제인가요? 정말 그게 온전히 켜져 있어야 하지 않나요?

-내 살아가는 걸 가르치지 마시오, 골드파르브 동무! -그 돼지 같은 눈이 작아졌다. -당신 증명서를 받으시오, 하지만 당신 운전기사는 서류를 꾸미러 나와 같이 갑시다.

-용서해 주세요, 교통순경 동무, -라자르가 말했다. -하지만, 아마도, 우리는 그 일을 여기서 간단히 처리하지요. 지체 없이,... 봐요, 우리는 이른 아침에 볼로그다에 도착하려고 급하게 밟았어요.

-삼천. 그 순경은 옆을 보면서 말했다. -조서 꾸미면 오천이요.
-그런 돈이 어디 있습니까, 교통순경 동무! -세니츠킨이 울먹
이는 목소리로 끼어들었다. -우리 공장은 거의 파산할 지경입
니다요, 지금 저 물동이들을 싣고 다른 물건과 물물 교환하러
가는 길이라구요!
-흠, 물동이들이라고요? -교통순경이 관심을 보였다. -그럼
그 물동이 좀 봅시다. 아마 우리 부스를 씻으려면 2개는 필요
하겠네요.
-그런데 우리는 할 수 없는데요... -라자르가 말했다. -수량이
서류에 다 있다구요.
-할 수 있습니다, 할 수 있습니다요, 순경 동무! -준비와 함
께 세니츠킨은 자신이 앞으로 나아갔다. -제 주임이 처음으로
트럭에 동승을 했으니까요. 그래서 이 분은 잘 모릅니다!
-내가 뭘 몰라?- 라자르가 놀라 말했다.
-헤이, 주임님!- 세니츠킨이 말했다. -걱정하지 마십시오, 제
가 서류에 없는 여분 2개를 가지고 있습니다.
　그는 서둘러 뒷바퀴 위에 올라타, 자신의 손을 천 속으로 밀
어 넣고는, 색이 다른 물동이 2개를 힘들여 꺼냈다.
-물동이가 아름답네요,-만족한 듯이 그 교통순경은 말했다. -
당신 공장은 물동이만 생산하는가 보네요? 그럼 2개만 더 줘
요, 내 동료도, -그는 불 켜져 있는 창 쪽으로 고개를 흔들어
보였다. -자기 아내를 기쁘게 하려면요.
-불쌍하게 봐 주세요, 교통순경 동무!- 우울하게 세니츠킨이
말했다. -2개만 남아 있는데요, 그런데 볼로그다까지 가려면
이런 이동초소가 또 있습니다! 그들도 이런 물동이를 원하니
까요! 그럼 비누 곽으로 드릴게요.
　그는 수준 높은 마술쟁이와 같은 몸짓으로, 자개처럼 반짝이
는 비누 곽을 꺼내, 그 교통순경에게 주었다.

-하-하!- 그 교통순경은 살짝 웃었다. -분명히 그들은 좋아할 겁니다! 그럼 좋아요. 가도 좋아요. 하지만, 나는 당신이 멈추지 않고 계속 달리라고 말하고 싶소. 별의별 사람이 도로에는 있을 수 있으니까요...

-감사합니다, 교통순경 동무, -라자르가 말했다. -우리는 너무 걱정하지 않지만, 당신의 그 조언은 기억해 둘게요.

-우리는 쉬지 않고 달리겠습니다요, 순경 동무! -유쾌하게 세니츠킨은 자신의 운전석으로 돌아가서 앉으면서 소리쳤다. -근무 잘 하십시오!

실제로, 그는 가능한 최대 속도로 가속페달을 밟아 가득 실은 트럭을 질주하게 했다. 그리고, 휘파람을 불면서, 앞으로 난 눈길을 향했다.

거의 직선인 도로는 눈 덮인 소나무와 전나무의 두 열 사이 저 멀리 뻗어 있었다. 그 밤의 고요함에서 간혹 나타나, 마주치게 되는 트럭들은 세니츠킨의 두 눈이 부시게 하지 않으려고 멀리 보는 상향등을 점잖게 꺼 주었다.

그도 마찬가지로 점잖게 똑같은 행동으로 대답해 주었다. 뒤로는 아무 차량도 보이지 않았다. 주말에 페테르부르크를 떠나 볼로그다까지 가려는 희망자들은 없었다.

세니츠킨은 뭔가 질문을 수시로 하고, 자신이 사건 많은 운전기사의 삶에서 들은 다양한 농담 같은 사건들을 이야기해주었지만, 라자르는 그 잡담을 지원해 주고 싶은 마음은 들지 않았다. 세니츠킨의 몇 가지 질문에 불명확하게 응대하고는, 그는 자신의 큰 덩치를 운전석 옆으로 누이고는, 볼로그다에서의 신경이 쓰일, 어려운 업무가 될 날을 상상해 보고 있다. 자다가 깨다가 하며 오는 도중에 맨 마지막에 본 것 같은 뭔가 기분 좋은 꿈을 그는 붙잡는 데 성공했지만, 깨어나 보니, 그 꿈의 전체 줄거리는 곧장 잊어버렸다.

그 트럭은 어느 불 켜진 주유소에 멈추어 섰다.

무심코 라자르는 손목시계를 찬 어깨를 빛 쪽으로 돌려 보니, 거의 7시가 다 되었다. "잠을 잘 잤구나", -잠을 충분히 잔 사람의 즐거움을 나타내 보이는 그런 느린 동작으로 두 눈을 비비면서 라자르는 생각했다.

곁눈질로 그가 본 것은, 세니츠킨이, 이미 기름값을 지급하고 자신의 운전석으로 돌아오고 있었다. 그리고 인근의 상점 뒤에서부터 솜 잠바 차림의, 모자를 쓰지 않았지만, 키 크지 않은 청년 하나가 서둘러 그 트럭 쪽으로 오고 있는 것을 그는 볼 수 있었다. "필시 어느 자동차에서 내렸구나", -라자르는 알아차렸다. 왜냐하면, 그런 바깥 추위에는 모자 없이 오랫동안 산책할 수는 없는 일이다.

그 청년은 뭔가 세니츠킨에게 말했고, 그는 슬픈 듯이 양어깨를 움직였지만, 뭔가 설명하기 시작했다.

라자르가 차에서 내려, 그 두 사람이 있는 쪽으로 다가갔다. -만일 당신이 가지고 있지 않다면, 당신 삼촌의 것에서 챙겨 줘요! -청년이 세니츠킨에게 말해고는, 자신의 고개를 라자르 쪽으로 돌리고는, 옆으로 침을 뱉었다.

-무슨 일이지, 두 사람? -라자르가 조용히 물었지만, 세니츠킨의 표정으로 보아 뭔가 좋지 않은 일이 있구나 하고 추측했다.

세니츠킨은 말없이 그 청년에게 고개를 돌려 보았다.

그 청년은 라자르를 향해서는 눈을 껌벅거리면서, 고개를 위로 향한 채, 불쾌하면서도 째려보는 듯한 눈길로 보고 있었다. -덩치가 큰 삼촌....아마 당신은 더 현명하니... -그 청년은 그렇게 말하고는 다시 침을 옆으로 뱉었다. -당신 기사는 전혀 간단한 것을 이해 못 하고 있네요.

그는 잠시 멈추고는 라자르의 반응을 살폈다.

-일반적으로, 조카님, 내 운전기사는 이해를 잘 하요, -라자

르가 말했다. -아마, 피곤해서 저 사람이 뭔가 작동이 잘되지 않아서... 그럼 내게 말해 봐요, 내가 이해할 수 있게.

-농담은 생략하기로 하고요, 삼촌, -그 건달이 말했다. -우리는 여기, 이 볼로그다에서, 외국 차량을 존경합니다... 만일 그들이 우리에게 지불하기만 하면요. 꼴랑 2,000루블입니다. 많지 않아요. 아무 문제 없는 도로에서 더 많은 걸 요구할 수도 있지만, 우리는 너무 욕심을 부리지 않아요. 당신 기사는요, 삼촌, 돈이 없다고 해요. 그럼 직접 돈을 내요. 여기 서명이 있는 영수증 10루블짜리가 있으니 그걸 볼로그다에서 보여줘요. 만일 다른 사람이 또 돈 내라고 하면요. 알겠어요?

-내가 생각해 보겠네, 조카님, -천천히 라자르가 말했다. -나는 만일 자네에게 돈을 내지 않으면 무슨 일이 일어날지 궁금하거든.

-무슨 일이든 일어날 수 있어, 삼촌,- 그 건달의 목소리에는 위협이 나타났다. -대로에 짱돌이 날아다닐 수도 있고, 그래서 유리가 없어질 수도 있고. 또 도로에 뾰족한 것들이 많아 타이어가 손상당할 수도 있구요... 그런데 만일 삼촌이 끈질기게 나와 내 친구들을 괴롭힌다면, 삼촌 트럭에 불날 수도 있어요. 당신의 좋은 코도 심하게 손상당할 수도 있구요. 당신이 가장 세다고는 생각하지 마슈, 삼촌...

-더욱 네 놈이, 조카님이 좋아지네,- 라자르가 살짝 웃으며 말했다. -그만큼 자네가 맘에 드네, 내가 네놈을 저기 저쪽으로 함께 산책하고 싶을 정도로.

그는 그 청년을 자신의 두 손으로 잡고는, 그를 힘껏 들어 올려, 운전석으로 밀어 넣고는, 그 자신도 올라탔다. 세니츠킨은 이해하고, 다른 편의 운전석으로 올라타, 트럭 시동을 걸었다.

-저 시 경계까지는 200m요! -그가 외쳤다. -그곳에 "닭장"이

있어요.

-출발! 내빼려는 그 청년을 꾹 누르면서 라자르가 대답했다.

트럭은 그 도로 위로 출발하고는, 곧장 그 도시로 향해 달려 갔다. 라자르는 옆의 거울을 통해 그들 뒤에 어디선가에서 푸른 "라다" 승용차가 보였다. 그 승용차 번호판이 진흙으로 가려져 있었고, 그의 트럭을 뒤따르기 시작했다.

세니츠킨이 속도를 높여, 얼마 뒤 트럭은 교통경찰의 이동초소에 멈추어 섰다.

근무 중인 교통순경 2명이 문턱에 서서, 그렇게 멈춰선 트럭을 멍하니 보고 있었다.

푸른 "라다" 승용차는 그 "닭장"에서 50m 떨어진 곳에서 대기하듯 멈춰 섰다.

-안녕하세요!- 라자르가 그 근무자들에게 외쳤다. -고객을 받아 주세요!

땅에서 좀 들려진 채, 모자를 쓰지 않은 그 건달을 라자르가 끌고 와, 이동초소의 계단에 세웠다.

-이 사람이 누구요?- 교통 순경이 위에서 물었다.

-건달인 것 같습니다. 라자르가 대답했다. -내려와서, 이 자를 데려가세요.

교통순경은 내키지 않는 듯이 아래로 내려와, 그 청년을 처음에는 유심히 보더니, 나중에 라자르를 쳐다 보았다.

-서류를 좀 봅시다!- 그는 라자르에게 명령했다.

-내 서류를요?- 라자르가 놀라며 말했다.-여기 있지요.

그는 자신의 증명서를 제시하고, 왼손은 여전히 그 청년의 솜 잠바를 확고하게 잡고 있었다.

-그래, 골드...파르브 동무. -교통순경이 그 증명서를 훑어보고 나서 말했다. -왜 당신은 이 시민이 건달이라고 말하는가요?

-이 청년이 나를 위협하고 볼로그다로 통행하려면 돈을 내야 한다고 요구했습니다. 자 봐요, -이 자의 동료들이 저기 푸른 "라다" 승용차에서 몰래 관찰하고 있기도 하구요.

-그들이 한패라는 것을 어떻게 알 수 있나요? -불만으로 교통순경이 물었다.

-내 추측인데, -라자르는 화가 나서 말했다. -왜냐하면, 그들이 이 건달을 내가 데려온 저 주유소에서 따라오고 있었어요... 그러니, 이 자를 당신이 좀 처리해 주길 요청합니다. 그리고 임시로 이 녀석을 좀 데려가시오. 나중에 당신은 그를 적당한 기관으로 넘길 수 있습니다.

-골드파르브 동무, 우리는 당신 조언 없이도 우리가 할 수 있는 일을 정할 수 있다구요. -거의 화를 내며 그 교통순경이 말했다. -우리는 이런 청년에 관심 가지는 것 외에도 너무 많은 할 일이 있습니다.

-그런데 자동차 순찰은 당신의 임무 중 하나이지요,- 라자르는 침착하게 말하려고 애썼다.

-너무 현명한 사람들이 레닌그라드 지역에서 우리 쪽으로 왔네...-그 교통순경은 중얼거리더니, 자신을 가까운 "라다" 쪽으로 향하고는, 곧장 그곳으로 갈 의도인 것 같았다.

그 푸른 "라다"는 시동을 끄지 않고 있었기에, 갑자기 출발하더니, 자동차를 획- 돌리더니 도로가 구비진 곳을 지나 사라져 버렸다.

-내가 그 번호판을 기억하고 있습니다. -라자르가 말했다.- 당신은 기록해 둘 수 있습니다.

-내가 기록해 두지요, 기록해 두고요, -불평하며 그 교통순경이 불평했다. -이 시민을 놔둬요. 이 자는 내빼지는 않을 겁니다. 위로 올라갑시다, 영웅, -그는 그 조용한 이동초소로 올라가서는 크게 외쳤다. -티모친, 이 사건을 맡아 줘요!

-내가 뭔가를 써 드릴까요? -라자르가 물었다.

-필요없어요,- 그 안의 교통순경이 말했다. -"라다"의 번호만 말해요.

-T2841RO35,- 라자르가 말했다. -그럼.

-잘 가시오, 골드파르브 동무, -우울하게 교통순경은 말했다. -만일 당신이 당신의 뒤에 모험을 이미 찾고 있다면, 이 도시 안에서 조심해야 해요...

세니츠킨은, 이 도시에 온 적이 한 번이 아니라, 그 트럭을 여정을 따라 중앙 물품 보관소로 향했다.

그 트럭은 도로 '승리'를 지나, 하얀 큰 벽이 있는 성당에서 왼편으로 회전하더니, 신호기가 있는 곳에서 50m 떨어진 도로에서, 라자르가 미처 도로표지판을 보지 못한 그 도로에 보니, 이전의 본 그 푸른 자동차가 앞서 달리고 있었다.

"라다"가 의도적으로 속도를 줄였지만, 붉은 신호가 작동하자 그 신호기 가까이 다가가, 멈추었다. 그리고 3명의 청년이 손에 뭔가 위협적인 물건을 들고서 내렸다.

그들은 자신들이 탔던 "라다" 뒤에 서 있는 트럭으로 빠른 걸음으로 달려오고 있었다.

-저기, 세니츠킨, 이제 당신이 제 역할을 할 순간이요, -라자르가 말했다. -2m 후진해 곧장 왼쪽으로 빠집시다. 그리고 그들을 건드리지는 않게 해요. 만일 그러면, 이번에 교통순경이 우리를 따라올 테니.

-알겠습니다, 주임님! 긴장한 목소리로 세니츠킨이 대답했다.

그는 신호를 보내고는 후진 램프를 켜고는, 자신의 트럭을 2m 후진했다. 그 청년 중 한 사람이 이미 자신이 가진 철 조각으로 트럭의 엔진 커버를 두들겼고, 다른 사람은 라자르가 올라탄 쪽의 발판 위로 뛰어올랐고, 셋째 사람은 세니츠킨 옆으로 다가왔다.

-안녕하세요, 이 친구야, 라자르가 말하고는 거칠게 그 차문을 열었다. 그 바람에 그 청년은 고함을 지르며 뛰어내렸고, 오른편 화단으로 떨어졌다.

세니츠킨은 능숙하게 그 트럭을 왼편으로 향하게 하고는 옆 차선에 있는 작은 버스를 거의 닿을 듯 말듯 그 푸른 "라다"를 지나 앞으로 나아갔다.

그 괴롭히려던 녀석들은 자신들의 자동차에 뛰어와, 그 자동차에 타는 동안에, 그 트럭은 다음의 신호기 없는 십자로에서 오른편으로 회전해, 나중에 왼편으로, 또 몇 분 뒤에는 신호를 보내면서 그 물품보관소 대문에 멈추어섰다.

그곳의 근무하는 간수가 버튼을 눌렀고, 대문이 옆으로 끼익-소리를 내며 열렸다.

-우리의 하느님 덕분이군요, -라자르가 손바닥으로 이마를 닦으면서 말했다.

199.년 12월 12일, 일요일

얼음 같은 고요함이 그 도로의 전체 길이 방향을 따라 무관심한 전나무들과 장난치는 듯한 소나무들, 또 꼼짝않고 있는 자작나무들 위로 믿음직스럽게 뻗어 있었다.

영하 27도는 그 트럭의 외부 온도계에 고정되어 있고, 마치, 이른 반달의 무감각하고 부정확한 빛은 이 밤이 되기 전 추위가 시작됨을 알려주고, 수억 만 개의 반짝이는 빛으로 가지마다 놓인 눈을 신비스럽게 만들어 놓고, 나무 화관들을 윤곽으로 그리고 있고, 회백색의 도로선 양편에 동화 같은 큰 벽을 만들어 냈다.

얼음 같은 고요한 세상에서 특별히 안락하고 기대되고 사랑받는 것은, 지난 이틀간의 달콤한 추억을 알려주는 그 운전석 안의 따뜻함이다.

-우리가 우리 공장 사람에게 뭐라고 말하지요, 주임님? - 자신의 앞에 펼쳐지는 도로를 주의 깊게 바라보며 세니츠킨이 말했다.

라자르는 불만적으로 이맛살을 찌푸렸다.

-당신은 좋은 남자라구요, 세니츠킨, -그는 자신의 꿈꾸는 몽환적인 꿈의 세계에서 운전공간으로 거칠게 떨어지면서 말했다. -좋은 남자이지만 멍청하긴 하요. 더러운 장화로 내 꿈속을 밟고 지나가는군요... 바보. 분명히 나는 알아요, 당신의 그 머릿속이 비어 있음은 완벽하다는 것을 알고 있어요, 그러니 사람들이 당신을 학교에 교재로 사용할 수 있습니다. 반면에 물리 수업시간에... 하지만 당신의 아마도 저 가장 먼 은신처에, 아마 그곳에 당연히 자리하고 있어야지요, 적어도 한가지 작은 생각은요!...

-무슨 생각을요? -세니츠킨이 마음이 상해 물었다. -다시 주임은 나를 놀리는군요...

-그런 생각이, -라자르가 수정해서 말했다. -우리가 승리했다는 그 생각이. 그리고 우리가 이겼기 때문에, 우리는 우리를 정당화시키는 것이나, 용서를 구할 필요가 전혀 없다는 것입니다. 이해되나요? 이 트럭엔 가-득합니다.

그는 잠시 생각에 잠기고는, 그 왼손의 손가락들을 계산하듯이 접어 보기 시작했다.

-먼저, 플라스틱은, 거의 다양한 깨진 상자의 것이 약 3톤이고요. 둘째, 보드카 20병짜리가 23개 상자... 그러면 사무실의 작은 축제를 위해 놔두고도, 모든 공장직원에게는 2병씩 돌아가고요, 맞지요? 셋째로, 메밀 곡식이 몇 포대더라, 당신은 기억하고 있나요?

-12포대 -세니츠킨이 복종하듯이 말을 더듬었다.

-그러고 또, -라자르가 계속했다. -넷째로, 다섯째 또 더 있지요. 쇠고기 보관물, 설탕, 사탕, 부용(고기스프)! 우리는 승리했다구요, 세니츠킨! 모든 여타의 것은 중요하지 않아요...

-하지만 예리자베타 아르카제프나에 대해선요? -아무 죄의식 없이 교활하게 세니츠킨이 물었다.

...아흐, 리자! 라자르는 두 눈을 감았다.

그리고 그녀가 다시 그의 앞에 나타났다. 불로 잘 데워진 침실 온기 속에서 그녀는 편안하고 꽃 장식된 블라우스만 입은 채 서 있었다. 그는 그녀 옷의 맨 윗단추를 잡으려고 자신의 손길을 난폭하게 쓰지도 강요하지도 않았지만, 그녀를 자신에게 다정하게 끌어당기고는 뺨을 어루만지고, 껴안고 그 끝없는 기쁨으로 빠져들어 갈 수 있었다...

라자르가 어느 책임자 노인과 신고간 제품의 물물 교환에 대해 의논하고 있고, 그 노인은 물동이를 보고 만족해 하지만, 비누 곽에 대해선 물물 교환을 거부하려고 씨름하던 상황에 그녀가 사무실에 들어 섰다.

그녀 시선이 라자르의 시선과 마주쳤고, 뭔가 마술의, 신비한 실이 순간 연결되었고, 그들은 서로를 원하게 만들었다.

라자르는 자리에 일어나 자신을 소개했다.

"예리자베타 아르카제프나", -그녀는 좀 영혼이 담긴 목소리로 대답하였다. 그 말에 라자르는 완전 녹아버렸다. 먼저 그는 그 목소리를 알아차리게 되었다.

흔하지 않게, 매력적인 블라우스 안의, 늘씬한 다리 위의 감동적인 엉덩이를 가진 여성에게 하룻밤 또는 짧은 시간의 불꽃 같은 모험에 자주 다가간 경험자인 그, 라자르 골드파르브는 그녀 목소리에서 이미 먼저 알아차렸다!

물론, 나중에 그는 그녀가 온전한 여성적 매력을 가진, 서른 살의, 밝은 머리카락을 가진 북러시아 여성임을 추측할 수 있었다. 각선미의 다리 하며, 일상적 몸매의 매력적 뒷태하며, 날씬함 하며 -제 위치에 꼭 갖춘 여성이었다.

그러나 그 목소리가 이 모든 것을 넘어섰다.

더구나, 그녀는 그 교환을 싫어하던 노인의 상사이기도 했다. 그러니, 그 비누 곽 문제는 그녀가 그에겐 간단히 "리자"라고 부르기도 전에 스스로 해결되었다.

무엇보다도, 분명하게도, 그녀는 라자르의 남성미적 운명에 교활하게 눈을 껌벅거리면서, 라자르에게 다가온 기대하지 않은 천사였다.

그 사무실 안의, 그녀의 공무 탁자에, 그녀 부하 직원 3명이 다른 탁자에서 다른 업무를 보고 있는 자리에서, 그들은 업무에 대해 말했다. -밀가루와 비누 곽을 교환하다고요? 그녀는 비누 곽을 집어보고, 그것들을 어디에 팔 수 있는지 알았다.

하지만, 밀가루가 지금 이 중앙배급소에 많지 않았다.

그래서 그는 메밀을 취하기로 했다. -어떤가요? 좋네요, 그러나 물동이는 아주 좋으니, 그것과 그녀가 가진 육고기 보관물을 교환할 준비가 되어 있었다... 그리 많은 양은 아니지만. 왜냐하면 그 배급소장이 보관한 것이니... 보드카는요? 그래요, 그는 알콜제조 공장에서 직접 얻을 수 있다. 그녀가 전화로 그곳의 여자 지인에게 전화해 놓았다. 파손된 플라스틱 상자들은... 더구나, 여기도 상당한 양이 있었다... 사람들이 이것들을 어디다 버려야 할지 모르고 있었다. 그래서 그 소장은 만일 누가 그걸 가져가 주면, 고마워할 것이다... 그런데 그 건달들이라고요? 이야기해 줘요, 이야기해 줘요! 정말 그가 그 청년을 붙들었나요? 그리고 어찌되었나요? 그건, 끝이 분명하지요, 그가 그 이야기를 해 줄 수 없어도... 그녀가 그의 용기를 비교하지 않는다 해도, 그 사무가 정말로 진지했다...
그래서, 첫째, 그는 자신의 트럭을 그 물품보관소에 주차할
수 있었고, 아무도 이 보관소에 주차한 트럭을 해코지할 수
없었을 것이다. 그를 위한 보드카는 그녀가 이 보관소로 갖다
달라고 했다. 둘째, 그는 오늘 여기를 벗어나면 안 된다고 했
다. 그 지역의 나쁜 청년들이 정말 다소 조직적으로 움직인다
면, 무장도 하고 있다면, 그러면, 필시, "이 도시의 경찰 당국
까지도 기름칠해 놓았을 것이니". 내일까지는...그럼, 가능하
면, 모레까지도 그녀는 자기 사촌에게 연락해 그 일을 정리해
놓겠다고 했다... 그랬다. 그 사촌이 그 건달들에게 일정한 관
계와 영향력을 가지고 있다고 했다.

 라자르 아로노비치는 호텔을 좋아하지 않는가? 그건-그건...
만일 그가 안락한 개인 아파트에 쉬는 것도 만족해 준다면,
그 문제는 해결되었다.

그 운전기사에 대해선? 그 운전기사에 대해선 뭘 어떻게? 그
기사는 이미 그곳에, 그 보관소 마당에서, 황홍색 머리카락을
가진 재고품 담당 여직원과 이미 짝자꿍을 치고 있음을 그녀
가 보았다. 필시, 그 기사는 주거문제를 이미 해결해 두었다.
만일 아니라면, 그녀가 도와줄 것이다.

 라자르가 그녀의, 마치 짙은 안개 속처럼, 그 안개 속에서
그녀 영혼에서 울려 나오는 목소리가 들리고, 그녀 두 눈만
보는 듯했다. 그러면서 그녀는 그의 온전히 다른 대화를 지지
해 주고 있었다.
-나는 오늘만 당신을 보게 되는 것이 아쉬워요. 그녀의 눈은
말하고 있었다.
-나도요. -그의 눈이 말하였다.
-당신은 기적입니다.

-우리 만남이 기적이지요. -그녀가 다시 웃었다. -그렇지만 아니에요, 분명히, 우리는 이 생애 중에서 어딘가에서 만나야 했어요.

-우리는 정말 만났네요, 내 사랑! 그의 눈은 한숨 속에 속삭였다.

-하지만 늦었네요!

-그건 중요하지 않아요! 그녀의 두 눈은 한숨 속에 말했다.

-좀 아프네요, 내 사랑, 하지만 이틀은 우리 것이에요! 그리고 이틀 밤도요. 봐요 얼마나 행복한 일인가요!

-행복! 그래, 정말 행복이네요! 그의 두 눈은 외치고 있었다.

머리를 흔들고는, 라자르는 주변을 둘러 보았다.

갑자기 그에게는 이 방에 있는 모든 것이 그의 외침을 들은 것 같이 보였다. 하지만 아니었다. -엘리자베타 아르카제프나의 동료들은 앉아서, 자기 서류에만 관심이 가고, 그 두 사람의 눈이 서로 마주치며 외치는 것엔 무관심하였다.

그 검정 머리카락의 곱슬머리, 아무 스캔들 없는, 큰 덩치의 남자가 평화롭게 그들의 여성 책임자와 대화를 나누어도, 그들에겐 뭔가 관심이 가는 것은 없었다.

그리고 그의 행복이 나중에 왔다.

달콤하고도 씁쓸했다.

그 달콤한 두 몸을 합침은 자신을 잊게 만들고 끝이 없고, 근원에 도달하는 달콤한 밀어와 한숨과 신음이 동반되었다.

그 씁쓸한 울음은 그녀가 그의 가슴에 파묻힌 채, 뜨겁게 그의 마음을 꿰뚫고 지나갔다.

한번도 자신의, 이전에 우연으로 만나는 연인과도 그는 자신에 대해, 자신의 마음씨 좋은 프라바에 대해, 아이들에 대해 말하지 못했다.

엘레자베타에게는 그는 이 모든 것을 말해 주었다.

자세히, 의식적으로, 아무 숨김없이.

한 가지를 제외하고.

그리고 그는 이혼녀인 그녀 자신의 삶에서 전혀 많지 않은, 진실로 행복을 받게 된 자신의 이야기를 주의깊게 듣고 있었다.

그도 그녀도 불평하지 않았고, 방금 사랑하게 된 사람의 동정을 구하지도 않았다.

그들은 자신의 운명에만, 자신의 영혼의 저 깊은 곳에 그것들을 영원히 숨기기 위해 서로의 운명에만 몰두해 있을 뿐이다.

영원으로.

오늘 아침, 너무 이르지 않게, 하지만 그들이 피곤한 채 자고 있을 때, 운전기사 세니츠킨이 창문을 통해 신호를 보냈다.

엘레자베타가 샌드위치와 월귤 음료수가 담긴 작은 꾸러미를 준비하였다. 그녀는 살짝 웃었지만, 라자르는 그녀 두 눈에 측정할 수 없는 고통이 자리 잡고 있음을 보았다.

-라자르, 그녀가 문턱에서 속삭였다. -나에게 아무 중요한 것도 말하지 않았어요. 당신은 주저하고 있어요... 걱정하지 말아요, 내 사랑, 만일 당신이 내가 알고 싶은 것을 당신이 말해 주기싫으면, 그럼, 말하지 말아요...

-내가 말할게요,- 라자르가 대답하고는 그녀 두 눈에 키스했다. -엘레자베타,....나는 당신을 알기 전부터 이 나라를 떠날 계획을 해 놓았어요, 지금은 나는 모르겠어요......

-당신은 위대한 남자이군요, 내 사랑, -그녀가 속삭였다. -만일 당신이 뭔가 계획하는 일이 있다면, 그걸 하세요. 그리고 나를 때로 기억해 주세요...

-헤이, 주임님! -라자르가 세니츠킨이 부르는 소리를 들었다.

-당신은 아직도 여전히 잘 거요? 이미 저기 우리 고향 도시

가 밝았어요, 봐요!

-당신은 지금 질문한 거요, 세니츠킨?- 라자르가 여러 번 고개를 흔들어 보고는, 자신의 두 주먹으로 두 눈을 문질렀다.

-정말 뭔가를 물었지요, 그렇지 않은가요?

-나는 물었어요...-세니츠킨이 중얼거리면서, 주저하면서, 그 똑같은 것을 되묻는 것이 가치 있는 것인지 주저했다. -내가 엘레자베타 아르카제프나에 대해 물었어요.,,, 한 번 자고 싶어 하던 그 여성 말이라구요, 정말 그렇지요!

그는 라자르의 대응하는 시선을 보고, 또 그의 오른손이 천천히 주먹 쥐어지고, 겁을 주는 듯이, 충고하듯이 호소하고 있었다.

-저으-기, 주임님!.....나는 그리 나쁜 암시를 하지는 않았어요!

라자르의 주먹 쥔 손은 다시 풀어졌고, 공중에서 흔들었다.

-세니츠킨,- 그가 말했다. -솔직히 내게 대답해 줘요; 당신은 살아오면서 따뜻한 영혼을 가진 여성을 만난 적이 없었어요?

-그 영혼에 대해 저는 관심이 없습니다요,- 세니츠킨은 태평스럽게 말했다. -아마, 그 영혼은 존재하지 않지만 높은 물질이기는 합니다. 단순한 운전기사인 나를 위해서가 아닙니다. 엔지니어를 위해서요, 예를 들면, 당신을 위해서요, 주임님, 더구나 그분들 거의 모두가 따뜻합니다요. 특정 장소들에서요. 나는 그 점을 보장합니다.

-멍청하군, 당신, 세니츠킨, -아무 악의 없이 라자르는 다시 말하고는 그 큰손을 그에게 한번 흔들었다. -마늘 먹는 사람, 운전기사, 당신은 너무 멍청한 사람이네요.

-또 다-시 당신은, 주임님은, 나를 놀리네요! -불평하며 세니츠킨이 자신의 목소리를 냈다. -멍청하다고요... 아마 당신 자신이 멍청합니다. 그를 보세요, 그가 영혼이 필요합니다요! 그

리고 반드시 따뜻한 영혼을요! 오래전부터, 주임님?

-아마, 당신이 잘도 결론을 내는군요, 세니츠킨,- 라자르는 자신의 목을 긁었다.- 내 이성이 안개로 변했네요. 나는 멍청하고, 당신은 아니오. 나를 여기, 이 신호기 옆에 내려 줘요.

트럭은 오른편으로 틀어, "루소플라스트"로 향했지만, 라자르는 자신의 모자를 정리하고는, 자신의 두툼한 잠바의 깃을 세워서는, 중앙도로를 따라 걸어가기 시작했다.

많지 않은 행인이 이 추운 일요일 저녁에 거리에 나와 있었고, 물론, 그 시민들은 거의 영하 30도에 미치는 추위에 산책하기보다는 가정의 텔레비전을 앞에 두고 몸을 덥히는 한 잔의 무엇인가를 선호했다. 그렇지만 시청 건물은 거의 모든 창문의 빛으로 광장에 있는 푸른 전나무들을 비춰 주었다.

삶은 그곳, 그 안에서 끓고 있었고, 사람들의 그림자들은 활발하게 커튼 너머에서 움직였고, 또 자신들의 어깨 위로 오버코트를 입은 10명의 남자가 복도에서 담배를 피우고 있었다.

갑자기 라자르의 시선을 붙잡은 것은 그 도청 계단 위에 펼쳐진 반짝이는 선거 슬로건이다.

-니기미! -그는 온전히 진심으로, 자신의 이마를 두들기면서 욕을 퍼부었다. -정말 내가 잊고 있었어.

그는 자신의 헝클어진 머리에 하얀 서리를 함께 한 채, 집으로 서둘러 와서는 가족 전부를, 아내와 환호하는 자녀들을 거칠게 꺼안고는, 그들에게 작은 선물을 쥐여주었다. 그는 식탁에 앉기 전에 막심에게 전화 했다.

-막심, 잘 지내요? -그는 그 전화기에서 외쳤다. -우린 승리했다구요, 막심!

-잘 다녀 왔네요, 라자르! -막심의 대답은 왔다. -잘 다녀왔군요! 하지만, 무슨 일인가요? 투표에 대해, 현 시장 페트로프스키흐가 다른 후보를 이기고 있다던데요. 그런데, 처남은 투

표하지 않았군요...

-내가 투표는 생각도 못했어요, 막심, -라자르는 목덜미를 긁었다. -볼로그다에서 너무 많은 일이 있었고, 나중에 당신에게 다 말하리다. 하지만 그게 내가 말하려는 것이 아니고요. 트럭이 가득 찼어요, 막심! 세니츠킨이 그걸 공장으로 가져다 놓았지요. 당신 아이디어가 성공했어요!

-물론, 처남이 능숙하게 해냈기에 가능했겠지요, -막심은 대답했다. -그게 우리 모두에게 도움이 되겠어요,... 빅토르를 제외하고는, 필시...

-왜지요, 빅토르를 제외하다니요?- 라자르가 놀라워했다.

-왜냐하면, 그는 그 경주말에 돈을 걸지 않았기 때문이지요. -막심이 대답했다.

199.년 12월 16일, 목요일

그 살롱 주위를 둘러본 막심은 이곳에는 지루해하고 있는 사람은 없구나 하고 만족한 듯이 추측했다. 예닐곱의 클럽 회원이 아직 오지 않았지만, 그곳에 먼저 온 사람들은 각자 할 일이 있었다. 막심 자신도 다양한 색깔의 풍선을 힘껏 불어 그것들을 타뇨와 레나에게 주었다. 그 아가씨들은 풍선을 살롱에 길이 방향으로 2열로 배치했다. 아이들 -알리사, 마샤와 파블릭 -과 함께 슬라바는 노래연습을 하고 있었다. 방금 환등기 설치를 마친 이고르는, 탁자 2개를 연이어 놓은 곳에서 책 전시를 준비하는 졸라를 도우러 갔다. 안톤과 다샤 두 사람은 속삭이며 여러 사람이 함께하는 놀이에 쓸 종이를 여러 조각으로 자르면서, 놀이 방식을 조용히 의논하고 있었다. 에스페란토 강습을 지도한 스베타가 초급을 마친 대여섯 사람들에게 다른 먼 모퉁이에서, 나중에 공연할 연극 대사를 외우게 지도하면서 서로 소곤거리고 있었는데, 그들 이름은 막심이 아직 잘 기억하지 못했다. 전통적으로 매년 새로 강습을 마친 사람들이 그해 클럽의 마지막 행사에서 뭔가 볼거리를 만들어 내어야 했다.

덩치가 큰 올가, 알라, 덩치가 작은 올가와 사샤는 축제 탁자를 준비하고 있었다. 막심은 마지막 풍선을 불고 나서는, 그 팀으로 다가갔다.

-아하, 막심! -알라는 그가 다가오자 인사를 했다. -당신 손이 필요합니다. 하지만, 처음에는 당신의 추리력이요.

-벌써 흥미롭네요, -막심이 살짝 웃었다. -그럼 뭘 추리해 내야 하는 건가요?

-코르크 따개가 그녀에겐 꼭 필요해요, 막심, -사샤가 불평하며 알라 대신에 대답했다. -클럽에 있던 것은 어딘가로 사라져 버렸네요... 저기, 저는 병 속으로 이 코르크를 밀어 넣기를 제안하고 싶어요. 뭐 나쁜 게 있을까요? 이제 봐요, 제가 한번 해볼게요.

-그렇게 하지 말아요! -덩치 큰 올가가 주의를 주듯 외쳤지만, 사샤가 탁자 위에 놓인 여러 개의 병 중 한 개를 집어 들었다. 그는 병목 끝부분의 주석종이를 없애고, 오른손 엄지로 그 코르크 마개를 안으로 세게 밀어 넣어 보았다. 그러나, 그 코르크는 곧장 들어가려 하지 않았다.

-손가락 힘이 세군요, 사샤, -막심이 코멘트를 했다. -하지만 조심해요, 너무 서두르진 말고.

-곧요, 곧!- 사샤는 긴장한 목소리로 말했다. -이게 끈질기게 버티지만, 이미 움직이기 시작했어요....

그는 숨을 한번 깊게 들이쉬고는, 더 힘을 가다듬고는 그 코르크를 밀어 넣어 보았다. 그 코르크가 갑자기 포기하더니,

병 속으로 쏙 들어가 버렸다. 그러자, 붉은색 와인이 주변으로 넘쳐 나왔다. 아가씨들은 환호하며, 펄쩍 뛰었지만, 몇 방울은 사샤의 바지 위로 떨어졌고, 가장 심하게 묻은 것은 그 탁자였다.

-소금을, 소금을 바지에 문질러요, -알라가 말했다. -성급한 사람!

-내가 잘못한 것은 없지요! -사샤가 자신을 정당화했다. -그것이 스스로... 그리고 그 코르크 따개가 마찬가지로 없었으니. 우리는 이미 집을 나왔으니.

실제로, 그들 회원의 집이나 때로는 편안한 클럽사무실에서나 개최되었던, 수많은 '자멘호프의 날'[58]행사가 열렸는데, 이번엔 처음으로 낯선 곳에서, -문화회관 관장이 기꺼이 제공해 준, 문화회관 무용실에서 -그 자멘호프의 날 행사를 열고 있었다.

더구나, 방금 재선에 성공한 시장 페트로프스키흐가 전화로 이 행사를 축하해 주었지만, 그런 세심한 사항은 그 클럽에겐 중요하지 않았다. 중요한 것은 그 결론이다.

결론적으로 오늘 이 축제를 위해 에스페란티스토들은 모든 프로그램이 뭔가를 다른 곳으로 옮기지 않고서도 이곳에서 행사를 치를 수 있도록, 이 만큼 감명 깊은 장소를, 이만큼 널따란 장소를 제공해 준 시장에 대해 고마워했다. 도서전시, 축제 탁자 또 행사와 함께 춤을 함께 하기도 좋았다.

-막심, 출입문 쪽에, 저기 옷걸이 아래에 내 가방이 있어요. -알라가 말했다. -그곳에 내가 여분의 탁자를 씌울 종이 몇 장을 놔뒀어요. 저기 그 가방 좀 가져다줘요. 부탁합니다. 한

---

58) *역주: 에스페란토 창안자 자멘호프(L.L. Zamenhof) 탄신일인 1859년 12월 15일을 맞아, 에스페란토 사용자들은 매년 12월 15일 전후로 자멘호프의 탄생을 축하하는 행사를 함.

편으로 우리는 그 종이를 꺼내, 이 더럽혀진 탁자 보를 대신해 씁시다.

-단걸음에 다녀오겠어요. -막심은 말했다.

출입문 입구에서 그는 그 가방을 발견하였지만, 그것뿐 아니었다. 들어오는 것을 주저하며, 이 도시의 가장 중요한 신문사 여성 기자인 갈리나가 출입문 앞에 서 있었다. 막심은 "루소플라스트"를 취재한 몇 가지 기사 때문에 열일곱 살의 그 아가씨를 알고 있었다. 그때부터 그는 신문기자를 직업으로 선택한 그녀가 수줍음이 많은 사람임을 알고 있었다.

-좋은 저녁이네요, 갈리나! -막심이 그녀에게 인사를 나눴다. -왜 이 출입구 바닥만 밟고 있나요? 만일 당신이 우리 축제에 참여하고 싶으면, 나와 함께 들어가요. 분명히, 알라가 당신에게 탁자에서 할 일을 줄 겁니다... 예를 든다면, 당신이 소시지를 자르는 경험은 있지요?

-막심 마트베에비치!... -갈리나는 그에게 마음 상한 듯한 눈길을 보냈다. -저는... 저는 경험이 있습니다! 그리고 소시지를요... 그리고 치즈도요...

-그런데 오렌지는 어떤가요? -놀라며 막심이 물었다. -사람이 그냥 자르지는 말구요, 어떤 아름다운 환상을 그 자름 속에서 만드는 것은 어떤가요?

-저는... 환상을 만들어 낼 수도 있겠지요! -열정적으로 갈리나가 대답했다. -하지만 저를 초대한 분은 이고르 이그나체비치입니다... 그분이 여러분 축제에서 흥미로운 이야기를 약속했습니다. 저는 그분을 인터뷰하고, 그 기사를 내일까지 작성해야 합니다.... 그래서 제가 쓴 기사가 신문의 주말판에, 주말 신문에 실려야 해요!

-그것은 그 일을 다른 방향으로 가게 하는군요! -막심은 갈리나의 팔꿈치를 끌어 유쾌하게 말했다. -분명히 당신 임무는

오렌지를 잘라 환상을 만들어 내는 것보다 더 중요한 일이 되겠군요. 나와 함께 갑시다. 저곳에 우리가 존경하는 회장님인 이고르 이그나체비치가 계시네요. 이고르, 당신은 당신 일을 놔두고, 우리 아름다운 여성 손님을 위해 시간을 좀 내시죠?

-아하, 벌써 도착했군요? -이고르가 갈리나에게 말했다. -아주 잘 되었어요. 그럼 우리는 저기 모퉁이에 앉아, 당신의 궁금함을 완전히 없애는 일에 노력하리다.

막심 자신은 다시 탁자로 향했다.

그곳에는 이미 모두가 새로운 탁자 보가 놓이기를 기다리고 있었다. 사샤는 자기 바지에 묻은 와인 자국에 소금을 세게 문지르고 있고, 덩치가 큰 올가와 작은 올가, 그 두 사람은 옆의 탁자로 물러나, 자르는 일을 계속하고 있었지만, 알라는 탁자에서 기다리고 있었다.

-고마워요, 막심, -그녀가 말했다. -또 당신에게 다른 도움을 요청하고 싶어요. 당신이 이곳, 문화회관에서 코르크 따개를 찾아볼 수 있겠어요? 정말 오늘은 우리가 이 와인을 마셔야 하지만, 사샤가 또 저런 시도를 한다면, 더욱 눈물겨운 상황을 만들어 낼 수 있으니, 걱정됩니다.

-어디서 내가 그걸 찾아볼 수 있을까요? -막심은 생각에 잠겨 말했다. -정말, 이미 집을 나온 우리는 이 문화회관에 외롭게 있으니, 만일 저 출입문을 지키는 저 여성 수위를 생각하지 않는다면. 아니지, 그러지 말고... 내가 집으로 곧장 가, 우리 집에서 내가 사용하는 코르크 마개 따개를 갖고 오겠어요. 내가 차도 있으니, 최대한 10분이면 될 거요.

그는 서둘러 출입문으로 가면서 자신의 잠바를 집어서는, 자동차가 있는 곳으로 갔다. 실제로 3분 만에 그는 집에 도달했다. 그렇지만, 집에서는 기대치 않은 일이 벌어졌다.

-누군가 전화를 했는데요... -좀 불만인 목소리로 에바가 말

을 해 주었다. -하지만 내가 그 수화기를 들자, 상대방이 전화를 끊었어요. 아마 당신 여자 친구 중 누군가가...

-에바!.. 막심은 좀 비난하는 듯한 목소리로 말했다. -내 모든 여자 친구들은 지금 문화회관에 있다구요. 내가 가장 좋아하는 여자 친구인 당신도 여러 번 초대받았지요, 내가 여러 번.

-하긴, 그렇군요...- 에바가 곧장 평안을 유지하고는 말했다.

-하지만, 막심, 나는 사람들이 많이 모이는 축제는 별로 좋아하지 않아요. 당신은 그 점을 알고 있구요. 어린이집의 그런 일들은 나로선 충분해요.

-나도 알아요. 막심은 말했다. -더구나, 에바, 나는 잠시만 돌아왔어요. 우리 집에 있는 코르크 따개를 가지러 왔어요. 주방에서 좀 찾아 줘요.

에바는 주방에 불을 켰다.

막심은 서둘러 이리나의 전화번호를 돌리고는, 그녀의 아주 아픈 듯한 목소리를 듣고 이렇게만 말했다. -"내가 5분 뒤에 가겠어요." 그리고는 그는 수화기를 놓았다.

다음의 반 시간은 번개처럼 지나갔다.

막심은 서둘러 문화회관으로 도착해, 사샤에게 코르크 따개를 내밀고는, 급히 이리나에게 갔다. 의도적으로 그는 교통신호기도 없고, 교통순경이 없는 주택가 통로를 선택했다.

그래서 그는 정확히 5분 뒤, 정말 이리나의 집 문 앞에 도착했다.

-미안해요, 당신... -이리나가 문을 열어주고 나서는 거의 그의 팔에 쓰러질 듯이 말했다. 그녀 얼굴은 창백하게 회색이 되어, 막심을 안심시키지는 못했다.

-무슨 일이 있나요, 이리나? -그는, 그녀의 반쯤 실신할 것 같은 몸을 지탱해 주면서, 작은 소리로 말했다. -힘을 내 봐요, 내 착한 아가씨... 곧... 곧 내가 당신에게 가죽옷 입는 걸

도와줄게요... 이젠 당신의 이 발을... 또 이 발 말고 다른 발을...그래 잘했어요. 이젠 우리가 갈 수 있겠어요.

실제로, 하지만 그녀는 걷는 것이 거의 불가능해 보일 정도로 기력이 약해 있었다. 그 점을 막심은 계단에서 곧장 알아차렸다. 그는 자신의 팔로 그녀를 부축해, 9층에서 자동차가 주차된 곳으로 데려왔다.

앞마당에 눈이 휘몰아치는 가운데, 차가운 바람은 그를 밀쳤다. 그러나, 그는 조심해 이리나를 차의 뒷좌석에 반쯤 누이고는, 자동차 시동을 걸었다.

5분이 더 지났어야 시립 병원의 접수부에 도달할 수 있었다.

-아무 특이사항은 없습니다. -곧장 이리나의 외부 모습을 본 당직 여성 의사가 곧 알려 주었다. -잘 아는 상황이네요. 임신 중독증입니다. 하지만, 동무, 당신 아내는 당분간 병원에 남아 있어야 합니다. 태어날 아이를 생각하려면요. 지금은 내가 주사를 한 대 놓아줄 거고, 그녀를 나중에 부인과로 입원시켜주세요.

-제가 따라가서 돕겠습니다. -준비된 듯이 막심이 말했다.

-동무!... -그 여성 의사는 그에게 놀라며 불만인 듯이 그를 쳐다보았다. -나는 당신이 지금 혼비백산한 것은 잘 알겠는데요... 여느 미래의 아빠처럼요.... 하지만, 당신 어깨에 있는 머리를 잘 지켜줘요. 그리고 뭔가 말하기 전에 생각을 먼저 하세요.

-하지만... 나는 정말 전혀 이해가 안 됩니다. -막심은 당황해했다.

-그게 무슨 말인가요, 동무? -엄하게 그 여의사가 말했다. -산부인과에 남자를 들어가게 할 것 같나요? 못 들어가게 하겠지요? 자, 앞으론 그 점을 알아야지요. 더구나, 산부인과 외에도, 그러나 당신은 정말... 아니겠지요... 그럼, 잘 가세요.

-안녕히 계십시오... -막심은 생각이 정리되지 않은 채, 당황해 물러서면서 더듬거렸다.

그는 그 문화회관이 속한 구역을 두 바퀴째 운전하면서 감정의 균형을 잡으려고 했다. 주요 도로의 전등 불빛들은 자신의 차창 너머로 맞은편에서 오가는 자동차들의 유사한 빛 흠집과 함께 섞여, 큰 흠집들을 만들어 흐르고 있었다.

막심은 그것을 외부의 추위 때문이라고 처음부터 여겼지만, 나중에 실제로 자신의 뺨이 촉촉해 있음을 느끼고는, 그는 자신이 지금 울고 있다는 것을 추측할 수 있었다. 그제야 그는 자동차 주차가 금지된 도로 신호등 아래 멈춰 세우고는, 고장 때 쓰는 비상등을 켜고, 자신의 호주머니에서 자신의 두 눈을 닦기 위해 손수건을 찾기 시작했다.

그가 앉아서 그 손수건으로 눈을 누르면서, 아마도 10분 정도 멈춰 서 있음을 알았을 때, 누군가 창문을 두들기자, 정신을 차렸다. 막심은 창문을 내렸다.

그곳에는 교통순경인, 이미 알고 지내던 아르트욤의 얼굴이 보였다.

-좋은 저녁이네요, 막심! -차가운 공기가 그 인사말과 함께 들어 왔다. -내가 잘 아는 자동차가 비상 깜박이등을 켠 채 서 있길래... 뭔가 차량에 고장이 생겼나요?

-고맙군요, 아르트욤. -막심은 그 수건을 얼굴에서 뗐다. 그 두 눈은 이미 말라 있었다. -좀 눈이 좀 아파서요, 아마, "토끼"를 내가 오늘 용접하면서 잡았거든요...

-도와 드릴까요? 당신 앞에서 내 차가 운전해 가면서요?- 아르트욤이 질문했다.

-고마워요, 친구, 그럴 필요까지는 없어요,- 막심이 대답했다.

-나는 지금 아주 가까이 있는 문화회관으로 가고 있어요. 더

구나, 아르트욤, 이번에 우리 함께 에스페란토 축제에 가봅시다, 어떤가요? 당신은 동정적인 남자이고, 우리 아가씨들이 기뻐할 겁니다...

-에흐... -아르트욤은 자신의 이마 위로 모자를 움직여 쓰고는, 목덜미를 긁었다. -당신 클럽에는 매력적인 여성이 많다는 걸 알고 있지요. 하지만, 용서하세요. 지금은 근무 중이라 그건 불가이네요. 축제를 즐기십시오!

막심은 그 구역 주변에서 한 바퀴 더 돌고, 축제의 절정인 순간에 행사장인 그 살롱으로 돌아왔다.

-빵 한 조각(Panbuleto), 빵 한 조각(Panbuleto), 나는 너를 먹어 버릴테다! -화가 난 늑대의 발음은, 에스페란토 초보자들에게 특징적으로 나타내는 "에(e)-"가 러시아어식 "예'로 발음이 났다.

-나를 먹지 마세요, 늑대님. -맛있게 보이는 빵조각이 대답했다. -대신 제가 당신을 위해 노래를 불러 드리겠어요! 자 들어 보세요.

*나는 **빵** 조각, **빵 한 조각,***
나는 할아버지를 벗어났네,
나는 할머니를 벗어났네,
여러분도 나를 잡을 수 없을걸요!

그러면서 그 '빵 한 조각'은 옆으로 뛰어갔다.
늑대도 함께 뛰어갔지만, 우연히 자기 꼬리를 밟는 바람에 바닥으로 비틀거리며 거칠게 쓰러졌다.
축제의 탁자에 앉아 있던 대중은 박수를 보내며, 웃음을 터뜨렸다. 이고르는 막심이 출입문에 와 있음을 보고는, 연극이 끝나기를 기다리고는, 그에게 들어오라고 손짓했다.

막심은 발끝으로 그 탁자에 다가가, 이고르 옆에 앉았다.

이고르가 그를 위해 와인을 한 잔 따르더니, 막심에게 권했다. "마셔요, 그렇게 해서 몸을 좀 덥혀요!"

막심은 그 잔을 잡고는, 그 탁자에 앉아 있는 다른 사람들에게 인사하며 그 잔을 한 번 흔들고는 탁자에 놓았다. 지금은 와인을 마시고 싶은 마음이 전혀 생기지 않았다.

보드카, 아마, 보드카가 더 어울릴 것이지만, 전통적으로 자멘호프 축제에는 보드카는 허락되지 않았다.

-왜 당신은 마시지 않나요? -이고르가 속삭이듯이 물었다.

-아-아-.... -막심은 생각에 잠겨 말했다. -정말 내가 자동차를 운전하고 가야 할 것 같아서요...

199.년 12월 22일, 수요일

화요일에도 그녀는 여전히 불편한 6인용 부인과 병실의 압박하는 짙푸른 벽에 둘러싸인 채, 같은 처지의 여성 환자들과 함께 남아 있었다.

새해가 곧 올 것이란 신호는 병원에도 들어섰다. -인근 시장의 새해맞이 판매용 어린 전나무의 신선한 향기, 서로 크게 축하하는 소리와 서로 자기 상점으로 와 달라는 요청의 소리, 또 병원의 가로등 위에 축제용 조명을 설치하는 사다리차의 오르내리는 소음이 창을 통해 들려 왔다. 이 새해를 앞둔 나날에 그 병원 환자들의 염원은 그곳 의사들의 그것과도 일치했다. 환자들은 새해 축제를 위해 집에서 쉬고 싶고, 또한 의사 선생님들도 새해 행사를 맞아, 병원에 좀 더 적은 수효의 환자가 있기를 희망했다.

-그럼, 우리는 어떻게 지내지요, 아가씨? -다소 덩치 큰, 부

인과 주임 의사 선생님이 그녀 침대로 오면서 물었다.

이리나는 어릴 때 잔병치레 하느라 병원에서 1주일을 입원했던 적이 있기에, 모든 의사는 언제나 환자들을 "우리"라고 부르는 것이 일상적임을 잘 알고 있었다. 아마 그것은 그들이 그 병을 함께 겪는 것처럼, 환자와의 상호 관계에서 뭔가 친절과 친밀성을 유지하기 위한 것임이 틀림없으리라. 예전부터 이리나는 이 질문에 답하는 고유 공식을 이미 알고 있다.

-저는 의사 선생님들 덕분에 완벽하게 지내고 있습니다, -그녀는 용감한 목소리로 그렇게 말했다. -선생님을 잘은 모르지만... 선생님께도 마찬가지로 잘 지내시길 기원합니다.

-하-하! 그 덩치 큰 의사가 큰 웃음을 드러냈다. -이 환자분 보세요. 우리 장래의 어머니가 이젠 농담도 할 줄 아네요. 좋아요. 아주 좋아요! 그쪽은 우리가 몇 주간에 해당되는가요? -그 의사 선생님은 눈으로 그녀의 배를 가리켰다.

-15주요, -이리나는 답하며, 그 물음이 싫어도 살짝 웃었다.

-아주 좋아요! -그 주임 의사는 만족하여 두 손을 비볐다. -우리는 아주 잘 웃고 있네요, 아가씨! 그리고 맞아요. 우리는 가장 어려운 시기를 성공적으로 지내왔어요. 그러니, 우리는 더욱 모든 것이 정상적으로 나아가리라는 확신해 봅시다. 그리고 태아는 자연이 정해 준 시간 이전에는 조금도 보여주지 않을 겁니다. 그렇게 되겠지요?

-바로 그렇게, -그녀는 살짝 다시 웃었다.

-아주- 아주 좋아요!- 덩치 큰 의사 선생님은 극단적 만족감을 표시하고는, 자신의 옆을 보좌하는 의사에게 몸을 돌렸다. -오늘 점심 식사 뒤, 우리 물품을 가지고 우리의 장래 아빠에게 가도 된다고 기록하세요.

그 보조 의사는 자신의 주임 말투에 익숙해 있기에, 자신의 두꺼운 노트에 뭔가를 기록하고는, "살루티나 -퇴원" 이라고 반복해 중얼거렸다. 그런데, 그 주임 의사는 이리나 얼굴에서 뭔가 변화를 알아차리곤, 그녀에게 몸을 숙이고는 공모하듯 물었다.

-그분은 술 많이 마시나요?

-아뇨-아뇨! -그녀는 즉시 놀라며, 전혀 그렇지 않다고 반박했다. -그이는 아주 착합니다!

-아하! -그 의사는 만족해하며, 다시 두 손을 비볐다. -그럼 우리는 행운입니다. 아가씨. 우리는 우리 둥지로 갑시다... 그런데, 그에 앞서 우리는 우리 진료소의 우리 부인과 의사 선생님을 만나고 가세요... 라이사 파블로프나 선생님이 담당이지요, 맞지요?

-예, 그분이 맞습니다... 이리나가 대답했다. -제가 가겠습니다.

-다녀 가세요, 다녀가세요, -그 덩치가 큰 의사는 계속 말을 이어갔다. -제 이름으로 그 선생님께 인사를 전해 주세요. 그러고 내가 그 선생님께 당신에게 필요한 가장 세세한 주의 사항을 전해 달라고 해 뒀습니다. 그리고, 아가씨,... -그는 공모하듯 눈을 껌벅거렸다. -내가 우리를 위해 여기서 나중에, 에-에-에- 다섯 달과 며칠을 더 지나서 만나도록 준비해 놓겠습니다. 동의하지요?

-동의합니다... 이리나가 작은 소리로 말했다.

점심 뒤, 그녀는 그 병원의 물품보관소에서 친절한 노파로부터 자신의 개인용품들을 받아, 옷을 갈아입고, 유리창이 있는 긴 복도를 따라 부인과로 갔다.

부인과 의사의 진료실 옆에는 진료를 받기 위해 사람들이 적은 수효의 사람이 기다리고 있었다.

정말 35분이 지나, 이리나는, 덩치 큰 의사 선생님의 상세한 주의 사항을 받아들고서 그 진료실을 나와, 퇴원 수속을 마치니, 이제 자유로와지고 얼굴도 밝아졌다.

그녀는 살아가고, 일하고, 기다리고 사랑할 준비가 되어있다. 그러나 그 출입문 너머에서 그녀를 붙잡은, 그녀의 유쾌한 기분을 근원적으로 변화시키는 만남이 있었다.

-안녕하세요, 이리나 보리소프나! -익숙한 목소리가 그녀를 부르고 있었다.

이리나는 모퉁이에 있는 의자 쪽으로, 소리가 나는 곳으로 고개를 돌려 보았다. 그녀는 자신이 만나게 될 여성이 누구인지 이미 알았다.

-안녕하세요, 에바 아로노프나! -그녀가 자신의 얼굴표정을 전혀 변하지 않도록 가장 크게 애쓰면서 말했다. -새해 복많이 받으세요!

-새해 복 많이 받아요! -에바 아로노프나가 선한 마음으로 말했다. -당신을 만나게 되어 기뻐요.

에바는 이리나의 눈을 직접, 아무 악의 없이, 아무 의심 없이 바라보았다. 필시 에바는 아무것도, 아무것도 아직 모르나 보다. 이리나는 침착해졌다.

-무슨 문제라도? -그녀가 편하게 물었다.

-그래요... -에바 아로노프나가 생각에 잠긴 채 말했다. -작은 문제이긴 해요... 분명히, 반년 뒤에는 "루소플라스트"의 주임 공학사가 급료를 올려 달라고 요청해야 할 것 같아요, 왜냐하면... 그때 우리 아들이 자매를 얻게 될 거예요.

그녀의 말은 간단했다.

아무런 자긍심도, 복수심도, 화를 내는 것도 또한 질투심도 그 안에는 들어있지 않았다.

평범한 소식일 뿐이다. 하지만 이리나에겐 그것은 전혀 달리 들렸다. 그녀는 내부적으로 깜짝 놀랐고, 뭔가 무거운 덩어리가 목에서 치밀어 올라, 그녀를 질식하고 있었다.

그녀가 자신의 영혼 속에 지금 벌어지고 있는 모든 것을 아무리 애써서 숨기려고 해도, 그럼에도, 그녀와 대화를 나누던 에바는 뭔가를 주목했다.

-하지만, 이리나, 당신은 잘 지내요? -그녀가 물었다. -내 기억엔 당신도 여름에 무슨 문제가 있었는데, 안 그런가요? 지금은 모든 게 잘 되어있겠지요?

-그래요... -이리나가 대답했다. -그래요, 정말... 보통의 진찰입니다. 당신과, 당신의 장래 아이에게 건강을 기원합니다.

-당신에게도 마찬가지로 기원합니다! -에바 아로노프나가 진료실로 들어가려고 일어서면서 살짝 웃으며 말했다.

그날 밤 내내, 이리나는 잠을 이루지 못했다.

열이 난 생각이 그녀 머릿속에서 방황하게 되고, 열렬한 결정이 생겼다가도 눈물 속에 사라졌지만, 눈물은 베개 위를 충분히 뿌려 놓았다. 아침에야 그녀는 그 생각을 정리할 수 있었다.

여타 다른 사무직원보다 습관적으로 좀 더 일찍 나와, 자신의 자리로 돌아온 뒤, 이리나는 서두르지 않고, 자신의 외투와 모자를 벗어 옷장에 넣고, 따뜻한 부츠에서 좀 뒷굽이 높은 신발로 갈아 신고는, 거울 앞에서 지진 머리와 화장을 정리했다. 모든 것은 그녀 모습에서 평범한 채로 있었다.
나중에 그녀는 깨끗한 종이 1장을 집어 들고는, 그곳에 간단한 문장을, 지난 밤, 머리속에 생각해 둔 문장을 잘 정리해서 써 내려 갔다.

"주식회사 루소플라스트" 대표이사 시가에프 V.V 님께,
여비서 셸루티나 이리나.B.로부터

요청서
본인은, 개인 사정으로(다른 도시에 사는 제 숙모님이 갑자기 병을 얻어, 간호할 사람이 필요해), 가능한 한, 2주간 추가 근무 없이 제 직위에서 저를 해임해 주기를 요청합니다.

199.년 12월 22일. 셀루티나"

그녀가 자신의 서명을 마치고, 그 문장을 다시 읽어보고 있었는데, 바로 그 순간에 문이 열리더니, 그녀의 대표이사가 들어섰는데, 짙은 술 냄새와 동반해서 들어왔다. 그는 모자도 쓰지 않은 채 있었다. 그의 외투 단추가 모두 풀려 있고, 양털로 된 스카프는 오른편으로 미끄러져 있고, 발에 거의 걸려 있었다.

이리나가 자신이 들고 있던 종이를 뒤집어 이를 책상에 놓고서, 대표에게 인사하려고 몸을 일으켜 세웠다. 시가에프는, 그녀 인사에 대답하지도 않은 채로, 잠시 그녀를 불만족한 듯이 쳐다보고는, 나중에, 중얼거렸다.

-아하, 이리나 당신은 이미 그 자리에 있구나... 좋아-좋아요...

그는 비틀거리며 자기 집무실로 들어갔고, 두 개의 문은 요란하게 닫혔다.

이리나는 다시 자리에 앉아 자신의 두 손에 그 요청서를 다시 들고, 잠시 생각에 잠긴 뒤, 그 서류를 그 대표의 서명을 얻기 위해 탁자에 준비된 다른 서류들과 함께 놓았다.

전화기가 갑자기 날카롭게 소리가 울렸다.

탁자에 놓인 3대의 전화 중 하나가 울렸다.

그것은 그의, 대표의, 호출 전화였다. 그녀는 수화기를 들었다.

-이리나 보리소프나, 내게 와 봐요. -그의 목소리가 들려 왔다. -내가 당신에게 몇 가지 급히 시킬 일이 있어요.

-예, 빅토르 바시리예비치, -그녀는 작은 소리로 대답하고는, 전화기를 내려놓고, 그 준비된 서류를 들고 집무실로 향하는 첫 번째 출입문, 두 번째 출입문을 열었다. 습관적으로는, 그녀는 출입문을 열어둔 채 들어섰다.

-그 출입문, 닫아요. -대표는 외투도 벗지 않은 채, 자신의 탁자 옆에 있는 안락의자에 거의 절반은 누운 듯이 불평하였다. 그가 그 탁자로 걸어가면서 흘러 버렸던 스카프는 바닥에 놓여 있었다.

그녀는 자신의 몸을 돌려, 두 개의 출입문을 닫았다.

-그 서류는 두시오. -그는 손가락으로 탁자 위의 한 곳을 가리켰다.

그녀는 탁자에 가까이 가, 들고 온 서류를 놓았다.

그녀의 요청서는 그 서류 뭉치의 맨 나중에 있었다. 나중에 그녀는 고개를 숙여, 스카프를 주워, 옆의 의자에 바로 놓아두었다.

시가에프는, 그녀를 긴장한 채 쳐다보고는, 자신의 안락의자에서 일어나, 이리나에게 다가와, 그녀를 앉게 하려는 듯이, 탁자 옆의 첫 의자를 옆으로 움직였다.

그녀는 그가 그 의자를 자기 쪽으로 움직여 주길 기다리며, 그 큰 탁자 곁으로 걸어갔다.

그러나, 그는 그것을 움직이는 것 대신에, 그곳 의자를 옆으로 밀치고는 갑자기 이리나 어깨를 잡더니, 그녀 얼굴을 자신에게 당기더니, 강하게 그녀를 밀쳐, 그녀가 큰 탁자에 등을 대고 쓰러지도록 만들었다.

그 대표는 자신의 외투를 찢듯이 벗겼다.

그 외투가 그의 뒤, 옆으로 벗겨진 채 나갔지만, 그는, 미친 듯한 눈길로, 이리나를 쳐다보더니, 그녀 치마를 위로 뒤집어 들어 올렸다. 그의 두 손은 더 위쪽으로 향해 그녀 팬티를 벗기려고 그 팬티를 잡았다. 그러면서 그는 반쯤 작은 목소리로, 침착하게 하는 목소리로 중얼거렸다.

-쉬-쉿익...소란 피우지 마! 넌 그만큼 맛있어 보여... 넌 내 여비서야... 그리고 나는 오늘 너를 원하고 있어. 나는 권리가

있어, 그래 권리가 있지! 쉬잇...

이리나는 당황해 말을 할 능력을 잃었지만, 시가에프가 돌진해서 자기 쪽으로 그녀 팬티를 당기자, 그녀는 오른 다리를 접어, 그 날카롭고도 가는 하이힐로 대표의 사타구니를 난폭하게 찼다.

-와-아!- 시가에프는 그 큰 탁자에서 멀리 물러나면서 큰소리를 질렀다.

필시, 이리나의 그 하이힐이 대표의 아주 민감한 곳을 맞힌 것이 분명했다. 왜냐하면, 대표는 옆에서 웅크린 채 그 아픈 부위를 자신의 두 손으로 감싸 안고는 그녀에게 눈물이 뒤섞인 채, 분노감이 가득한 두 눈으로 이리나를 쳐다보며, 연거푸, "와아! 와-아!"라고 되풀이하고 있었다.

이리나는 탁자에서 이젠 멀찌감치 미끄러져 나와, 자신의 치마를 정리하고는, 대표의 고통을 주의 깊게 또 눈으로는 즐기듯이 보면서 그 대표 앞에 서 있었다. 그러면서 그녀는 그가 이제는 더 이상 자신을 공격하지 못할 것으로 확인했다. 그래서 그녀는 자신에게 살짝 웃음을 내보이는 것을 허락하기조차 했다.

-네.... 네... 년이... -시가에프가 씩씩거리는 소리를 냈다. -미친-년! 와-아! 네년은 더 이상 여기 이곳에 있을 필요가 없어! 네년의 숩스키이조차도 아무 도움을 줄 수 없을거라구!

-나는 아무 도움이 필요 없어요, 빅토르 바실리예비치, -그녀는 더욱 웃으면서, 그녀 목소리에서 뭔가 이상한 친절함을 갖고서 대답했다. -내가 이젠 이 회사를 그만둔다는 사직요청서는 당신 탁자에 놓여 있어. 나는 만일 막심 마트베예비치가 이... 짓거리에 대해 아무것도 모르는 편이 당신에게도 더 낫다는 것을 말해 두고 싶어요.

그녀는 웅크리고 있는 대표를 스쳐 지나가면서, 그 집무실에서 나오면서 그 출입문들을 차례로 닫았다.

출근해 응접실에 서 있던 니나 드미트리에프나가 겁을 내며 그 출입문 쪽을 바라보고는, 나중엔 그곳에서 나오는 이리나를 바라보았다.

-무슨 일이 있었나요, 이리나 보리소프나? -그녀는 극단적인 궁금함을 숨기지 못하고서 물었다. -왜 대표님이 소리를 지르고 있나요?

-그건.... 내가 병가 내기 전에 한 가지 중요한 일을 빠뜨렸기 때문이에요, -이리나가 니나 드미트리에프나의 두 눈을 직접 쳐다보며 대답했다. -저 대표는 지금 화가 나 있어요. 그러니, 적어도 10분 동안엔 들어가지 말아요, 만일 당신이 대표의 그 열 받은 손에 맞지 않으려면요. 그는 나중에 평정심을 회복할 거에요...

그녀는 자신의 부츠를 신고, 의복을 갈아입고는, 신발은 플라스틱 통에 두고서 조심해서 탁자에 뭔가 가져가야 하는 것이 남아 있는지 그 탁자를 살펴보았다. 오, 그랬다. 그곳에는, 그 필기구들 사이에 막심이 선물로 준 흥미로운 작은 곰 인형이 하나 놓여 있었다. 그것도 그녀는 작은 상자에 담았다. 그녀는 자신의 책상 서랍에서, 자신의 화장품, 몇 점의 사진과 종이들을 챙겼다. 이 모든 것도 그 작은 상자에 집어넣었다.

니나 드미트리에프나는 그런 행동을 하는 그녀를 깜짝 놀라며 바라보았다.

이리나가 자신의 옷장에서 외투를 집어, 천천히 그 외투를 입기 시작했을 때, 니나 드미트리에프나의 부풀어 오른 궁금함은 폭발했다.

-이리나, 당신은 지금 떠나는 거야? -그녀가 살짝 외쳤다.

-그게 달리 뭔가와 비슷한가요? -이리나는 물음으로 대답을 대신했다.

-그런데, 업무는요? -좀 헐떡거리며 니나 드미트리에프나가 말을 이어 갔다.

-문제없어요, 니나 드미트리에프나, -이리나가 대답했다. -대표가 허락하였거든요.

199.년 12월 24일 금요일

-나는 그녀에게 무슨 일이 일어났는지 모릅니다. -빅토르가 말했다. -그리고 그녀가 지금 어디에 있는지도 모릅니다.

분명히, 그는 뭔가를 알고 있다.

그 두 눈의 위선적인 모른 체함, 필요 이상으로 거친 말투, 그 손가락을 탁자에 두들김은 열변적으로 빅토르가 뭔가를 속이고 있음을 입증했다. 빅토르와 그, 둘 밖에는 아무도 지금 대표 집무실에 없다. 그러니 막심은 자기 모자를 의자에 던지고는, 자신의 평소 앉는 안락의자에 앉아 있는 빅토르에게 다가가, 그의 얼굴에 몸을 숙이고는 열정적으로 속삭이기 시작했다.

-빅토르, 말해 봐요! 당신이 아는 대로 말해 줘요! 3일 전에 그녀가 병원에서 퇴원했다고요. 어제는 그녀를 이곳, 사무실에서 봤다고 사람들이 봤다고 했어요. 나는 며칠간 페테르부르크에 가 있었어요. 그리고 어제저녁에 돌아왔는데, 당신은 이해하겠어요? 그녀는 전화도 받지 않고, 그 아파트에 아무도 없다구요! 봐요, 나는 그녀의 이웃 아주머니에게 요청했는데, 만일 무슨 일이 그녀에게 있다면, 아마, 그녀는 나에게 먼저 말하는 것을 부끄러워했다면, 어딘가로 가버린다면, 그녀는, 분명, 당신에게 먼저 허락을 요청했을 겁니다. 말해 줘요! 정말 우리는 지난날 친구로 지내왔다구요!

-친구로 있었지, 그랬지요... -빅토르는 생각에 잠긴 채 말했다. -그럼 내가 그 옛 우정을 핑계로 당신을 위해 뭘 해 줄까요? 하? 그리고 왜 내가 뭔가 해야 하나요? 나는 나고, 당신은 당신이지. 아마, 당신은 우리 주식회사 대표이사가 되고 싶은가요... 하지만 내가 당신 꿈을 깨뜨렸나요, 하?

-당신, 빅토르, 미쳤군요, -명백하고도 느린 어조로 막심은 말했다. -당신은 사유물을 쟁취하기 위한 전투 때문에 미쳤군요. 이 빌어먹을 민영화 때문에. 당신은 지난날의 인간적인 면모를 잃어버리고 있음을 알고 있나요? 분명히 당신은 "루소플라스트"의 전권의 소유자가 되는 전투에서 이길 것이지만, 그런 소유물을 가진다면 당신은 무엇이 될 터인가요? 야자수 열매를 가진 고릴라가 되겠네요! 우정의 모임에서가 아니라, 몇 사람의, 잘 속이는 궁둥이를 핥는 사람 중 한 사람으로 남겠지요. 정신 차려요, 빅토르!

-멍청한 작자 같으니라고! -빅토르가 대답으로 말했다. -아무 것도 이해할 줄 모르는 바보이지요! 나는 이 공장을 원했고, 나는 그걸 가지고 싶어했고, 유산으로, 자자손손 내 아이들에게 넘겨주고 싶었어요! 내가 유일한 주인이 된다는 것이 확고해질 때만! 나는 이 모든 것을 변화시켜 놓을 겁니다! 나는 새 기계들을 들여 놓을 겁니다! 나는 주문도 많이 받아 올 겁니다! 나는, 나는, 주인이요! 나를 지원해 주세요, 막심, 그리고 내가 당신을 부자로 만들어 주겠어요! 당신은 내 주임 엔지니어이니, 여기서 나의 오른팔입니다! 지금 당신은 내가 앞으로 뭐가 될지에 대해 나를 교화하려고 하지만... 하지만 당신 자신을 잘 쳐다봐요, 거울 속에 당신을 잘 쳐다 보라구요! 당신은 뭐 하는 사람인가요? 바지 없는 에스페란티스토! 내가 당신에게 급료를 줄 겁니다. 내가 많이 주겠어요! 이리나 같은 여자 열 명도 당신은 살 수 있어요, 당신이 원한다면! 백

명도!

-좋아요, 빅토르, -막심은 피곤해져서 끼어들었다. -나는 동의합니다. 나는 내가 바보이고, 멍청이고, 바지조차 없는 에스페란티스토라는 것에 동의합니다. 그러나 나는 열을 원하지 않는다구요. 나는 이라나 한 사람만 필요하구요, 바로 어제 사라진 그 이리나를요. 나를 더는 화나게 하지 마요, 나는 당신의 말을 듣는 데 이제 지쳤어요, 그래 그녀는 어디에 있나요?

-바-보- 같-으-니-라-고!- 빅토르가 책망하는 듯한 소리를 냈다. -그녀가 내 탁자 위의 서류 더미 속에 둔 서류가 이것이요, 자, 봐요.

그는 좀 뭔가를 만져 부시럭거리더니, 탁자 위의 서류 뭉치를 훑고는, 필요한 종이 한 장을 발견하고는 막심에게 주었다. 막심은 이리나의 요청서를 훑어보고 그 종이를 뒤집어 보기도 하고, 마치 뒷면에 뭔가 있어야 해라고 하는 듯이, 그리고 다시 돌려보고는 다시 또 읽어 보았다.

-이게 그것이구나, -막심은 숨을 들이쉬면서 말했다. -수수께끼 같군요. 몇 가지 수수께끼 같네요. 그래도 고마우이, 빅토르. 이 수수께끼 묶음의 뒷다리가 어디에서 자라나는지 나는 모르겠군요, 하지만 나는 적어도 그 뒷다리가 어딘가로 향하고 있음은 알 수 있네요... 내가 찾아 보겠어요.

-찾든지, 말든지... -빅토르가 중얼거렸다. -당신 일이오. 하지만 내 제안은 잘 생각해 보시오. 그건 앞으로도 유효하니까. 한동안은.

막심은 자기 모자를 집어 들고는, 뭔가 대답 없이 몸을 돌려, 그 대표 집무실에서 나갔다.

추위가 그 사무실 주위에서 모두를 가두어 놓았다. 눈으로 덮인 차도의 길이 방향을 따라, 어린 전나무들이 잠자고 있

고, 그 길 자체도 잠든 것 같다. -그 도시 옆에도, 남쪽 도로
에도 차량 소음은 들리지 않았다. 복도 옆의 마가목 나무들
위에는 꽃송이들을 없애버리는 활발한 여새 무리조차도 지금은
높이 앉아 있어 매력적이지 못했다. 무슨 이유인지 그들의 날카
롭고도 찌르는 듯한 휘파람 소리가 그 귀를 괴롭히기만 했다.

막심은 이런저런 생각을 하며 자기 수공업 공장 출입구로 걸
어 왔다.

막심을 만나러 왔던 코스챠 쿠즈미초프가 막심을 보았지만,
막심은 그를 알아차리지 못했고, "안녕하세요, 막심 미트베예
비치"라는 그의 인사에도 막심은 아무 대답도 하지 못했다.

막심은 불확실한 모습을 보고, 나중에 두 걸음을 지난 뒤에
야 그에게 인사한 사람이 누군지 알고, 몸을 돌려, 당황해하
는 쿠즈미초프의 등에 대고 "미안하네요, 코스챠... 안녕하세
요... "라고 인사했다.

공장 구역으로 들어서고는, 막심은 자신을 자신이 일하는 공
장으로 향했지만, 갑자기 거칠게 몸을 돌려, 계단을 올라가,
식당 안으로 들어 갔다.

그 식당에는 가정의 온기와 일상적인 반쯤 어둠이 있었다.
탁자 곁에는 동그랗게, 저 먼 모퉁이에서 차를 마시며 활발하
게 대화를 나누는 사람들이, -라리사, 알레프티나와 라자르가
있었다. 막심이 그 식당에 모습을 보이자, 대화는 막심이 마
치 그 대화의 주인공이 자신임을 열변적으로 이해할 정도로
그렇게 끊겨 버렸다.

라리사는 막심에게 웃으며 인사를 하고는, 차를 한 잔 준비
하러 자리를 떴다. 알레프티나도 웃었지만, 이미 받은 두 사
람의 미소는 쓸쓸한 것 같아 보였다.

라자르는 자리에서 반쯤 일어나, 악수를 위해 손을 내밀고는
다시 자리에 무겁게 앉았다. 막심은 비어 있는 자리에 앉아,

라자르, 알레프티나, 또 나중에 -다가오는 라리사의 두 눈을 차례대로 유심히 보았다. 아무도 그의 시선을 피하려 하지 않았지만, 그는 그 모든 사람의 시선에서 동정심을 읽을 수 있었다.

-그럼, 여러분, -막심은 그들 사이에 '처녀자리의 표식'이 있는 방패 위로, 시선을 두고는, 말했다. -진지한 고백만이 여러분을 구원할 수 있습니다. 말해 주세요.

그 사람들은 서로 시선을 교환했다. 알레프티나는 막심의 어깨에 손을 놓고는, 다정하게, 평화롭게 그 어깨를 눌렀다.

-막심, 너무 낙심하지는 말아요, -그녀가 말했다. -낙심만 하지 말아요.

-알레프티나,- 막심이 크게 소리쳤다. -내 평정심을 시험하진 마세요! 그녀에게 무슨 일이 일어났는지 알려 주세요!

-하느님께 맹세코! -알레프티나가 대답하듯 외쳤다. -당신은 남자인가요, 남자가 아닌가요? 앉아서 한 번 들어 봐요! 아무 공포스런 일은 일어나지 않았어요... 이리나는 건강하고 잘 지내고 있다고요. 하지만, 그녀는 떠났어요.

-왜요? -막심은 그 자리에서 펄쩍 뛰면서 평정심을 잃고는, 만일 라자르가 잡지 않았다면 쓰러질 뻔했다. -어디로요?

라자르의 큰 손은 그리 강하지는 않았지만, 막심을 자기 자리로 끈기있게 앉게 했다. 몇 번 그는 서둘러, 딸꾹질하듯 숨을 쉬고는, 나중에, 뭔가 평정을 되찾은 뒤, 불평조로 말을 꺼냈다.

-빅토르가 내게 그녀의 퇴사 요청서를 보여 주었어요... 하지만 그녀는 이 도시 바깥에는 친척이 없다구요!

-아마, 당신은 모르고 있네요, -라자르가 조언하듯 말했다. -아마, 그러고도 그녀는 어딘가에 늙고 병든 분이... 그리고 아주 부자인 숙모가 한 분이 계시다고 했어요. 그러니 그 숙모

를 그녀가 돌봐주러 갔겠지요. 나중에 그녀가 당신에게 편지를 쓸 겁니다.

-그녀는 이미 썼습니다. -라리사가 말했다. -어제 그녀가 이곳에 와서, 뭔가를 쓰고는 이것을 개봉하지 말고 당신에게 전해 주라고 했어요.

-그래요, 그것!- 라자르는 열성으로 말했다. -당신은 곧장 모든 것을 알게 되겠네요. 그리고 나중에, 우리에게도... 가능하면 알려줘요.

막심은 라리사의 손에서 그 봉투를 재빨리 낚아채, 그것을 찢어 보니, 그 안에서는 2장의 종이가 펼쳐졌다. 이삼분 간 그는 조용히 있으면서, 그 내용물을 눈으로 게걸스럽게 먹더니, 나중에 두 눈을 주변 사람들에게로 들어 올렸다.

-빌어먹을!- 그는 탁자 위로 종이들을 던지면서 말했다. -그녀가 주식에 대해 써 놓았어요! 더 중요한 것은 아무것도 없다는 듯이... 자, 봐요, -그는 종이 한 장을 들고는 크게 읽었다: "이것으로 나, 살류티나 이리나 보리소노프나는 "루소플라스트"의 주식 오(5)매를 슘스키이 막심 마트베예비치에게 양도합니다...." 이 무슨 쓸데없는 일인가요! 그 주식이 우리 사이에 가장 중요한 것인 것처럼...

-아마, 가장 중요한 일은 아닐지 몰라도 중요하기는 하죠, -편안하게 하면서 알레프티나가 말했다. -그녀는 장래 싸움을 예견하고 있군요...

-어떤 싸움을요? -막심이 놀라워했다. -나는 싸울 생각이 없는데, 나는 내 일을 갖고 있거든요.

-그럼, 이런 것이지요. 궁극적으로 바로 그 주식을 더 가지려면 우리는 싸워야만 할 것입니다. -알레프티나가 결론을 내주었다. -하지만, 그녀가 그 편지에서 쓰고 있는 바를 말해 줄 수 있나요?

-아-아... -막심은 두 눈을 아래로 내렸다.-서정시네요... -그는 고개를 다시 들고는 그 앉아 있는 모든 사람을 차례대로 쳐다보았다. -그러나 정말 절대로 아무것도 그녀는 자신의 떠나는 것에 대해 설명해 놓지 않았어요! 이유도, 어디로 가는지를 알려주지 않았어요... 그런데, 내가 지금 뭘 할까요?

그는 자리에서 일어나, 차가워진 차를 한 모금 마시더니, 자기 공장으로 향해 걸어갔다.

라자르도 자리에서 일어나, 그를 뒤따랐다. 옆에서 따라 걸어가면서, 라자르는 자신의 무거운 손을 막심의 어깨 위로 놓았다.

-힘을 내요, 막심, 그가 말했다. -한때 내가 당신을 비난한 적이 있었지요. 정말 에바가 내 누이니.... 하지만 얼마 전부터 나는 이해하게 되었어요... 그래요, 나는 당신을 이해하게 되었어요. 만일 우리의 이미 자유롭지 못한 인생에서 진짜 사랑이 나타난다면, 사람들은 지혜롭게 그 문제의 해결책을 찾을 수 없어요... 그러나, 그래도 해결책은 찾아내야 해요. 나는 내 상황에서 찾아냈어요, 그리고, 당신은, 당신의 인생을 위해, 아직 찾지 못했네요. 아마, 그녀 스스로 당신을 도와주기로 결심했는가 봐요...

-라자르, 당신은 무슨 말을 하는가요! -막심은 깜짝 놀라 말했다. -어떤 도움인가요?...

-라자르, 당신을 바보인체 행동하지 마시오, 처남, -라자르가 생각에 잠겨 반박했다. -그런데 그녀는 당신에게 뭘 썼나요? 적어도 요약해서 내게 말해 봐요.

-그럼, -막심은 이마를 찡그렸다. -그녀는 쓰길,.... 그녀는 쓰기를, 그녀는 사랑을 안고 떠난다고 하면서, 내가 그녀를 찾지 말라고 썼어요... 그녀는 내게 행복하고 안정된 생활이 되길 바란다고요.

-현명한 아가씨네요.- 라자르가 말했다.

-적당한 말은 아니네요, 라자르, -확고하게 막심은 말했다. -늘 그녀는 현명했어요. 그녀는 언제나 내 가정생활의 평안함이, 그녀도 행복하게 생활하는 것에 필수적이라고 말해 왔어요. 그러나, 내뺨에 대해서는 아무것도 언급하지 않았다구요. 지금 무슨 이유가 있어야 하는데!

-그럼, 찾아봐요, 형제님, -라자르가 그의 어깨를 툭 쳤다. -그녀는 병원에 있었어. 내가 추측하자면, 그녀가 여름에 무슨 일로 병원에 갔던 일과 같은 이유로... 그럼, 그곳, 병원에 한 번 물어봐요. 아마 그녀가 다시 아이를 잃어버렸나 보네요. 그렇게 되기엔 무슨 이유가 있겠지요...

-라자르!- 막심은 마음이 상해 절규하는 목소리로 말했다. -아마도, 예, 내가 바보입니다. 하지만 정말 그 정도는 아닙니다! 내가 병원에 전화했을 때 나의 첫 의문이 있었지요. 그 병원에서는 모든 것은, 그 아이는 정상이라고 말해 주었지요. 봐요!

-내 축하를 받아요, 라자르가 살짝 웃었다. -그럼 일정한 시간이 지나면, 당신은 '이중' 아빠라고 말할 권리가 있겠네요.

-내 아이를 볼 가능성 없이! -막심은 목 안에 올라온 무슨 덩어리를 삼켰다.

-아마, 언젠가 당신은 보게 되겠지요... -라자르가 결론을 말했다. -인생은 길답니다, 막심.

-빌어먹을!- 막심은 난폭해졌다. -그러나 그녀는... 그녀는 혼자 아이를 키워가야 한다구요! 그건 있을 수 없어요! 그것을 나는 놔둘 수 없다구요!

-그럼, 자유로운 시간에 그 점에 대해 생각을 해 두세요! -라자르는 무슨 이유인지 화를 벌컥 냈다. -생각해 봐요! 그녀가 혼자가 될지... 그 점을 당신은 놔둘 수 없다 등등. 당신은 이미 그 점을 놔두고 있네요. 당신은 그녀에게 자신의 아이에

대해 꿈꾸도록 허락했네요. 당신은 그녀를 도왔어요. 적어도 그 점에 대해. 그녀는 아이와 함께 여기 남아 있지 않기로 결심했어요. 내 의견으로는, 현명하고 설득력 있는 결심이네요. 그리고...

-라자르!- 막심은 간청하듯 말했다.

라자르는 그만 말이 없었다.

그 두 사람이 걸어가는 반대편에서, 그들 쪽으로 저 깊은 눈층 사이로 패인 좁다란 길을 따라 뚱보 사출공 타챠나가 걸어오고 있었다.

-헤이, 타챠나! -라자르가 짐짓 엄숙하게 말했다. -뜻밖의 시각에요? 당신은 이곳을 지나가고 있군요. 덩치 큰 두 사람이 이 길을 걸어가기엔 이 길이 좁네요.

그는 그 길을 비워 주기 위해 눈이 있는 쪽으로 옆으로 걸었다. 막심도 옆으로 피해 주었다. 타챠나가 잠시 멈추었다가, 그들 주변을 지나면서, 그리고, 마치 우연인 듯이, 자신의 큰 허벅지를 돌리는 바람에, 라자르가 그 다리와 부딪혀, 눈 속으로 거의 자빠질뻔했다.

-나는 내가 이것이 필요할 때 산책하지요. -타챠나가 웃으면서, 말했다. -하지만 당신이 처방해 줄 때는 아니지 말이에요. 라자르 아로노비치! 더구나, 당신은 그 소식 듣지 않았나요?

-그게 누구를 두고 하는 말인가요, 침 뱉을 여자 같으니라고. -라자르가 비틀거리면서 물었다.

-조금도 침 뱉을 여자 아니거든요! -타챠나가 마음 상한 표정으로 말했다. -내 남편이 구치소에 근무하거든요... 그 주주총회에 왔던 그 카우카즈 사람, 당신은, 기억하고 있나요? 그런데, 그가 그곳에 그동안 있었다고 해요...

-그건, 나는 알고 있어요,-라자르가 말했다. -그런데 뭔가요?

-그럼, 더는 그곳에 없대요, -타챠나가 좀 이상한 힐난으로 말했다. -더는 없다고요. 어제 석방되었대요. 남편 말로는, 그가 소유한 큰 차량이 오더니, 구치소 출입구에서 즉시 그를 태워 가더라고요.

그녀는 자신의 허벅지를 약간 비틀거리며, 두 남자 주위를 지나가고 있었다.

-아하!- 라자르가 외쳤다. -막심, 그 눈속에서 나와요! 만일 곧 우리가 유쾌한 삶을 살지 못하게 된다면, 악마가 나를 잡아먹게 해요!

199.년 12월 30일 목요일

지난밤, 막심은 거의 전혀 잠을 이루지 못했다.

이 겨울에 난방을 너무 많이 했는가, 아니면 최근 신경이 날카로워서인가? 그런데, 새벽 2시가 좀 지난 뒤 그는 온전히 흠뻑 땀에 젖은 채 깨서는, 두 시간 다시 잠을 자지 못했다. 그는 자기 방 안에서 소리를 낮춰 걸어 보기도 하고, 집 주변의 가로등 주변의 차가운 안개 덩어리를 보러 창가로 가보기도 하고, 다시 침대로 돌아오기도 하였다. 그는 살금살금 주방으로 가서, 냉장고에서 차가운 야쿠르트를 찾아내, 생각에 잠긴 채 마셨다.

그는 아이 방으로 가서 파블릭이 꿈속인 듯 코를 골며 자는 모습을 잠시 몰래 보았다. 겨우 4시경 그는 다시 한번 침대에 들어가, 거의 잠시 무겁고도 억누르는 꿈의 세계로 빠져들었다. 그러나 이 세계를 매정하게도 없애버린 것은 5시에 맞춰진 자명종 시계였다.

그 때문에, 50그램짜리 잔으로 온전한 알코올을 2잔이나 소비하고 난 뒤, 그는 호수가에서 3km 떨어진 곳에서 마치 망치로 세게 얻어맞은 것 같이 자기 머리를 때렸다. 동료들은 호수 표면의 필시 물고기가 많을 것 같은 장소를 골라 여기저기 흩어진 채 자리 잡고 있었다. -그는 투명 천 같은 눈보라 속에서 그들의 윤곽을 볼 수 있었다. 난폭한 바람을 자신의 등이 먼저 맞도록 몸을 좀 돌린 채, 그는 얼음 구멍을 앞에 두고 낚싯대를 물속에 담근 채, 접이 의자 위에서 더욱 안전하게 자신의 자리 잡았다. 그러고는 그는 자신을 양털로 단단히 여미고는, 꿈의 심연으로 떨어졌다...

라도가(Ladoga) 호수의 새해맞이 낚시는 분명히 알렉세이 이바노비치 크바드라토프가 분명 제안했다.

겨울 얼음 아래 낚시에 대해 거의 신봉자 수준인 그는 지난 두 차례의 주말에는 이 근교 강에서 온전히 낭패를 경험했다고 했다. 물고기들은, 정말, 그가 주는 미끼보다도 그 강의 저 밑바닥에서 조용한 잠이 더 좋았나 보다. 알렉세이 이바노비치는 그러고도 지치지 않고, 이 라고다 호수로 겨울 낚시를 왔다. 물고기가 많이 있는 호수는 이전에는 거의 매일 그에게 좋은 수확을 선물로 보장해 주었다. 그래서 그는 일주일 전부터 가자고 주변 사람들을 선동했고, 그리고, 필요한 20명의 지원자에게 확신을 심어, 시내버스회사 소유의 미니버스 "파즈"를 예약해 두었다. 올해 마지막 날-이틀-은 휴무일로 공지되었기에, 남자들은 기꺼이 집 안의 새해맞이 준비로부터 피난하기를 선택해버렸다.

어둠 속 새벽에 출발한 그 일행은, 그럼에도, 적당한 영하 10도 정도의 추위와, 바람 한 점 없는 태양이 비치는 날이 될 거라는 일기 예측은 실현되지 못할 것임을 알게 되었다. 그 정도의 추위는 모두에겐 문제가 없었다. 실제로 그날 기온은 영하 10도나 12도를 더 넘지는 않았다. 그러나, 이 적당한 추위를 동반한 것은 끊임없이 돌진하는 동풍의 거센 바람이었다. 그 바람은 언 눈송이들을 날려 보내면서, 낚시꾼들의 거친 양털 외투에 우박처럼 연거푸 때렸다. 일행 중 두세 명은 이런 날씨가 맞지 않으니, 낚시 여행을 그만두자고 제안하기조차 했다. 물고기들이 이런 날씨에는 저 밑으로 숨어버린다고 그들은 말하면서, 오늘은 좋은 수확물을 기대할 수 없다고까지 말했다.

또 다른 사람들은, 아마 이 날씨는 변한다며, 정말 기상대 직원들은 그만큼 거만한 체하는 속임수를 부리는 사람은 아니라고도 말했다! 그럼에도, 버스 임차료는 이미 지불되었으니, 버스회사에서 환불해 주지 않을 것이라고 했다... 또한 구입해 놓은 보드카와 음식도 있으니, 이 모든 것을 그 상점으로 되가져 갈까? 라고도 했다.

2리터나 되는 순한 알콜조차도 그 대표가, 그 그룹에 지금 스스로 가입하면서 이 낚시 여행을 위해 제공한다고도 했다. 대표의 마지막 언급에서, 필시, 그런 주저하는 사람들에겐 가장 효과적인 힘을 발휘하여, 결국 그 대절 버스는 예정된 목적지로 출발했다.

2시간의 질퍽거리고 툴툴거리고 비틀거리는 길을 달려와서는, 그 버스는 라도가 호수의 인근의 보로노보 라는 마을에 멈추어 섰다. 일상적으로 이곳에서는 낚시하러 온 자동차들과 버스들이 많다.

하지만 오늘은 이 일행이 타고 온 버스만 외로이 이 호숫가에 보였다. 8시였다. 어둠이 여전히 이어졌고, 얼음 같은 곡식을 날려 보내는 큰바람이 전혀 멈출 생각을 하지 않았지만, 필시, 그렇게 온 사람들 앞에 펼쳐진 얼음 사막에서 더 빨리, 더 세게 불기조차 했다.

-빌어먹을! 얼마나 더 가야 해요, 알렉세이 이바노비치? -수

다레프가 자신의 외투 깃을 세우면서 물었다.

-2km만 더 가면 됩니다, 안톤 다닐로비치! -크바드라토프가 바람을 등지고 작게 소리치면서 용기를 북돋우기 위해 대답했다. -그럼, 아마 2km와 500m... 그럼에도 그 물고기들은 그곳에, 오호! 흰 송어 한 마리가 2kg에서 8kg까지 나가지요! 때로는 나는 도끼로 그 구멍을 더 크게 만들어야 할 때도 있었어요. 왜냐하면, 그 큰 물고기 머리가 그 구멍보다 더 컸으니까요! 즐거움을 곧 누리게 됩니다. 내가 보장하요!

-내가 버스 안에 이렇게 남아 있는 것이 더 내게 즐거움을 누리는 것이 될 겁니다.- 안톤 다닐로비치가 불평했다. -나와 함께 여기서 카드놀이 할 사람 없나요?

-내가 남겠어요! 나도요!- 두 사람이 반응을 보였다.

-아주 좋아요!- 수다레프가 동의하듯 말했다. -3명이 놀기에는 "세카"59)놀이가 맞아요. 우리는 돈 걸고 놉시다. 그리고 진 사람은 한 병 사야 돼요!

-안톤 다닐로비치! -빅토르가 충고하듯 말을 걸어왔다. -당신은 여기에 술마시러 왔어요? 우리와 함께 갑시다...

-용서해 주십시오, 빅토르 바실리예비치! 거의 울듯이 수다레프가 말을 더듬거리며 말했다. -나는 오늘 상태가 정말 좋지 않습니다요...

-하지만, 알렉세이 이바노비치는 당신보다 나이가 많아요...- 라자르가 말했다.

-알렉세이... -안톤 다닐로비치가 생각에 잠긴 채 대답했다. -알렉세이는 열성이 대단한 사람입니다! 이 도시에서 제일가는 낚시꾼입니다요! 그분이 먼저 가게 하세요!

-그를 내버려 두세요, 여러분! -알렉세이 이바노비치가 작게 소리쳤다. -저 사람들은 놔두고 갑시다! 그들은 스스로, 여기

---

59) *주: 카드놀이의 일종.

서 남은 채 자신들에게 벌을 줄 겁니다! 그들은 자신의 수확물을 잃은 겁니다!

그리고 그 3명을 놔두고서, 일행은 빙판길을 따라 저 어둠 속으로 걸어갔다. 바람을 뚫고 한 시간 이상을 걸어가서야 알렉세이 이바노비치는 오늘 온 목적지에 다다랐다고 알렸다. 그는 자신의 배낭을 얼음 위로 던져 놓고는, 자신의 독특한 얼음 뚫는 기계를 꺼내, 얼음 주위에서 구멍을 만들기 시작했다. 모두가 주저하며 그를 바라보았다. 왜냐하면, 어둠은 절대로 해결될 것 같지 않아 보였기 때문이고, 바람은 더욱 주변에서 난폭해져 갔다. 알렉세이 이바노비치의 그 구멍 뚫는 기계가 얼음 아래의 물에 다다랐다; 그는 거칠게 그 기계를 꺼내, 자기 주변에 넘쳐 나온 물과 얼음을 옆으로 치우고, 그렇게 자신을 내려다보고 있던 사람들에게 동의하지 못한다는 듯이 쳐다보고는 소리쳤다:

-그럼, 우리 일행 여러분! 우리가 이곳에 왜 왔나요? 내 주변에 자리를 잡아요, 하지만 2m 정도는 간격을 두고 말입니다! 그리고 낚시를 합시다, 이미 물고기들이 여러분을 기다리고 있네요!

그는 낚싯대 3개를 꺼내, 그중 하나를 집어, 실을 조심조심 풀고, 두 손가락으로 특별한 상자에서 신선한 모기 유충인 장구벌레를, 보통은 "모틸(motil)"이란 것을 한 마리 꺼내, 호크에 꽂고, 그 낚싯대 바늘이 달린 줄을 좀 전에 파놓은 구멍 속으로 밀어 넣었다. 나중에 그는 자신의 배낭에서 접이 의자를 꺼내, 그것을 구멍 주위에 놓고, 바람을 등지고 앉게 되었다. 대표와, 주임 엔지니어인 바리토노프, 라자르, 막심과, 몇 명의 다른 남자들은 자신의 배낭을 풀어서는, 자신의 구멍 뚫는 기계를 이용해, 각자 낚시 구멍을 만들었다. 다른 사람들은 알렉세이 이바노비치 곁에 서서, 그 낚싯대가 세밀히 움직여지고 있는 것을 멍하니 보고 있었다.

5분이 지나고, 7분이 지나고, 이미 8분째에 알렉세이 이바노비치는 긴장하고는, 옆으로 침을 한 번 뱉고는, 낚싯대로 갑작스럽고도 능숙한 솜씨로 움직여, 그 구멍에서 그 줄을 꺼냈다. 낚싯바늘에는 꼬리를 이리저리 흔들면서 붉은 지느러미를 가진 어둡고도 초록의 농어 한 마리 걸려 있었다.

그 농어는 약 25cm 정도의 길이였으며, 온전히 탐스러운 선망의 대상이 된 것 같은 모습이었다.

-아하! 아하! -알렉세이 이바노비치는 승리에 취해 소리쳤다. -여기에 물고기가 있어요! 보세요! 물고기들이 있다고요! -아하! 아하-아! -열성적으로 주저하고 있던 사람들이 외치고는 서둘러 자신의 오늘 낚시를 위한 자리를 마련하기 시작했다.

그 무리가 흩어지고 있는 동안, 또 모두가 자신의 자리를 잡고서, 그 얼음 속에 구멍을 파고 있는 동안, 그 목소리들의 소란스런 소리를 바람이 갈라놓고 있을 동안에 알렉세이 이바노비치는 연거푸 "아하!"라고 외쳤고, 또 다른 농어를 잡았다고 신호를 보냈다.

나중에 그 썰렁한 얼음장에서는 사람의 목소리는 들리지 않고 바람의 강풍의, 찢는 듯한 웅웅-거리는 소리만 들렸다.

낚시꾼 중 모두는 자신의 구멍에서의 날카롭고도 단조로운 쳐다봄과 그 낚싯대의 흔들거림에 집중해 있었다.

그 뒤 20분간의 아무 소득 없이 앉아 있자, 알렉세이 이바노비치는 구멍 뚫는 기계를 들고, 첫 구멍에서 5m 정도 옆으로 떨어진 곳에 둘째 구멍을 뚫기 시작했다.

바람 때문에 몸을 웅크린 채, 그는 새 구멍에 자신의 장비 전체를 가져갔다.

그리고는 그 구멍 속으로 낚싯바늘에 신선한 "모틸"을 달아, 줄을 밀어 넣고는, 접이 의자에 앉았다.

아무것도 아직 얻지 못한 그 일행들은 그의 동작을 따라 여기 저기 얼음을 따라 흩어졌다.

몇 명은 이미 아침의 여명 속에서도 보이지 않았다. 더욱 반 시간이 더 지난 뒤, 알렉세이 이바노비치는 자신이 판 둘째 구멍에서 소득이 없자, 셋째 구멍을 팠고, 일행들은 마음이 급해졌다. 처음 시도한 사람이 잡아 올린 두 마리의 농어 외에는 아무도 그 실의 긴장감을 느낄 기회조차 못 잡고서 성공하지 못했다. 아무도 멍청한 물고기가 얼음 아래 충분히 많이 걸려 있는 모기 유충을 두고 물려고도, 공격하려고도 하지 않았다.

-모여 봐요, 이 사람들아! -대표가 속이듯이 불렀다. -우리가 몸을 좀 덥힙시다. 아마 우리의 따뜻함이 저 아래로, 그 고기들에게 전달될 겁니다!

사람들은 모여들었고, 대표는 모인 사람 각자에게 50g의 알코올을 부어주었다. 오늘 운이 좋기를 바라며, 또 더 성공적인 낚시를 위해서라며 외치고는 건배를 한 번씩 하고는, 모두가 각자의 자리로 갔다.

이번에는 800그램 정도(보기에는) 무게가 나갈 민물 송어 한 마리를 잡고 라자르가 외치자, 모든 사람은 낚시에 빠져들었지만, 다음 한 시간에는 그것이 유일한 외침이 되어버렸다.

그러자 대표는 다시 자신의 쪽으로 그 모든 직원을 소집하였으나, 네댓 명은 오지 않았다. 왜냐하면, 열 번째의 구멍을 파느라고 이미 너무 멀리 가 버려, 그 소리를 듣지 못했다.

그럼에도 그렇게 모인 사람들은 다시 한 번 50g의 알코올을 들고 건배를 외치고, 다음의 소득 없는 한 시간을 다시 불평하기 위해 휘몰아치는 눈보라 속에서 흩어진 채, 낚싯대를 지켜봐야 했다.

점차로 대다수는 자신의 낚시용 장비들을 모아, 자신이 차례로 파 놓은 구멍 속에 긴장해 앉아 있는 주능력자를 에워쌌다.

잠시 뒤, 놀랍게도, 크바드라토프가 그 낚싯대 옆에서 졸고 있는 것이 분명해지자, 무리는 이젠 한 잔 더 마시자며 더 알코올을 요구했다. 이제는 더는 알코올이 없음을 알게 되자, 이번에는 보드카가 버스 안에 아직 남아 있음을 확인하고는, 일행은 이젠 서둘러 그 알렉세이 이바노비치에게 돌아가자고 했다.

끈질기게 깨어 있던 알렉세이 이바노비치도 이제는 반대하지 않았다.

-오늘은 우리의 날이 아니네요, 여러분... -그는 가장 화가 나 있는 이들을 달래기 위해 설명했다. -지금 저 멍청한 물고기들이 자고 있나 봐요, 아마도, 한달 내도록... 아마도, 두 달 동안요. 그럼 우리는 이곳에 삼월에 다시 와 봅시다. 모두는 배낭 가득 민물송어를 담아 갈 수 있을 겁니다!

일행은 못 믿겠다는 듯이 욕설을 한 번씩 하고는, 자신을 호수 바깥으로 향했다. -겨우내 특별히 설치된 작은 전구가, 여명 속에서 오라고 유혹하는 별처럼, 반짝이고 있었다.

-헤이-헤이!- 알렉세이 이바노비치가 외쳤다. -서두르지 말아요, 여러분! 조심해요, 살펴봐요, 누구 한 사람 없는지를요!

-막심이 없네요! -곧장 라자르가 외쳤다. -막시-임! 막-시-임!- 그가 호소하듯 더욱 소리쳤다.

-그가 코스챠와 함께 가는 것 같았는데요, -대표가 말했다. -분명히, 그랬어요, 그들은 내 옆을 지나면서 이 모든 일이 전혀 소용없다고 말하면서요.

-코스챠! 코즈미초프!- 라자르가 온 힘을 다해 소리쳤다.

-저기 뭐라 했나요? -잠시 뒤, 이미 20내지 30m를 떠나가던 코스챠의 대답이 들려 왔다. 그리고 그의 모습은 거의 보이진 않았다.

-막심은 당신과 함께 있나요? -라자르가 외쳤다.

-아니-요!- 코스챠가 대답했다. -나는 그를 오랫동안 보지 못했어요.

-아마, 그는 혼자 떠나간 것 같네요... -대표가 생각에 잠겨 말했다.

-우리가 같이 찾아봐요, 라자르, -사쵸 키르조프가 말했다. -내가 오른편으로, 당신은 왼편으로 가봅시다, 그리고 30-40m로 원을 만들어 돌면서 우리가 만납시다.

-맞지 않아요. -라자르가 반대했다. -적어도 다섯 사람이 함께 호숫가와 반대편으로, 저 방향으로 다섯 개의 부챗살처럼 흩어져 봅시다. 그리고 함께 소리를 지릅시다, 그렇게 하면, 필시, 우리는 그를 찾을 겁니다. 희망자들은요?

그렇게 희망자들이 자신을 알리고는, 그 일행 곁에 자신의 배낭을 놓고는 출발했다.

15분간의 서로 고함을 지른 결과, 그 졸고 있던 막심은 그 소리에 놀라 잠에서 깼고, 찾게 되었다. 그리고 자꾸만 나오는 욕들을 들으면서 그렇게 찾는 무리를 만나고서도, 그는 무슨 상황이 벌어졌는지도 모른 채 발견되었다. 나중에, 전체 무리는, 강풍을 등지고 바람에 밀려 서둘러 자신을 그 불켜진 전등을 향해 방향을 잡았다.

막심은 전혀 아무것도 이해하지 못했다.

그 빌어먹을 알코올은 지금 자신의 관자놀이를 때리고 있고, 그는 거의 걸을 수 없을 정도였지만, 라자르의 부축을 받고 호숫가로 나왔다.

버스 안에서의 나중의 일들은 그의 눈앞에서 자신이 직접 보았지만, 그의 의식과 기억 바깥에 있었다.

그 버스 안에 기다리며 놀던 세 사람이 그렇게 낚시에서 돌아오는 무리에게 자신들의 수확물을 -그 지역의 마을 사람에

게서 구매한 아주 큰 농어들, 흰 숭어들, 민물꼬치 고기들을-
들어 보이자, 그는 모두와 함께 매료되어 환호성을 질렀다.

말이 끄는 썰매를 이용해 그곳 사람들은 그 버스 주변에서
그렇게 낚시하러 갔던 사람들을 기다리고 있었다.

마치 당직 근무하는 사람들처럼. 썰매 안에는 잡은 지 얼마
되지 않은, 필시 그물로 잡은 것이 분명한, 큰 고기들이 무더
기로 놓여 있었다.

막심은 자신도 그 구매에 참여해 민물꼬치고기 1마리와,
6kg이 더 나가는 무게를 가진 농어 한 마리를 구입했지만,
그 유쾌하고 시끄러운 흥정을 기억하지 못하고 있었다.

마찬가지로 그는 성공적으로 고기잡이 미션의 나중의 축하장
면도 기억하지 못하고 있었다. 그 축하 행사는 버스 안에서
벌어졌다. 운전기사를 제외하고는, 모두가 보드카를 들이마시
고, 자신이 잡거나 구입한 노획물을 자랑삼아 늘어놓았다.
막심도 마시며, 자랑도 늘어놓았다,
아마도, 너무 큰 소리로 또 끈질기게 하였기에, 하지만, 다음
날 라자르가 그에 대해 물어 보았지만, 그는 전혀 뭔가 유사
한 것을 기억해 낼 수 없었다.

그의 기억 바깥에 라자르에 부축을 받아 귀가가 있었다. 그
리고 나중의 사건들이.

-라자르 오라버니, 문 앞에서 두 꾸러미를 받은 에바가 부끄
러워하며 말했다. -이렇게 남편을 꼭 취하게 해야 했나요? 두
꾸러미 중 하나는 배낭이고, 다른 꾸러미는 막심 자신이었다.

-나는 스스로 놀라고 있어, 누이, -라자르는 자신을 변호하
며 말했다. -우리는 똑같은 양을 마셨어... 뭔가로 그는 오늘
빨리 취했어. 하지만 그건 중요하지 않아. 새해를 위해 누이
에게 가져다준 것을 보게 될 거요! 내일 우리는 여러분 두 사

람을 기다릴 테니 그때까지 참아. 그럼, 안녕! 프리바가 어쩔 줄 모르며 지금 기다리고 있을 거요, 필시...

막심은 출입구에서 서지도 못하고 자신을 출입구의 어느 신발장에 자신을 기대고 있었다. 그리고 그의 주변에 일어나고 있는 일은 거의 인지하지 못할 정도였다.

에바와 파블릭이 그의 양모털 외투를, 모자를, 또 목도리를, 벗기는데 도와주고, 그리고 남편을 전화기 옆의 안락의자에 겨우 앉혔다. 파블릭은 그 배낭의 끈을 풀어 열었다 그리고는 놀라며 환호성을 질렀다:

아주 큰 고기들이에요, 엄마! 보세요- 이 고기들을요!

-호! 용감한 분은 네 아빠구나, -에바가 그 수확물을 꺼내면서 말했다. -용감하기도 해라! 오늘은 우리가 물고기 내장으로 튀김 요리를 해 먹자 구나. 너에게도 좋고 나에게도 유용하겠구나.

-유-용-하다... 막심이 더듬거렸다. - 모-든-것은 유-용하-지-요!

-그래요, 여보, 하지만 지금 특별히 유용해요, -에바가 그의 상태를 주목하지 않은 채로 말했다. -내가 막심, 당신에게 이 말은 안했군요, 적당한 순간이 없었군요, 하지만, 아마도, 지금은 당신이 기억을 해야지요, 안 그런가요? 막심! 내가 병원에 갔는데, 그리고 병원에서 말하길,....병원에서요 파블릭이 다가오는 여름에 자매나 형제를 갖게 될 거라고 확인해 주었어요. 내 말 당신은 듣고 있어요?

-만세!- 파블릭이 외쳤다. -여동생이면 좋겠어요! 난 여동생요, 아빠!

그는 막심의 어깨를 껴안고는, 아빠의 반응을 얻으려고 흔들어 보았다. 막심은 거의 잠에 떨어진 듯 있던 막심은 다시 몸을 움직이고는 잠시 두 눈을 반쯤 떴다.

-좋-아-요... -그는 겨우 그 말을 할 수 있었다. - 여-도-오-옹-생이면...좋-겠-네-요.

-필시, 여보, -에바는 이 모든 소식을 전해 줄, 마음속의 필요와 함께 에바는 더 말을 이어갔다. -내가 그곳, 병원에서 누굴 만났는지 당신은 상상이 되나요? 하? 그곳에 당신 대표 여비서 이리나가 있더라고요.... 그 의사선생님은 내게 말했어요, 그녀도 아이를 가졌다고 해요... 그래요! 나보다 더 일찍요. 언제부터인가 그녀는 결혼을 했던가요?

-하?- 막심은 물었다.- 아-이라고요? 이리나가? 다-다-당신이?

그의 의식의 저 바닥에서는 그가 극단의 중요한 것을 들었다는 이해심이 나타났다.

그러나 이성은 필요하고도 긴급 휴식을 요구하면서, 더는 작동되지 않았다. 막심은 그 안락의자에서 조금 움직여, 머리를 서랍장에 기대고는 큰 하품을 하더니 잠에 빠져들었다.

199.년 1월 13일 목요일

디마 두긴은 학식있고 유능한 변호사였다. 의심의 여지없이. 그러나 법률 지식이 아무리 박식해도 그가 자신의 약속을 지키는 데는 도움이 전혀 되지 못했다.

게오르기이는 그의 변호사가 잘못해서라기보다는, 검사가 자기 주장으로 게오르기이를 2주간 더, 재판 때까지 구치소에 있도록 조처를 취했음을 알았다. 게오르기이는 이전에도 비슷한 사건에 경험이 있기에, 검사가 그렇게 특별히 생기있게 활동하는 것에는 누군가가 그 검사에게 돈을 질렀음을 또한 알게 되었다. 그럼 그 돈을 지급한 이가 누구인가? 그 질문은 하찮은 것이 아니었다. 왜냐하면, "루소플라스트" 대표 시가에프가 필요한 돈을 거의 준비했을지 모를 일이다. 디마 두긴 더러 가능한 정보를 구하라고 사방으로 요청했으나, 그런 정보를 받지 못한 채, 게오르기이는 더 적당한 시기가 올 때까지 그 질문을 해결하지 않은 채로 두기를 결심했다. 검사가 엉터리 서류를 꾸몄지만, 여성 판사는 그 검사 의견을 받아들여 게오르기이를 구치소에 수감시켰다. 그러니, 다가올 재판에 대해 생각해야만 할 것이다.

디마 두긴은 착하고 믿음직한 변호사였다.

그러나 재판을 위해서는 그의 착함은 그리 충분히 도움이 되지 못했다. 그 검사가 가장 적은 기회조차도 잡지 못하게 하려면, 아주 경험 많은 변호사를 찾는 것이 필요했을지도 모른다. 그런 사람을 게오르기이는 알게 되어, 두긴에게 명령해서, 그 사람을 페테르부르크에서 찾아냈다.

물론, 그런 경험 있는 사람의 요구수임료는, 게오르기이가 디마 두긴에게 지급한 금액의 5배나 넘었지만, 이번 경우에는 흥정을 말할 수는 없었다. 재판을 위해 모셔 온, 그 경험 많은 변호사는 증인들을 능숙하게 심문해, 그 검사에 대항하는 확신을 갖게 하는 논쟁과, 자신의 정당성에 대해 일반적으로 드러내는 확실함은 그 검사의 모든 시빗거리를 무력화시켰다. 그래서 새해를 게오르기이는 절대적 무죄 판결을 받고, 자신의 가족 품에 보낼 수 있었다.

크리스마스[60]가 지난 뒤, 그는 페트로브스키흐 시장에게 전화를 걸었다.

-안녕하세요, 안녕세요, 게오르기이 아슬란노프, -페트로브스키흐의 저음이 그의 인사에 메아리쳤다. -감사합니다, 새해는 당신에게도 좋은 해가 되길 바랍니다. 당신이 석방된 것과 무

---

60) *역주: 러시아 크리스마스는 양력 1월 7일.

죄 판결을 받은 것에 대해 축하를 드립니다. 내가 당신을 전혀, 시간이, 당신에게도 어려웠던 그 시간이 똑같이 나에게도 어려웠으니... 도와드리지 못했음을 용서해 주시오...

-마찬가지로 저도 아르투르 알베르토비치, 시장님께 영예로운 승리를 맞아 축하합니다. -게오르기이가 말했다. -그럼 우리는 함께 어려운 시기를 겪었군요. 우리는 다소 긴 휴식이 있었던 것으로 여깁시다... 아직 복잡한 것이 남아 있어도 말입니다, 그렇지요?

-하-하! -패트로프스키흐가 크게 웃었다. -나는 이 작은 도시 책임자 자리를 영원한 축제 자리로만 여기지 않기를 희망합니다... 일이란 많습니다. 그리고, 그밖에도, 나의 적들은 어디로든 사라지지 않았습니다. 그들은 이 시내에 있습니다.

-저의 적도 마찬가지입니다,- 게오르기이가 대답으로 살짝 웃었다. -더구나, 저는 그들 중 한 사람이 시장님께도 지금 적으로 있다는 것을 알고 있습니다...

-하, 그 사람은... -불만스럽게 그 시장은 자신의 코로 공기를 들이마셨다. -그는 내게 적이 아니라 바보입니다. 나는 그를 나의 학생으로 생각하고 왔지요... 지금 그는 날마다 용서를 구하고, 또 자신을 변호하려고 발버둥치고 있습니다.

-그러데 시장님은요? -게오르기이가 물었다.

-에흐... -페트로프스키흐가 한숨을 내쉬었다.-나는 그만큼 쉽게 배신을 잊지 않습니다.

 -흠...더구나, -게오르기이가 말했다.-저는 뭔가 그와 함께 "루소플라스트"에서 내 위치가 어떤 식으로든 조정되었으면 하고 바랍니다. 내가 그 유배의 몇 달에 대한 그의 죄과를 그에게 기억시킬 필요조차 없이 말입니다.

-이-성-적으로......-시장은 더듬거렸다. -하지만, 그를 지원하는 이가 분명히 있음도 고려해 주세요......

-감사합니다,- 게오르기이가 말했다. -저는 무슨 말씀인지 알고 있습니다. 그리고 예측컨대, 저도 그런 방어 수단도 가지고 있습니다.

'옛날 방식의 새해'가 되는 오늘은 자동차 운전하기엔 완벽했다. 게오르기이 자소코프는 운전기사인 세르게이와 함께, 페테르부르크를 순수하고도 별이 총총한 하늘 아래 영하 십몇 도의 추위에, 이른 아침에 떠났다.

기상대 예보관은 아무 눈보라도 없을 것이라 했고, 실제로, 아침 9시가 지나자 어디선가 태양이 조용히 떠올랐고, 그 태양은 자신을 여름날처럼 하늘 꼭대기에 도달하지 않고, 조금 옆으로 자리 잡았다. 그 햇빛 때문에 도로 옆의, 전나무들의 모든 가지에 쌓인 눈들은 반짝였고, 그 반짝거림은 여기저기에서 작은 무지개를 만들어 함께 어울렸다.

큰 붉은 사과처럼, 피리새들이 간혹 있는 마가목의 열매들을 쪼면서 무리지어 앉아 있었다.

적황색의 여우가 갑자기 도로 위로 뛰어 들어, 자동차 앞으로 달려왔기에, 세르게이가 황급히 브레이크를 밟아야 했다. "아흐, 아름다운 악한 같으니라고!" 욕설을 해버렸다.

그가 몇 번 짧게 빵-빵 신호를 보내자, 그 여우는 도로 옆으로 뛰어가, 전나무 숲으로 사라졌다.

시가에프는 그 방문에 대한 통지를 받았다.
게오르기이는 그에게 평화인 대화를 위한 동의를 구하기 위하여 그에게 직접 전화했고, 뭔가 "농담거리"를 사전에 준비하지 말자고 제안하고, 또 그 점에 대해 그의 불평에 가까운 동의를 받아냈다.
그럼에도, 그 상황을 보장받기 위해서 자소코프는 몇 번 더 전화 호출을 했다.

그 때문에 지금 그의 "토요타" 자동차 뒤편으로 이삼백 미터 떨어진 곳에 간단한 푸른색 차량 "데코"가 마치 우연히 페테르부르크에서 출발해 같은 곳으로 온 것처럼 가장한 채 보였다.

"헛되지 않았네" 운전해 가던 도로 쪽에서 보이는 어느 마을을 지나칠 때, 그의 자동차 뒤에서 갑자기 또 돌진해오는 적십자 표지와 "응급 의료지원"이라는 표어가 달린 소형 버스가 뒤따르기 시작했을 때, 게오르기이가 생각했다.

그 마을을 지나자, 곧 똑같은 반짝이는 숲이 마찬가지로 시작되었다.

그 소형 버스가 사이렌을 켜고, 파란색 점멸등을 지붕에 달고는, 게오르기이 자소코프의 차량을 앞지르기를 시도했다.

-저 차들을 놓치지 마세요.- 게오르기이 자소코프가 명령을 내렸다.

-물론이지요. 액셀을 발로 밟으면서 세르게이가 침착하게 대답했다.

같은 시각에 그는 몇 번 자기 차량의 후미등 신호를 켰다.

그 신호를 켜는 것은 그 소형 버스를 위한 것이 아니라, 그 신호를 보고, 앞선 차량을 따라 붙여 가속하라는 신호를 보내, 저 멀리서 뒤따르고 있는 푸른색 차량 "데코"를 위해서였다.

그 차는 능숙하게 그 소형버스 옆을 지나, 그 소형 버스와 "토요타" 사이에 끼어들었다. 그렇게 끼어들고는, 조금씩 브레이크를 밟고, 또 좀 지그재그로 운전하면서, 왼편에서부터 추월하려는 그 소형 버스를 놓치지 않으려고 운전하면서, 그 "데코"의 뒷창문에서부터 교통순경이 사용하는 경고 표시봉이 든 손이 보였고, "의료기관 종사자들"에게 멈추라는 명령을 보내고 있었다. "토요타"는 같은 속도로 자신의 차선을 지키며 나아갔다.

-물론, 희망컨대, 그들이 총을 사용하지 않고 그 일을 마무리

지을 겁니다. -게오르기이가 말했다.

-나는 의심하지 않네요, -운전기사는 간단히 확신적으로 대답했다.

"루소플라스트"의 사무실 옆의 다섯 그루의 큰 마가목 나무들은 아주 고요함 속에 서 있었고, 피리새의 장식도 없었다. 열매들조차 없으니, 그곳의 여새들이 여전히 12월에 그 남은 열매를 먹어 치우는 데 성공했다.

사무실에는 다른 사람이 없는 것 같았다.

세르게이와 함께 게오르기이 자소코프는 그 건물 2층으로 올라가, 대표의 집무실에 다다랐다. 비서실 탁자에, 응접실에는 니나 드미트리에프나 비코바가 긴장된 표정으로 앉아 있었다.

-안녕하세요. -게오르기이가 말했다. -나는 당신을 기억합니다, 부인... 아마도, 당신은 지난 가을 그 집회를 지도했지요, 하지만 여비서는 아니지요, 맞지요?

-여비서가 아파서요,- 냉랭한 목소리로 니나 드미트르에프나가 말했다.

-모든 사무직원도 함께 있나요? -게오르기이가 살짝 웃었다.

-하지만 대표이사는, -적어도 그분은 계시지요?

-빅토르 바실리에비치는 계십니다, -똑같은 기계적인 목소리로 니나 드미트리에프나는 말했다.

게오르기이가 세르게이에게 눈짓하자, 그들은 그 대표 집무실로 들어갔다.

우울한 표정의 빅토르는 자신의 탁자 곁에 앉아서 손가락 사이에 볼펜을 돌리고 있었다. 필시, 그는 그 도착한 자동차의 소음을 들었는가 보다.

그의 옆에는 힘센 소의 목 같은 목을 가진, 간단한 곱슬머리를 한 뚱뚱한 남자가 앉아 있었다.

-안녕하세요, 신사분들! -게오르기이가 말했다. -용서하세요, 우리가 여러분의 회의를 방해했을까 봐 미안합니다. 필시 당신은 우리를 기다리지 않으려고 회의를 하고 있었겠지요...

-내 아이들은 어디 있나요?- 신경질적으로 그 소의 목을 한 남자가 말했다.

-당신 아이들이라니요? - 유쾌하게 게오르기이가 물었다. -용서하세요, 삼촌, 나는 당신 아이들이 있다는 걸 모릅니다. 그들은 의료진인 것으로 압니다만, 그들을 지역 병원으로 향하게 했습니다.

-당신은 그 점에 대해 대가를 치러야 할 것이요... -화를 내며 삼촌은 불평했다. -모든 것에 대해 당신은 대가를 치뤄야 할 거요!

-이미 치렀지요. -게오르기이가 반박했다. -몇 달 동안 감옥에 있었으니... 그럼 이젠 당신 차례이겠군요. 하지만 전반적으로 나는 당신이 여기에 왜 있는지 모르겠네요. 나는 대표이사님과 대화하기를 동의했습니다...

-내 이익이 여기에 있어! 더욱 화를 내며 그 삼촌이 그르릉댔다. -내가 당신과 지금은 물론이고 앞으로 다른 곳에서도 대화를 할거요!

-내가 당신과 대화할 필요가 있다고 말했던가요? -게오르기이가 놀랍다는 듯이 얼굴 표정을 했다. -전혀 불필요한 일입니다. 당신은 여기에 더는 관심 가질 필요가 없습니다...

-난 있다구요! 끈질기게 화를 벌컥내며 삼촌은 되풀이했다.

-나는 당신의 이익을 다 매입했습니다, 존경하는, -게오르기이가 침착하게 대답했다, 마치 어린아이에게 설명하듯이 말을 이어갔다. -분명히, 당신은 "탐보브 식구들"[61]에 부채가 있음을 기억하지요, 안 그런가요? 그럼 지금 당신은 내게 부채가

---

61) *주: 페테르부르크의 잔인한 범죄 구성 집단

있습니다. 이게 그 동의서 사본입니다.

 그는 호주머니에서 네 번 접은 종잇장을 꺼내, 그 삼촌에게 내밀었다. 삼촌은 그것을 받아 쳐다보고, 입을 열어, 마치 그것을 닫는 것을 잊은 듯했다.

-그럼, -게오르기이가 말했다. -당신이 세르게이와 함께 이곳을 나가기를 요청합니다, 그리고 그가 당신에게 모든 자세한 설명을 해 줄 겁니다. 하지만 나는 여기 남아, 대표이사님과 대화를 할 예정입니다.

-이리 와요, 오세요, 세르게이가 살짝 웃었다. -나는 당신 시간을 오랫동안 뺏지는 않을 겁니다.

-그럼, 빅토르 바실리에비치, -그들 둘이 그 집무실에 남게 되자, 게오르기이는 말했다. -정말 나는 당신에게 "농담거리" 없이 행동하기를 요청했습니다. 당신은 무엇을 위해 그것을 필요로 하나요?

-내 잘못이 아니오! 갑자기 시가에프는 짐짓 큰 소리로 외쳤다. -미노로프가 지금 우리 일에 관여하고 있다구요! 당신을 구속시킨 그 검사에게 동의한 사람은 그입니다!

-그를 이곳으로 초대한 것은 당신입니다... 게오르기이가 살짝 웃었다. -하지만, 손님이 왔으면 앉으라고 초대는 해야지요.

 그 초대를 기다리지도 않고, 그는 좀 전에 삼촌이 앉았던 자리에 차지하고는, 시가에프의 두 눈을 정면으로 바라보았다. 시가에프는 자신의 고개를 창 쪽으로 돌려 버렸다.

-내가 구체적으로 말해주겠어요. 게오르기이가 말했다. -나는 당신이 하는 플라스틱 일에, 기술이나 기계류에 대해선 경험이 없습니다. 그러나 나는 이 회사의 재정 상태에 대해서는 들은 바 있습니다. 그건 가장 나쁜 상황이던데요. 미노로프가 당신에게 돈을 주어, 당신이 여기 이 공장 부지 안에 둔 목재들을 모두 절단하는 일을 하도록 했지요. 그 돈으로 당신은

기계톱을 샀고, 기중기도 구입했고, 목재를 실을 수 있는 특수차량도 구입했다지요. 새로운 행동지침을 더하는 것은 정말 좋은 결정입니다. 그렇지 않은가요? 그러나 당신은 그 점에 대해 주주들에게 알리지 않았습니다...

-나는 그것을 우리 회사의 선의을 위해서 했습니다, 시가에프가 창으로 여전히 눈길을 둔 채 말했다. -목재는 지금 가격이...

-그만해오, 빅토르 바실리예비치, 게오르기이가 살짝 웃었다.
-그걸 당신 회사 직원들에게나 말하시오. 그런데, 미노로프가 여기 공장 부지로 가져다 놓은 목재 둥치들은 모두 훔친 것입니다. 나와 당신은, 우리는 정말 알고 있습니다. 그러고, "루소플라스트"가 공식 등록 업체이기에, 그런 방식으로 그 목재를 합법화하고 있습니다. 그런 목재 절단의 일로는 당신을 제외하고는 아무도 벌지 못했습니다... 그러니, 당신이야 뭔가 몇 퍼센트로 이익을 받았겠지요.

-모두가 그리하고 있습니다! 그 대표이사는 자신의 고개를 돌려 자소코프를 쳐다보았다. -내 이익 일부를 이용해 나는 원재료 플라스틱을 구입하는데 씁니다! 이 회사가 가동을 중지하지 않으려면, 이 사람들에게 일이 있어야지요...

-그런데 당신은, 더 많은 이익을 가져갑니다, 게오르기이가 끼어들었다. -그럼에도 정말 나는 반대하지 않습니다. 그걸 가지세요.

게오르기이 자소코프는 이젠 말이 없었다.

대표이사도 기다리며 말이 없었다.

태양이 가득한 겨울날은 창밖에서 승리를 자랑하고, 열린 환기창으로 박새들이 지저귀는 소리가 여기저기서 들려 왔다.

-날씨는 아름답네요! 게오르기이가 말했다. -스키 타기에는 아주 좋은 날이네요. 더구나, 빅토르 바실리예비치, 왜 오늘은

공장을 가동하지 않나요?

-축제일입니다, 시가에프가 말했다.

-'옛날식 새해'가 이미 공식 축제일이 되었나요? 짐짓 놀란 체하며 자소코프가 물었다.

-사람들이 요청하니까... -대표이사가 말을 얼버무렸다.

-나는 다른 것을 추측합니다, 게오르기이가 말했다. -당신은 우리 만남을 비밀로 하고 싶습니다. 아마, 그것은 이성적인 발걸음입니다... 그럼, 좋습니다. 나는 이 회사에 몇 개의 신기술을 도입하고, 신제품을 생산할 수 있도록 상당한 금액을 투자하고 싶었어요. 하지만, 나는 그 투자를, 만일 내가 주식을 지배할 수 있을 정도의 양을 소유했을 때만, 그때 투자를 할 겁니다. 간단히 말해서, 나는 당신이 가진 주식을 내게 팔라고 제안하고 싶습니다. 내가 좋은 가격으로 계산해 드리겠습니다... 그리고 당신은 "루소플라스트" 대표이사로 남으면 됩니다. 지도해 주시고, 일해 주십시오. 정말, 그러면, 몇 개의 내가 가진 기업 중 하나가 됩니다. 또 나는 여기만 늘 남아 근무할 수도 없습니다.

-어떤 보장을 해 줄 건가요? 시가에프가 서둘러 물었다.

-보장이라니요? 자소코프가 되물었다. -무엇에 대해서요?

-내가 대표로 남는 것 말입니다.

자소코프는 주목하여 시가에프의 움직이는 콧수염을 쳐다보고는 살짝 웃었다.

-일을 잘 하시면, 당신은 그 자리를 유지하게 됩니다, -그는 선의의 마음으로 말했다. 내가 뭐 하려고 좋은 행정가를 바꾸겠어요? 그리고 나에 대해선... 내가 이 회사에서 뭔가 공식적인 직함을 가지게 해 주세요. 나를 전반적 문제에 대한 부대표로 직원으로 등록시켜 주십시오.

시가에프는 생각에 잠겼다.

그의 콧수염은 움직였다.

마치 그가 뭔가를 계산하고 있는 듯이. 나중에 그는 손바닥으로 자신의 이마를 닦고는, 탁자를 결심한 듯이 한 번 탁-치고는, 전화기를 들었다.

-니나 드미트리에프나, 들어 와요!- 그는 그 송화기에서 명령했다.

니나 드미트리에프나는 곧 그 두 개의 문을 지나 나타났다.

-니나 드미트리에프나, 대표이사는 좀 떨리는 목소리로 말했다. -자소코프 씨......이 분을 전반적인 문제에 대한 부대표로 임명하는 회사 명령서를 만들어 주세요.

-빅토르 비실리예비치.....니나 드미트리에프나는 당황해 서 있었다. -정말 우리 회사의 임원 명단에 그런 자리가 없습니다.

-그럼, 만들어 넣어요! 시가에프가 난폭하게 말했다. -똑같은 명령서에 함께.

-알겠습니다, 알겠습니다, 제가 즉시 만들어 보겠습니다.,....-니나 드미트리에프나는 동의했다. -자소코프씨, 잠시 본인 증명서를 좀 주십시오.

...자소코프가 그 집무실에서 나왔을 때, 대표이사는 잠시 동안 그의 손에 방금 작성된 명령서를 들고 선 채, 니나 드미트리에프나를 향해 화를 내며 쳐다보았다.

나중에 그의 얼굴은 힐난조로 일그러지더니, 그는 드러내놓고 기쁘게도 그 명령서를 갈기갈기 찢어버렸다.

199.년 2월 8일 화요일

아르네가 이른 아침에 전화를 해서 온 가족을 깨웠다. 파블

릭이 자신의 방에서 맨 먼저 그 전화기로 달려가 외쳤다:

-아빠! 아르네라는 분이 전화를 하였어요! 지난여름 우리 집에 묵었던 그 덩치 큰 스웨덴 사람요!

-아르네, -막심이 아직도 들깬 목소리로 말했다. -안녕하세요... 잘 지냈어요?

-저는 지금 페테르부르크에 와 있습니다! -수화기에서는 들려 왔다. -막심, 제가 오늘 저녁에 당신 댁에 가도 되겠어요? 오늘 밤만요, 그것이면 족합니다. 아나톨로, 당신도 아는 분이지요. 오늘 오후에 저를 당신이 사는 곳으로 기차를 태워 보낼 겁니다.

-문제 없네요, 아르네,.... 당신은 그녀 때문에 오는가요? -막심이 물었다.

-물론입니다요! -아르네가 열성이었다. -저는 식용버섯도 땄으면 합니다만, 정말, 시즌이 안 맞군요...

막심은 살짝 웃었다. 나디뇨(나데쥐다)와 관련된 어제의 사건들이, 아르네가 뭔가 텔레파시를 경험하고 있다는 생각이 그의 머릿속에 번개처럼 스쳐 지나갔다.

-당신은 텔레파시를 경험하나요, 아르네? -막심이 물었다.

-무슨 말인가요? 아르네가 놀랐다.- 텔레파시요? 전혀 아닙니다. 그런데 왜 당신은 그런 질문을 하나요?

-중요하지 않습니다,- 막심이 대답했다. -간밤 꿈에 당신을 봤어요.

-하!- 유쾌하게 그 수화기에서 들려왔다. -용서하세요, 막심! 제가 이미 당신 잠도 방해했나 봅니다. 나는 원하지 않았는데요...

-그건 아닙니다, 아니오! -서둘러 막심은 반박했다. -꿈은 좋았어요. 하지만, 그녀는 당신이 온다는 걸 아나요?

-그녀는 모릅니다, 막심, -아르네의 기쁨이 그 수화기에서 봇

물처럼 흘러나왔다. -그녀를 놀라게 해 주려고요! 하지만 그녀는 정말 내게 편지로 답해 주었습니다! 그래요, 막심! 그녀가 답을 했다구요! 그녀의 에스페란토 실력은 그리 좋지 않지만, 그것은 내겐 이익입니다. 내가 그녀를 가르치면 되지요!

다시 막심의 머릿속에서 어제 낮의 사건들이 떠올랐다.

아침에 라자르가 막심이 일하는 수공업 공장으로 우울하고 화난 표정으로 들어섰다. 라자르는 방금 빅토르를 방문해, 나데쥐다를 위한 모금을 도와달라고 요청했다. 그 아가씨는, 라자르 말로는, 2월 중순이면 아이 출산 때까지 휴가를 신청해야 한다고 했다. 그녀 건강상 헤모글로빈 수치가 낮아, 그걸 높이려는 음식들을, -짐승의 간 요리나 석류 열매 같은 것들을 먹어야만 했다... 그것은 정말 비싸다! 그런데, 빅토르는 그렇게 모금을 응원하는 라자르를 정신병자 취급하며, 자신의 관자놀이에 검지를 몇 번 돌리기조차 했다. 라자르에게 그 공장의 재정 상태에 대해 전해 듣지 못했느냐고 빅토르가 물었다. 라자르는 자신도 그걸 들었다고, 또 그 돈은 회사 은행계좌에서 어딘가에서 잠시 보였다가 어딘가로 나간다고도 대답했다. 물론, 빅토르는 화를 내며, 국가보험시스템으로 '*마담*' 로즈키나가 집에 머물며, 매월 자신의 평균임금을 출산 때까지, 또 그 뒤 몇 달간 더 받는다고 말했다. 라자르도 화를 내고는 대표이사가 그렇게 받는 평균임금이 어떠한 상태인지 잊고 있는지를 물었다...

막심은 라자르의 풍부한 몸짓을 사용해 말하는 이야기를 침착하게 끝까지 듣고 나서, 삼촌을 찾아갈 것을 제안했고, 나데쥐다의 운명에 그 삼촌이 돈으로 도와줘야 한다고 요구할 것을 제안했다. 라자르는 그 생각이 받아들일 만하다고 피력하고는, 그 두 사람이 전화번호부에서 '삼촌'의 주요 회사 전화번호를 곧장 찾아내, 삼촌 미노로프에게 곧 전화했다.

실제로는 막심은 전화했고, 미노로프는, 지나가는 투로, 누가 전화했는지 듣고는, 무슨 이유로 전화했는지는 묻지 않은 채, 업무일 끝에 막심을 만나 보기로 약속했다.

그럼에도 그들 둘이- 막심와 라자르 -함께 갔다.

-아하, 그래, 당신, 막심 슙스키이, 어떻게 잘 지내지요? 앉아요, 저기...

집무실은 아주 넓었다. 필시, 사무실 2개를 한 개의 큰 집무실로 만들려고 중간 격벽을 터놓은 것 같았다. 그 집무실을 방문한 사람이면 누구나, 그 집무실 주인이, 온화한 말로 말해서, 이상한 취향을 갖고 있구나 하고 이해했다.

먼저, 그 방문자는 집무실의 창문 세 개를 막고 있는, 붉은 우단(교직)으로 만든 무겁고 먼지 낀 커튼에 주목했다. 화려한 가구는 여기서는 업무의 조화를 위해 있는 것이 아니라, 그냥 여기에 비치된 가구들이 고가라서 모아 둔 것같이 보였다. 몇 점의 다양한 스타일의 그림이 괄목할 정도로 벽마다 장식되어 있고, 그 주인이 앉아 있던 가죽 안락의자 위쪽으로, 그 자신을 찍은 대형 사진이 벽에 걸려 있었다. 선원들의 줄이 그려진 속옷을 입은 채, 푸른 베레모 모자를 쓰고서 자신의 두 손에는 "칼라쉬니코프"[62]를 들고 있는 모습인데, 지금의 주인이 더 젊었을 때 모습이었다.

주인의 소 같은 목덜미는 그곳이 가려워서인 듯이 어떤 비정상적인 동작을 계속하고 있었다.

-그러나 그것은... -미노로프의 머리가 라자르를 향했다. -만일 저 사람이 당신 보디 가드라면, 저 대기실에 저 사람은 남아 있도록 해요.

-라자르 아로노비치입니다. 제 처남이며 회사 동료입니다. -

---

62) *역주:AK-47 소총.

막심은 말했다. -우리는 똑같은 문제 때문에 함께 왔습니다.

-오-오! -매력적으로 외치며 말했다- 유대인이네! 골리앗! 그럼 당신도 앉아요... VDV[63]인가요?

-아닙니다.- 라자르가 말했다.- 나는 국경 경비대에서 복무를 했습니다.

-그것도 맞군요, - 만족하며 미노로프가 마했다.- 우리가 손힘을 한 번 겨뤄볼까요?

-다음 기회에요.- 라자르가 말했다.

-그럼 좋아요. -미노로프는 웃음과 함께 동의했다. -아마, 당신이 나를 이길 수도 있겠군요......앉아서 하는 일, 좋은 음식, 풍부한 술마심......

-우리는 당신을 만나러 왔습니다....-막심이 무슨 말부터 시작해야 할지 알지 못한 채 주저하며 말을 꺼냈다.

-내가 알겠습니다, -그 목덜미가 그 순간 움직임을 멈추었다. -당신들은 당신들이 가진 주식을 팔아, 뭔가로 보상받으려고 하지요. 어제 이미 당신의 썪은 공장에서 두 녀석이 나를 이미 방문했습니다. 이제, 흥미로운 주제이군요, 내가 말할 준비가 되어있습니다. 슘스키이 당신에 대해, 나는 이것저것 알고 있습니다. 만일 그 공장이 내 것이 된다면, 그리고 그것은, 분명히 그리될 겁니다. 의심하지 마세요. 나는 그곳에 믿을 만한 사람이 필요합니다. 나는 당신이 대표가 되었으면 하고 바랍니다. 당신의 시가에프는 속이기를 잘 합니다. 나는 그와 함께 이제 더는 일하고 싶지 않습니다. 하지만, 골리앗, 흠, 이 사람이 부대표가 되어 당신을 지켜주세요. 내 제안이 당신을 만족하리라고 생각하는데, 어떤가요?

막심과 라자르는 놀라면서도 조용히 미노로프의 혼잣소리를 듣고 있었다. 뭔가 새로운 것이 있었다. 삼촌이 이 회사를 자

---

63) *주: VDV(약어)- 러시아군대의 특수부대.

기 것으로 만들려 하는구나!... 그가 그런 내용의 말을 끝내고, 호주머니에서 꺼낸 구겨진 콧수건으로 자신의 소 같은 목덜미를 닦았고, 막심은 대답하려고 준비하면서 짧게 기침하고 깊은 숨을 한번 들이쉬었다.

-용서해 주십시오, 미노로프씨, 그가 말했다. -그러나, 당신은 틀렸습니다. 우리가 우리 주식을 팔기 위해 여기에 오진 않았습니다.

-안타깝군요! -삼촌은 꿈을 깨듯이 발설했다. -그런데 무엇을 위해서요?

-우리가 당신에게 전혀 다른 요청을 하러 왔습니다.- 막심은 계속했다. -당신 조카가... 사망했지요... 그는 어떤 아가씨를 임신시켜 놓았어요. 아마 당신은 그 점을 알 겁니다. 아마, 모를 수도 있지만, 어쨌든 그건 중요하지 않습니다. 그 아가씨가 곧 아이 출산을 앞두고 집에서 휴가를 보낼 겁니다... 그녀는 도움이 필요합니다. 우리는 당신이 재정적으로, 당신의...당신의 가족인 여성을 지원해... 줄 것을 당신에게 요청합니다.

-우-우-우! -삼촌의 목소리에는 온전한 환상에서 깨는 소리가 났다. -이게 당신이 말하고자 하는 것이군요! 당신도 그녀를 갖고 있나요? 아니면, 아마, 당신 골리앗은요? 저기-저기요, 나는 농담입니다만... -그는, 라자르가 분개해 자리에서 일어서는 것을 보고 서둘러 말했다. -그런데, 매번 당신들은, 이보세요, 정확한 주소가 아닌 곳으로 왔군요. 페트루샤... 그는 정말 내 조카입니다. 그러나, 나는 그의 모든 아가씨를 위한 특별 보호자가 될 수는 없습니다. 내 재정 상황은 그 점을 허락하지 못합니다.

-하지만 당신은 우리 회사를 산다는 것을 방금 말해 놓고요! -막심은 참지 못했다.

-그것은 다른 일이구요!- 기쁜 표정을 이젠 거두고, 미노로프

가 소리쳤다. -다른 일과 다른 돈이지요! 협상을 위해 준비해 둔 것입니다. 그럼, 당신들은, 이보세요, 그걸 이제 이해하는 군요. 그럼, 우리가 내 제안으로 돌아가 볼까요?

-아뇨, -퉁명스럽게 막심이 말하고는 자리에서 일어났다. -당신 제안은 우리에겐 관심이 없습니다.

-아뇨, 그러면 안 되지요, -삼촌은 말하고는 서둘러 물었다. -하지만, 골리앗 당신은요? 잘 생각해 보세요, 내가 그런 사람들이 필요합니다, 나는 값을 잘 치를 겁니다...

라자르는 자리에서 일어나, 좀 옆으로 고개를 숙인 뒤, 미노로프를 탐색하여 쳐다보았다. 잠시 뒤 그는 경멸하듯이 살짝 웃고는 말했다:

-그럼, 우리가 손힘을 한번 겨뤄볼까요, 삼촌?

-하? 삼촌은 놀라워했다. -용기가 생겼군요? 그럼, 와요, 와요.

그는 자신의 대형탁자에서 나와, 회의용 좁은 탁자 곁에 앉았다. 라자르가 다가가, 그의 맞은편에 앉았다. 팔꿈치를 탁자 위에 지지한 채, 두 사람은 서로의 손을 잡고 긴장했다.

삼촌의 이마에는 땀이 보였다.

라자르는, 아무 긴장을 더하지 않은 채, 삼촌의 손을 옆으로 누르고, 잠시 뒤 그 손은 이미 그 탁자에 밀쳐졌다.

-오호!- 그 삼촌은 매혹되어, 옷소매로 이마의 땀을 닦고는, 숨을 헐떡거리며 말했다. -정말, 골리앗이군요, 정말! 내가 골리앗 당신을 사야겠어요! 나는 원합니다!

-당신은 늦었어요, 삼촌, -라자르는 말했고, 막심과 함께 그 화려한 집무실을 나왔다.

...저녁 기차역에서 만난 아르네에게, 막심은 그런 사건들에 대해 아무것도 말해 주지 않았다. -빅토르의 행동에 대해서도, 삼촌의 태도에 대해서도- 전반적으로 그리고 전적으로 그

는 나데쥐다의 재정 상태를 화제로 삼을 수는 전혀 없었다. 그 주제는 나데쥐다가 참석하지 않고는 토론할 수 없겠다고 그는 생각했다.

그러고도, 막심이 페테르부르크에서 특별히 중요한 사건을 위해(정말 그 사건은 바로 적절했다!) 구해둔 좋은 보드카와, 또 똑같은 행사를 위해 에바가 특별히 준비해 둔, 세 점의 고기가 들어있는 러시아식 고기만두 펠멘(pelmeno)을 즐기면서 자정을 넘은 시간까지 앉아 있는 동안, 그들은, 정치 소식들 제외하고는, 막심이 말해야만 하는 것으로 판단되는 모든 것을 말하는 데 성공했다. 아니, 더 정확히는, -아르네 자신이 말하고자 하는 것을, 왜냐하면, 모든 잡담을 일상적으로 자신이 싫어함에도 오늘 밤에는 아주 말을 많이 한 사람은 그였다.

실제로 가장 중요한 일을 아르네는, 이미 나디뇨의 서툴게 쓴 언어이지만 충분히 진지한 편지를 통해 알고 있었다.

아르네는 막심에게 나데쥐다의 남편이 될 사람이, 저기, 그 예의 없던 초록 바지를 입은 청년이 교통사고로 사망했음도 알려 주었다.... 그래서... 그녀가 봄이면 당연히 태어날 아이를 기다리고 있다는 것도 알려주었다... '더구나, 그 도시에서 태어날 아이의 성별을 알려주는 도구가 있는가요? 아니라고요? 오, 야만의 장소이군요!' 막심은 그가, 아르네가, 꼭, 아들을 선호할지 모르지만... 딸이라고 해도 그는 기쁘다는 것을 곧 이해했다. 정말 맞다! 이런 행운이- 그는, 아르네는, 자신의 아이를(그래요-그래요, 막심, 그 아이는 내 아이라고 말하기도 했다!) 아무런 노력 없이 갖게 될 것이다. 정말 그의 좋은 친구인 막심이 보기엔, 그녀가 거절할 수 있다고 의견을 생각하나요? 그건 전혀 불가능하다고 했다! 정말 그녀는 그가 보낸 편지에 대답했다. 그리고, 다른 편에서는, 막심은 진실되게 말해보자. '그가, 아르네가 절대적으로 못생긴 남자 녀석인

지 말해 볼까? 대답은 이렇다! 그녀가 거절하리란 생각은 할 수 없다고 했다!'

　그렇게 그는, 아르네는, 긴 쉼 없이 만족하고, 필시 즐겁게 보이는 듯이, 상담을 마쳤다.

끝내, 새벽 2시경 어디선가에서, 막심은 암시했다. 그러고도 그는 아침 8시에는 자기 수공업 공장에 있어야 함을 넌지시 알려 주었다. 그래, 그랬다. 물론, 그는, 아르네는, 용서를 구했다... 정말 침대는 이미 준비되어 있는가요? 아주 좋아요! 그럼, 좋은 밤이 되십시오! 그래요, 감사합니다. 그는, 아르네는, 기쁘게도 즐거이 잠자게 되고, 나중에 나데쥐다에게 함께 가기 위해 막심이 돌아오는 것을 기다릴 것이다.

　그러면서, 이미 정오쯤에 막심은 자기 사무실에서 라자르와 이미 사용한 플라스틱 제품을 재활용하기 위한 새 분쇄기의 장점에 대해 토론하고 있었다.

　그때 전화기가 울렸다. 그리고 나데쥐다의 낮고도 자신에게 괴로워하고 있는 목소리가 들려 왔다.

-막심 마트베예비치, 당신은 좀 나를 도와줄 수 있겠어요

-무슨 일인가요?- 막심이 놀라며 물었다.

-그런데요... -나디뇨는 자신을 더욱 괴로워하며 말했다. -오늘 점심을 위해 그 식당으로 라리사를 만나러 가지 말구요... 제가 막심과 라자르, 두 분을 저희집에서 점심 대접을 해드리고 합니다. 봐요, 아르네가 여기 이미 와 있다구요...

-오, 벌써요! -막심이 놀라며 말했다.

-그렇-구 말구요! -나데쥐다가 노래부르듯 말했다. -그리고 나는 그의 에스페란토말을 아주 잘은 알아듣지 못하겠어요. 정말 당신은 내가 에스페란토어 초보자라는 걸 알아야 해요....

-내가 라자르와 함께 가도 될까요? -막심이 물었다.

-오, 예! -기쁘게 나디뇨가 대답했다. -라자르 아로노비치도 함께 오세요!

나디뇨의 집 식탁에서는 아르네 자신이 어제와는 전혀 달라 보였다, 그는 말을 많이 하지 않고, 나데쥐다를 조용히 다정스럽게 바라보기를 더 좋아했고, 때로는 요리 접시들을 칭찬하며, 막심과 라자르의 눈에서 그런 자신의 칭찬에 맞장구를 기대하고 있었다. 나데쥐다의 엄마는 주방에서 이렇게 저렇게 새 접시를 들고 들락날락하였고, 또 요리를 위해 주방으로 다시 물러서는 것을 미안하다고 말하였다.

라자르는 열렬히 그 식탁에 둘러 앉은 사람들을 즐겁게 하려고 세심하게 행동했다. 그는 몇 가지 농담을 말했고, 막심조차도 지금까지 한 번도 이전에 듣지 못했던, 재치있고 신선한 농담을 들을 수 있었다.

그래서 그는 그것을 아르네에게 즐겁게 통역해 주었다. 스웨덴 사람은 웃을 필요가 있다고 추측했지만, 만일 농담이 완전히 이해되지 않아도, 여전히 몰래 나데쥐다를 바라보면서 자신의 푸른 눈을 진지하게 웃어 주었다.

나데쥐다는 그의 눈길에, 때로는 멀리서 온 손님의 너무 드러내놓은 관심에 대해 때로 얼굴을 붉히다가, 때로는 엄마를 도우러 주방으로 물러나기도 했다.

그러나, 그 대답을 보면서, 라자르는 막심에게 속삭였다.

-저기, 막심, 한 가지 걱정은 줄었네요.

막심은 확고하게 고개를 끄덕였다.

나데쥐다가 한 번 그 식탁에서 일어났을 때, 막심은 그녀 배가 그렇게 빨리 불러 있음을 보고는 마음 속으로 놀랐다.

그러나 그녀는 자신의 무거움을 특별한 위엄처럼 행동하고 있었고, 그녀 몸매는 이전보다도 더 매력적이고 여성스러워 보였다.

-정말로, 막심, 나는 당신의 스웨덴 친구가 부럽네요! -감동한 라자르는, 나데쥐다가 자리를 비웠을 때를 이용해, 낮게 말했다.

막심이 그 말을 통역해 주자, 아르네는 만족한 듯이 반가워했다.

-내가 그녀에게 말했어요!- 그는 속삭였다. -그녀가 엄마에게 통역해 주었어요! 그들은 서로 러시아말로 말을 나누더니, 나중에 그녀가 고개를 끄덕였어요! 그녀가 고개를 끄덕였다고요, 막심!

-그래요. 축하합니다, 아르네! -막심은 말했다. -당신은 우리 곰나라에서 좋은 안주인을 갖게 되겠군요.

-그렇습니다! 그렇습니다!- 아르네가 열성적으로 속삭였다. -그러나 중요한 것은 안주인이 사랑스럽다는 것입니다!

차를 마시면서, 가장 큰 관심사에 대해 말을 꺼낸 것은 그녀의 어머니였다.

-여러분, -그녀는 그 목소리에서 뭔가 슬픔을 안고서 말했다. -정말, 나는 여기에 얼마 뒤에 혼자 남을 겁니다... 나를 잊지 말아 주세요, 요청합니다... 손님으로도 오고요. 또 차를 마시러도 와 주세요!

-당연한 말씀입니다, -막심은 확고하게 말했다. -나는 어디에서도 이렇게 맛있는, 구즈베리 잼을 먹을 수 없습니다... 그래서, 적어도 그것은요.

모두가 살짝 웃었고, 아르네도 그 다정한 대화를 마치 새로운 러시아 농담처럼 여기고는 웃었다.

-막심 마트베에비치,- 나데쥐다가 주저하며 말했다. -아마, 나중에 말할 기회가 없을 것 같아서요, 지금 말해 두고 싶어요. 어떤 경우를 위해서요. 나는 제가 가진 주식 6주를 당신

에게 드리고 싶다는 증명서를 쓰고 싶습니다.

막심은 갑자기 화를 냈다.

그는 사람들이 그의 두 눈에서의 이상한 분노를 알아차리지 못하게 하려고 고개를 숙이고는, 불평하듯이 말했다.

-주식, 주식! 인생에서 그 주식이 가장 중요한 일인 듯이 하고 있군요...나데쥐다... 그걸 라자르에게 넘겨 주세요.

-쉬잇!- 라자르는 막심의 어깨를 툭 치며 말했다. -나도 곧 비슷한 서류를 당신에게 내가 가진 12주를 주기로 곧 써야 하거든요...

막심은 울고 싶었다.

아르네는 그 눈길을 아무 이해 없이 또 아무 죄 없이 둥글게 움직이고는, 그 우울한 대화의 핵심을 붙잡으려고 노력했다.

그럼에도 막심은 거의 나왔던 눈물을 참는데 성공했고, 사각 손수건을 호주머니에서 꺼내, 손수건에 기침을 한 번 하고는, 낮은 소리로 말했다.

-이 사람들아, 써요! 당신의 종이에 써요. 하지만, 나는 이곳에서 그 서류를 갖기보다는 당신들을 더 오래 보고 싶어요. 안타깝게도 그것은 불가능하겠군요.

199.년 2월 14일 월요일

2월 중순, 평범한 눈보라가 짙은 우윳빛의 반쯤 어둠 속으로 도로를 휘감았다. 아침에도 가로등들은 눈보라 때문에 꺼두지 않고 켜져 있었지만, 그 어두컴컴한 상황을 그리 많이는 개선해 주지 못했다. 휘날리는 우유 같은 물체들 속에서 가로등들이 한 줄의 노란 흠집처럼 보여, 도로 방향을 보여주는 역할만 할 뿐, 도로를 밝혀주지는 못했다. 도시가 보유한 몇 대의 청소 차량이 주요 도로에서 분주하게 움직이면서 그 도시의 교통 소통을 하며 중앙도로를 뚫고 있었다.

디마 두긴이 힘껏 달렸다. -만일 그 맞바람을 맞아가며 애쓰는 그의 움직임을 달린다고 말할 수 있겠다. -그는 시청으로 서둘러 달렸다. 자동차 이동 소리를 옆에서 들으면서도 그는 그 노란 흠집 같은 일련의 가로등을 통해 페테르부르크로 시외 전화를 할 수 있는, 가장 가까운 장소를 찾아냈다.

-게오르기이 아슬라노비치! -두긴은, 어느 안면 있는 여사무원의 사무실에서 그 전화번호 버튼을 누르고는 외쳤다. -용서하세요, 하지만 방금 알게 되었습니다. 중요한 일입니다! 극히 중요한 일이고요! 시가에프가 당신을 속였습니다! 토요일에 그는 "루소플라스트"에 있던 사출기 2대를 실어 바깥으로 보냈습니다. 그런데 오늘은 그가 자신의 모든 과점주식의 매도 계약서에 서명하려고 시도하고 있습니다. 상상해 보세요!

-요란 떨지 말고 말하세요, 디마, -자소코프의 평화로운 목소리가 들려 왔다. -그건 나도 3일 전부터 알고 있어요. 그 삼촌이 누를 수 있는 마지막 버튼을 눌렀어요. 그러고는 그자는 자신을 이 도시의 왕인 것처럼 느끼고 있네요. 그것은 전혀 위험이 안되지요. 왜냐하면, 나도 내 버튼을 눌렀지요. 그러나, 당신이 전화를 해주니 좋긴 하네요. 왜냐하면, 내가 직접 어떻게든지 당신을 찾아보려고 했기 때문입니다. 지금 당신은 어딘가요?

-시청 안입니다, 디마가 말했다, -1층에요.

-아주 좋네요, -자소코프가 암시했다. -그럼, 먼저, 당신은 시가에프의 행동이 불법이라는 것을 알고 있구요. 그는 자신에게 속하지 않은 것을 팔 시도를 하고 있습니다. 따라서 우리도 그 법에서 약간 벗어나는 것도 권리가 되겠지요, 하지만, 최대한 법 테두리 안에서 해야 합니다. 당신은 나를 잘 이해

하지요?

-아주 잘요, 두긴은 대답했다.

-그럼, 뭘 해야 하는지 알겠네요, 그 수화기에서 말했다. -우리는 비슷한 상황도 정말 계산해 보았지요, 그렇지 않은가요? 이 모든 것을 생각하면 지금 2층으로 올라가, 페트로프스키흐 시장에게 가세요. 내가 시장님에게 이미 말해 두었습니다. 그가 도움을 줄 겁니다. 내일 저녁에 내가 도착할 것이고, 모레쯤에 내가 이벤트를 하나 만들 수 있겠습니다.

새해부터 그 회사는 주간만 가동하고 야간엔 가동하지 않았다. -원자재가 충분하지 못했다.

주간 조(낮조)는 오후 4시에 자신의 공장을 떠나면서, 자신의 운명을 축복했다. 아침 눈보라도 이젠 조용해졌고, 청소 차량들이 시내버스 길을 터주었기 때문이었다. 반 시간 뒤, 다른 시내버스가 사무실 직원도 싣고 갔다. 이른 겨울의 어둠이 찾아 왔고, 어둠 속에서 오후 4시부터 칼바 아줌마가 당직을 서는 회사 출입구와, 큰 직사각형의 대표 집무실만 불이 켜져 있었다.

회사 사무실 직원들이 떠나자마자 곧 전조등을 켠 채 민병대 차량 "불코(빵차)"[64]가 왔다. 그 뒤에 하얀 "볼가" 1대가 따랐지만, 그 차는 좀 이상하게 행동했다. "빵차"가 회전해 사무실 곁에 주차할 걸 예상하고, 그 차량 "볼가"는 그 길에서 모퉁이를 돌아, 그곳에 주차했다.

디마 두긴이 3명의 민병대원과 함께 차량 "불코"에서 나와, 사무실로 자신을 향했다.

그들이 출입문 너머로 사라졌을 때, 그 하얀 "볼가"는 서서히, 마치 생각에 잠긴 듯이 그 민병대 차량을 지나쳐, 바로 그곳에 섰다. 그 차량에서 내린 어떤 남자가 그 "빵차"에 다

---

64) *주: 러시아 민병대원 순찰차, 의료진이 사용하는 작은 차, 일명 '빵차'

가가, 그 차의 운전기사에게 묻고는 다시 자신의 차량 "볼가"
로 돌아왔다. 그리고 그 차량 "볼가"는 곧장 시내로 다시 가
려고 시동을 걸었다.

두긴과 민병대 직원들의 출현은 정말 "루소플라스트"의 대표
이사를 깜짝 놀라게 했다.

분명히, 그는 자신의 집무실 안에서 그 사람들 말고 다른 사
람이 오기를 기다리고 있었다. 미친 듯한 눈길과 함께 거의
돌이 된 것 같은 얼굴에는 콧수염이 움직이면서 악의의 힐난
을 만들어냈다.

-누가 당신들을 이곳에 들어오게 했나요? 그가 두긴에게 외
쳤다. -니나 드미트리에프나! 당신은 어디 있나요? 정말 내가
업무 중인데, 아무도 들어오지 못하게 했는데도!

니나 드미트리에프나는, 그 방문객 그룹의 뒤에 서서, 조용
히 어깨를 움츠리고는, 그 민병대 직원들만 보고 있었다.

-시가에프 씨, -두긴이 말했다. -침착하시고, 또 이해심을
좀 가지세요. 우리는 법적 의무만 수행할 뿐입니다. 어제 실
시된 서면으로 개최된 주주총회 결정에서, 당신은 주식회사의
그 지도 위치에서 해임되었습니다. 그 결정에 53퍼센트가 동
의한다고 투표했습니다. 이게 그 사본입니다.

-누가요? -시가에프가 그 종이를 받아 보니, 그 안에 1개 서
명만 -자소코프의 -있음을 보고는, 반복적으로 이 질문만 하
고 있었다. -누가 팔았나요?! 슙스키이인가요?!

-만일 슙스키이가 그 주식을 팔았다면, -두긴이 유식한 체하
며 말했다. -우리는 56퍼센트가 됩니다. 자신의 주식을 판 인
사들은, 적은 수효의 주식을 가진 주주들입니다. 주로 그분들
은 당신이 도움 약속만 하고 이를 지키지 않아, 이를 참다못
한 이 회사의 은퇴자들이지요.

-그들은 권리가 없다구요! -시가에프가 소리쳤다. -그들이 보

유한 주식들은 임시로 내가 관리할 수 있도록 했다구요!

-그럼, 시가에프 씨, -두긴은 반박했다. -당신은 읽을 줄도 알고 이해할 줄도 아는 남자로서, 그런 식의 주식 양도는 불법임을 이해해야 합니다. 주식 소유자는 자기 주식을 매순간 주식판매 때까지 또는 체포될 때까지 처분권을 갖고 있습니다... 더구나, 당신을 해임한 결정은 임시입니다. 당신이 주식 회사 재산에 행사할 손해를 압하는 걸 막기 위해서요. 모레, 그 결정을 추인할 주주들의 특별 총회가 열릴 겁니다. 왜냐하면, 그 서면 총회는 그것을 결정할 권리가 없기 때문입니다.

-무슨 종류의 총회라고요? 나는 그런 총회소집 통지를 하지 않았는데요... -시가에프는 자신의 사그라져가는 목소리로 말했다.

-그 통지는 모든 주주에게 2주 전, 우편으로 발송되었습니다. -두긴이 반박했다. -결국, 그것은 이미 오래전에 당신의 우편함에 놓여 있게 된 셈이군요. 그러나, 지금, 시가에프 씨, 이 집무실을 비워 주시는데 협조해 주십시오, 이 민병대에서 파견된 사람들이 이 집무실을 자물쇠로 폐쇄하는 봉인절차를 통해 이 집무실을 비울 겁니다. 그런 질서입니다. 내가 알기엔, 보통은 시내의 당신 집으로 다른 사람이 차량으로 당신을 퇴근시켜 주지만, 오늘은 그 사람 오지 않습니다. 그러니, 당신과 드미트리에프나는 우리와 함께 나갈 것을 제안합니다.

... 민병대 차량 "빵차"는 어느 5층짜리 건물 출입구에 멈춰섰다. 시가에프는 조용히 그 차량에서 조용히 내려서서 그 건물 안으로 들어갔다. 곧장 서둘러 그는 제1층과 제2층의 층간 장소로 올라갔다. 그곳에 창문이 있어, 몰래 창밖의 도로를 쳐다보았다. 그 "빵차"가 이미 가버린 것을 안 시가에프는 서둘러 아래로 내려와, 도로의 택시 승강장으로 잰걸음으로 달

려가기 시작했다. "플라스틱공장으로 가요" -그는 간단히 택시기사에게 명령했다. 회사 입구에서 택시에서 내린 시가에프는 택시를 가도록 하고는, 클라바 아줌마가 근무하고 있는 작은 수위실 방으로 들어가자, 그녀가 깜짝 놀랐다.

-클라바 아줌마, -그는 말했다. -당신은 나를 안지 얼마나 되어요?

-저기... 12년요, 빅토르 바실리예비치, -좀 걱정하며 그 뚱보 아줌마가 말했다.

-내가 지난 12년간 당신에게 뭐 잘못한 일이 있나요? -시가에프가 질문을 이어갔다.

-아뇨...아뇨...한 번도 없었어요...

-그럼, -수정해서 시가에프가 말했다. -지금 아주 나쁜 사람과 싸우는 나를 도와줄 수 있는 당신 차례요.

-그게 무슨 말인가요... 제가 뭘 도와드려야 하는지요. 빅토르 바실리예비치? -그 말에 클라바 아줌마는 더 걱정되었다.

-아무것도요, -간단히 시가에프는 말했다. -절대 아무것도요. 내 말 알아듣겠어요?

그녀는 조용히 고개를 끄덕이고는, 그녀의 회사 대표가 그 수위실을 어떻게 떠나가는지, 또 그가 그 수위실에서 방화용 금속계단으로 가는 것을 바라보았다.

그리고 15분 내지 20분 뒤에 클라바 아줌마는 그 대표가 자기 집무실 창문을 통해 플라스틱 상자 2개를 들고 빠져나와, 보일러실로 가는 모습을 보자, 그녀 신경은 더는 참고 보고만 있을 수 없었다. 그녀는 자신의 전화기를 들어, 자기 이웃의 번호를 눌렀다.

-막심 마트베예비치! -그녀가 전화기 속에서 외쳤다. -저녁에 잘 지내시죠! 이웃에 사는 클라바 아줌마입니다!

막심은 방금 저녁을 먹고 난 뒤였고, 파블릭과 함께 진지하게 장기놀이를 하려고 앉아 있었다. 그 전날, 파블릭이 두 번이나 아빠를 이겼다. 지금 막심은 머릿속으로 거의 가능하지 않겠지만, 아들에게 작은 복수라도 하고픈 계획을 짜 두었다. 파블릭은 지난 3년 전부터 특별한 재능을 보여, 지금은 장기를 아빠보다도 더 잘 두었다.

-안녕하세요, 클라바 아줌마! -막심은 전화기 속으로 말했다.
-다시 그 꼭지가 샙니까? 그리 중요하지 않으면, 내가 내일 그 고무를 교체해 드릴께요...

-막심,- 클라바 아줌마가 큰 소리로 말했다. -내가 회사 정문 수위실에서 전화한다니까요! 뭔가 이상한 일이 일어났어요, 막심! 처음에는 민병대 직원들이 오더니, 대표 집무실에 가더니, 대표를 저 시내로 데려갔어요, 그런데 그 대표가 방금 다시 돌아와, 자기 집무실에 들어가, 상상해 봐요! -방화용 계단으로 말입니다! 방금 그 대표가 플라스틱 상자 2개를 갖고 내려와, 저 보일러실로 갔다니까요.

-나는 잘 이해가 안 되는데요, 클라바 아줌마! -막심은 뭔가 좀 불만의 목소리로 말했다. 그 장기놀이에 대한 아들에게 할 복수는 적어도 내일까지 미뤄야 할 상황이 되어버린 것 같았다. -나는 무슨 일이 벌어졌는지, 또 그게 나와 무슨 상관이 있는지 잘 이해가 되지 않아요... 하지만 내가 곧 갈게요. 자동차가 집에 서 있으니까요.

그는 낙심한 파블릭에게 다음 기회에 하자고 제안하고는. 미안하다며, 또 에바에겐 불명확한 뭔가를 말하고는, 인근에 거주하는 사쵸 키르조프에게 전화했다. 그 이상한 상황에 혼자 가는 것은 좋지 않다고 여기고, 사쵸가 친구이니, -그의 친구이자, 또한 한때는 빅토르의 친구이기도 하고, 낯선 사람이 아니다.

사쵸와 막심이 그 보일러실에 모습을 나타냈을 때, 빅토르는 가동되고 있는 보일러에서 생각에 잠겨 앉아 플라스틱 상자 중 하나에서 꺼낸 서류를 서둘러 검토해 읽고 있었다. 서류가 가득 든 다른 상자는 그 상자 옆에 있었다. 통풍기 소음 때문에 빅토르는 그렇게 들어오는 사람들을 알아차리지 못했다.

-아하! 봐요, 막심! -뒤에서 빅토르에게 다가선 사쵸가 외치고는, 그 상자에서 몇 가지 서류를 집어 조용히 들어 살펴보았다. -우리 빅토르가 자기 직위를 바꿀 결정을 했나 봅니다! 라자르는 이제 자기 조직 내에 화공 한 사람을 두셨군요!

-그런데, 진짜 보일러 불 때는 사람은 어디에 있나요? -막심은 물었다. -그리고 당신은 여기서 뭘 연구하고 있나요?

-누가 당신들을, 바보같이, 이곳으로 불렀나요? -빅토르가 화난 질문으로 물었다. -정말, 슘스키이, 당신의 나쁜 이웃인 그 여자가 그랬구나! 나는 당신이 그녀의 이웃 사람이라는 것을 잊고 있었네요... 여기서 나가요! 당신들이 아는 게 적을수록, 당신들은 더욱 건강하게 될 겁니다... 당신들은 알아 들었나요? 그 불 때는 화공은 지금 술 마시고 있지요. 나는 그에게 이곳에서 나의 일을 방해하지 않도록 술 한 병 줬어요. 하지만 나는 중대한 일을 하고 있어요, 그러니 당신네가 이제 방해가 되네요! 저리 가요!

-아뇨, 왜 우리가 이 자리를 떠나야 하는가요? -사쵸는 종이 한 장을 읽고는 나중에 다른 종이를 읽으면서 말했다. -아주 흥미로운 자료가 있네요. 들어 봐요, 막심, 이 서류가 당신과 관련이 있네요! 회사 조합위원회의 결정이네요..."에-저-또... 긴급한 자금 도움에 대한 슘스키이 M.M.의 요청을 만족시키려면. 슘스키이의 중대한 가정 문제와 또 "루소플라스트" 회사에 수년간 아무 비난 없이 근무한 것을 고려해 보면, 1만 루블을 우리 특별기금에서 인출하여 지급하는 것에. 나는 동

의함. - 대표 서명이 있네요." 그리고 그 아래에는 회계 담당자의 메모 "지불 완료"라고 있네요. 어이, 막심, 정말 당신은 돈을 요청했나요? 그리고 당신은 그 돈 받았나요? 나는 -아니거든요! 하지만 정말 나... 그리고 몇 명의 다른, 우리가 함께 알고 있는 사람들에 대한 서류도 있네요...

-빅토르... -막심은 아마도 따뜻한 보일러 열기 때문에 얼굴이 붉어졌다. -당신은... 당신은 우리 이름들을 이용해 그 기금을 **빼**돌렸군! 당신은....당신은 나쁜 사람이네요!...

-그만해! -빅토르가 소리쳤다.- 회사 대표라면 누구나 늘 돈이 필요해. -예를...들면, 체레미노프에게 은밀하게 기름칠해 두려면! 그렇게 하려면, 내가 어디서 그 돈을 가져와야 하나요, 하?

-나쁜 사람...- 막심은 되풀이했다.- 1만 루블을... 지난 해에...

-1만이 아니네요! -사쵸가 크게 소리쳤다.- 1만이 아니라 적어도 10만 루블이네요!! 내가 들고 있는 이 서류가 모두 돈을 요청하는 서류네요! 여기서 더 흥미로운 뭔가가 있나요?

그는 또 다른 서류를 집으려고 손을 내밀었지만, 빅토르가 배로 그 상자를 거칠게 감싸고는 꽥-소리를 질렀다:

-당신들 자체가 나쁜 작자들이야! 멍청한 파푸아 사람 같으니라고! 꺼져요! 여기서 나가요!

그는 그 상자 위에 눌러앉아, 왼손으로 다른 상자를 쥐고는, 오른손으로는 나가라는 신호를 보내고는, 난폭하고도 겁쟁이같이 사방을 두리번거렸다.

그 순간, 보일러실 안에는 또 다른 한 사람이 왔다.

자소코프의 변호사인 디마 두긴이 쏜살같이 보일러실로 들어와, 빅토르가 가진 그 상자로 뛰어 왔다. 그러나, 빅토르는 그 사람을 출입구에서부터 보는 데 성공했다. 이상한 헐떡거림으로 빅토르는 그 무거운 상자 하나를 들어, 왼손으로 잡고 가동되고 있는 보일러의 열린 문안으로 그것을 세게 던져버렸다. 그 화염의 혀는 유쾌하게 그 노획물을 핥고는, 그것을 멍청하게 바라보고 있는 사람들이 그 노획물을 뺏는 것을 막아주었다.

다시 빅토르는 웅크린 채, 자리에서 반쯤 일어나, 자신의 배 아래 둔 둘째 상자를 들었다.

-저 사람 붙잡아요! -두긴이 영혼을 찢듯이 소리쳤지만, 빅토르는 그 상자를 안고 뒤로 쓰러졌다. 그래서 그는 더욱 보일러의 화구 쪽으로 다가갔고, 그 상자를 화염의 저 깊은 쪽으로 그 상자를 던져버렸다.

-빌어먹을! 먹어먹을! -디마 두긴이 외쳤다. -내가 멍청했구나! 아흐, 얼마나 바보인가! 나는 예상했어야 하는데!

주식회사 "루소플라스트" 대표이사는 이제 벌렁 넘어진 채로, 배를 땅에 두고, 자신의 외투의 뒷모습을 보여주었는데, 그 옷에는 진흙, 검댕과 재가 묻어 있었다.

그는 고개를 들어 자신의 앞에 서 있는 사람들을 보고, 그들에게 자신의 지저분한 손바닥과 펼쳐진 손가락을 보이고는 행복하고도 미친 웃음을 크게 터뜨렸다.

199.년 2월 16일 수요일

-안녕하세요, 좋은 아침입니다, 막심! -수화기에서 말이 들려왔다. -당신은 나를 기억하겠어요?

막심은 그 목소리를 어디선가 들었다고 굳게 다짐할 수 있지만, 그곳이 어디일까? 그는 머릿속에서 떠돌아다녔지만, 뭔가 확고한 기억 도구는 찾지 못했다. 망치의 두들기는 소리, 선반 기계의 소음, 용접 불꽃이 탁-탁-하는 소리는 그의 작은 사무실에서의 엷은 문을 통해 나오는, 그 수공업 공장에서의 정상 업무일에 들려오는 소음이다.

-미안합니다... -막심은 말했다.- 내가 그 목소리를 알고 있는 것 같지만...

-나는 게오르기이입니다. -그 음성에서는 살짝 웃음이 일었다. -게오르기이 자소코프입니다. 우리는 지난여름 서로 인사를 나눈 걸로 아는데요, 기억나지 않나요?

막심의 기억은 섬광처럼 부각되었다. 그 스포츠인의 모습과 그 음성도.

-오, 예, 분명히, 이제 나는 기억이 납니다!... -그는 그 사람 어투의 독특하고 투사하는 듯한 취향을 알지 못했다니 뭔가 잘못이구나 하고 느꼈다. 그리고 지금에야 그는 그 회사 내선 전화 수화기를, -시내 전화가 아닌, -자신이 들고 있음을 추측하게 되었다. -당신은 지금 "루소플라스트" 회사 안에 있네요?

-물론입니다, -자소코프가 살짝 웃었다. -만일 내가 당신을 내선전화로 당신과 대화를 한다면... 나는 사무실에, 대표 집무실에 있습니다. 나는 당신을 잠시 대화에 초대하고 싶습니다. 만일 당신이 지금 그리 더 중요한 일이 없다면요...

-5분 뒤 가겠습니다.- 막심은 말했다.

그가 자신의 사무실을 떠나던 때, 라자르가 자신의 문에서 고개를 내밀었다.

-누가 불렀나요? - 그가 물었다.

-지배주주지요, -막심은 비웃듯이 자신의 목소리에 힘주어 말했다. -이미 그가 대표 집무실에서 전화했어요!

-아하! -라자르가 말했다. -나는 그가 무슨 이야기할지 예측할 수 있네.

-그건 음모이네요!- 막심은 크게 말했다. -나는 아무것도 모르지만, 당신은 이미 예측을 한다... 그래, 당신 생각에 뭔가요?

-전혀 음모는 아니네요,- 라자르가 말했다. -회사 전체가 예상할 수 있지요..

-그럼, 뭐에 대한 건가요? 놀라면서 황급히 막심은 되물었다.

-가봐요, 가서 봐요....-라자르의 큰 덩치가 마침내 자신의 사무실에서 나왔다. -뭔가 음모가 있겠지만...인생이 더 흥미로와지는...-그는 막심의 어깨를 툭툭 쳤다. -가 봐요...가서 의논해 봐요....그리고 잘 생각해서.

그 대표 집무실로 가는 중에, 막심은 만나는 회사 사람들에게 인사하면서, 공장들 사이에 쌓인 눈들 사이로 만들어진 오솔길을 따라 걸어가고 있는데, 그때 만나는 사람들의 눈길이 그냥 일상적으로 스쳐 지나치는 것이 아니라, 마치 그 회사에 어떤 새 사람을 만나듯이 더욱 길게 탐색하듯 궁금하고도 이상한 눈길을 보냈다.

수위들이 근무하는 작은 수위실에는 당직 근무 중인 아줌마와 함께 강력한 근육을 가진 덩치 큰 청년이 앉아 있었다. 그것은 더는 막심에게는 새 일이 아니었다. 3일 전, 빅토르와 관련된 사건이 있은 뒤, 변호사 두긴은 4명의 청년을 오게 해 그들을 상근 배치해 뒀다. 그 상황이 더욱 안정되려면, -두긴은 설명했다.

그 집무실에는 사람의 인기척은 나지 않은 것 같았다.

모두는 자기 사무실에서 일하고 있고, 아니면 일을 하는체하였다. 날씬한 여직원 키라는 무슨 서류들을 들고 집무실에서 나와, 경리실로 향하는 복도를 따라 잰걸음으로 가고 있었다.

-안녕하세요, 막심 마트베예비치! -그녀가 지나치면서 말했고, 그를 만나는 사람 열이면 열, 그렇게 똑같이 탐색하는 눈길을

보냈다.

 집무실 주변에는 아무도 없었다. 주임 엔지니어인 바라토프는, 라자르와 마찬가지로, 자신의 고개를 자신의 사무실에서 내밀어 막심의 인사에 뭐라 대답하며 중얼거리더니, 자신의 문을 닫고는 물러섰다. 막심은 깊이 숨을 들이쉬고는, 마치 처음으로 그가 대표 집무실로 들어가는 듯이 그 집무실 안으로 발걸음을 옮겼다.

-안녕하세요, 막심! -게오르기이 자소코프가 대표 자리에 앉아 있다가 그가 오는 것을 보자, 자리에서 일어나 악수하러 팔을 내밀었다. 그는 살짝 웃었지만, 그 눈에서 함께 있는 뭔가 불분명한 강력한 고통도 느낄 수 있었다.

-안녕하세요, 게오르기이, -막심이 대답했다. -다시 만나서 반갑습니다... 하지만, 뭔가 잘 잘못된 일이 있었나요?

-여기로 앉으세요,- 자소코프는 그 질문에 대답하는 것 대신에 앉으라고 초대했다. -당신은 한때 우리가 했던 대화를, 막심, 기억하고 있나요?

-예, 나는 기억하고 있습니다, -막심은 앉으면서 대답했다.

-좋습니다, -자소코프가 말했다.

 그는 좀 생각을 하며, 막심을 탐색하듯 살펴보면서, 나중에 계속 이어갔다.

-오늘, 오후 5시에 특별 주주회의가 열립니다. 그 점과 관련해 나는 당신에게 기억을 되살리고자 합니다. 그때, 그 강변에서, 나는 내 제안이 1년 유효하다고 말한 적이 있는데, 그 1년이 아직 끝나지 않았어요.

-하지만,... -막심이 말을 꺼냈다.

-하지만, 보세요, 막심, -자소코프는 서둘러 끼어들었다. -오늘, 사실은, 내 제안에 대해 더는 말하지 맙시다. 나는 어제저녁에 도착해, 오늘 공장들을 곳곳을 돌아다녀 보았답니다. 정

말 나는 뭔가 회사를 알려야만 합니다... 나는 많은 사람과 대화를 했어요. 그들은 자신의 상황에 대해, 미지급된 급료에 대해서, 이 모든 것을 나는 듣게 되리라고 추측했습니다. 민영화가 망쳐진 곳에서는 어디서나 일어나는 상황입니다... 그러나, 나는 이 회사에서의 당신의 권위가 내가 전에 들었던 것보다 더 높기조차 했다는 것은 추측하진 못했습니다. 사람들이 대표이사로 어떤 인물을 선호하는지의 질문에 대해, 그들은 당연히 하리라고 생각했던 주임 엔지니어도 아닌, 당연시되는 주임경제학사도 아닌, 당신을 추천하더군요! 그리고 상상해 봐요. 내 질문을 받은 사람이면 모두가 그랬습니다만, 한 사람만 아니더군요...

막심은 말이 없었다. 자소코프는 잠시 말을 쉬고는, 나중에 계속하고는, 노련하게 고개를 숙였다.

-그 한 사람이 누구인지 당신은 궁금하지 않나요? 주임 엔지니어 자신입니다. 이른 아침에 그가 직접 나를 만나겠다고 했어요. 그 스스로가 새 대표로 자신을 제안하더군요. 나는 그의 말을 들었고 ...그에게 몇 가지 질문을 했더니, 그는 제대로 답을 못하더군요. 그래서 나는 그에게 곧장 말해 주었지요, 즉, 그가 헛된 꿈을 꾸지 말라고 했어요. 내 의견으로는, 그가 대표 자리에는 적당하지 않음을 알려 주려고 했습니다. 이제, 더구나, 이 집단 회사원들과 의견을 나눈 뒤, 나는 한 사람, 당신만 후보로 생각하고 있습니다.

-저기요... -막심은 생각에 잠겨 말했다. -왜 사람들이 나를 언급하는지 이유를 모르겠습니다. 나는 단순한 엔지니어-공학사일 뿐입니다. 회사 경영에는 전혀 경험이 없고, 장부 정리에 대해, 경제에 대해서도, 또 법에 대해서도 경험이 없습니다...

-먼저, - 자소코프가 반대했다. -이 모든 일을 조정해줄 전문

가들을 당신이 갖게 될 겁니다. 둘째로, 나는, 이 회사의 지배주주인, 나는, 이제, 사실, 내가 이 회사를 무관심하게 그대로 내버려 둘 수는 없습니다. 셋째로, 당신은 나이가 그리 많지는 않으니까, 당신은 많은 것을 스스로 배워낼 수 있습니다... 인생이 가르쳐 줄 겁니다.

-... 하지만, 그게 꼭 가장 중요한 일은 아닙니다, -막심은 자기 생각에서 내놓은 것처럼 의견을 말했다. -용서하세요, 게오르기이, 아마도, 나는 잘못된 정보를 갖고 있을 수 있습니다만,... 그러나 시가에프는 지난날 지역 건달들과 협력해 왔다는 것을 알고 있습니다. 그리고 당신에 대해서도 사람들이 말하길,... 내가 그 자리를 맡지 않으려는 이유는, 내가 모든 종류의 그런 조직과 관련하고 싶은 생각이 전혀 없다는 것입니다. 내가 두려움으로 그런 것이 아니라, 아니구요... 내 인생의 원칙이 있기에, 또 나는 그런 원칙을 또 바꾸지 않으려고 합니다. 그게 전부입니다.

침묵이 그 집무실 안에 매달려 있었다.

막심은 자소코프를 똑바로 바라보면서 그의 대답을, 그의 반박을, 아마 화난 모습을 기다리고 있었지만, 자소코프는 마치 막심의 존재에 대해 잊어버린 듯이, 창을 향해 쳐다보고 있었다.

-그래요, 막심, -그는 마침내 말을 꺼냈다. -중요한 원인이 있습니다. 우리는 모든 시민이, 절대로 모든 사람이, 어느 정도의 조직과 어떤 식으로든 연결된 그런 나라에, 그런 시대에 살고 있습니다. 주요 조종석에 앉아 있는 사람들과 적어도 함께 -그들의 법률 지배로서 그들의 놀이 규칙으로 아닌가요? 하지만, 나를 용서하여 주세요, 나는 좀 더 생각해 보겠습니다. 여러 문제가 나타났습니다. 아뇨, 당신이 거절한 것 때문이 아니라. 방금 나는 페테르부르크로 급히 전화해, 이곳으로 능력 있는 변호사를 고용해 이곳으로 오게 해, 저녁에 여는

주주총회를 지도해 달라고 해야 했습니다. 디마 두긴이 이 일을 지도해야만 했습니다만, 그가 충분히 준비가 되어 있습니다만... 정말 당신은, 막심, 내 변호사를 알고 있지요, 그렇지 않은가요?

-당연히, 예, 게오르기이, -서둘러 막심은 대답했다. -그는 그저께 나와 함께 있었습니다... 보일러실에요. 분명히, 당신은 그 일에 대해 알고 있습니다. 하지만 그에게 무슨 일이 있나요, 아픈가요?

-디마... -자소코프는 막심에게 고개를 돌려 말했다. -디마... 그가 자기 아파트에서 오늘 아침에 발견되었답니다. 그는 지난주에 혼자 거주했습니다. 어머니는 페테르부르크에 있는 가족에게로 떠난 뒤였습니다... 어머니가 오늘 아침에 돌아와 보니, 그가 목이 매달린 채 있더라고 합니다. 그게 문제입니다. 하지만, 나는 막심, 당신을 더는 붙들고 있지 않겠습니다. 당신은 당신 자리로 갈 권리가 있습니다.

-내가 동의합니다, 게오르기이,- 막심은 갑자기 자신의 목에서 올라오는 덩어리를 삼키고 난 뒤 말했다. -내가 대표가 되는 것에 동의합니다.

199.년 2월 26일 토요일

-라자르, 당신은 뭘 하나요?- 막심은 극도로 놀랐다는 듯한 흉내를 내며 말했다. - 정말 당신은 이스라엘에서는 토요일에 일하지 않아도 된다는 것에 익숙해져야만 해요.

-하?- 라자르는 짐을 싸고 있는 여행용 큰 가방을 놓고는 막심에게 고개를 돌렸다. -걱정하지 마세요, 막심... 먼저, 나는 아직 이스라엘에 있지 않아요. 둘째로, 어떤 경우에도, 하느님

은 일에 열심인 사람을 용서합니다. 셋째로, 나는 이 쓸모없는 가방을 준비할 시간이 없다는 것입니다. 비행기가 모레 페테르부르크에서 출항할 겁니다. 하지만 그만큼 싸둬야 하는 것이 많이 남아 있어요. 당신은 상상도 못할 거요! 어디서부터 모든 것이 솟아나오는지요... 나는 스스로 질문했습니다. 어디에서부터, 이 텅 빈 아파트에서?

 라자르가 사는 아파트는 실제로 도둑이 드나들고 난 뒤처럼 어수선했다. 서가들이 있는 서재 전체, 손님방에서 내놓은 몇 가지 고풍의 가구, 의류 대부분 등등은 5톤짜리 컨테이너 2대에 이미 실려 보냈다. 방마다 침대, 옷장들, 탁자 전등들, 가정용 식물들이 무질서하게 놓여 있고, 모퉁이마다 내용물이 든 천 보따리와 플라스틱 상자들이 놓여 있었다... 흐트러진 손님방 가운데에는 의자들을 대신한 두 개의 긴 의자, 보드카와 와인 몇 병과 몇 가지 후식 식품들 -샐러드, 자른 고기, 치즈, 과일-과, 포개 놓은 접시들, 글라스들, 포크가 놓여 있는 탁자가 있었다. 이 모든 것은 이 가족에게 작별하러 온 손님들을 위해 준비해 놓은 것이다. 폴리나는 친구들과 지인들을 동시에 모두 부를 수는 없다며, 그 사람들이 따로따로 -그날 온종일, 또 내일- 오도록 결정했다. 그래서 모든 사람이 영원히 작별할 가족을 방문하러 올 수 있게 했다.

 그리고 그 방문객들은 거의 쉼 없이, 차례차례 다녀갔다. 전기공들-다른 도시의 기업에서 근무하는 라자르의 동료들도 왔다. 다른 여러 도시의 상점에서 일하는, 폴리나의 수많은 동료도 다녀갔다. 아이들의 학교 동료와 동네 친구들도, 물론, 그들의 부모와 함께 다녀갔다. "루소플라스트" 사무실 직원들은 거의 빠짐없이, 또 거기에 노동자 조직의 몇 친구도 찾아왔다. 폴리나와 함께 일하던 여성들. 이웃들. 그리 잘 알지 못하는 사람도 몇 명이 다녀 갔다...그렇게 찾아온 모두에게 라자르는 보드카나 와인을 한 잔씩 부어주며, 잡담을 하면서, 저 먼 나라로 가져가지 못하는 그런 물건 중 뭔가 기념될 만한 작은 선물을 그들 손에 집어주고, 그 손님들은 다음 방문자에게 자리를 양보해 주었다.

에바와 파블릭과 함께 저녁에 온 막심의 의견에 따르면, 이 모든 것은 마치 장례식 모습과도 비슷하다고 했다.

고인의 집을 지인이나, 지인이 아니라도 와야 하는 사람들이 그 가족에게 뭔가 몇 마디 좋은 말을 해 주러, 또 그 고인이 하늘나라에서 평안히 지내길 기원하며 보드카를 한 잔 마시고, 다음 방문객들을 위해 탁자의 자리를 양보하며, 떠나가는 평화로운 전통장례식과 흡사하다고 했다.

-당연히, 그게 비슷하네요, -계속되는 분주함과 요리 준비로 인해 거의 파김치가 되어가는 폴리나가 추론하며 말했다. -벌써 온종일 식탁에는 일정한 양의 음식이 준비되어 있어야 했어요. 우리가 다른 세계로 가는 것 같아요. 나는 이곳보다 더 나은 세상으로, 그러니, 마치 하늘나라로 가듯, 에덴으로 가는 것 같은 추측이 됩니다. 그리고 나는 희망합니다. 못 돌아오지만... 아마, 우리는 몇 번은 다시 올 수 있지만, 막심 댁에서 며칠간 머물 수 있으리라 희망해요.

에바가 갑자기 그녀를 껴안고는, 그녀 어깨에 자신의 머리를 파묻고는 울먹였다.

-저기, 그만, 그만 울어요. -폴리나가 한 손으로 그녀의 머리카락을 쓰다듬어 주면서 단호하게 말했다. -그만 해요, 시누이, 바로 오늘은 눈물이 필요하지 않아요. 장례식과는 달리, 우리 경우는 그리고도 기쁨을 가져다주는 거요. 혹은 적어도 그러해야겠지요... 분명히, 시누이는 그곳에 있는 우리를 만나러 오기도 할거구요. 정말 우리가 하늘나라로 가는 것은 아니지요!

-언-제가 될까요? -에바는 두 눈으로 자신의 커져 가는 배를 보여주면서 울먹였다.

-시누이, 당신은 뭘 보여주는가요? 뭘 보여주고 있나요, 바보같이! -폴리나가 조언했다. -이는 -그녀는 에바의 배를 쓰다듬어 주었다. -시누이 가족이나 우리 가족에겐 큰 행복이에요. 2년만 지나 봐요, 그러면 시누이 아이는 이미 제 발로 아장아장 걸어 다닐 겁니다. 그때 온 가족이 다녀가면 되지요.

그 둘은 그 방 한 모퉁이 창가에 서 있었다.

한편 라자르는 찾아온 다른 손님을 위해 한 잔 높이 들고 있었다. 수공업 공장장 안톤 다닐로비치 수다레프가 그 손님이다. 그의 묵직한 목소리는 그 텅 빈 방에서 천둥소리처럼 울렸다.

-저기요, 라자르, 내가 당신에게 무슨 말을 해 줄까요? -가득 채운 잔을 든 채, 안톤 다닐로비치가 저음의 목소리로 말했다. -나는 부러워요. 그래, 진심으로, 나는 부럽습니다. 왜냐하면, 나는 유대인이 아니기 때문입니다. 나는 부럽고도 애석해요. 내가 유대인이 아니기 때문이라서가 아니라, 내가 우리 공장의 탁월한 전문가를 잃게 되어, 집단공장이 마음씨 고운 동료를 잃어, 또 여자들이 선망하는 남자를, 기타의 일도 마찬가지로 잃게 되니, 그 점이 애석하네요...

-그 자리를 대신할 만한 사람들이 꼭 있습니다. 안톤, -그 의견에 반대하며 라자르가 말했다.-"루소플라스트"에, 아마, 나보다 더 경험 많은 새 전기공이 오겠지요... 여자에 관해서는,

-하, 그들은 그런 일에 대해선 잊기를 잘 하는 사람이지요, 안 그런가요?

-그만 말해요, 그만...- 수다레프가 더욱 저음으로 말했다.- 하지만, 저 먼 나라에서도 라자르, 당신의 영예로운 성공을 위해! -그는 그 잔을 목 안으로 들이붓고는 소시지 한 점을

집어, 이를 씹으면서, 자신을 막심에게 향했다. -그런데, 당신, 막심 마트베예비치, 왜 당신은 우리와 술을 마시지 않는가요? 새 직책 때문인가요?

-그런, 어리석은 소리는 마시오, 다닐로비치, -평화롭게 막심이 대답했다. -그 동안 내 차례는 오지 않았네요. 좀 있으면 마지막 공통의, 저녁의 가족 모임에 우리는 남아 있게 됩니다. 나는 그때에도 내가 마실 보드카는 좀 남아 있기를 희망합니다.

-에이, 마음 상하지 마세요, 막심. -안톤 다닐리로비치가 말의 어조를 좀 바꾸었다. -뭔가 그런 말을 하려고 한 것은 아니었어요. 우리 모두 당신을 선택했어요... 거의 만장일치로... 당신의 전임자만 반대 의견에 투표했습니다. 물론... 바리토노프와 세로프도. 하지만 그것은 이해될 만 합니다...

 -당신은 모든 걸 이해하고 있군요, 안톤 다닐로비치, -막심은 아이러니 없이 말했다. -그러니, 이제 우리는 함께 일해요. 그리고, 분명히, 우리는 살아남기에 성공할 겁니다.

-좋은 말씀이네요!- 동의하며, 안톤 다닐로비치가 외치고, 또 격식 없이 자신을 위해 한 잔을 더 채웠다. -하지만, 막심, 당신의 그런 말씀에, 우린 반드시 건배를 제안해야 합니다! 나를 책망하지 마세요, 여기 이 반 잔이라도 드세요.

 라자르는 막심을 위해 보드카를 부었다.

 그 스스로 모든 방문자와 작은 잔으로 한 잔씩을 마셨다. 다른 경우라면 그는 이미 오래전부터 탁자 위에 누워 있었을 것이다. 막심은 자신의 잔을 수다레프의 그것과 부딪혔다. 그리고 그들은 자신의 잔에 담긴 보드카를 마셨다. 그리고 절인 오이를 씹는 소리가 뒤따랐고, 안톤 다닐로비치는 선망의 눈길로 술병을 한 번, 또 라자르를 한 번, 다시 술병을 향해 쳐다보고는, 다시 라자르에게 다가서서, 포옹 인사를 하러 왔다.

-그럼... 라자르 아로노비치, 당신에게 좋은 길과 좋은 인생이
되길... 당신의 역사적 열사의 조국에서 모든 것이 잘 되길...
-안톤 다닐로비치는 잠시 말을 중단하더니, 뭘 더 말하고 싶
은지를 생각해 보았다.
-하지만, 안톤, 집으로 잘 가려면 한 잔 더 해야지요. 내가 권
합니다, -라자르가 술잔을 따르면서 말했다.
-아하! -손님은 그 제안에 숨김없는 기쁨을 표시하고는, 잔을
잡고 엄숙하게 말했다. -나는 이 훌륭한 가정의 안주인 건강
과 행복을 위해 건배를 제안합니다!
-고마워요, 안톤 다닐로비치. -에바와 함께 있던 그 모퉁이에
서 폴리나가 대답했다.
-그리고, 안톤, -라자르가 말했다. -우리를 작별하러 오는 모
든 사람에게, 나와 폴리나는 이 집의 물건 중에 이스라엘로
가져가지 못하는 것을 뭔가 기념될 만한 것을 선물로 주기를
결정했어요. 자, 그러니, 이 꽃병을 선물로 당신이 가져갔으면
하고 바랍니다... 당신 가정에 우리를 기념하는 기념물로 놔두
길 바랍니다.
-오, 고마워요, 고마워! 훌륭한 꽃병이네요! -안톤 다닐로비치
가 감동한 채 말했다.
-이걸 신문지에 싸서 드릴께요, -라자르가 그 꽃병을 집어 들
었다. -당신이 그걸 집으로 더 안전하게 가져갈 수 있도록.
자, 이제 받으세요.
    그 뒤, 안톤 다닐로비치는, 필시, 추측했다. -그가 그 탁자에
서 더 오래 머무는 것은 적절하지 않음을. 그는 막심에게 악
수를 하고, 여성들에겐 고개로 인사를 표하고, 라자르가 배웅
하자 그 출입문에 물러났다. 그곳에서 그 둘은 다시 껴안고,
작별하는 말소리가 둔탁하게 들렸고, 동시에 말소리도 들렸다.
    라자르는 새 손님들과 함께 방 안으로 돌아왔다.

이 사람들이 오늘 마지막 손님들이다. 라자르가 친했던 가정인 키르조프 부부를 저녁 식사에 초대했다. 사쵸 키르조프는 좋은 친구이고, 그의 아내 올가는 폴리나와 함께 근무한 적이 있어, 두 여성도 서로 친구처럼 지내고 있었다.

-에이! -곧 탁자 쪽으로 고개를 보이면서 사쵸가 외쳤다. -작별 행사가 이제 끝났나 봐요?

-전혀 그렇지 않아요, -라자르가 살짝 웃었다. -아직도 많은 사람이 내일 올 것으로 추측합니다...

-그럼, 당신은 힘을 다 소진하게 되겠군요. 비행기가 출발하기도 전에, -사쵸가 의견을 말했다.

긴 의자가 앉아 있기가 불편해서인지, 아니면, 카펫 흔적과 그림이 그려진, 여러 해 사용한 장식 융단이 그들에게 더 관심을 주지 못했는지, 식탁의 모임은 시든 채로 또 아쉬움으로 흘러갔다. 폴리나가 마련한 세련된 요리도 그 상황을 구하진 못했다. 사소한 일에 대한 여성들의 잡담과, 일상적이나 그리 활발하지 않은 남자들의 건배 소리... 한 시간 정도 식탁에서의 머무른 뒤, 폴리나는 여성 동료들을 주방으로 모이게 했다. -작별하는 곳에서 꼭 해내야 하는 내일도 계속될 행사를 위해 식기를 정리해 두는 일을 도와 달라듯이.

남자들은 여전히 테이블에 남아 있었다.

-사쵸, 당신은 마침내 용기가 생기던가요? -라자르가 물었다. -바리토노프가 이미 시내의 다른 곳에 일자리를 구했다고 하면서, 곧 퇴직할 거라는...

-그건... -사쵸가 생각에 잠겼다.- 나는 생각 중입니다... 정말 나는 지난 몇 년간 콘트롤을 해오고 있습니다. 내 엔지니어로서의 경험이 잃어버리게 되었어요... 하지만 주임 엔지니어는 우리 공장에서 서열이 둘째 인물입니다!

-둘러서 얘기하지 마세요.- 라자르가 요구했다. -당신이 그

책임을 두려워하고 있다는 말인가요? 사실, 당신은 언제나 그 점을 두려워하고 있네요.

-그건, 당신-이 하-는-말-은 무슨 말-인가요?! -사쵸는 마음이 상해 자신의 말을 천천히 이어갔다. -나는 지금까지 품질에 대해 책임지고 있습니다......

-그만해요. -라자르가 반박했다. -막심은 우호적인 지원을 필요합니다만, 당신은 코맹맹이 아이처럼 행동하고 있네요. 내가 편하게 떠날 수 있도록 곧장 말해 줘요.

-그럼, 예, -사쵸는 살짝 웃음을 보였다. -분명히 나는 동의합니다. 내가 주임 엔지니어가 되겠습니다. 그리고 내가 막심, 당신을 돕겠습니다.

막심은 말이 없었다.

그는 그 긴의자에서 일어나, 임시로 오래된 천으로 가린 창가로 갔다. 라자르가 그에게 다가가, 그의 어깨를 포옹했다.

-힘을 내요, 막심,- 그는 말했다. -회사 전체가 당신을 지지하고 있다구요. 이 도시 친구들도요. 당신의 에스페란티스토들의 도움을 활용하세요. 정말 당신은 외국과도 계약을 추진할 수도 있습니다...

-나는 그 점도 생각해 두고 있었어요, -막심은 대답했다. -나는 시도는 해 보겠지만, 그 일은 분명하지는 않아요...

-하, 그럼요! 라자르가 기억해 냈다. -내가 곧장 돌아올게요.

그는 자신의 침실로 서둘러 가, 뭔가 종이를 들고 돌아왔다.

-자, 이것 받아요,- 그는 그 서류를 막심에게 주었다. -내가 거의 잊고 있었네요. 내가 가진 "루소플라스트" 주식을 무상으로 막심, 당신에게 양도한다는 공증서를 전해 주는걸요.

막심은 화를 벌컥 냈다. 황소처럼 그는 고개를 숙이고는 아무도 쳐다보지 않은 채, 입에서 뭔가 소리를 냈다.

-라자르, 당신도! 모든 친구가 날 혼자 내버려 두고 떠나면

서, 저런 짜증 나는 주식들은 내게 주네요... 나는 그것들이 필요 없다니까요!

-그럼, 말하지 말아요,- 라자르가 충고하듯 반대 의견을 냈다. -그게 뭔가에 필요할 겁니다. 적어도 이익이 생기면 그 몫을 요구하기 위해서라도.

-하-하!- 쓸쓸하게 사쵸가 웃었다. -정말 조건 없는, 진실된 언급이 되겠군요: 주식을 가진 사람이 아니라, 일하는 사람이 그 돈을 번다는 말.

-그럼, 일하세요, -라자르가 침착하게 말했다. -나는 지금 이 모든 것은 당신에게만 달려있음을, 아무도 중대하게 방해하지 않을 겁니다.

-신이여, 도와주소서... -생각에 잠겨 막심은 말했다.

창밖의 뭔가를 그는 보았다.

아주 익숙한 인물이 가로등 불빛을 받지 않으려고 옆으로 선 채, 그 건물 옆에 서 있었다.

저녁의 눈이 외투에 쌓이고, 털모자를 하얗게 덮었다.

그래, 필시, 그 사람은 그곳에서 어느 정도 긴 시간을 서 있었다. 그리고 그 사람은 고개를 들었다. 막심은 그곳에 서 있는 빅토르 시가에프의 우울한 콧수염을 볼 수 있었다.

-라자르, 사쵸, 와서 봐요! -놀라며 막심이 외쳤다. -저기 빅토르가 서 있네. 정말, 그가 당신에게 작별하러 왔네요.

-이렇게 어려운 시기를 만든 게 누군가 봐요. -라자르는 그 천을 통해 쳐다보며 말했다. -막심, 당신의 고통은 그의 고통과 비해서는 아무것도 아닙니다. 만일 그 속에 일말의 순수한 양심이 남아 있다면요.

-그를 불러요, 사쵸가 제안했다. -작별은 성스러운 일입니다.

라자르가 그 천을 움직여, 빅토르가 그들 창가로 다시 고개를 들어 올렸을 때, 라자르가 그에게 들어오라고 손짓했다.

빅토르는 몇 번 고개를 내저었다.

 그리고 그는 작별 인사로 손을 흔들고는, 도로를 따라 떠나
가기 시작했다.

 아주 곧장 그의 모습은 그 내리는 눈 너머로 보이지 않았다.

제5부(새봄)

2000년 5월 22일 월요일

5월 하순, 하바롭스크에는 라일락 꽃이 활짝 피었다.

오늘 러시아-중국 상업회사 "하얀 호랑이"의 법무 부서의 존경받은 여성 대표 이리나 보리스프나 그로모파가 오늘 특별 행사를 위해 달콤한 향기를 내는 대형 라일락 꽃다발과 어제 구워 둔 야쿠르트 과자를 자신의 사무실로 가져갈 준비를 했다. 그 행사란 그녀의 사랑하는 아들 막심의 생일 행사였다. 막심이 더 좋아하는 아빠이자 지방검사 올레그 그로모프는 저녁에 막심의 친구들인 아이들을 포함해 몇 가족을 초대했다.

축제에 쓰일 그 라일락 꽃다발은 참석할 아이와 어른을 맞이할 탁자의 맛있는 과자들, 얼음과자들, 과일들과 다른 군것질거리들 사이에 놓아둘 것이다. 그리고 그 탁자는, 만일 갑자기 비만 오지 않는다면, 교외 녹지대 안에 1년 전에 건축한, 그로모프 가족이 사는 웅장한 집 옆의, 꽃이 피어 있는 정원에 설치될 것이다. 이리나 보리소노프나는 약간은 자신의 배에, 조금 불룩해진 자신의 배 모양 때문에 신경이 좀 쓰였지만, 그런 신경 쓰임보다는 그녀 마음속엔 자신감이 더 자리 잡고 있었다. 그녀 남편 올레그가 막심을 끔찍이 좋아하지만, 그래도 그는 늘 그들 부부의 공동 아이를 갖기를 꿈꾸어 왔다. -이제 마침내 그 아이가 태어날 것이다.

막심의 생부는 아주 먼 곳에 살고 있다. 이리나 보리소프나는, 막심이 두 살 되던 해에, 낮은 직급의 여사무원으로 일하면서 지방 대학교 법학과 야간에 등록해 재학 중이었다. 막심의 생부가 그녀 주소를 알아내어, 3통의 편지를 보냈다. 그런데 그녀는 당시 그 편지들을 읽지 않았다. 셋째 편지를 받았을 때, 그녀는 깊이 생각한 뒤, "막심을 추억하며, 이리나와 올레그 드림"라고 자신이 서명한 올레그와의 자신의 결혼사진을 편지봉투에 넣어 회신했다. 그런 발걸음은 마음이 좀 아파도 꼭 필요하다고 그녀는 분명하게 말했다. 저 멀리서 넷째 편지가 왔는데, "가족의 행복을 진심으로 기원합니다. 막심 드림"이라는 서명이 있는 그림엽서였다. 이리나 보리소프나는 몰래 울었지만, 그리 길지는 않았다.

그랬다... 그녀는 자신이 태어나, 살았던 이전의 그 소도시와의 연결고리를 완전히 잃지는 않았다. 여자 친구 알레프티나와 정기적으로 편지를 교환 덕분에, 그녀는 그 도시의 중요한 소식을 다 알게 되었고, 알레프티나가 이미 오래전 사직한 "루소플라스트" 회사 소식도 듣게 되었다.

실제로 그녀가 일했던 스포츠 치료소(SKE)가 그 회사를 구하는데 일련의 희생물 중 첫 희생이 되었다.

그 건물은 이리나 보리소프나가 그 도시를 떠나던 해에 팔렸다. 그 건물을 매입하느라 상당한 기금을 쓴 건축설계회사는 궁극적으로 그 건물을 재건축해 상당한 자금을 활용할 수 있었다. 지금 재건축한 그 건물에 그 건축설계회사 사무실이 자리 잡으니, 당연히, 알레프티나를 위한 일자리는 없어지게 되었다.

그럼에도, 그녀는 시립 병원에서 그리 좋은 급료는 받지 못해도 정상적으로 직장 생활을 이어 갈 수 있었다.

나데쥐다 -그녀는 나데쥐다를 기억하는가? -알레프티나가 물었다. -멍청한 질문이네! -분명히 이리나 보리소프나는 나데쥐다를 기억하고 있다. 그녀는, 그 불쌍한 아가씨가 자신의 큰 행복을 찾았다는 소식을 듣고서, 진심으로 기뻤다. 첫아들을 낳은 그녀는 푸르고 큰 눈을 가진 스웨덴 남편을 위해 해마다 한 명씩 더 낳아, 아들 셋과 매력적인 딸 아이 하나 낳

앉다. 매우 아름답고 유쾌한 그 가정(이리나 보리소프나는 알레프티나가 보내준 사진 속에서 그 가족 구성원들의 모습을 보면서 정말 그렇구나 하고 받아들였다.)은 잘 지내고, 조화 속에서 발전하고, 때때로 에스페란티스토 가족을 위한 다양한 행사에도 참석한다고 했다. 늙은 엄마도 지금 그 가족과 함께 살면서, 네 명의 자식을 키우는 딸을 도와주고 있다.

한때 이리나 보리소프나가 여비서로 일했던 "루소플라스트"의 대표 빅토르 시가에프는 자신의 회사에서 쫓겨난 뒤, 자신이 대표로 있던 주식회사를 상대로 대표이사 자리에 자신을 복귀시키라고, 또 그가 가진 주식 전부를 매입해 달라고 요구하며 법원에 소송을 제기했다. 그 소송은 4년간 진행되어 아직도 끝나지 않았다.

전임 대표가 결코 "루소플라스트"에 복귀하지 않겠다는 생각으로 화해했을 때, 그 지배주주이자 페테르부르크 출신인 자소코프는 판사들이 시가에프가 보유한 주식에 대해 시가에프 쪽에 호의적으로 기울어진 것을 알고는, 자소코프는 사적으로 그 반대자를 만나, 그 재판에서 판결까지 가지 않는다는 조건의 서면 약속을 받고서 3천 달러를 지불했다는 소문이 돌았다. 또 다른 소문에는, 시가에프가 그 돈을 받아도 그 소송을 포기하지 않아. 다시 반년이 지나 추가로 5천 달러를 받았다고 했다. 그때 그는 그 도시의 평의회 의원 자리에 입후보해, 선거활동으로 그 돈을 썼지만, 그 선거에서 낙선했다.

이리나 보리소프나가 그 도시를 떠나던 해에, 그곳에서는 몇 가지 중요 사건이 더 있었다. 4월에 갑자기 덩치 크고, 중년의, 전혀 비난받지 않는 건강을 잘 유지해 왔던 시장 페트로프스키흐가 돌연 사망했다. 물론 그 도시 사람들은 아무도 공식적인 사망 원인이 뇌일혈이라는 것을 믿지 않았다. 여러 소문이 떠돌았는데, 알레프티나 자신이 보기에 가장 믿을만하다고 여기는 사망 원인은 이러했다. 교외 휴양소에서 열린 시청 공무원들의 어느 축제 행사 때, 그 시장이 술에 만취해, 사람들이 그의 방에 혼자 놔두었다고 했다. 그런 와중에 어떻게 해서 그는 뒤로 넘어져 음식물을 토하다가 자신이 토한 음식물에 질식당했다고 했다. 그러한 상태의 그를 사람들이 다음 날 아침에 발견했다고 했다... 그 사건이 어떻게 일어났든지 간에 그 도시는 오랫동안 시장 자리를 비워둘 수는 없었다. 그래서 6월초 시장선거가 있었다.

그 시장 선거에 12명의 입후보자가 나왔지만, 가장 실질적인 기회를 가진 후보는 발렌틴 미노로프라는 상업가였다. 확실히 그가 시장이 될 수 있었다. 하지만... 하지만 선거가 시작되기 2주일 전의 어느 날이었다.

미노로프의 하얀색 차량 "볼가"가 그 도시에서 28km 떨어진 페테르부르크-볼로그다 도로의 어느 커브 길에서 잠시 속도를 늦추려고 브레이크를 밟았을 때, 아무도 모르는, 결코 나중에 잡히지 않은 사람들이 그 차량에 기관총을 난사했다. 그 차량에 탔던 그 상업가와 3명의 그의 동료들도 살아남을 최소한의 기회조차 없었다. 나중에 법원에서 나온 현장 감식반원들이 확인한 바에 따르면, 그 불타버린 차량에서는 40개 이상의 총알구멍이 발견되었단다.

마찬가지로 여러 소문이 돌았는데, 알레프티나가 자신에게 또 이리나 보리소프나에게 가장 믿을 만한 것으로 선택한 것은 이러했다. 즉, 그 도시 시내와 인근 지역에서 "탐보브식구들(Tambovanoj)"의 재정적 이익에 관여한 그 상업가가 지난 몇 년간 자신의 주인들을 속이고 또 지역의 상인들이 그를 통해 그 식구들에게 상납한 자금 일부를 교묘하게 빼돌려 왔다고 했다. 그런 종류의 죄악은 그런 범죄 조직 환경에서는 "쥐새끼 같은 행동"이라고 규정되어, 어떤 경우에도 용서받지 못하게 되어있다고 했다.

알레프티나에 따르면, 그런 사건이, 거의 시장이 될 가능성이 있던 인물이 사고로 죽어도 왜 모든 대중매체에서 이를 알리지도 또 이슈화하지 못했는지를 잘 설명해 주고 있다고 했다.

그런 언론에 종사하는 사람들은 그 "탐보브식구들"이 이런 저런 방식으로 그 지역의 거의 모든 대중매체를 조종하고 있다고 말하곤 했다.

이리나 보리소프나는 알레프티나가 보내온 소식들을 어느 지역인지 알 수 있을 지역에서 일어나는 사건들로 구성된 범죄소설처럼 약간의 궁금함으로 읽어 왔다.

그런 머리카락을 쭈뼛하게 만드는 사건들은, 그녀의 지금의 평화로운 생존과는 아무 연관성을 갖지 않아, 지금 너무 낯설다. 그래서 그녀 마음에서 가볍게 또 쉽게 여겨져, 마치 자신의 날개깃의 끝을 스쳐 지나가는 밤의 새처럼 여겨졌다.

2000년 5월 27일, 토요일.

오월 하순, 페테르부르크에는 라일락 꽃이 활짝 피었다.
오늘 아침, 그 도시에서 가장 현대적인 유치원의, 존경받은 여성 원장이 된 에바 오로노프나 슙스카야는 과자를 굽고 있다. 그녀 취미 -사랑하는 딸아이 이리나의 생일을 위해 다양한 고기소를 넣은 과자를 굽는 것. 그래서 그녀는 버섯, 어린 닭고기, 계란과 초록 양파, 엉긴 우유덩이, 지난 가을에 보관한 월귤, 덩굴 월귤, 또 마른 포도와 레몬껍질이 함께 들어가는 과자들을 준비했다.

이 모든 따뜻한 과자들은 이리나의 남녀친구들이 요란스럽게 모이는 오후에, 달콤한 음료수와 향기 가득한 라일락꽃으로 만든 꽃다발과 함께, 그 축제의 식탁의 접시에 담길 것이다.
어제 저녁, 이리나에게 큰 기쁨을 주러 오빠인, 이미 페테르
부르크 대학생이 된 파블릭도 왔다. 특별히 여동생의 생일잔
치를 함께 축하해 주러.

분명히 그는 어린 여동생을 위해 매력적인 선물을 가져 왔지
만, 한동안 그것은 큰 비밀로 남아 있다. 다행스럽게도 아빠
막심이 오늘은 집에 있다. 그도 자신의 딸을 위해 짙은 머리
카락과 푸른 눈이 달린 매력적인 인형 하나를 가져 왔다. 그
인형은 이리나 침대에서 이리나 옆에 이미 놓여 있다. 그녀가
잠에서 깨면, 그녀에겐 그 인형은 놀람이 될 것이다.

아빠가 오늘 참석하니, 그 자리는 성인들에겐 작은 축제가
또한 될 것이다. 저녁에는 생일상을 차린 그 탁자에 술도 좀
마시고 잡담도 나누기 위해 키르조프 가족이 올 것이다. 아
마, 에스페란토클럽 회장인 이고르도...올 것이다. 아마도 라
리사도 올 것이지만, 아직은 확실하지 않다.

아빠 막심... 그가 그달의 그 생일날에 맞춰 집에 와 있음은
자주 있는 일이 아니다. 그가 "루소플라스트" 대표로 재임해
있었을 때 -그 자리에 4년 이상 일했다. -와는 달랐다.

에바 아로노프나는 처음에는 남편이 자신의 새 직무에 아주,
아주 만족하고 열성적이었음을 잘 기억하고 있다.
한주 동안 밤낮으로 생각을 거듭하고, 긴급한 일에 대한 계획
을 준비하고는 그 회사를 저 밑바닥에서 일으켜 세울 목표를
세웠다. 빅토르 시가에프가 남겨 놓은 재앙이 너무 많아, 쉽
게 정복되지는 않았다.

막심은 회사가 떠안은 부채를 불필요한 회사 재산을 매각해
청산했다.

처음에는 SKE를 매각했다. 그 건물은 모든 회사 직원의 아
내들이 싫어했고, 에바도 싫어했다. 왜냐하면, 그 건물이 비정

상적인 술과 사우나를 즐기고, 소문에 따르면 그 회사 여성들과 여흥을 즐기는...회사의 다양한 축제 장소로 사용되었기에, 그래서 SKE 매각은 그 두 가지 문제를 곧장, 다행스럽게도 해결해 주었다.

나중에 빅토르 시가에프는 세무감독청(세무서)의 책임자와의 자신의 친밀성을 이용해, 자신을 "루소플라스트"의 특별 감사 자리에 추천했다. 그 뒤, 그 회사의 경리부에 즉시 파견된 그 감사관들은, 물론, 빅토르 자신이 저지른 법규 위반 사항을 발견했지만, 상당한 벌금을 물어야 한 이는 그 회사가 되었다.

그것도 정복이 되고, 또 매일의 전투 -새 고객을 찾아내는 것, 옛 고객을 활성화하는 것, 유용한 플라스틱 신제품을 생산하는 일, 다양한 상호 계약, 등등-를 통해 그 회사는 막심이 1년간 지도한 이후, 어느 정도 흑자를 내기 시작했다.

그 밖의 많은 다른 외부의 재앙들은 극복될 수 있었고, 그 전투로서 또, 피땀을 흘린 업무로 정복되었다.

하지만 곧 내부의 재앙이 닥쳐 왔다.

그 지배주주인 자소코프는, 자신의 이전 약속을 저버리고는 더 이익을 내는 건축과 목재 제재소 설립 계획을 위해 막심이 플라스틱 생산 기술을 발전하려고 계획해 놓은 기금을 지속적으로 **빼내** 가버렸다.

그것은 그 회사에겐 치명적 타격이 되었다.

그 밖에도, 노동자들은, 그 바람에 자신의 급료를 받지 못한 노동자들은 팔 수 있는 신제품을 무더기로 몰래 훔쳐가 버렸다... 에바 아로노프나는 남편이 그로 인해 우울한 표정으로 돌아와, 밤마다 주방에서 거의 울먹이면서 외로이 앉아 있던 순간을 기억하고 있다. 그런 실제 회사 대표의 정책을 바꾸어 보려는 몇 가지의 성과가 아무 성과가 없자, 그는 그 노동계약을 해지하자고 요청해, 자신의 자리를 사직했다.

그 가정으로서는 절대적 수입수단이 불충분했던 가장 어려운 시기가 되었던 반년 뒤, 그동안 충직했던 "라다" 자동차를 팔아서 생계를 이어왔기에, 막심은 새 일자리를 찾았다. -아주 편하지는 않아도, 하지만 급료는 좋게 받았다.

몇 년 전부터, 그래서, 그는 시베리아의 가스 채굴 기업에서 주임기계공학사로 당직 근무를 하고 있다. "당직"이라는 것은, -그것은 1년에 8개월간, 2개월씩 4번, 그 주임기계공학사는 그곳, 시베리아에서 근무해야 하고, 그 매 2개월이 끝나면, 그는 한 달 휴가를 받을 수 있었다.

그의 급료와 유치원 책임자로서의 그녀 수입을 더하면, 그 가정은 자신의 안녕을 안정적으로 중산 계급이라 말할 수 있음은 진실이다.

아빠 막심은 마침내 자신의 강변 토지에 아늑한 여름 집을 짓는데 성공했고, 자신의 아파트에 너무 오래 사용한 가구도 바꾸는 데도 성공했다.

아빠 막심은 전체 가족이 교외로 나들이할 때 안성맞춤인, 거의 새 차 수준인 "폭스바겐"을 매입했다.

아빠 막심은 파블릭이 페테르부르크 거주비를 지불했다.

왜냐하면, 대학교에서 지급하는 장학금으로는 시내 교통수단의 월정액권 구입에도 벅찼기 때문이었다...

아빠 막심은 가족 전체가 지금 다소 진지하게 에스페란토에 관심을 다시 갖는데 필요한 자금을 저축해 두기조차 했다. -정말 그들은 올여름 텔아비브에서 개최되는 세계에스페란토대회에 참석 계획을 세워두고 있다. -그 나라를 보는 것은 물론이고, 주로, 리손레찌온(Rishon-Lecion)[65]에 사는 자신의 친척을 만날 목적을 위해. 라자르 가족은 이미 그들을 오기만 학수고대하고 있다! 잘 했어요- 잘 했어요... 에바 아로노프나

---

65) *역주: 텔아이브 남쪽의 도시.

는 밀가루 반죽을 이젠 만족한 듯 끝내고, 과자 모양을 만들기 시작했다.

정말, 그랬다.

아빠 막심은 심리적 건강에 약간의 문제를 갖고 있다. -그게 그녀에겐 신경이 퍽 많이 간다.

자주 그는 말수가 적고, 저녁마다 주방에서 생각에 잠긴 채, 혼자 앉아 있다. 아마, 시베리아의 그 가스 채굴기에서 외로이 힘들게 당직 근무한 영향인가... 페테르부르크의 좋은 정신과 의사를 만나 진료해 보는 것이 필요하지만, 막심 스스로 동의할 것인가?

정말, 그랬다.

"루소플라스트"의 실패는, 분명히, 그의 심리적 건강 문제의 주원인이다, 그 회사는 지금 활기가 없고, 필시 그러한 상태라면 파산할 것이 분명하다. 이전의 집단공장 시기에 함께 일했던 사람들은 지금 거의 남아 있지 않다. 니나 드미트리에프나 비코바 두 사람만 모든 주인에게 충직하여, 그 경리부 책임자로 남아 있다.

아빠 막심은 모든 문제에 자신만이 그 책임이 있다면서, 자신에게 책임을 지우고 있다.

때로 사쵸 키르조프가 보드카를 마시러 와, 보드카 한 병을 두고, 그 두 사람은 영원한 토론을 시작한다.

-회사를 망친 사람은 나라고요! -막심이 자책하며 말했다.

-그렇지 않아요, 당신만 아니라, 다른 누구도 우리 고블린스크에서는 뭔가를 성공적으로 해 놓은 사람은 없지요!" -그에게 사쵸가 조언했다.

-아뇨, 아뇨! -막심이 반박했다.

-고블린스크에도 이 상황을 바꿔놓을 능력이 있는 진짜 사람들이 있습니다! 그들에겐 좋은 지도자가 필요합니다. 하지만

나는 지도자로는 무능한 사람임을 보여 주었습니다. 그래요, 그래요, 사쵸, 그리고 뭔가에 아니라고 말하진 말아요!

-좋아요, 그럼, -사쵸가 말했다. -이젠 그만 편안한 마음을 가져요. 그만큼 세월도 지났으니... 당신 가족을 위해, 아이들을 위해 편안하게 사세요!

-에흐!... -막심은 한숨을 한 번 쉬고는, 자신과 사쵸를 위해 보드카를 한 잔씩 더 따른다.

'꼭 내가 좋은 정신과 의사 선생님을 만나, 의논을 한번 해 봐야겠군', -에바 아로노프나가 굽을 준비가 다 된 과자를 담은 쟁반을 화로 안으로 밀어 넣으면서 생각한다.

바닐라와 계피, 신선한 밀가루 반죽이 뒤섞인 아주 달콤한 내음이 아파트를 완전히 휘감고 있었다. (*)

러시아사람들의 리얼리즘[66]

-평론가 칼레(Kalle)

나는 이 작품을 에스페란토-작가들의 문체를 살펴보려고, 히브리게 유명 러시아 작가의 새 작품 『민영화 도시 고블린스크』를 읽어 봤습니다.

첫 페이지부터 소련(러시아)의 언어 요소가 짙게 배어 있음을 느꼈습니다. 말하자면 정관사를 아주 적게 사용한 것이 그 예입니다. 이 작품 제목조차도 그와 관련된 부록의 설명으로 인해 더 유명세를 탈지도 모릅니다.

하지만 그 정관사들이 마치 붓으로 이리저리로 쓸어놓아, 가장 기대하지 않은 곳에서, 또 불합리한 곳들에 우연히 밀쳐놓은 것 같았습니다.

도시 바깥으로 에스페란티스토인 모스크바 주재 대사가 전화하고, 다른 나라에서 이 나라로 덩치 큰 대머리 작가가 나타납니다. 우리 주인공은 그 작가의 연설을 러시아어로 통역하면서 진땀을 흘리고, 보드카를 안주 없이 마셔버립니다. 구치소의 간수들은 친절합니다. 하지만 겨울에 얼음을 깨고서 하는 릴 낚시하러 갔던 사람들은 완전히 알코올에 취한 채, 그 얼음판에 미끄러지진 않았지만, 얼음판에서 일어난 중요한 일은 전혀 기억하지 못합니다.

어떤 이들은 널리 남자처럼 행동합니다. 마이크로레이온 지역에는 공장 소유권을 다투면서 사람을 때리기도 하고, 괴롭히기도 하고 나중에는 총격전도 벌어집니다. 그러는 와중에 단순하고, 억지 부리는 듯한 어느 스웨덴 사람은 자신이 방문

---

66) *역주: 세계에스페란토협회 <에스페란토>지 (2011년 7-8월호)에 실림.)

한 러시아의 어느 지방의 깡패와 관련 있는 어린 과부를 자신의 아내로 맞아, 러시아에서 스웨덴으로 구해줍니다. 그렇지 않았다면, 그 과부는 자신의 허리를 더 단단히 죄어야 했지요.

끝내 우리 소설의 배경인 그 집단공장의 대표였던 우리 주인공 에스페란티스토는 시베리아에서 새 일자리를 얻습니다.

만일 우리가 진지하게 이 작품을 산문으로 읽는다면, 에스페란토가 많이 보급된 나라들을 -동유럽- 송두리째 뒤집어 놓은 지난 이십 년간의 혁명적 변화를 우리 에스페란토 문학에서는 여전히 이를 반영한 문학작품이 나오지 못한 사살에 놀랄지도 모릅니다.

그랬습니다.

1997년, 트레보르 스틸레(Trevor Steele)의 『무너지는 벽』이라는 단편 소설집이 나왔지만, 모든 그의 찬사에도 불구하고, 작가 스틸레는 동유럽의 그 혁명적 현실의 외부 관찰자로 남아 있습니다.

구 소비에트 연방(소련, 러시아를 포함) 주변의 동유럽 국가들에서 지금까지 -외부인으로서가 아니라 -당사자로서 내부인으로 살아온 작가 미카엘로 브론슈테인이, 유일하게도, 자신의 주변에서 그 사회가 무너짐을 열심히 관찰하고 연구했습니다.

소비에트 연방(소련)이라는 나라가 해체된 지, 채 2년이 되기도 전인 1993년 그는 1970년대 소련의 전설적 청년에스페란토운동을 그린 소설 『Oni ne pafas en Jamburg 얌부르그에는 총성이 울리지 않았다』라는 작품을 발표했습니다. 이 작품은 소련 제국이, 빙산이 무너져 내리듯이, 브레즈네프 체제 때의 소련 에스페란티스토들을 그 주인공으로 등장시킨 소설입니다.

에스페란티스토들의 삶을 부분적으로 또는 전체로 곤심을 둔 문학작품 중에 『얌부르그에는 총성이 울리지 않았다』 작품은 가장 성공적이라 할 수 있고, 즐거이 읽을 만하고, 독자들이 많은 생각을 하도록 한 작품입니다. 왜냐하면, 그 작품 속에서 에스페란티스토의 삶은 고립되지 않고, 외부의 사회 조건과 연결된 삶을 잘 표현하고 있기 때문입니다.

그 점을 스텐 요한센(Sten Johansson) 작가는 그 당시 서평에 잘 표현해 두고 있습니다. -브론슈테인의 몇 개의 유사한 일련의 작품들을 평가하면서, 이 새 작품도 유사한 주제를 잘 다루었다고 말하고 있습니다.

얌부르그 작품에서 상상이 되듯이 마찬가지로, 고블린스크(Goblinsk) 도시는 북서 러시아의 어느 곳에 자리하고 있습니다. 실제 이 도시는 다른 이름을 가지고 있습니다. 고블린스크 라는 말은 그 도시로 들어서는 입구에 그 도시 이름이 적힌 교통표지판을 반복적으로 다른 식으로 적어버리는, 술 취한 훌리건들의 행동에서 나온 말입니다.

그 교통표지판의 내용을 변경한다는 것은 구사회 질서의 경제적 재앙, 도적 같은 사유화, 제반 질서의 무너짐이 닥치자, 주민들은 새롭고도 위험천만한 변화에 자신들이 노출되었음을 상징적으로 보여주고 있습니다.

얌부르그에서와 마찬가지로, 고블린스크에서도 주인공은 소도시에서 큰 역할을 하는 기업(큰 공장)에서 일하는 에스페란티스토이며, 엔지니어입니다.

작가 자신이 북서 러시아의 중소도시의 대기업에서 엔지니어로 오랫동안 일해 왔다는 그 사실과 연결되어 있음은 쉽게 예측할 수 있습니다. 하지만, 이 작품은 절대로 자서전 류의 작품이 아닙니다. 정반대로, 모든 좋은 작가들의 방식처럼, 이 작가는 도입부에서 스스로 설명한 것처럼, 직접 경험한 것을 비롯해 지인이나 타인들로부터 수집한 것을 바탕으로 진짜 이야기로 믿도록 그 작품을 풀어놓고 있습니다.

미카엘로 브론슈테인의 가장 큰 장점이란, 너무 많은 에스페란티스토-작가와는 정반대 방식으로, 그는 전혀 새로운 양식이나, 중립적으로 성과 없고, 완벽한 허구적 환경을 생각하지 않고, 작가 자신이 가장 잘 아는 실상을 작품으로 쓰고 있다는 점이다.

여느 때처럼, 사실들은 또한 여기서도 환상을 능가하고 있습니다. 동유럽에서 현 세대의 삶까지 연결되어 일어났거나 일어나고 있는 변화들은 가장 다양한 장르에서 한 편의 아름다운 문학작품보다 더 무거운 음모를 제공해 줄지도 모릅니다.

작품 『민영화 도시 고블린스크』에서 미카엘로 브론시타인은 지방 소도시의 일상의 삶에서, 또한 플라스틱 물동이와 빗을 생산하는 공장의 운영에서부터 공장의 민영화와 이를 위한 허무한 낭비를 하면서도 제국의 몰락으로 인해 빚어지는 일들을 능숙하게 반영하고 있습니다.

처음에는 집단공장에 소속된 모두가 각자 자신의 몫에 해당하는 주식을 배당받지만, 갑자기 나중에 집단공장은 그 공장 직원 임금을 줄 돈이 부족합니다. 그러자 돈으로 거래하는 대신에 그 집단공장은 자기들이 생산한 제품을 원자재 구입 대금으로 교환하게 됩니다. 그리고 교통경찰을 매수하기 위해 몇 점의 물동이가 필요합니다. 그러나, 다른 도시의 도둑은 현금을 요구합니다. 그 화물차의 운전수로는 그 자리를 벗어나, 달아가는 것만이 상책입니다.

다양한 사람들의 운명과 함께 능숙하게 만들어 놓은 음모는 독자들의 눈길을 사로잡기에 충분합니다. 그 인물 중 수많은 것은 겉으로만 좀 연구된 채로 남아 있다하더라도.

한 인물을 두고 다양한 이름을 사용하는 러시아식 습관 때문에 독자는 혼돈에 빠질 수도 있지만, 그런 이름의 만화경은 러시아 바깥에 사는 사람들에겐 수수께끼가 됩니다.

이름 형태가 많은 것뿐만 아니라, 이는 러시아의 사회풍경을 엿볼 수 있게 해줍니다.

이 작품의 처음은 정말 과장된 듯한 문체 연습 같은 시도가 다소 보이지만, 브론슈테인의 언어는 자신만의 독특함을 지니고 있습니다. 지역색은 긍정적일 수 있지만, 저자가 앞으로 에스페란토의 러시아 운동의 특성을 대변할 수도 있기에, 이에 대한 더 명확한 인식이 필요할 듯합니다.

브론슈테인의 언어에서 몇 가지 특색은 지금, 러시아어를 아는 사람들에겐 때로는 재미가 될 수도 있지만, -문자 그대로 러시아어로 자주 재번역할 줄 아는 러시아어 사용자에겐 말입니다만. 하지만 러시아어를 모르는 사람들에겐 'postmanĝi, veniko, spiningo'와 같은 용어들과 언어패턴은 이해하기 힘든다.

(예를 들어, "Postmanĝi"는 러시아어로는 "zakusit"인데, 술과 함께 뭔가를 먹는 안주를 말함이요. "veniko"는 러시아어로 "베닉venik"인데, 사우나에서 쓰는 목욕 용품 (banfasko)이고, 또 "spiningo"는 "실을 감는 장치가 있는 낚싯대fiŝkano kun bobeno", 한편 "apenaŭ -ne falis"는 러시아말로 문자 그대로 번역하면 "ĉut ne upal"이지만, 규범적 에스페란토에서는 "preskaŭ- falis" 거의 쓰러졌다".)

그리고도 러시아어 투의 용어는 허용해 줄 만합니다.

다소 아쉬-운 것은, 브론슈테인을 제외하고는, 지금까지 지난 수십 년간의 자신의 삶의 체험을 바탕으로 한 작품을 남긴 동유럽의 에스페란토-작가들이 없다는 점입니다.

 그런 경험을 써주면 우리도 동구 유럽에서, 또 에스페란토 운동 안팎에서. 정말 역사를 되돌아보면, 우리가 걸어가고 있는 길이 어딘지를 더 잘 이해할 수 있을 겁니다. (*)

작가 소개

부산일보 2015년 1월 21일(27면) 인터뷰67)

에스페란토 전도사 미카엘 브론슈테인 씨 "에스페란토로 부르는 노래 한번 들어 보세요"

http://news20.busan.com/content/image/2015/01/20/20
150120000093_0.jpg

"에스페란토는 누구나 쉽게 배울 수 있을 뿐만 아니라 논리적이고 아름다워 국제사회에서 널리 통용될 수 있는 요소를 갖추고 있습니다."

시와 음악을 통해 에스페란토의 아름다움을 알리는데 힘을 쏟고 있는 러시아 시인·음악가인 미카엘 브론슈테인(67) 씨가 부산을 찾았다.

---

67) *역주: 부산일보 2015년 1월21일자 인터넷자료(출처: http://news20.busan.com/controller/newsController.jsp?newsId=20150121000038).

그는 20일 오후 해운대문화회관 고운홀에서 부산시민을 위한 자선 공연 '에스페란토의 밤'을 열었다.

시·음악 통해 에스페란토 전파
부산시민을 위한 자선 공연 등
지금껏 전 세계서 100여 회 공연

이번 행사는 한국에스페란토협회 부산지부가 부산시민에게 에스페란토 시와 음악을 들려주기 위해 마련했다. 이날 그는 통기타 연주와 함께 직접 작사·작곡한 노래 '그대는 사랑' '파리여, 안녕' 등을 불러 관객들로부터 호평을 받았다.

1949년 옛 소련 우크라이나 서부에 위치한 흐멜니츠키에서 태어난 미카엘 브론슈테인은 13살 때 교내 국제친선클럽에 가입하면서 에스페란토를 접했다. 이때부터 펜팔을 통해 외국인 친구와 사귀기 시작했다.

그는 러시아어로 시를 지어 왔는데 점차 에스페란토가 익숙해지면서 에스페란토로도 시를 쓰기 시작했다. "러시아어로 작품 활동을 할 때에는 언론과 독자들의 관심을 끌지 못했습니다. 그런데 에스페란토로 시를 쓰기 시작하면서 언론에서 관심을 보여 지금까지 열심히 하고 있습니다."

러시아 시인들은 일반적으로 시 낭송 대신 기타 등 악기 연주와 노래를 통해 자신의 시를 알린다고 한다. "시를 음악과 함께 전달하면 청중에게 훨씬 더 잘 전달됩니다."

그는 에스페란토로 시를 지은 후 해외 음악가에 보내 작곡을 부탁하거나 직접 작곡도 했다. 이렇게 만든 노래는 체코나 스웨덴, 리투아니아 음반회사를 통해 음반으로 냈다.

"에스페란토 노래는 어느 나라에서도 공연할 수 있는 장점이 있습니다. 그동안 전 세계에서 100여 회 공연을 했습니다. "

그는 한국 시에 대한 관심도 높다. 최근 김여초 시인의 시집 '엘리베이터 서울'을 러시아어로 번역해 출간하기도 했다.

"부산 공연은 이번이 처음인데 부산시민들이 에스페란토와 저의 공연에 많은 관심을 보여 감사드립니다. 이번에는 공연 준비 때문에 미처 준비하지 못했지만 다음 공연 때는 가수 조용필의 '돌아와요 부산항에'를 에스페란토로 불러드릴 생각입니다." (글·사진=임원철 기자 wclim@busan.com)

*미카엘로 브론슈테인은 1949년 7월 7일 **우크라이나** 크멜니쯔키이 라는 도시에서 태어났다. 그는 튤라 시의 폴리텍대학을 졸업하고, 기술자-사이버네틱스 기사라는 특이한 공학 학사 학위를 받았다. 1981년부터 10년간 그는 보르쿠타에 살면서 "콤소몰스카야" 광산에서 근무했다. 지금 그는 페테르부르크 인근 티흐빈 시의 야금 공장 "Galant"에서 에너지 기술주임으로 일하고 있다.

그는 1961년 에스페란티스토가 되었다. 소련에스페란티스토 운동의 주요 지도자로서 활동했다. 그는 에스페란토 대중에게 자신이 직접 시를 짓고, 번역시도 선보였다. 『samizdate』이라는 노래집도 시리즈로 발간되었다.

그의 번역작품 중 가장 널리 알려진 것은 시인 알렉산드르 푸슈킨의 시 '눌린(Nulin)백작'이다. 이 작품은 "Impet'89"(모스크바 "Progreso" 출판사) 연감과 『영원의 음악』(1988년 레닌그라드) 음반에 동시 발표되기도 했다.

1992년 "Impeto" 출판사에서 그의 책 『**소련에스페란티스토 청년운동의 전설**』이 발간되었다.

미카엘로 브론슈테인은 《모스크바 잡지》(Moskva Gazeto)의 문학클럽 지도자이다.

옮긴이 소개
-장정렬(Ombro, 1961~)

경남 창원 출생. 부산대학교 공과대학 기계공학과와 한국외국어대학교 경영대학원 통상학과를 졸업했다. 한국에스페란토협회 교육이사, 에스페란토 잡지 La Espero el Koreujo, TERanO, TERanidO 편집위원, 한국에스페란토청년회 회장 등을 역임했고 에스페란토어 작가협회 회원으로 초대되었다. 한국에스페란토협회 부산지부 회보 TERanidO의 편집장. 거제대학교 초빙교수, 동부산대학교 외래 교수 역임했다. 국제어 에스페란토 전문번역가로 활동 중이다. 세계에스페란토협회 아동문학 '올해의 책' 선정 위원.
suflora@hanmail.net

역자의 번역 작품 목록

-한국어로 번역한 도서
『초급에스페란토』(티보르 세켈리 등 공저, 한국에스페란토청년회, 도서출판 지평),
『가을 속의 봄』(율리오 바기 지음, 갈무리출판사),
『봄 속의 가을』(바진 지음, 갈무리출판사),
『산촌』(예쥔젠 지음, 갈무리출판사),
『초록의 마음』(율리오 바기 지음, 갈무리출판사),

『정글의 아들 쿠메와와』(티보르 세켈리 지음, 실천문학사)

『세계민족시집』(티보르 세켈리 등 공저, 실천문학사),

『꼬마 구두장이 흘라피치』(이봐나 브를리치 마주라니치 지음, 산지니출판사)

『마르타』(엘리자 오제슈코바 지음, 산지니출판사)

『사랑이 흐르는 곳, 그곳이 나의 조국』(정사섭 지음, 문민)(공역)

『바벨탑에 도전한 사나이』(르네 쌍타씨, 앙리 마쏭 공저, 한국외국어대학교 출판부) (공역)

『에로센코 전집(1-3)』(부산에스페란토문화원 발간)

-에스페란토로 번역한 도서

『비밀의 화원』(고은주 지음, 한국에스페란토협회 기관지)

『벌판 위의 빈집』(신경숙 지음, 한국에스페란토협회)

『님의 침묵』(한용운 지음, 한국에스페란토협회 기관지)

『하늘과 바람과 별과 시』(윤동주 지음, 도서출판 삼아)

『언니의 폐경』(김훈 지음, 한국에스페란토협회)

『미래를 여는 역사』(한중일 공동 역사교과서, 한중일 에스페란토협회 공동발간) (공역)

-인터넷 자료의 한국어 번역

www.lernu.net의 한국어 번역

www.cursodeesperanto.com.br의 한국어 번역

Pasporto al la Tuta Mondo(학습교재 CD 번역)

https://youtu.be/rOfbbEax5cA (25편의 세계에스페란
토고전 단편소설 소개 강연:2021.09.29. 한국에스페란토
협회 초청 특강)

<진달래 출판사 간행 역자 번역 목록>

『파드마, 갠지스 강가의 어린 무용수』(Tibor Sekelj 지
음, 장정렬 옮김, 진달래 출판사, 2021)
『테무친 대초원의 아들』(Tibor Sekelj 지음, 장정렬 옮
김, 진달래 출판사, 2021)
<세계에스페란토협회 선정 '올해의 아동도서'> 작품『욤
보르와 미키의 모험』(Julian Modest 지음, 장정렬 옮김,
진달래 출판사, 2021년)
아동 도서『대통령의 방문』(예지 자비에이스키 지음, 장정
렬 옮김, 진달래 출판사, 2021년)
『국제어 에스페란토』(D-ro Esperanto 지음, 이영구. 장
정렬 공역, 진달래 출판사, 2021년)
『헝가리 동화 황금 화살』(ELEK BENEDEK 지음, 장정렬
옮김, 진달래 출판사, 2021년)
알기쉽도록『육조단경』(혜능 지음, 왕숭방 에스페란토 옮
김, 장정렬 에스페란토에서 옮김, 진달래 출판사, 2021
년)
『크로아티아 전쟁체험기』(Spomenka Štimec 지음, 장정
렬 옮김, 진달래 출판사, 2021년)
『상징주의 화가 호들러의 삶을 뒤쫓아』(Spomenka
Štimec 지음, 장정렬 옮김, 진달래 출판사, 2021년)

『사랑과 죽음의 마지막 다리에 선 유럽 배우 틸라』
(Spomenka Štimec 지음, 장정렬 옮김, 진달래 출판사,
2021년)
『침실에서 들려주는 이야기』(Antoaneta Klobučar 지
음, Davor Klobučar 에스페란토 역, 장정렬 옮김, 진달
래 출판사, 2021년)
『희생자』(Julio Baghy 지음, 장정렬 옮김, 진달래 출판
사, 2021년)
『피어린 땅에서』(Julio Baghy 지음, 장정렬 옮김, 진달
래 출판사, 2021년)
『공포의 삼 남매』(Antoaneta Klobučar 지음, Davor
Klobučar 에스페란토 역, 장정렬 옮김, 진달래 출판사,
2021년)
『우리 할머니의 동화』(Hasan Jakub Hasan 지음, 장정
렬 옮김, 진달래 출판사, 2021년)
『얌부르그에는 총성이 울리지 않는다』 (Mikaelo
Bronŝtejn 지음, 장정렬 옮김, 진달래 출판사, 2022년)
『청년운동의 전설』 (Mikaelo Bronŝtejn 지음, 장정렬
옮김, 진달래 출판사, 2022년)
『반려 고양이 플로로』 (Ĥristina Kozlovska 지음,
Petro Palivoda 에스페란토역, 장정렬 옮김, 진달래 출
판사, 2022년)
『푸른 가슴에 희망을』 (Julio Baghy 지음, 장정렬 옮김,
진달래 출판사, 2022년)